KB093409

밤
기
도

산티아고 감보아 소설
송병선 옮김

✦

Plegarias
nocturnas

밤
기
도

H
현대문학

문학적 자화상

내가 로마에 살고 있을 때, 세 명의 스위스인 변호사가 뜻밖에 우리 집을 찾아왔습니다. 이 이야기는 오래전에, 그러니까 2002년에 일어 난 일과 관련이 있어서 그 일화를 먼저 들려주고자 합니다. 그때 나는 라이귀데 메르틴 박사의 소포를 받았습니다. 이제는 세상을 떠난 그 녀는 당시 내 문학 에이전트였습니다. 소포를 열자, 가장 먼저 눈에 들 어온 것은 라이귀데의 메모였습니다. 거기에는 구스타프 폰 마텔호프 라는 사람이 내게 보낸 편지를 동봉한다고 적혀 있었습니다. 소포 안에 서 나는 꽤 두툼한 봉투를 보았습니다. 폰 마텔호프는 아주 다정한 말 투로 내 소설 『에스테반이라는 청년의 행복한 삶』을 읽으면서, 약 10년 전에 아내와 함께 세상을 떠난 아들의 모습을 떠올렸다고 말했습니다. 그 아이가 살아 있었다면 나와 동갑이라고 덧붙이면서, 그는 내게 소 포에 동봉한 독일어판 소설에 자기 아들을 위해 헌사를 적어달라고 부 탁했습니다.

즉시 나는 그의 부탁을 들어주었고, 그 책을 보냈습니다. 그러 고서 그 일을 까마득히 잊고 있었는데, 거의 10년이 지난 후에 세 명의 스위스인 변호사가 도착했던 것입니다. 소개를 마치자마자, 그들은 '몇 시간만' 취리히까지 함께 가줄 수 있느냐고 물었고, 나는 다소 당황한 나머지 그 제안을 수락하고 말았습니다. 참피노 공항에 그들의 전용 비행기가 대기하고 있었습니다. 점심 무렵 우리는 폰 마텔호프 투자보험회사 사무실에 다른 사람들과 함께 있었습니다. 변호사들은 2002년의 책과 관련된 일화를 꺼내며, 그가 회사 주식의 18퍼센트와 다른 부동산을 내게 증여했다고 알려주었습니다. 나는 너무나 놀라 어찌할 바를 몰랐습니다. 그리고 그 순간 아내에게 전화하지 않았다는 사실을 떠올렸습니다. 이미 거의 오후 4시가 되었고, 아내는 내가 없다는 것을 알았을 것입니다. 나는 전화를 빌려달라고 했지만, 그들은 모임이 끝나고서 전화를 걸라고 말했습니다. 폰 마텔호프 투자보험회사 주식의 18퍼센트는 연간 이자소득만 해도 1100만 유로에서 1300만 유로에 달했고, 이사회의 한 자리를 차지할 권리를 보장했습니다. 거기다가 폴 바울즈가 살았던 스리랑카의 타프로바네섬에 있는 고급 별장과 싱가포르의 고급 주택 한 채, 그리고 인도 호텔회사인 타지 리조트의 주식도 있었습니다. 나는 초조한 마음으로 계속 아내만 생각했습니다. 아마도 내가 집에 놔두고 온 휴대전화로 계속 전화를 했을 겁니다.

그러고서 내게 용역 계약서를 건네주었습니다. 내 재산 관리를 그들에게 맡기려면 그 서류에 서명해야 했습니다. 물론 나는 서명했고, 그 순간부터 정중한 대접을 받았습니다. 그들에게 엄청난 돈을 지급한다는 생각을 하면 지극히 당연했습니다. 그러자 나는 내가 그들의 상관이라는 것을 깨닫고 당당하게 말했습니다. "즉시 이 모임을 멈추도록 하십시오. 나는 아내에게 전화해야 합니다." 그들 중 한 사람이 전화를 걸었지만, 아내는 받지 않았습니다. 그래서 나는 계속해서 소유권 이전 서류, 증권투자 서류, 용역 계약서에 서명했습니다. 한 시간 후 나는 뒤 락 호텔의 스위트룸을 예약해달라고 부탁했고, 다시 전화를 걸었지만, 그녀는 사정거리 밖에 있었습니다. 밤 9시경에 나는 아페리티프로 라가불린 위스키를 주문했고, 그런 다음 상세르 화이트와인 한 병과 초밥 한 접시를 시켰습니다. 그리고 다시 전화를 걸었습니다. 마침내 전화벨이 울리더니 잠시 후 "젠장, 어디를 돌아다니는 거예요!"라고 말하는 그녀의 목소리가 들려왔습니다. 초조함과 크게 야단치는 소리에 나는 잠에서 깼고, 내 옆에서 평온하게 숨 쉬고 있는 아내를 보았습니다. "조금 전에 엄청난 돈을 잃어버렸어"라고 나는 그녀에게 말했습니다.

그러고서 나는 자리에서 일어났고, 거울을 지나면서 내 모습을 보았습니다. 평소의 나, 그러니까 중산층의 작가 그대로였습니다. 다시 말하면, 책은 국경을 넘나들지만 요란할 정도의 베스트셀러는 아닌, 그런 작가였습니다. 나는 책상으로 갔고, 거기에 앉아 20년 전부터 하던 것을 했습니다. 그것은 바로 위를 쳐다보고, 자판 위에서 손가락을 폈다가 오므리고, 내 아침 기도를 외우는 것입니다.

나는 모든 희망과 맞서 모든 것을 이야기하겠다고 약속한다.
나는 진실과 거짓말에서 순수하겠다고 약속하며,

모순된 말을 하겠다고 약속한다.

나는 글을 쓰지 않는 작가는 절대 안 되겠다고 약속한다.

나는 숨을 쉴 수 없을 때까지 다시 쓰고 수정하며 지우고 욕할 것을 약속한다.

주님, 이 모든 것을 백지와 전쟁을 벌이며

순직한 작가들의 이름으로 약속합니다.

그리고 아주 간단하게 기도하기도 합니다. 매일 아침 이런 기도를 반복하는 것입니다.

"주님, 저는 탐욕스럽지 않습니다.

500단어만 주시길 바라옵니다."

이제 나는 한국 독자들에게 이 인사말을 쓰기 시작했습니다. 나는 내 글이 그 머나먼 나라까지 이르게 된 것을 알고 형언할 수 없는 감동을 받았습니다. 나는 이런 감정을 한국 독자들에게 전하고 싶습니다. 한국은 우리 작은아버지가 참전했던 나라입니다. 그는 조종사가 되어 콜롬비아로 돌아와 교통사고로 세상을 떠났습니다.

이렇게 여러분 모두에게 인사를 드립니다.

2019년 7월,

산티아고 감보아

차례

4 · 한국어판 서문

13 · 제1부

237 · 제2부

443 · 제3부

487 · 에필로그

작품 해설

490 · 탈영토화의 의미 산티아고 감보아의 여행 소설과

503 · 후주

내가 죽었다는 것을 알면, 내 이름을 말하지 말라.
어두운 땅에서 당신의 목소리를 통해 올 것이다.

_로케 달톤

마지막에 남은 것은,
세상이나 삶을 바꿀 수 있는 방식이 무엇이든,
하느님이 버린 우주라는 변치 않는 사실이다.

_루 안드레아스 살로메

제 1 부

1

모든 도시에는 아주 분명하고 독특한 냄새가 있다. 하지만 극심한 스모그로 뒤덮인 방콕에는 그 냄새가 숨겨져 있고, 대부분 낮에는 그 냄새를 감지하기도 어렵다. 마침내 밤 깊은 시간에 그 냄새가 나타날 때면, 도시는 평온하고 고요하다. 너무나 분명한 그 물체는 공중을 떠다니고, 꾸불꾸불한 거리를 뛰어다니며, 가장 외딴 골목길로 들어간다. 방콕의 수로에서는 음식을 짓거나 빨래하는 사람들을 쉽게 볼 수 있는데, 아마도 그 물체는 수로의 고인 물에서 나오는 냄새일 수도 있다. 혹은 차이나타운의 마른 생선 가판대나 파트퐁 시장과 실롬 거리의 꼬치 튀김과 뜨거운 튀김 음식에서 나오는 냄새일 수도 있다. 혹은 커다란 차투착 시장의 버들가지 우리 안에서 기다리는 산짐승의 냄새일 수도 있다. 아니면 그저 도시를 관통하면서 서서히 진행되는 질병처럼 눈에 띄지 않게 우리를 공습하는 시커먼 차오프라야강의 수증기에서 나는 냄새일 수도 있다.

오늘은 비가 억수처럼 퍼붓는다. 강물은 몸부림치듯 출렁거리고, 무모하게 강을 오가는 삼판과 카누들을 먹어치울 기세다. 이것이 샹그릴라 빌딩의 오리엔탈 호텔 14층에 있는 내 방의 창문에서 보이는 풍경이다. 샹그릴라Shangri-La라는 이름은 '천국'을 의미하지만, 내가 보기에는 전혀 다르다. 아마도 '고독'이나 아니면 단순히 '기다림'과 같은 것을 암시하는 것 같다. 이미 날이 저물었고, 나는 얼굴을 창문에 대고서 진을 마시며 빗물로 일그러진 풍경을 바라본다. 차오프라야, 방콕의 불빛, 푸른빛의 고층 빌딩들, 먹구름과 주변을 비추는 번갯불, 그리고 잔인한 대도시를.

에어컨을 켜자, 습기와 녹이 뒤섞인 강한 냄새가 뿜어져 나온다. 몇 시나 되었을까? 아마도 8시쯤 되었을 것이다. 나는 곧 내려가서 저녁을 먹고, 진을 몇 잔 마실 것이다. 나는 어느 정도 나이가 있지만(얼마 전에 마흔다섯 살이 되었다), 아직도 우연을 믿는다. 우연을 긍정하고 사유하는 이런 주사위 던지기 같은 사고방식은 알지 못하는 도시에서 술을 마시려고 밤에 나가는 것과 관련이 있다. 시간이 흐르면서 우리는 그런 모험을 어색해한다. 그래서 어떤 사람들은 나이를 먹으면 소파에 앉아 텔레비전을 보면서 술병을 들이켜는 것을 더 좋아한다. 그러나 나는 그렇지 않다. 나는 도시를 배회하기를 좋아하고, 그런 모험을 시도하지 않고는 잠들려 하지 않는 사람이다.

그런데 이런 초조한 생각을 역한 공기 속으로 내뱉는 것 말고, 지금 내가 여기에서 무엇을 하고 있을까? 나는 기다리고, 기다리고, 또 기다린다. 다시 말하면, 기억한다. 나는 기억과 약속했다.

　나는 기억하겠다고 마음먹고서 방콕으로 왔다. 몇 년 전에 이 도시에서 경험했던 것을 다시 보고자 했다. 비록 다른 빛 속에서 보게 될지라도 말이다. 때때로 시간은 빛의 문제다. 세월이 흐르면서 몇몇 모습은 빛나지만, 반대로 어떤 것들은 이상한 불투명한 색으로 뒤덮인다. 실제로 그것은 같지만, 더욱 강렬하게 보이기도 하고, 어떤 때는, 정말 어떤 때는 그걸 움켜쥘 수도 있을 것처럼 생생하다. 하지만 왜 그런지 나는 잘 모른다. 그저 단순한 소망이나 단순한 말에 불과할 수도 있지만, 그것은 바로 내가 찾고자 하는 것이다. 즉 이야기를 재구성해서 그 이야기를 들려주는 것이 바로 내 목표다.

　무언가 때문에—물론 나도 그게 무엇인지 모른다. 아마도 충동, 혹은 창의적 열정, 아니면 단순히 오래된 슬픔일 수도 있지만, 더 정확하게 말할 수가 없다—나는 그 모든 것을 글로 써서 점검해야 한다고 느꼈다. 즉 처음에 나를 방콕으로 오게 했던 사건을 말이다. 어느 도시에서 곤란한 상태에 빠진 오래된 이야기, 그리고 다른 이야기를 향해 열리는 이야기다. 그 시절에는(내가 기억하고자 하는 시기에는) 모든 게 달랐고, 나는 다른 사람이었다. 지금보다 더 낫지도 않고 더 못나지도 않은, 단지 다르고 조금 더 젊은 사람이었다.

　그럼 어디서부터 시작할까?

2

가장 나빴던 것부터 시작하겠습니다, 영사님. 무엇보다 최악은 내 어린 시절이었어요. 지금 이 순간, 솔직히 말하자면 나는 무엇이 최악인지도 모르겠습니다.

나는 보고타의 '아슬아슬한 중산층' 가정에서 태어났습니다. 신문의 경제란에서 말하는 것처럼, 경제적으로 불안정하고 하류층 경향이 눈에 두드러진 계급입니다. 경제위기로 인해 심각한 타격을 받아서, 그리고 불확실한 신자유주의와 시장경제 때문에 모든 소비지수에서 바닥에 있는 가족이었습니다. 또한, 통계적으로 우리는 4인 가구였습니다. 나는 두 아이 중에서 둘째였으며, 누나의 이름은 후아나였습니다. 우리는 산타아나 지역에 살았습니다. 부자들이 사는 산 쪽의 지역이 아니라, 7번로와 9번로† 사이에 있는 곳으로, 당시에는 '하상下上 계급'으로 몰락하기 일보 직전인 중류층이 뒤섞여 살고 있었지요. 다시 말하면, 출세주의와 좌절감에 사로잡혀 사회적 분노의 정수를 보여주는 계층이었습니다. 나도 잘 모르겠습니다. 아마도 내가 편파적인 관점을 지니고 있는 걸 수도 있겠죠. 하지만 나는 그렇게 기억합니다.

우리 가족은 그다지 행복하지 않았습니다. 톨스토이의 소설처럼 나름대로 불행한 이유가 있었습니다. 그러나 지금 생각해보면, 모든 좌절감과 분노가 각색된 방식이 유일하게 독창적이었습니다. 어쨌건 나는 그런 가정에서 태어났습니다. 당시 그 동네의 모든 집처럼 낡고 추한 이층집이었지요. 시커먼 물이 흐르는 하수도에서 그리 멀지 않은 곳이었습니다.

어머니는 15번로에 있는 꽃가게에서 꽃다발을 만들었습니다. 나이 지긋한 사람들의 파티와 동네 축제, 그리고 미사 때 사용하는 꽃을 전문으로 취급하는 곳이었습니다. 아버지는 콜롬비아 산업은행 우사켄 지점의 보통예금 부서에서 일했습니다. 매일 열 시간씩 허리가 부러지도록 일했지만, 받는 돈은 월말이 되면 주머니에 한 푼도 남아 있지 않을 정도였습니다. 모범 직원이었지만 직장에 대한 울분과 분노가 너무나 강한 나머지, 만일 동료나 손님이나 물론 상사 중에서 그 누구라도 익명으로 고문할 기회가 있고, 그것이 그 어떤 결과도 초래하지 않았더라면(일반인들의 잔

---

†   콜롬비아의 보고타는 동서로 난 도로Calle와 남북으로 난 도로Carrera로 이루어진다. 동서로 난 도로는 시내 중심도로를 1로 붙여 그것을 중심으로 숫자가 붙여지고, 남북으로 난 도로는 산에 가장 가까운 도로를 1로 붙이고서 차례로 숫자가 붙는다. 여기서는 Calle를 '번가'로, Carrera를 '번로'로 번역한다.

인성 혹은 냉혹함을 연구하는 대학에서 행해지는 가상 실험과 마찬가지로), 아마도 잔악무도하게 그렇게 했을 것으로 생각합니다. 피를 콸콸 쏟게 만들고, 수백만 와트의 전기를 신경계로 보내며, 주머니칼로 손톱을 빼버리고, 소몰이 막대를 불에 달궈 불알을 태워버리거나 뼈를 산산이 부쉈을 겁니다. 만일 갑자기 도시가 미쳐 날뛰거나 혼돈이 지배해 우리가 잠시 석기시대로 돌아가게 되었다면, 그는 진정한 학살의 책임자가 되었을 겁니다. 나는 아버지가 돌망치로 동료들의 머리를 깨부수고, 흑요석 칼로 손님들의 머리를 자르며, 동물 가죽으로 뒤덮인 몸과 더럽고 긴 머리카락으로 이 책상에서 저 책상으로 뛰어다니면서 불평을 내뱉는 모습을 상상합니다. 그러나 그는 그런 충동을 삼키며 억제해야만 했고, 머리를 숙여야만 했습니다. 줄무늬 넥타이를 매고 과도하게 반짝거리는 싸구려 정장을 입고서 항상 웃으며 순종적으로 행동해야 했습니다.

직장 상사들은 그를 함부로 대했고, 아무런 이유도 없이 그를 업신여겼습니다. "불행한 시절에는 밝은 얼굴을"이라는 속담을 이를 악물며 생각했을 겁니다. 아버지는 자기 계급에 대한 의식이 있었고 곧 더 나은 시절이 올 것이기 때문에, 자신의 의무는 인내심을 갖고 기다리는 것이라고 믿었습니다. 복수나 정의의 시간이 말입니다. 더욱 행복한 시기가 말입니다. 그런 동안 상사들은 그의 책상을 가장 불편한 장소로 옮겼고, 망가져 비틀거리는 의자를 주었으며, 컴퓨터 단말기가 작동하지 않는 고객 창구에 근무하도록 배정해서, 그는 모든 것을 수기로 작성해야 했습니다. 아버지는 축구를 무척 좋아했지만, 은행 관리자들은 케이블 텔레비전이 설치되어 있던 2층 사무실로 한 번도 그를 초대하지 않았습니다. 아버지는 그걸 모르거나 관심 없는 척했지요. 한번은 어머니에게 이렇게 말했습니다. 정말 배려심이 없는 사람들이야. 바르셀로나 팀의 축구 경기를 보려고 나한테 까르푸에서 가서 '트레스 에스키나' 소주를 사 오라고 했는데, 함께 앉아서 보자는 말도 하지 않았어. 고작 "정말 배려심이 없는 사람들이야"라고 말했을 뿐입니다. 그는 다른 말로 분노를 표현할 수 있다고 생각하지 않았습니다. 가족을 부양해야 했고, 그래서 위험을 감수하지 않도록 있는 힘을 모두 기울였습니다.

아버지의 삶은 편하지 않았습니다. 그중에서도 최악은 바로 그런 이유로 어머니도 그를 무시한다는 것이었지요. 하지만 그는 집에서 완전히 반대였습니다. 그러니까 명령하고 독재를 자행했습니다. 마치 내가 이 조그만 세계의 왕이다, 여기서는 내가 말하는 대로 한다, 라고 말하는 것 같았습니다. 그러면 기회가 있을 때마다 자기 친구들 앞에서 남편을 욕보였던 어머니는 전통적인 아내가 되었고, 그에게 예, 물론이지요, 앉아서 축구 경기를 보세요, 곧 저녁을 차려 올게요, 라고 대답했습니다.

아버지는 직장에서의 좌절감을 집에서 보상받거나 아니면 균형을 찾았습니다. 가난한 가족이나 불행한 가족들처럼 말입니다. 그게 바로 불행하게 사는 우리의 방식입니다.

어쨌든 어머니는 우리 모두를 위해 아버지가 희생하고 노력하고 있으니, 그것에 감사해야만 한다고 말했습니다. 아마 어머니의 말이 옳을 것입니다. 그런데 나도 그런 느낌을 받을 수 있었을까요? 아버지는 바닥에 앉아 나와 놀아준 적이 한 번도 없으며, 내 손을 다정하게 잡아준 적도 없고, 나를 즐겁게 해주기 위해 아무 노력도 하지 않았고, 내게 한 번도 감동을 주지 않았습니다. 그 이유를 아십니까? 아주 오래되었지만, 항상 똑같은 이야기지요. 아버지는 단지 후아나에게만 관심을 보였습니다. 그의 마음은 그 이상을 수용할 수 없었고, 나는 아버지의 관심 밖에 있었습니다. 조그맣고 말라비틀어진 마음이었습니다. 사실대로 말하자면, 아버지의 마음은 사랑으로 가득해질 이유가 그다지 없었습니다. 오히려 정반대였습니다. 그의 삶은 먼지투성이의 허약한 잡목이었고 아무도 그를 지지하지 않았습니다. 그런 아버지가 무슨 사랑을 받았겠습니까? 누구에게 받을 수 있었겠습니까? 아주 적었습니다. 아니, 거의 사랑을 받지 못했습니다. 어머니는 아무 말 없이 아버지를 우습게 여겼습니다. 사실 그는 사랑을 받을 곳이 전혀 없었습니다. 할머니는 돌아가셨고, 아버지에게는 형제자매도 없었습니다. 할아버지는 오래전부터 식물 상태에 있었습니다⋯⋯ 그럼 애인이나 정부는 있었을까요? 나는 아니라고 생각합니다. 아버지 때문에 나는 사랑이란 단지 다른 사람에게서 받을 때야 비로소 생겨난다고, 사랑은 전염되기 때문에 존재하는 것이라고 믿었습니다. 자연히 생기는 것이 아니라, 누군가를 통해서 태어난다고 생각했지요.

이것이 내게 일어났던 일입니다. 나는 처음 몇 년을 혼자 보냈습니다. 사랑이라고는 찾아볼 수 없는 집의 나이 어린 유령이었던 것입니다. 나는 세상과 삶은 그렇다고 생각했습니다. 물론 때때로 내가 주인공이 아니었던 사랑의 장면을 목격하긴 했지만 말입니다.

누군가가 처음으로 자기 자신을 내 눈높이에 맞추고 나를 안아주었을 때는 이미 너무 늦어 있었습니다. 내 세상은 회복할 수 없을 정도로 오염되어 있었습니다. 아마도 일곱 살 때였거나 조금 더 되었을 것 같습니다. 그 사람은 우리 부모님이 아니라 내 누나였습니다.

후아나는 바닥에서 나를 꺼내주었습니다. 그녀는 귀염둥이에 응석받이 외동딸이라는 왕좌에서 살았지만, 어느 날 나를 쳐다보기로 마음먹었습니다. 나를 보았고, 나는 그녀를 보았습니다. 그리고 우리 둘은 서로 좋아했습니다. 누나는 지금까지도 내가 그 누구에게도 가져보지 못했던 것을 주었습니다. 그건 바로 이해심이라고 말할 수도 있고, 아니면 조금 더 은밀한 것일 수도 있습니다. 즉 높은 곳에서 떨어져 내게 영혼을 드러낸 거울이었습니다. 누나 덕분에 나는 어린 시절에 살아남을 수 있었습니다. 물론 그 시간은 아주 길었다고 자신 있게 영사님에게 말할 수 있습니다. 너무 길고 고통스러운 시간이었습니다. 그런데 그 순간은 어땠을까요? 어떻게 누나는 나를 인정하게 되었던 것일까요?

잘 기억나지 않지만, 내가 여덟 살이 되었을 무렵이었던 것 같습니다. 어느 날 아침 나는 통증을 느끼며 고열로 끓기 시작했습니다. 콜롬비아에서는 매우 보기 드문 이상한 바이러스 간염 때문에 간이 부어올랐고, 나는 거의 죽을 뻔했습니다. 그러자 고열로 몸이 끓고 있던 나를 병원으로 데려가야 했습니다. 서둘러 출발했고, 모든 게 무서워 보이는 한밤중에 담요에 싸여 전속력으로 달려갔던 것이 기억납니다. 중령이었던 할아버지 덕분에 우리는 국군병원을 이용할 수 있었습니다. 심지어 내게 1인실을 배정해 주었습니다. 맹세컨대, 나는 그곳에서 처음으로 정말로 자유롭다고 느꼈습니다. 해가 질 무렵에 나는 창문으로 도시의 불빛을 바라보았습니다. 해넘이는 세상의 종말과 같았습니다. 보고타의 황혼은 자줏빛이었습니다. 그리고 그 도시는 추하지만, 하늘은 아주 아름답습니다. 내가 결코 이해할 수 없었던 현상이지요.

나는 담요 아래로 몸을 옹송그리고서 애원했습니다. 이것이 내가 보는 마지막 모습이 되게 해달라고, 나는 이제 그리고 영원히 사라지고 싶다고. 그리고 하느님에게 기도했습니다. 이 병원에서 나가고 싶지 않다고, 우리 집이나 학교나 동네로 돌아가고 싶지 않다고 말입니다. 나는 그 어리고 유치한 희망에 둘러싸여 편안하게 잠잤습니다. 내가 얼마나 큰 기쁨을 느꼈는지 모르시지요? 하지만 어느 비 오는 날 아침에 나는 다시 잠을 깼습니다. 곧 부모님이 도착했고, 그들과 함께 공포와 차가운 눈빛과 모든 곳에서, 심지어 그들의 숨 쉬는 방식에서도 드러나 있는 분노와 원한

이 도착했지요. 다시 말하면, 불안과 걱정의 상태에 빠지고 있다는 느낌이었습니다. 하지만 그건 내 것이 아니었어요. 그러자 나는 내 질병 속으로 빠져들어 고열과 고통의 보호를 받았고, 약을 먹고 현기증이 나는 척했으며, 질병이 내게서 떠나지 않게 해달라고 간구했습니다. 사실 그것은 강해지고 참으면 되는 문제였습니다. 특정 시간에, 그러니까 저녁이 될 무렵이면 부모님은 병실에서 떠났기 때문입니다. 어머니는 병실에 남아 잘 수 있었지만 다행히 한 번도 그렇게 하지 않았습니다. 첫날 밤부터 어머니는 수간호사에게 자기는 집에서 해야 할 일이 있고, 게다가 딸도 있으므로 여기 있을 수 없어서 미안하다고 사과했습니다. 아마도 그렇게 해야만 한다고 생각했던 것 같습니다. 그러자 간호사는, 걱정하지 말아요, 부인, 그래서 우리가 있는 거예요, 여기서 우리가 잘 보살피고 간호해주겠어요, 아이가 착하고 조용하니까 걱정하지 마세요, 라고 대답했습니다.

입원해 있던 며칠 밤 동안, 나는 높낮이가 조절 가능한 침대에 누워 도시의 불빛이 켜지는 것을 보았습니다. 그 기간이 아마도 내 어린 시절에서 가장 행복했던 시절이었을 겁니다. 하지만 가장 슬픈 시기이기도 했습니다. 오늘날 그 당시의 기억을 떠올릴 때면 가엾고 처량한 느낌이 들지만, 그 기억 속에는 이상한 기쁨과 즐거움이 있답니다. 그 이유는 나도 모릅니다, 영사님. 제발 내가 죽었다면 여한이 없었을 겁니다.

어느 토요일에 후아나가 부모님과 함께 왔습니다. 처음에는 궁금한 표정을 지으며 약간 뒤에 있었습니다. 하지만 누나가 다가오자, 나는 그녀가 내게서 눈을 떼지 않고 있었다는 것을 알았습니다. 그런데 갑자기 손으로 내 이마를 만졌습니다. 아주 가벼운 애무였습니다. 그때 기적이 일어났습니다. 쉴 새 없이 시계를 쳐다보면서 웰라미용실에서 약속이 있고, 그 약속을 취소할 수 없다면서 누나를 바라보고 말하던 엄마의 흥분한 목소리가 갑자기 희미해졌고, 창문으로 도시의 모습을 쳐다보던 아버지도 사라진 것 같았습니다.

누나가 어떻게 했는지는 모르겠지만, 누나는 그 병실을 캡슐로 만들었습니다. 그곳에는 말없이 서 있던 누나와 나밖에 없었습니다. 이 세상에 우리 두 사람 이외에는 그 누구도 없었습니다. 바로 내가 본 것이 그런 모습이었습니다. 후아나의 눈은 두 개의 동굴 같았고, 그곳을 통해 우리가 살 수 있고 아마도 행복해질 수 있는 행성으로 들어갈 수 있는 것 같았습니다.

누나와 나, 단둘이었습니다.

그러고는 꿈을 꾸었습니다.

커다란 불이 산에서부터 도시로 번져가고 있었습니다. 콘크리트에서 톡톡 튀는 불꽃 소리와 폭발음, 비명과 건물이 무너지는 굉음 속에서 혓바닥처럼 생긴 아름다운 불길이 내 창문으로 모습을 드러내더니, 거칠고 사나운 모습을 취했으며, 색깔이 바뀌고서 공중으로 사라졌습니다. 나는 세상의 종말을 꿈꾸지는 않았지만, 나 자신이 강하다는 느낌을 받았습니다. 거리에서 비명이 들려왔고, 발길을 멈추어 그 소리를 들었습니다. 그런데 너무나 놀라웠어요! 그건 고통의 탄식이 아니라 웃음소리였거든요. 마치 그 모든 파괴 속에 기쁨이 있는 듯이 요란한 웃음소리였습니다. 그 가증스러운 도시는 바로 그렇습니다. 실제로는 우리를 고문하고 있으면서도 우리에게 기쁨과 쾌락을 주면서 혼란스럽게 만들 수 있는 곳입니다. 세상 그 어디에서도 상상할 수 없는 기쁨이지요. 하지만 그것이 그곳에서 알고 있는 유일한 기쁨이기 때문에, 모든 사람은 인생이란 그런 것이며, 기쁨과 행복도 그렇다고 믿습니다.

불쌍한 사람들이지요.

나는 불꽃이 솟아오르는 것을 보았고, 갈수록 더욱 힘차게 천장에 부딪쳐 되튀는 것을 느끼자 심장이 아주 빠르게 뛰었습니다. 이제 모든 것이 끝날까? 이것이 종말일까? 그러자 후아나를 쳐다보았고, 질병과 약의 꿈으로 빠져들기 시작했지만, 누나의 눈과 아마도 누나 영혼의 일부를 가져가는 것 같았습니다. 나는 그 순간이 영원하기를 바랐습니다. 다시 기도했습니다. 영사님, 그러나 하늘은 텅 비어 있었고, 아무도 내 기도를 듣지 않았습니다. 며칠 후 나는 집과 부서진 거리의 동네로, 그리고 산에 달라붙은 종기처럼 보이던 학교로 돌아가야 했습니다. 집은 내 불안과 불쾌감의 중심이었습니다. 집 안의 무언가가 내 머리를 짓누르고 있었던 것입니다. 그런데 그게 무엇이었을까요? 후아나만 그걸 이해할 수 있었고 그래서 우리 두 사람은 굳게 뭉쳤습니다. 그것이 바로 우리가 발견한 것이었습니다. 즉 우리는 어둡고 슬픈 어떤 것의 일부인데, 우리 둘 중 그 누구도 그걸 바꿀 수 없다는 사실이었지요. 그것은 싸구려 로션 냄새, 바닥 닦는 왁스, 바바리코트와 재킷 냄새 등등이 될 수 있었습니다. 이 세상에서 또 다른 기회를 가질 자격이 있으면서도 결코 갖지 못하는 가난한 가정에서 풍기는 지독한 냄새였습니다. 단지 한 가지만 바뀌었습니다. 이제 내게 참호가 있다는 것, 즉 내가 상대적으로 안전하게 있을 수 있는 장소가 있다는 것이었습니다. 내 방과 후아나의 방 사이에는 두 방을 연결하는 조그만 칸막이 방이 있었습니다. 병원에서 돌아오면서 그곳은 내 은신처가 되었습니다.

　매일 아침 지옥이 다시 시작되었습니다. 아침 6시경에 우리는 길모퉁이에서 학교 버스를 기다렸습니다. 나는 다른 아이들을 보면서 깊은 경멸감 혹은 동정심을 느꼈습니다. 아니, 두 가지를 동시에 느꼈습니다. 그 아이들은 행복했습니다. 쉴 새 없이 떠들었고, 서로 대화하면서 웃었습니다. 몇몇 아이들은 노래를 불렀으며, 버스 바퀴가 물웅덩이를 지나면서 구멍 난 보도에 물을 흩뿌릴 때면 손뼉을 쳤습니다. 너무나 슬픈 행복이 아닌가요, 영사님. 어떤 행복은 우리에게 닭살을 돋게 만듭니다. 그렇게 생각하지 않나요?

　학교에서 나는 열등생이 아니었습니다. 나는 선생님들의 관심을 받는 게 싫었고, 그래서 나 스스로 회색 학생, 즉 눈에 띄지 않는 학생이 되기로 마음먹었지요. 그저 많은 사람 중의 하나가 되고자 했던 것입니다. 하지만 그것은 체면치레라는 어리석은 행동이었습니다. 그 시기에 내가 참고 견뎌야만 했던 수많은 어리석은 것 중의 하나였지요. 아직 오늘날에도 악몽을 꿀 때면 나는 어린 시절로 돌아가서 그 고통의 시기가 아직 끝나지 않았음을 확인합니다. 그것은 시간과 더불어 커지고 벌어지는 상처입니다.

초등학교 선생님들은 찢어진 팬티스타킹을 신은 끔찍한 여자들이었습니다. 다리에는 혈관이 튀어나왔고, 사마귀가 나 있었으며, 기름기가 흐르는 머리칼에 우울한 옷차림을 하고 있었습니다. 그 선생님들 때문에, 그 선생님들 탓에, 항상 나는 악은 추하다고 믿었습니다. 사실은 그것이 악의 속성이 아닌데 말입니다. 몇 킬로미터 떨어진 곳에서도 그 여자들이 자신들의 허접한 삶을 증오하면서 원한을 가진 게 보였습니다. 그런 사람들이 우리를 가르쳤던 것입니다! 맙소사, 자신들의 비참한 존재 방식을 누그러뜨리려 아이들에게 권력을 행사하는 그런 괴물들이 어떻게 우리에게 아름다움을 전해줄 수 있을까요? 왜 선생님들은 모두가 아름답고 명랑하지 않으며, 어깨는 구부러지고 코밑은 시커멓고 역겹고 토할 것처럼 생겨야만 하는 것입니까? 그것에 대한 대답은 분명합니다. 그들은 복수하기 위해 그곳에 있었던 것입니다. 우리의 젊음과 우리의 명랑함, 그리고 아마도 우리의 꿈은 그들에게는 모욕이었을 것이고, 그들의 천함을 보여주는 잔인한 거울이었으며, 그들의 혈관과 비장을 부풀게 만드는 독이었을 겁니다. 우리에게 삶과 사랑과 우정의 가치를 가르쳐야만 하는 사람들이 그런 악마들이었던 것이지요.

나는 너무나 혐오한 나머지 자주 화장실에 가서 수도꼭지를 붙잡고 토해야만 했습니다. 거기서 유일하게 깨끗하고 시원한 것, 그것은 물이었습니다. 나는 수돗물을 틀어서 내 몸을, 특히 내 정신을 그 독에서 씻어냈습니다. 그런데 더 큰 문제는, 정말로 더 큰 문제는 어떻게 같은 반 친구들을 만나느냐는 것이었습니다. 그 아이들은 행복해하고 있을 것이며, 직관적으로 토사물을 역겹다고 거부할 것이었습니다. 그리고 서로 날뛰면서 이야기하거나 질문을 할 것이고, 아니면 어린애처럼 정말로 유치하게 주말에 무엇을 했는지 떠벌리면서, 우리는 식당에 갔다거나 아니면 박물관에, 또는 별장에 갔다는 따위의 말을 할 것이었습니다. 나는 주말에 그것과 비슷한 것을 해본 적이 없지만, 그렇더라도 왜 사람들이 남의 삶을 알고 싶어 하는지 이해하지 못했습니다. 왜 그래야 하죠? 단지 그들에게 무언가에 대해 말한다는 것은 그 무언가를 못 쓰게 만들고 오염시키는 것을 의미합니다. 내 반 친구들, 그 불쌍한 놈들은 거기에 있으면서 서로 말하고 이야기했고, 선생님들은, 참 잘했어요, 학생들, 부모님은 여러분을 몹시 사랑해요, 그러니 감사해야 하는데, 최고의 감사는 공부하는 것이에요, 그러니 내일까지 두 번째 해방 전투를 읽어 오도록 해요, 라고 말하고서, 분필과 가방을 챙기고는 구두 굽 소리를 내면서 나갑니다. 그리고 잠시 후 교무실에서 커피 잔에 주둥이를 처박고 커피를 마시며 담배를 피웠고, 무슨 비밀이나 소문인 듯이 자기들끼리 숙덕거리며 이야기했으며, 우리를 어떻게 해야 더 욕보일 수 있을지, 우리, 즉 행복한 아이들을 통해 삶에 더욱 멋지게 복수할 방법이 무엇인지 상의했습니다. 선생님은 자신들이 되고자 원했지만 될 수 없었던 모든 것, 그들을 현재 상태로 만든 모든 것에 복수하고자 했습니다. 그들은 곱사등의 까마귀입니다. 정말입니다, 영사님. 영혼의 악은 육체에 달라붙어 육체를 변형시키며, 사마귀와 굳은살이나 혹을 만들거든요. 악은 눈에 보이고 냄새도 풍기지요. 나는 어린 시절과 사춘기 시절에 매일매일 그것들을 경험했고, 바로 그런 이유로 대부분의 학급 친구들은 그 체제, 그러니까 증오와 원한 속에서 사는 방법에 편입되었습니다. 하기야 매일 보았던 것이 바로 그건데, 어떻게 다르게 살 수 있었겠습니까?

나는 무척 애쓰고 참아야만 했습니다. 내 안에는 내가 오염시키고 싶지 않은 게 있었고, 나는 그걸 지키기 위해 값비싼 대가를 치렀습니다. 내가 어떻게 지킬 수 있었을까요? 사실 그다지 어렵지는 않았습니다. 단지 공상하면서 내 마음이 그 끔찍한 감방에서 도망치게 하면 되었습니다. 영사님, 이곳보다 훨씬 더 열악한 곳이었지요. 모든 사람이 내가 그곳에 있는 책상에 앉아 있다고 믿었지만, 사실 나는 몇 광년 떨어진 곳에, 바로 내가 소유한 아름다운 행성에 있었습니다. 그곳은 깊고 무시무시한 커다란 바다로 둘러싸인 외로운 분화구 기슭에 있었지만, 그 누구도 눈치채지 못했습니다. 내 가면이 그것들과 유사하게 만들어질 정도로 완전했기 때문입니다. 바로 바보의 가면이었지요.

때때로 내가 유일하게 마음의 평화를 얻은 순간은 쉬는 시간이었습니다. 그러면 나는 운동장으로 갈 수 있었습니다. 누나는 친구들과 함께 배구를 했고, 나는 그들을 보면서 즐거워했습니다. 그들은 너무나 아름다웠고, 후아나는 갈색 머리카락을 바람에 휘날렸습니다. 빛 무늬였지요. 거기서 나는 공이 오가는 모습을 보면서 쉬는 시간을 보냈습니다. 그들에게 배구는 오락이나 운동 너머의 의미를 지녀서 마치 젊은 삶의 목표라도 되는 것 같았습니다. 깨끗하고 오염되지 않은 것이었습니다. 여섯 명의 젊은 여자아이들이 놀면서 자신들이 하는 것을 깊이 믿고 있었습니다. 수업 시간을 알리는 종소리를 듣는 게 얼마나 나를 아프게 했는지 모릅니다. 그래도 그들은 조금 더 배구를 하면서 운동장이 텅 비기를 기다렸고, 어느 까마귀가 와서, 얘들아, 그만하고 어서 교실로 가도록 해, 라고 말할 때까지 두세 번 더 공놀이했습니다.

그렇게 나는 자랐습니다, 영사님. 그게 내 세상이었고, 학교 바깥도 학교보다 더 낫지 않았다는 게 더 큰 문제였습니다.

도시에서 사람들은 쉬지 않고 말하고 또 말했으며, 미친 듯이 몸짓을 했고, 모든 것에 대해 멍청하고 바보 같은 의견을 표명했으며, 자신들의 말이 들리도록, 혹은 남보다 눈에 띄기 위해서나 남들에게 잘난 척하기 위해 새롭지 못한 말들을 소리쳤습니다. 정말 무례한 언동이었습니다! 모든 게 마치 나를 초조하게 만들기 위해 고안된 부조리극 같았습니다. 그 시기에 나는 텔레비전에서 〈환상특급〉이라는 미니시리즈 2회분을 보았습니다. 처음 본 것은 투명인간 이야기였습니다. 두 번째는 시간을 멈출 수 있는 마법 시계를 찾는 어느 젊은이의 이야기였는데, 타인의 시간은 멈출 수 있지만 자기 시간을 멈출 수는 없었고, 따라서 움직일 수 없는 사람들 사이로 마음껏 다닐 수 있었습니다. 투명인간은 내가 원하는 사람이었고, 실제로 오래전부터 그렇게 살고 있었지만, 타인들의 시간을 동결하는 시계라는 발상은 내게 한 번의 클릭으로 현실을 멈출 수 있다는 꿈을 꾸게 했습니다. 사람들의 호흡과 그들의 멍청한 수다를 비롯해 모든 것을 멈출 수 있는 시계였어요!

정말 조용하고, 참으로 평화로운 곳이었어요.

나는 항상 그곳에서 삶을 규정짓는 것들을 혐오했습니다. 출세주의, 인상적인 존재가 되려는 욕망, 증오, 선천성 인색함, 질투, 이 모든 것을 멈출 수 있었어요! 나는 단추를 누르고 혼자 있으면서 쉴 새 없는 몸짓과 수다를 일소하는 꿈을 꾸었습니다. 그런 수많은 허튼소리를 동시에 할 수 있는 곳, 너무나 광적인 속도로 수많은 바보 같은 말을 할 수 있는 곳이 이 세상의 다른 곳에 또 있는지는 모르겠네요. 그런데도 모든 사람은 우리가 '세계 최고의 스페인어'를 구사한다고 믿고 있지요. 제기랄, 마치 미문을 이용해 말하는 것이 가치 있다는 것처럼, 마치 일상적인 말을 할 때도 다른 사람들이 최고의 무식쟁이라서 사용하지도 않고 아마도 무슨 뜻인지 이해하지도 못하는 두어 개의 동의어를 알고 있는 것이 그렇게 말하는 것, 그러니까 "세계 최고의 스페인어"라고 말할 권리가 있다는 것처럼 말입니다.

아무 때나 텔레비전 뉴스를 보면 무엇보다도 그토록 아름답게 사용하는 언어가 무슨 소용이 있는지 확인할 수 있습니다. 그것은 서로 다른 사람들의 목을 베기 위해, 가장 버릇없이 말하기 위해, 비웃고 배신하고 고발하기 위해 사용됩니다. 우리의 통치자와 국회의원들, 시의원과 시장들 대부분이 어떻게 말하는지 들어보셨나요? 책임지지 않기 위해 그들은 거의 항상 술에 취해 있다고 말해도 과언이 아닙니다. 아마도 이것이 가장 마음에 드는 그들의 특징일 겁니다. 그들은 공개석상이나 의회 연단에서, 혹은 선거용 차량이나 돈을 주고 동원한 농아들로 가득한 광장의 모임에서 술을 마시며 시간을 보냅니다. 그러면서도 너무나 심각하고 진지해서 배꼽이 빠질 정도로 웃긴 모습이지요. 내가 단호하게 부정적이라서 미안합니다, 영사님. 어쩌면 그들이 당신의 친구인지도 모를 일인데, 내가 그들을 너무 공격한 것 같습니다. 그랬다면 용서해주십시오. 그냥 내가 그렇게 생각한다는 소리입니다. 어쨌거나 그곳에서는 아무도 이런 사실을 모르며, 아무도 이런 모든 잡소리를 성가시다고 여기지 않습니다. 그것은 서로 기대서 우글거리는 벌레들의 소리입니다. 그저 지옥의 모습, 즉 히에로니무스 보스의 그림만이 그 끔찍스러운 소리를 설명할 수 있을 겁니다.

그게 바로 내 삶이었지만, 어느 날 일이 일어났습니다.

어느 날 밤에 나는 거리로 나가서 106번가에 있는 하수도까지 갔습니다. 우리 동네를 관통하는 악취 풍기는 실개울이었는데, 가끔 비가 많이 내릴 때면 강물처럼 변했지요. 나는 그곳에 가서 개울물이, 그러니까 더럽고 심지어는 시커먼 개울물이 흘러가는 모습을 보면서 즐겼습니다. 하수구 한쪽에는 집들과 경계를 이루는 나무 몇 그루가 심어진 공원이 있었습니다. 그리고 다른 쪽에는 길이가 약 30미터 되고, 높이가 4미터인 벽이 있었고, 그 벽의 윗부분에는 철조망이 둘러 있었지요. 무언가에 매료되어, 나는 그곳에서 몇 년 동안이나 발길을 멈추곤 했습니다. 하수구와 벽 때문이었습니다. 그곳을 지나고 또 지날 때마다 나는 그곳에 멈췄습니다. 나는 다리에 기대어 쳐다보았지만, 왜 그랬는지는 잘 모르겠습니다. 저녁에는 사람들이 나무 사이에서 마리화나를 피우곤 했고, 어떤 커플들은 껴안고 애무하기도 했습니다. 환경미화원들은 풀밭에 누워 낮잠을 잤습니다. 나는 하수구와 벽을 쳐다보고 또 쳐다보았습니다.

나는 우연히 알게 되었습니다. 누나가 수업 시간에 학교 친구들과 함께 마분지로 커다란 산 모형을 만들고서, 컬러 스프레이 페인트로 그것을 칠했습니다. 며칠 후 나는 차고에서 캔 상자를 발견하고는 내 방으로 가져갔습니다. 잠시 그것들을 바라보다가 세 개를 골랐습니다. 노란색과 검은색과 빨간색이었지요. 그러고서 거리로 나갔습니다, 영사님. 시원한 바람이 불었습니다. 마치 비가 내릴 것처럼 공기에서 축축한 냄새가 났습니다. 하지만 하늘에는 먹구름이 많지 않았습니다. 나는 공원으로 갔고, 하수구 반대편으로 건너뛰어 벽 앞에 섰습니다. 잠시 벽을 바라보다가 검은색 스프레이 캔을 잡고서 그것을 흔들자 그 안에서 조그만 공이 느껴졌습니다. 그것이 내는 소리에 나는 부르르 떨면서 현기증을 느꼈습니다. 나는 벽을 쳐다보았고, 4미터가량의 직선을 그은 다음, 다시 그것의 평행선을 그렸습니다. 노란 스프레이로 나는 두꺼운 물결을 그렸고, 빨간색으로는 임신한 배처럼 남게 된 공간을 가득 채웠습니다. 나는 몇 걸음 뒤로 물러나서 내가 그린 그림을 뚫어지게 바라보았습니다. 감동했습니다. 나는 다시 벽으로 돌아가서 굽은 화살촉과 노란 그림자를 칠했습니다. 색깔들이 서로 겹치면서 이상하게 반짝거렸습니다. 나는 집으로 달려가 초록색과 파란색 캔을 들고 와서 그 이상한 그림에 일종의 거품을 만들었습니다. 그러자 이제는 터널로 미끄러져 기어가는 뱀처럼 보였습니다. 그림을 끝내자, 하수구 가장자리까지 뒤로 물러섰고, 가로등의 누런 불빛 아래서 그것을 쳐다보자 불쑥 서명을 하고 싶어져서 붉은색으로 '악MAL'이라고 썼습니다. 나는 내 이름을 쓸 용기를 내지 못해서 세 글자를 빼버렸습니다.† 나는 떠다니는 장식띠 같은 곡선을 L 자에서 시작해 단어 아래로 그렸고, 행복을 느꼈습니다. 그래서 숨을 깊이 들이마시고서 마음속으로 말했습니다. 내일, 이 그림이 어떻게 보일까? 나는 내일 이것을 어떻게 보게 될까? 나는 집으로 돌아가 스프레이 캔을 보관했습니다. 그리고 비누로 손을 닦고서 흥분된 마음으로 침대 안으로 들어갔습니다. 그날 밤 나는 머나먼 무인도를 꿈꾸었습니다. 색칠해달라고 울부짖는 순결하고 깨끗한 벽으로 가득한 곳이었습니다.

† 　자신의 이름인 마누엘Manuel에서 'nue'를 뺐다는 의미이다.

3

내가 쓰고 싶은 이야기, 그러니까 지금 내가 들려주고자 하는 이야기, 즉 지금 방콕에서 기억하면서 정리하는 이야기는 내 인생의 기묘한 시절에 일어났다.

그즈음에 나는 외교부에서 일했고, 얼마 전부터 뉴델리에서 살고 있었다. 라틴아메리카 사람에게는 매우 신기하고 독창적인 도시다. 적어도 나는 그렇게 믿었고, 그 도시는 어느 정도의 모험적 기질을 요구했다. 나는 유럽에서 너무 많은 시간을 보냈다. 24년이나 그곳에서 지낸 것이다. 그러면서 마음속으로 정말로 내가 믿고 싶었던 것처럼 겁 없고 무모한 사람이라면, 오래전에 베이징이나 자카르타 혹은 나이로비처럼 더 멀고 치열한 곳으로 가야 했다고 생각했다.

오랫동안 교육을 받고 공부를 마치자 안정된 삶을 찾고 어느 정도의 수준에 도달하고자 했다. 이제 나는 나가서 자취를 감추거나, 아니면 내가 얻은 것을 잃거나 그것을 새로운 경험으로 바꿀 만반의 준비가 되어 있었다. 그래서 인도에 주재하는 우리 나라 대사관의 영사 직책을 제안받자, 나는 1초도 주저하지 않고 슬픈 유럽 대륙을 떠날 준비를 했다.

델리에 도착해서 내 이웃 국가의 외교관들을 포함한 외국인들이 거주하는 안락한 시설을 보면서, 나는 아주 행복하게 살 것을 기대했지만, 그 환상은 영사 월급을 알면서 깨어져버렸다. 페루 소설가 훌리오 라몬 리베이로*가 말하는 것처럼, 내 품격 때문에 나는 그 액수를 정확하게 밝힐 수가 없다. 여하튼 그래서 나는 바산트 비하르나 순다르 나가르 혹은 동東니자무딘 지역처럼 전통적으로 상류층이 살았던 동네에 살겠다는 꿈을 꿀 수도 없었다. 나는 보다 경제적인 중산층 지역인 장푸라 익스텐션으로 가야만 했다. 처음에는 먼지투성이에 무섭고 소름 끼치는 지역처럼 보였지만, 항상 그렇듯이 마침내 나는 그곳을 사랑하게 되었다. 사람은 모든 것에 적응한다. 심지어 집에서 200미터 떨어진 곳에 시끄러운 인력거와 잠든 개들, 털털거리는 택시들, 모기떼가 들끓는 불결한 화장실, 그리고 장티푸스와 이질痢疾의 공장처럼 보이는 튀김 가게로 가득한 길모퉁이가 있어도 그런 환경에 이내 적응한다.

대사관은 바산트 비하르 지역에 있었다. 그곳은 먼지로 뒤덮여 있지만, 부자들이 사는 동네였다. 그렇지만 인디라 간디 국제공항으로 향하는 비행기들의 비행경로 바로 아래에 있어서 불편한 점도 있었고, 3분마다 방 안에서 소리를 질러야 들을 수 있었다.

이게 전부가 아니었다. 대사관 건물은 올로프 팔메 마르그 거리와 마주 보고 있었는데, 그 거리에서는 불도저와 크레인들이 무지하게 오랜 시간 동안 입체교차로를 건설했다. 인도에서는 그런 교차로를 '플라이오버flyover'라고 부른다. 그래서 교통체증은 말할 것도 없고, 엄청난 양의 먼지와 착암기 소리, 참을 수 없는 하수도 냄새가 진동했다. 어느 날 오후에 먼지와 소음과 냄새가 절정에 이르렀다. 아마도 시멘트를 타설하려고 땅파기 작업을 했기 때문인 것 같았다. 지름 2.15미터의 뱀이 올로프 팔메 마르그 거리를 지나 대사관 문 앞으로 왔고, 그곳에서 트럭 바퀴에 깔려 죽음을 맞이했다. 물론 트럭 운전사는 멈추었고, 두 손으로 머리를 움켜쥐면서 울음을 터뜨렸다. 인도에서는 모든 생명체가 성스럽기 때문이다.

내 사무실은 먼지를 뒤집어쓴 저택의 정원이 내려다보이는 2층에 있었다. 그곳은 바로 바레인 왕국의 대사관이었다. 창문으로 내려다볼 때마다 혹은 장엄한 발코니로 나갈 때마다, 나는 경비 초소에서 두 명의 경비원과 한 마리의 개가 꾸벅꾸벅 졸고 있는 모습을 보았다. 조금 더 멀리 떨어진 거리에서는 사리를 입은 여러 무리의 여인들이 바구니에 벽돌을 담아 머리 위에 얹고서 인근 공사장으로 가는 것을 볼 수 있었다. 그곳에서는 그 여자들의 남편들이 일했고, 아이들은 흙과 벽돌 조각 사이에서 뛰놀았다.

영사관의 주요 업무는 사업차 콜롬비아로 가는 인도 기업가와 기술자들과 학생들, 그리고 매우 드물기는 하지만 관광객들에게 비자를 발급해주는 일이었다. 또한, 인도와 방글라데시와 파키스탄을 비롯해 우리와 미수교국인 이란이나 미얀마, 혹은 스리랑카나 네팔에 있는 회사의 송장을 공증해서 국세청의 서류 절차를 밟아주기도 했다. 국세청의 요청에 따라, 회사들은 서류 원본과 상공회의소 등록증을 보내야 했으며, 모든 서류는 공증소의 원본 확인 공증과 번역 공증을 받아야만 했다.

물론 또한 우리 동포들의 문제와 요구도 있었다. 인도 전역에 120명이 있었는데, 이것은 인도인 천만 명에 한 명꼴로 있는 셈이었다. 거기에 방문객들, 그러니까 인도에 와서 온갖 문제에 휘말리는 사람들도 있었다. 이들 대부분은 인도에 대해 낭만적이고 왜곡된 이미지를 갖고 있었다.

내 동료인 올림피아 레온 데 싱은 50대 초반의 중년 여자로, 10년 넘게 영사 사무실에서 근무한 덕에 그 누구보다도 '영사 업무'의 모든 것을 잘 알고 있었다. 그뿐만 아니라, 그녀는 대사관에서 힌디어를 구사할 수 있는 유일한 콜롬비아 사람이었다. 시크교도와 결혼해서 20년 넘게 델리에서 살고 있었기 때문이다. 내가 그녀에게 묻자, 그녀는 1970년대에 모스크바 민족우호 대학에서 남편을 만났다고 대답했다. 두 사람은 그곳에서 국제관계학을 공부했다. 오로지 기분이 좋을 때만 기운을 내서 조금씩 털어놓던 그녀의 이야기는 아주 특별했다. 그녀는 1980년대 초반에는 대사관들이 외교 행낭으로 화장지를 공수했다고 말했다. 인도에서는 그걸 구할 수가 없었기 때문이다. 그리고 공항에서는 비행기가 착륙할 때마다 수많은 거지와 장애인, 병자들이 비행기에 올라가 동냥했다고 이야기했다. 활주로에서 그런 일이 일어난 것이다!

올림피아는 산탄데르 지방 출신이었고, 공산주의 교육을 받았으며, 1970년대의 모스크바에 관해 말할 때마다 눈이 반짝거렸다. 그곳은 풍요와 문화와 예술의 도시였다. 델리는 모스크바와 완전히 반대였다. 어마어마한 인구가 우마차를 타고 이동했으며, 거리는 포장되어 있지 않았다. 사람들은 거리에서 괴혈병과 설사로 죽어갔고 나병과 같은 질병은 아직도 흔하다. 반면에 소련에서는 그런 질병들을 찾아보기 힘들었다. 이것은 근본적으로 사실이었으며, 아직도 그렇다. 내가 매일 오가는 장푸라에서 대사관 사무실까지의 길에는 한 개의 교차로 신호등이 있었는데, 거기에서는 나병 환자와 거세된 두 남자, 그리고 한 여자를 볼 수 있었다. 피 묻은 튜닉으로 몸을 감싼 나병 환자는 손가락이 있어야 할 자리에 세 개의 손가락만이 남았고, 코가 있어야 할 곳에 붉은 구멍이 나 있었다. 자신들이 살던 동네에서 쫓겨난 두 거세된 남자들은 욕이나 저주를 퍼붓지 않겠다는 조건으로 동냥했고, 한 여자는 한 손에 화상을 입은 아기와 함께 걸어 다녔다. 내 운전사인 피터에 따르면, 그 화상 자국은 버터와 젤라틴으로 만든 가짜 상처였다. 그 말을 듣자 나는 몹시 즐거워했다. 그들 이외에도 잡지나 우산, 해적판 서적이나 넥타이 또는 손수건을 파는 사람들도 있었다.

델리에 도착하고 얼마 안 되어 내가 갖게 된 첫 번째 이미지 중의 하나는 북적대는 찬드니 초크 시장에 있던 어느 남자의 모습이었다. 비쩍 마른 그 남자는 코끼리 같은 불알과 탈장된 커다란 직장을 보여주면서, 앙상하고 뒤틀린 몸에 거대한 벽시계의 전동자처럼 참외 두 개를 달고 있었다. 나는 이미 자마 마스지드 이슬람 사원의 계단에 모인 인간 특별매장을 본 상태였다. 거기에는 소아마비에 걸려 불구가 되고 몸이 썩은 난쟁이와 말기 상태의 여러 나병 환자들이 있었다. 그래서 델리, 아름답고 불안한 델리에서 질병에 걸린 사람들은 생활비를 안정적으로 벌고 있는 게 분명하다고 생각했다.

하지만 올림피아 이야기로 돌아가자.

그녀는 비자 신청인과 콜롬비아 교민회의 문제를 매일 내게 가져왔다. 교민회는 주로 킹피셔 항공사 조종사들, 인도 회사에서 인턴으로 일하기 위해 온 젊은이들과 특히 '영적 관광'의 열렬한 신자들로 이루어져 있었다. 그런 관광을 온 대부분은 부잣집 마나님들로, 사이바바,* 사티야난다*와 오쇼*를 비롯해 사랑과 평화에 관해 현명한 속담을 말해주고 삶에 대한 충고를 해주는 또 다른 현대 철학자들의 가르침 속에서 위안을 찾았다.

내 동료가 혐오하는 것들이었다.

한번은 몹시 흥분해서 내 사무실로 들어와서는, 보스, 와서 이것 좀 보세요, 라고 말했다. 나는 보스라고 부르지 말아요, 라고 그녀에게 부탁하고 함께 접견실로 갔다. 중년의 인도인이 초조한 표정으로 기다리고 있었다. 어느 콜롬비아 여자의 여권을 가져왔는데, 그 여자에게 문제가 있다고 말했다. 어떤 종류의 문제냐고 묻자, 그는 그녀가 스승 라비 라빈드라의 추종자며, '영적 세미나'에 참석한 이후 그녀의 정신이 오락가락한다고, 마치 나사가 헐거워진 것 같다고 이야기했다. 그녀의 나이는 스물일곱이었다. 어떤 종류의 문제입니까? 나는 다시 물었고, 그 남자는 눈을 아래로 떨구면서 설명했다.

"벌거벗고서 거리로 나가려고 하고, 잠도 자지 않으며, 라비만을 생각하면서 그의 아내가 되고 싶고, 그와 함께 인도네시아로 가고 싶다고 말합니다."

"인도네시아라고요?" 나는 이렇게 물으면서, 대사관이 없어서 우리가 대신 일을 처리해주어야 하는 나라 중의 하나야, 라고 생각했다. "왜 인도네시아입니까?"

"오늘 라비가 강연하러 그곳에 갑니다." 인도 남자가 말했다.

나는 즉시 그 문제에 착수하기로 했다.

여자는 그린파크 근처의 아파트에 있었다. 나를 보자 그 젊은 여자는, 안녕하세요? 마실 것 드릴까요? 아니면 먹을 것을 드릴까요? 자, 앉아요, 어떻게 지내세요? 이곳으로 와줘서 정말 잘됐어요, 라고 말했다. 기관총처럼 빗발치듯 쏟아낸 질문을 듣자, 나는 분명히 문제가 심각하다고 생각했다. 나는 그녀에게 어떻게 지내느냐고 물었고, 그녀는, 나는 잘 지내요, 당신을 만나게 되어 너무 기뻐요, 마실 것을 드릴까요? 먹을 것을 드릴까요? 잠시 후에 내가 부른 택시가 올 테고, 난 그 택시를 타고 공항으로 갈 거예요, 거기서 라비를 만나서 함께 인도네시아로 갈 거예요, 정말이지 당신을 만나게 되어 기뻐요, 마실 것을 드릴까요? 아니면 먹을 것을 드릴까요?, 라고 말했다. 문제가 심각해질 수도 있었다. 나는 나와 함께 의사에게 가자고 그녀를 설득하는 데 성공했다. 그녀를 그곳에 묵게 해준 여자 친구의 이름은 암리타였는데, 암리타는 그녀가 기억상실증을 겪고 있다고 말해주었고, 나는 그녀가 검사를 받게 하고 싶다고 대답했다. 나는 그녀가 마약에 중독되어 강간당했을지도 모른다는 생각에 두려웠다.

그녀와 조금 더 대화하면서, 나는 그녀가 캐나다에서 그 스승을 만났으며, 그와 함께 인도로 여행한 것이 세 번째라는 사실을 알았다. 또한, 그를 열렬히 사랑한다고 말했다. 영적으로 사랑하는 겁니까?, 라고 나는 물었고, 그녀는 그렇다고, 하지만 여자로서도 사랑하며, 우리 사이에는 너무나 아름다운 것이 태어났다고 대답했다. 암리타는 눈을 휘둥그렇게 뜨고 나를 쳐다보더니, 귀엣말로 그녀의 말은 모두 헛소리라고, 그럴 수가 없다고, 그건 라비에 대한 그녀의 강박적인 망상이라고 확인시켜주었다. 나는 더욱 혼란스러웠다. 몇몇 힌두교 스승은 서양 여자들을, 특히 마음이 약해서 쉽게 지배되고 영혼과 육체를 모두 헌납하는 여자들을 강간했다는 혐의를 받는다(무엇보다도 육체를 강간했다는 혐의를 받는다). 다행히 이것은 그런 경우가 아니었다. 아니 적어도 일주일 동안 그녀를 관찰했던 병원 의사는 그렇게 말했다. 그런 다음 그녀의 어머니가 왔고, 그녀가 일본 정부 장학금을 받아 박사과정을 밟고 있던 도쿄로 데려갔다. 그녀가 떠나자, 의사는 소변에서 향정신성 약품이 검출되었다고 말하면서, 그녀가 마약에 중독된 것이 아니냐고 물었다. 나는 그 사실을 결코 알 수 없었다.

다음 날 나는 사무실에 있었다. 비자 신청인의 서류를 읽고 있었는지, 아니면 국세청에 편지를 쓰고 있었는지 기억이 나지 않는다. 그때 올림피아가 갑자기 들어와, 보스, 보스, 장관님 전화를 돌려드릴게요, 아주 급한 일이에요!, 라고 말했다.

내가 궁금하다는 표정을 지으면서, 도대체 무슨 일인지 알고자 하자, 그녀는 내게 속삭였다. 보스, 방콕으로 갈 준비를 하세요.

"나를 보스라고 부르지 말아요." 나는 올림피아에게 말했다.

그리고 수화기를 들었다.

4

나는 내가 어느 나라 출신인지에 대해 전혀 관심이 없어요. 사람들은 삶을 살면서 여러 번 태어나니까요. 나는 어딘가에서 이 말을 읽었을 수도 있지만, 어디서였는지는 기억이 나지 않아요. 그걸 아는 사람이 있다면, 내게 알려주면 좋겠어요. 어쨌거나 난 별 관심이 없어요. 나는 세계를 여행하면서 내 화면 앞에서 사는 법을 배웠어요. 이것이 나의 진정한 가정家庭이에요. 때때로 나는 자지러질 듯이 웃지만, 이것은 내가 약을 먹지 않았다는 사실만 보여줄 따름이에요. 나는 최근 기억에 문제가 있어요. 마치 〈니모를 찾아서〉에 등장하는 작고 파란 물고기 같아요. 내 병이 시작되었을 때부터 치료한 의사는 내게 겁을 주고자 이렇게 말한답니다. 당신은 감각을 잃어버릴 것이며, 의자에서 떨어져 일어날 수 없을 것이라고. 어느 날 당신이 알지 못하는 세상에 있다는 것을 알면서, 어디로 가야 할지 모를 것이라고. 그래서 치료해야 한다고 말하지요. 하지만 나는 아무것도 먹지 않아요. 나는 음식과 약과 도시의 짙고 더러운 공기로 수송된 것들을 거부하는 거식증 환자랍니다.

내 최고의 친구, 그러니까 내 남자는 〈센세이션〉이라고 불리는 블로그에서 살아요. 그의 이름, 아니 그가 스스로 부르는 이름은 페렝크 암브로시아예요. 그건 거짓 이름일 수도 있어요. 아니, 의심의 여지 없이 그것은 가짜 이름이에요. 그는 자기 몸을 뒤죽박죽된 이 세상의 쓰레기장에 있게 만들 정도로 어리석지는 않아요. 나는 그가 어느 나라에서 태어났는지 어떤 얼굴을 가졌는지 몰라요. 그런 것은 내 관심사가 아니에요. 그는 흑인일까요, 아니면 황인종일까요, 또는 백인일까요? 영화 〈블레이드 러너〉에 나오는 사람들처럼, 인간과 같은 감성을 지닌 로봇, 즉 휴머노이드일까요? 혹은 시인 레온 데 그레이프*가 말한 것처럼 "유대인, 케추아인, 오랑우탄인, 아리아인"일까요? 그는 한 남자일까요, 아니면 수많은 남자일까요? 한 여자일까요, 수많은 여자일까요? 오늘날에는 유령들만이 사는 마운즈빌 교도소의 모범수 그룹일까요? 스칸디나비아의 어느 정신병원에서 인터넷에 접속할 수 있는 정신병자이며, 뭉크의 〈절규〉에 나오는 인물이 걸어 다니는 바로 그 다리에서 살기를 꿈꾸는 사람일까요? 아니면 인터넷의 앨범을 통해 미얀마 아이와 케냐 아이의 사진을 교환하는 풋내기 남색자들로 이루어진 비밀 수도승 집단일까요? 또는 자기 집 문 앞에서 로버트 루이스 스티븐슨*의 유령을 만날지 몰라 두려워하는 에든버러의 소심한 변호사일까요? 혹은 로드아일랜드에서 태어나 러브크래프트*에 필적할 만한 사람이 되기를 바라면서, 도끼로 부모를 살해하고 집을 불태우고 북쪽의 얼음 나라로 도망치고자 준비하는 히스테리에 걸린 두 자매일까요? 아니면 감방에서 마리화나를 둘둘 마는 데 이상적인 종이로 제작된 중고 성경을 이베이에서 파는 판매자일 수도 있지 않을까요? 또는 일이 없는 시간에 잃어버린 청춘과 잃어버린 제국을 위해 눈물을 흘리면서, TYPNCT-3 시리즈의 낡은 러시아 망원경으로 자위를 하는 러시아 포르노 스타는 아닐까요? 혹시 루벤 다리오*의 있음 직하지 않은 신호를 기다리면서 자살을 연기하는 라틴아메리카의 슬픈 젊은 시인은 아닐까요? 아니면 비행기가 차드 공화국 위를 날아가는 동안, 화장실에서 펠라티오를 서비스받고는 모든 것을 주겠다고 하고서 이내 약속을 저버리는 프랑스 승객 때문에 화를 내고 실망한 카메룬 항공사의 여승무원은 아닐까요? 또는 루이스 캐럴*의 형제인 E. H. 도지슨의 추종자이며 그처럼 무섭고 끔찍한 트리스탄다쿠냐 제도의 에든버러 오브더세븐시즈† 마을에 사는 재림파 목사는 아닐까요? 아니면 비하르에서 태어나 인터넷으로 로페 데 베가*를 읽는, 뉴델리 세르반테스 문화센터의 스페인어 선생님이 아닐까요? 또는 실수로 폰세††의 택시 운전사 아

---

†   트리스탄다쿠냐 제도의 수도이자 유일한 마을.

††   미국령 푸에르토리코섬 남안에 있는 도시.

이를 갖고서 미래의 아이에게 그뤼네발트라는 이름을 주어야 할지 엑토르라보라는 이름을 붙여야 할지 머뭇거리는 푸에르토리코 리오피에드라스 대학의 노르웨이 여자 조교는 아닐까요? 아마도 피노체트의 독재 치하에서 무사히 도망쳐서 지금은 자신들의 기억을 시로 짓고 문학부에서 세상 종말을 추구하는 칠레 이성복장 성도착자들 그룹은 아닐까요? 난쟁이와 자전거 그리고 레오나르도 다빈치를 자기 책에 넣은 포스트붐 세대의 위대한 멕시코 소설가이자 이런 미친 목록의 작가는 아닐까요? 마른라발레 병원 응급실의 정신과에서 일하고, 폐쇄 병동 수감자들의 외침 소리를 들으며 시오랑*을 읽는 젊은 루마니아 여자는 아닐까요? 9년 전 세면대에 피가 가득한 주사기를 남긴 독일의 록 스타가 머물렀던 뉴욕의 만다린 오리엔탈 호텔 78층 객실 담당 청소부의 사생아는 아닐까요? 잘츠부르크에서 자랐고, 폭탄이 떨어지고 땅이 꺼지며 도시가 불타는 모습을 기억하는 어느 극작가의 적들은 아닐까요? 또는 안전 문제 때문에 이름을 밝힐 수 없는 예루살렘의 어느 5성급 호텔의 전화교환원이 주도하는 '나라 없는 사람들 임시 연맹' 속에서 하나로 뭉친 이전의 모든 것들은 아닐까요? 아니면, 자신의 얼굴을 숨기고 잊히기 위해 혼자 글을 쓰며 모든 희망과 맞서는 소설가는 아닐까요?

나는 페렝크 암브로시아가 누구인지 전혀 관심이 없어요. 어쨌든 내가 그를 사랑하기 때문이지요. 그는 내 사람이며, 내 남자랍니다. 실제의 삶은 첫 번째 여과기에서 끝나요. 내 상태에 도달하는 우리는 순수하고 순간적이며 미묘하고 희미하며 무형이에요. 그것은 천사들로 이루어진 새로운 인종이랍니다. 갓 태어난 천사 같은 시민군이지요. 아, 내 화면의 무한한 대초원 지대에서 나는 얼마나 행복한지 모른답니다. 이 달콤하고 완벽한 세계의 사탕수수 농장에서 말이에요! 이거야말로 진정한 오르플리트, 그러니까 먼 곳에 있는 환상의 땅이에요.

여기서 나는 몇 개의 꿈이나 망상, 나의 자아, 내 영혼의 변신을 말하려고 해요. 그게 어떤 것이든 전혀 중요하지 않아요. 바흐친*이 말했던 것처럼 포스트모더니즘은 장르 간의 경계를 파괴하는 것으로 정의되지요. 어느 날 밤에 화면을 통해 우리가 격렬한 섹스를 하기 전에 페렝크가 내게 그 말을 속삭여주었어요. 그것을 기억하는 것만으로도 내 젖꼭지가 부풀어 오르고, 나는 '약간 경박한' 팬티스타킹과 인티미시미 라벤더 팬티를 적신답니다. 그것은 내가 이 마름모꼴의 공간에서 절대로 나가지 않지만, 빅토리아 시크릿을 사용하는 여자가 아니기 때문이에요. 나는 우아하고 고급스러운 여자랍니다.

어쨌든 사랑하는 친구들, 내 말을 들어봐요. 사랑과 말과 삶이 유일한 목표인 이 여자의 절망적이고 괴로운 목소리를 들어봐요. 그러니까 그건 시예요. 내 부드럽고 기탄없는 손에 여러분을 맡겨봐요. 이 손은 인간의 일들, 언젠가 뮤즈들이 관심을 보였고 앞으로도 계속 보일 훌륭한 이야기를 알고 있거든요.

5

다음 날 학교 버스에 타기 전에 나는 벽에 그린 내 그림을 보았습니다. 빛나는 뱀, 거의 사이키델릭조 색깔의 물결이었지요. 내 서명, 그러니까 붉은 글씨를 보자 심장이 빠르게 뛰었습니다. 나는 그 이야기를 하고 싶었지만, 그런 충동을 억지로 참았고, 후아나에게 아무 말도 하지 않았습니다. 잠시 비밀을 간직하고 그 안에 무엇이 더 있는지 볼 필요가 있었지요.

학교에서, 따분하고 비위생적인 교실에서 나는 그 괴물들이 우는 소리를 듣는 것보다 더 잘할 수 있는 일이 무엇인지 깨달았습니다. 스케치하는 것이었어요. 나중에 그것을 벽에 재현할 작정이었지요. 그러자 처음으로 나는 거칠고 사나운 바다로 둘러싸인 섬을 하나 그렸습니다. 섬 한가운데에는 거대한 분화구가 있었고, 그 기슭에, 그러니까 오르막길이 시작하는 곳에 작은 남자가 외롭게 앉아서 성난 바다를 바라보고 있었습니다. 나는 처음에 연필로스케치를 하나 했고, 다음에는 컬러로 또 다른 그림을 그렸습니다. 처음에 분화구는 테두리가 빨간색과 노란색인 감청색 원뿔과 같았지요. 그러고서 나는 황토색으로 분화구를 어둡게 했습니다. 화산섬이 분명하다고 생각했지만, 약간의 풀과 식물도 그려놓았습니다. 내 팔은 저절로 움직이는 것 같았어요. 당시 열세 살이었습니다, 영사님. 나는 아주 중요한 것을 막 발견했는데, 그것이 내게 힘을 주었을 겁니다. 그래서 나는 그 사실을 비밀로 간직하겠다고, 그 순간에는 그것을 그 누구에게도 밝히지 않겠다고 마음먹었어요.

얼마 후에 또 다른 조그만 기적이 일어났습니다.

우리는 고등학교 1학년이 됐고, 새 여자 선생님은 우리에게 몇 권의 책을 읽으라고 했습니다. 이니드 블라이튼*의 『미스터리 황무지로 가는 페이머스 파이브』, 오스카 와일드의 『나이팅게일과 장미』, 쥘 베른의 『기구 타고 5주일』이었습니다. 나는 이미 2년 전에 블라이튼의 『페이머스 파이브』 시리즈 몇 권을 읽었습니다. 그래서 난 그것이 좋은 징조라고 생각했고, 아주 즐겁고 기분 좋게 집으로 돌아갔습니다.

물론 우리 부모님은 그 책을 사주겠다는 생각을 전혀 하지 않았습니다. 그들에게 책은 빌려 보는 것이었으니까요. 그래서 우리 어머니는 몇 군데 전화를 걸었고, 마침내 이니드 블라이튼의 책과 베른의 책을 구했습니다. 와일드의 책에 대해서 부모님은 선생님에게 짧은 편지를 보내 그 책을 구할 수 없었다고, 지난 몇 년의 우리 누나 학교 물건들 속에 그 책이 없다는 것이 이상하다고 말하면서 나를 너그럽게 봐주라고 부탁했습니다. 하지만 선생님은 우리가 구할 수 있는 여러 서점의 이름을 알려주면서, 아이에게 그만의 서재를 갖춰주는 것이 바람직하다고 권했습니다. 어머니는 답장 편지를 읽더니 화가 치밀어 얼굴이 새파랗게 되었습니다. 그날 밤 어머니는 아버지에게 그 이야기를 했고, 아버지는 불쾌한 듯이 눈을 깜빡였지만, 그 염병할 책 한 권을 산다고 가난해지지는 않을 것이라면서, 그게 얼마나 하느냐고 물었습니다. 그 말을 듣자, 난 토할 것 같았어요. 그런 다음 아버지는 나를 쳐다보더니, 새 선생님이 어떠냐고 물었지요. 나는 무슨 말을 해야 할지 몰라서 어깨를 으쓱했어요. 다른 선생님들과 똑같아요, 라고 나는 대답했어요. 젊으니? 아버지는 그걸 알고자 했어요. 나는, 몰라요, 아빠, 몇 살인지 모르겠어요, 라고 말했지만, 아버지는 그만두지 않았어요. 이미 목소리를 떨고 있었기에 나는 그가 화내고 있다는 것을 익히 짐작할 수 있었어요. 아버지는, 난 지금 정확한 나이를 묻고 있는 게 아니야, 단지 젊은지만 알고 싶은 거야, 그건 누구라도 알 수 있는 거야, 선생님이 젊어?, 라고 물었어요. 나는 그렇다고, 다른 여선생님들보다 젊다고, 갓 부임했다고, 올해 처음 가르치기 시작한 선생님이라고 대답했어요.

아버지는 씩씩거리더니 그래, 바로 그래서 그런 거야, 라고 말했습니다. 그 선생은 갓 졸업한 멍청이 중의 하나일 것이야. 그 멍청이들은 직장에 출근해서 모든 것을 뒤집으려고 하면서 엉망으로 만들어. 나는 사무실에서 그런 사람들을 보았고 그들이 어떤 사람들인지 너무나 잘 기억하고 있어, 컴퓨터 프로그램과 파일을 잘 다룬다는 이유만으로 자기들이 모든 걸 알고 있다고 생각하는 작자들이야. 그리고 젊고 예뻐서 상관들은 좋다면서 모든 것에 동의해. 난 그런 여자들이 싫고 미워. 베르타, 좌우간 아이에게 책을 사주도록 해. 그 여자에게 우리를 모욕하는 기쁨을 주지 말자고.

다음 날 우리는 우니센트로 쇼핑센터에 있는 나시오날 서점으로 갔습니다. 어머니는 체념한 표정이었고, 나는 마음속으로 기뻐했지요. 서점 직원이 그 책을 가져오자, 나는 초조한 미소를 짓지 않을 수가 없었습니다. 정말로 예쁜 책이었어요! 어머니는 가격을 보더니 얼굴을 찌푸리면서 더 싼 판본은 없느냐고 물었지요. 그러자 직원은 안쪽 창고로 갔고, 나는 계산대 근처에서 어머니 옆에 있으면서 창피한 느낌을 받았습니다. 이상한 일이었어요. 어머니는 입을 삐죽거리면서 근엄한, 아니 거만한 표정을 지었어요. 모욕을 받았으니 보상을 하라는 것 같았습니다. 마치 우리가 그곳에 있으니 서점 직원들이 우리에게 돈을 지급해야만 한다는 것 같았지요. 잠시 후 젊은 직원이 삽화가 그려진 다른 판본을 들고 돌아왔는데, 다행스럽게도 더 비싼 책이었고, 어머니는 처음에 보여준 책을 사기로 했어요. 물론 집에 도착하자 어머니는 책 가격에 대해 빈정거렸고, 책이 상하지 않도록 겉표지를 씌워야겠다고, 그 멍청한 선생이 학교에서 계속 가르친다면 그 책을 다음 해에 팔 수 있을 거라고 말했지요. 나는 그 책을 갖게 되어 너무나 기뻤습니다. 그게 몇 달에 불과할지라도 상관없었어요. 그래서 어머니의 인색함도 개의치 않고서 내 방으로 뛰어 올라갔지요. 처음으로 갖게 된 새 책이었어요! 나는 가슴에 그 책을 꼭 껴안고서 이 아름다운 물건이 내가 공부를 계속하도록 도와주리라고 생각했어요.

그러나 삶은 계속 앞으로 나아가고 우리를 따라잡게 되지요, 영사님. 불행하게도 세상일은 모두 다시 시작하지요. 그래서 그 조그만 기쁨 후에 나는 다시 한번 식탁에 앉았고, 내 앞에는 맛없는 음식이 놓여 있었어요. 나는 억지로 그 음식을 조금 삼켰고, 아버지의 말을 참고 들어야 했어요. 그 당시 이미 아버지는 갈수록 더 분명하게 우리 나라에는 구세주가 필요하다고 주장하기 시작했답니다. 굳건하고 단호한 손으로 질서를 되찾고, 화합을 회복하며, 암울한 기운을 없앨 사람이 필요하다는 것이었어요. 우리가 사는 상황을 바꿔야 한다는 것이었지요.

나는 직장에서 무슨 일이 있었던 것인지, 아니면 그가 가졌는지도 모를 어떤 내면의 삶 속에서 무슨 일이 일어나고 있는 것인지 알지 못했습니다. 그러나 분명한 것은 특별한 일이 일어나지도 않았는데 갑자기 아버지가 변하기 시작했다는 겁니다. 예전에는 거의 정치적 의견을 표현하지 않았거나, 하더라도 온건적이었고 가능한 한 절제했는데, 이제는 신문에서 읽은 것이나 텔레비전 뉴스에서 본 것에 관해 열렬하게 말했습니다. 이상하게도 그가 마음속으로 생각했던 것이 마구 튀어나왔던 것이지요. 아마도 그가 식탁에서 우리에게 말했던 것은 사무실에서 말하고 싶었던 것일 가능성이 컸어요. 하지만 그 누구도 그의 말을 귀담아듣지 않았어요. 아무도 그의 의견에 관심을 보이지 않았어요. 반면에 집에서 우리는 아버지의 생각을 들어야만 했고, 그렇게 했지요. 꾹꾹 참으면서 그 윙윙거리는 소리를, 현실과 현재에 대한 증오와 원한으로 가득한 장황한 이야기이자 극에 달한 분노의 이야기를 듣고 또 들어야만 했어요. 아버지는 혼란과 도덕이 붕괴한 상황이라고 우리 나라를 설명하면서, 진정한 애국자가 있어야만 그런 상태에서 빠져나올 수 있다고 열변을 토하셨어요. 그 애국자가 그리스도의 병사이자 질서의 투사인 알바로 우리베*가 아니면 누구겠어요? 선거가 임박해 있던 당시, 그는 설문 조사에서 이미 고공행진을 하고 있었습니다.

아버지는 우리베에게 매료되어 있었습니다.

그 열렬한 믿음 때문에 그는 강력한 소신이 있는 사람이자 아무도 모르는 아마추어 칼럼니스트가 되었던 것입니다. 어머니는 자기가 몹시 중요하다고 여긴 주제에 관해 아버지가 말하는 것을 듣고는, 자기 남편이 분개하지만 마침내 유순하고 복종적인 관료에서 벗어나 새로운 사람으로 변신했다고, 즉 남들도 높이 평가하면서 논의하는 견해와 사상이 있는 시민이 되었다고 생각했을 겁니다. 그래서 어머니는 그가 가족과 그런 생각을 공유하면서 가족에게 나아가야 할 길을, 다시 말하면 그녀가 자랑스럽게 느낄 사상과 도덕과 윤리의 등대가 무엇인지 보여준다고 여겼을 것입니다.

아마도 그래서 우리가 그런 1인극을 참고 견뎌야 했고 그가 정치와 경제를 비롯해 최근의 역사에 관해 말하는 소리를 참고 들어야만 했을 겁니다. 그럴 때면 아버지는 자기 집 식당에 있는 것이 아니라, 텔레비전에 출연해서 전문가들과 토론하는 것 같았습니다. 그렇게 아버지는 찬성 의견을 냈고, 아무도 반론하지 않았는데도 반대 의견을 주었지요. 그는 스스로 반대 이유를 제시하고서 그것에 대답했고, 스스로 자기 말을 끊고서 발언을 허락하기도 했어요. 그런 광경을 지켜보면, 정말이지 오싹했고, 아버지가 창피해서 죽을 지경이었어요. 내 자존심을 짓밟아버리면서 꼴불견이라고 느끼게 만들기에 충분했어요.

나는 배 속에서 무언가가 나를 때리는 것 같은, 그러니까 보이지 않는 집게로 배 속을 휘젓는 것 같은 느낌을 받았지요. 네스호湖의 내 괴물이 모습을 드러내기 시작하는 것 같았어요. 그럴 때면 나는 눈을 감고서 도망치려고, 그러니까 멀리 가려고 했지만, 내 망상이 끝나고 내가 다시 식탁으로 돌아올 때에도 아버지는 아직도 그곳에 있으면서 쉬지 않고 자기 의견을 피력했고, 자기 이야기가 끊어지지 않도록 급히 밥 한 술을 목으로 넘겼지요. 그렇게 그는 말했지만, 그것들이 분명하고 옳은 생각일지라도 그의 입에서는 거짓처럼 들렸어요. 그러니까 그가 말하면 그런 게 모두 개소리처럼 들렸던 것이지요. 콜롬비아에서 테러리스트들은 극단의 스타가 되었다고, 모두가 그들과 사진을 찍고자 한다고, 아직도 평화 협상에 대해 말하는 사람이 있다는 것이 믿을 수 없다고, 파스트라나* 대통령 옆에 있는 '티로피호'*의 빈자리는 정부를 비웃고 원칙이 전혀 없다는 것을 보여주는 상징이라고 말했지요. 그리고 목에 핏줄이 붉어지면서 열렬하게 우리에게 필요한 것은 강력한 힘이라고, 그래서 우리는 희생해야 한다고, 그렇지 않으면 오늘날 라틴아메리카의 모범인 칠레를 보라고 몇 번이고 되풀이했어요. 또한, 여기에서는 키를 잡고는 방향을 바꾸어야 한다고, 단호하게, 즉 조국에 대한 의무와 사랑을 갖고서 그렇게 해야 한다고 침을 튀기며 말했어요. 어머니는 아버지의 말에 찬성하고 지지해야만 한다고 느꼈고, 마치 우리가 〈빅 브라더〉라는 거짓말 리얼리티 쇼나 대낮의 퀴즈 프로그램에 출연해서 녹화하는 것처럼 아버지에게, 아 알베르토, 하느님이 당신 말을 들어주시면 좋겠어요, 알바로 우리베는 게릴라와 협상을 하지 않겠다고, 나라를 통째로 게릴라에게 선물하지 않겠다고, 아니 정반대로 그들과 싸워 총탄 세례를 퍼붓겠다고 말하는 유일한 사람이에요. 싸움과 총탄, 이게 테러리스트들이 이해하는 유일한 언어예요, 그는 게릴라들과 싸우고 또 싸울 거예요, 그는 그들과 맞설 거예요, 성모님, 제발 나쁘고 뻔뻔한 놈들, 부잣집 자식들, 그리고 매국노들을 없애주소서, 라고 말했답니다.

그러면 아버지는, 맞아, 베르타, 나머지 후보들은 이 나라의 개망나니들이야, 잘 봐, 모두가 외국 고등학교에서 공부했고, 모두가 바깥만 바라보고 있어, 그 작자들은 콜롬비아 사람이라는 사실을 창피하게 생각해. 반면에 우리베는 중산층이며, 안티오키아의 산지 출신이고, 시골 사람들의 도덕과 윤리적 가치를 지니고 지방의 전통적인 용기와 배짱을 가진 사람이야. 이게 바로 필요한 거야. 콜롬비아를 사랑하는 사람, 혈관을 열면 콜롬비아의 피가 콸콸 솟구치는 사람, 자긍심을 지닌 사람, 우리는 후보에게서 이런 것을 한 번도 보지 못했어. 우리베는 진정한 애국심에 관해, 국가의 품격과 기품에 대해 말하는 최초의 후보이며, 국기의 색깔을 찬양하고, 테러리즘에 맞서 싸우는 후보야. 베르타, 그래서 나는 우리베가 승리하지 않으면 우리는 바닥에서 이 나라를 퍼 올릴 수 없다고 말하는 거야. 이렇게 되면 우리는 파나마에서 일어난 것처럼 미국인들에게 해병대를 끌고 와서 우리 문제를 해결해달라고 부탁해야 하고, 치욕을 참고 받아들여야 하는 상황이 될 거야. 어떻게 이런 사실을 모르는 사람이 있을 수가 있지? 그의 선거모토 〈강력한 손, 위대한 마음〉만 봐도 알 거야.

두 사람은 한 시간 이상 말하고 또 말했습니다. 후아나는 항상 한 친구의 집에서 공부했기 때문에 나 혼자 그 모든 것을 맞서야 했습니다. 그들이 감동적인 쇼를 끝내야 비로소 나는 식탁에서 일어날 수 있었습니다.

여러 번 나는 도망치는 꿈을 꾸었습니다, 영사님. 어느 날 아침에 나가서 학교 버스에 타지 않는 꿈을 말이에요. 다시 말하면, 우리 두 사람이 버스에 타지 않는 것이었지요. 후아나 없이는 도망칠 수 없었습니다. 그녀를 우리의 일상에 혼자 남겨둘 수는 없었어요. 언젠가 나는 그녀에게 말했어요. 후아나, 언제 떠날까? 왜 이렇게 오래 기다려야 하는 거지? 그러자 그녀는 대답했습니다. 넌 아무것도 할 게 없어. 그저 기다리기만 하면 돼. 내가 모든 걸 알아서 해결할 테니까. 준비가 되면 우리는 영원히 떠날 거야. 이 지옥에서 먼 곳으로. 우리 뒤를 쫓지 못하도록 아무런 흔적도 남기지 않고 떠나게 될 거야.

그녀의 말을 듣자 가슴속에서 심장이 마구 뛰었습니다. 그 모든 희생이 종말을 고할 것이었고, 그 종말은 머지않았던 것입니다. 우리 두 사람은 같은 것을 위해 일했습니다. 그녀는 지성과 힘으로, 나는 인내의 능력으로 그렇게 했지요. 우리는 그 광포한 세상을 떠나 보다 나은 세상을 건설할 생각이었습니다.

책은 나에게 많은 도움을 주었지만, 그때까지도 내가 그것들을 얻어내야만 했습니다.

같은 블록에 사는 어느 이웃 친구가 커다란 서재를 갖고 있었는데, 그는 책 읽기를 좋아하지 않았습니다. 그의 부모님은 선생님이었고, 그에게 청소년 서적을 사주었습니다. 그러나 그가 관심을 보인 것은 축구와 인터넷 섹스, 그리고 케이블 텔레비전에서 방영하던 미국 드라마였습니다. 우리는 열네 살이었어요. 그의 이름은 빅토르였는데, 어느 날 나는 그에게 협상을 제안했지요. 내게 책을 빌려주면 내가 그것들을 읽고 이야기를 해주겠다는 것이었습니다. 그러면 두 사람 모두 행복하고 즐거울 것이었어요. 즉 그는 축구와 레드튜브, HBO에 모든 시간을 할애할 수 있었고, 나는 내가 원하는 책을 읽을 수 있었지요.

그는 동의했습니다.

그렇게 나는 마크 트웨인의 작품들, 그러니까 톰 소여의 이야기들과 허클베리 핀의 이야기들, 잭 런던의 『하얀 엄니』와 『야성의 부름』, 『로드 짐』과 『암흑의 핵심』과 같은 조지프 콘래드의 작품들, 스티븐슨이 쓴 데이비드 벨푸어†의 슬프고 이국적인 모험, 월터 스콧의 『아이반호』, 러디어드 키플링의 작품들, 특히 『킴』을 읽었습니다. 이내 조금씩 산도칸††과 말레이시아의 호랑이에 대한 살가리◆의 연재소설, 뒤마의 『몬테크리스토 백작』, 헨리 라이더 해거드◆의 『솔로몬 왕의 동굴』이 내 손으로 들어왔습니다.

보통 우리는 그의 방에서 만났습니다.

시간이 흘렀습니다.

어느 날 그 아이는 자기 집 안뜰에서 벽에 공을 차고 있었습니다. 그런 동안 나는 그가 선물로 받았던 살가리의 마지막 소설에 관해 이야기해주었습니다. 그런데 우리도 모르게 그의 어머니가 도착했고, 2층에서 모든 걸 들었답니다. 내 기억이 잘못되지 않았다면 그것은 『산도칸의 복수』였습니다. 내가 이야기를 마치자 빅토르는, 좋아, 이제 마지막 책을 가져올게, 라고 말했습니다.

---

† 『납치』와 『카트리오나』의 주인공.

†† 살가리의 소설에 등장하는 해적.

나는 정원에서 그를 기다리던 중 그의 어머니가 들어오는 걸 보았습니다.

안녕, 마누엘, 네가 빅토르에게 소설 줄거리를 이야기해주는 걸 들었어. 네가 그의 책을 읽는 거지?

나는 얼굴이 굳어버렸습니다. 들켜버린 것이었어요.

안녕, 소설들이여.

그러나 그의 어머니는 이렇게 말했답니다. 원하는 책은 모두 가져가도 좋아. 내가 빌려줄게. 그리고 책 줄거리를 빅토르에게 말해줄 필요는 없어. 빅토르가 책을 읽고 싶지 않다면, 우리는 그 아이가 어떻게 할지 지켜볼 거야.

잠시 후 빅토르가 손에 책을 한 권 들고 돌아왔어요. 어머니를 보자 재킷 아래로 급히 책을 숨겼지만, 그의 어머니는 숨기지 말고 그것을 마누엘에게 주라고 말했어요. 그러면서 책은 그것을 읽는 사람의 것이라고 말씀하셨어요. 그렇게 나는 서재에 있는 책들을 갖게 되었습니다.

우리 집에서는 반대였어요. 나는 부모님의 관심을 끌지 않으려면 그 책들을 숨기거나 학교에서 가져온 것처럼 속여야 했습니다. 아버지는 자기가 아무 일도 하지 않으면서 앉아 있을 수 없는 사람이라고 자랑스럽게 말씀하셨거든요. 그래서 아버지는 소설을 읽지도 않았고 영화도 보지 않았으며, 단지 위인들의 전기와 신문을 읽었고, 텔레비전 뉴스만 봤지요. 그렇게 그는 소파에 앉아 시간을 보낼 수 있었어요. 때때로 공책을 갖고 와서는 글이나 숫자를 적었고, 저녁 식탁의 연설문에서 그것들을 사용했지요. 아버지는 문화의 세계를 경멸했습니다. 자신이 거기에서 배제된 것처럼 느꼈고, 그래서 그걸 증오했던 것입니다.

우리베가 선거에서 승리하자, 아버지는 너무나 기쁜 나머지 동네 가게로 가서 몰리노 로호 샴페인을 한 병 사 오셨고, 그날 밤, 그러니까 그 일요일 밤에 식탁에서 그 술병을 따서 나를 포함해 우리 모두에게 따라주었어요. 그러고는 술잔을 들고서 말했어요. 이 나라가 살았어, 제기랄, 우리 나라가 살았어, 이제는 멋지게 살아갈 거야, 이제는 미래가 있어, 이제 저 테러리스트들은 알게 될 거야. 나는 그 역겨운 음료를 삼켰고, 아무 말도 하지 않았어요. 후아나도 마찬가지였어요. 별 관심을 보이지 않았지요. 하지만 어머니와 아버지는 서로 꼭 껴안았고, 포옹을 풀자 나는 그들의 눈에 눈물이 맺혀 있는 걸 보았습니다. 이 나라가 이제 살았어, 베르타, 라고 아버지는 감격해서 계속 말했고, 어머니는 알베르토, 이제는 이 나라가 살았어요, 라고 아버지와 똑같은 말을 반복했어요. 두 사람은 다시 껴안았고, 그렇게 술병을 비울 때까지 계속했어요. 그런 다음 밖으로 나가, 당선을 축하하면서 경적을 울리고 음악을 크게 틀던 자동차 행렬이 7번로를 따라 지나가는 것을 보았습니다. 버스들은 귀가 먹먹하도록 큰 소리를 냈고, 버스에 탄 사람들은 수많은 탄성을 질렀으며, 그 소리는 산꼭대기까지 울려 퍼졌어요.

나라가 위험에서 벗어나 목숨을 구했던 것입니다.

아버지는 콜롬비아 국기 색깔의 조그만 팔찌와 〈나는 콜롬비아인〉이라고 적힌 전사지를 샀답니다. 자기 자신을 자랑스럽게 느꼈습니다. 나는 이제 아버지가 장광설을 멈추리라 생각했고, 그래서 그 모든 것과 거리를 두었습니다. 사실 내 마음은 그딴 것에 전혀 관심이 없었거든요. 나는 벽에 그림 그리는 일에 전념했습니다.

스프레이 캔을 가지고 나는 바다로 둘러싸인 또 하나의 섬을 그렸습니다. 보호용 절벽이 있고 해변에 조그만 집이 한 채 있었습니다. 나는 그곳에 후아나와 내가 살고 있다고 상상했지요. 그리고 코르크처럼 떠다니던 섬 아래로 거대한 주둥이로 섬을 먹어치우려는 용을 그렸지요. 또한, 연기를 모락모락 내뿜는 화산을 그렸고, 그 옆에 또다시 〈악〉이라고 내 서명을 했습니다. 아버지가 우리베를 자랑스럽게 생각하는 것처럼, 나는 이 이름에 자부심이 있었습니다. 내가 하수구 근처에 커다란 것을 그린 것은 그때가 네 번째였고, 나는 생각했습니다. 언제 나는 우리 동네와 우리 집에서 멀리 떨어진 벽에 용기를 내서 그림을 그릴까? 어떻게 해서라도 그 도시를 벗어난다는 것은 어린 시절의 보호 껍데기를 깨는 행동이었습니다.

사실대로 말하자면 나는 초조했습니다.

또한, 나는 글자 형태로 실험을 시작했습니다. S라는 글자로 하늘의 불 뱀이 하늘을 물어뜯는 모습을 그렸습니다. 그리고 M이라는 글자 모습으로 하나의 산이자 괴상한 화성인의 발을 묘사했습니다. 글자 U는 오래된 카발라의 기호와 뒤집어놓은 편자, 곧 일어날 불과 고통이었습니다. 그리고 J는 해마였지요. 그건 후아나의 글자였거든요. 다시 말하면, 그것은 나의 자유이자 나의 희망을 뜻하는 글자였어요. 나는 그 글자들에 원근감을 넣었고 깊이와 부피를 주었지요. 몇몇 글자들은 저속한 글자체로, 다른 글자들은 고전적 글자체를 부여했어요. 나는 가라몬드 글자체와 볼도니 글자체를 모방했습니다. 그리고 해돋이를 그렸습니다. 나는 꿈속에서 나를 찾아온 해저의 모습을 그렸습니다. 그것은 한 개의 눈을 뜬, 즉 어느 물고기의 눈을 가진 짙은 어둠이었지요.

국가의 역사는 앞으로 나아가고 있었습니다.

그리 많은 시간이 흐르지 않았습니다. 1년인가요, 6개월인가요, 당신은 기억하죠, 영사님? 우리베의 승리로 인한 기쁨은 깨지기 시작했고, 태양은 그 틈으로 스며들었습니다. 흔히 일어나는 것처럼, 경보를 울린 사람들은 몇몇 지식인이었지요. 그들은 우리베가 지방의 메시아처럼 행동하며, 항상 성모 마리아를 입에 올리고 있다고 비판했습니다. 또한, 그가 암살부대와 극우 민병대와 관련이 있다고 말하기 시작했습니다.

아버지는 귀를 닫았습니다. 그런 사실을 받아들일 수 없었던 것입니다. 아버지가 말했던 것처럼, 지식인 세계를 거부한 것은 국가 안보의 문제였기 때문입니다. 그는 무슨 일이 일어나고 있는지 알게 되자, 그것을 합리화했고 그 이유를 댔습니다.

아버지는 소리치면서 말했습니다. 내가 이미 말했잖아! 이

나라에 있어봤자 하등 소용없는 전문가 무리라고, 아니 그 사람들 뿐만 아니라 지식인이라는 것들은 이 파티 저 파티에 참석하면서 살아간다고. 그놈들은 부잣집 아이들이고, 더 나은 대안을 제시하지도 못한 채 대통령을 비판하고 이 나라에 대해 나쁜 말만 하면서 시간을 보내는 게으름뱅이들이야. 우리가 반드시 알아야 할 것은 정말로 콜롬비아의 나쁜 것만 보도하는 작자들이 있다는 사실이야, 그들은 이런 것을 중요하게 여기지 않아. 대부분이 외국 학교에서 공부했고, 그래서 프랑스 혹은 영국, 혹은 미국을 찬양하도록 교육받았어. 그러니 우리 나라가 어떻게 되든지 무슨 관심을 두겠어? 그래서 대통령을 비판하고, 오로지 이곳에서 일어나는 나쁜 것에 대해서만 말하지. 그것도 유럽과 미국에서 그런 것들을 이야기하고 있어. 왜 그들은 결코 좋은 점에 대해서는 말하지 않지? 왜 우리 역사의 영웅들이나 순교자들에 대해서는 입도 벙긋하지 않는 거지? 왜 콜롬비아는 생물 다양성에서, 동식물군에서 강대국이라고, 다양한 기후와 풍토, 그리고 수많은 목초, 맑고 깨끗한 물과 새파란 하늘을 지닌 나라라고는 말하지 않는 거지? 여러 문제가 있긴 하지만 보고타에 사는 게 얼마나 좋은지, 보고타에서 40분이면 가는 멜가르와 히라르도트의 기후처럼 온화한 날씨가 얼마나 멋진지는 왜 말하지 않는 거지? 아, 그래, 그들은 이런 것들에 대해 말할 수가 없어. 아무도 관심을 보이지 않기 때문이야. 콜롬비아에 대해 좋게 말하는 건 환영받지 못하거든. 이제 알겠지? 바로 이런 이유로 그들은 이 나라의 살인자들과 마약 거래상들, 살인청부업자들과 창녀들, 그리고 이 나라의 모든 죽은 사람들에 대해 말하는 거야. 그런 것들이 다른 곳에는 존재하지 않는 것처럼 말이야! 아버지는 누군가가 조리 있게, 특히 내 누나가 어느 작가나 지식인이 정부에 반대해서 말한 것을 언급할 때면, 그래, 이게 사실이야, 이게 슬픈 진실이야, 라고 말하곤 했습니다.

그렇게 몇 년이라는 시간이 흐르면서 아버지는 갈수록 심해졌습니다.

그는 후아나가 언급한 이름을 듣자마자 즉시 오래된 상투적인 이야기를 다시 입 밖에 냈습니다. 우리는 대통령의 편에 서서 콜롬비아 무장혁명군†과 맞서고, 차베스와 라틴아메리카의 공산주의자들과 맞서 싸우는데, 그들은 마치 그들의 말이 우리의 적을 돕는다는 사실을 모르는 것처럼 항상 비판만 하고 있어. 그 히피 같은 놈 중에서 얼마나 많은 사람이 정말로 공산주의자이고 차베스 지지자이며 심지어 FARC 게릴라일까? 그게 그렇게 좋다면, 왜 산으로 가거나, 아니면 베네수엘라나 쿠바로 가지 않는 거지? 그들이 그곳에서도 비판할 수 있을 것 같아? 지금 보고타에서 말하는 것의 반 정도만 카라카스나 아바나에서 말해도, 아마도 감방에 갇히고 말 거야. 설상가상으로 그런 사람들은 대부분 칼럼니스

---

†   Fuerzas Armadas Revolucionarias de Colombia. 약칭으로 FARC라고도 불린다. 1960년대 창설된 콜롬비아 좌익 반군 단체로, 40년 이상 정부군과 대치했다.

트야. 그래서 교양 있고 품위 있는 사람들이 대통령 주변에 있어야 해. 그는 정직하고 올곧으며 게다가 독실한 신자거든. 이 나라는 항상 가톨릭 국가였어. 그건 새로운 사실이 아니야. 그런데 그가 연설에서 성모 마리아를 언급할 때면 왜 모든 사람이 비판하는 거지? 텔레비전에서 그가 기도하는 게 뭐가 잘못된 거지? 그건 가톨릭 국가에서 지극히 정상적인 행위야. 부시가 미사에 참석해서 하느님에 대해 말해도 아무도 뭐라고 하지 않는 걸 보지 못했어? 대통령에게 그걸 떠올려주어야 하는 건가? 차베스 자신도 기회가 있을 때마다 성경을 인용하잖아! 그것 때문에 그들은 분노하고 비판하지만, 사실대로 말하자면 우리는 지금보다 낫게 산 적이 없었고, 워싱턴에서 지금처럼 존중받았던 적이 없어.

후아나는 이미 고등학교 고학년이었고, 그래서 아버지의 모든 말에 말대꾸했습니다. 그녀는 반박하면서 이렇게 말하곤 했어요. 아빠, 우리가 무슨 존중을 받아요? 정반대예요. 우리는 순전히 바나나 공화국[†]일 뿐이에요. 우리베가 워싱턴으로 가서 자유무역협정을 맺기 위해 이런저런 과제를 했다고 보여줄 때면 창피해 죽을 지경이에요. 미국은 그가 대통령으로 있는 동안 절대로 그 협정을 맺지 않을 거예요. 왜 그런지 알아요? 그들은 범죄 관련 보고서를 갖고 있고, 대량학살에 국가의 책임이 있다는 것을 알고

[†] 부패 등으로 인한 정국불안과 극심한 대외 경제의존을 겪는 국가를 경멸적으로 지칭하는 표현.

있거든요. 그들이 자체적으로 만든 보고서지요. 아빠는 미국인들이 우리 나라의 칼럼니스트들에게 기대서 콜롬비아를 평가한다고 생각하세요?

그러면 아버지는 울화통을 터뜨리면서 말했습니다. 국가가 범죄를 저질렀다니, 그건 말도 안 되는 소리야. 언제부터 테러와 맞서 싸우는 게 범죄가 되었지? 미국 놈들이 여기 우리에게 설치한 비정부기구를 똑같이 이라크나 아프가니스탄에 허락했다면, 국방부 장관부터 그 아래에 있는 인간들은 모두 감방에 있어야 할 거야. 하지만 테러분자들, 이걸 어떻게 말해야 할지 모르겠어. 그놈들은 심지가 있는 알코올병, 그러니까 화염병을 던지는 학생들이 아니야. 그래서 군은 이 세상의 모든 군대가 하듯이 행동해야만 하는 거고, 그런 일이 벌어지면 희생자는 항상 있게 마련이야. 그런데 그게 어떻다는 거야? 네가 읽는 그 바보들이 무슨 말을 하더라도, 여기에서는 전쟁을 겪은 모든 나라에서 일어났던 일들이 일어나고 있는 것이야. 단지 우리이기 때문에, 수술 장갑을 끼고 그렇게 하라고 요구하는 것이야.

아빠! 아빠는 파시스트이자 극우 민병대원이에요!, 라고 후아나는 이 염병할 나라에서 사는 대부분 사람처럼 소리쳤어요. 여긴 역겨운 나라예요! 상스럽고 추잡한 나라예요!

그러고는 재킷을 확 낚아채서 입고는 문을 쾅 닫고서 밖으로 나갔어요. 그러면 동시에 어머니는 이 버르장머리 없는 계집애! 하고 소리쳤지만, 아버지는 개입해서, 베르타, 그냥 놔둬, 저 아이는 항상 싸우려고 해, 아마 후아나의 사춘기 때문에 우리는 힘든 시간을 보내겠지만, 저 아이를 이해해야 해. 동네 한 바퀴 돌고서 들어오도록 놔둬. 그럼 진정될 테니까. 사춘기 시절에는 모두가 반항하고 고집을 부리고, 항상 반대하려고 하는 법이니까, 라고 말했지요.

나는 의자에 들러붙어 앉아 있었지만, 그 얼어붙은 시계에서 벗어나고 싶은 마음이 간절했어요. 그리고 그럴 기회가 되면 나는 몰래 내 방으로 빠져나갔고, 그곳에서 책을 집어 열심히 읽기 시작했어요. 마치 그 글자들이 나를 그곳에서 빼내 영원히 먼 곳으로 데려갈 수 있는 마법의 말인 것처럼 말입니다.

내가 열다섯 살이 되자, 어머니와 아버지는 파티를 열기로 했습니다. 나는 그렇게 하지 말라고 애원하고 간청했지만, 부모님은 가족과 몇몇 친구들을 초대해야 한다면서 생각을 굽히지 않았습니다. 영사님, 나를 위해 파티를 여는 것이라고는 생각하지 마십시오. 분명히 그건 아니었습니다. 그건 부모님을 위한 파티였어요. 아이들의 열다섯 살 생일을 축하해야 한다는 우스꽝스러운 사회적 거짓말을 만족시키기 위한 것이었어요. 후아나는 수학여행이 예정되어 있었고 그것을 취소시킬 수 없었답니다. 그래서 파티에 나 혼자 있을 수밖에 없었어요. 부모님은 내 친구들도 파티에 있기를 원했고, 그래서 나는 같은 블록에 사는 친구인 빅토르에게 부탁했습니다. 학교의 같은 반 친구들은 초대하지 않았습니다.

파티용 옷을 사러 어머니와 함께 가는 건 정말로 끔찍한 일이었습니다. 가게에 들어갈 때마다 가격이 비싸다고 툴툴거리면서 종업원에게 잔소리를 늘어놓으며 깎아달라고 요구했고, 같은 물건으로 더 싼 것은 없느냐고 물었습니다. 종업원들은 비웃으면서 가엾다는 표정으로 어머니를 쳐다보았지요. 파티를 벌이는 날까지 그랬답니다. 그걸 어떻게 설명해야 할지 모르겠어요, 영사님. 나는 초대 손님들이 도착하는 저녁 7시가 절대 오지 않게 해달라고 기도하면서 오후를 보냈습니다. 손님들은 삼촌들과 숙모들, 어머니 사촌 자매들, 두어 명의 은행 동료들이었어요. 그들은 모두 선물을 들고 왔습니다. 플라스틱 사진틀, 아비앙카 항공사의 세면 화장품 세트, 안경집, 이상한 머리글자가 새겨진 손수건 상자, 아래에 '카르바할' 회사 이름이 박힌 넥타이 등이었어요. 그들이 크리스마스나 생일 때 받은 게 분명한 물건들을 이렇게 치워버리는 것이었지요. 이런 것은 빅토르가 그의 아버지와 함께 와서 두 개의 진짜 선물을 줄 때까지 계속되었어요. 빅토르의 첫 번째 선물은 골키퍼 장갑과 무릎 보호대였고, 두 번째 선물은 책 상자였습니다. 그 안에는 이런 메모가 들어 있었어요.

열다섯 번째 생일을 맞는 우리 동네의 젊은 독자를 자랑스럽게 여기며 소설 열두 권을 선사해요.

_P와 C

어머니는 경멸하는 눈으로 쳐다보았어요. 나는 정말 멍청했어요. 그렇게 큰 상자를 보자 좋은 물건이라고 생각했거든요. 그리고 아버지는 이웃들에게 고마워했고, 그 책 상자를 쳐다보고는 이렇게 말했지요. 음, 분명히 그 사람들은 책장 선반을 치우고 있는 거야! 하지만 어쨌든 선물을 받고서 흠잡는 것은 좋지 않아. 다른 사람들 생일을 대비해서 이것들을 보관하도록 하자. 넌 사물의 밝은 면만을 봐야 해, 그렇지 마누엘? 그러자 나는, 아니에요, 아버지, 이것은 내 책이에요, 라고 대답했어요. 그러자 이미 몇 잔 술을 걸쳤던 그는 말했습니다. 좋아, 네가 원한다면 갖도록 해, 하지만 장발의 그런 지식인처럼 되지는 마, 알겠지?

아직도 나는 그 책들의 제목을 기억합니다.

열두 권 중에서 네 권은 한 권의 소설이었습니다. 로렌스 더럴*의 『알렉산드리아 4중주』였지요. 또한, 마리오 바르가스 요사*의 『도시와 개새끼들』, 훌리오 코르타사르*의 『모든 불은 불』, 카를로스 푸엔테스*의 『아우라』가 들어 있었습니다. 나머지는 콜롬비아 문학이었습니다. 『마마 그란데의 장례식』 『음악 만세!』 『제독의 눈』 『무無대책』과 『벼랑』이었습니다.

빅토르는 파티에서 끔찍한 술을 넘기도록 나를 도와주었습니다. 거기서 난 처음으로 슈퍼마켓에 있는 가장 싼 럼주인 '코르디예라'와 소다수를 섞어서 마실 수 있었지요. 나는 들어오고 나가는 친척들과 친구들을 애써 참아내야 했지요. 그들은 모두 어쩔 수 없이 의무적으로 그곳에 있었던 것입니다. 비아냥거리는 그들의 시선을 포착하는 건 어려운 일이 아니었습니다. 아버지의 은행

동료들은 럼주를 맛보고는 얼굴을 찌푸렸고, 경멸하듯이 술잔을 쳐다보면서 억지로 웃음을 참았지요. 마치 아들 생일 파티에 이 염병할 놈이 우리에게 뭘 주는 거야, 라고 말하는 것 같았지요. 최악의 행동은 아버지가 그들에게 다가가서 멍청한 바보 같은 미소를 지으며, 필요한 것 없어?, 라고 말하는 소리를 듣는 것이었습니다. 그러면서 아버지는 자, 건배하자, 라고 말했고, 두 사람은 잔을 높이 치켜들면서 서로 얼싸안고는 등 뒤로 다른 손의 손가락을 흔들면서 아니라는 동작을 했지요. 오로지 탄산수만 마시던 어머니의 여자 사촌들은 싸구려 커튼의 천을 만져보거나 반짝이는 가구 덮개 천을 손으로 쓰다듬더니, 묘한 표정을 짓고는 억지로 웃음을 참으면서 서로 쳐다보았습니다.

그 파티에 참석한 모든 사람은 어머니와 아버지를 비웃었지만, 우리 부모님은 그걸 전혀 눈치채지 못했어요. 오히려 반대였습니다. 시시각각 웃기지도 않게 건배를 제안했고, 조용히 해달라면서 연설을 했고, 연설하면서 아들의 생일을 축하했고, 손님들에게 감사를 표했으며, 심지어 혀 꼬부라진 소리로 황당하게도 사무실 동료들이 참석해주어서 '명예롭게' 느낀다고 말했답니다. 그러자 그의 동료들은 이제 그의 얼굴 앞에서 노골적으로 비웃었지만, 그는 전혀 깨닫지 못하고서 애절하고 애처로운 익살극을 계속했답니다. 아버지와 어머니는 자신들이 위대하고 훌륭한 주최자라고 여기면서, 음식과 함께 모두가 비웃던 달콤한 와인을 대접했습니다.

그런 참을 수 없는 광경을 지켜보면서 나는 괴물 한 마리가 내 배 속으로 들어가서 갈가리 찢어버리는 것 같은 느낌을 받았습니다. 나는 손님들 편으로 가서 비웃고 싶은 유혹을 받았지만, 그렇게 할 수는 없었지요. 한 시간 후, 아버지는 완전히 취해서 동료들에게 우정의 포옹을 해달라고 요구했고, 동료들은 계속해서 갈수록 심술궂은 농담을 했으며, 아버지는 그 농담을 들으면서 호탕하게 웃었답니다. 영사님, 어쨌든 그날 밤의 파티를 너무 자세하게 이야기해서 미안합니다. 사실 오늘 왜 그토록 선명하게 그날 밤이 기억나는지 나도 모르겠어요.

이미 말한 것처럼, 후아나는 그곳에 없었습니다.

그 당시 그녀는 갈수록 집 밖에서 많은 시간을 보내고 있었어요.

때때로 아주 늦게, 새벽녘에야 들어온 누나는 내 방으로 찾아왔습니다. 그녀가 벗어둔 옷에서는 담배와 술과 감미로운 냄새가 났습니다. 그러고는 내 티셔츠를 입고서 내 옆에 달라붙었고, 있는 힘을 다해서 나를 꼭 안아줘, 넌 이 엿 같은 세상에서 내가 사랑하는 유일한 사람이야, 라고 귀엣말을 했어요. 그러면 나는 그녀를 안아주었고, 그녀는 계속해서, 너는 내가 지켜줄 유일한 사람이야, 나는 너한테 내 목숨을 바칠 거야, 저 바깥이 얼마나 더럽고 지저분한지 넌 몰라, 여기보다 나으리라고 생각하지 마, 저기에도 상어가 있어, 물은 고여 있고, 하늘은 얼어붙었으며, 구름은 시커메, 하지만 우리는 싸울 것이고, 아무도 우리를 모르는 나라로 떠나 행복하게 살 수 있을 거야, 라고 말했지요. 그러면서 그녀는 울음을 터뜨렸어요. 약간 술에 취해 있었거든요.

　나는 누나를 껴안으면서, 난 준비되어 있다고, 누나가 말하면 나는 무조건 누나의 손을 잡고 따라갈 것이라고 말했습니다. 그리고는 곧 그녀가 잠들었다는 사실을, 내가 얼마 전부터 그녀의 들리지 않는 귀에 대고 속삭이고 있었다는 것을 깨달았지요. 그러면서 그녀가 어떤 세상에 있다가 돌아온 것인지 의아해했습니다. 너무나 연약하면서도 너무나 용감했고, 수많은 것으로 가득 차 있던 그녀는 그것이 무엇인지 말하려고 하지 않았고, 나도 알려고 하지 않았습니다.

　잠시 후 나 역시 그녀의 심장 소리를 들으며 잠들었습니다.

6

외교부의 전화였다. 좀 더 구체적으로 말하면, 콜롬비아 외교부의
영사과에서 걸려온 전화였다. 부국장인지 과장인지 하는 사람이
용건을 설명했지만, 난 그가 누구인지 기억하지 못한다. 그러나
내가 보기에 다소 비아냥거리는 말투였다. 나는 그날 저녁에 방콕
으로 날아가야만 했다. 그 나라 경찰이 콜롬비아 외교부에 방콕의
어느 호텔에서 아편 알약이 든 조그만 꾸러미를 소지한 콜롬비아
인을 체포했다고 알려 왔던 것이다. 태국의 법은 상당히 엄중했기
에 큰 희망은 없었지만, 그래도 그에게 법적, 물질적 도움을 제공
할 필요가 있었다. 이런 종류의 중범죄를 저지른 사람에게는 30
년 형이 일반적이었다. 물론 검사는 사형을 구형할 수도 있었고,
이럴 경우는 정말 힘들고 미묘한 문제가 될 수 있었다.

　　그 남자가 말했다. "다시 말하자면, 또 다른 교포 한 명이 외
국의 감방에서 썩어 문드러질 것입니다. 물론 이건 전혀 다른 세

상의 일이 아닙니다. 그러나 이 경우에는 조금 더 극적이라고 말할 수 있습니다. 뱀과 커다란 모기가 곳곳에 있고 아주 완벽히 보기 드문 언어를 쓰는 곳이기 때문입니다. 태국에는 우리 나라 대사관이 없으며, 일반적으로 말레이시아 대사관에서 담당합니다. 그런데 그곳에 지금 영사가 공석입니다. 쿠알라룸푸르의 그 누구도 이 일을 처리할 수가 없으며, 그래서 우리는 당신을 생각했습니다. 무슨 말인지 아시겠지요? 출장비와 항공료는 이미 해결되었다는 사실을 알려드립니다. 아마도 오늘 날짜로 예약되어 있을 겁니다. 거기 지금 몇 시죠?"

델리의 거의 모든 비행기 편은 자정이 지나서 출발한다. 그래서 타이항공의 방콕행 비행기도 야간에 비행했다.

나는 새벽 2시에 탑승했고, 세 시간 반 후에 비행기 바퀴의 제동 소리에 잠을 깼다. 한 경찰이 내 여권에 입국 도장을 찍으면서 환영했다. 나는 외교관 입국에 필요한 공식 절차를 밟았다. 그러고서 거대한 유리문을 지나자, 첫 번째 열기가 훅 몰려왔다.

태국은 아시아의 열대지방이었다.

택시를 탔다. 새벽에 도시를 가로질러 오리엔탈 호텔로 향했다. 강 위로 지붕이 덮인 아름다운 현대식 다리가 보이는 곳이었다. 방은 고층 빌딩들이 보이는 호텔 위층에 있었다. 샤워를 마치자마자, 나는 나를 기다리고 있던 태국 외교부로 향했다.

의전 담당관이 외교부 건물 입구에서 사건 파일을 들고서 인사했고, 우리는 일련의 계단을 올라갔다. 그러고서 그는 나를 검사 사무실로 안내했다.

"이것이 영화 〈미드나잇 익스프레스〉라고 생각하지는 마십시오." 검사는 상당히 세련된 영어로 말했다.

아주 키 작은 남자였다. 그의 얼굴이 신체 덩어리의 반을 차지하는 것 같았다. 이미 최고의 시기를 지나 보냈다는 것은 의심의 여지가 없었다(여드름 자국이 내 것보다 더 두드러졌다). 하얀 제복을 입은 직원이 쟁반에 차와 과자를 담아서 내왔다. 모두가 웃고 있었다. 미소의 나라였다. 그러나 그의 경우에 미소는 어느 정도의 초조함을 숨기기 위한 것일 수도 있었다.

"여기에는 모든 것이 있습니다." 검사가 말했다. "당신에게 한 가지를 털어놓지요."

그는 나를 창가로 데려가서 도시 중심가를 가리켰다.

"우리 나라에 오는 사람 대부분이 우리의 문화유산이나 역사 때문이 아니라 우리 여자들과 잠자리를 하고 싶어서 온다는 사실을 모른다고 생각합니까? 물론 사람들은 누운 부처를 보러 가고 푸껫과 아유타야 사원을 방문하지요. 하지만 가장 우선시되는 건 먼저 것이지요. 그들은 우리 여자에게 만족한 다음에야 우리 나라에 관심을 보입니다. 그 여자는 내 가족의 여자일 수도 있습니다. 어쨌건 내가 품위 없고 무례하게 굴었다면 용서해주기 바랍니다. 당신은 외교관이지만, 나는 그렇지 않습니다. 나는 단지 경찰 관료에 불과합니다. 마약으로 널리 알려진 당신 나라가 사창가가 된다면 당신은 어떻게 느낄까요? 모든 방법을 동원해서라도 최소한

법을 지키게 하려고 노력하지 않을까요? 법, 법을 말입니다." 그는 실없는 소리를 하는 태도로 말했다. "미치지 않기 위해서 우리에게 남은 유일한 것이 법입니다."

우리가 자리에 앉기 전에, 그는 내 눈을 뚫어지게 쳐다보고서 말했다.

"당신에게 농담 하나 해도 괜찮겠습니까? 오스트레일리아의 농담입니다. 그들에게 태국은 천국이고, 나는 그게 전혀 이상하지 않다고 생각합니다. 젊은 여자들, 파티, 카지노들 때문이지요. 여기에서 그들은 위조된 명품을 사고, 우리의 해변을 더럽히며, 왕처럼 살면서 거의 아무것도 지급하지 않습니다. 어느 오스트레일리아 사람이 죽어서 천국으로 갑니다. 그곳에서 하느님이 말합니다. 넌 착하게 살았고, 따라서 네 소망을 하나 들어주겠다. 그러자 그 사람은 잠시 생각하더니 '태국으로 돌아가고 싶습니다'라고 말합니다. 이해심이 많은 하느님은 방콕으로 돌아가게 해주지만, 태국인으로 만들어 그렇게 하지요. 하하, 이해했나요? 오스트레일리아 사람들은 이 농담을 들으면 아주 많이 웃습니다."

검사는 손수건 하나를 꺼내서 눈을 닦았다. 그 농담을 들었지만 내 얼굴 근육은 전혀 움직이지 않았고, 그는 그런 내 태도를 인정했다.

"지금부터 말해주겠습니다. 이 모든 상황 때문에 우리는 외국인에게 과도할 정도의 이해심을 베풀지 않습니다. 적어도 나는 그렇습니다. 방쾅 교도소는 당신에게 심하게 보일지 모르지만…… 모질고 가혹하다는 말입니다. 이 세상에 그렇지 않은 감방은 없을 겁니다, 그렇죠? 폭력은 역사의 산파입니다. 적어도 이런 종류의 역사에서는 그렇습니다. 사람들은 방콩을 방콕의 힐턴이라고 부릅니다. 심지어 나도 그런 인상을 받지만, 그곳의 '손님'들은 영적인 피정에서 말을 했거나 적색 신호등을 그냥 지나갔다는 이유로 그곳에 있는 것이 아닙니다. 어제 나는 어느 젊은 여자의 시체를 치웠습니다. 방콕 센트럴에 있는 고층 건물 14층에서 뛰어내렸습니다. 이렇게 말해도 괜찮은지 모르겠지만, 그녀의 시체는 아주 끔찍한 모습으로 주차장의 아스팔트에 누워 있었습니다. 마치 비구상 작품 같았습니다. 열아홉 살이었는데, 위장은 알약으로 가득했습니다. 이런 놈들이 바로 살인자들입니다. 그녀의 부모 얼굴이 어땠는지 설명해줄까요? 그럴 필요는 없을 겁니다. 당신이 직접 보십시오."

그는 내게 지역 신문을 내밀었다. 바로 거기에 있었다. 내 또래의 부부였는데, 두 사람 모두 소름 끼치는 표정을 짓고 있었다.

그러고서 검사는 말했다.

"그럼 이제 당신 교포의 사건을 보여주지요."

그는 내가 갖고 있던 파일 사본을 펼치더니 사건 내역을 읽어주었다.

이름 : 마누엘 만리케, 나이 : 27세, 국적 : 콜롬비아, 여권번호 : 96670209, 비자 번호 : 31F77754WZ. 상기인은 22일에 두바이에

서 출발한 에미레이트 항공 1957편으로 입국했으며…… 별 3개 시설인 호텔 〈리전시 인〉(소재지 : 수안풀루 소이 6, 사톤 로드, 통마하멕, 실롬, 방콕)의 301호에 투숙했음. 24일 동 장소에서 경찰에게 체포되었고…… 미얀마에서 제조된 400개의 환각 알약이 든 가방을 소지하고 있었음.

피고는 24일에 일본항공 2108편으로 출국하여 도쿄로 갈 예정이었음. 국내 접선책과 마약 알약을 획득한 경위는 알 수 없음. 중요하고 확실한 증거가 있으므로 검사는 사형, 혹은 피고가 죄를 자백할 경우 30년 형을 구형함.

나는 그가 도쿄로 가려고 했다는 사실이 이상하다고 생각했고, 왜 하필이면 도쿄냐고 검사에게 물었다. 그러자 그가 말했다.

"모르겠습니다. 솔직히 나는 그런 것에 관심 없습니다. 거기에는 야쿠자가 있고, 또한 마약 중독자들도 있습니다. 내 동포들과 당신 나라 동포들은 그것으로 먹고삽니다. 그리고 이 세상의 모든 더러운 일을 계획하고 도모합니다. 언뜻 보면 일본인들은 이상하고, 따라서 잠시 당신은 그들이 다르다고 생각할 수 있지만, 본심은 나머지 사람들과 마찬가지로 개똥 같은 작자들입니다. 차이가 있다면 그들이 돈을 더 많이 갖고 있다는 것입니다. 그게 전부입니다."

"도쿄 다음에는 어디로 가려고 했습니까?" 나는 알고자 했다.

"모르겠습니다. 첨부된 서류를 살펴보십시오. 아마 비행기표 사본이 있을 겁니다."

나는 서류를 대충 훑어보며 넘겼고, 그의 여권 사본을 보았다. 일본에 입국할 수 있는 정식 비자를 소지하고 있었다. 비행기 표는 왕복표였다. 콜롬비아 귀국 표는 방콕에서 출발해서 두바이와 상파울루를 경유해 보고타에 도착하는 일정이었다. 이상했다.

"그 사람을 언제 만날 수 있습니까?"

검사는 턱수염을 만지작거리고는 시계를 보고서 말했다.

"아주 현명한 제안을 하나 하겠습니다. 호텔로 돌아가서 잠시 주무십시오. 피곤해 보입니다. 아, 그 야간 비행기들은…… 델리에서 왔으니 이곳의 더위와 습기는 그다지 심하다고 여기지 않으리라 생각합니다. 어떻게 척추와 뇌를 가진 인간이 이토록 더운 이 장소에 도시를 세우겠다는 생각을 했는지는 아무도 설명할 수 없습니다. 내가 말한 것처럼, 우선 쉬도록 하십시오. 푸짐하게 점심을 즐기시고, 우리의 전통 요리를 드셔보십시오. 오후에는 강을 건너서 사원들을 둘러보십시오. 영어 전문서점으로 가서 책을 사고, 아무 곳이나 산책하고, 저녁이 끝날 무렵 당신 호텔로 돌아가십시오. 그리고 가볍게 저녁 식사를 하고 잠을 주무십시오. 내일 아침 7시에 내가 당신을 데리러 가겠습니다. 내가 직접 당신을 방 쾅 교도소로 데려다주겠습니다."

나는 호텔로 돌아갔고, 바에 앉았다. 방콕이라는 도시에서 본 것은 거의 없었다. 그러나 끝도 없는 교통체증으로 느려터지게 움직인다는 느낌을 받았다. 그리고 건물들 사이로 시멘트 다리와,

즉석식품을 파는 노점들과 시장들을 보았다. '툭툭'이라고 불리는 삼륜택시가 귀를 먹먹하게 만드는 굉음도 들었다. 이곳은 내가 처음으로 방문한 아시아의 도시는 아니었다.

아침 11시가 거의 다 되어 있었다.

파일을 꺼내고 노트북의 전원을 켰다. 메일함을 열자, 외교부 영사과에서 보낸 메일이 눈에 띄었다. 마누엘 만리케의 범죄경력 증명서가 첨부되어 있었다. 아주 깨끗했다. 그 어떤 재판도 받은 적이 없었고, 전과도 하나도 없었다. 정말로 아무것도 없었다. 딱 한 번만 하려고 생각했고, 그것을 시도하다가 체포된 불쌍한 풋내기였다. 보기 드문 경우가 아니었다. 어쨌든 그는 스물일곱 살에 불과했다. 그의 파일에서 나는 또 다른 것을 보았다. 그의 여권에는 단지 이곳의 입국 도장만 찍혀 있었다. 그 전에 콜롬비아를 떠난 적이 한 번도 없었다. 여권은 최근에 발행된 것이었다.

더웠고, 진은 훌륭했다. 나는 계속 읽어 내려갔고 놀라운 일들이 시작되었다.

외교부 영사과의 서류에 따르면, 만리케는 콜롬비아 국립대학의 철학과 문학과를 졸업했고, 박사과정을 밟고 있었다. 철학자라고? 이건 다소 특별했다. 이런 자료를 갖게 되자, 나는 인터넷으로 들어가 검색하기 시작했다. 나는 안주로 약간의 먹을 것을, 라비올리나 거리에서 보았던 고기 꼬치와 같이 한 손으로 먹을 수 있는 것을 갖다 달라고 했다. 몇 개가 나타났다. 질 들뢰즈에 대한 그의 졸업 논문과 단과대학 잡지에 게재된 세 편의 논문이었다.

하나는 스피노자에 관한 것이고, 다른 하나는 포스트포디즘에 관한 것이었으며, 세 번째는 촘스키에 관한 것이었다. 빌어먹을. 그는 고등교육을 받은 교양인이었다. 그런데 도대체 무슨 일 때문에 태국에 온 것일까? 알약을 갖고 콜롬비아로 돌아가지 않고, 왜 도쿄를 들르려고 했던 것일까? 마누엘 만리케라는 사람은 도대체 누구일까?

꼬치는 훌륭했다. 향료 양념과 기름에 튀긴 참깨를 바른 것이었다. 나는 그의 논문들을 열어 보려고 했지만, 그 철학 잡지들의 포털 사이트는 최근의 것이 아니었다. 단지 잡지 목록만을 살펴볼 수 있었으며 나머지는 회색 글자로 되어 있었다. 그래서 페이스북을 검색했지만, 마누엘 만리케라는 이름이 1,086명이나 있었다. 그런데 철학이라고 했지? 나는 즉시 내 철학자 친구인 구스타보 치로야에게 메일을 보냈다.

국립대학에서 철학을 공부한 마누엘 만리케라는 사람 알아? 올해 스물일곱 살이야. 아마 3~4년 전에 졸업했을 거야. 왜 물어보는지는 나중에 말해줄게.

나는 잠시 차오프라야강을 바라보았다. 그 강의 갈색 물결과 관광객을 싣고 강을 가로지르는 카누와 삼판들, 그리고 기름투성이의 강에 비친 태양을 보았다. 강물은 걸쭉했고 느릿느릿 흘러갔다. 깨끗하지 않았다. 강물에 무언가 괴롭고 슬픈 것이 떠다니는 듯했다.

놀랍게도 즉시 구스타보의 답장이 도착했다. 지금 콜롬비아
는 몇 시지? 전날 자정이 조금 넘은 시간이었다.

구스타보는 이렇게 썼다.

그래, 마누엘 만리케는 내가 아는 사람이야. 4년 전에 콜롬비아 국
립대학 대학원에서 내 수업을 들었어. 말이 없고 소심한 학생이었
어. 아주 똑똑했어. 문학과 영화, 그리고 또한 영상에 관심이 많았
지. 그래서 들뢰즈를 공부했어. 랭보의 시학, 그리고 고다르*와 베리
만*에 대해 그와 말했던 것이 기억나. 아주 마른 것에 난 큰 충격을
받았어. 마치 엘 그레코의 그림이나 자코메티*의 조각에서 나온 인
물 같았어. 눈은 무척이나 반짝였고, 마치 무언가 다급하고 민감한
문제를 물어보려는 것 같았지만, 한 번도 물어본 적은 없었어. 그가
대학원을 마친 후에는 만나지 못했어. 그에 대해 다른 것을 알아볼
수 있는지 확인해볼게. 그를 만난 거야? 그가 지금 인도에 있어? 그
의 소식을 알려줘.

나는 그에게 이렇게 답장했다.

아직 만나지 못했지만, 지금 그는 방콕의 교도소에 갇혀 있어. 알약
때문이야. 아무에게도 말하면 안 돼. 이건 일급 비밀이거든. 난 지금
그가 누구인지 알아보고 있어. 내가 이 사건을 담당해야 하거든. 그

가 어떤 집단에서 활동했는지, 누구와 자주 만났는지 알아봐줘. 아주 조심스러운 문제니까 신중히 처리해줘. 그의 가족이 그가 체포된 것을 알고 있는지 모르겠어. 안녕, 잘 있어.

나는 계속 검색했다. 젠장, 도대체 이 철학자가 태국에 무엇을 하러 온 것일까? 언뜻 봐도 그가 범죄를 저질렀다는 것을 믿을 수 없었다. 나는 사원을 보러 가라는 검사의 도움말을 떠올렸다. 전혀 그럴 기분이 아니었지만, 나가기로 마음먹었다. 바에서 너무 많은 시간을 보내는 모습을 보이는 건 바람직하지 않았다. 이것은 업무상의 출장이었고, 그곳에 며칠 동안 머물러야 했기 때문이다. 검사가 나를 조사하고 있을 가능성도 배제할 수 없었다. 심지어 바로 그 순간 나의 움직임을 감시하고 있을 수도 있었다. 그는 자신의 조국을 바람직하지 않은 것들에서 지키려는 생각에 사로잡혀 있었기 때문이다. 나는 호텔을 나갔다.

거리는 몹시 더웠고, 나는 택시를 잡았다.

"방콕 센트럴로 갑시다." 나는 운전사에게 말했다.

상업지역 근처에서 내려 무작정 걷기 시작했다. 이내 어느 호텔이 모습을 드러냈고, 나는 들어가서 곧장 바로 향했다. 조명이 아주 쾌적했다. 나는 진 토닉을 주문한 뒤, 내 업무로 돌아갔다. 들뢰즈. 뱅센 대학. 무언가가 떠올랐다.

몇 년 전《엘 티엠포》신문의 파리 주재원이었을 때, 인터뷰에서 프랑스 작가 다니엘 페나크*는 내게 자신이 뱅센 대학교에서 들뢰즈의 제자였으며, 그의 수업은 정치적이고 미학적인 문제가 뜨거운 토론의 주제였는데, 그 수업에서 들뢰즈는 소설의 죽음을 공포했다고 말했다. 그러나 페나크는 자기 가방에 바르가스 요사의 갓 출간된 소설 『색싯집』의 번역본을 잘 숨겨서 갖고 다녔다. 만일 그것이 발각되면, 그는 그 수업에서 웃음거리가 될 수 있었다. 하지만 그는 편하게 읽을 수 있는 시간을 기다리지 못하고 화장실에 틀어박혀 계속해서 그 작품을 읽었다.

나중에 파리에서 나는 들뢰즈의 자살을 보도해야만 했다. 그가 자신의 집 발코니에서 네일 대로로 뛰어내린 것이었다. 검사가 내게 말했던 젊은 여자아이의 죽음처럼, 그것은 또 다른 '비구상적' 죽음이었다. 들뢰즈는 병들어 있었고, 통증은 참을 수 없을 정도였다. 내 기억이 잘못되지 않았다면, 그는 호흡기 질병을 앓고 있었다. 아마도 폐기종이었을 것이다. 나는 노트북을 꺼내 내 파일을 찾았다. 그 글이 거기에 있었다. 1995년 11월에 쓴 것이었다. 나는 그 기사를 읽었다.

어느 철학자의 죽음
파리

진행성 호흡기 질병으로 삶의 희망을 잃은 프랑스의 철학자 질 들뢰즈는 파리 17구에 있는 자택 창문으로 몸을 끌고 가 허공으로 몸을 던지면서 70년 동안의 삶과 철학에 종지부를 찍었다. 이 방랑자의 마지막 여행은 공중을 가로질러 네일 대로의 보도에 쾅 하고 부딪칠 때까지 불과 몇 초밖에 지속하지 않았다. 그렇게 그는 밤 8시의 추위 속에 보도에 쓰러져 있었다. 보행자들이 그의 주변으로 모여들었고, 몇 분 후 구급차가 그를 병원으로 이송했으나, 그는 그곳에서 숨을 거두었다. 이송 도중 비명을 들으면서 필사적으로 그의 목숨을 구하려고 노력했던 사람들은 아마도 그 멍든 몸과 함께 금세기의 가장 이단적인 사상가 중의 하나가 이 세상을 떠나고 있다는 사실을 몰랐을 것이다. 그는 1960년대 뱅센 대학의 가장 위대한 선동자였고, 『안티 오이디푸스』『천 개의 고원』과 같은 핵심 저작물의 작가였으며, 미셸 푸코가 "프랑스의 유일한 철학 정신"이라고 부른 사상가였다.

질 들뢰즈는 1925년 1월 18일에 태어났고, 강의실과 카페에서 인생을 보냈다. 1944년 소르본 대학에 들어갔고, 1948년부터 오를레앙 고등학교, 아미앵 고등학교 같은 여러 곳에서 교사로 재직했으며, 1964년에 리옹에서 대학 강의를 시작, 마침내 1968년 파리의 뱅센 대학에서 일하게 되었다. 그곳에서 그는 자신과 함께 1968년 5월을 경험했던 전체 세대에게 큰 흔적을 남겼고, 영원한 반란의 상태로 남았다. 그에게 강의를 들었던 학생들은 그의 수업을 도덕과 전통에 맞선 진정한 폭약이라고 기억한다. 에나멜가죽 구두를 신고 격자무늬 치마를 입고 새 학년을 시작한 젊은 여학생들은 자유연애의 선동가가 되어 현재의 권력에 맞서 소리를 질렀고, 팔레스타인 게릴라나 키프로스의 난민들, 그리고 과테말라나 나이지리아 혹은 파키스탄의 반란군들과 동거했다. 들뢰즈는 뱅센 대학의 커다란 시한폭탄이었으며, 인근 바에서 끝나던 그의 수업은 보수의 도덕성을 정면으로 겨냥했다. 그의 삶에서 가장 중요한 두 번의 만남은 1962년과 1968년에 이루어졌다. 첫 번째는 미셸 푸코와의 만남이었고, 두 번째는 펠릭스 가타리와의 만남이었는데, 가타리는 그의 작품 대부분의 공동 저자였다.

그의 작품은 1953년에 출간한 『경험주의와 주체성』으로 시작한다. 이 저서에서 그는 '복수성複數性' 이론의 윤곽을 그렸으며, 1962년에는 『니체와 철학』을 출간했고 1963년에는 『칸트의 비판철학』을, 1964년에는 『프루스트와 기호들』을 통해 복수성 이론을 발전시켰다. 들뢰즈의 특징 중의 하나는 고전 철학자들의 작품을 다시 읽는 것이었다. 그래서 베르그송, 베이컨, 스피노자에 관해 썼을 뿐만 아니라, 카프카와 멜빌, 그리고 다른 작가들에 관한 글도 발표했다 (『비평과 진단』). 들뢰즈의 관점은 순응주의도 아니고 설명적이지도 않다. 그것은 등대의 섬광과 같아서 우리가 한 번도 보지 못했던 것을 보여주며, 한순간을 분명하게 드러낸다. 들뢰즈의 작품을 전체적으로 이해하기란 쉽지 않다. 그것은 영화, 문학, 역사, 과학, 음악, 일상의 삶, 정치 등을, 즉 모든 것을 담고 있기 때문이다.

1984년에 푸코가 에이즈 때문에 세상을 떠난다. 그리고 루이 알튀세르*가 아내를 교살한 죄로 정신병원에 수용되고 1990년에 숨을 거둔다. 그리고 상황주의자 기 드보르*는 자살한다. 들뢰즈의 죽음은 파리 철학 학파의 비극적 종말을 가져오며, 그 학파에 대한 죽음의 통계를 입증한다. 그러나 그의 사상은 살아남고, 미셸 푸코의 "아마도 언젠가 이번 세기는 들뢰즈의 것이 될 것이다"라는 구체적이고 확정적인 주장이 틀리지 않았음을 보여준다.

나는 이 글을 두 번 읽었다.

당시 내가 들뢰즈에 관해 많은 것을 알고 있었다는 사실을 깨닫고 놀랐다. 나는 추상적 사고에 결코 능통한 적이 없었고, 따라서 아마도 구스타보에게 도움을 청했을 가능성이 컸지만, 이제는 전혀 기억이 나지 않는다. 또한, 이 기사가 언론의 관점에서 거의 '재미'가 없는데도 어떻게 「오늘의 삶」이라는 면에 실렸는지 그 이유도 알 수 없다. 어쨌거나 들뢰즈에 관한 기사였다.

이동해야 할 시간이었고, 그래서 나는 거리로 나갔다.

어두워지고 있었다.

나는 정처 없이 걷다가 위쪽, 그러니까 2층에서 〈방콕 레어 북스〉라는 서점 간판을 보았다. 나는 아무 생각 없이 들어갔다. 20세기 초에 출간된 여행 서적들과 문학 분야가 있었다. 거기에는 그레이엄 그린*의 책을 850달러에 팔고 있었다. 나는 1940년 런던의 하이네만에서 출간된 『권력과 영광』과 1951년에 마찬가지로 하이네만에서 간행된 『관계의 끝』의 책등을 만졌다.

사원을 제외하고, 나는 검사의 조언을 따랐다. 내 주머니 사정 때문에 나는 이 책들을 구매할 수 없었고 단지 냄새만 맡을 수 있었다. 그러나 그것만으로도 즐거웠다. 늙은 그레이엄 그린의 책을 보았다는 사실만으로도 행복했고, 그래서 나는 호텔로 돌아가기 전에 아래로 내려가 마지막 한 잔의 술을 찾았다.

7

오, 죽을 운명의 인간이여, 당신은 내가 말할 수 없고 고백할 수
없는 욕망이 무엇인지 알고 싶지 않나요? 친구여, 그건 바로 당신
이 절대 알 수 없을 것들이고, 그래서 털어놓을 수 없어요. 하지만
다른 것들, 그러니까 간단한 것들은 이야기해줄 수 있어요. 당신
은 광활한 세상에는 도시들이 있고, 나는 며칠 동안 그 도시를 방
황하고 싶다는 것을 알고 있나요? 난 그렇게 하고 싶어 죽겠어요!
그런 도시 군중의 일부가 되고, 단지 몇 시간, 아니 몇 분만이라도
그 도시의 거리와 지하철역에서 길을 잃고, 도움 기관으로 달려가
고독한 사람들을 위한 헬프라인에서 도움을 찾고 싶어요.

그 도시들이 어떤 것들일까요?

나는 나의 야간 성운들 속에 있는 수많은 것 중에서 하나를
말하려고 해요. 거기에는 아주 강하게 빛나는 별들이 있거든요.
그럼 한번 보도록 해요. 보자고요. 내 지도 오른쪽 지역에서 황금

색이 되지 못하고 구리 색깔을 띠는 그 아름다운 빛은 무엇일까요? 바다 근처에, 그러니까 아기의 무기력한 손발처럼 긴 팔이 시작되는 부분에서 좌초된 별의 이름은 무엇일까요?

그건 방콕이에요.

그곳은 아시아에서 미소의 수도지요. 그곳에는 발 마사지와 다른 유형들, 즉 '바디 투 바디'(이것은 '행복한 결말'을 포함할 수 있는데, 이것이 무엇인지는 상상해봐요), 여러 번의 근육 이완, 우울증 치료 마사지, 시차증 극복 마사지와 같은 것들이 있어요. 거기에는 3만 6,874개의 등록된 마사지 업소들이 있답니다. 육체는 신경종말로 발바닥과 연결되어 있고, 그곳에서 당신은 결핍된 것들을 조절하고 만족시킬 수 있지요. 육체 기관은 이상한 기관이에요! 당신은 육체를 도와 행복해질 수 있어요.

방콕은 "가능성은 오로지 상상에 의해서만 제한된다"라는 오래된 텔레비전 연속극 〈환상의 섬〉과 비슷해요. 그래서 당신은 이렇게 마음속으로 물을 거예요. "상상이라고? 상상하라고?" 그런데…… 당신은 뭘 상상하지요? 그 쾌락의 장소이자 또한 고통의 장소를 어떻게 상상하지요?

방콕은 세계에서 가장 오염된 도시 중의 하나예요. 보행자들은 마스크를 쓰고 숨을 쉬지요. 그것은 슈퍼마켓 계산대에서 쉽게 구할 수 있지요. 어떤 날은 오후가 되면, 하늘이 우리의 머리와 더욱 가깝게 있는 것처럼 느껴져요. 삼펭의 골목길은 마스크 없이는 돌아다니기 어려워요. 거기에는 모든 게 가판대에 훤히 펼쳐져 있고, 그곳 분위기도 똑같아요. 소금을 쳐서 먹는 튀긴 귀뚜라미, 물병에서 둥둥 떠다니는 원숭이 뇌, 물에 끓인 마른 생선의 내장(이것은 위염에 좋지요), 상어 지느러미 등이 펼쳐져 있어요. 남자들은 발기불능(멋진 발기불능, 그것은 바로 주정뱅이 시인의 어머니이다!)과 싸우기 위해 뱀의 피를 마시지요. 차투착 시장에는 살아 있는 코브라가 바구니에서 잠자고 있어요. 그 뱀의 피는 3달러 정도예요. 여왕 코브라라면 그 피는 100달러에 달하고, 그것이 백색 코브라라면 그 값은 5,000달러를 상회해요. C'est plus cher, mon vieux!(아저씨, 이건 더 비싸요!) 손님이 뱀을 고르면, 상인은 바구니에서 그 뱀을 꺼내 칼로 목을 내리쳐서 컵에 피를 받아요. 그리고 그 피를 한 숟가락의 꿀과 한 잔의 위스키와 섞지요. 손님은 그것을 단숨에 마셔버려요.

태국어는 48개의 모음과 41개의 자음으로 이루어진 성조 언어랍니다. 태국어로 방콕은 '섬의 도시'를 뜻하지만, 두 번째 이름도 있어요. 바로 '천사들의 도시Krung Thep'지요. 교통체증이 심하기로 동남아시아 전체에서 유명해요. 그것도 모자라, 몹시 덥고, 차오프라야의 강물은 방콕을 시원하게 해주기에 충분하지 않아요. 아니, 그 반대랍니다. 그 시커먼 색깔은 썩은 석호를 떠올리게 하며, 도시를 나누며 가로지르는 많은 수로는 시커먼 물로 가득해요. 그게 일종의 의식적 행위일까요? 모든 살아 움직이는 도시의 아래에는 죽은 사람들의 도시, 즉 공동묘지가 있고, 그 안에는 도시의 무의식과 고통스러운 마약의 꿈이 있지요. 그 어떤 도시도 사실적으로 될 수 없고, 아마도 그래서 방콕은 꿈속에서 움직이는 것 같아요. 수많은 수로 때문에 이 도시는 '동양의 베네치아'라는 또 다른 별명을 갖고 있지요. 이곳으로 음악이 흘러요. 아마도 하이든의 음악인 것 같아요.

방콕은 특별해요. 불교는 역사에 대해 은근히 무관심해지라고 충고하지만, 태국인들은 자신들이 한 번도 식민화된 적이 없다는 것을 자랑스럽게 여긴답니다. 아유타야에 옛 수도를 정했던 샴 왕국도, 그리고 현대 태국도 프랑스나 영국 혹은 네덜란드의 손에 함락된 적이 없었어요. 이웃 국가들과는 달라요. 라오스, 캄보디아와 두 개의 베트남은 프랑스령 인도차이나를 구성해요. 그리고 미얀마와 말레이시아와 싱가포르는 영국령 인도차이나를 이루지요. 아마도 태국인들이 미소 짓는 이유는 자신들을 자랑스럽게 느끼기 때문일 거예요. 그리고 이 모든 것은 사실일 수 있어요(비록 약간 억지스러운 면은 있지요).

이제 정말로 환상적이고 믿을 수 없는 것을 말해줄게요. 인류가 발견한 가장 진귀하고 특이한 것이에요! 과학의 눈과 관심을 아름다운 우리 태국 왕국에 집중시키게 만든 사건이에요! 20세기 초에 태국의 한 호수에서 어느 영국인 의사가 두 개의 머리를 가진 한 아이를 발견했어요. 주의 깊고 신중하게 살펴본 후, 그는 그 아이가 한 명이 아니라 두 명이라는 사실을, 즉 하나의 몸에 두 아이가 있다는 것을 깨달았어요. 그때부터 이 이상한 유전학적 이형異形은 이 왕국의 이름을 따서 '샴쌍둥이'라고 불리게 되었지요.

눈은 달걀 모양이고, 피부는 까무잡잡하며, 키 작은 태국인들은 실제로 항상 미소를 짓고 있어요. 공항에서 〈미소의 땅에 온 것을 환영합니다〉라는 문구를 읽을 수 있어요. 왕은 신으로 여겨지고, 그의 신하들은 왕 앞에 몸을 납작 엎드려요(무릎을 꿇지는 않아요). 화려한 탑과 사리탑이 있는 사남루앙 왕궁은 정말로 아름다워요. 46미터에 달하고 황금으로 도금된 누운 부처도 아름답기는 매한가지지요. 그건 미소 짓는 불상이에요. 미소 짓는 누군가를 숭배하고 찬미하는 수백만 명의 사람들을 보는 건 정말로 낯선 광경이지요.

방콕은 매춘의 수도랍니다. 온갖 종류의 매춘이 존재해요. 심지어 가장 천하거나 소란스러운 섹스도 있어요. 잔인무도하고 고통스러운 섹스도 있지요. 파트퐁 지역은 유럽 중산층의 사창가지요. 별 볼 일 없는 베를린의 종업원이나 마드리드의 웨이터도 여기에서는 맘보의 왕, 즉 '맘보 킹'이 돼요. 아주 저렴하게(유로 천국에서 오는 경우) 카마수트라를 엉터리로 알고 있는 아내-정부-마사지사-노예를 살 수 있어요. 그 여자는 요리할 수도 있고, 놀이하는 것도 수락하고, 그의 입에 키스하면서 여보, 너무나 보고 싶었어요, 다음번에는 나를 데려갈 거죠?, 라고 말해요. 연애소설과 같아요(하기야 사랑은 항상 소설이지 않나요? 아 참, 암브로시아 씨, 이건 읽지 말아요). 유럽 남자는 태국에서 섹스 관광과 동양의 지압을 찾지요. 반면에 유럽 여자는 카리브해로, 특히 쿠바나

자메이카로(몇몇은 콜롬비아로) 가고, 그곳에서 흑인의 신인神人과 같은 강도를 찾아다녀요. 그러면 아프리카로 갈 필요가 없거든요. 여자들은 카리브해 지역이 아프리카보다 더 재미있고 말라리아도 걱정할 필요가 없다고 여기거든요.

하지만 미래의 고객들이여, 주목! 태국의 섹스 산업에는 15세부터 40세 사이에 있는 여자들의 25퍼센트가 종사하고 있어요. 또한 남자아이들도 있지요. 태국은 동정남과 처녀들의 천국이지만, 그다지 유쾌하지 않은 뜻밖의 것도 있어요. 임질과 간염, 헤르페스와 에이즈 등이지요. 많은 젊은 여자들은(심지어 처녀들도) 헤로인 중독자예요. 손가락 관절이나 샅에 주사를 놓지요. 그러면 주사 흔적이 보이지 않거든요.

헤로인 흡연자들은 '무moo'라는 이름으로 불려요. 그것은 '돼지'라는 말인데, 헤로인을 피우면서 돼지 같은 소리를 내뱉어서예요. 주사기를 사용하는 사람들은 '페이pei', 즉 '오리'라고 불리는데, 그것은 고여서 썩은 물에 살기 때문이랍니다. 백인은 '파랑farang'이라고 하는데, 이 단어는 여러 대륙으로, 특히 세계의 남쪽 지역으로 여행을 했고, 어원상 대략 '프랑스인'이라는 뜻을 지니고 있어요. 그리고 광의의 의미로는 '유럽인'을 뜻하고, 심지어 '서양의 기독교인'(아랍어로 알파랑흐al-Faranj, 페르시아어와 우르두어, 또한 에티오피아의 언어인 암하라어로는 '파랑기farangi'라고 해요)을 지칭해요.

태국의 오래된 역사책은 파랑들을 다음과 같이 설명하고 있어요. "그들은 과도할 정도로 키가 크고 털이 많으며 더럽다. 그들은 오랫동안 아이들을 교육하며 부를 축적하는 데 인생을 바친다. 그들의 여자들은 키 크고 튼튼하며 아주 아름답다. 그들은 벼를 재배하지 않는다."

8

벽에 그림을 그리는 나의 열정은 계속되었고, 어느 날 나는 아무런 이유도 없이 용기를 내서 후아나에게 그런 사실을 털어놓았습니다. 우리는 하수도로 갔고, 그녀는 내 앞에서, 그러니까 그림 앞에서 몇 발짝 떨어져 잠시 잠자코 있었어요. 그곳에 내 섬들과 화산들이 빛나고 있었습니다. 내 불 뱀들, 내 빨간 악어들과 공룡들, 그러니까 내가 배 속과 마음속으로 느끼던 모든 것이었지요. 후아나는 그것들을 조용히 지켜보았고, 나는 그녀가 가만히 명상하도록 놔두었습니다. 그녀가 방해받지 않도록 숨도 제대로 쉬지 못했어요. 잠시 후 나는 그녀의 팔을 잡았고, 그녀는 고개를 돌렸지요.

후아나는 기쁨의 눈물을 흘리고 있었습니다.

넌 진정한 예술가야, 그녀가 감격해서 말했어요. 나를 껴안았습니다. 온몸을 내 몸에 밀착시켰고, 나는 그녀의 떨림을 감지했습니다. 그러더니 내 눈을 쳐다보고서 말했습니다. 지금부터는 내가 일을 해서 네게 필요한 것을 모두 갖게 해주겠어.

후아나는 학급 동료들의 숙제를 해주고서 돈을 벌었고, 그렇게 내게 스프레이 페인트를 가져다주기 시작했지요. 스프레이 전용인 '몬타나 골드'가 가장 좋은 제품이었어요. 그러나 싸고 구하기가 쉬운 것은 '벨톤'이었어요. 한 캔에 만 페소였어요. 달러 환율에 따라 가격이 다소 변했지요. 영사님, 물론 그 시기에 페소가 절상되었는데, 그게 내게 많은 도움이 되었답니다. 무슨 이유로 평가 절상되었는지는 모르겠어요. 어쨌든 이 이야기에서 벗어나지는 않겠습니다. 나는 몬타나 제품을 좋아했는데, 특히 벽에 색깔이 무척 잘 침투했기 때문이었지요. 그걸 사용하면 마치 콘크리트나 벽돌 혹은 벽토가 그 색깔로 만들어진 것 같았거든요. 당신은 캔을 흔들고 스프레이볼 소리를 들을 때면, 그러고서 캔 건을 누르고 거의 만져질 것 같은 색깔이 스프레이로 방출되면서 분명한 그림이 그려질 때면, 내가 어떤 것을 느꼈는지 알지 못합니다.

나는 키스 해링*의 외롭고 약간 히스테리적인 인형과 뱅크시*라는 영국 사람의 그림을 주의 깊게 보기 시작했습니다. 그 영국인은 선구자였습니다. 그러니까 어느 거리에 부족하다고 생각한 것을 그 거리에 놓고자 했던 사람이었지요. 가령 서로 키스하는 경찰관들, 바다가 내다보이는 공장 벽의 창문, 장난꾸러기 쥐들이었어요. 어쨌든 내 작업은 그렇지 않았습니다. 나는 다른 것들을 꿈꾸었지요. 사람들로 북적거리는 도시가 아니라, 내가 마음속으로 생각한 것에 약간의 현실을 부여하는 것이었습니다. 이미 말했던 것처럼, 내 그림은 일종의 도피예술이었습니다. 내 안의 모든 것은 도망치는 것을 지향하고 있었거든요. 난 떠나고 싶었습니다. 내 삶이 싫었습니다.

누나는 콜롬비아 국립대학에서 사회학을 공부하기 시작했습니다. 고등학교 평균 성적과 수학능력시험, 그리고 입학시험에서 우수한 성적을 받아 장학금을 받았습니다. 그래서 부모님은 누나에게 그 전공을 공부하게 놔두었던 것입니다. 사실 그들은 대부분의 콜롬비아 사람들처럼 사회학을 공부하는 것은 무장혁명군의 일원이 되기 위한 것이라고, 일종의 예비 과정이라고, 특히 국립대학에서 공부하는 것은 더욱 그렇다고 생각했어요. 이미 우리는 우리베 정부가 절정을 향해 치닫는 시기에 있었고, 파시스트나 애국자가 아닌 사람은 모두 수상한 사람으로 여겨졌답니다. 그런 사람은 그 누구건 모두 게릴라 요원이라고 고발되었지요. 인권이나 헌법을 수호하는 것만으로도 테러분자라는 의심을 받았지요.

후아나가 학교 친구들을 집으로 데려올 때마다 어머니는, 게릴라니? 네 학교 친구들은 모두 그러니?, 라고 물었어요. 아버지는 그들에게 건성으로 인사하고는, 그들을 쳐다보지 않으려고 신문으로 얼굴을 가리고서 읽는 척했지요. 언젠가 아버지는 후아나에게, 우리 공주야, 난 로사리오나 로스 안데스 혹은 하베리아나 대학교 학비를 댈 수는 없어, 하지만 적어도 법학이나 경제학으로 전과하도록 노력해봐. 그것을 공부하는 동안 내가 저금해서 나중에 네가 졸업하면 아르헨티나에서 버젓한 박사과정을 밟도록 도와줄게. 동의하니? 저 장발들 때문에 네 어머니는 심장마비에 걸려 죽을지도 모르니, 어머니를 위해 그렇게 하도록 해. 아버지는 후아나에게 대출을 받아서 유럽이나 미국으로 보내주겠다고 말하기도 했어요. 언젠가 아버지는 아이팟과 새 휴대전화를 사주느라고 빚을 졌어요. 그는 내 누나를 사랑했지만, 이해하지는 못했습니다.

나는 그 시기에 저녁 식탁에서 일어난 또 다른 말다툼을 기억합니다.

너무나 격렬한 말싸움이어서 나는 며칠 동안이나 제대로 숨을 쉴 수 없었어요. 어머니는 독립 이전의 시기에 관해 말했어요. '멍청한 조국'이라고 알려진 시기였어요. 그러자 후아나는 대학에서 공부하면서 자신이 더욱 강해졌다고 느끼고는, 그런데 이것보다 더 멍청한 조국은 없었어요, 오늘날 우리는 바보들의 나라에서, 그 어느 때보다 위험하고 부패한 나라에서 살고 있어요, 라고 말했어요.

아버지는 어머니를 쳐다보았고, 자기가 대답을 해야만 한다고 느꼈습니다. 그래, 이 나라는 지금 바보처럼 보일 수도 있어, 하지만 내가 기억하는 한 그 어느 때보다도 안전하고 평화로운 나라야. 정말로 안전하고 평화로우며 가장 행복한 나라야. 적어도 내가 태어난 이래, 그리고 너희 두 사람이 태어난 이래로 말이야.

최고라고요? 후아나가 반박했습니다. 아, 아빠, 아빠는 마치 국회에 있는 배신자 중의 하나인 것 같아요. 지금은 가장 끔찍하고 오싹한 시기란 말이에요! 대통령은 마피아 일당이고, 군대는 살인과 고문을 일삼으며, 국회의 반은 우익 민병대와 공모했다는 이유로 감방에 갇혀 있고, 강제이주한 사람들은 라이베리아나 자이르†보다도 더 많으며, 수백만 헥타르가 총탄의 위협으로 강탈되었어요. 계속할까요? 이 나라는 학살과 이름 없는 묘지 덕분에 유지되고 있어요. 바닥을 파기만 하면 뼈가 나오는 곳이에요. 이 우둔하고 미친 조그만 공화국보다 더 바보 같은 것이 있을까요?

물론 부모님은 후아나를 심하게 공격하면서, 마치 성난 맹수들처럼 손짓했어요. 그게 대학에서 가르치는 거니? 정부와 치안당국을 모독하는 걸 가르치는 것이냐? 그따위를 말하는 교수들은 도대체 어느 쪽이야? 지금 국가에서 일어나고 있는 일을 그렇게 분석하는 사람들이 누구야? 네가 대학에서 그런 걸 배운다는 사실을 총장과 교육부 장관이 알고 있는 거니? 교수들은 게릴라 군복과 군화를 신고 돌아다니는 것 아니니? 도대체 몇 명이나 체포 영장이 발부되었고 범인 인도 대상이니? 그들이 무기를 들고 책상에 앉아 있는 것 아니야? 카페나 체 게바라 광장에서 인질 몸값을 받는 것 아니야? 베네수엘라나 쿠바 억양을 지닌 사람들이 가르치는 것 아니야? 아니면 러시아어로 강의하는 것 아니야? 아니면 직접 아랍어로 가르치는 것 아니니? 이봐, 후아나, 우리 대통

† '콩고민주공화국'의 전 이름. 1997년 5월 17일에 반군이 수도를 장악하기 전까지 약 26년간 사용되었다.

령을 존경하도록 해! 그 사람이야말로 가장 먼저 일어나서 일하는 콜롬비아 사람이야! 듣고 있어? 네가 밤새 술 먹고 돌아와 잠자리에 누울 때, 그리고 너와 함께 다니는 테러리스트 지망생들과 반정부 책을 읽고 돌아와 잠자리에 누울 때, 혹은 깊은 잠에 빠질 때, 이미 그는 집무실로 출근해서 서류를 점검하고 결정을 내리고 지시를 내리면서 이 나라에 무엇이 가장 좋은지 분석하고 있어. 네게 한 가지만 말하겠어. 네 마음에 안 드는지 모르겠지만, 네가 편하게 잠자고 그 게으름뱅이들의 둥지에서 공부를 계속할 수 있는 것은 그가 저곳에서 네가 잠자도록 돌보기 때문이야. 그는 너뿐만 아니라 4500만 명의 콜롬비아 사람들을 돌보고 있는 거야. 내 말이 무슨 뜻인지 알겠어, 이 철부지 아가씨야?

아, 그래요? 내가 잠자도록 지켜주고 있다고요?, 라고 후아나가 말했어요. 농담하지 마세요. 그가 노동조합원들을 돌보나요? 그들은 살해되었어요. 그럼 그가 초코 지역의 흑인운동 지도자를 지켜주고 있나요? 이 지도자는 그의 선거운동을 지원했던 사람들에게 총탄 세례를 받았어요. 그가 공동묘지에 묻힌 익명의 시체들을 돌봐주나요? 이 빌어먹을 나라에는 그런 묘지가 셀 수 없이 많아요. 아니에요, 아버지. 자기 자신을 기만하지 말아요.

여기서 마음 편히 잠잘 수 있는 유일한 사람들은 극우 민병대뿐이에요!

잠을 잘 뿐만 아니라, 그들은 계속해서 노동조합원들과 주지사들, 시장들이나 좌익 학생들, 젊은 실업자들과 마약 중독자들을 죽이고 있어요. 그들은 계속해서 돈을 벌고 있고, 국가와 거래하면서 돈을 훔치고 있어요. 그들은 계속해서 농민들을 위협하면서, 게릴라로 고발하는 것만으로도 그들의 땅을 빼앗을 수 있어요, 아빠…… 우익 민병대원들만이 이 나라에서 편하게 잠잘 수 있는 사람들이란 말이에요! 남부끄럽지 않은 사람들은 그렇지 못해요. 가난한 사람들도 편하게 잠자지 못해요. 모순처럼 들릴지 모르겠지만, 이들은 대통령을 지지해요. 무지해서 혹은 보조금으로 매수되었기 때문이지요. 이건 국가의 돈인데, 그가 선물인 것처럼 주는 것이에요! 그렇게 많은 돈을 훔친 사람은 없었어요. 예전만 하더라도 극우 민병대는 의회에서 지금처럼 말할 수 없었어요. 그들은 국회의원들에게 억지로 그들의 말을 듣게 해요. 아빠는 벌써 이런 것을 잊었어요? 국가안전부가 플래카드를 들고 있던 희생자 대표를 어떻게 난폭하게 내쫓았는지 기억나지 않아요? 이제는 아무것도 기억나지 않아요? 하지만 난 기억해요. 이런 일이 이 존경스러운 나라에서 일어났어요. 희생자 대표를 발길질로 내쫓고서 살인자들에게 발언권을 주는 나라란 말이에요! 이게 무슨 민주주의지요? 이런 걸 허용하는 정부를 어떻게 불러야 하나요? 아빠, 내가 얼마나 오랫동안 편하게 잠잘 수 있을지는 모르겠지만, 그렇게 자는 것은 다행스럽게도 의회에 점잖고 버젓한 사람들도 있기 때문이에요. 국민이 눈을 뜨도록 목숨까지 기꺼이 바치려는 페트로* 상원의원 같은 사람들 덕분이에요.

　　아버지는 감정을 억제했습니다. 그렇지 않았더라면 아마도 주먹으로 식탁을 내리쳤거나 아니면 물컵을 벽으로 던져버렸을 겁니다. 그는 말했습니다. 맙소사, 후아나, 입 다물고 있어, 알았지? 넌 지금 네가 무슨 말을 하고 있는지도 몰라. 넌 그저 국립대학의 테러분자들이 가르치는 것만을 앵무새처럼 반복하고 있는 거야. 하지만 넌 아직 어려, 그래서 각각의 사람들이 어디서 오는지, 그러니까 그들의 출신을 알지 못해. 그래서 그 상원의원이 공산주의자이고, 과거에 게릴라였다는 사실을 알지 못하는 거야. 그는 테러분자였어! 그의 손에는 피가 묻어 있고, 오늘날 그 누구에게도 교훈이 될 수 없는 사람이야. 대통령 자신이 바로 그렇게 말했어. 그건 알고 있었어? 그러자 학년 대표였던 후아나는 말했지요. 아빠, M-19†는 공산주의자가 아니었어요. 적어도 이 세상에서 공산주의자가 되려면 마르크스나 레닌의 사상, 혹은 마오쩌둥의 사상을 지지해야 해요. 그런데 M-19는 그렇지 않았어요. 그건 볼리바르 사회주의, 그러니까 라틴아메리카 사회주의였어요. 게다가 공산주의자가 되는 것은, 혹은 과거에 공산주의자였다는 것은 내가 아는 한에서 그 어떤 죄도 아니에요. 아빠는 왜 그걸 죄라고 하는 거죠? 반면에 우익 민병대원이 되는 것, 농민학살과 의회에서 사이비 정치인을 지지하는 것은 점잖고 버젓한 사람이라는 것인가요? 진보와 조국과 성모를 사랑하는 사람이라는 것이죠, 그렇죠? 아빠, 바로 그게 문제예요. 여기에는 모든 게 거꾸로 되

---

†   '4월 19일 운동'이라고 불리며, 1980년대 콜롬비아 최대의 좌익 게릴라였다.

어 있어요. 하지만 누군가가 우익 민병대의 최고 두목이 대통령으로 있다고 말하면, 사람들은 맙소사라고 소리 지르면서 성호를 긋지요.

아니야, 내 딸아, 아버지는 반박했지요. 그게 사실이라면, 그들은 범인 인도 협정에 따라 미국에 인도되지도 않았을 것이야. 그들이 저지른 잘못의 대가를 지급하면서 미국의 감방에 있지 않을 거야. 국립대학의 선생들이 그렇게 설명하던? 그러자 후아나는 말했어요. 그들을 보낸 것은 그들의 입을 닫아버리려고 했기 때문이라는 사실은 모두가 알고 있어요. 그들이 대통령을, 그러니까 그나 그의 일당들을 고발하지 못하도록 말이에요. 근본적으로 그는 그 사람들을 배신했어요. 그게 진짜 마피아 두목들의 특징이고, 그건 이미 너무나 많이 연구되었어요. 그게 자기를 올라가도록 도와준 사람들에게 손을 떼고 제거하는 능력이에요. 아빠, 〈대부〉 보지 못했어요? 다시 보셔야 할 것 같네요, 아무것도 이해하지 못했으니까요. 콜롬비아에서 〈대부〉는 지방 뉴스의 중요 기삿거리예요.

두 사람은 큰 소리로 계속해서 언쟁을 벌였습니다.

어머니는 분노의 표정으로 두 사람을 바라보며 잠자코 있었어요. 나는 천장의 얼룩이나 내 신발의 콧등 가죽을 분석했지요.

영사님, 이제 밤과 낮이 이 끔찍한 정신병원에서 어느 정도나 지옥 같았는지 아시겠죠?

책 이외에도 나와 누나는 영화를 좋아했지요. 우리는 영화에 대한 꿈을 꾸었습니다. 영화를 보고는 공원으로 갔고, 내 하수도와 내 그림 옆에서 마리화나를 피웠답니다. 또는 우리 집 지붕 위로 올라가 그곳에서 영화에 관한 이야기를 나누면서 우리가 본 영화를 되새겼으며, 그것을 우리의 비밀스러운 삶으로 들어오게 했습니다.

물론 가장 중요한 것은 작가주의 영화였지요. 왕자웨이, 펠리니,[*] 스코세이지,[*] 타란티노, 조지 쿠커,[*] 카사베츠,[*] 구로사와, 마이크 니컬스,[*] 타르콥스키[*]였습니다. 그러나 황당하고 모순적으로 보일지 모르겠지만, 우리의 놀이에 가장 이바지한 영화들은 때때로 할리우드에서 제작된 상업 영화였답니다. 가령 나는 내가 에드워드 노턴이고 누나는 자기가 헬렌 헌트라고 상상하기도 했고, 다른 영화들의 주인공을 선택하기도 했지요. 누나는 〈사브리나〉를 좋아했는데, 그것은 빌리 와일더의 영화를 해리슨 포드와 함께 리메이크한 것이었어요. 나는 〈찰리 윌슨의 전쟁〉의 톰 행크스를 좋아했는데, 그 영화에서 후아나는 줄리아 로버츠가 연기한 인물을 선택했어요. 하지만 그녀가 그 영화를 바꿀 수 있다는 조건 아래서, 즉 우익 백만장자가 아니라 비정부단체의 지도자인 행동주의자가 된다면 선택하겠다고 했어요. 하지만 나는 그녀에게, 후아나, 누나가 그 인물을 바꾸면, 작품 이야기를 날려버리는 거야, 그러려면 다른 인물을 선택하는 편이 나아, 라고 말했지요. 하지만 누나는 고집을 굽히지 않았고, 우리가 해야 할 일은 나쁜 것들을 바꿔서 영화를 더 낫게 만드는 거야, 라고 말했어요. 그러자 나는 왜 누나는 그토록 급진적이야? 모든 사람이 좋을 수는 없어, 착한 사람이 있으려면 나쁜 사람이 있어야 해, 라고 말했어요. 그러니까 그녀는 바보 같은 소리는 그 정도만 해, 내가 원하지 않는데 나쁜 사람이 되어야만 할 이유는 없어, 라고 대답했죠.

우리 우상 중의 하나는 왕자웨이였습니다.

그의 영화 속에서 우리는 자포자기와 사랑의 엄청난 결핍을 보았습니다. 그것은 우리와 너무나 비슷했고, 그래서 그 감독은 우리에게 다른 세상을 꿈꾸게 해주었습니다. 바로 아시아, 즉 홍콩이었어요! 우리는 아시아의 도시들이 지도에 있다는 것을 알고 있었지만, 왕자웨이의 작품을 보면서 우리와 같은 사람들이 그곳에 살고 있다는 것을 깨달았어요. 바로 유령과 같은 도시에 사는 고독한 사람들, 큰길과 카페에 있는 덧없는 허약한 사람들이었답니다. 그들은 계속 앞으로 나아가기 위한 이유를 만들어낼 필요성이 절박했고, 출발하기도 전에 패배했으며 출발점부터 너무나 잘못된 것들이 있다고 느낀 사람들이었습니다. 어쨌든 〈화양연화〉〈중경삼림〉〈2046〉 그리고 심지어 〈마이 블루베리 나이츠〉에서도 볼 수 있습니다. 우리는 그것들을 영화 동호회에서 보았고, 나머지는 빌리거나 인터넷에서 다운을 받아서 보았지요. 정말로 특별한 작품들이었다는 것을 인정해야만 했습니다. 그리고 우리를 능가한다는 것을 인정하면서 기쁨을 느꼈지요. 그러나 그가 유일한 사람은 아니었어요. 또한, 우리는 카사베츠의 영화들을 사랑했습니다. 〈오프닝 나이트〉와 〈그림자들〉〈차이니즈 부키의 죽음〉

과 같은 작품들이었어요. 거기서 등장인물들은 더 심하게 절망적이었고, 그들을 보자 우리는 예술의 세계에서만 우리의 삶이 아름다운 것으로 바뀔 수 있다는 것을 깨달았답니다. 영사님, 이건 엄청난 모순이지만, 실제로 그렇답니다. 우리가 느낀 그 커다란 좌절감은 영속적인 것을 만들 수 있었고, 우리는 아주 젊었을 때부터 그것을 알게 되었지요. 그래서 우리는 우리의 삶이 우리가 함께 있다면 근본적으로 어느 정도 가치가 있다고 믿었습니다.

카사베츠의 영화들을 보면서, 우리는 1970년대에 다른 사람들이 비슷한 것들을 경험했다고 느꼈습니다. 그들은 뉴요커였기 때문에 극장과 에드워드 호퍼*의 그림처럼 완전히 텅 빈 바에 갔습니다. 그곳에서는 사람들이 밤늦은 시간에 얼음이나 소다수를 섞지 않고 위스키를 마시고, 배우들과 우울한 극작가, 알코올 중독자들이 있답니다. 이 영화 저 영화를 보면서 우리는 그 세계로 들어갔습니다. 또한, 마틴 스코세이지의 뉴욕에 관한 영화들, 그러니까 〈비열한 거리〉부터 〈카지노〉까지 보았습니다. 거기에는 완전하게 적응하지 못한 인물들이 등장합니다. 도망치려는 욕망을 가진 아주 하찮은 인물들이지요. 그들은 링에서 너무 일찍 상처를 입은 까닭에 확신이 없는, 혹은 거의 불구가 되어 자기가 받은 일격이나 찢어진 상처를 창피해하거나 가엾게 여기면서 자기 자신을 확신하지 못하는 사람들이에요. 사르트르가 썼던 것처럼, 우리는 그렇게 삶을 간주했어요. 나중에 나는 『닫힌 방』을 읽었고, 그 책이 제안하는 바를 완벽하게 이해했어요. 마치 그토록 갈망했으면서 빠져 있던 한 조각이 내 세포와 정확하게 맞춰지는 것 같았지요. 그것은 사상의 강도 높은 이해, 즉 무언가가 사실이라는 확실성이었어요. 그래서 사르트르의 문구 중의 하나인 "지옥은 타인들이다"가 수년 동안 내 머릿속에 울려 퍼졌지요. 영사님, 그 시기에 내가 느꼈던 것을 느끼고 경험하지 못했다면, 결코 그토록 정확하게 설명할 수 없었을 겁니다. 그 점에 대해서는 자신 있게 말할 수 있습니다.

우리 집 지붕은 우리가 자유롭게 느끼던 장소 중의 하나였습니다. 하늘을 가로지르는 비행기를 보면 흥분했지요. 언젠가 우리역시 떠날 것을 알고 있었기 때문이에요. 저기에, 움직이는 조그만 불빛 속에는 어떤 일들이 일어나고 있을까? 여행하는 사람들은 자기 자신에게 어떤 질문을 던질까? 어디로 가는 것일까? 이런 생각을 할 때면, 우리는 비행기 승객들에 관한 이야기들을 만들어 냈습니다. 가령 유학하기 위해 먼 길을 떠나는 어느 승객을 상상합니다. 그는 조금 전에 눈물을 닦았습니다. 여자 친구가 마지막 순간에 뜨거운 작별 인사를 하고는, 그를 기다릴 생각이 없다고 말했기 때문입니다. 그러자 그 불쌍한 청년은 네루다*의 시에 나오는 것처럼, 각 달의 이름이 얼마나 위협적인지 생각합니다. 그럴 때면 갑자기 후아나가 중단시키고는, 야 마누엘, 섹스 생각 많이 해? 이미 동정 뗐어?, 라고 말했지요. 나는 무슨 소리야, 후아나? 난 여자 친구도 없는데 누구와 동정을 떼겠어?, 라고 대답했습니다. 그러면 그녀는, 좋아, 너를 안내할 아주 예쁜 여자를 얻게 해줄게, 아니 혹시 네가 남자를 좋아하는 건 아니지? 그렇다면 난 더 좋아. 게이 남동생, 정말 마음에 들어. 그러면 우리는 남자 친구들을 공유할 수 있어!, 라고 했어요. 하지만 나는, 적어도 지금은 그렇게 생각하지 않아, 만일 변화가 생기면 알려줄게, 라고 말했습니다.

9

다음 날 검사는 정확하게 아침 7시에 도착했다. 그가 타고 온 차는 선팅이 짙은, 갓 뽑은 검은색 도요타 크라운이었다. 이슬비가 내렸고 날씨는 더웠다. 우리는 차와 툭툭, 자전거와 버스가 만든 소음의 벽을 피해 천천히 중심가를 벗어났다. 아시아의 도시들은 항상 그렇다. 즉, 다채롭고 혼란스럽다. 도로 위에 걸린 광고판은 시야를 가리고, 길 양쪽에는 현수막이 걸려 있다. 그 시간에는 다른 냄새가 난다. 배기가스와 과열된 타이어, 튀긴 매운 고기, 삶은 코코넛 냄새다. 신호등이 있는 곳마다 행상인들이 차창으로 다가와서 그들이 파는 물건들을 흔들었다. 가짜 시계, 버들가지 가방, 10달러에 파는 몽블랑 만년필, 아르마니 가죽 재킷, 혹은 다른 유명 브랜드의 물건들이었다.

교통량이 많았지만, 그래도 움직이고 있었다.

"예전에는 이것보다 훨씬 더 심했습니다." 검사가 말했다. "10

년 전에는 교통체증이 하도 심해서 그것을 해소하는 데 열하루가 걸린 적도 있었답니다. 헬리콥터를 동원해서 차들을 들어 올려야 했지요. 우리는 고가도로를 건설했습니다. 이것은 그 이후에 만들어진 것입니다. 당신도 알겠지만, 병에 물이 가득 차면 무언가를 해야만 합니다. 너무 많은 하층민만 몰려오지 않았어도 지금보다 훨씬 나았을 겁니다."

최대한으로 에어컨을 틀고 있었다. 내 무릎 위쪽에 있는 송풍구에서 물이 떨어지고 있었다. 마침내 우리는 고속도로로 들어섰고, 사이렌을 울리면서 앞으로 나아갈 수 있었다. 도시는 이제 뒤에 있었고, 가난한 집과 플라타너스와 논과 야자수들로 가득한 풍경이 펼쳐졌다. 때때로 연꽃이 있는 인공호수가 모습을 드러냈다. 잠시 후 운전사는 커다란 길로 차를 돌렸다. 마치 시골에서 벗어나 도시로 되돌아가는 듯했다. 그렇게 변두리로 향했고, 마침내 콘크리트와 돌로 지은 벽 앞에 도착했다. 벽 위로 철조망과 감시탑이 있었다.

방쾅 교도소였다.

"오래된 전설이 하나 있습니다." 검사가 말했다. "예전에, 그러니까 이 모든 지역이 지금보다 더 황량하고 야생이었을 때, 침팬지들이 벽 위로 기어오르곤 했습니다. 침팬지들은 보안 철조망 사이로 걷고, 감시탑으로 들어가기를 좋아했습니다. 심지어 몇몇 침팬지들은 감방으로 내려가기도 했답니다. 경비병들은 침팬지들에게 총을 쏘는 것이 재미있다는 것을 알았고, 죄수들은 그 침팬지들을 보관하고 있다가 먹었습니다. 영양분이 아주 풍부했거든요. 그러자 침팬지들은 더는 오지 않았습니다. 오늘날 모든 사람은 그 침팬지들을 그리워하고, 침팬지의 유령들이 지붕 위로 뛰어다닌다고 합니다. 우리는 미신을 믿는 국가입니다. 당신 나라는 어떻습니까? 당신 나라에는 사형제도가 없다는 것을 보았습니다. 그런데 여기보다 더 많은 처형이 이루어집니다. 어떻게 그게 가능한 것입니까? 그걸 설명해주면 좋겠습니다."

다행스럽게도 질문은 수사적인 것에 불과했다. 그가 계속 말하면서 손짓하고 설명했기 때문이다.

이미 거의 9시가 다 되어 있었고, 온도계는 멈추지 않고 계속 올라가고 있었다. 사실대로 말하자면, 아침 시간이었지만 얼음을 넣은 진 한 잔을 준다면 목숨이라도 바칠 수 있을 것 같았다. 검사는 출입구 한쪽에 주차했고, 경비병들에게 인사를 한 후, 우리는 사무실로 올라갔다. 그곳에서 검사는 나를 교도소장에게 소개했다. 얼굴에 상처와 사마귀가 가득했다. 그는 나를 쳐다보지 않은 채 악수했다.

그는 내가 왜 왔는지 알고 있어, 라고 난 생각했다. 분명히 수백 명의 외교관을 맞이했고, 그들은 똑같은 것을 요구했을 거야.

그는 전혀 예의를 차리는 행동이나 몸짓을 하지 않았고, 나는 마음속으로 그것을 고맙게 여겼다. 이 직업에서 나를 애먹이고 힘들게 하는 것은 바로 불필요한 미소와 거짓 관심이었다. 그러고서 그는 우리를 에어컨이 설치되지 않은 복도로 안내했다. 그 복도에서는 죄수들의 소리가 들렸다. 거기서 진한 수증기가 우리를 엄습했다. 다시 더위가 덮친 것이다.

"여기 앉으십시오." 우리가 강의실과 비슷한 곳에 도착하자 교도소장이 말했다. "곧 데려올 겁니다."

나는 흰개미가 파먹은 테이블을 손가락으로 툭툭 치면서 기다렸다. 그때 철창문이 열리는 소리와 함께 열쇠가 찰그랑 울리는 소리가 났다.

나는 그가 발을 질질 끌면서 들어오는 것을 보았다. 발목에는 족쇄가 채워져 있었다. 그가 말랐다는 것은 사실이었다. 구스타보가 정확하게 묘사했던 것처럼, 그는 엘 그레코의 어느 인물과 같았다.

그가 다가오자, 몹시 불안해하는 표정이라는 것을 알 수 있었다. 그는 교도관이 팔을 풀어줄 때까지 아무 말도 하지 않았다. 우리는 서로 소개했고, 그는 나를 놀란 표정으로 바라보았다.

"작가인가요?"

나는 다소 곤란한 표정으로 고개를 끄덕였다.

"당신 작품을 읽어보지 못했어요." 그가 말했다. "하지만 당신에게 말해주지요. 이것은 탐정소설류가 되지 않을 것입니다. 혹시 놀라고 싶으신가요? 이것은 사랑의 소설이 될 것입니다. 나중에 그 이유에 관해 설명해주지요."

그는 망설이는 것 같았고, 초조하게 주변을 둘러보고는 계속 말을 이었다.

"내가 죄를 지었다고 자백해야 한다고, 그렇지 않으면 사형 선고를 내릴 것이라고 하더군요. 사실인가요? 내가 여기서 언제 나갈 수 있죠? 나를 꺼내주려고 온 거죠, 그렇죠?"

나는 고개를 끄덕였다. 그러고는 검사를 쳐다보았다.

"단둘이 있게 해주십시오. 부탁입니다."

"난 당신 나라의 말을 모릅니다." 그가 짜증 난다는 듯이 대답했다. "이곳의 그 누구도 그 말을 알아듣지 못합니다. 그러니 단둘이 있는 것과 진배없습니다."

"족쇄가 채워져 있습니다. 도망칠 수 없을 겁니다."

"잘된 일이지요." 검사가 말했다. "면회 시간은 10분입니다."

그는 담배에 불을 붙이더니 마지못해 교도소 면회동의 끝으로 걸어갔다. 그러더니 소리를 냈다(그가 말을 했는지 나는 잘 모른다. 잘 듣지 못했기 때문이다). 그리고 나머지 사람들도 그곳을 떠났다.

죄수는 나를 재촉하는 눈으로 쳐다보았다.

"나를 꺼내려고 온 거죠? 당신과 함께 이곳을 나가는 겁니까?"

"그렇게 된다면 얼마나 좋겠습니까!" 나는 그에게 말했다. "당신은 지금 중대한 혐의를 받고 있습니다. 검찰은 당신에게 사형을 구형할 것이며, 유죄임을 인정하는 것 이외에 당신이 할 수 있는 일은 그리 많지 않습니다. 그렇게 하면 그들은 당신에게 30년형을 구형할 거고, 당신은 사면 절차를 밟거나 국왕의 자비를 받을 수도 있습니다. 이것은 대략 8~9년이 걸립니다. 오늘 오후에 나는 방콕에서 가장 훌륭한 변호사와 계약할 것이지만, 석방은 불가능하다는 얘기를 검사에게서 들었습니다. 증거로 환각 알약 봉지가 있습니다. 나는 외교부와 협의할 것입니다. 외교부가 공식적으로 당신이 보고타에서 형을 살도록 요청하게 말입니다. 그런 일에는 시간이 필요하지만, 사형을 선고받으면 우리가 할 수 있는 일이 하나도 없게 됩니다. 무슨 말인지 알겠죠? 일단 선고를 받으면, 언제라도 그건 실행될 수 있습니다. 변호사와 죄수에게는 두 시간 전에 통보됩니다."

"내가 죄를 지었다고 인정하라는 말입니까?" 그는 당황해서 이렇게 묻더니, 고개를 가로저으며 부정했다. "나는 경찰이 도착했을 때 비로소 그 염병할 봉지를 처음으로 보았습니다. 그게 어디서 나온 건지 나는 모릅니다. 나는 다른 일을 하고 있었습니다, 영사님."

"난 당신 말을 믿지만, 그게 문제는 아닙니다. 우리는 수사를 요청할 것입니다. 그래서 무슨 일이 있었던 것인지 밝혀달라고 할 것입니다. 아마도 경찰이 누군가를 체포할 수도 있습니다. 하지만 어쨌든 재판받는 날까지 당신이 할 수 있는 일은 하나도 없습니다."

마누엘은 눈도 깜빡거리지 않고 나를 바라보았고, 나는 그에게 질문 하나를 했다. 질문 중에서 가장 멍청하고 슬픈 질문이었다.

"당신을 잘 대해줍니까?"

그는 말로 대답하지 않았다 그의 얼굴은 어두워졌고, 그의 눈은 눈물로 가득 찼다.

"콜롬비아에 연락하고 싶으신가요?" 나는 그에게 물었다.

그는 고개를 움직이면서, 아니요, 아니요, 라고 말했다. 놀라서 엉겁결에 내뱉은 '아니요'였다. 나는 그의 팔을 손으로 잡으며 "당신 가족은요?"라고 물었다.

"내 가족은 아무도 없습니다." 그가 말했다. "여기에서 모든 걸 처리하는 게 바람직합니다."

그의 두려움은 무척이나 오래된 것처럼 보였다. 심지어 방콕 교도소나 알약 봉지가 발견되기 이전인 것 같았다. 혈액과 세포 일부가 되어버린 두려움이었다. 나는 그의 표정에서 구스타보가 말했던 것을 알아보았다. 다시 말하면, 그의 마음속에는 꾹 억누른 질문이 있지만, 그것을 드러내는 것을, 그것에게 실체를 부여하는 것을 걱정하는 듯싶었다.

"나는 구스타보 치로야의 친구입니다." 내가 말했다.

그러자 그의 눈에서 한 줄기 빛이 반짝거렸다. 그는 힘껏 숨을 들이마시고서 말했다.

"구스타보 교수님이오? 훌륭한 교수님이지요. 내가 용기를 내지 못해서 그분과 거의 말하지 못한 것이 한스럽군요."

면회 시간이 끝나고 있었고, 검사는 조급해하기 시작했다. 내게 신호를 보냈다. 손가락을 부딪쳐 딱 하고 소리를 낸 것이다.

"나는 여기에 남아서 변호사와 이 사건을 검토할 작정입니다." 나는 마누엘에게 말했다. "모두 잘될 겁니다. 사흘 후에 다시 찾아오겠습니다. 혹시 무슨 일이 생기면, 내게 전화해달라고 요청 하십시오. 나는 여기에서 당신 일을 처리할 겁니다."

그는 다시 절망에 빠졌다. 마치 동굴 안쪽으로 물러나는 동물 같았다. 처음과 똑같은 표정을 지으며 무뚝뚝해졌다. 그는 몇 발짝 앞으로 내딛더니 뒤를 돌아보았지만 아무 말도 하지 않았다. 나는 그에게 잘 있으라고 손을 저었지만, 검사는 내 손짓을 가로 막고는 나를 밖으로 밀었다.

"갑시다." 검사가 말했다. "나는 정오 이전까지 사무실로 돌아 가야 합니다."

호텔로 돌아오자 나는 앉아서 생각을 정리했다. 그는 결백 했다. 의심의 여지가 없었다. "이것은 탐정소설류가 되지 않을 것 입니다. 혹시 놀라고 싶으신가요? 이것은 사랑의 소설이 될 것입 니다. 나중에 그 이유에 관해 설명해주지요"라는 말은 무슨 의미 일까?

사랑의 소설이라고? 도대체 이 모든 것에 어떤 종류의 사랑 이 있다는 말일까?

나는 외교부 영사과에 메일을 보내, 상황이 복잡해서 변호사 를 선임해야 하며, 따라서 자금이 필요하다고 설명했다. 또한, 법 적 자문과 판례를 요청했다. 정오가 조금 지나 있었다. 나는 재킷 과 넥타이를 내 방의 의자 위에 걸어놓고 더 편안한 옷을 입었다. 그리고 다시 나갔다.

〈호텔 리전시 인, 301호, 수안플루 소이 6, 사톤 로드, 퉁마하 멕, 실롬〉.

아주 평범한 거리였다. 태국어로 적힌 광고판을 스페인어로 바꾼다면, 아마도 보고타나 리마, 혹은 멕시코시티에 있다고 느낄 수 있었다. 거리 보도 쪽으로 바퀴가 하나 빠진 자동차가 세워져 있었다. 그리고 빵집도 있었다. 길모퉁이에는 파란색으로 칠한 나무 계산대가 놓인 약국이 있었다. 벽에는 광고지와 낡고 색 바랜 포스터가 붙어 있었다. 아마도 홍보용이든지 아니면 선거용 선전물 같았다.

6번지에 호텔이 있었다. 낡고 더러운 건물이었지만, 과거에는 꽤 자부심이 강했던 호텔 같았다. 〈리전시 인〉이라는 간판이 2층에 걸렸는데, '리전시Regency'라는 단어에서 'n'이라는 글자가 떨어져 있었다. 아직 들어가보지는 않았어도 별 3개는 다소 과한 것 같았다. 난 조금 기다리는 게 좋겠다고 생각했다. 그런데 무엇을 기다리지? 그게 무엇인지 몰랐고, 나는 빵집에서 시간을 보냈다. 그리고 호텔 안을 흘낏 쳐다보면서 두 번 정도 그 길을 왔다 갔다 했다. 마침내 마음을 굳히고 나는 들어갔다. 로비는 어둡고 습했다. 담배에 그을린 자국이 여러 군데 있는 카펫에서는 꽁초 냄새와 곰팡내가 났다.

"어서 오세요, 손님. 무엇을 도와드릴까요?" 귀에 MP3 이어폰을 낀 청년이 썩은 이를 드러내며 말했다.

나는 뭐라고 말해야 할지 몰라서 잠시 그를 쳐다보았다.

"객실을 좀 보고 싶군요. 하룻밤에 얼마나 하죠?"

"25달러입니다. 잠깐만 기다리세요, 객실 열쇠를 드릴게요."
종업원이 말했다.

충치의 악취 때문에 숨을 쉴 수가 없었다. 나는 열쇠를 놓는
선반을 보았다. 301호 열쇠가 있었다.

"301호로 주세요."

"아, 이것 말인가요? 알겠습니다. 나가기 전에 열쇠 돌려주는
것 잊지 마십시오. 며칠 밤이나 머무실 건가요?"

그를 쳐다보지 않은 채 벌써 승강기로 향하면서, 나는 말했
다. "우선 방을 보고 싶군요. 그런 다음에 말하도록 하지요."

그곳은 마누엘 만리케가 체포된 방이었다. 나는 무언가를 찾
겠다고 생각한 것이 아니라 그저 보고만 싶었다. 301호는 복도 끝
에 있었다. 복도 끝에는 창문이 하나 있었고, 거기에서는 담쟁이
덩굴이 벽에 붙어서 도관을 타고 기어오르는 거칠고 습기 많은
마당이 보였다.

나는 문을 열면서, 경찰이 수없이 모든 것을 조사하고 기록
했을 것으로 생각했다. 나를 맞이한 것은 로비의 바로 그 축축한
냄새였지만, 거기보다 훨씬 더 진했다. 에어컨을 틀자, 방 안은 냉
각기 가스로 가득 찼다. 이런 일은 오래되고 낡은 에어컨일 경우
에 일어난다. 침대는 작았지만 꽤 버젓했고, 그 옆에는 박판을 씌
운 나무 옷장이 있었다. 카펫은 계단에 놓인 것보다 상태가 더 좋
은 것 같았다. 창문은 굽은 고가도로와 같은 높이에 있었다. 밤에

는 자동차 불빛이 블라인드를 통해 스며들 것이 분명했다.

나는 그 침대에 앉은 마누엘을 상상했다. 그리고 자동차 헤드라이트의 불빛이 깜빡거리면서 벽에 투사되는 그 방을 상상했다. 아마도 그는 치킨 샌드위치와 다이어트 코카콜라를 먹었을 것이다. 아마도 무슨 일이 일어나기를 기다리는, 또는 그를 노리는 것에서 자신을 보호하려는 사람의 모습이었을 것이다. 방 냄새는 이곳에서 그가 고독하게 잠자코 고통을 받았을 것이라는 사실을 암시하는 것 같았다. 나는 이 장소가 한밤에, 새들이 슬프게 태양을 부르는 그 쌀쌀한 시간에 악마들로 가득했을 것으로 생각했다. 마누엘은 얼마나 오랫동안 여기에서 지냈을까? 물어봐야만 할 것 같았다. 화장실 바닥은 누런 타일로 되어 있었다. 모기 한 마리가 시커멓게 해진 샤워커튼 주위를 윙윙거리며 날아다녔다. 화장실 안으로 고개를 들이밀어 보았지만, 아무것도 없었다. 거울 하나만 있었을 뿐이다. 그리고 세면대 수도꼭지에서는 물이 떨어지고 있었다.

나는 복도로 나와 승강기를 타고 로비로 내려왔다. 열쇠를 돌려주고 거리로 나오자, 내가 땀을 흘리고 있다는 것을 깨달았다. 답답한 장소였다. 아니, 아마도 내가 숨이 막힐 것 같거나 혹은 그의 이야기가 그럴지도 몰랐다. 나는 대로와 만나는 사거리까지 걸어가서 택시를 세웠고, 호텔로 돌아왔다.

전자우편함을 열자 이미 콜롬비아에서 답장이 도착해 있었다. '재원 승인을 위한 예산 송부 요망. 상황에 대한 자세한 보고서 작성할 것'이라고 적혀 있었다.

나는 멕시코 대사관에 전화를 걸었다. 참사관 테레사 아코스타와 통화하기 위해서였다. 그녀가 나를 도와줄 수 있다는 말을 들었던 터였고, 실제로 그날 오후에 만나주겠다고 약속했다.

대사관 사무실은 타이웨이 타워에 있었다. 내 호텔에서 그리 멀지 않은 곳으로, 유리와 화강암으로 지은 색다른 건물이었다. 그것은 아시아 자본주의의 얼굴, 즉 가장 특징적이고 가장 과격한 현대화의 얼굴이라고 알려진 상업지역인 북北사톤 로드에 있었다.

"우리는 형사피고인 사건을 다룬 적이 없습니다." 멕시코 여자 외교관이 말했다. "하지만 나는 그런 경우가 많다고, 특히 오스트레일리아인과 영국인이 많다는 걸 알고 있어요. 피고에게 최고의 선택은 자신의 죄를 인정하고 국왕의 자비나 선처를 바라는 거예요. 태국인들은 이것을 그들의 법 체제에 대한 존중심을 적절히 보여주는 것이라고 해석해요. 외교적 수완을 발휘하는 것이 중요합니다. 때때로 피고인이 태국이 아닌 그의 나라에서 형을 살게 하는 것으로 해결할 수도 있어요. 그러나 대사관이 없이 그런 모든 것을 한다는 건 무척 힘들죠. 솔직하게 말하겠어요. 그들은 당신의 말을 들을 테지만, 같은 관심을 기울이지는 않을 겁니다. 그리고 그렇게 할 의무도 없지요."

그녀는 내게 변호사 전화번호를 주었다. 난 그녀의 사무실에서 변호사에게 전화를 걸었고, 테레사의 소개 덕분에 그는 다음 날 나를 만나주겠다고 약속했다. 게다가 테레사는 자기도 함께 가주겠다고 제안했고, 나는 그녀의 태도에 감사했다.

그녀는 다정하고 매력적인 여인이었다. 나이는 마흔 살 정도, 혹은 그것보다 몇 살 더 먹은 것 같았는데, 나이에 비해서는 젊게 보였다. 내 마음에 쏙 들었고, 다정하고 친절한 여자라는 인상을 받았다. 나는 그녀에게 밖으로 나가서 뭐라도 한잔 마시면서 내가 어떻게 움직여야 하는지에 대한 조언을 듣고 싶다고 제안했다. 그녀는 기꺼이 내 초대를 수락했고, 우리는 대사관 근처에 있는 바로 갔다.

테레사는 3년 전부터 방콕에서 근무하고 있었으며, 직업 외교관이었다. 멕시코 사람들의 문제는 절도와 관광객을 대상으로 하는 사기와 관련이 있었다. 오로지 한 번만 소량의 마약 소지와 관련된 사소한 사건이 있었고, 일시적으로 구금되었을 뿐이었다. 그래서 변호사를 알게 되었던 것이고, 그 변호사가 모든 면에서 그들을 도와주었다고 했다.

나는 마누엘의 이야기를 들려주었고, 그녀는 놀란 표정을 지으며 내 이야기를 들었다.

"젊은 철학자라고요? 내가 들어본 것 중에 가장 이상한 경우네요." 그녀가 말했다. "경찰 혹은 심지어 언론을 잠재우기 위해, 정말로 연루된 사람들에게 숨 쉴 시간을 주기 위해 죄를 뒤집어씌우는 경우들은 있었어요. 그런데 이건 아주 미묘한 문제네요. 아주 신중하게 다뤄야 할 것 같아요."

우리는 기분 좋게 취한 느낌이 들고 약간 배고플 때까지 계속해서 진과 쿠바 리브레를 주문했다. 그녀는 자기 동네의 대표적인 장소에서 저녁을 먹자고 제안했다. 수쿰윗이라는 동네였는데, 그곳은 식당과 바로 가득한 활기찬 지역으로, 거리에 테이블을 내놓고 네온사인이 반짝거리는 동네였다.

"생선 요리 좋아해요?" 〈보란〉이라는 식당의 테라스에 앉으면서 그녀가 말했다. "좋아한다면 이 요리를 반드시 먹어봐야 해요. 자, 봐요."

그녀는 메뉴를 가리켰다. 코코넛 밀크와 강황 카레로 맛을 낸 붉은 도미였다. 태국어로 '겡 구와 플라 탱'이라고 부르는 르네상스 요리였다. 그 요리를 주문한 뒤 식전주를 마시면서 나는 생각했다. 여기서 어떻게 최대한의 애정과 사랑으로 위대한 작가 마누엘 바스케스 몬탈반*을 떠올리지 않을 수 있을까? 그는 비행기를 갈아타다가 이 도시의 공항에서 숨을 거두었고, 『방콕의 새들』을 쓴 작가였다. 나는 테레사에게 그 작가에 대해 언급했다.

"나도 그 책을 알아요." 그녀가 말했다. "페페 카르발로가 샹그릴라라는 중국 식당에서 저녁을 먹는 장면이 있지요. 그는 오리를 먹고 나서 아타미 마사지 업소로 가지요. 내 기억이 잘못되지 않았다면, 아직도 그곳은 영업하고 있어요. 그러니 당신이 원한다면 나중에 그곳으로 갈 수 있을 겁니다. 그곳 여자들은 아주 근사할 거예요."

"그게 바스케스 몬탈반의 최고 소설이라고는 말할 수 없어요." 나는 테레사에게 말했다. "스페인이 1980년대에 이곳을 어떻게 생각했는지에 관한 작품이 있어요. 아시아를 우스꽝스러운 이국적인 땅으로 여기고 있지요. 등장인물들은 땡땡†에 나오는 사람들처럼 말하지요. '울리 도실를(우리 도시를) 알고 싶은가요?'라는 식으로 말한답니다."

음식은 아주 맛있었고, 우리는 술을 더 마셨다. 우리가 마신 것 중에는 '메콩'이 있었는데, 그것은 바스케스 몬탈반이 인용한 (그의 작품을 읽으면서 나는 싱가포르 슬링과 라가불린 위스키를 알게 되었다) 칵테일이었다. 계산한 다음, 테레사는 나를 자기 아파트의 테라스에서 마지막으로 한잔을 하자고 초대했다.

"1분 방콕 관광을 해보지 않겠어요?" 그녀가 말했다.

그녀는 커다란 빌딩의 꼭대기 층에 살고 있었다. 거기에서는 정말로 360도로 도시 전체가 보였다. 고층 빌딩의 메탈퍼플 불빛, 강의 검은 윤곽, 멀리서 보이는 정체된 도로들, 끝도 없이 펼쳐진 반짝이는 대도시가 한눈에 들어왔다.

그녀의 아파트는 쾌적한 방이 두 개 있고, 골동품과 디자이너 브랜드 물건들로 장식되어 있었으며, 벽에는 호세 루이스 쿠에바스*의 〈여인의 초상화〉 원본 그림이 걸려 있었다. 우리는 계속해서 대화했다.

---

† 벨기에의 만화 작가 에르제가 연재한 것으로, 탐방 기자 땡땡과 그의 개 밀루가 전 세계를 모험한다는 내용의 만화다.

"내 남편과 나는 다소 갑작스럽게 헤어졌어요." 테레사가 말했다. "하지만 그와 내가 헤어진 시점에서 결혼하는 사람들도 있어요. 나는 그를 무척 사랑했어요. 아직도 사랑해요."

그녀의 큰딸은 인권 분야 박사과정을 이수하고 있으며, 멕시코 아과스칼리엔테스에서 살고 있었다. 둘째 딸은 소르본 대학의 정치학과를 졸업할 예정이었다. 그녀는 직업 외교관이자 관리였지만, 문학을 좋아했고, 물론 그곳에 세상이 무너져도 그 누구에게도 보여주지 않을 몇몇 시집들을 보관하고 있었다. 그녀는 내게 보니파스 누뇨,✦ 옥타비오 파스,✦ 헤라르도 데니스✦에 관해 말했다. 나는 『잠동사니』를 읽었다고 말했지만, 그녀는 거의 내 말을 믿지 않았다. 데니스를 알아요? 농담하지 말아요! 그는 멕시코 바깥에서는 거의 알려지지 않았어요!

문학이 대화의 주제가 되면, 대화는 좀처럼 끝나지 않는다. 그래서 우리는 잔을 다시 채웠다. 나는 내가 멕시코에 관해 높이 평가하는 것을 요약하려고 했다. 문학의 바다가 멕시코만으로 오가고, 치아파스 밀림과 소노라 사막, 후아레스시市와 북쪽 지방 사이에서 너울거리며 흔들리지요. 멕시코는 콜롬비아 작가들의 나라였어요. 이 말을 듣자 그녀는 몹시 재미있어하면서 이렇게 말했다. 다른 사람들은 반대로 말해요, 사람들이 죽으러 멕시코로 간다고 하죠.

"그건 똑같아요." 나는 이미 얼큰히 취해서 말했다. "사는 곳에서 죽는 법이죠, 그렇지 않나요?"

그녀는 델리에서의 옥타비오 파스에 관해 물었다. 나는 문학적으로 인도는 파스와 옥타비오의 땅이라고 말했다. 뭐라고 말해야 할지 잘 모르겠어요. 파스텍? 아니면 옥타비안? 혹은 옥토파스? 우리는 웃었다.

멕시코 대사관 관저는 인기 관광지예요, 라고 나는 말했다. 당신 동료이자 문화공보관인 콘라도 토스타도가 그 관저를 보여주었어요. 물론 그가 당신 전화번호를 주었지요. 관저는 프리트비라즈 거리에 있었어요. 거기에는 아직 님 나무가 있어요. 파스가 마리 호세와 결혼한 곳이에요. 1964년이었어요. 그러니까 내가 태어나기 1년 전이었어요. 그러자 그녀는 소리쳤다. "64년이 1년 전이라고요? 그럼 우리는 동갑이에요. 이건 축하해야 할 일이네요. 당신이 가기 전에 테킬라를 마셔봐야 해요." 그러더니 그녀는 여러 색깔의 병을 꺼내 코르크 마개를 따고서 말했다. "기다려요, 이게 정말이지 멕시코의 가장 끝내주는 술이라는 걸 알게 될 거예요." 그녀는 내게 〈호세 쿠에르보, 스페셜 패밀리 리저브〉 상표를 보여주었다. "이건 브랜디 급이에요, 아니 그것보다 더 나아요." 그러자 나는 덧붙였다. "만일 우리가 인간 정신의 발전에 관해 말한다면, 20세기의 가장 영향력 있는 인물들은 조니 워커, 스미르노프, 바카르디, 호세 쿠에르보지요. 그런데 여자가 없다는게 이상하다고 생각하지 않나요?" 그러자 그녀가 대답했다. 일본 여자가 있지요. 이름은 바나나 스플릿이에요! 그녀는 술에 취해 깔깔거리면서 큰 소리로 말했고, 입에서 술을 질질 흘렸다. 하

지만 나는 그녀에게 말했다. "그건 무효예요. 술이 없기 때문이지
요." 그녀는, "그럼 그 안에 약간의 술을 붓도록 해요, 이제 됐죠?"
라고 말했다. "아니면 블러디 메리는 어때요?" 나는 우리가 가장
분명하게 알려진 사람을 잊고 있다고 말했다. 마르가리타예요!
그리고 또 다른 중요한 여자가 있는데, 바로 뵈브 클리코죠! 그 말
을 듣자 그녀는 일어나서 말했다. 이봐요, 이걸 들어봐요, 하나만
들어요. 맹세코 말하지요. 그러고서 호세 알프레도 히메네스*의
노래를 틀었다.

  나는 페르난도 바예호*의 말을 기억했다. "멕시코가 세상의
중심이라면, 호세 알프레도는 고전음악이다"라는 말이었다. 그것
은 진정한 찬사였다. 대표적인 지식인인 바예호가 진심으로 그를
기린 것이다. 그녀는 〈그녀〉라는 곡을 틀더니 볼륨을 올렸다. 내
가 이웃 사람들을 걱정하는 것을 보자, 그녀는 말했다. "걱정하지
말아요, 태국 사람들은 차분하고 흥분하지 않아요, 게다가 내 아
파트 위에도 사람이 없고, 옆에도 없어요. 옆에 있는 것은 사무실
들이거든요."

  우리는 다른 두 곡을 더 들었고, 마침내 나는 시계를 보았다.
그리고 새벽 2시라는 사실을 알고 소스라치게 놀랐다. 미안해요,
테레사, 가야겠어요, 정말 멋진 밤을 보냈어요, 택시 좀 불러줄 수
있어요? 그러자 그녀가 대답했다. "건물 수위에게 말하면 돼요. 맞
은편에 택시가 대기하는 곳이 있거든요."

  내 호텔에 도착하자, 나는 구스타보에게서 또 다른 메일이

와 있는 것을 보았다. 그는 이렇게 적고 있었다.

잘 있었어, 친구? 나는 마누엘이 대학을 떠나면서 철학을 공부하는
사람들과 멀어졌지만, 몇 주 전에 그들에게 뭔가 물어보고 다녔다
는 사실을 알았어. 그의 누나가 몇 년 전에 실종되었고, 아마도 그는
자기 누나의 행방을 조사하고 있었던 것 같아. 그가 물어본 사람들
의 전화번호를 입수해서 그가 알아내고자 했던 것이 무엇이었는지,
그들이 무슨 대화를 나누었는지 알아볼 수 있을 것 같아. 그게 너에
게 도움이 될까? 네가 알고 있다시피, 좌우간 여기에서 그런 것들은
그리 쉽지 않아. 필요한 것 있으면 말해줘.

나는 즉시 답장을 보냈다.

물론이야, 구스타보. 그의 누나가 누구인지, 어떤 부류의 사람들과
친하게 지냈는지, 언제 실종되었는지 알려주면 더 좋겠어. 고마워,
친구. 잘 있어.

10

나는 분신分身이고, 나는 수많은 여자라서, 모순되고, 야만적이며, 은밀하지요. 오늘 나는 이 공간을 내 친구 중의 하나에게 바쳐 우리에게 자기 이야기를 들려주도록, 직접 여러분들에게 말하도록 할 생각이에요. 사랑하는 블로거들이여, 그녀가 누구일까요? 나 자신이 투영된 사람일까요? 아니면 당신일까요?

예측해보고, 읽고, 상상해보세요.

내게는 수천 개의 별명이 있어요. 하지만 내가 가장 좋아하는 별명은 통골렐레*랍니다. 멕시코의 북쪽에 있는 쿨리아칸의 가라오케 술집인 〈스플렌더〉에서 내게 붙여준 별명이지요. 나는 남자 친구와 함께 그곳에 노래하러 갔었어요. 아니, 그는 내게 남자 친구이지만 나는 그의 정부라고 밝히는 편이 좋을 것 같네요. 그가 유부남이기 때문이지요. 하지만 난 그런 것을 문제 삼지 않아요. 나는 호세 알프레도의 〈그녀〉라는 노래를 불렀고, 내 남자는 내 귓가에 "너는 통 골렐레처럼 노래해"라고 말했어요. 그렇게 나는 그 별명을 얻게 되었던 것이지요. 여러분도 그 별명을 좋아했으면 좋겠네요. 난 그 별명이 몹시 마음에 들어요. 내 관객 중의 일부가 나와 같은 생각이고, 그래서 숨김없이 모두 터놓고 말하고 싶어요. 내가 태어나면서 얻은 이름은 끔찍하고 역겨우며 퇴폐적이고 품격이 없었어요. 윌손 아메스키타라는 이름이었지요. 미안한 소리지만, 나는 그 역겨운 이름을 성인이 될 때까지 참고 견뎌야 했어요. 성인이 되자 마침내 나는 그것이 기형이거나 종양인 것처럼 수술했어요. 이런 말을 하는 것만으로도 나는 배가 당기는 느낌을 받아요. 아메스키타, 너무 추하고 역겹지 않아요? 나는 그 이름을 제니퍼 모르로 바꿨어요. 그게 더 우아하고 낭만적이에요. 그리고 밖에, 그러니까 뉴욕에 소나기가 퍼부어서 택시들이 울리는 경적이 제대로 들리지 않을 때, 거실에 앉아서 고전 작품을, 가령 라신*의 『페드르』를 읽는 여자를 떠올리게 하지요. 제기랄, 윌손이라니! 그건 테니스공을 부를 때 쓰는 이름 아닌가요? 그것은 콜롬비아 초아치의 싸구려 술집에 있는 톱밥과 파리로 가득한 소변기일 수도 있어요. 나는 어엿한 숙녀이며, 내 마음속에는 우아하고 아름다운 것들이 있어요.

나는 방콕에 있는 타라바야 메모리얼 병원에서 성전환 수술을 받았어요. 스물한 살 때였는데, 그 당시 나는 위대한 진실을 깨달았어요. 내가 호모들이 아닌 남자들과 함께 있는 것을 좋아한다는 사실이었지요. 미안해요, 호모라는 저속한 용어를 써서. 하지만 나는 교양 있는 여자고, 그런 단어를 써서는 안 된다는 것을 알고 있어요. 그러나 내가 집에 있는 것처럼 말해야 한다는 소리를 들었어요. 여러분의 귀에 거슬릴지 모르지만, 그래서 그런 거예요. 미안해요. 내가 말한 것처럼, 나는 방콕에서 수술을 받았어요. 아주 멀지만, 안전한 곳이지요. 그곳에서는 수많은 사람이 성을 전환하고, 수술 경험이 많아요. 그래서 모두 멋진 결과를 얻지요. 처음에 나는 어느 잡지에서 성전환 수술에 관한 것을 읽었고, 그런 다음 조사해봤어요. 내 여자 친구들은 나보고 미쳤다고 말했어요. 통골렐레, 너 미쳤구나! 넌 지금 제정신이 아니야! 하지만 난 확신했어요. 내 여자 형제와 같은 셰에라자드만이 유일하게 다소 과학적 관점을 갖고 막았어요. 그러면서 그럴 가치가 없다고, 그건 불필요한 위험을 감수하는 것이라고 말했지요. 그녀에 따르면, 여자들에게는 세 개의 구멍이 있는데, 하나는 입에 있고, 다른 하나는 음부에 있고, 마지막 하나는 뒤에 있지요. 그게 뭔지 알지요? 그리고 그녀는 말했고 아직도 이렇게 말하고 있어요. 그 세 개의 구멍 중에서 자기는 두 개를 갖고 있는데, 그것만으로도 자기는 만족하며 자기 남자들을 행복하게 해준다고, 그 남자들 역시 음경을 좋아한다고 했어요. 셰에라자드에게는 충분할지 몰라도, 내게는 그렇지 않아요. 나는 진짜 남자들을 원했거든요, 두꺼운 소시지를 활동시키는 부류의 남자들 말이에요. 그러니까 찌르는 것은 좋아하지만, 찔리도록 놔두지는 않는 사람들이지요. 수술에서 회복하려면 어느 정도의 시간이 필요해요. 난 회복되자— 물론 방콕은 정말로 멋져요!—헬스 트레이너를 찾아갔어요. 이제는 몸을 바꿀 차례가 되었기에…… 나는 패멀라 앤더슨의 사진을 보여주었어요. 굉장한 미인인데, 난 그녀와 비슷하게 되고자 했거든요. 난 트레이너에게 말했어요. 이렇게 되고 싶어요, 그렇게 되려면 어떻게 해야죠? 얼마나 들죠?

그는 내게 불가능하다고 말하지 않았어요. 하지만 나를 슬픈 표정으로 바라보았지요. 좀 더 쉬운 모델을 선택할 수 없었나요? 나는 그렇다고, 앤더슨은 내가 꿈꾸는 여인이라고 말했어요. 그러면서 만일 내가 남자였다면, 그러니까 내가 마음속으로 생각하는 남자였다면, 아마도 내 옆에 두고자 하는 여자는 그녀와 같은 사람일 것이라고 덧붙였어요. 침대 시트 속에서, 그리고 샤워하면서 매일 아침 발견하고 싶은 여자, 생리통을 앓을 때면 보살펴주고 싶은 여자, 혹은 변기에 앉아서 아침에 오줌을 누는 모습을 보고 싶은 여자예요. 그래서 나는 그녀처럼 되고 싶어요. 난 그게 아주 먼 세상의 일이라고 생각하지 않아요. 사랑하는 친구들, 내 말은 내가 이미 아가씨가 되었고, 남자들은 내가 일어날 때나 외출해서 산책할 때면 추파를 던진다는 말이에요. 나는 그런 시선을 느껴요. 내 미니스커트를 들어 올리고, 팬티의 천을 관통해서 그 안에 있는 부위로 파고드는 시선이지요. 마치 흰개미처럼 말이에요. 하지만 그 느낌보다는 훨씬 더 멋지고 좋아요. 남자들이 그렇게 쳐다보면 정말로 기분 좋아요. 그렇지 않나요, 나의 통골렐레들이여? 그러나 나는 계속 내 이야기를 하려고 해요. 패멀라의 사진을 들고 나는 최고의 성형외과 의사를 찾아갔어요. 콜롬비아 안티오키아 출신으로 진짜 멋지고 다정한 토마스 사파타라는 사람이었어요. 그는 이 세상에서 중요하다고 여겨지는 여자들을 아름답게 만들어준 장본인이지요. 암파로 그리살레스*와 파니 미키*가 대표적이지요. 나는 지금 영혼이 아니라 육체에 대해 말하고 있어요. 그리고 그는 콜롬비아뿐만 아니라, 여러 주요 여자 연예인들이 활동하는 스페인과 브라질에서도 유명인사지요. 나는 그에게 말했어요. 토마스, 내 사랑하는 친구, 이게 내가 가진 것인데, 우리가 갖고자 하는 몸이 바로 이거예요. 그리고서 나는 패멀라의 사진을 꺼냈어요. 원래는 끈 팬티를 입고 있었는데, 내가 포토샵으로 벗겨버렸어요. 그래야 보다 분명하게 내 뜻을 이해시킬 수 있었기 때문이지요. 토마스는 재빨리 그 사진을 낚아채고서 말했어요. 좋아요, 우리가 당신을 아주 비슷하게, 아니 아주 똑같이 만들어줄 테니, 나머지는 당신 몫이에요, 하느님이 주신 그 품위와 지성으로 당신이 해결해야 해요. 오, 나는 그 토마스를 사랑해요! 대문호들이 말하듯이 지성이 없는 곳에 아름다움은 없거든요.

그러나 어쨌든 여기에 나를 초대한 것은 여러분들이 내 삶과 패멀라와의 관계에 관한 말을 듣기 위한 것이지, 내 철학적 설명을 듣기 위한 것은 아니에요. 그러니 계속 말하겠어요. 처음에는 실리콘을 삽입하고 보톡스를 주사하며, 잇고 덧대는 작업이 진행되었어요. 그리고 내가 그 모든 것에서 회복되자, 나는 몸만들기 작업을 시작했어요. 헬스에서 매일 세 시간을 운동했어요. 그리고 PA 제품으로 태닝을 했어요. 그 제품이 가장 좋은데, 그 약자가 거의 부적과 같기 때문이지요. 나는 모든 것을, 그리고 모든 사항에 주의를 기울였어요. 육체는 하나의 그림이기 때문이에요. 다시 말하면, 교양 있는 여자들의 용어를 사용하자면 렘브란트의 〈야경〉과 같아요. 그 그림에 있는 각각의 옷 주름과 술 장식, 그리고 음영, 이 모든 게 완벽하지요. 그래서 이 세상에서, 아니 너무 욕심내거나 건방 떨지 않고 내 세상에서 가장 아름다운 여자가 되는 것이 목표라면, 그렇게 되어야 하지요. 미장원의 미친년이나 창녀가 아니라 요조숙녀가 되려면 말이에요. 각각의 소소한 것들이 완벽해야 해요. 그렇지 않으면 전체가 망가지니까요. 예를 들어, 내가 가진 이 아름다운 머리카락은 자연 그대로예요. 그래요, 여러분은 오늘 내가 어떤 모습인지 보고 있어요. 내일모레 나는 서른다섯 살이 되지만, 아무도 나를 그렇게 보지 않아요. 모두가 나를 서른 살이 안 되었다고 여기지요. 술을 몇 잔 마시면, 어떤 사람은 심지어 나를 원본과 혼동하기도 하지만, 나는 항상 이렇게 말해요. 아니야, 자기야, 난 다른 여자야, 이인자야. 결코 원본에는 도달할 수 없어! 언젠가 내 젊은 애인이 나를 화나게 만들려고 내가 가난한 사람들의 패멀라라고 말했어요. 정말 멍청한 말이지요. 내가 트랜스 바에서 열린 라틴아메리카 미인 경연대회에서 일곱 번이나 우승했고, 미스 '젖은 티셔츠' 트랜스 2007, 2008, 2009년도의 우승자라는 것을 몰라서 하는 소리였어요. 2010년에 나는 그 상을 도둑맞았어요. 어느 마약 밀매업자의 여자 친구가 우승했는데, 그 개자식이 심사위원들을 매수했거든요. 깨끗한 시합이 열리면 내가 항상 우승하지요. 나는 패멀라와 똑같고, 따라서 가장 아름다운 여자거든요. 내가 보기에 지금 여러분은 내가 패멀라

를 알고 있는지 궁금해하는 것 같네요. 재미있는 얘기를 하나 해줄
게요. 그래요, 우리는 딱 한 번 만났어요. 자선 패션쇼였어요. 그녀
는 자기 분장실에 있었고, 나는 내 분장실에 있었지만, 나는 그녀에
게 인사하지 않는 편을 택했지요. 두려웠거든요. 내게 무례한 말을
하면 어떻게 할까? 나를 조마조마한 눈으로 쳐다보면 어떻게 할까?
그녀와 나는 본질적으로 같은 한 사람의 두 얼굴이에요. 그래서 그
녀를 알고자 하지 않고 계속 꿈꾸는 편을 택했던 것이에요. 내가 무
엇을 할 수 있었겠어요? 입 다물고 잠자코 있거나, 아니면 기껏해야
나는 항상 당신이 되고 싶었어요, 라는 말밖에 할 수 없었을 거예요.
사랑하는 여러분, 하지만 그걸 그 누구에게도 말하면 안 돼요. 여신
에게도 말하면 안 돼요.

11

영사님, 그 시기에 내 친구는 단 한 명뿐이었습니다. 학교 친구였
는데, 상당히 괴짜였고 아주 이상한 삶을 살았답니다. 무척 조용
한 친구였습니다. 매일 저녁을 책을 읽으면서 보냈습니다. 이름
은 에드가르 포라스였지만, 때때로 말장난하거나 혹은 도발을 하
려고 자기를 에드거 앨런 포라스라고 불렀답니다. 익히 상상할 수
있는 것처럼, 그가 좋아하는 작가는 포였고, 항상 그의 긴 재킷,
그러니까 연극 소품 같은 올리브그린 색깔의 외투에 포의 책을
갖고 다녔습니다.

　　그는 산타아나 위쪽 지역에 살았습니다. 그곳은 부자들이 사
는 지역으로, 그의 집은 아홉 개의 방이 있는 여러 층짜리 궁전이
었습니다. 산에서 가장 가까운 거리에 있었지요. 그는 영어와 프
랑스어를 알고 있었는데, 그것은 그가 여러 나라에서 살았기 때문
입니다. 하지만 그 언어들을 말하는 경우는 거의 없었습니다. 그

가 외국어에 관심을 보이는 것은 책을 읽기 위해서라는 말이 있었습니다. 나의 그의 서재에 깊은 인상을 받았고, 그것을 보자 내가 작다고 느꼈습니다. 나는 단지 학교에서 배우는 영어와 프랑스어만 약간 알았을 뿐, 진지하고 딱딱한 책을 읽기에는 충분하지 못했습니다. 그는 셀린,* 말로*와 카뮈,* 포와 러브크래프트, 샐린저*와 딜런 토머스,* 로스*와 벨로*의 책을 원서로 갖고 있었고, 원어로 읽었습니다. 심지어 내가 거의 들어보지도 못한 데이비드 포스터 월리스,* 커트 보니것,* 존 치버*와 토머스 핀천*과 같은 작가들의 책도 읽었습니다.

나는 주말마다 그의 집에 갔고, 때때로 그 집에서 잠을 잤습니다. 핑계는 공부였지요. 우리 부모님은 그런 것들을 거의 허락하지 않았지만 그의 집이 부잣집이었기 때문에 아버지는 그에게 좋은 인상을 받았고, 그래서 거의 항상 허락했습니다. 훌륭한 출세주의자였기 때문에 그들의 아들이 부잣집을 자주 드나드는 것이 일종의 승리라고 여겼던 것이지요. '야심적' 연속극에 중독된 어머니는 꽃집에서 포라스 가족에 대해 자랑스럽게 말했습니다. 물론 에드가르와 나는 한 번도 공부한 적이 없었어요. 그곳에 있겠다는 것은 다른 것을 하기 위한 이상적인 핑계였어요. 포라스 가족은 항상 저녁 식사 약속이나 칵테일파티 때문에 나갔고, 집에 있을 때는 몇 번 되지 않았는데, 그나마 많은 사람들에게 저녁 식사나 파티를 열어주었기 때문이었지요. 그런 파티는 너무나 크게 열렸기에 우리는 그의 방에 있으면서 아무것도 듣지 않을 수 있었답니다.

포라스 씨는 프랑스 석유회사 대리인이었습니다. 물론 그의 일이 무엇인지 나는 전혀 이해하지 못했습니다. 자기 조국에서 일종의 프랑스 외교관인 것 같았습니다. 에드가르에게는 두 명의 형과 한 명의 누나가 있었습니다. 거의 집에 없었거나, 아니면 거의 방에서 나오지 않았습니다. 이미 당신에게 말했던 것처럼, 이상한 집이었어요. 함께 앉아서 식사를 해야 하는 의무가 없었기에 각자 부엌으로 가서 음식을 차려 자기 방으로 가져가 먹으면서, 페이스북 채팅을 하거나 음악을 듣거나 다른 친구들과 전화로 수다를 떨었습니다. 부엌은 모든 것이 갖추어진 조그만 식당과 같았습니다. 그의 누나 이름은 글라디스였고, 후아나보다 나이가 많았습니다.

문학에 미친 것처럼, 에드가르는 색정광이었지요. 어느 날 그는 글라디스가 샤워하는 동안 어떻게 그녀를 훔쳐보는지 알고 있다고 말했습니다. 어느 일요일에 그는 그녀를 보러 가자고 졸랐습니다. 욕실은 높은 곳에 창문이 있었고, 그 창문은 세탁실과 맞닿아 있었습니다. 창턱으로 올라가면 샤워부스를 볼 수 있었습니다. 나는 그에게 안 된다고 말했지만, 그는 자꾸 우기면서 진짜 끝내준다고, 젖도 크고 엉덩이는 환상적이라고 말했습니다. 자기 누나에 대해 그렇게 말하는 게 다소 이상해 보였고, 나는 그에게 그렇게 말했지만, 그에게는 그게 정상적인 것이었지요. 그는, 인생은 인생이야, 오는 대로 가져야 하는 거야, 라고 말했지요. 그러고서 자기는 누나가 사용한 끈 팬티를 훔쳐서 그 냄새를 맡으며 자위를 했다고 고백했습니다. 결국 우리는 글라디스를 훔쳐보러 갔습니다. 그런데 너무나 놀라운 일이 일어났어요! 그녀는 어느 남자애와 함께 있었고, 두 사람은 미친 듯이 섹스를 하고 있었답니다. 그를 꼭 껴안은 채 등을 보이며 일어나더니, 그의 것을 잡고서 엉덩이를 들었고, 무릎을 꿇고서 그걸 빨았습니다. 정말로 믿을 수 없는 일이었어요. 에드가르는 그 장면을 찍고자 자기 블랙베리를 찾아서 방으로 뛰어갔어요. 그러면서 유튜브에 올리겠어, 라고 말했습니다. 나는 쳐다보지 않으면서 내 누나를 생각했습니다.

그 집에서는 모든 게 이상했습니다. 너무 지나쳤어요. 하지만 나는 그를 좋아했고, 게다가 그는 아주 관대하고 후했습니다. 그는 부모님이 여행에서 가져온 물건들의 반을 내게 선물했지요. 라코스테 티셔츠를 딱 한 번 가져봤는데, 그건 바로 에드가르 덕분이었고, 또한 그 덕분에 아디다스 신발과 나이키 티셔츠도 입을 수 있었습니다. 그 나이에 그런 것들은 중요합니다. 나중에는 잊어버리지만, 열일곱 살 때에는 아주 중요한 대상이 됩니다.

그의 형 카를로스는 우리에게 성냥갑을 선물했는데, 거기에는 마리화나가 가득 차 있었습니다. 그는 우리에게, 천천히 즐겨봐, 부드럽게 빨고 지나치게 피우면 안 돼, 알았지? 부모님한테 걸리면 입 다물고 있어, 나한테 너를 봤냐고 물으면, 난 기억이 나지 않는다고 할 거야, 라고 말했습니다. 그의 아버지는 술 창고를 열쇠로 잠갔지만, 에드가르는 그것을 어떻게 여는지 알고 있었지요.

판자 하나를 떼어내면 열렸던 겁니다. 그래서 토요일마다 우리는 와인이나 위스키, 혹은 우리의 손에 걸리는 술병이면 아무것이나 훔쳤고, 그것들을 가지고 산타아나 동네나 산타바르바라 동네의 공원으로 놀러 갔습니다. 그리고 그곳에서 우리는 시를 읽었는데, 특히 바르바 하코브*와 레온 데 그레이프의 작품을, 물론 에드가르가 외우고 있던 포의 시도 영어로 읽었답니다. 우리는 채석장과 산에서 불어오는 바람에 마구 소리를 질러대면서, 그 시인들에게 욕을 퍼부었고, 콜롬비아의 라스티냑†처럼 보고타에게 도전했지요.

때때로 그는 자기가 쓴 것들을 내게 읽어주었고, 그것을 들으며 나는 놀랐습니다. 나는 작가가 되고자 하는 사람을 한 번도 만난 적이 없었습니다. 우리 아버지는 그런 생각을 재난과 같다고 여겼거든요. 에드가르는 작가가 되는 것이 사람이 갈망할 수 있는 최대의 것이라고 말했습니다. 그에게는 책의 형태를 띠는 것이면 모두가 성스러웠지요.

그는 작가의 소명의식에 관한 글을 하나 가지고 다녔습니다. 시간이 날 때마다 그는 그것을 내게 읽어주었고, 나는 그 글의 단어 하나하나를 모두 기억하고 있습니다. 누가 그 글을 베껴 적었는지, 아니면 정말로 그의 글인지 나는 모릅니다. 그러나 오랫

† 오노레 드 발자크의 『고리오 영감』에 나오는 귀족 청년으로, 파리 사교계에 환멸을 느낀 그는 도전을 선언한다.

동안 그 글은 나와 함께 있었습니다. 대략 이렇게 말하고 있었습니다.

네 머릿속에서 소용돌이치거나 메아리치는 것이 너를 그 어떤 것에도 집중하지 못하게 만들 때, 너는 작가라는 사실을 깨닫는다. 그럴 때면 책도 읽지 못하고 영화도 보지 못하며, 다른 사람들이 네게 말하는 것들을 듣지도 못한다. 심지어 네 선생님이나 혹은 가장 친한 친구가 말하는 소리도 들리지 않는다. 네 여자 친구가, 왜 내 말을 귀담아듣지 않아!, 라고 소리치면, 너는 문을 쾅 닫고서 떠나버린다. 그리고 너는, 아, 이제야 편안하네, 라고 외치면서, 계속 네 문제를 생각한다. 사랑하는 사람들이 우리를 혼자 놔두는 것은 다행스러운 일이다. 네 머릿속에서 일어나는 것이 밖에 있는 것보다 더 강력하고, 이것이 글로 나온다면, 너는 작가이다. 네가 글을 쓰지 못한다면, 너는 이것을 생각해야만 하고, 아마도 그렇게 하는 것이 좋을 것이다. 네가 작가라면, 글을 쓰지 않는 것보다 나쁜 것은 없다. 그런데 나쁜 소식이 있다. 그것은 지금 우리가 사는 시절 때문에 네가 충분히 이용당했다고 말할 수 있다는 것이다.

반면에 나는 내가 그라피티를 그린다는 사실을 그에게 절대로 말하지 않았습니다. 그것은 비밀의 세상이었고, 내 마음과 가장 밀접한 것이었으며, 오로지 후아나와만 공유할 수 있었거든요. 여러 번 그는 내게 물었지요. 넌 어때? 넌 글을 쓰지 않아? 소설을 그토록 좋아하는데 어떻게 글을 쓰지 않을 수 있지? 시조차 쓰지 않는 거야? 그러면 나는 말했어요. 난 읽는 게 좋아, 난 아주 소극적이거나 아니면 아주 사색적이야, 나는 먼 곳에서 세상을 바라보는 게 좋아, 내 모습을 드러내지 않고 보는 게 좋아. 영사님, 나중에 읽었는데, 그게 바로 숭고함에 대한 사상입니다. 안전한 장소에서 바라본 끔찍함으로서의 고귀함이지요. 내가 비밀을 갖고 있다는 사실을 짐작하면서 에드가르가 질문을 던지기 시작하면, 나는 그런 것을 그에게 말해주었습니다.

포스터 윌리스의 자살 소식을 듣자, 에드가르는 검은 옷을 입고 나를 자기 집으로 초대했습니다. 얼굴이 창백해져 있었습니다. 우리는 그의 아버지 술 창고에서 마티니 한 병, 식초와 소금을 넣어 튀긴 영국에서 수입한 감자 칩 네 상자, 최고급 참치 한 통, 네덜란드 치즈 한 덩어리를 훔쳤고, 그것을 가지고 우사켄에 있는 묘지로 가서 그를 기리는 파티를 열었답니다. 에드가르는 원어로 된 두 권의 책을 가져왔습니다. 나는 『재밌다고들 하지만 나는 두 번 다시 하지 않을 일』과 『추악한 남자들과의 짧은 인터뷰』의 스페인어 번역본을 갖고 있었는데, 에드가르는 그 책들을 원어로 읽으면 기가 막힐 정도로 놀랍다고 말했습니다. 이미 말했던 것처럼, 나는 영어를 모른다는 것에 콤플렉스가 있었습니다. 그러니까 2개 언어를 사용하는 국제학교의 사람들처럼 자연스럽고 유창하게 말하지 못했습니다. 나는 몇 개의 단어로 모든 것을 말할 수 있었지만, 문학작품을 읽을 때면 좌절감을 느꼈습니다. 문맥으로 의미를 이해했지만, 그래도 나는 줄마다 내가 중요하고 훌륭한 것을 놓치고 있다는 느낌을 지워버릴 수 없었습니다.

우사켄 묘지를 들어가려면 벽을 빙 돌아서 측면 통로를 따라가야 주차장 문이 나왔는데, 그 문은 한 번도 열려 있지 않았습니다. 쇠창살이 쳐진 문이었기 때문에 누구든지 기어 올라가서 반대쪽으로 뛰어내릴 수 있었지요. 우리도 똑같이 했습니다.

에드가르는 묘지의 위쪽을 좋아했습니다. 그러니까 커다란 슈퍼마켓 주차장에 인접한 산 쪽이었어요. 그곳에 비석이 없는 일련의 무덤들이 있었거든요. 갓 발라놓은 시멘트에 손으로 이름을 적어 넣은 그 무덤들 중의 하나에는 〈사랑스러운 내 아들〉이라고 적혀 있었지요. 우리는 그곳에 앉아서 음식 가방을 열었습니다. 그리고 먹으면서 포스터 월리스의 영혼을 위해 건배했고, 세계에서 가장 가난하고 별 볼 일 없는 지역 중의 하나에 있는 가난하고 별 볼 일 없는 나라의 가난하고 별 볼 일 없는 묘지로 포스터 월리스를 초대했습니다. 우리는 마티니 술을 주고받으면서 취할 때까지 마셨답니다. 우리는 비틀거렸고 노래 불렀으며, 포스터 월리스가 쓴 책들의 제목을 소리쳤지요. 그러자 믿을 수 없게도 나는 자유롭고 해방된 느낌을 받았습니다. 너무나 자유로워서 머리가 빙빙 돌았습니다. 아무리 황당하거나 불가능하더라도 무엇이든 할수 있을 것 같았습니다. 산꼭대기까지 달려가서 영원히 그 도시를 떠날 수 있을 것 같았습니다.

이 행사를 더욱 즐겁고 흥겹게 만들기 위해 에드가르는 마리화나 한 대를 말았고, 우리는 힘껏 빨았습니다. 마리화나를 다 피우자, 우리는 큰 소리로 책을 읽었습니다. 그런데 그 순간 갑자기 바람이 불어와 우리의 플라스틱 컵을 쓰러뜨리자, 에드가르는 소리쳤습니다. 여기에 와 있어! 포스터 월리스야! 우리는 몸을 굽혀 절을 하면서 그를 맞이했고, 몇 모금의 술을 더 마셨습니다.

내 머리는 빙빙 돌고 있었고, 이내 나는 토하기 시작해 어쩔 수 없이 그곳을 벗어났습니다. 나 같은 청년에게 그런 것은 창피하기 짝이 없는 일이었거든요. 그는 부자였고 자유로웠으며, 자기가 좋아하는 것을 하면서 자랐지만, 나는 우리 집에 있는 조그만 지옥을 숨기고 있었어요. 나는 소심하고 부끄럼을 타는 사람이었습니다. 그가 나타나자, 나는 오줌이 마려웠으며 혼자 있고 싶었다고 말했습니다. 그러자 그가 말했습니다. 물론이지, 친구! 난 충분히 이해해, 그런데 술과 마리화나가 다 떨어졌으니 집으로 돌아가자.

그의 형들과 누나는 각자의 방에 틀어박혀 있었지만, 우리에게 더 많은 마리화나와 소주 반병을 주었고, 그래서 우리는 다시 그 모든 것을 피우고 들이켜면서, 퀸의 〈보헤미안 랩소디〉를 들었습니다. 나는 그 노래를 정말로 아끼고 사랑합니다. 영사님, 솔직하게 말하는데, 그 시기에 나는 그 노래가 나를 위해 쓴 것이라고, 나만을 위해 만들어진 것이라고 생각했어요.

그 노래의 일부를 기억하시나요? 이렇게 말하고 있지요.

이건 현실인가? 그냥 환상인가?

산사태에 갇히듯이 현실에서 벗어날 수 없어.

눈을 뜨고 하늘을 보고 깨달아.

난 그저 가난한 아이일 뿐이라고 (가난한 아이)

동정은 필요 없다고.

가난하지도 않고 불행하지도 않은 에드가르가 왜 이 노래를 그토록 좋아했는지 난 이해할 수 없었습니다. 그는 고통받고 괴로워하는 영혼이며, 세상과 갈등하고 충돌하는 사람인 척했지만, 실제로 그는 고통받지 않았고, 세상이나 그 어떤 것과도 전혀 충돌도 없었습니다. 현실은 그에게 관대했습니다. 내가 그걸 누나에게 말하자, 그녀는 부자들이란 항상 자신들이 우울하다고 여긴다면서, 그들은 불행하게 사는 걸 좋아해, 슬프게 있는 것은 아주 우아한 것이거든, 이라고 말했습니다.

다시 그날 밤 새벽 2시로 돌아가겠습니다. 나는 퀸을 들으며 포스터 윌리스를 읽었고, 소주를 마셨는데, 이미 취한 나머지 소주는 물처럼 느껴졌지요. 나는 내가 너무 취해서 기절하기 직전의 상태라는 것을 알았습니다. 그러자 욕실로 가 샤워기를 틀고서 물이 나를 깨끗하게 정화해줄 것이라는 희망을 품고 머리를 들이밀었습니다. 실제로 샤워를 하자 술기운이 가셨고, 심지어 내 목에서 물방울이 뚝뚝 떨어져 가슴으로 흘러내리자 쾌감을 느끼기도 했지요. 샤워가 끝났을 때, 나는 너무나 놀라 자빠질 뻔했어요. 그곳에 글라디스가 나를 쳐다보고 있었던 것입니다. 배꼽 위로 짧은 티셔츠를, 그 아래로는 게프 브랜드의 파란색 끈 팬티를 입고 있었지요.

많이 취했어?

이제는 술기운이 점점 사라지고 있어요, 고마워요, 라고 난 대답했어요. 그러자 그녀는 내 방으로 와, 라고 말했습니다. 난 이제 괜찮다고 다시 말했지만, 그녀는 다시 자기 방으로 오라고 하더니, 내 팔을 붙잡고 복도로 데려갔습니다. 그녀의 방은 에드가르의 방보다 더 컸고, 정원과 맞닿아 있었어요. 내가 알지 못하는 음악 소리가 났는데, 아마도 일종의 프랑스 랩 같았습니다. 그녀와 한 남자가 같이 있었는데, 그도 역시 팬티만 걸치고 있었습니다. 우리가 샤워부스 안에서 보았던 남자와는 다른 사람이었어요. 글라디스는 그 남자에게 내가 아프다고, 내가 술에 취했다고 말했고, 그 남자는 코카인이 들어 있는 조그만 봉지를 꺼내더니 코카인을 거울 위에 한 줄로 가지런히 놓고서 내게 주었습니다. 이걸 먹어, 힘껏 코로 들이마셔, 라고 말했습니다. 그런 다음 자기들 두 사람을 위해 네 줄을 더 준비했지요. 처음에 나는 아무 느낌도 받지 못했지만, 곧 행복감이 밀려왔습니다. 나는 그들에게 고마워하면서 방에서 나왔고, 에드가르가 있는 곳으로 돌아갔습니다. 그는 바지 지퍼를 열어놓고서 시커먼 안경을 쓰고 아이패드의 이어폰을 귀에 꽂은 채 잠들어 있었지요. 그의 아이패드는 포르노 웹사이트인 유지즈의 '아시안 아마추어' 섹션에 접속되어 있었습니다.

기본적으로 에드가르와 나는 우리가 똑같다는 사실을 알고 있었지만, 그것은 서로를 존중하는 정중한 우정이었습니다. 나는 그에게 내가 살아온 인생을 자세히 들려주었지요. 그러자 그는 이렇게 말했지요. 제기랄, 빌어먹을, 내가 그런 것을 경험했다면 이미 소설가가 되어 있었을 거야. 시인 정도는 되고도 남았을 거야. 불행한 어린 시절은 작가가 받을 수 있는 최고의 선물이거든. 나는 그런 게 없고, 그래서 다른 쪽으로 접근할 거야. 그러니까 카를로스 푸엔테스식으로 하거나, 아니면 브라이스 에체니케*처럼 내 가족과 계급을 거부하고 그것과 정면으로 맞서야 해. 이 두 가지 중에서 나는 하나를 선택해야 해. 그렇지 않으면 나는 망하지만, 너는 이미 작가야.

　　나는 그를 빈정대듯이 쳐다보고서, 이봐, 친구, 문제는 내가 작가가 아니라는 거야, 라고 말했습니다.

　　영사님, 에드가르는 아직 아무것도 쓰지 않았거나 단지 작고 파편적인 글만 썼을 뿐이지만, 자신의 천직이 무엇인지 완전히 알고 있었기 때문입니다. 그는 몬테로소*를 인용해서 "파편적인 글은 고대에 아주 많이 사용되던 장르"라고 즐겨 말했지요. 나는 그가 어떻게 그토록 자신감을 느끼게 되었는지, 그토록 젊은데 어떻게 그 많은 문화 지식을 갖게 되었는지, 어떻게 엉뚱하면서도 때때로 훌륭하고 예리한 생각을 하는지 도저히 알 수가 없었습니다. 그는 이런 생각을 나를 제외한 그 누구와도 공유하지 않았고, 이런 것에 자극받지도 않는 것 같았습니다. 에드가르 포라스, 그는 바로 그랬습니다. 백만장자이고 지성인인 그 청년은 자기가 경험해보지 못한 고통을 알고자 했지요. 영사님, 아마도 바로 그런 이유로 자기와 완벽한 반대인 나를 친구로 선택했는지도 모릅니다. 하지만 난 선택할 수 없었습니다. 가난한 사람은 부자가 되는 것을 선택할 수 없습니다. 그건 장난으로조차 할 수 없지요.

나는 그의 이야기 중의 하나를 기억합니다. 몇 가지 세세한 것만 바꿔가면서 내게 여러 번 이야기해주었습니다. 그가 마침내 이 이야기를 썼는지는 잘 모르겠습니다. 이야기는 이러합니다.

보고타의 어느 청년이 아사쿠라는 이름의 여자, 즉 일본 여자로 추정되는 사람과 섹스 채팅을 했습니다. 아사쿠는 컴퓨터를 창턱에 놓고서 그곳에 앉아 다리를 벌리고 그 안으로 물건들을 넣었습니다. 병목, 오이, 레고로 만든 용龍 따위를 넣었지요. 보고타 청년은 미친 듯이 자위를 했습니다. 그의 여자 친구들과 달리 아사쿠의 음부에 털이 있다는 사실에 극도로 흥분했던 것이지요. 이런 사실은 일본의 전통일 수도 있었습니다. 적어도 그는 그렇게 생각했답니다.

그녀 뒤로 옆 빌딩에서 창문이 보였는데, 그것은 아사쿠의 비밀스러운 사생활 영역 같았습니다. 불이 켜져 있었지만, 창문에는 커튼이 있었습니다. 여기서 이야기는 본격적으로 전개됩니다. 젊은 보고타 청년은 자위에 열중하고 있었고, 아사쿠는 음부에 5센티미터가량의 고르미티 장난감을 집어넣었습니다. 젊은이는 커튼이 젖혀지는 것을 봅니다. 그 뒤로 한 남자가 무언가 뾰족한 것을 쥔 손을 번쩍 들고서 자기보다 작고 허약한 어느 여자의 실루엣에 그것을 일곱 번이나 찌릅니다. 그녀는 바닥으로 쓰러집니다. 의심의 여지 없이 죽은 것입니다. 아사쿠는 아무것도 보지 못하고 아무 소리도 듣지 못합니다. 바로 그 순간 오르가슴으로 들어갔기 때문이지요. 범죄는 그녀 뒤에서 일어납니다. 보고타 청년은 음경을 손에서 놓고 마이크에 대고 소리칩니다. 그러나 그녀는 엔도르핀의 바다에 빠져 있었고, 그래서 즉각적으로 반응하지 못합니다. 그가 범죄가 일어났다고 설명하자, 그녀는 웃으면서 뒤도 돌아보지 않은 채 그에게 술에 취했느냐고, 아니면 마리화나에 취했느냐고 말합니다. 그는 강력히 주장하면서 신고해야 한다고 말합니다. 그러면서 어디에 사느냐고, 어느 도시에 사느냐고 묻습니다. 그녀는 거절하면서 이렇게 대답합니다. 당신은 지금 나와 섹스하려고 이 모든 것을 만들어내고 있어요. 그럴 생각은 꿈도 꾸지 말아요, 당신은 결코 내가 사는 곳을 알 수 없을 거예요.

에드가르의 이야기는 그 범죄로 시작합니다. 그는 그것을 쓰면서 누가 살인범이며, 그 여자는 누구이며, 왜 창문 옆에서, 모르는 여자와 가상섹스를 하는 사람이라면 누구든지 훤히 볼 수 있는 곳에서 그녀를 죽였는지 알아내고자 했지요.

나는 무라카미의 작품과 비슷한 냄새가 난다고 의견을 제시했고, 그는 잠시 생각한 다음, 그럴 수도 있지만, 내가 무의식적으로 영향을 받았다고는 생각하지 않아, 라고 말했습니다.

학교에서 우리 친구들은 훌륭한 가문에, 여러 외국어를 구사할 줄 알고, 근사하게 생긴 에드가르가 왜 내 친구가 될 수 있었는지 이해하지 못했습니다. 그래서 험담이 떠돌기 시작했지요. 사람들은 끔찍한 말들을 했는데, 가령 내가 그의 종이라고, 혹은 그의 부모님이 내게 돈을 주고서 그의 공부를 돕게 했고, 시험 때에는 답을 불러주는 부정행위를 시켰다고 말했답니다. 나는 이런 험담을 모두 들었지만, 한 마디도 하지 않았습니다. 그러나 에드가르는 그런 험담에 상처를 받았습니다. 쉬는 시간이 되면, 그는 염병할 개새끼들이 얼마나 질투하는지 모른다고, 개 같은 년들이 할 일이 없어서 헛소리를 떠들고 있다고 말했지요.

그 계집애 중의 하나인 다니엘라가 열여덟 살 생일을 맞이하면서 그녀의 집에서 아주 성대한 파티를 준비했습니다. 그녀는 순환도로 근처의 무척 비싼 아파트에서 살았고, 파티가 짜릿하도록 자기 부모님은 집에 없을 것이라고 알렸어요. 그것은 파티가 아주 오랫동안 열릴 것이라는 뜻이었습니다. 그러자 모든 학생이 흥분했습니다. 물론 나는 그런 멍청한 일에 참석하겠다는 생각 따윈 하지 않았고, 다소 거리를 유지하면서 주변에 머물렀습니다. 모두 자기들이 하고 싶은 것에 대해 말했습니다. 가령 어떤 계집애와 섹스하고 싶은지, 어떤 술로 취하고 싶은지 등 이런저런 말을 했지요. 여자들은 어떤 옷을 입을 것인지, 어떤 신발을 신을 것인지, 어떤 목걸이와 귀걸이를 할 것인지 생각했습니다. 이런 문제들이 등장하면 그 어떤 여자라도 차분함을 깨고 흥분하지요. 그러나 이런 것들은 나를 우울하게 만들었기에 나는 침묵했고, 쉬는 시간에는 화장실로 피해버렸습니다.

나는 교양 있는 사람입니다. 그래서 초대장이 들어 있는 봉투를 받자마자—물론 아주 우스꽝스러웠는데, "내가 열여덟 번째 4월을 맞는 날에 함께해줘"라는 문구 아래로 이모티콘이 춤을 추는 카드였어요—나는 서둘러서 간단한 메모를 적어 답장했습니다. 거기서 나는 초대해줘서 고맙지만, 같은 날 가족 행사가 있어서 유감스럽게도 참석할 수 없다고 말했습니다.

물론 다니엘라는 내가 불참한다는 것에 전혀 개의치 않았습니다. 그러나 에드가르 역시 오지 않을 것이라는 사실을 알자 당황했습니다. 치욕과 모욕을 삼키면서, 그녀는 쉬는 시간에 나와 말하기로 마음먹었고, 가장 친한 친구인 지나라는 여자애를 함께 데리고 왔습니다. 그녀는 다니엘라에 대한 험담을 퍼뜨리면서 사는 정말로 더럽고 역겨운 아이였습니다. 가령 다른 학교의 남자애들과 잠자리를 하는 슈퍼 창녀라고, 혹은 피임약을 먹는다거나 임신중절 수술을 받았다는 따위의 말을 했지요. 그런데 사실은 두 계집애 모두 야하고 품위가 없었으며 헤프고 멍청한 데다, 둘 다 그 학년에서 가장 예쁜 여자가 되려고 했답니다. 하지만 실제로는 아주 평범하기 짝이 없었습니다. 다니엘라의 얼굴은 화장품으로 뒤범벅되어 있었고, 유방은 확대 수술을 받았습니다. 그러니까 고급 에스코트 스타일이었습니다. 지나는 작고 뚱뚱했으며, 눈이 찢어져 원주민 같은 모습이었습니다. 파티가 끝날 무렵이면 이미 술과 마약에 취해 모든 남자애가 찾게 되는 그런 부류의 여자애

들이었어요. 사실 그럴 때면 다른 여자애들은 이미 그곳에 없거든
요. 어쨌든 지나와 다니엘라는 긴 휴식 시간에 나를 찾았고, 내가
책을 읽던 학교 한쪽 구석의 쓰레기장으로 나를 만나러 왔어요.

　　다니엘라가 말했어요. 마누엘, 네가 내 파티에 오지 않는다는
걸 알고 진짜 유감스럽게 생각했어. 정말 가슴 아팠어. 우리 반 모
두가 함께 있는 게 목적이었거든! 그래서 우리 엄마에게 너희 집
에 전화를 걸어 네 부모님과 이야기를 해보라고 부탁했어. 그런데
뭐라고 했는지 알아? 조금 전에 내게 문자메시지를 보냈는데, 네
어머니와 말했더니, 네가 파티에 와도 아무 문제 없다고 말씀하
셨대.

　　영사님, 난 이 두 여자애가 싫었습니다. 자기들 생일이 엄청
나게 중요하다고 여기는 여자들이기 때문이지요. 하지만 난 애써
참았어요. 그 애들이 원하는 대로 욕을 해주고 싶지 않았거든요.
그래서 나는 말했습니다. 이봐, 다니엘라, 난 파티를 좋아하지 않
아, 내가 있으면 파티에 방해만 될 거야, 그러니 내가 불참하는 걸
너무 기분 나빠 하지 마. 그러나 그녀는 눈으로 불을 내뿜더니 자
기 의도를 밝히면서 말했어요. 제기랄, 정말 개새끼네, 야, 내가 기
분 나쁘게 여기는 이유는, 그러니까 네가 오든 말든 그건 전혀 중
요하지 않아. 그건 네 삶이거든, 그렇지? 네 문제는 나와 전혀 상
관없어. 하지만 에드가르도 오지 않겠다고 말하고 있어. 내가 확
신하는데, 그건 너 때문이야. 그래서 난 너한테 와달라고 하는 거
야. 너한테 부탁하는 거야. 그러니까 내 부탁을 들어달라는 거야,

염병할 새끼야. 네가 원한다면 대가도 지급할 수 있어. 이건 진심이야. 나한테는 에드가르가 오는 게 중요해. 그가 오면 넌 파티에서 꺼져도 괜찮아. 네가 원한다면 운전사를 네 집으로, 아니 네가 말하는 곳으로 보낼게. 하지만 내 파티를 망치지는 말아줘. 알았어? 내 생일이란 말이야, 개새끼야!

나는 그게 너무 과한 부탁이라고 말했습니다. 그러면서 내가 집에서 나가면 반 시간 만에 되돌아갈 수는 없다고 덧붙였어요. 그러자 그녀가 말했습니다. 좋아, 그렇다면 네가 하고 싶은 염병할 짓이 무엇인지 말해줘. 내가 너한테 그렇게 해줄 테니까. 그러니까 심야극장에 가고 싶은 거야? 아니면 고급 레스토랑에 가고 싶어? 정말로 네가 원하는 대로 해주겠어. 그러니 말해줘. 네가 원하는 것을 요구해. 젠장, 네가 좋아하는 게 있을 거 아니야?

마음속으로 그녀는 고통을 받았습니다. 그래서 나는 말했습니다. 알았어, 내가 에드가르를 설득해볼게. 하지만 내 삶에 끼어들지 마. 우리 집에 전화하면서 넌 이미 내 인생을 엿 먹였으니까. 어쨌든 걱정하지 마. 천년이 지나도 넌 내가 좋아하는 걸 이해하지 못할 테니까.

쉬는 시간이 끝나기 전에 나는 에드가르와 말했고, 그에게 파티에 가야 한다고, 계집애들에게는 그게 아주 중요하다고 지적했지요. 그러자 예측 불가능한 그가 말했습니다. 나한테 멋진 생각이 떠올랐어. 정말 끝내주는 거야! 내가 어머니 차를 끌고 나와 너를 태우러 갈 테니까, 다니엘라의 집으로 가서 조금만 놀자. 그런 다음 창녀들한테 가자, 어때? 고답파 시인들의 경험을 알게 될 시간이 왔던 것입니다. 진짜 삶이 있는, 진정한 세상이 있는 매음굴을 돌아다니는 것이지요. 무슨 말인지 아시겠지요? 나는 좋다고 말했습니다.

영사님, 우리는 시트로엥 자동차를 타고 갔습니다. 한 번도 보지 못한 차였어요. 나는 간이 조마조마했습니다. 에드가르는 면허가 없었기 때문입니다. 물론 그가 행운아이며 그의 연줄을 생각한다면 아무 일도 일어나지 않을 가능성이 컸지만 말입니다. 다니엘라가 문을 열어주었고, 그녀의 얼굴은 환하게 빛났습니다. 시끄럽고 커다란 음악 소리 때문에 귀가 떨어질 것 같았습니다. 다니엘라는 에드가르를 꼭 안더니 뺨에 키스했습니다. 우리는 집 안으로 들어갔습니다. 쫙 달라붙는 미니스커트를 입고 망사 스타킹과 아주 굽이 높은 하이힐을 신고 있었습니다. 완벽한 상류사회 창녀였습니다. 에드가르가 선물을 건네자, 그녀는 나를 쳐다보지도 않은 채 그의 팔을 붙잡고서 안으로 끌고 갔습니다. 나는 뒤에 남았고, 내 선물은 내 손끝에 달랑달랑 매달려 있었지요.

나는 모두가 있는 곳까지 가지 않는 편을 택했습니다. 그래서 나는 창가 쪽 거실에 자리를 잡았습니다. 잠시 후 웨이터가 음료 쟁반을 들고 지나갔고, 나는 그에게 손짓했지만, 그는 멈추지 않았습니다. 그러고서 나는 두 번째 거실로 갔는데, 그곳에서는 응접실이 보였습니다. 내 모든 학급 동료들은 그곳에 있었고, 다른 학년 학생들도 있었습니다. 몇몇은 우리 학교 학생이 아니었습니다. 거기에는 커다란 스크린이 설치되어 비디오를 보여주고 있었습니다. 나는 테라스로 나가 담배를 피워야겠다고 생각했지만, 바로 그 순간 앞치마를 두른 어느 여자가 다가와서 먹고 싶은 게 있느냐고 물었습니다.

나는 그렇다고 말했지만, 다시는 그 여자의 모습을 보지 못했습니다.

잠시 후 나는 사람들 속에서 에드가르를 보았습니다. 그는 다니엘라와 춤을 추었고, 그 주변에는 다른 여자들이 있었습니다. 그들은 술잔을 들고서 레게인지 랩인지 내가 알지 못하는 음악을 들으며 건배를 했습니다. 난 시계를 보았습니다. 이미 한 시간 반이 흘러 있었습니다. 배가 고팠고, 그래서 나는 초조해지기 시작했습니다. 에드가르는 거기서 나올 마음이 없는 것 같았습니다. 나는 천천히 복도로 걸어 나와 문을 열고 승강기가 있는 곳으로 갔습니다. 승강기가 열리면서 두 명의 학급 여자애가 나타났습니다. 늦게 도착한 그 애들은 깔깔거리며 웃었습니다.

파티 어때? 멋있어? 두 여자애가 물었습니다.

응, 아주 멋져, 라고 나는 대답했고, 안쪽에 있는 문을 가리켰습니다. 두 여자애는 내가 나가고 있다는 사실에 아무런 관심도 보이지 않았지요.

나는 거리로 나갔습니다. 이슬비가 내리고 있었습니다.

택시 탈 돈이 없었고, 그래서 나는 비 맞는 것 따위는 개의치 않고서 걷기 시작했습니다. 스프레이 캔으로 그림을 그리고 싶었습니다. 그러면서 날씨가 개면 벽으로 가야겠다고 생각했습니다. 무언가를, 불쾌감과 분노와 치욕을 급하게 그릴 필요가 있었습니다. 내 색깔이 그리웠습니다. 하지만 아직도 가야 할 길이 상당히 남아 있었습니다. 몇 블록을 지났을 즈음, 나는 재킷 주머니에 무언가가 있다는 것을 알았습니다. 손을 집어넣었습니다. 내가 미처 건네주지 못했던 선물이었습니다. 나는 그것을 열었고, 어머니가 무엇을 샀는지 보았습니다. 사실대로 말하면, 나는 그 선물을 내가 갖고 있다는 사실이 다행이라고 생각했습니다. 그것은 손수건 상자였습니다. 나는 근처의 쓰레기통에 그것을 버리고 7번로로 계속 걸었습니다. 다행히도 우사켄으로 가는 버스를 탈 수 있었습니다.

집에 도착했습니다. 그때까지도 불이 환히 켜져 있었습니다. 그래서 나는 기다리기로 마음먹었습니다. 어머니와 아버지는 거실에서 텔레비전을 보고 있었습니다. 나는 후아나와 통화해야겠다는 생각으로 휴대전화를 꺼냈지만, 그녀가 여행 중이라는 사실을 떠올렸습니다. 차고의 처마 밑에는 비에 젖지 않은 장소가 있었고, 나는 거기 앉아서 기다렸습니다. 계속해서 비가 세차게 내렸습니다. 나는 춥고 피곤했지만, 추위와 피곤보다 더 중요한 교훈을 배웠습니다.

이후 에드가르가 여러 번에 걸쳐 자기 집으로 나를 초대했지만, 나는 결코 그의 집으로 가지 않았습니다. 쉬는 시간에 우리는 만났고, 그는 내게 물었습니다. 무슨 일이야, 친구? 그러나 나는,

아무 일도 아니야, 집안에 문제가 있어서 그래, 나중에 말해줄게, 라고 대답했지요. 그는 내게 파티에 대해 말하면서, 얼마나 시간이 지났는지 알지 못했다고, 거기서 자기가 술을 너무 마셔서 취했다고 했지요.

다니엘라와 욕실에서 섹스했어, 친구. 모두 넷이었고, 세면기에 기대어서 했는데, 다른 년한테 박을 뻔했어, 라고 그는 말했습니다.

그러나 나는 그의 이야기를 듣지 않고서, 그저 미소를 지으며 어깨를 으쓱했습니다. 시간이 흐르면서 그는 나를 찾아다니는 데 지쳤습니다.

그렇게 되는 게 차라리 나았습니다.

영사님, 나의 유일한 친구를 잃자 나는 오히려 강해졌습니다. 고독은 우리가 내부에 가진 것을 더욱 강조하며, 그래서 나는 내 벽에 전념했지요. 나는 이미 우사켄의 위쪽 지역에서 하나를 보아둔 게 있었는데, 그것은 100미터가 넘었습니다. 어느 부지의 울타리로, 그 땅에서 어느 건물이 세워질 예정이었습니다. 물론 완전히 깨끗하지는 않았는데, 이미 거기에 그림이 몇 조각 그려져 있었습니다. 음탕한 그림과 토막 난 단어들, 하트 모양들, 낡은 몇 개의 광고 포스터였습니다. 그러나 이것들은 나를 괴롭히거나 성가시게 하지 않았고 오히려 내게 힘을 주었습니다. 마치 벽의 영혼이 날것 그대로의 상태인 듯했고 하나의 그림이 되기를 기다리는 것 같았습니다.

나는 다음 날 그곳으로 갔습니다. 전날 밤의 불쾌한 감정이 아직 사라지지 않은 상태였습니다. 스프레이 캔을 잡자 손이 마구 떨렸습니다. 내 동네를 벗어난 첫 번째 벽이었고, 이것은 하나의 정복이자 나의 경계선을 밀쳐내고 나의 지평을 확장하는 것에 버금가는 일이었지요. 나는 맞은편 보도에서 그 벽을 잠시 주의 깊게 살펴보았고, 벽의 심장이 뛴다고 느꼈습니다. 그래서 가장 먼저 그린 것이 그것, 그러니까 마구 뛰는 심장의 실루엣이었는데, 그것은 동시에 표류하는 조그만 대륙이기도 했지요. 보도에서 지켜보자 그 심장은 선명해졌고, 혈관과 주름이 생겨났으며, 그것을 둘러싼 물의 윤곽이 드러나면서, 게걸스럽게 먹어치우는 괴물과 그 괴물을 기다리는 폭풍의 모습이 보였습니다.

스프레이 캔이 내 손가락 사이로 질주했습니다. 모든 게 예전부터 벽의 영혼이나 정신 속에 존재했던 것 같았습니다. 스프레이가 떨어져 더는 그릴 수 없게 되자, 나는 앉아서 별들과 집들의 불빛을 바라보았지요. 그러고는 보다 차분한 마음으로 내 그림을 응시했습니다. 멀리 떨어진 거리에 그린 내 세상의 조각을 보았습니다. 밤이 시작되고 있었고, 나는 다소 편안해졌습니다. 나는 길모퉁이에서 다시 그 그림을 보고 기운을 얻었습니다. 그때 내 뺨에서 무언가를 느꼈는데, 그게 무엇인지 아시나요? 난 울고 있었습니다.

에드가르의 이야기를 후아나에게 들려주자, 그녀는 그 누구도 판단하거나 평가하지 않고 내 이야기를 차분하게 들었습니다.

그러더니 마침내 그녀의 옛 질문을 반복했습니다. 아직 총각 딱지 안 뗐어?

난 이미 열여덟 살이었지만 여자들을 유혹하는 내 모습을 상상조차 하지 못했답니다. 그래서 나는 누나에게 대답했지요. 무슨 생각을 하는 거야? 내가 여자애와 있는 걸 본 적 있어?

그래, 그런데 떼고는 싶어? 하고 후아나가 물었고, 나는 대답했지요. 물론이지, 난 항상 그 생각만 해, 내 안에서 마구 들끓어. 그러자 그녀는 말했습니다. 그렇다면 다음 주 토요일에 나랑 파티에 가자. 아주 멋지고 눈부신 내 친구가 너한테 가르쳐줄 거야, 좋아?

나는 한 주 내내 생각에 잠겨 보냈지만, 파티와 후아나의 친구만 생각한 것은 아니었습니다. 그해의 마지막이자, 학교가 곧 끝날 시기였고, 그래서 내 인생은 어떻게 될까, 나와 후아나의 삶은 어떻게 될까? 등 앞날을 걱정했습니다. 그림은 내게 힘을 주었지만, 현실은 내 앞에서 더 크게 열렸고, 내가 떠맡아야 할 어두운 공간은 너무나 컸습니다. 나는 생각하고 또 생각했답니다. 나는 시인이 되고 싶었고, 그 모든 빈 공간과 그 질문들을 미래로 이끌고 싶었으며, 미래 속에 나 자신을 투영하고 심지어 선견지명의 힘도 갖고 싶었지요. 나는 셸링*을 읽었고, 나 자신의 경험과 행운, 운명과 선과 악을 완전히 이해하고자 했습니다. 나는 내가 그런 현실에서 벗어나 있다고 느꼈으며, 따라서 그런 현실을 이해하고, 계속 살아나갈 수 있는 조그만 이론의 밑그림을 그릴 필요가 있었지요. 나와 누나에게 일어나고 있던 것은 세상의 커다란 악과 비교하면 아주 하찮고 작은 것이었지만, 우리는 각자 개인적으로 그런 것을 경험합니다. 바로 거기서 열정의 부족이 나타나기도 하고, 삶과 끔찍한 충돌이 벌어지기도 하며, 단순하고 순수한 충돌이 일어나기도 하지요. 무엇을 생각해야 했을까요? 나는 혼자 있기를 좋아했고, 농촌의 들판으로 가서 고랑 사이에 앉아 종을 치는 소리가 들리길 기다리는 것을 좋아했습니다.

그다음 주 토요일에 후아나는 나를 아주 이상하고 괴상한 남자의 아파트로 데려갔습니다. 영사님, 그러나 오늘날 그의 모습을 떠올리면 그저 웃음만 나옵니다. 그는 귀걸이를 했고 팔에 문신을 새겼으며, 몸에 딱 달라붙는 민소매 셔츠를 입고 있었습니다. 마치 보고타에 있는 것이 아니라 아카풀코에 있는 것 같았지요. 메탈리카의 음악과 1980년대 록 음악과 키스의 음악이 들렸습니다. 후아나는 나를 그에게 소개했고, 내게 위스키를 따라주었습니다. 그리고 내게 천천히 마시라고, 속이 좋지 않으면 자기에게 말하라고 일러주었지요.

걱정하지 마, 난 이미 여러 차례 술에 취해본 적이 있어. 심지어 마리화나까지 피웠어. 그러니 아무런 걱정도 하지 마.

이 말을 듣자 그녀는 거의 기절할 뻔했어요. 마리화나라고? 누가 그 쓰레기를 줬어?, 라고 물었지요. 나는, 에드가르의 누나야, 하지만 딱 한 번이었어, 맹세할게, 라고 말했습니다. 부잣집 애들의 전형이군, 이라고 그녀는 말하더니 어깨를 으쓱했고, 춤추는 사람들과 합류했습니다. 그녀는 내게 팔을 뻗어서, 이리 와, 나와 춤춰, 라고 말했지만, 나는 거부하면서, 난 한 번도 춤을 춰본 적이 없어, 그건 그리 재미없어, 라고 덧붙였습니다. 그녀는 자기주장을 굽히지 않았습니다. 넌 배워야 해, 배우면 재미있어, 네가 춤을 출 수 있을 때만 음악을 이해할 수 있어, 라고 말했어요. 그래서 나는 그녀를 따라 했고, 그녀의 허리를 움켜잡고는 서투르게 스텝을 밟으면서 그녀의 눈을 바라보았고, 조금씩 아주 천천히 리듬에 맞추어 어느 정도 균형을 잡을 수 있었어요. 나는 일곱 곡을 계속해서 춤추었고, 위스키 두 잔을 더 마셨어요. 그러자 기분이 즐거웠고 행복해졌는데, 이것은 내가 에드가르와 술에 취했을 때 한 번도 느껴보지 못한 것이었어요.

그러고서 나는 집주인들이 학교 동료로 동성애자들이라는 것을 알게 되었어요. 문을 열어준 사람은 사회학과 학생이었고, 다른 한 사람은 역사학과 교수였지요. 그는 마흔 살가량 되어 보였는데, 문신도 없었고 귀걸이도 하지 않았어요. 그런 것은 아무것도 없었어요. 뚱뚱했지만 비만이라고 말할 정도는 아니었어요. 그러니까 적당하게 뚱뚱했어요. 그는 아주 차분하고 느긋한 사람이었어요. 마치 모든 싸움과 논쟁에 등을 돌린 사람 같았답니다.

가장 내 마음에 든 것은 그 집이었습니다.

60번가와 4번로가 만나는 곳에 있는 그 아파트는 책과 골동품으로 가득했어요. 어떤 것은 콜럼버스가 신대륙을 발견하기 이전의 유물이었고, 어떤 것은 아시아, 태평양과 오세아니아에서 가져온 것이었어요. 그 아파트에 들어가자 나는 나머지 손님들에게 인사하기 전에 서재를 훑어보았어요. 하이데거, 들뢰즈, 비릴리오⁺의 책을 비롯해 리처드 세넷⁺의『살과 돌 : 육체와 서양 문명의 도시』, 라캉⁺의 프랑스어 원서, 미셸 푸코의 프랑스어 원서, 촘스키,『마하바라타』, 카다피⁺의『녹색서』, 세 권짜리 마오쩌둥 전기, 맬컴 디어스⁺의『권력과 문법에 대해』, 존 캐리⁺의『지식인과 대중』, 파코 이그나시오 타비오 2세⁺가 쓴 체 게바라 전기, 아마르티아 센⁺의『정의 사상』, 루벤 다리오의 시집, 레온 데 그레이프의 세 권짜리 시집, 마야콥스키⁺ 전집, 랭보의 프랑스어 원서 시집, 보들레르의 프랑스어 원서 시집이 있었습니다. 시간이 흘러 나중에 나는 보들레르의 시집을 찾아서 샀고, 물론 읽었지요. 영사님, 당신은 내가 그 파티에 가게 된 것이, 특히 다니엘라가 큰 실수를 범한 이후에 얼마나 중요했는지 상상하지 못할 겁니다.

피스코 사워가 들어 있는 커다란 단지 주변으로, 식당에는 철학을 공부하는 다른 그룹이 있었습니다. 몇몇은 대학원생이고, 몇몇은 다른 대학교 학생이었습니다. 바로 거기서 나는 당신의 친구인 구스타보 치로야를 만났습니다. 나는 그가 주장하는 방식과 해안지방 사람들의 말투, 그리고 자신과 토론하는 사람들을 너무 아끼고 존경하는 태도에 깊은 감명을 받았습니다. 그날 밤 그들은 여러 주제에 관해 말했고, 나는 구석에서 그들이 말하는 것에 완전히 매료되어 듣고 있었지요. 자세히 기억은 나지 않지만, 정치에 관해 말한 게 분명합니다. 국내 정치, 그것이 그 끔찍했던 시절의 커다란 주제였지요. 모든 사람은 자신들이 관련되어 있으며, 입장을 분명히 밝혀야 할 필요성이 있다고 느꼈어요. 영사님, 기억하시나요? 그것은 암묵적인 의무였고, 우리는 쿠바인과 같았습니다. 그리고 그 입장을 출발점으로 삼아서 사랑과 증오가 모습을 드러냈지요. 그런 현상은 우리베가 떠나고 콜롬비아가 다시 정상적인 국가가 되면서, 그러니까 다시 옛 같은 국가가 되었지만 그래도 정상적인 사람들의 나라가 되면서 끝났습니다. 그러자 사람들은 과거처럼 어둡고 생각 없는 사람으로 돌아갔는데, 그것은 반대로 우리에게 균형의 신호, 심지어는 발전의 징조처럼 보였지요.

그들은 그런 모든 것뿐만 아니라 아주 구체적인 것들, 즉 라이프니츠*와 사회구조, 혹은 새로운 비판 사상에 관해 말했습니다. 나는 그들의 말, 특히 구스타보의 말을 들으면서 감탄을 금치 못했습니다. 이 사람은 모르는 게 없어, 라고 난 생각했고, 어느 순간 아주 수줍게 나는 그에게 어디에서 가르치느냐고 물었습니다. 그러자 그는 내게 자신이 하는 일과 하베리아나 대학에서 하는 강의 등 두어 가지를 말해주었습니다. 내가 철학과 콜롬비아 국립대학에 관심이 있다고 말했더니, 그는 그 대학을 추천한다면서, 우리는 틀림없이 그곳에서 만나게 될 것이라고 했습니다.

얼마 전부터 나는 철학을 좋아했습니다. 그것만이 나의 망가진 존재, 즉 그림과 책과 영화가 있을 때만 사라지는 좌절감에 대해 대답해줄 수 있었기 때문입니다. 예술과 그것이 들려주는 사람 이야기는 내가 혼자가 아니라는 것을 깨닫게 해주었지만, 문학을 공부하는 것은 불필요하다고 생각했고, 영화는 유토피아라고 여겨졌습니다. 후아나는 내가 영화를 한 편 만들기를 바랐지만, 나는 그녀에게 말했습니다. 그렇게 하려면 백만장자이거나 백만장자의 아들이어야 하니, 헛된 꿈은 꾸지 마. 큐브릭은 첫 영화를 부자 삼촌이 돈을 대줘서 만들었어, 기억나지 않아? 우리가 제작자를 찾는다는 건 거의 가능성이 없지만, 그렇게 되더라도 우리는 예술 영화를 만들 생각은 잊어버려야 해. 누나 돈이 아니면, 누나가 원하는 영화를 만들 수 없어.

누나는 무턱대고 나를 믿었고, 영화 비용을 대기 위해 평생을 일하며 보내도 괜찮다고 말했습니다. 나는 누나가 꿈을 꾸도록 그냥 놔두었지만, 그것은 불가능하다는 사실을 알고 있었지요. 여러 가지 이유가 있지만, 특히 내가 마음속에 품고 다니는 영화는 너무나 지독하고 참혹해서 아무도 보러 오지 않을 것이기 때문이었습니다.

이제 철학이 남았군요. 아낙사고라스,✝ 에픽테토스,✝ 피에르 아벨라르,✝ 성 안셀무스,✝ 존 스코투스 에리우게나,✝ 이마누엘 칸트가 있었습니다. 그들은 모든 것을 생각했습니다. 그 심한 거부감을 어떻게 설명할 것인가? 인생에서 무언가가 잘못되었다는, 그것도 심하게 틀렸다는 확신을 어떻게 설명하나? 공허하고 실체가 없다는 느낌을 뭐라고 불러야 하나? 이것들이 내가 찾고 있던 해답이었습니다.

그들의 대화를 들으면서 나는 국립대학에서 철학을 공부하겠다는 결정이 옳다는 사실을 확인했습니다. 물론 사실대로 말하자면, 내가 선택할 수 있는 것은 많지 않았지만 말입니다. 로스 안데스 대학은 내가 넘볼 수 있는 곳이 아니었고, 하베리아나 대학도 마찬가지였습니다.

게다가 국립대학에 가면 후아나와 가까이 있을 수 있었지요.

자정 무렵, 여러 잔의 위스키를 마시고 마리화나를 한 대 피운 후에 타니아라는 여자가 왔고, 내게 춤을 추자고 했습니다. 그러면서 내 귓가에 입을 갖다 대고 속삭였어요. 네가 후아나의 동생이야? 네가 이렇게 젊고 멋진지 미처 몰랐어. 우리는 잠시 춤을 추었습니다. 첫 스텝을 밟을 때부터 그녀는 내게 착 달라붙었고, 내 입에 키스했으며, 내 귀를 빨았고, 내게, 자기야, 우리 섹스할래?, 라고 말했어요. 나는 그 표현을 영화관에서 들은 적이 있었고, 그래서 초조한 마음으로 물론이지, 물론이야, 라고 대답했지요.

우리는 2층에 있는 방으로 갔어요. 그 어떤 말도 할 필요 없이, 그녀는 내 지퍼를 열고 내 음경을 빨았어요. 혀에 피어싱을 했는데, 그 혀를 내 귀두에 대고 세게 비볐어요. 그러고는 옷을 벗고 무릎 깔개에 앉아서 자기의 끈 팬티를 한쪽으로 움직였지요. 우리는 섹스를 했어요. 정말로 감미로웠어요. 그녀는 내가 처음이 아닌 것처럼 느끼게 해주었지요. 그녀는 경험이 풍부했고, 잘 움직였으며, 나를 이끌 줄 알았어요. 그 덕분에 나는 처음 30초 동안에 사정하지 않았고, 우리가 사랑을 끝냈을 때 다른 사람이 되어 있었어요. 그녀는 짜증을 냈어요. 브래지어를 찾을 수 없었기 때문이지요. 그러고는 담배에 불을 붙이려고 했는데, 라이터가 제대로 켜지지 않았어요. 마침내 그녀는 자기 옷을 찾았고, 내게 등을 돌린 채 옷을 입었으며, 즉시 각각의 콧구멍에 코카인 한 줄씩을 흡입했어요. 나는 그녀에게 전화번호를 달라고 했지만, 그녀는 대답도 하지 않았습니다. 그러더니 갑자기 나를 쳐다보았어요. 마치 내가 아직도 그곳에 있는 게 이상하다는 것 같았지요. 그러고서 여기서 잘 거야, 아니면 왜 여기에 있어?, 라고 말했어요. 그런 다음 분위기를 더 긴장되게 만드는 일이 일어났어요. 그녀가 몸을 웅크리고서 커다란 닥터마틴스 부츠를 찾는 순간, 큰 소리를 내며 의심의 여지가 없는 방귀가 새어 나왔어요. 그것은 음부에서 새어 나온 바람이 아니라 전형적인 방귀였지요. 그 소리가 방 안에 울려 퍼졌고, 정말로 그녀를 화나게 했어요. 하지만 그녀는 '미안해'나 '방귀가 나도 모르게 나왔어' 따위의 말을 하지 않았어요. 나는 휴대전화 번호를 달라고 다시 말했고, 그러자 그녀가 말했어요.

"이봐, 우리가 다시 만날 필요는 없어. 난 애인이 있거든. 아주 멋진 스페인 남자인데 지금 출장 중이야. 내 나이가 서른두 살인데, 너 같은 어린애와 얽히고 싶지는 않아."

그 말을 하고서 그녀는 방에서 나갔고, 그 문으로 강렬한 악취를 풍기는 바람이 나갔어요. 정말로 지독했어요.

나는 아주 기분이 나빴고, 어떻게 해야 할지 몰랐지요.

그녀는 악취 풍기는 방에 나 혼자 남겨두었어요. 갑자기 나는 그곳이 세상에서 가장 슬프고 가장 더러운 장소라는 생각이 들었어요. 나는 내 옷을 찾아서 입었어요. 그러고서 창문을 열고서 밤의 깨끗한 공기를 들이마셨습니다. 어느 별에선가, 아니면 어느 산에서 어느 목소리가, 모든 걸 잃어버리는 데 익숙해져야 해, 라고 말했습니다. 난 당혹스러웠어요. 마치 에드가르의 말 같았거든요. 그의 마음 깊숙한 곳에서 우러나오는 말이 아니라, 그가 소리를 조합시키는 쾌감 때문에 만들어내는 말 같았어요. 그러자 나는 그게 오히려 파울루 코엘류*의 말과 같다고 생각했고, 그 말을 기억에서 지우기로 마음먹었습니다.

나는 계단을 내려와 파티 장소로 되돌아갔습니다.

나를 보자 후아나가 다가왔어요. 어땠어? 좋았어? 나는 아주 완벽히 끝내주었다고 말했고, 그녀는 내가 상처를 입지 않도록 이렇게 말했지요. 타니아는 너를 본 순간부터 너를 먹고 싶어 했어. 그러니 감사해야 할 사람은 그녀야. 나는 후아나를 껴안고서 말했습니다. 춤추자, 그건 잊어버려. 스텝을 더 가르쳐줘.

12

나는 9시에 눈을 떴다. 전날 밤에 술을 섞어 마신 탓인지 몸이 좋지 않았지만, 아스피린 두 알을 알카셀처와 함께 삼키고 슬그머니 진 한 모금을 마시니 다시 기운이 났다.

나는 뛰어 내려가서 호텔 앞에서 택시를 탔다. 내 손에는 변호사의 주소가 들려 있었지만, 택시를 타고 얼마 안 되어 나는 활동 불능이라는 재해에 빠졌다. 그것은 바로 아시아 도시들, 아니 현대 도시들의 중병인 교통체증이었다. 너무나 느리게 앞으로 나아가기 때문에 도로는 난입자들로 가득 찬다.

내 머리는 다시 뜨거워졌고, 통증은 되돌아왔다.

나는 2분 전에 약속 장소에 도착했다. 테레사는 건물 앞길에서 나를 기다리고 있었다.

"시간 맞게 와주어서 고마워요." 나는 그녀의 뺨에 입을 맞추면서 말했다. "잘 잤어요? 괜찮아요?"

"사실대로 말하자면 술이 깨지 않았어요." 그녀가 웃으면서 말했다. "하지만 조금 있으면 괜찮아질 거예요. 쿠바 리브레와 테킬라를 하룻밤에 번갈아가며 마신 건 꽤 오랜만이에요. 그럴 만한 가치가 있었어요."

나는 방문 약속을 연기하고 블러디 메리 칵테일을 한 잔 마실 수만 있다면 내 목숨이라도 바쳤을 것이라는 말은 하지 않았다. 아침 그 시간에 그 술은 우리의 몸을 움켜쥐어서 엉망으로 만들고, 한 조각도 남지 않게 모두 다시 조립하는 힘이 있기 때문이다.

변호사는 나이 지긋한 남자였다. 대략 일흔 살은 되어 보였다. 그의 덕망 있는 모습을 보자, 나는 좋은 징조라고 생각했다.

"어서 오십시오, 앉으십시오."

그는 손짓했고, 잠시 후 직원이 쟁반을 들고 모습을 보였다. 찬물과 오렌지색의 음료수, 차와 커피가 담겨 있었다. 비스킷과 피스타치오도 있었다. 나는 알코올 농도의 관점에서 더욱 공격적인 것이 그리웠다. 나는 커피와 물 잔을 집었다. 테레사도 나와 똑같은 것을 집었다.

"우선 말씀드릴 것이 있습니다." 변호사가 말했다. "우선 당신이 알아도 기분 나빠 하지 않으리라고 여기는 것부터 시작하겠습니다. 오늘 아침 근무시간이 시작하자마자 검사에게 전화를 걸어 당신 교포인 마누엘 만리케에 대한 보고서 사본을 한 부 요청했습니다. 검사는 내 대학 제자였고, 나를 무척 존경한다는 것을 알려드려야겠군요. 그건 전혀 불법적인 일이 아닙니다. 나는 그에게 내가 그 사건을 담당할 것이며, 당신이 곧 나를 만나러 올 것이라고 말했습니다."

내가 보기에 아주 훌륭한 징조였다. 나는 그에게 고맙다고, 나는 그 순간부터 그와 계약하라는 우리 나라 장관의 지시를 받았다고 말했다. 우리는 만리케의 무죄를 확신했다. 나는 그에게 피고가 부당한 처리의 희생양이 된 선례를 찾는 것이 어떠냐고 제안했다.

"걱정하지 마십시오, 영사님." 그가 말했다. "난 당신이 무슨 생각을 하고 있는지 잘 알고 있고, 그래서 당신이 전혀 잘못된 길로 나아가고 있는 것이 아니라고 말하고 싶습니다. 오늘 당장 나는 그 경우에 해당하는 확실한 선례들을 찾겠습니다. 특별한 정보 하나를 부가적으로 말씀드리자면, 경찰이 지금 미얀마의 암페타민 밀매업자단의 뒤를 쫓고 있습니다. 지금부터 재판이 진행되는 사이에 좋은 소식이 있을 수 있습니다."

나는 그에게 주말에 델리로 돌아가야만 한다고, 그러나 아직 수요일이라고 말했다. 또한, 어쨌든 나는 그 사건을 담당할 것이며, 자주 방콕에 오게 될 것이라고 덧붙였다.

우리는 서류에 서명했고, 그는 내게 자신에 대한 자료를 주었다. 내가 일어나려고 하자, 그는 부드럽게 내 팔을 잡았다.

"가서 그 청년을 만나십시오." 그가 말했다. "그에게 힘이 될 겁니다. 내가 책임지고 방콩 교도소가 그를 존중하고, 마구 다루지 않도록 하겠습니다. 그러나 당신이 그를 자주 찾아가는 것을 보여주는 게 좋습니다. 이런 조그만 것들이 차이를 만듭니다. 교도소 소장은 자신의 나라가 요구하는 일을 충실히 수행하고자 하는 한 명의 관리에 불과합니다. 영사님, 이 왕국은 작아 보이지만 큽니다. 그래서 국왕의 눈은 왕국의 곳곳에 이를 수 없습니다."

"내일 만나러 가겠습니다." 나는 말했다. "오늘 검사에게 허가를 요청하겠습니다."

"그 점에 관해서는 걱정하지 마십시오." 변호사가 말했다. "당신이 들어가는 것을 아무도 방해하지 못하도록 내가 책임지고 처리하겠습니다. 내일 10시경에 가십시오. 내가 모든 걸 해결해놓겠습니다."

우리는 끝도 없는 일련의 서류를 읽고 날인하고 서명했다. 몇 분 후 변호사가 특급우편으로 델리에 보낼 서류였다. 그 일을 마치자 변호사가 내게 자신의 전화를 빌려주었고, 나는 올림피아에게 전화를 걸었다. 그리고 그 서류가 도착하자마자 외교 행낭으로 보고타로 보내라고 부탁했다.

그곳에서 나왔을 때는 거의 정오 무렵이었다. 우리는 길 건너편에서 〈랍스터 바, 와인과 칵테일〉이라는 글씨가 반짝거리는 간판을 보았다.

나는 테레사에게 말했다.

"음료수, 아니 당신이 마시고 싶은 것을 마시죠. 내가 사겠어요. 지금 콜롬비아는 정확하게 자정이고, 나는 블러디 메리를 급히 마시고 싶어 죽을 지경이에요."

그러나 테레사는 말했다.

"이봐요, 영사님, 지금 멕시코는 몇 시일 거라고 생각하나요?"

우리는 각자 블러디 메리를 두 잔씩 마셨고, 그녀는 싱하 맥주 한 병을 추가했다. 나는 그녀를 잠자코 바라보았지만, 그녀는 서둘러 말했다.

"그런 얼굴 하지 말아요. 아침 12시 이전에는 술을 마시지 않는 게 내 원칙이에요. 봐요, 이미 그 시간은 지났어요. 오후 2시까지 기다리는 사람도 있지만, 그런 게 현실적이지 않은 때가 있지요. 그런데 대사관에 출근해야 할 시간이 지났네요. 나중에 말하도록 해요. 내게 전화해요."

그녀는 택시를 타고서 교통체증 속으로 사라졌다.

나는 다른 택시를 세웠고, 수안플루 소이 6, 사톤 로드로 갔다. 리전시 인이 아직도 내게 말해줄 것이 있다는 인상, 아니 직관을 가졌다. 또다시 나는 주변을 돌아다니다가 그곳으로 들어가기로 마음먹었다. 그러면서 만일 누가 나를 본다면, 진짜 범인에게 경고할 수 있으리라고 생각했다("이것은 탐정소설류가 되지 않을 것입니다").

접수창구에는 지난번에 보았던 청년 대신 내 또래의 여자가 있었다. 나는 301호를 볼 수 있느냐고 물었다. 그곳은 아직 비어 있었고, 그녀는 내게 열쇠를 건네주었다. 방으로 들어가자, 나는 옷장 거울에 비친 나 자신의 모습을 보았다. 그 어떤 구체적인 것도 생각하지 않고 잠시 침대에 앉아 있었다. 새로운 것은 없었다. 단지 농후한 공기만 있었다. 그 모든 것은 부당했다. 어두운 무언가가 공기 속으로 길을 열며 나아가는 것 같았다. 이곳에 도착하기 전에 그 젊은이는 이미 고통받는 것이, 혹은 혼자 아주 고독한 것이 무엇인지 알고 있었다. 그러나 어두운 무언가는 그의 동기에 관심을 기울이지 않고 그의 말을 듣지도 않은 채 앞으로 나아가고 있었다.

나는 호텔로 돌아와 방에 틀어박혔다. 읽고, 생각하고, 심지어 잊고 싶었다. 다음 만남을 준비하고 싶었다. 다음 날 나는 아침 일찍 방콕으로 갈 작정이었다.

이미 그의 말을 들을 시간이 시작되고 있었다.

13

사랑하는 인터넷 항해자 여러분, 오늘 같은 날 나는 비밀스럽고 개인적인 것을 해야 할, 즉 내 영혼의 조그만 또 다른 구석을 여러분의 눈앞에 드러내야 할 필요성을 느껴요. 나는 여러분에게 순수와 광기의 액체에 대해 말하고 싶어요. 그것은 알코올의 관점에서 영혼과 관련된 가장 중요한 창조물이랍니다. 그게 뭔지 추측해보세요. 차가운 것, 차가운 거예요. 그것은 아주 차갑게 내놓는 액체랍니다.

이 세상과 삶의 수많은 것들처럼, 진은 17세기에 만들어졌어요(1550년이라고 말하는 사람들도 있습니다. 그렇다면 누가 옳을까요?). 그것을 만든 장본인은 훌륭한 의사이자 네덜란드 사람인 프란시스퀴스 실비우스 드 라 보외였지요. 익히 상상할 수 있듯이, 그가 의사였기 때문에 진의 원래 용도는 오늘날의 용도와는 상당히 달랐어요. 이뇨제였던 거예요. 우리가 오줌을 누도록 도와주는 것이었지요. 드 라 보외의 야심적인 생각은 변비와 복통을 완화하는 것이었다는 사람들도 있고, 담석과 간장병을 치료하기 위한 것이었다고 말하는 사람들도 있어요. 그는 증류된 겉보리와 호밀과 옥수수와 함께 진을 혼합했으며, 그 효능을 증가시키기 위해서 노간주나무(프랑스어로는 주니에브르genièvre, 네덜란드어로는 게네버genever예요)의 열매, 그러니까 씨가 풍부한 과육으로 둘러싸인 주니퍼베리를 양조주에 첨가했지요.

셰익스피어는 진을 마셨을까요? 만약 드 라 보외가 1550년에 만들었다면, 노년의 윌리엄은 그것을 마셔볼 기회가 있었을 거예요. 설사 그렇더라도, 그가 결코 변비를 앓지 않았거나 혹은 억지로 소변을 봐야 할 필요성이 있지 않았을 가능성이 크지요.

존 치버는 이렇게 썼어요. "외로운 사람은 쓸쓸하다. 그는 하나의 돌, 하나의 뼈, 하나의 나뭇가지, 길비스 진의 진용 용기, 호텔의 어느 침대 모서리에 구부리고 앉아서 가을바람보다 더 많은 한숨을 내뱉는 사람이다."

그 비법이 영국 해협을 건너 영국 섬에 도착하지요. 오라녜 왕가의 빌럼 3세 시절이었어요. 그 왕은 렘브란트, 반 고흐, 립 밴 윙클†처럼 네덜란드 사람이었고, 하이네켄 맥주처럼 네덜란드 태생이었습니다. 그러자 진이라는 이름이 아서왕이자 원탁의 기사의 아내이며, 현명하고 자비로운 여인인 귀네비어에서 비롯된다

---

†   워싱턴 어빙이 1819년에 발표한 단편소설이자 그 작품의 주인공.

는 전설이 탄생했어요. 여기서 '자비롭다'라는 것은 그 여자가 랑슬로 뒤 라크와 함께 왕을 속여 서방질하면서 자신의 축축한 지역에 자비를 베풀었기 때문이에요(아, 나도 그런 이름을 가졌다면 똑같이 했을 거예요!).

그런데 왜 스위스 사람들이 위스키를 마시지 않는지 아는 사람 있나요?

그것은 스위스에 제네바 호수가 있기 때문이에요(제네바가 진이라는 것은 알겠지요?).

그 이전에 영국인들은 배로 만든 술이나 프랑스 와인으로 술에 꼴았어요(이 단어는 너무 거칠고 상스러우므로, '우리는 취했습니다'라는 말이 훨씬 세련되고 부드러워요). 그러나 프랑스와의 무역이 폐쇄되면서, 영국 섬에서 재배된 알곡을 증류해도 좋다는 국가의 승인이 떨어져요. 사실 술 마시고 떠들며 흥청거리는 문제에서는 독립적으로 될 필요가 있거든요.

진은 전례 없는 히트작이었어요. 1690년에 2백만 리터가, 1727년에는 2천만 리터, 10년 후에는 8천만 리터가 판매되었거든요. 650만 인구로 이렇게 되었음을 고려한다면, 자그마치 1인당 매년 13리터를 마신 거예요! 전혀 나쁘다고 볼 수 없는 수치였지요. 너무나 놀란 의회는 1736년에 '진 법Gin Act'을 통과시키면서 아주 높은 판매세를 부과합니다. 그렇게 질서를 회복하면서 말합니다. "우리는 청교도들이다! 우리는 쾌락을 미루어야 한다!"

영국인들은 영국의 유머 감각으로 이렇게 말하지요. "항상 누군가는 우리가 술에 취하는 것을 막으려고 시도한다." 그러나 생산자들은 계속해서 비밀리에 진을 병에 넣어 팔았고, 소비는 증가했어요. 버나드 쇼는 나중에 이렇게 말하게 되지요. "인생은 외과 수술이며, 술은 마취약이다."

1742년에는 1만 2,000명이 체포되었어요. 구속자들—감방에서 잠을 자면서 술 깨는 사람들—이 비약적으로 증가하자, 의회는 세금을 내렸지요. 인생은 짧지만, 술은 길고 많답니다. 제작자들은 다시 합법적으로 아주 양질의 진을 생산했어요. 그리고 1749년에 처음으로 상표가 등록되는데, 그것이 바로 '부스'라는 영국에서 가장 오래된 증류소랍니다.

프랭크 시나트라는 이렇게 말해요. "알코올은 인간에게 가장 나쁜 적이지만, 성경은 우리에게 적을 사랑해야만 한다고 말한다."

얼음 없이 진을 마시는 것이 일반적인 방법이었어요. 가끔 약간의 설탕을 넣기도 했지요. 바이런 경은 "진과 물은 내 영감의 원천"이라고 말했어요. 냉혹하고 힘들었던 어느 시절에 진은 돈 없는 하층계급의 술(쓰지 않고 달콤한 술)로 인식되었어요. 청교도인 찰스 디킨스는 "진의 측근들"을 고발했습니다. 글래드스턴 영국 총리는 진의 판매를 몇몇 술집으로 제한하려고 시도했다가 자리를 잃으면서 이렇게 말했어요. "나는 억수처럼 퍼붓는 진에 매장되었다."

진이 가장 사랑하는 아들은 드라이 마티니지요. 그럼 이제대서양을 건너가보지요.

험프리 보가트의 마지막 말은 이랬어요. "나는 스카치위스키를 절대로 마티니로 바꾸지 말았어야 했다." 그는 마티니 때문에 죽었어요. 턱시도를 입고 담뱃갑을 든 우아한 수많은 주정뱅이의 운명도 마찬가지로 그랬어요. 손에 한 잔의 마티니를 들고 있는 것, 그것은 성공이 중요한 나라에서 성공의 상징이었어요. 지금 우리는 미국에 있어요, 친구들.

누군가는 마티니가 미국이 만든 발명품 중에서 소네트 형식처럼 단 하나의 완벽한 것이라고 말했어요. 그런데 그게 가능한 일일까요?

루스벨트 대통령은 1943년의 테헤란 회담에서 스탈린에게 마티니를 주면서 맛보라고 했어요. 이 조지아 사람은 술잔을 쳐다보고는 조심스럽게 마시더니, 보좌관들을 쳐다보면서 혀로 수염을 핥고는 더 가져오라고 부탁했어요. 나중에 니키타 흐루쇼프는 마티니가 미국의 진정한 "살상 무기"라고 말하지요.

한편 윌리엄 버클리*는 이렇게 썼어요. "내가 천국에 간다면, 성 베드로에게 드라이 마티니를 발명한 사람에게 데려다달라고 부탁할 것이다. 나는 그에게 단지 고맙다고만 말하고 싶다."

그런데 그 사람은 누구였을까요? 그건 쉽게 대답할 수 있는 문제가 아니에요.

여기에는 세 개의 가설이 있어요. '샌프란시스코 이론'은 바텐더 제리 토머스라고 말합니다. 그는 코네티컷의 뉴헤이븐에서 태어났으며, 샌프란시스코의 옥시덴탈 호텔의 바에서 일했습니다. 1862년에 그는 『바텐더 안내서』를 출간했는데, 거기에는 '톰과 제리'나 '블루 블레이저'처럼 그가 만들어낸 칵테일이 포함되어 있어요. 자, 이제 보세요. 1887년에 나온 재판에는 '마티너스'라는 새로운 칵테일이 등장해요. 마티너스는 캘리포니아의 어느 마을이며, 전설에 따르면 토머스는 마티너스로 향하던 어느 남자에게 그 칵테일을 만들어주었어요. 그는 "좋아요, 친구. 이건 내가 당신의 멋진 여행을 기원하면서 조금 전에 만든 술이에요"라고 말했어요. 마티너스에서 마틴이 나왔고, 후에 마틴에서 마티니가 된 거예요.

그러나 마르티네스 마을 주민들은 자신들의 이론('마르티네스 이론')을 주장합니다. 이 이론은 다음과 같습니다. 1870년경에 뉴올리언스에서 이주한 프랑스 사람인 쥘 리슐리외가 주인으로 있던 어느 술집이 있었어요. 언젠가 어느 광부가 위스키를 사러 그 술집에 들어왔어요. 리슐리외는 포켓 위스키병을 가득 채워주었지만, 그 남자는 맛을 보더니 뱉어버리고 욕을 했어요. 부끄럽고 창피한 나머지, 프랑스 사람은 그에게 "기다려요, 다른 것을 맛보도록 하세요"라고 말했지요. 그는 술을 혼합해서 술잔에 따르고서 올리브 열매를 넣었어요. 광부는 맛을 보았고, 미소를 짓더니 단숨에 모두 마셔버렸어요. 그러고는 리슐리외에게 "이게 뭐지요?"라고 물었어요. 술집 주인은 대답했어요. "이것은 마르티네스 칵테일입니다."

마지막 가설('뉴욕 이론')은 마티니 디 아르마 디 타지아라는 이름의 불가사의한 바텐더를 창시자로 꼽고 있어요. 그는 이탈리아 이민자였고, 오늘날에는 사라지고 없는 뉴욕의 니커보커 호텔(42번가와 브로드웨이 교차로)에서 일했어요. 이 판본에 따르면, 1912년에 처음 만들어졌고, 이후 유행이 되었는데, 그것은 이 칵테일이 존 데이비슨 록펠러가 가장 좋아하는 술이었기 때문이에요. 이것은 칵테일에 관해 가장 널리 알려진 전문가 중의 하나이며 『술과 음주의 세계』(1971)의 저자인 영국인 존 덕새트가 주장하는 가설이에요.

불쌍하고 가엾은 잭 런던은 마티니를 사회적 출세의 상징으로 보았어요. 즉, 위스키에서 마티니로 가는 것은 유콘 지방의 얼어붙은 불모지에서 어퍼웨스트사이드로 도약하는 것과 같다는 것이지요.

아, 안 돼요! 이제 우리는 어떻게 하죠?

술집을 닫아요!

1920년 1월 16일, 서른여섯 개의 주가 미국 헌법 수정 제18조, 즉 금주법을 비준했어요.

그 시기에 로스앤젤레스에 있었던 루이스 부뉴엘*은 회고록에 이렇게 적었어요. "나는 금주법 기간만큼 술을 많이 마셔본 적이 없다."

이 법은 1934년까지 지속되었습니다. 그해 프랭클린 D. 루스벨트는 언론이 지켜보는 가운데 백악관의 대통령 집무실에서 금주법을 폐지하는 법안에 서명했어요. 그리고 그 사실을 분명히 보여주기 위해 그는 카메라 플래시가 터지는 가운데 첫 번째로 합법적인 마티니를 만들었어요.

드라이 마티니는 문학과 영화로도 유입되었어요. 할리우드는 이 술을 놓치지 않았고, 배우들은 코가 비뚤어질 때까지 마셨어요. 데이비드 니븐*은 항상 손에 술잔을 들고 있었습니다. 마를레네 디트리히*는 마티니를 마시는 연인들만 선택했지요(그는 언젠가 이 사실을 헤밍웨이에게 고백했어요). 그리고 거꾸로 세워진 우산처럼 마티니를 담는 작은 잔은 그림과 사진, 그리고 광고에서 재현되었습니다. 특히 멜 라모스*의 광고 그림, 그러니까 손에 마티니 잔을 들고 앉아 있는 벌거벗은 여자는 유명하지요.

도로시 파커*는 마티니에 대한 최고의 시구를 썼습니다(그녀는 "짧음은 란제리의 영혼"이라는 훌륭하고 멋진 구절을 쓴 장본인입니다). 그녀의 시는 이렇게 말합니다.

나는 마티니를 좋아한다.

최대 두 잔까지.

석 잔 마시면 나는 테이블 아래에 있다.

넉 잔 마시면 나를 초대한 남자의 아래에 있다.

14

나는 그해 말에 고등학교를 졸업하고서 콜롬비아 국립대학 철학과에 지원했습니다. 어머니는 머리를 쥐어뜯으며 울음을 터뜨렸습니다. 화가 치민 아버지는 이렇게 말했지요. 아, 하느님, 먼저 첫째 딸이 게릴라가 되더니, 이제는 이 바보가 지식인이 되고자 합니다, 왜 우리에게 이런 불치병을 주십니까? 우리가 뭘 잘못했기에 이런 아이들을 주셨나요, 주님? 왜 우리의 인내를 시험하십니까?

우리가 집 밖으로 나갈 때, 아버지는 어느 다리 밑에서 거지들을 보면 이렇게 말했지요. 마누엘, 잘 봐, 저게 철학자들의 모임이야, 네가 살면서 바라는 것이 바로 저거니? 넌 배고파 죽게 될 거야. 그러자 나는 아버지가 나를 더는 괴롭히지 못하도록, 어느 인터넷 웹페이지를 보여주었습니다. 철학자 페르난도 사바테르˙의 강연료로 2만 5,000유로를 지급했다는 소식이었지요. 아버지는 믿지 못하겠다는 표정으로 그 웹페이지를 바라보면서 말했습니다. 있을 수 없는 일이야, 아마도 오보이거나 가짜 뉴스일 거야, 마누엘, 아니면 네가 만들어낸 가짜 뉴스일지도 몰라, 넌 인터넷으로 모든 것을 꾸미고 조작할 수 있으니까…… 그런데 그 사바테르라는 사람이 누구지?

대학교! 마침내 나는 그 괴이한 고등학교를 떠났습니다. 그곳에서 멀어져서 내 시간을 나와 비슷한 사람들과 보내는 것은 일종의 축복받은 유예기간과 같았습니다. 물론 그것도 나름의 문제가 있지만 말입니다. 우리가 젊을 때는 우리와 똑같은 것에 관심을 가진 사람은 필연적으로 유사하다고 믿는 실수를 범합니다. 그러나 자연은 스스로 움직이며, 영혼은 원하는 방향으로 불어옵니다. 또한, 우리가 명석함과 아름다움으로 지배된다고 생각하는 세상에도 시기하고 질투하는 사람도 있고 사악한 사람도 있습니다. 어쨌든 대학에서 나는 평온한 시기를 시작했습니다. 열심히 책을 읽었고, 처음으로 조화로운 것을 발견하고 있다고 느꼈습니다.

첫 학기가 지나갔고, 두 번째 학기도 지나갔습니다.

전공 수업 이외에 나는 예술대학을 어슬렁거리기를 좋아했고, 언젠가 한번은 작업실로 몰래 들어가 학생들이 무엇을 하는지 보았습니다. 송진과 테레빈유 냄새로 둘러싸인 그곳에서도, 색깔과 볼륨의 관능성에 지배된 그 공간에서도, 나는 엄청나게 평화로운 느낌을 받았습니다. 그렇다고 해서 내가 전공을 잘못 선택했다고 후회한 것은 결코 아닙니다. 나는 세상을 알아가고 있었습니다. 가끔 수업이 늦게 끝나거나 커다란 강의실에서 강의를 기다릴 때면, 나는 아무도 모르게 단과대학의 벽에 그림을 그렸습니다. 글자나 폭풍, 혹은 하늘을 그렸지요.

영사님, 긴 침묵의 기간이었어요. 내 삶은 쾌적한 일상에 익숙해졌습니다. 그 어떤 기복도 없이 그런 삶을 매일 반복하면서 진정한 안도감을 느꼈습니다. 수업에 출석했고, 도서관에서 책을 읽었으며, 강연회나 세미나에 갔고, 버스를 타고서 책을 읽었으며, 대학의 잔디밭에서도 책을 읽었고, 집에서도 책을 읽었으며, 영화를 보았고, 공책에 낙서와 필기를 했습니다. 집 안에서의 삶은 예전과 같았지만, 이제는 나도 그곳에서 멀리 떨어져 있을 수 있었습니다. 바깥세상에 익숙해지자, 어머니와 아버지는 다른 시절의 사람들처럼 보였습니다. 마치 세피아색의 사진 같았습니다.

또 학기가 지났고, 또 다른 학기도 지났습니다.

가끔 후아나는 내 강의실로 나를 찾아왔고, 우리는 카페로 가서 커피를 마시거나 차피네로로 가서 간단하게 식사를 했습니다. 나는 아직도 보도에서 그녀를 보는 것 같아요. 주머니에 손을 깊숙하게 찔러 넣고 산에서 내려오는 바람을 맞으며 추워서 벌벌 떨거나, 버스의 매연을 피하는 모습을 보는 것 같답니다. 우리는 중국 만두나 튀긴 통닭, 피자 등 가리지 않고 아무것이나 먹었고, 내 수업에 관해 그리고 우리가 서로 읽고 있던 것에 관해 말했으며, 영화와 가끔은 정치에 대해서도 말했습니다. 그러나 내가 말을 하거나 그녀가 말하는 것을 듣는 동안, 이상한 것을 느꼈답니다. 일종의 때 이른 향수와 같은 것이었어요. 마치 그런 대화 속에서 내가 얼마 후에 일어날 일을, 그러니까 그녀가 종적을 감출 것을 예감하는 것 같았거든요. 갑작스럽게 특별하거나 이상한 일이 일어나지도 않았는데, 그녀가 한 마디 말도 없이 우리와 함께 있지 않을 것을 느낀 것 같았습니다. 영사님, 이렇게 사라지는 것은 죽은 것보다도 더 좋지 않습니다. 죽는 경우라면, 우리는 그 장소에 있으면서 그의 악화하는 건강 상태를 지켜보며 죽음이 진행된다는 사실을 압니다. 심지어는 어서 죽음이 와서 우리 모두를 죽음에서 해방해주면 좋겠다고 원하는 시간이 오기도 합니다.

후아나는 모습을 감추었습니다. 그런 일이 일어날 것을 암시하거나 예고하는 그 어떤 것도 없었습니다. 물론 나중에 대학에서 그녀와 함께 보낸 여러 오후를 떠올리면서, 이미 떨어지려는 찰나에 있는 긴급한 무엇인가가, 고통과 번민의 바람이 우리의 길에 불어오고 있었다고 생각했습니다. 그것은 슬프고 비극적인 것들이 올 때는 미리 알려주기 때문이라고 나는 생각해요. 그 어떤 것도 아무런 예고 없이 올 수는 없다고, 순전히 우연일 수는 없다고 생각합니다. 그렇지 않나요? 그것을 기억하는 지금은 적어도 그렇다고, 그렇게 상상한다고 말할 수 있습니다. 물론 나는 항상 왜 그녀가 그 시기에 그토록 두려워했을까, 라고 생각하지 않을 수 없습니다. 나는 후아나의 삶에 대해서는 아는 게 거의 없습니다. 그녀가 왜 항상 집에 있지 않으려고 했는지, 왜 새벽에야 모습을 드러냈는지, 왜 아무런 이유 없이 눈물을 흘렸는지가 내게는 모두 미스터리입니다. 그것이 우리가 실종되거나 죽은 사람들을 기억하는 방법입니다. 이전에 일어난 모든 것은 상징적인 광채로 뒤덮여 있는 것처럼 보이는데, 그 광채는 나중에 비극의 예고로 나타나지요.

나는 죽는 방법에는 두 가지가 있다는 것을 깨달았습니다.

첫 번째는 우리의 건강을 해치면서 서서히 죽음의 고통으로 빠지게 만드는 질병입니다. 이것은 슬프지만, 어느 면에서는 친척이나 친구들에게 우리가 병에 걸렸다는 생각을 하게 만들어줄 시간을 준다는 점에서 좋은 것이지요. 물론 질병이 통증과 쇠약과 모욕을 수반하기 때문에 죽어가는 사람에게는 나쁜 것이지요. 두 번째는 정반대의 죽음입니다. 가령 목덜미에 총탄을 맞거나, 뇌출혈을 일으키거나 혹은 교통사고를 당하는 것입니다. 친척과 가족은 고통을 받지만, 죽는 사람은 조용히 세상을 떠나지요. 갑자기 저쪽으로 가는 것이지요. 이것이 가장 좋게 죽는 방법입니다.

그러나 적어도 우리 나라에서는 세 번째 방법이 있습니다. 모두에게 잔인한 방법인데, 그것은 바로 실종입니다. 왜 모두에게 그럴까요? 희생자는 사랑하거나 가까이 있는 사람들의 괴로움을 상상하면서 고통받습니다. 가족들은 그 어떤 희망이라도 붙잡기 때문에 고통을 받습니다. 이런 희망이 사라지면, 그들은 얼마나 끔찍하고 외롭게 죽었을지 상상하면서 더욱 괴로워하지요. 예를 들어 이렇게 상상합니다. 새벽에 목초지에 무릎을 꿇고 공포에 떨

면서 오줌을 지리는 어떤 사람을 떠올립니다. 그런 다음 총구에서
두세 발의 섬광이 보이고, 이미 생명을 잃은 시체가 구덩이로 떨
어지고 흙이 그 시체를 덮으며, 그 흙 위로 풀이 자라서 시체를 숨
기는 장면을 상상합니다. 그리고 몇 년에 걸쳐 수색하고 조사하면
서 그 장소를, 그 끔찍하고 소름 끼치는 장소를 찾는 사람들의 기
나긴 고통, 그러니까 무엇 때문에 그런 일이 일어났는지, 왜 그가
살해되었는지 도저히 설명할 수 없는 이유를 이해하고자 하며, 유
골을 찾아 가슴에 꼭 껴안고서 입을 맞추고, 그의 고독을 달려주
려고 애쓰며, 그의 유골을 눈물로 적시려는 사람들의 고통을 머릿
속으로 그리지요.

후아나가 실종되자, 나는 그 모든 것, 즉 고통과 증오, 슬픔과
동정, 원한과 죄책감을 느꼈습니다.

심지어 실종된 날짜도 몰랐습니다. 도대체 어느 순간에 그녀
는 떠났던 것일까요? 우리는 몰랐고, 심지어 깨닫지도 못했습니
다. 그녀는 자세히 말하지 않고서 여행을 자주 떠났고, 그래서 우
리 가족은 그런 것에 익숙해져 있었어요. 나도 그런 누나의 태도
에 익숙해져 있었습니다. 후아나는 자기를 이해해달라고, 자기는
우리의 도주 계획을 구상하고 있다고, 꼬치꼬치 질문하지 말라고,
무조건 자기를 믿어달라고 말했습니다. 그래서 나는 언제 그런 일
이 일어났는지 몰랐습니다.

그저 어느 날 그녀가 이제는 없다는 사실을 눈치챘던 것입
니다.

그러자 이런저런 생각을 했고, 이런저런 모습을 상상했으며, 상처 주는 말들을 마음속으로 되뇌었지요. 나는 내 배낭을 집어 들고 도시의 모든 벽에 그녀를 그리는 것으로 반응했습니다. 그녀의 눈과 턱을 받치고 있는 손바닥, 미소 짓는 얼굴, 나를 향해 다가오는 그녀의 모습을 그리고서, 넌 지금 어디에 있어?, 라는 질문을 써놓았습니다. 나는 그녀가 없는데 어떻게 지구가 계속 돌아갈 수 있는지, 어떻게 태양이 떠오를 수 있는지, 어떻게 나무줄기에서 싹이 돋아날 수 있는지, 어떻게 머나먼 곳에서 재앙이 일어날 수 있는지, 어떻게 수레바퀴가 멈추지 않을 수 있는지 도저히 상상할 수도 없었고 믿을 수도 없었어요. 어느 날 30번가에서 나는 내 그림 중의 하나가 있는 곳을 걸어 지나갔고, 누군가가, 즉 익명의 그라피티 예술가가 내 그림 옆에 〈너는 왜 사라졌어? 그가 얼마나 괴로워하는지 몰라?〉라고 쓴 것을 보았습니다. 어떻게든지 도시는 내게 대답하고 있었던 것이지요.

나는 그녀가 살해되었다고, 묘지로 넘쳐흐르는 이 나라, 이 아름다운 우리 국토의 표식 없는 무덤에 있으리라 생각했어요. 그녀의 몸은 썩고 있을 것이고, 그녀의 뼈는 그 누구도 쓰다듬지 않았는데, 내가 입을 맞출 수도 없었는데도, 따로따로 떼어지기 시작하리라 생각했습니다.

후아나, 어디에 있는 거지?

나는 누나를 사랑하고, 도시를 걸어 다니며, 누나의 모습을 그리고, 그녀의 이름을 좁은 거리와 대로에서 부르는 것으로 충

분하리라고 생각했습니다. 나는 직관 혹은 살바토레 콰시모도*
의 시구처럼, 한 줄기 햇빛이 그녀가 묻힌 곳을 알려줄 것이라고
믿었지만, 현실은 그렇지 않았습니다. 우리는 그녀가 실종되었다
고 신고했습니다. 그리고 우리가 얻을 수 있었던 얼마 안 되는 정
보는 그녀가 체포되거나 살해되지 않았으며 납치되지도 않았다
는 사실을 보여주었습니다. 물론 실종자들의 실종 보고서는 작성
되지 않습니다. 그래서 그들을 실종된 사람이라고 부르는 것이지
요. 그런 것이 있건 없건, 우리는 처음부터 시작해야 합니다. 아버
지는 그때까지도 국가, 그러니까 아버지의 표현에 따르면 "마침내
우리가 갖게 된 조국"을 무조건 믿고 있었어요. 아버지는 경찰서,
교도소, 법원, 병원, 국민 고충 담당 부서를 찾아갔고, 마지막으로
그가 그토록 증오하던 비정부기구도 찾아갔습니다.

거기서 아버지는 바뀌기 시작했습니다. 우리베에 대한 찬미
는 시들해졌고, 어느 날 나는 아버지가 콜롬비아에서는 인권이 존
중받지 못하며, 우리 가족은 이미 전쟁에서 졌고, 주먹을 불끈 움
켜쥐고 분노의 침을 흘리는 사람들이 많이 있다고 말하는 소리를
들었어요. 핏발이 선 눈으로, 피로에 지친 듯한 표정을 지으면서
아버지는 다른 방식으로 일을 처리해야 한다고, 이렇게 계속할 수
는 없다고 말했지요.

너무나 놀라운 일이 일어났습니다. 어느 일요일에 아버지는
아침 일찍 나를 깨웠어요. 어서 옷 입고 나와 함께 가자, 마누엘,
네 어머니는 나와 함께 가려고 하지 않아. 나는 무슨 일인지도 모

른 채 자리에서 일어났고, 내 일생에서 가장 큰 충격을 받았습니다. 실종자들을 위한 시위에 가려는 것이었어요! 아버지는 〈그들은 어디에?〉라고 쓰인 티셔츠를 입고, 후아나의 컬러사진이 붙은 플래카드를 들고 있었어요. 영사님, 내가 찍어준 사진이었는데, 가장 잘 나온 사진 중의 하나였습니다. 담배를 피우기 직전에 웃는 모습이었어요. 마치 누군가에게서 즐겁게 눈을 떼지 않는 것처럼 곁눈질로 쳐다보면서 와인 잔을 드는 모습이었어요. 아버지는 그 사진을 골라서 그 아래에 검은 글씨로 이렇게 썼습니다. 〈후아나 만리케, 24세, 2008년 11월에 실종〉.

나는 벌떡 일어나서 급히 샤워했고, 하얀 티셔츠에 누나의 이름을 쓰고는 그것을 입었습니다. 그리고 아버지와 함께 나갔습니다. 이상하게도 아버지 옆에 있자 처음으로 우리가 하나가 되었다는 느낌을 받았습니다. 나는 '이건 정말 이상한 일이야!'라고 생각했습니다. '우리는 평생을 서로 이해하지 못한 채 살아왔어.' 나는 아버지를 속물로 여겼고, 항상 아버지를 모질게 평가했습니다. 그런데 그날 아침 볼리바르 광장을 향해 7번로로 행진하면서, 딸의 이름이 적힌 플래카드를 높이 들고 "어디에 있니?!"라고 외치는 아버지를 보자, 나는 아버지를 존경하게 되었어요. 내 평생 처음으로 아버지가 부끄럽지 않았고, 나는 아버지 옆에 있다는 게, 아버지의 외침과 나의 외침이 하나가 된다는 게 너무나 자랑스럽게 느껴졌습니다. 그래서 나 역시 주먹을 불끈 쥐고서 높이 들고 소리쳤습니다. 나는 혼자가 아니라고 느끼면서 우리가 잃어버렸던 것, 그리고 이제는 우리를 한 사람으로 만들고 있는 것을 위해 소리쳤습니다.

후아나 만리케! 어디에 있니?

많은 사람이 구호를 외치고 깃발과 플래카드를 들고 행진했습니다. 거기에는 피투성이의 나라, 뼈 무늬를 새긴 천, 시체 더미, 군모를 쓴 까마귀, 손에 낫을 든 거대한 해골, 〈콜롬비아, 내가 너를 해방하리라〉라는 글귀가 가슴을 가로지르는 대통령 휘장이 그려져 있었습니다.

"우리베, 극우주의자, 민중은 굴복하지 않는다!"

시위대는 볼리바르 광장에 도착했습니다. 거기에 시위 주최자들은 의회의사당 계단 바로 앞에 그날의 주요 행사를 위해 거대한 연단을 설치해놓았습니다. 두 시간 동안 연설자들이 증언하고 분석했으며, 몇몇 상원의원과 유명 정치인들은 지지성명을 발표했고, 노래가 울려 퍼졌습니다. 심지어 무언극도 공연되었는데, 이 연극은 그 광장에 있는 우리와 마찬가지로 조용히 울었고 한숨과 눈물을 삼켰답니다. 거기에는 슬프고 성난 2,000여 명이 모여 있었는데, 그중에는 아직도 희망을 버리지 않은 사람도 몇 명 있었지요. 그런데 빗방울이 하나둘 떨어지기 시작하더니 하늘이 어두워지면서 비가 내렸습니다. 처음에는 애매하고 차분하게 비가 내렸지만, 얼마 후 귀가 먹먹할 정도로 서너 번 커다란 천둥소리가 나더니 세찬 소나기가 퍼부었습니다. 그러자 일부 사람들이 마구 달려가서 대성당의 주랑이나 8번가의 처마 아래로 몸을 피했습니다. 다른 사람들은 우산을 꺼냈고, 무대 앞에 그대로 머물 렀습니다. 무대에서는 무언극 단원들이 구름을 올려다보면서 놀 라는 표정을 지었지요. 보고타에서 비는 항상 부적절한 순간이나 아주 슬픈 순간에 내립니다.

우리는 7번로를 따라 걸어서 돌아갔습니다. 그러면서 북쪽 으로 가는 교통편을 찾았습니다. 하지만 시위 때문에 거리가 봉쇄 되었고, 우리는 물웅덩이와 비를 피해 이 처마 저 처마로 옮겨 다 니면서 걸었습니다. 아버지는 젖는 것에 개의치 않았지만, 플래카 드와 후아나의 사진만은 젖지 않게 보존하려고 있는 힘을 다했습 니다. 아마도 그는 그녀를 지켜주려고 하는 것 같았어요. 그렇게 우리는 나란히 서서 아무 말도 하지 않고 그 귀신과 같은 도시를 걸어갔습니다. 비가 내릴 때 보고타는 항상 그런 모습이지요.

우리는 생각에 잠겨 차피네로 동네에 도착했지만, 나는 어 떻게 그곳에 갔는지 모르겠습니다. 그 동네에 도착하자마자 검은 구름이 흩어졌고, 마침내 파란 하늘 한 조각이 모습을 드러냈습 니다.

57번가를 건너는데 검은색 벤츠 승용차가 앞으로 지나갔어 요. 그 바퀴 중의 하나가 물웅덩이에 잠겼고, 바퀴에서 튀긴 물이 우리 바지를 흠뻑 적시고 말았지요. 운전사는 고개를 뒤로 돌려 나를 쳐다보았어요. 아주 잠깐이었지만, 나는 그가 누구인지 알아 보았습니다. 에드가르 포라스였어요.

벤츠 자동차는 속도를 줄였고, 나는 그가 백미러로 나를 바라보는 것을 보았습니다. 잠시 나는 머뭇거렸지만, 이내 아버지의 팔을 붙잡고서 말했습니다. 아버지, 어서 가요, 조금 더 걸어요, 이제 겨우 12시 반이니까, 점심 식사에 마른 옷으로 도착할 수 있어요.

어머니는 변하지 않았습니다. 슬픈 표정으로 후아나의 실종을 언급했지만, 그 비극이 그녀 마음속의 그 어떤 본질적인 것도 제거하지 못한 것처럼 보였습니다. 그녀는 계속해서 똑같은 사람이었고, 아버지와 문제가 있었습니다. 다행히도 나는 저녁 식사 시간에 집에 있던 적이 거의 없었지요.

때때로 자정이 넘은 시간에 아버지는 내 방으로 왔습니다. 그는 늦은 시간에 와서 미안하다면서 말했습니다. 방에 불이 켜져 있는 걸 봤어, 마누엘, 잠시 들어가도 괜찮겠어? 잠이 오지 않아서, 젠장…… 그는 내 침대에 앉았고, 잠옷 주머니에서 작은 소주병을 꺼내 조금씩 여러 번 마셨습니다. 내게도 마시라고 권했지만, 나는 말했지요. 저도 잠을 잘 수가 없어서 책을 읽는 거예요, 아버지. 그러나 그는 말했지요. 내가 잊을 수만 있다면, 마누엘, 내가 생각하지 않을 수만 있다면 얼마나 좋을까! 아버지는 잠시 아무 말 없이 머물렀습니다. 그러고서 우리는 서로 껴안았고, 그는 다시 돌아갔어요. 아버지의 체념한 표정을 보면서, 나는 아버지가 뜬눈으로 밤을 새울 것을 알았습니다. 내 기도와 마찬가지로 아버지의 기도도 하늘의 가장 어두운 곳으로 사라졌지요. 그 기도를 들을 수 있는 사람은 아무도 없었습니다.

영사님에게 우리는 그녀가 언제 실종되었는지 결코 몰랐다고 말했지요? 우리는 후아나가 공부 때문에, 혹은 일 때문에 긴 여행을 떠나는 것에 익숙해져 있었거든요. 그리고 마지막 때에도 그랬답니다. 그런데 너무 많은 시간이 지났는데도 후아나가 돌아오지 않자, 나는 그녀의 휴대전화로 전화를 걸었습니다. 그런데 전화도 받지 않고 전자메일로도 연락이 되지 않자, 나는 좋지 않은 일이 일어났다는 것을 직감했습니다. 그래서 아버지에게 후아나가 언제 돌아오는지 아느냐고 물었습니다. 그러자 그는 불안한 기색을 감추지 못하면서 내게 대답했습니다. 나도 네게 똑같은 것을 물어보려고 기다리던 중이야. 난 전혀 모르겠어. 그런데 어떻게 너도 모를 수 있어? 그렇게 모든 게 시작되었지요. 그러자 우리는 실종 신고를 했고, 경찰서, 교도소, 병원을 돌아다니기 시작했던 겁니다.

얼마 후 어머니가 말했는데, 그 말은 모든 가족의 머리에 남아 떠다녔고, 아무도 그 말을 반복할 엄두를 내지 못했습니다. 아버지가 병원인가 아니면 법원을 찾아다니다가 아무런 소득 없이 돌아온 어느 날, 어머니가 아버지에게 말했어요.

아, 여보, 결국 콜롬비아 무장혁명군에 들어갔나 봐요.

그러자 아버지는 즉시 손으로 어머니의 입을 막았어요. 그 동작으로 아버지는 자신이 강하다는 것을 보여주고자 했지만, 실제로 그것은 절망적인 행동에 불과했지요.

다시는 그런 말을 입에 올리지 마, 베르타. 무슨 일이 있어도 말하면 안 돼.

그러더니 아버지는 손수건을 꺼내 눈물을 닦았습니다.

나는 그녀의 동급생들과 그녀를 알고 있던 친구들을 찾았습니다. 내가 그들의 이름조차도 몰랐기 때문에 그들을 찾는 것은 길고 험난한 과정이었어요. 정말로 믿을 수 없는 일이지만, 우리가 사랑하는 사람들에 대해 우리는 정말 모릅니다. 차차 나는 그들을 찾아냈지만, 그들 역시 아무것도 몰랐습니다. 여행을 떠났다든지, 아니면 현장조사를 하고 있다든지 등의 애매하고 모호한 것만 말해주었어요. 그 누구도 그녀가 게릴라가 되었다는 것은 있을 수 없는 일이라고 생각했습니다. 당시 대학에서 게릴라에 대한 평판이 영 안 좋았거든요. 어느 날 밤에 나는 그런 사실을 아버지에게 말했고, 아버지는 아니라며 고개를 가로저으면서 말했어요. 나는 알고 있어, 난 이미 그걸 알고 있었어, 하지만 고마워, 마누엘.

아버지는 비정부기구 단체인 카리타스의 도움을 받아 공식적으로 실종 신고를 마친 상태였습니다. 그날 이후 아버지는 어떤 단서, 그러니까 어떤 길을 따라가야 할지 보여줄 무언가를 찾을 수 있다는 희망으로 콜롬비아에서의 실종을 연구하기 시작했어요. 또한 잠시 소주에도 빠졌지만 위궤양 통증 때문에 그만두어야 했어요. 어머니와는 거의 말하지 않았습니다. 적어도 내가 보는 앞에서는 그랬습니다.

그런 상황에서 최악의 것은 삶은 계속된다는 사실입니다.

한 해가 지나고, 또 한 해가 지났습니다. 아버지는 10년은 더

늙었고, 어머니가 집안의 지배권을 쥐었습니다. 은행에서는 아버지에게 어떤 일이 있었는지, 그리고 그의 얼굴이 얼마나 망가졌는지 알게 되자, 조기 퇴직을 신청할 수 있다고 알려주었고, 실제로 아버지는 그것을 진지하게 고민했습니다. 하지만 계속 사무실에 나가는 편을 택했지요. 집에 돌아올 때면 후아나를 더욱 기억했고, 더욱 슬픈 얼굴을 했습니다.

나는 철학 학부 과정을 마치고 석박사 통합 과정을 시작했습니다. 바로 거기서 나는 구스타보 치로야의 학생이었습니다. 미학 수업이었습니다. 구스타보 교수는 나를 좋아했지만, 나는 용기를 내어 내 개인사에 대해 말하지 못했고, 친하게 지내려고 시도하지도 못했습니다. 내 동료 학생들은 그와 친하게 지냈고, 심지어 그의 집까지 가곤 했지요. 그는 솔직하고 대범하며 정말 끝내주는 사람이었어요. 나는 친하게 지내고 싶어 죽을 지경이었지만, 결코 그렇게 하지 못했습니다. 영사님, 왜 그랬던 것인지 모르겠어요. 후아나의 일 때문에 나는 나 자신이 멀게 느껴졌고, 죄책감도 많이 느꼈습니다. 나는 갖고 있던 모든 것을 잃어버렸고, 그래서 다른 사람들과 같지 않았습니다. 그녀가 없다면 삶은 가치가 없는 것이었습니다. 적어도 내 삶은 그랬지요. 나는 기적이 일어나는지 잠시 기다려보기로 마음먹었습니다.

시간이 흐르면서 고통은 비밀스러운 것, 아버지와 나를 하나로 만들어주는 조그만 불꽃이 되었지만, 우리는 거의 그것에 대해 말하지 않았습니다. 나는 그저 비밀스러운 것이 있다는 것만 알고 있었습니다.

그러던 어느 날 새벽에 일종의 번갯불 같은 것 때문에 잠에서 깨어나 침대에 앉아 있었습니다.

후아나는 살아 있었습니다.

나는 그녀의 존재를 느꼈습니다. 마치 말로 가득한 바람이 내 앞으로 불어왔고, 그 마그마 속에, 그 보이지 않는 그물 속에 그녀의 목소리가 있었습니다. 나는 그 목소리를 들었습니다. 그것은 수많은 목소리 속의 한 목소리였고, 수많은 외침 중의 한 외침이었습니다. 나는 그녀의 목소리를 들었습니다. 그녀는 살아 있었고, 따라서 나는 그녀를 다시 찾기 시작해야만 했습니다. 거의 3년이란 세월이 흘러 있었습니다.

물론 아버지에게는 아무 말도 하지 않았습니다.

나는 나를 섹스의 세계로 입문시킨 타니아부터 찾아보기로 마음먹었습니다. 그 전에는 그녀와 다시 만난 적이 없었습니다. 2주가 걸린 끝에, 마침내 그녀를 찾아냈습니다. 이제는 공부하지 않고 있었습니다. 그녀는 컴퓨터공학과도 졸업하지 못했지만, 이제는《엘티엠포》신문의 IT 섹션에서 일하고 있었습니다. 그곳으로 가면서 나는 그녀의 스페인 남자 친구를 떠올렸습니다. 스페인 사람들이 그 신문사를 샀고, 그래서 이것저것을 종합해서 생각해 봤던 것이지요. 그런데 그녀를 찾으면서 이름이 타니아가 아니라 마리아 클라우디아라는 것을 알아냈습니다. 타니아는 그녀가 학생 때 사용하던 이름이었어요. 그녀 세대에서는 아주 많이 사용된 이름이었지요. 아마도 체 게바라의 여자 친구 때문이었을 것으로 추측합니다.

그녀는 나를 산이 바라보이는 사무실에서 맞이했어요. 나는 무슨 일이 있었는지 말했습니다. 일정하게 몇 분마다 공항 활주로에서 비행기가 이륙하는 소리가 들렸습니다. 도와달라고 설득하기 위해 나는 우리가 후아나를 찾으면서 돌아다녔던 사무실 목록을 보여주었어요. 또한 내가 아버지와 함께 시작했던 형사적, 민사적 조치들을 말했습니다. 그녀는 그 모든 것에 마음이 움직였고, 말하기로 했지요.

잘 들어요. 나는 후아나를 아주 좋아했어요. 그녀는 모든 면에서 나를 도와주었고, 항상 내게 최고의 친구였어요. 내가 얼마나 신세를 지고 있는지 상상하지도 못할 거예요. 그래서 이런 말부터 시작하려고 하는데, 아마도 당신이 좋아하지 않을 수도 있어요. 그러나 아주 중요한 것이라서 당신은 꼭 알아야 해요.

나는 초조하게 그녀를 바라보았습니다. 침을 삼켰습니다. 나는 무슨 말이든 좋으니, 제발 얘기해줘요, 라고 말했지요.

후아나는 옛 미스 콜롬비아와 일했는데, 그녀는 모델 학원을 운영하고 있었어요, 라고 그녀가 말하더니 목청을 가다듬고는 덧붙였습니다. 그런데 그건 모델 관련 일이라기보다는 여자아이들이 돈 많은 남자와 데이트하도록 알선해주는 곳이었어요. 실제로 그곳은 에스코트 대행사였어요. 그게 뭘 뜻하는지 알죠?

그래요, 선불 조건의 파트너 대행이지요.

나는 후아나의 실종은 정치적인 문제라기보다는 그쪽이 더 가까우리라 생각해요, 라고 계속해서 타니아가 말했습니다. 나도 옛 미스 콜롬비아를 잘 알지는 못해요. 여기 그 대행사 전화번호가 있어요. 이게 내가 알고 있는 전부예요.

이제 약간 초조해하는 사람은 그녀였습니다.

당신도 에스코트로 일했나요?

솔직하게 말하겠어요, 라고 그녀가 말했습니다. 어쨌든 당신과 나는 서로 알고 있는 사이이니까요. 그 당시 나는 경제적 어려움을 겪고 있었어요. 아무 일도 하지 않고 놀고먹는 술주정뱅이에 마약 중독자였던 개자식과 헤어진 지 얼마 되지 않은 상태였고, 세 살짜리 아이도 있었어요. 나는 염병할 거리로 나앉았고, 뭘 해서 먹고살아야 할지 몰랐어요. 그때 당신 누나가 나에게 생명의 줄을 던져주었어요. 그건 합법적인 일이었어요. 당신 누나가 나를 옛 미스 콜롬비아에게 소개해주었고, 나는 일하기 시작했어요. 수입이 꽤 괜찮았지요. 얼마 후 나는 상당한 지위에 있는 스페인 간부를 알게 되었고, 그 남자는 내 애인이 되었어요. 아직도 내 애인이지요. 그가 나를 가난에서 빠져나오도록 도와주었는데, 모두 후아나 덕분이에요. 이 전화번호로 전화를 걸어서 내 이름을 대요. 내가 오늘 그들과 통화해서 당신을 도와주라고 하겠어요. 알았죠? 그리고 부탁이 하나 있는데, 누나를 찾게 되면 내가 죽을 정도로 보고 싶어 한다고 전해줘요.

나는 두 가지의 모순적인 이상한 감정을 느끼며 그곳에서 나왔습니다. 후아나가 그런 세계와 관련되어 있다는 사실을 믿을 수 없었지만, 나는 기쁨으로 가득 찼습니다. 그녀는 살아 있거나 아니면 살아 있을 수 있었습니다. 내 직관은 틀린 적이 없었거든요.

그러나 몇 발짝을 옮겼을 때, 나는 어두운 그림자에 휩싸였습니다. 그것은 그 어떤 해답도 떠오르지 않는 끔찍한 구절 때문이었습니다. 그녀는 나를 절대로 버리지 않겠다고 말했던 것입니다. 나는 그녀와 나와의 연락을 방해하는 상황이 어떤 것인지 상상할 수 없었습니다. 물론 죽음과는 전혀 다른 문제였지요. 그러나 나는 이제 단서를 갖고 있었고, 이럴 때 단서는 내 목숨과도 같았어요. 다음 날 나는 그 불가사의한 옛 미스 콜롬비아를 만나러 갈 생각이었습니다.

후아나는 항상 이렇게 말했습니다. 나는 우리가 도망칠 수 있도록 일하고 있어. 이 슬프고 시시한 도시에서 벗어나고, 그 누구도 우리가 어디에 있는지 모르도록 말이야. 넌 무조건 나만 믿으면 돼.

터널 끝에 한 줄기의 빛이 있었습니다.

아마도 실종이 그 끝의 일부를 이루고 있고, 나는 기다려야만 했던 것입니다. 그러나 이미 3년이 지나 있었습니다.

다음 날 나는 내가 받은 전화번호로 전화를 걸어서 나를 타니아의 친구라고 소개했습니다. 그러자 어느 목소리가 내게 저녁 6시로 약속을 잡아주었지요. 나는 초조한 마음으로 대학에서 일찍 나왔습니다. 약속 장소는 78번가였고 11번로 아래에 있었습니다. 버스 정류장으로 걸어가는 동안, 오늘 같은 날에는 친구가 있었으면 좋았을 것이라고, 내가 느끼는 희망과 두려움을 털어놓을 수 있는 누군가가 있으면 좋으리라 생각했습니다. 항상 혼자 지내는 것은 쉬운 일이 아니었습니다. 물론 나는 혼자가 아니었지만요. 난 마음속으로 말했습니다. 우리 누나는 어딘가에 있고, 나는 누나를 찾아내고 말 거야, 라고.

건물은 리모델링 중이었지만, 일꾼들은 쉬는 날 같았습니다. 1층에는 거리와 마주한 입구 이외에도 약국이자 문구점이 있었습니다. 로비 쪽으로 가자 경비원이 보였습니다. 그는 《엘 에스펙타도르》신문 위에서 꾸벅꾸벅 졸고 있었습니다. 내가 모델 학원이 어디에 있느냐고 물어보자, 경비원은 인터폰 옆의 안내판을 가리켰습니다. 〈모델 학원 3층〉이라고 적혀 있었지요.

승강기는 작동하지 않습니다, 계단을 이용하는 수밖에 없습니다, 라고 경비원은 뿌루퉁하게 덧붙였습니다.

나는 약간 겁먹은 채 세 층을 올라갔습니다. 의심으로 가득찬 동시에 내가 듣게 될 것에 대해 두려움을 느꼈던 것이지요. 어느 여자가 문을 열어주었는데, 모델처럼 보이지는 않았습니다. 학원 비서였던 그녀가 웃으면서 내게 말했습니다. 그래요, 원장님께서 기다리고 계세요, 여기에 잠시만 앉아 계세요, 곧 들어가게 해드릴게요.

테이블 위에는 잡지 《TV와 드라마들》이 놓여 있었는데, 페이지가 뜯어져 있었습니다. 그리고 성형외과의 광고용 명함들도 있었습니다. 그 병원에서는 세 개를 한 개 값으로 해준다면서 종합 미용 패키지를 팔고 있었어요. 입술과 가슴과 엉덩이, 혹은 가슴과 엉덩이와 허벅지가 각각 하나의 세트를 이루고 있었지요. 그 판매 조건은 이미 작년 9월에 만료되어 있었습니다.

비서가 돌아와서 이쪽으로 따라오세요, 라고 말했습니다. 그러고는 패션 잡지로 가득한 커다란 사무실로 안내했습니다. 어디선가 본 듯한 여자가 책상 뒤에 앉아 있었습니다. 아마도 대략 쉰살, 아니 그보다 더 적은 나이일 것 같았습니다. 젊음을 유지하려고 노력한 흔적이 역력했습니다. 헬스클럽을 다니고, 성형수술을 여러 차례 했으며, 다이어트와 갖가지 이식 수술을 받은 것 같았고, 머리카락은 염색한 것이 분명했습니다.

그녀가 미소를 짓자 그녀의 이름이 기억날 것 같았어요. 그녀는 악수를 청하고서 앉으라고 했지요. 음료수 마시겠어요? '콜롬비아나 라이트'가 있는데, 그게 가장 맛있어요, 라고 말했습니다. 나는 그렇다고, 마시겠다고 대답했습니다. 그러고서 우리가 잠시 침묵을 지키고 있었는데, 그녀가 그 침묵을 깨며 말했습니다. 타니아 말에 따르면, 당신이 후아나를 찾고 있으며, 당신은 후아나와 우리가 무슨 일을 했는지도 알고 있다고 하더군요. 나는 고개를 끄덕이며 말했습니다. 타니아는 아마도 당신이 나를 도와줄 수 있을 거라고 생각합니다. 그러고는 배낭에서 우리가 그녀를 찾아 돌아다녔던 장소들의 목록이 담긴 폴더와 실종 신고서를 꺼냈습니다.

옛 미스 콜롬비아는 내가 끝까지 읽게 놔두면서, 귀를 기울여 들었습니다. 그러고서 말했어요. 이봐요 청년, 내가 한 가지 말해줄게요, 후아나의 일은 그런 것과 전혀 상관이 없어요, 그녀는 실종되지 않았고, 죽은 것은 더욱 아니에요, 왜 그런지 내가 설명해주겠어요. 우리가 여기서 하는 일은 절대 비밀이에요, 우리는 결코 우리 모델들이 하는 일을 자세히 설명하지 않아요. 그러나 이 경우는 너무나 복잡하고 예민한 사항이기 때문에 규정을 위반하도록, 아니 뛰어넘도록 하겠어요. 여기서 한 가지 짚고 넘어가야 할 것은, 진짜건 가상이건 가족이나 친구들에게 그 어떤 정보도 제공하지 말아달라고 요청한 사람들이 여자아이들이라는 사실이에요. 그러니 손님에게는 말할 필요도 없지요. 이것이 바로 게임의 법칙이에요. 그런데 잠깐만 기다려줄 수 있어요? 약을 먹는 것을 잊어버렸어요.

그녀는 일어나서 사무실 화장실로 갔습니다. 나는 잡지를 훑어보면서 내 감정을 숨기려고 노력했습니다. 후아나는 살아 있었어요! 상황은 중요하지 않았어요, 그게 어떤 상황이라도, 비참하거나 불명예스러운 상황이라도 상관없었습니다. 그런 건 복구 가능하니까요. 오 하느님, 내 심장은 가슴에서 튀어나올 듯이 쾅쾅 뛰었고, 한쪽 팔은 떨리기 시작했어요. 나는 여자가 천천히 돌아오게 해달라고 빌었습니다.

갑자기 화장실 문 뒤에서 코로 요란하게 들이마시는 소리가 들렸습니다. 5초 후에 또다시 그 소리가 더욱 세게 들렸습니다.

그런 다음 여자는 책상으로 돌아왔지요.

미안해요. 우선 무엇보다도 내가 지금 말하려는 것을 당신은 그 어느 곳에서도 다시 말해서는 안 되며, 판사나 그와 비슷한 사법공무원 앞에서는 더욱 그렇다는 것을 분명히 해두고 싶어요. 내가 당신에게 말해주는 것은, 당신과 당신 가족에게 협조하려는 순수한 마음 때문이에요. 이것은 절대 비밀이며, 이곳의 네 개의 벽에서 나가면 절대 안 되는 사항이에요. 무슨 소리인지 알겠죠?

그녀는 내 눈을 쳐다보았습니다. 그녀의 눈은 아름다웠어요. 그녀의 몸에서 개조되지 않은 몇 가지 중의 하나였습니다. 나는 그녀에게 걱정하지 말라고 말했습니다. 이건 절대적으로 개인적인 조사예요. 후아나의 실종이 정치 문제와 관련이 없다면, 법적인 행동을 취할 필요성은 없어요. 이렇게 말하자, 그녀는 안심하는 것 같았습니다.

좋아요, 내가 말해줄 수 있는 것은 다음과 같아요. 그녀는 일본으로 일하러 갔어요. 3년 전이지요.

일본이라고요? 나는 내 귀를 의심했어요. 믿을 수가 없었습니다. 일본이라고요? 그녀가 그곳으로 간 이유는……?

그래요, 에스코트로 일하러 갔어요. 그러면 엄청난 돈을 벌거든요. 그 당시 나는 훌륭한 중개자와 일했어요. 콜롬비아 여자인데 에스코트로 일하러 가는 여자들을 맞이하고 최고의 집에 데려다주었어요. 그곳에서는 모든 게 아주 정선되어 고급이지요. 내 동료의 이름은 마리벨이었다는 것은 말해줄 수 있어요. 그러나 그녀의 성이 무엇인지는 나도 몰라요. 그리고 사실대로 말하자면, 나는 2년 넘게 그녀에 관한 소식을 전혀 듣지 못했어요. 아마도 이민국에 체포되었을 것이라고 생각만 할 뿐, 무슨 일이 있었는지는 전혀 몰라요. 그녀가 이곳으로 송환되었는지, 아니면 그곳 교도소에 있는지도 나는 몰라요. 그녀의 서류가 규정에 맞지 않는다는 것은 분명해요. 불법으로 체류하고 있었을 거예요. 그때 이후 나는 후아나의 소식을 전혀 듣지 못했어요. 나는 당신에게 이것을 보여주겠어요. 바로 당신 누나의 비행기표와 여행 일정이에요. 보고타가 아니라 에콰도르 키토에서 출발했어요. 왜 그랬는지는 몰라요. 그리고 물어보지도 않았어요. 나는 일본에서 일할 가능성에 대해 말했고, 어느 날 오후 그녀가 내게 전화를 걸어서 관심이 있다고 했어요. 그녀는 내게 키토에서 출발하는 비행기표로 끊어달라고, 아주 급하다고 말하면서 부탁했어요. 왜 그런지 설명하지 않았어요. 여기 비행기표 사본이 있어요.

키토에서 상파울루로 가는 표였습니다. 그리고 거기서 두바이로 갔다가, 거기서 방콕으로 간 다음 도쿄로 가는 여정이었어요. 나는 어리둥절했습니다. 왜 그런 경로를 택했는지 알 수가 없었어요. 그래서 그녀에게 물어봤습니다. 왜 그렇게 길게 우회하는 것이냐고 말이에요.

비자를 피하기 위해서였어요. 그러면 미국이나 유럽을 거치지 않아도 되니까요. 이제 알겠죠? 셍겐 비자를 받기는 몹시 어려워요. 미국 비자는 말할 필요도 없고요. 이것이 바로 레이더 아래로 몸을 웅크리고 지나가는 법이지요. 무슨 말인지 알겠죠?

나는 주머니에 사본을 넣고서 고맙다고 말하면서, 언제 그녀에 관해 마지막으로 들었느냐고 물었습니다.

마지막은 마리벨이 내게 도쿄에서 편지를 보냈을 때였어요. 후아나가 도착했고, 이제 그녀가 있을 곳을 물색하고 있다고 말했어요. 2008년 11월 3일 후아나가 여행을 떠난 이후 일주일이 지났을 때였지요. 그때까지 내가 그녀를 책임지고 있었어요. 그 이후부터 모든 사람은 각자 자신의 삶을 살고, 그 누구에게도 설명해줄 필요가 없지요. 우리는 지금 자유롭고 독립적인 성인에 관해 말하고 있으니까요, 그렇죠? 그게 내가 들었던 마지막 소식이에요. 한 달 후 나는 마리벨과 연락하려고 노력했어요. 또 다른 여자아이가 일본에 가고 싶어 했거든요. 하지만 그녀는 한참이 지나서야 답장을 했고, 석 달 후 내게 편지를 보내서 자기가 지금 법적인 문제에 휘말려 있어서 그 일을 멈추어야만 한다고 말했어요. 그 이후 다시는 소식을 듣지 못했죠.

나는 비행기표 사본을 보았고, 누나의 이름을 열 번 정도 읽었습니다. 글자들이 눈앞에서 춤을 추었어요. 믿을 수가 없었습니다. 마침내 나는 구체적인 것을 갖게 되었던 것이지요. 옛 미스 콜롬비아는 자리에서 일어나 다시 화장실에 갔습니다. 다시 두 번 무언가를 흡입하는 소리가 들렸습니다. 그런 다음 나와서 말했어요.

당신 누나는 마리벨과 함께 체포되었을 수도 있어요. 바로 거기서 당신은 조사를 시작할 수 있어요.

나는 다시 마리벨의 콜롬비아 연락처가 없느냐고 물었지만, 그녀는 없다고 말했어요. 심지어 그녀의 성도 모르고 있었습니다. 그래서 난 말했습니다. 잘 알겠습니다, 이것만으로도 엄청나게 큰 도움을 주셨습니다. 얼마나 드리면 될까요? 그러자 옛 미스 콜롬비아는 대답했습니다. 아니에요, 그런 생각은 하지도 말아요. 어서 가서 당신 누나를 찾도록 해요. 그리고 그녀와 있게 되면, 내가 몹시 보고 싶어 한다고, 내게 전화 한 통 하라고 전해줘요.

작별 인사를 하자, 그녀는 내 뺨에 입을 맞추었습니다.

나는 사무실에서 나왔고, 이상한 느낌을 받았어요. 일본, 키토, 도대체 이 모든 게 무엇을 뜻하는 것일까? 주머니에서 비행기 표 사본을 꺼내 문구점에 들러서 두 장을 복사했습니다. 거리에서, 그러니까 집으로 돌아가는 길에 나는 다시 그것을 읽었습니다. 적어도 백 번은 읽었을 겁니다. 11번로 신호등에서 차를 타고 있던 어느 커플이 놀란 눈으로 나를 쳐다보았고, 나는 급히 얼굴을 가렸습니다. 나는 울고 있었던 겁니다.

나는 집에 도착했고, 내 방에 틀어박혔습니다.

컴퓨터를 켜고 검색을 시작했습니다. 일본, 에스코트, 일본에 사는 콜롬비아 여자들이라고 검색어를 쳤습니다. 많은 이름과 전화번호가 나왔고, 나는 어떻게 해야 할지 몰랐습니다. 일본에 있는 콜롬비아 대사관을 찾았고, 콜롬비아에 있는 일본 대사관도 검색했습니다. 모든 전화번호를 옮겨 적었습니다. 아주 긴 목록이었습니다. 또한, 국가번호와 시차도 적어놓았지요. 보고타 시각으로 밤 8시였고, 도쿄 시각으로는 다음 날 아침 9시였어요. 전화 걸기에 적당한 시간이었고, 그래서 난 나가야 했습니다. 그러나 수중에 돈 한 푼도 없었습니다. 내 심장은 계속해서 힘차게 뛰고 있었어요. 거실로 내려가면서 나는 소파에 앉아 있는 아버지를 보았습니다. 머리를 뒤로 젖히고서 다리에는 신문을 펼쳐놓고 있었습니다. 잠을 자고 있었어요. 그런데 내가 한 발짝 내딛자마자 눈을 떴어요. 이 시간에 나가는 거니? 나는 예, 라고 대답하고서 돈이 필요하다고 말했지요. 나를 이상하게 쳐다보았어요. 얼마나 필요해? 나는 만 페소만 주세요, 라고 말했습니다. 그러자 자기 재킷을 가리키면서, 지갑에서 꺼내 가, 라고 말했어요. 나는 돈을 손에 쥐고서 아버지와 작별했습니다. 고마워요, 아버지, 늦지 않게 돌아올게요. 그는 아무 대답도 하지 않았지만, 현관문을 열자마자 거실에서 말하는 소리를 들었습니다. 마약 사려는 거는 아니지, 그렇지?, 라고 물었습니다.

아니에요, 아버지. 그러려고 필요한 게 아니에요. 맹세할게요.

그럼 다행이구나, 아들아. 조심해서 다니도록 해라.

나는 버스를 타고 루르데스 성당까지 갔습니다. 그 근처에서 국제전화를 걸 수 있는 전화국을 보았기 때문입니다. 11번로 근처에 있었고, 나는 도쿄 전화 요금을 물어보았습니다. 분당 700페소였습니다. 제기랄, 왜 이렇게 비싼 거야, 라고 나는 생각했지요.

15분 정도 통화할 수 있었습니다. 나는 전화 부스로 갔고, 일본 주재 콜롬비아 대사관의 전화번호를 돌리고서 기다렸습니다. 전화 벨이 울리기 시작하자, 내 심장은 쾅쾅 뛰기 시작했고, 땀 한 방울이 등을 가로질러 떨어졌습니다. 여섯 번, 일곱 번 벨이 울렸고, 마침내 전화를 받았습니다. 그러자 나는 보고타에서 전화를 걸고 있으며 누나가 일본에서 실종되었다고 설명하고서, 누나의 이름과 주민번호를 불러주었습니다. 그 정보를 다시 말하려고 하는 순간, 어느 목소리가 끊지 마세요, 곧 영사관실로 돌려드리겠습니다, 라고 말했습니다. 전화를 돌리는 소리가 났고, 곧 비발디의 음악이 나왔습니다. 시간 측정기를 보았더니, 3분 46초라고 표시되어 있었지요. 마침내 전화를 받았고, 나는 서둘러서 내가 보고타에서 전화를 걸고 있으며, 내 누나가 도쿄에서 실종되었다고 설명하고서 누나의 이름을 말해주었습니다. 그러자 관리는, 이름을 다시 말해주세요, 잠깐만요, 라고 말하고서 나를 기다리게 했습니다. 나는 다시 측정기를 보았는데 7분 50초라고 표시되어 있었습니다. 내 심장 때문에 제대로 숨을 쉴 수 없었습니다. 그때 남자가 돌아와 말했습니다. 없습니다, 그 이름으로 등록된 사람은 한 명도 없습니다. 그러자 나는 물었습니다. 혹시 수감되어 있어서 그런 것은 아닐까요? 그러자 아, 잠깐만 기다리세요, 라고 말했고, 다시 비발디의 음악 소리가 났습니다. 10분 45초가 지나고 있었고, 또다시 비발디의 음악이 반복되었습니다. 이제 12분 50초가 흘러 있었습니다. 다시 목소리가 들리더니 말했습니다. 아닙니다,

그 이름으로 기록되어 있는 사람은 아무도 없습니다. 나는 고맙다고 말하고서 전화를 끊었습니다. 14분 48초가 찍혀 있었습니다. 나는 만 페소를 지급하고서 밖으로 나왔습니다. 머리가 곧 터져버릴 것 같았습니다.

나는 7번로로 올라갔고, 걸어서 돌아가기 시작했습니다. 돌아가는 동안 산의 얼룩, 그러니까 건물들의 환한 불빛과 가로등이 가득한 산에서 가장 어두운 부분을 보았습니다. 나는 비난의 말과 죄책감으로 가득 차서 여러 질문을 던졌지요. 누나는 왜 나한테 이야기하지 않은 거야? 그것 때문에 내가 누나를 평가하고 판단하리라 생각했어? 누나가 가지 못하도록 내가 방해할 거라고 믿었어? 그래, 그럴 수도 있어. 그런데 지금 바로 이 순간, 내가 이 끔찍하고 더러운 대로로, 버스들과 보도 위를 덮치는 천하고 야비한 사람들로 가득한 이 대로로 걸어가는 이 순간, 누나는 지금 어디에 있는 거야?

나는 밤 11시에 집에 도착했습니다. 거실에 있는 아버지와 만나고 싶지 않았고, 어머니와는 더욱 그랬습니다. 그래서 여러 번 집 주위를 빙빙 돌았습니다. 나는 무엇 때문에 돈이 필요하냐고 묻지 않은 아버지가 고마웠습니다. 후아나의 실종 이후 아버지는 내게 훨씬 더 관대해졌습니다. 반면에 어머니는 계속해서 의심하면서 침묵했습니다. 그것은 끔찍한 비아냥거림이었고, 문제를 처리하는 어머니만의 방식이었습니다. 그 방식이란 문제를 제때에 논의하지 않고, 마치 문제가 전혀 없는 것처럼 행동하다가, 나중에 나머지 사람들 앞에서 그 문제를 꺼내 아버지를 비웃음거리로 만드는 것이었지요. 내가 어머니에게서 가장 마음에 들지 않았던 것은 후아나의 문제에 전혀 신경을 쓰지 않는다는 점이었습니다. 영사님, 물론 겉보기만 그랬다는 것입니다. 나는 그녀가 의심하는 태도도 어느 정도의 장점이 있다는 것을 인정합니다. 어쨌든 후아나는 장녀였으니까요. 그러나 사실대로 말하면, 후아나의 실종에 대해 어머니는 전혀 관심을 보이지 않았지요. 심지어 그래서 기뻐하는 것 같았습니다. 그게 바로 우리 어머니랍니다. 섭섭해하고 앙심으로 가득한 못된 여자입니다.

내 방에 들어오자 나는 인터넷에 접속해 도쿄의 사진들을 보기 시작했습니다. 내게는 이상하고 비현실적인 도시처럼 보였지요. 그러자 나는 창문에서 밤을 지켜보았습니다. 일본은 이미 다음 날이었어요. 그러니까 후아나는 미래에 있었어요. 미래로 도망친 거야, 정말 똑똑해, 라고 나는 생각했어요.

영사님, 바로 그 순간 나는 일본에 가서 그녀를 찾아야겠다고 결심했습니다.

당연한 소리지만, 다음 문제는 어떻게 해야 그곳에 갈 수 있느냐는 것이었지요. 물론 내 결심은 다른 것과, 즉 영원히 내 집에서 떠나겠다는 결심과 연결되어 있었습니다. 아버지에게 도와달라고 할 수는 없었어요. 그러려면 내가 모든 것을 이야기해야만 하고, 그러면 그는 더욱 상처를 입을 게 분명했으니까요. 나는 지금이 그 순간이라는 것을 느꼈답니다. 그러니까 낭만주의 소설에서 말하는 것처럼, 운명이 내 방문을 두드리는 순간이라고 말입니다. 똑, 똑. 나 역시 떠나야 할 시간이 되어 있었던 것입니다. 그렇게 결심하자 나는 너무나 기쁘고 행복했고, 그래서 가장 복잡한 것부터 시작했습니다. 나는 후아나의 비행기표 복사본을 꺼냈고, 가장 싸게 비행기표를 구매할 수 있는 웹사이트인 eDreams를 찾아서 요금을 알아보았습니다. 후아나는 키토에서 출발했지만, 보고타에서 출발하는 비행기 편은 7,000달러나 들었습니다. 다시 말하면, 그녀를 찾기 위해서는 적어도 그 돈의 두 배가 필요했습니다. 약 1만 5,000달러, 콜롬비아 화폐로 3천만 페소가 필요했는데, 그건 환상 혹은 과학소설에나 나오는 숫자와 같았습니다. 심지어 아버지에게도 그랬습니다.

그 많은 돈을 어디서 구할 수 있을까? 나는 이런저런 생각을 하며 잠들었습니다. 일해서 저축한다는 것은 적어도 2년의 세월이 걸릴 것을 의미했지요. 따라서 고려의 대상이 되지 않았습니다. 그렇다면 무언가를 팔아야 할까요? 내게는 값나가는 것이라고는 하나도 없었습니다. 그럼 훔쳐야 할까요? 누구에게서 훔쳐야 할 것인지 생각이 떠오르지 않았습니다. 아주 쓸데없는 생각 하나가 머리를 스쳤습니다. 아버지가 은행에서 일하는데, 거기서 훔칠 수는 없을까, 라는 것이었지요. 어쨌든 브레히트는 우리에게 돈을 훔치는 것보다 은행을 만드는 것이 더 큰 범죄라고 가르쳤습니다. 그러나 그것은 헛된 생각이었습니다. 그렇게 한다는 것은 아버지의 심장에 칼을 꽂는 것과 같았고, 아버지는 이미 충분히 상처를 입은 상태였기 때문입니다.

그렇다면 어떻게 해야 할까요?

나는 그 생각을 하면서 일주일을 보냈지만, 아무것도 떠오르지 않았습니다. 내 머리에 떠오른 생각은 모두 불가능하거나 황당한 것이었지요. 나는 우리 집 옆에 있는 7번로의 포모나 같은 슈퍼마켓을 터는 상상도 했지만, 계산을 해보니, 필요한 돈을 모으려면 적어도 세 번은 그렇게 해야 했습니다. 나 같은 사람이 그토록 많은 돈을 손에 넣기란 불가능했습니다.

수없이 이런저런 생각을 한 끝에 하나의 생각에 이르렀지만, 그것 역시 아주 희망이 없는 것이었습니다. 그러나 불가능해 보이지 않는 유일한 생각이었습니다.

바로 옛 미스 콜롬비아였습니다.

아마도 그녀는 내가 그 여행을 할 방법을 생각해낼 수 있을 것 같았습니다. 약속하지도 않은 채 나는 모델 학원으로 갔습니다. 비서는, 와, 다시 왔네요! 여기가 마음에 든다는 게 분명하네요, 라고 말하면서 내게 한쪽 눈을 깜빡거렸어요. 나는 그녀가 무슨 말을 하는지 제대로 이해하지 못했지만, 그녀는 내가 왔다는 것을 알렸고, 옛 미스 콜롬비아는 똑같은 사무실에서 나를 맞이했지만, 그곳은 예전보다 더 헝클어져 있었어요. 아마도 책상 위에 반쯤 든 소주병과 플라스틱 잔이 있었기 때문인 것 같아요. 나를 보자 그녀는 웃으면서 말했습니다.

후아나 문제는 어떻게 되어가죠? 벌써 찾았어요?

나는 아니라고, 이제 겨우 시작했을 뿐이라고 대답했습니다. 그리고 도쿄에 있는 콜롬비아 대사관에 전화를 걸었지만, 그녀는 재외국민 명단에 등록되어 있지 않다고, 또한 구속자 명단에도 없다고 설명했어요. 나는 왜 이런 모든 것을 이야기해줘야 할 필요성을 느꼈는지 모르겠어요.

옛 미스 콜롬비아는 나를 관심 있게 쳐다보았고, 내게 소주 한잔 마시겠냐고 물었어요. 나는 좋다고 수락했어요. 그러고서 그녀는 화장실로 갔고, 10초 후에 손가락으로 잇몸을 마사지하면서 돌아왔어요.

그래서 이제는 어떻게 할 생각인가요?, 라고 내게 물었습니다.

나는 대답했습니다. 후아나가 거기에 있을 것이라고 확신하고, 그래서 찾으러 가고 싶어요. 이미 결심했지만, 문제가 하나 있어요. 바로 돈입니다. 그 여행을 하려면 1만 5,000달러가 드는데, 그 돈이 없어요. 그래서 찾아온 겁니다. 아마도 당신은 재원을 조달할 방법, 그러니까 돈을 빌릴 방법이나 그와 유사한 것을 생각해낼 수 있을 것 같아서요.

옛 미스 콜롬비아는 즉시 아니라고 말하지 않고서 머리를 아래위로 끄덕였습니다.

좋아요, 알았어요, 라고 말했습니다. 어렵고 너무 많은 돈이지만, 한번 알아보겠어요. 이 종이에 당신 휴대전화 번호를 적어놓도록 해요. 그리고 내게 좋은 생각이 떠오르면, 당신에게 전화를 걸라고 할 테니 이리로 와요. 알았죠?

나는 그녀에게 고맙다고 말하고서 거리로 나왔습니다. 그녀
가 안 된다고 말하지 않았고, 내 얼굴 앞에서 폭소를 터뜨리지 않
은 것만 해도 내게는 절반의 성공처럼 보였습니다. 그녀만이 나를
도와줄 수 있는 유일한 사람이었어요. 이제는 기다리는 일만 남아
있었습니다.

내가 한 일이라고는 기다리고 또 기다리면서 초조한 마음으
로 휴대전화 화면에서 눈을 떼지 않는 것이었어요. 정확히는 모르
겠지만, 오륙일 정도 지났을 무렵에 마침내 전화벨이 울렸습니다.

마누엘 만리케인가요? 어느 목소리가 물었습니다. 금요일 저
녁 7시에 모델 학교에서 약속이 있어요. 나는 늦지 않게 도착하겠
다고 말했습니다.

초조와 광란의 사흘이 지나갔습니다. 우리가 기다릴 때면 시
간은 격렬하고 도저히 우리 마음대로 할 수가 없지요. 난 시간에
대해서는 아무것도 모릅니다.

금요일 저녁 6시 40분에 건물 문 앞에 있으면서 끈질기게 시
계를 쳐다보았습니다. 담배 한 대를 피웠고, 또다시 한 대를 더 피
웠습니다. 6시 49분이었습니다. 나는 천천히 들어가서 3층으로
올라갔지요. 비서는 평소보다 더 명랑했습니다. 우리를 다시 찾아
와주어서 얼마나 기쁜지 모르겠어요, 라고 그녀는 소리치듯이 큰
소리로 말했습니다. 하지만 마지막 단어를 말하는 순간, 입에서
침이 흘러내렸습니다. 아주 이상했습니다.

이번에 옛 미스 콜롬비아의 책상에는 보드카 한 병과 얼음

통이 놓여 있었습니다. 어느 남자와 함께 있었는데, 어디선가 본 듯한 사람이었습니다. 나이 지긋한 미남의 텔레비전 배우였는데, 이름은 기억나지 않았습니다.

내게 술 한 잔을 따라주었습니다. 여자가 먼저 말하기 시작했습니다.

난 당신이 도쿄에 대해 말한 것을 생각하고 또 생각했어요. 하지만 사실대로 말하자면, 우리가 관심을 보일 수 있는 곳은 방콕이에요.

나는 그녀에게 누나의 비행기표는 방콕을 거친다고 말했습니다. 그러자 그녀와 남자는 잠시 서로 쳐다보더니 고개를 끄덕였습니다. 그리고서 그가 말했습니다.

우리는 당신에게 여비 전액을 지급할 준비가 되어 있습니다. 당신에게 1만 5,000달러를 줄 수 있습니다. 하지만 당신은 우리에게 조그만 가방 하나를 가져와야 합니다. 방콕에서 몇몇 친구들이 우리에게 보낼 가방입니다.

그 가방에는 뭐가 있습니까?, 라고 나는 물었습니다. 영사님, 물론 바보가 아니라면 그것이 마약과 관련된 것임을 알 수 있지만 말입니다. 나는 내가 어디에 있고, 그들이 누구인지 잘 알고 있었지만, 나는 너무나 그 돈이 필요했기 때문에 위험을 감수해야 했습니다. 필요라는 놈은 개의 얼굴을 갖고 있습니다. 빌어먹는 놈이 이 밥 저 밥 가릴 처지가 아니었습니다.

알약 몇 개, 그러니까 사람들이 디스코텍에서 먹는 알약이에요, 라고 남자가 말했습니다. 아무 문제도 없을 겁니다. 그곳에서 내 친구들이 당신을 도와 포장해줄 테니 말이에요. 이미 우리는 수백 번도 더 그렇게 했는데, 아무 일도 없었어요.

그것이 유일한 기회였고, 나는 내가 그들의 손에서 빠져나갈 수 있을 것으로 생각했습니다. 아니, 누나와 함께 돌아올 것으로 생각했습니다. 누나와 함께 있게 되면, 이 문제에서 빠져나올 방법을 찾아볼 생각이었어요. 그래서 나는 그들에게 좋다고 대답했습니다.

좋아요, 받아들이겠어요. 내가 해야 할 일이 뭐죠?

상대적으로 간단한 절차가 시작되었습니다. 나는 100번가로 가서 여권을 발급받아야 했습니다. 그러고는 날짜를 정해야 했습니다. 성 주간 휴가 기간은 의심을 일깨우지 않는 데 이상적이었습니다. 그들은 동의했습니다. 한 달도 채 남아 있지 않았습니다. 그들은 내게 50만 페소를 주면서 필요한 것을 준비하라고 했습니다. 가방과 휴가 때 입을 옷, 여행 물품과 다이어리, 카메라였습니다. 나는 내 여행이 휴가 여행인 것처럼 보이도록 해야 했습니다. 그들은 보고타의 우리 집 주소와 부모님의 이름을 요구했습니다. 이것이 내 기분을 잡치게 했습니다. 내가 그들이 요구한 것을 제대로 완수하지 못하면, 부모님을 찾아갈 것을 알았기 때문입니다. 그러나 이것은 후아나를 찾은 이후의 일일 것이고, 그녀와 함께 있으면 세상의 문제들은 존재하지 않을 것이었습니다. 둘이 함께 있으면서 모든 것과 용감하게 맞설 것이었습니다. 그래서 나는 그들에게 주소와 부모님 이름을 주었고, 아버지가 일하는 곳이 어디인지를 비롯해 사무실 전화번호도 주었지요.

그들은 내 앞에서 그 자료를 확인했습니다. 아버지에게 전화를 걸어서 콜롬비아 카르타헤나 여행 특가 기회를 놓치지 말고 이용해보라고 말하자, 아버지는 물론 싫다고 대답하고서 그들에게 똥이나 처먹으라고 말하고는 전화를 끊으면서 욕을 했습니다. 왜 자기한테 그딴 전화를 하고 근무시간에 귀찮게 하느냐고 말했는데, 그건 아주 아버지다운 말이었어요. 물론 콜롬비아 카르타헤나 여행이라니, 참으로 황당한 생각이었지요.

나는 물건들을 집에 보관할 수 없었고, 그래서 모델 학원에 놔두었습니다.

어느 목요일이었습니다. 저녁 5시가 조금 넘어서 그곳에 도착했습니다. 라고 쇼핑센터에서 중고로 산 디지털카메라를 놔두기 위해서였습니다. 비서는 입이 찢어질 듯이 환하게 웃으면서 문을 열어주었습니다. 평소보다 더 기분이 좋았던 그녀는 내게 말했습니다. 어서 들어와요, 어서 들어와요, 도와줄까요?

나는 내가 찾아온 이유를 설명했고, 그녀는 나와 함께 옛 미스 콜롬비아의 사무실로 들어갔습니다. 옛 미스 콜롬비아는 사무실에 없었습니다. 나는 상체를 구부려서 가방을 열고서 카메라와 메모리스틱을 잘 넣었습니다.

그러고서 뒤로 돌았습니다. 그때 나는 그녀가 치마를 올리고서 내게 면도한 음부를 보여주는 것을 보았습니다. 이상한 것은 그녀가 웃고 있었고, 동시에 침을 흘리고 있었다는 것입니다. 표정이 이상했습니다. 마치 멍청하거나 항문 확장으로 인한 것 같았습니다. 그래서 나는 그녀에게 괜찮으냐고 물었고, 그녀는 자기가 매력적이지 않으냐고 하더니, 내게 손을 뻗어, 가져봐, 이걸 만져봐, 어서 잡아봐, 자기야, 라고 말했어요. 그러고서 내게 빨간색 알약을 하나 주고는, 먹어, 그럼 얼마나 기분 좋은지 알게 될 거야, 라고 말했습니다.

나는 알약을 혀 밑에 놓고서 삼키지는 않았습니다. 나는 바닥에서 일어났지만, 그녀가 내 몸 위로 덮쳐서 키스하려고 했습니다. 나는 몸부림치던 중에 그 염병할 알약을 삼키고 말았습니다. 그리고 얼마 안 되어 나는 핏속에서 간지러움을 느꼈고, 엄청나게 마음이 진정되면서 더 많은 것을 하고 싶은 욕망을 느꼈습니다. 마치 몸과 피부가 욕망을 충족시키지 못하는 것 같았습니다. 그러자 그녀는 나를 소파로 데려가더니 내 바지를 내렸고, 내 것을 빨기 시작했습니다. 산처럼 많은 설탕이 내 핏속으로 녹아드는 듯했고, 나는 시간 개념을 잃어버렸습니다. 그런데 갑자기 그녀가 뒤로 돌더니, 소파에 무릎을 꿇고서 엎드린 채 말했습니다. 날 먹어줘, 자기야. 내 눈에는 더 이상 그녀가 보이지 않았고, 내 앞에는 소용돌이치는 색깔들, 그러니까 몇 개의 불꽃들이 나타났습니다.

거리로 나와서야 나는 의식을 되찾았습니다. 해가 등 뒤로 비추었고, 나는 7번로를 걸어가고 있었습니다. 시뻘건 해넘이가 산의 윤곽을 부각했고, 그것을 수많은 색깔로 바꿔놓았습니다. 마치 마크 로스코*의 그림 같았지요. 내가 강해졌다는 느낌을 받으면서 나는 걸었고, 이렇게 생각했습니다. 이제 곧 모든 게 바뀔 거야, 처음으로 내 인생은 정말로 내 것이 될 거야.

11번로에 도착하자, 나는 망상을 꿈꾸었습니다. 후아나는 휴대전화 판매장 옆에 있는 버드나무 가지에 앉아 있었습니다. 손짓으로 그녀는 내게 말했습니다. 어서 와, 마누엘, 어서 와. 그리고 속삭였습니다. 너를 기다리고 있어, 내가 남긴 표시를 따라오면 나를 찾을 수 있을 거야, 그건 바로 숲속에 있는 반짝이는 잎사귀들의 오솔길이야, 보들레르의 나무처럼 상징적인 나무야, 이제 곧 알게 될 거야, 어렵지 않을 거야, 그리고 우리가 함께 있게 되면, 우리는 다른 행성으로 갈 거야, 네가 우리 둘을 위해 상상으로 만들어낼 그 행성 말이야, 우리 둘이 행복해질 수 있도록.

닷새 후에 나는 영원히 집에서 나왔습니다.

나는 아버지와 작별했습니다. 아버지는 식당에서 신문에 밑줄을 그으며 분석하고 있었는데, 그것은 매일 아침 출근하기 전에 했던 일종의 강박이었지요. 나는 아버지의 어깨에 손을 올리고서, 잘 있어요, 아버지, 몸조심하세요, 라고 말했습니다. 그는 약간 놀란 듯이 의아한 눈으로 잠시 나를 쳐다보았지만, 아무 말도 하지 않았습니다. 그러고서 나는 멀리서 손을 흔들며 어머니에게 작별인사를 했지만, 어머니는 턱만 조금 들었을 뿐입니다.

10시에 나는 공항에 있었지요. 상파울루로 가는 비행기는 정오가 조금 넘어서 출발할 예정이었지요. 옛 미스 콜롬비아와 그녀

의 남자 친구는 출입국관리소 입구까지 함께 와주었습니다. 내가
탑승하기 전에 남자 친구는 후안 발데스 카페에서 내게 5,000달
러가 든 봉투를 주었고, 나는 그것을 내 재킷에 넣었습니다. 나는
이미 내가 연락할 곳의 전화번호와 이름을 갖고 있었지만, 그들은
공항에 도착하면 누군가가 나를 기다리고 있을 것이라고 내게 재
차 말해주었습니다. 방콕에서 연락처의 사람들과 접촉하면서 이
틀가량을 보낼 예정이었습니다. 그리고 그 일이 끝나면, 즉 모든
것이 준비되면 나는 도쿄로 가서 일주일 동안 누나를 찾을 것이
었습니다. 그러고서 방콕으로 돌아와 상품을 받아서 콜롬비아로
돌아오는 여행을 할 계획이었지요. 그들은 그런 식으로 하면 훨씬
덜 의심을 살 것이라는 데 동의했습니다. 그건 간단한 계획이었습
니다.

　　그러나 내 비밀 계획은 그것과 달랐습니다. 일본에서 후아나
를 만나면 종적을 감출 작정이었습니다. 그 어느 것에도 더 이상
나는 관심이 없었습니다.

　　그들은 나와 함께 국제선 출구로 갔고, 마치 내 부모님이라
도 되는 것처럼 나를 힘껏 껴안았습니다. 나는 약간 떨면서 안전
관리부 출국 심사창구로 걸어갔습니다.

　　나는 보고타를 떠나고 있었습니다. 콜롬비아를 떠나고 있었
어요. 정말 믿을 수 없었어요.

　　안전관리부 관리는 내게 어디로 여행하느냐고 일상적인 질
문을 했고, 나는 상파울루라고 대답하면서 탑승권을 보여주었습

니다. 그는 내 여권에 출국 도장을 찍었습니다. 나는 수화물 검사를 하는 곳을 지났는데, 거기서 여러 번 내 수화물과 몸을 수색했습니다. 그러고서 면세 구역으로 들어갔습니다. 그리고 탑승 라운지에 앉아서 공항이 어떻게 움직이는지, 즉 다른 승객들과 활기 넘치게 북적거리는 모습을 보았습니다.

비행기에 올라타자 모든 게 새로웠습니다. 내게 날개 바로 뒤의 창가 좌석을 배정해주었습니다. 내가 초조해했을까요? 네, 약간 그랬지요. 내가 살아온 인생에 대한 영화 전체가 마음속으로 상영되었습니다. 마치 죽기 일보 직전의 사람들에게 일어나는 일이라고 말하는 것 같았습니다. 내 옆에는 젊은 브라질 여자가 아이팟을 들고 앉았습니다. 부자 냄새가 났고, 무척 아름다웠습니다. 앞으로 몸을 구부리면서 햇볕에 탄 엉덩이의 반을 드러냈습니다. 그녀는 내게 휴가를 보내러 브라질에 가느냐고 물었습니다. 잠시 후 비행기는 움직이기 시작했고 활주로로 이동했습니다. 그러고는 전속력으로 달렸고 나는 의자 속으로 가라앉았습니다. 나는 이상한 쾌감을 느꼈고, 몇 초 후 하늘에서 내가 그토록 증오하던 도시를 보았습니다.

나는 생각했습니다. 가련하고 염병할 보고타, 난 결코 다시는 너를 보지 않을 거야.

비행기가 공중을 몇 번 선회하더니 마침내 보고타는 나의 시야에서 사라졌습니다. 나는 뺨으로 이상한 무언가가 흘러내리는 것을 느꼈습니다. 또다시 나는 울고 있었던 것입니다.

나는 세계를 가로질렀습니다. 아마존 유역 위를 날았고, 대서양을 건넜습니다. 아프리카 위를 통과해서 페르시아만에 도착했지요. 그런 다음 소아시아와 인도를 거쳐 마침내 말레이반도를 지나 나의 목적지인 태국에 도착했습니다.

방콕 공항에서 나는 이미 옛 미스 콜롬비아와 그녀의 파트너에게서 도망치기로 단호하게 결심한 상태였습니다. 그래서 가방을 찾자마자 다른 승객들과 뒤섞여 몰래 빠져나와서 택시를 탔고, 이것을 염두에 두고서 인터넷에서 골랐던 호텔로 갔습니다. 그들이 내게 예약해준 호텔이 아니었고, 그렇게 하면 그들을 따돌릴 수 있다고 생각했습니다. 뜻밖의 일을 당하지 않도록, 나는 숙박부에 기재한 후 내 방에 머물렀습니다. 내 계획은 사흘이 지날 때까지 그곳에서 나가지 않는 것이었지요. 사흘이란 내가 도쿄로 가기 전에 기다려야만 하는 시간이었습니다.

나는 순진하거나 천진난만한 사람이 아닙니다. 나는 그들이 나를 찾을 것이며, 경보를 발동할 것임을 알고 있었습니다. 내가 할 수 있는 일은 숨어서 움직이지 않는 것이 전부였고, 그러면 하루하루가 조그만 승리가 될 것이었습니다. 첫날은 그랬습니다. 전혀 이상한 움직임이 없었습니다. 밤에 나는 아래층으로 내려가 카페에서 간단하게 식사를 했지만, 위협적이거나 무서워할 만한 것은 하나도 보지 못했습니다. 물론 종업원들은 나를 이상한 표정으로 쳐다보았습니다. 내가 사는 도시에서 2만 킬로미터나 떨어진 곳이라서 모든 게 이상할 거야, 라고 나는 생각했습니다. 이틀

째도 똑같았고, 그래서 나는 밖으로 나가는 모험을 감행했습니다. 위험을 피하고자 돈과 여권과 비행기표를 가져갔지요. 옛 미스 콜롬비아와 관련된 사람들이 온다면 내 모든 물건을 빼앗을 수 있었습니다. 그러나 나는 가방 안에 있는 그 어떤 것도 중요하게 여기지 않았습니다. 나는 강까지 갔고, 카누를 타고 강을 건넜습니다. 해 질 녘에 도시의 윤곽을 보았고, 슬픈 모습이라고 생각했지요. 또한, 강도 슬퍼 보였습니다. 마치 깨끗해지지 않은 것을 실어 나르거나, 혹은 마치 커다란 아픔으로 터져버릴 것 같은 얇은 막을 통해 흘러가는 것 같았거든요.

　밤이 되자 나는 차오프라야강 위로 테라스가 있는 식당에서 저녁을 먹으러 들어갔습니다. 그 강을 계속 바라보았습니다. 그 강의 황량함에 홀려 있었지요. 나는 그 강이 내게 말하는 것을 들어야만 했지만, 그 말을 알아들을 수 없었습니다. 그런 다음 밤 11시에 호텔로 돌아와서 잠을 자려고 누웠고, 다음 날 아주 이른 시간에 공항에 가야겠다고 생각했습니다. 아침 6시에 누군가가 문을 두드렸습니다. 나는 두려웠고, 그래서 침대에 그대로 있으면서 문을 두드린 사람이 떠나기를 기다렸지만, 그럴 가망이 없어 보였습니다. 다시 더 세게 문을 두드리는 소리가 나자, 나는 침대에서 일어나 문구멍으로 들여다보았습니다. 경찰인 것을 보고 나는 안심했습니다. 나는 문을 열고서 무슨 일이냐고 물었지만, 대답하는 대신 경찰들은 나를 밀치고서 내 얼굴을 벽에 갖다 댔습니다. 그러더니 내게 쇠고랑을 채우고 복도로 나를 꺼냈습니다.

그들이 나를 여기로 데려왔고, 나머지 일은 영사님이 아시는 대로입니다. 그들은 내 가방에서 알약들을 발견했지만, 그건 내 것이 아니었습니다. 나는 내 가방에 그것들을 넣지 않았습니다. 나는 도망치려고 했지만, 결국 붙잡혔습니다. 그것이 벌이었습니다. 경찰은 그걸 잘 알고 있습니다. 나는 그 어떤 범죄도 저지르지 않았습니다.

15

마누엘은 말을 마치고서 침묵을 지켰다. 그는 감방의 가장 어두운 구석에 앉아 있었다. 나는 그가 처음으로 그토록 말을 많이 했다고, 그러니까 자신의 인생 이야기를 그토록 광범위하게, 그리고 그토록 절망적으로 이야기한 것은 처음이리라고 추측했다. 나는 그가 목숨을 구하고자 한다는 것을 알았다. 그것이 바로 그의 이야기의 깊은 의미였다. 다시 말하면, 그것은 도움의 외침이었다. 그러고서 그는 말했다.

"영사님, 당신에게 이 모든 것을 이야기한 것은 당신에게 부탁하기 위해서입니다. 나를 대신해서 내 누나를 찾아주세요. 도쿄로 가서 후아나를 데려오세요. 과도한 부탁이라고 생각하시겠지만, 내가 원하는 것은 이것뿐입니다. 사형수의 마지막 소망으로 생각해주세요."

나는 잠시 침묵을 지키면서 그를 바라보았다. 그렇지만 그는 아직도 무언가를 믿고 있었다. 겨우 스물일곱 살이었고, 그래서 그런 것 같았다. 우리는 이내 우리의 젊은 시절과 그것이 수반하는 것을 잊어버린다. 나는 몇몇 이름을 받아 적으면서, 그건 내 역할이 아니라고 생각했지만, 언젠가 이렇게 썼었다. 〈우리가 무엇이 옳은 일인지 안다면, 그렇게 하지 않기란 너무나 어렵다〉. 또다시 그 구절이 의미를 획득했고, 또다시 그 말이 지닌 설득력이 내게 하나의 길을 보여주었고, 그것은 방쾅 교도소의 뜨겁고 더러운 공기 속에 있었다.

나는 그에게 알았다고, 내가 가서 그녀를 찾겠다고, 하지만 그 대가로 유죄를 인정하고 목숨을 구해야만 한다고 말했다.

"그녀를 찾으면, 내 인생은 그녀의 것입니다." 마누엘이 말했다. "나는 후아나가 말하는 대로 할 것입니다."

밖으로 나가자 소나기가 퍼부었다. 갑자기 찾아와 공기를 흐리게 만드는 열대의 또 다른 소나기였다. 나는 교도소의 어느 당번병이 제공한 차를 거절하고서 내 택시가 있는 곳으로 돌아갔다. 운전사는 뒷좌석에서 자고 있었다.

우리는 물 폭탄과 구름의 포효 아래에 있는 도시로 되돌아갔다. 논은 하늘의 반대편에서 나온 한 줄기의 햇빛을 받아 반짝거렸다. 나는 곧장 변호사를 만나러 가서 그의 일 처리에 사의를 표했다. 그리고 이 사건 심리에 출두해달라고 부탁했다. 그가 말하는 동안, 나는 그의 책상에 영어로 된 한 권의 책이 펼쳐져 있는 것을 보았다. 그것은 쥘 미슐레*의 『로마의 역사』였다. 그는 다시 나를 놀라게 했다.

내가 그 책을 쳐다보고 있다는 것을 알아채자 그가 말했다.

"내가 항상 무슨 생각을 했는지 아나요? 당신의 문화, 즉 서양의 문화가 이 미친 제국에서, 칼리굴라들과 엘라가발루스들이 득실거리는 그 제국에서 유래되었다는 것은 흥미롭습니다.[†] 그래서 오늘날 너무나 이해할 수 없는 시기를 살고 있다는 사실이 별로 놀랍지 않습니다."

나는 옳다는 표정으로 그를 쳐다보았다. 무슨 말을 하려고 했지만, 입을 다무는 편을 택했다. 역사에 관한 이야기를 시작하기에 적당한 순간이 아니었기 때문이다.

"내일모레 나는 델리로 돌아갑니다." 나는 그에게 말했다. "당신에게 자주 전화를 걸겠습니다. 항상 연락되도록 하겠습니다. 재판일이 언제인지 제때 알 필요가 있습니다. 내 동포는 유죄라고 인정할 준비가 되어 있지만, 나는 그 전에 진실이 분명하게 밝혀지길 바랍니다. 그러니까 경찰이 사실을 밝혀주길 말이지요. 그는 아무 죄도 짓지 않았습니다. 그것에 관해 나는 한 치의 의심도 하지 않습니다."

늙은 변호사는 아무 말 없이 나를 바라보았다.

"그가 죄를 짓지 않았다니 좋은 소식이군요." 그가 말했다.

[†] 칼리굴라와 엘라가발루스는 고대 로마 제국의 악명 높은 황제들로, 두 사람 모두 암살당했다.

"그렇다면 일이 훨씬 쉬워질 겁니다. 진실은 항상 마지막에 밝혀지는 법입니다. 걱정하지 마십시오, 영사님. 내가 이 사건의 고삐를 죄고 계속 보고할 테니 걱정하지 말고 마음 편히 돌아가십시오."

거기서 나는 테레사에게 전화를 걸었다. 그녀에게 작별 인사를 하고 싶었다. 그러자 그녀는 〈블루 엘리펀트〉 바에서 저녁 7시에 만나자고 말했다. 그러고서 나는 거리로 나왔고, 무작정 걸어서 파라다이스 타워라는 이름이 붙은 곳까지 왔다. 쇼핑센터였다. 그곳과 접한 거리 중의 하나에 공원과 마주한 조그만 바가 있었고, 나는 그곳에 자리를 잡고 앉아서 지나가는 사람들을 쳐다보았다. 비는 이미 그쳐 있었다. 나는 레몬과 얼음을 넣은 더블 진을 주문했다. 잠시 후 어느 젊은 여자가 내 옆에 앉았다. 하얀 핫팬츠를 입고 있었는데, 마치 피부에 점점이 묻은 크림처럼 보였다. 그녀의 울긋불긋한 손톱 색깔과 하이힐은 대조를 이루어 제대로 어울리지 않았다. 그녀는 내가 어느 나라 사람인지, 내 이름은 무엇인지, 혼자 있는 것인지, 자기에게 술 한잔 사줄 수 있는지 등을 물어보았다. 나는 그녀에게 원하는 것을 주문해도 좋지만 함께 있을 여자를 찾는 것은 아니라고 대답했다. 그녀는 싱하 맥주를 시켰고, 천천히 자리를 뜨면서 뒤를 바라보았다.

나는 계속해서 마누엘의 이야기를 생각했다. "이것은 탐정소설류가 되지 않을 것입니다. 혹시 놀라고 싶으신가요? 이것은 사랑의 소설이 될 것입니다." 이제는 그 알 듯 말 듯한 문장을 이해했다. 그의 말이 옳았다. 그것은 사랑의 소설이었다.

그의 말을 들으면서, 보고타는 내 눈앞으로 되돌아왔다. 다른 이유이긴 하지만, 그곳은 나 역시 떠나온 도시였다. 나는 마누엘이 살던 동네인 산타아나 아래쪽을 잘 알고 있었다. 그곳에 내 친구 마리오 멘도사가 살았다. 그가 마누엘 가족을 알고 있을까? 그건 충분히 있을 수 있는 일이었다.

잠시 후 나는 호텔로 돌아와 구스타보에게 메일을 썼다.

이미 이야기를 들었어. 그러니 더는 찾을 필요 없어. 나는 그와 말했고 그는 내게 모든 것을 들려주었어. 그런데 정말 골치 아파. 나중에 자세히 들려줄게. 그는 너를 애정과 호의를 갖고 기억하고 있어.

나는 내가 적은 메모를 다시 읽었다. 〈마리벨, 콜롬비아 영사관, 2008년 11월 3일〉. 나는 그녀의 여권 번호조차 모르고 있었다.

나는 그녀를 찾겠다는 임무를 수락했다. 그리고 어느 정도 나는 이미 시작하고 있었다. 그녀는 어떻게 생겼을까? 그녀의 이름을 인터넷에 치자, 오래되어 아마도 만료된 페이스북 회원 등록 정보가 나왔다. 그녀의 사진은 없었고 대신 몇몇 원주민 아이들의 모습만 있었다. 선명하게 보이지 않았지만, 아마도 와이유 혹은 파에세스 원주민 같았다.

7시에 나는 밖으로 나가 택시를 불렀다.

테레사는 블루 엘리펀트에서 나를 기다리면서, 핑크색 칵테일을 마시고 있었다. 무슨 칵테일이에요? 내가 묻자, 그녀는 대답했다. 싱가포르 슬링이에요. 싱가포르의 래플스 호텔에 있는 바에서 맛보았어요. 그곳에서 만든 술이에요. 이 술은 서머싯 몸의 단편소설 「편지」에 나와요. 아직도 나는 바텐더와 특별한 술잔 사진이 든 포스터를 갖고 있어요. 하지만 이것보다는 아주 드라이한 마티니가 더 좋아요.

그 장소는 아주 웅장했고, 천장은 높았으며, 창문도 컸고, 의자는 가죽으로 되어 있었다. 벽은 금도금된 박판이었다. 그곳은 내게 창틀이 나무로 되어 있고 지붕에 선풍기가 붙어 있던 파리의 〈라쿠폴〉 식당을 연상시켰다. 래플스 호텔의 롱 바, 자카르타의 바타비아도 마찬가지였다. 모두 영국 식민지 건축양식이었다.

나는 테레사에게 집요할 정도로 마누엘의 이야기를 들려주었다. 그러면서 나이 차이가 있지만—나는 그보다 거의 스무 살 위였다—그는 자기 이야기로 나를 10대 시절의 보고타로, 새벽의 추위와 이슬비가 내리는 가운데 어두운 거리를 지나가던 시절로 돌아가게 했다.

"그러니까 자기 누나를 찾고 있었군요." 테레사가 말했다. "그리고 이제는 당신이 그녀를 찾으러 가는군요."

"그래요. 일본에 가야 할 것 같아요."

"이야기 사냥꾼 같은 당신의 반사 신경 때문에 총을 들게 되었군요. 그러니까 멋진 이야기를 발견하는 바람에 그 유혹을 견디지 못했다는 말이에요." 테레사는 말하면서 올리브 열매를 물어뜯었다. "잘됐네요. 조만간 그 이야기를 읽을 수 있겠네요."

"그럴 수 있을 거예요." 내가 말했다. "하지만 탐정소설이나 범죄소설이 되지는 않을 거예요. 사랑의 소설이 될 거예요. 마누엘이 그렇게 말했거든요."

더 잘됐네요, 라고 테레사가 말했다. 그러더니 고개를 돌려 바텐더에게 술을 한 순배 더 돌리라고 부탁했다. 나는 그녀를 바라보면서 고맙다는 표정을 지었다.

"모든 사람은 자기가 필요한 만큼 마시지요. 그런데 당신 얼굴에서는 당신이 술을 필요로 한다는 것을 읽을 수 있어요. 저녁은 나중에 먹도록 해요."

"맙소사!" 나는 소리쳤다. "당신은 나의 이상형이군요."

"내 전 남편도 똑같은 소리를 했어요. 나는 딸들을 낳으면서 마흔이라는 상상의 선을 지났고, 내 젖은 축 처졌어요. 그러자 그는 스물여덟 살 먹은 여자와 떠나버렸어요. 그러니 당신도 마찬가지로 손 흔들고 떠나도 좋아요."

우리는 웃었다.

"나쁜 남자들이라고 모두 똑같지는 않아요." 내가 말했다. "거기에는 남성들이 일치하지 않지요."

"나도 알아요. 그냥 신소리한 거예요."

우리는 두 개의 다른 바에서 새벽 3시까지 마셨다. 헤어지기 전에 테레사가 내 팔을 붙잡았다.

"당신과 나는 어떻죠? 우리는 어때요?"

나는 그녀를 힘껏 껴안으면서 말했다.

"당신과 나는 아주 좋아요."

그러고서 나는 택시를 타고 호텔로 돌아갔다.

다음 날 오후 3시에 나는 델리로 돌아가는 비행기에 몸을 실었다.

제2부

1

아, 방콕.

비와 고독이 기억을 되부른다. 내 필기장은 의문부호와 화살표, 괄호와 같은 부호들로 가득하다. 나는 회귀가 없는 지점에 도착하고자 갈망한다. 이미 나는 그곳에 이르렀지만, 회귀가 가능하지 않은 인생에서 우리는 어디로 돌아갈 수 있을까? 그 어느 곳으로도 갈 수 없다.

아침 10시 32분이다. 이미 나는 실롬 거리에 있는 어느 바에 앉아 있다. 〈미스터 오이스터(굴)〉라는 다소 엉뚱한 이름으로, 내 손에는 싱하 맥주가 들려 있다. 무척 더운 날씨다. 병에는 아직도 냉동고의 조그맣고 가느다란 얼음이 상표 주변으로 조그만 석순처럼 맺혀 있다. 차가운 유리를 쓰다듬자, 피부에서 떨림을 느낀다.

나는 아주 행복하다.

내 공책(벌써 두 권째다) 때문에 나는 국외로 추방된 사람처럼 보인다. 추방된 기업가 혹은 심지어 모든 사람에게 잊힌 늙은 배우, 그러니까 몇 년 전만 하더라도 연속적으로 돌풍을 일으킨 스타였지만 마약과 이혼 소송과 술 때문에 스크린에서 멀어져 몰락한 사람처럼 보인다. 나는 지성인다운 분위기를 띠고 싶지만, 이제 지성인은 존재하지 않는다. 이곳의 어두운 분위기가 나와 다른 손님들을 보호해준다. 다른 손님들이라고 해야 50세에서 60세 사이로 보이는 뚱뚱한 남자와 이 빠진 늙은 여자, 그리고 무언가를 마실 때면 몸을 떠는 젊은 남자 한 명뿐이다. 여기에서 보니 그가 마시는 것은 블러디 메리처럼 보이는데, 나는 진심으로 내 추측이 맞길 바란다. 어쨌든 나는 그들과 말하고 싶은 생각은 없지만, 그들 모두가 나의 동반자다. 나는 혼자 술을 마시면서, 그 누구의 간섭도 받지 않고 천천히 생각에 몰두하기를 좋아한다.

옆 창문으로 하늘이 바라보인다. 이 시간에 하늘은 거칠고 험악하다. 그리고 무언가 짙고 농후한 것을 싣고 가는 구름 몇 조각도 보인다. 천둥과 번개를 예고하는 구름이다. 그것들은 내 공책에 덧붙일 만한 것들을 가져올까?

구름의 모습이 무한하다.

어쨌든 〈미스터 오이스터〉의 이 시원한 구석에서 내가 바라는 것은 혼자 있는 것이다. 몇 가지 예방책만 취하면, 뜻하지 않은 일을 당하지는 않을 것이다. 내가 증오하는 그런 모든 것을 피하는 법은 간단하다. 이제 나는 이 페이지가 터져버리기 전에 계속 생각해야 한다.

2

마치 누군가가 위에서 이 이야기의 실마리를 조종하듯이, 내가 델리에 도착한 다음 날, 나는 사무실에서 전자우편함을 살펴보다가 뜻밖의 제안이 담긴 메일을 한 통 받았다는 것을 알았다. 도쿄에 있는 세르반테스 문화원에서 2주 후에 개최될 콜롬비아 문학 심포지엄에 참여해달라고 초청하고 있었다. 나와 함께 참여할 작가들은 엔리케 세라노*와 후안 가브리엘 바스케스*였다. 의자에서 넘어질 정도로 너무나 놀라운 일이지 않는가! 나는 즉시 초청을 수락하면서, 이런 행운의 일치를 믿을 수 없었다(아마도 누군가가 마지막 순간에 초청 제안을 거절했음이 분명했다). 나는 일본 주재 콜롬비아 영사에게 메일을 써서 내가 그곳으로 여행할 것이라고 이야기했고, 내친김에 후아나 만리케에 대한 정보를 요구하면서, 마누엘이 알려주었던 그녀의 도착 날짜를 가르쳐주었다. 그러면서 영사관에 등록한 사람들의 목록을 확인하고 연락을 달라고 했다.

이틀 후 콜롬비아 영사는 내게 답장을 보내 그 이름이 등록되어 있지만, 최근 소식은 알 수 없다고 말했다. 그런데 왜 마누엘에게 그녀가 등록되어 있지 않다고 말했을까? 아마도 신경을 쓰지 않고 소홀히 다루었거나, 그녀의 등록 신청서가 그리 분명하지 않게 적혀 있거나, 혹은 너무 서둘러 살펴보았기 때문일 것이다. 전화로 말해서 이루어지는 일은 대체로 모호하고 부정확하다. 그러나 그녀가 목록에 있다고 말했다면, 마누엘은 형언할 수 없는 기쁨을 느꼈을 것이다.

영사는 후아나 만리케가 호텔 주소를 적었으며, 선거 때 투표하지 않았다고 밝혔다. 그리고 내가 이미 알고 있던 것을 덧붙였다. 그것은 많은 사람이 영사관에 알리지 않고 그 나라를 떠나며, 그곳에 등록되어 있다는 것은 한때 그곳에 있었다는 사실만 보여준다는 것이었다.

우리는 모두 언젠가 여기에 있었다.

영사는 신앙심이 깊은 사람이었기에 자신의 메일을 성경 인용문으로 마무리했다. 그는 자신이 가진 목록으로는 누가 누구인지, 그들이 무엇을 하는지 알 수 없으며, 그래서 주님—그는 이 단어를 강조했다—이 선한 사람과 악한 사람을 나누러 오시는 마지막 심판의 날까지 기다려야만 한다고 말했다. 나는 성경을 갖고 있지 않아서 그가 정확히 무엇을 말하는지 확인할 수 없었지만, 어쨌든 그 말은 내게 깊은 인상을 남겼다.

얼마 후 나는 초조하고 흥분된 감정으로 도쿄로 날아갔다.

정말로 이상한 도시였다. 재빠르게 살펴본 다음, 나는 그 도시가 미래에 있다는 결론에 이르렀다. 그러나 델리와 보고타를 생각하면서, 나는 도쿄가 미래라는 것을, 하지만 도쿄의 것만 그렇다는 것을 깨달았다.

도쿄는 도쿄의 미래다.

이런 유형의 여행을 할 때면, 나는 항상 문학을 먼저 언급하면서 다른 사람들이 무엇을 썼고 어떤 의견을 가졌는지 살펴본다. 책과 시는 나의 론리플래닛이다. 그렇게 나는 많은 것을 발견한다. 예를 들어 마르그리트 유르스나르*는 1982년에 도쿄에 도착하면서 이렇게 외쳤다. "하느님 맙소사, 1100만 개의 로봇입니다!" 그녀는 익살맞은 모습, 즉 유럽인들이 아시아인들에게 가진 온정주의적 모습을 극복하지 못했다. 또 다른 사람은 1978년에 일본 여자와 결혼했던 리처드 브라우티건*의 경우다. 미국인들은 훌륭한 여행자들이다(혹은 여행자들이었다). 그들은 자신들이 방문하는 곳의 그 어떤 것도 요구하지 않는다. 결혼은 2년간 유지되었지만, 브라우티건은 평생을 도쿄에 머물며 살았다. 그의 전기 작가들은 "삶이 알코올과 불면과 용해되었을 때까지"라고 말한다. 흥미로운 용해이다. 브라우티건은 하이쿠를 좋아했고, 그래서 이런 시를 썼다.

나는 이 택시 운전사가 마음에 든다,

도쿄의 어두운 거리로 접어든다,

인생이 아무런 의미가 없는 것처럼.

그게 지금 바로 내가 느끼는 것.

우리 숙소는 미나토구의 시로카네다이에 있는 쉐라톤 미야코 호텔이었다. 콜롬비아 대사관 관저 근처였다. 고급 호텔이었다. 로비 맞은편에는 아주 정성 들여 가꾼 내부 정원이 있었고, 나는 그것을 보자 원예園藝는 일본 예술의 하나(그것을 통해 불교를 배울 수 있다)라는 사실을 떠올렸다.

문학 행사의 환영 만찬은 저녁 7시 반이었기에 차분하게 짐을 정리하고 간단한 일을 처리할 시간이 있었다. 나는 근처의 세븐일레븐으로 가서 흥미로운 것이 있는지 구경했고, 결국 1리터짜리 진을 한 병 사고 말았다. 호텔에서 미니어처 병에 든 진을 마시는 가격과 같았다. 룸서비스에 전화를 걸어 얼음을 갖다 달라고 부탁하자, 얼마 후 내 평생 보았던 것 중에서 가장 아름다운 아이스 버킷을 가져다주었다. 그 안의 얼음덩이는 마치 갓 발명된 것 같았다. 플라톤의 동굴에서 직접 가져온 듯했다. 다시 말하면, 무균의 완벽한 얼음덩이였는데, 모두가 자로 잰 듯이 똑같았다. 나는 아마도 이런 일은 일본을 처음 방문하는 모든 사람에게 일어나는 현상일 것으로 생각했다.

의례적인 인사와 감사의 말이 끝나고 만찬을 먹는 동안, 엔리케 세라노는 우리에게 일본 문화에 대해 폭넓게, 즉 역사적, 정치적, 경제적인 면들을 포함한 강연을 했다. 그리고 11시경에 우리는 호텔로 돌아왔다. 방 안에 있게 되자, 나는 스와로브스키에서 만든 것 같은 얼음을 조금 더 갖다 달라고 부탁했다. 그리고 앉아서 오에 겐자부로 소설을 읽었다. 물론 정신을 집중할 수는 없었다. 나는 후아나를 찾을 수 있을 것이고, 물론 그녀를 방콕으로 데려갈 것이라는 생각을 하자 극도로 마음이 조마조마했다.

다음 날 영사는 나를 기다렸다.

나뭇가지들이 바람에 흔들렸고 이미 겨울의 추위를 느낄 수 있었다. 잎사귀 하나가 공중으로 휘날렸고, 보도는 텅 비어 있었으며, 벚나무는 시커멓게 변해 있었고, 이슬비가 내렸다. 모든 게 하이쿠를 쓰도록 만들어진 듯싶었다.

사무실은 관저 옆에 있었다. 그곳은 널찍하고 웅장한 주택으로, 정원으로 둘러싸여 있었는데, 그 정원들은 영혼과 악마들이 있는 일본의 숲을 떠올리게 했다.

나는 영사에게 후아나 만리케가 누구인지, 왜 내가 그녀를 찾고 있는지 설명했다. 그는 커피 두 잔을 갖다 달라고 했고, 우리는 창가 근처에 앉았다. 그는 내게 구름을 가리켰다. 이쪽으로 빠르게 움직이네요, 미처 눈치채지 못했나요? 그래요, 몰랐습니다, 라고 나는 대답했다. 영사는 다정했지만 평범해 보이지는 않았다. 그는 방콕에서 마누엘 만리케에게 일어난 이야기에 관심을 보였고, 우리가 변호사를 고용했는지 알고자 했다. 법률가로서의 경험에 비추어 그는 가장 바람직한 것이 판결을 콜롬비아로 옮겨서 집행하는 것이라는 의견을 표명했다. 그러나 또다시 문제는 그곳에 콜롬비아 대사관이 설치되어 있지 않다는 것이었다. 실제로 많은 나라는 이러한 제안을 아주 의심스러운 눈으로 바라본다. 그러고서 그는 자신의 막연한 의심 혹은 가정을 말했다. 즉 후아나가 등록 신청서에 쓴 것처럼 일본어를 배우기 위해 도쿄로 온 것이 아니라, 매춘에 종사하기 위해서일 수 있고, 따라서 그녀에 대한 소식을 다시는 들을 수 없었을 가능성이 크다는 것이었다. 나는 이미 알고 있다는 말을 하지 않고서 고개를 끄덕였다.

"속여서 데려옵니다." 영사는 계속 말했다. "다른 말로 하자면, 사실 사기는 본질적인 것보다 세세한 것과 더 관련이 있지요. 그들은 창녀로 일할 것을 알고 있지만, 고급 창녀, 즉 고급 에스코트가 될 것이고, 일주일에 몇 번만 일하면 될 것이며, 무엇보다 자기들이 계약 조건을 결정할 수 있다고 믿지요. 여자들은 이런 약속을 받습니다. 그러나 여기에 오면, 상황은 매우 달라집니다. 그들은 거리에 있으면서 일해야 하는데, 이것은 여자들에게 엄청난 좌절감을 느끼게 하지요. 만일 재능을 보여주고 두목들의 신임을 얻는다면, 승진해서 호텔에서 일할 수 있습니다. 이런 일은 일본 야쿠자가 통제하고 운영합니다. 여자아이들은 '탤런트'라고 불리지요. 하지만 이것은 옛 그리스 화폐 '달란트'와는 아무런 관련도 없습니다. 이들은 극장식 카바레라고 불리는 장소에서 일합니다. 그곳에서 스트립쇼를 하고, 포르노 사진에 필요한 자세를 취해야 하고, 요란한 추첨에서 당첨된 사람들과 성관계를 해야만 하지요.

나머지 시간은 주거지에 틀어박혀 있어야 하며, 일주일에 단 하루도 외출할 수가 없습니다. 여자들에게 옷을 벗기고 벌거벗은 채 살게 하지요."

영사는 아주 잘 알고 있었다. 그는 이런 매춘에 종사하는 콜롬비아 여자가 1,000여 명에 달한다고 말했다. 그것은 대략적인 추산이었는데, 그 여자들이 영사관에 등록하지 않기 때문이었다 (오히려 후아나 만리케의 경우는 드물었는데, 이것은 그녀가 어느 정도의 수준을 갖추고 있음을 의미했다). 물론 그들은 여권을 압수당하기 일쑤였다.

"그것은 일종의 노예제입니다." 영사는 계속 말했다. "그것은 채무라는 방법을 통해 이루어지지요. 그 돈은 결코 갚을 수 없는 엄청난 액수며, 고리대금업자의 재량에 따라 계속해서 늘어나지요. 이 경우 야쿠자가 대부업자가 됩니다. 호세 에우스타시오 리베라＊의 『소용돌이』와 똑같습니다. 무대가 아마존이 아니라 일본이라는 점만 다르지요. 『소용돌이』 읽어보셨나요?"

"그럼요." 내가 말했다. "아주 훌륭한 작품이지요. 그런데 그녀가 어디에 있을 것 같나요?"

"그건 대답하기 어렵습니다. 많은 여자가 요코하마나 교토로 갑니다. 여기 도쿄에는 특별한 지역이 여러 개 있습니다. 그것은 마치 덤불 속에서 바늘을 찾는 것과 마찬가지지만, 그렇다고 불가능한 일은 아니지요."

나는 그녀 사진을 갖고 있기 위해 등록 신청서를 복사한 다음, 호텔로 돌아갔다. 영사관에서 나오기 전에 영사는 내 팔을 붙잡더니 아주 비밀스럽게 말했다. 나뭇잎 색깔을 잘 보세요, 차이를 보도록 해봐요, 거기에 바로 평화의 샘이 있습니다. 나는 그렇게 하겠다고 말하고서 고마움을 표했다. 길모퉁이를 돌면서 나는 등록 신청서를 꺼냈고, 후아나의 얼굴을 찬찬히 살펴보았다. 아주 검고 표정이 풍부한 눈과 긴장된 미소를 띠고 있었다.

맙소사, 그게 바로 그녀였다.

누군가를 찾고자 하는 사람이라면 누구든지 가장 먼저 하는 일은 인터넷을 사용하는 것이다. 나는 '후아나 만리케'라고 쳤고, 그러자 1만 1,600개의 검색 결과가 나왔다. 그건 그의 남동생 이름처럼 아주 흔한 이름이었다. '일본'이라는 단어를 추가하자, 검색 결과는 190개로 줄어들었지만, 그 어떤 것도 그녀가 아니었다. 나는 어떤 종류의 사람들이 있는지 살펴보았지만, 그것 역시 큰 도움은 되지 못했다. 나는 '후아나 만리케+일본+섹스서비스'라고 검색어를 쳤고, 숫자는 다시 커졌다. 9,345개였다. 그러자 나는 약간 더 구체적으로 시도하기 위해 '콜롬비아 여자+섹스+도쿄'라고 쳤다. 또다시 터무니없이 많은 결과가 나왔다. 56만 689개였다. 나는 다른 검색어를 써보기로 했고, '도쿄+에스코트'라고 쳤다. 내가 클릭한 첫 번째 사이트에 전화번호가 있었고, 그래서 나는 그곳으로 전화를 걸었다. 너무나 놀랍게도 자동응답기가 받더니 여러 옵션을 제공하면서 질문했지만, 나는 어떻게 대답해야 할지 몰랐다. 나는 아무렇게나 대답했고, 상담원이 나올 때까지 계속 번호를 눌렀다. 도쿄에서 함께 있을 사람을 찾나요? 예, 라고 난 대답하면서 콜롬비아 여자를 원한다고 분명하고 정확하게 말했다.

"콜롬비아 여자라고요?"

침묵이 흘렀고, 잠시 후 상담원이 말했다.

"예, 가능합니다. 지금 원하시나요?"

나는 앞으로 몇 시간 정도는 혼자 있을 수 있다고 추정했다.

"예." 나는 말했다.

"알겠습니다. 당신 호텔로 지금 당장 보내도록 하지요. 가격은 500달러입니다."

500달러라고! 나는 침을 꿀꺽 삼켰고, 후아나의 사진을 쳐다보면서 말했다.

"좋아요. 하지만 머리카락은 원래 검은색이고 키는 1미터 70센티미터 정도, 그리고 나이는 서른 살 정도 되어야 해요. 아주 어린 여자를 원하는 게 아니에요."

"걱정 말아요. 당신이 요구하는 특징을 가진 여자를 보내겠어요. 신용카드로 결제하실 건가요?"

"아니요, 현금으로 할게요."

나는 술 한 모금을 마시고서 초조한 마음으로 침대에 기댔다. 그녀가 올까? 그렇게 생각한다는 건 황당하고 어리석은 짓이었지만, 올 사람이 그녀를 알 수도 있거나 그녀에 관해 무언가를 알 수도 있었다. 콜롬비아 여자들이 서로 연락하고 지낼 것이라고 추측하는 건 무리가 아니었다. 나는 다른 나라에서 그렇게 하는 것을 본 터였다. 경제적인 이유로 이주하는 사람은 서로 모여서 모임을 조직하고 서로 도와준다. 일본에는 라틴아메리카 여자들의 조직이 있을까? 분명히 그럴 것이었다. 그렇다면 그것은 또 다른 실마리가 될 수 있었다.

똑, 똑.

내 심장이 쿵쿵 뛰었다. 나는 일어나 문을 열었다.

얼음을 더 가져온 호텔의 룸서비스였다. 그래서 나는 계속해서 생각했다. 나는 또 다른 연결점이 무엇이 있을지 상상하려고 애썼다. 갑자기 한 줄기의 빛이 내 머리에 비추었다. 콜롬비아나 라틴아메리카 사제가 있으면서 스페인어로 미사를 집전하는 교회였다. 그것이 최고의 연결 장소였다! 후아나의 이야기를 알기 때문에, 그녀는 무신론자일 가능성이 농후했다. 그러나 그 교회에는 그녀를 알고 있거나 도쿄의 어디에서 콜롬비아 여자를 찾을 수 있는지 아는 사람이 있을 수 있었다.

똑, 똑.

이번에는 의심의 여지가 없었다. 나는 문을 열었다.

검은 머리에 눈동자가 검은, 서른 살가량의 여자였다. 키는 약 1미터 70센티미터였다. 나는 이름을 물어보았고, 그녀는, 난 신디예요, 라고 말했다. 콜롬비아 여자인가요? 그래요, 카르타고 출신이에요, 라고 그녀는 말했다. 서북쪽의 안티오키아 지방 출신의 억양으로 나는 그녀가 후아나가 아니라는 사실을 알았다. 비록 사진 속의 후아나와는 약간 다르지만, 몸매로 볼 때 그녀는 후아나가 될 수도 있었다.

내가 우리는 같은 나라 사람이라고 말했지만, 그녀는 그 말에 아무런 반응도 보이지 않았다. 단지 돈을 지급하라고 요구하더니, 손에 휴대전화를 들고 한쪽으로 걸어갔다.

"미안해요, 우리 '마미야'에게 전화를 걸어 확인시켜줘야 해요. 잠깐이면 돼요."

마미야라고? 그건 아마 그녀의 보호자임이 틀림없었다. 그러고서 그녀는 침대에 앉았고, 그 가격으로는 한 번의 구강성교와 한 번의 정상 체위를 할 권리가 있다고 설명해주었다. 그것이 아닌 것을 하려면 추가 요금을 지급해야 했는데, 내가 보기에 그건 공정해 보였다. 나는 어느 정도의 시간을 사용할 수 있느냐고 물었고, 그녀는 반 시간, 최대 40분이라고 대답했다. 그러자 나는 말하는 것으로 시작하자고, 나는 그 시간을 몇 가지 묻는 데 사용하고 싶다고 했다.

"하지만 너무 어려운 질문은 하지 말아요, 알았죠?"

"알았어요. 쉬운 질문이에요." 나는 말했다. "후아나 만리케라는 이름의 콜롬비아 여자 알지요? 여기 도쿄에 살아요."

그녀는 천장을 바라보더니, 모른다는 의미로 고개를 가로저었다. 나는 그녀가 보고타 출신이라고 설명하고서 사진을 보여주었다. 물론 나는 그런 상황에서 비록 그녀를 알고 그녀와 친한 친구라 할지라도 모른다고 대답할 가능성이 아주 크다는 것을 잘 알고 있었다. 그것은 두려움 때문에, 혹은 내가 누구인지 몰라서, 내가 왜 관심을 보이는지 그 이유를 모르기 때문일 것이다.

신디는 사진을 바라보고는 자기가 봤던 여러 콜롬비아 여자들과 비슷하다고 말했지만, 전혀 확신이 없었고, 그 어떤 이름도 떠올리지 못했다. 그녀는 일본에서 6년을 살았으며, 수많은 여자가 도착하고 떠나는 것을 보았다. 나는 그녀에게 술 한 잔을 따라주었고, 그녀는 그 술을 받았다. 두 번째 모금을 마시자 그녀는 나를 더 믿는 듯한 표정을 지었고, 그래서 나는 내가 누구인지, 왜 후아나를 찾고 있는지 말해주었다.

"난 영사입니다." 나는 그녀에게 말했다. "그녀를 도와주고 싶어요. 그녀는 그런 사실을 모르고 있지만, 심각한 문제에 연루되어 있어요. 나는 그 문제를 해결하도록 돕고 싶어요."

내 설명을 듣자 그녀는 설득되었고, 다소 긴장을 풀기 시작했다. 그녀는 후아나의 이름을 들어본 것 같았지만, 처음에는 누구인지 알아보지 못했다고 말했다. 그러나 계속해서 생각했다. 나는 그녀에게 도쿄의 삶에 만족하느냐고 물었고, 그녀는 자기가 행운아였다고, 처음에는 힘들었지만, 이제는 많이 나아졌으며, 자기 아들을 카르타고에서 기르고 있는 어머니에게 돈을 송금할 수 있다고 말했다. 그녀는 다른 여자들처럼 거리에서 남자들을 물색하는 일로 시작했고, 자기를 길모퉁이의 싸구려 호텔이나 때때로 차 안으로 데려가는 작자가 누구인지도 몰랐다. 또한, 두려움과 역겨움을 느꼈고, 심지어 일본 남자들이 그녀에게 요구하는 것들, 즉 그들의 입에 침을 뱉으라거나 얼굴에 오줌을 싸라는 것, 또는 하이힐로 그들을 때리라는 것에 웃음을 금치 못하기도 했다.

"이 사람들은 너무나 조직화되고 통제되어서 오로지 섹스를 할 때만 절제를 잃고 인생을 즐기지요." 그녀가 말했다. "하지만 절대 폭력적이지 않은데, 이건 정말 좋은 점이지요. 문제는 언어가 너무 퉁명스럽고 무뚝뚝해서 그들의 말이 모두 야단치는 것 같다는 거지만, 본심은 아주 다정하고, 잘 도우며, 감정이 풍부해요. 팁도 잘 주고요."

그녀는 2년 동안 거리에서 일했고, 그녀의 무릎은 스타킹을 너무나 내리고 올리는 바람에 추위에 동상에 걸렸지만(그녀는 그렇게 말했다), 이상하고 부적절한 일은 한 번도 일어나지 않았다.

나는 그녀에게 콜롬비아 친구들이 모여 있는 곳이 있느냐고 물었고, 그녀는 그렇다고, 아주 공식적이지는 않지만, 라틴아메리카 여자들이 있는 곳이라고, 그녀들은 신주쿠에 있는 〈라카베르나(동굴)〉라는 라티노 식당에서 모인다고 말했다.

그러고서 나는 그녀에게 내 전화번호와 전자우편 주소를 주었다. 그녀는 무언가를 알아내면 전화를 해주겠다고 약속했다. 내가 세 번째로 술잔을 채워주었을 무렵, 그녀에게 전화가 걸려왔고, 그녀는 다시 아주 딱딱하고 어색한 표정을 지었다.

"내 마미야예요." 그녀가 말했다.

그녀는 자기 말이 들리지 않도록 손으로 전화를 가리면서 통화했고, 전화를 끊더니 말했다. 난 지금 가야만 해요, 하지만 서비스 시간을 연장하고 싶으면 가능해요. 나는 그녀를 문까지 배웅해주면서 말했다. 지금은 안 돼요, 하지만 난 여기에 일요일까지 있을 거고, 다시 당신을 만나면 좋겠어요. 그녀는 미소를 짓더니 복도로 나가 승강기 쪽으로 향했다.

나는 내 메모장을 펼치고 적었다. '라카베르나, 신주쿠.'

그날 밤 우리는 세르반테스 문화원에서 발표했다. 우리는 문학과 우리가 지나온 길, 그리고 빠질 수 없는 질문인 가르시아 마르케스의 작품과 우리의 관계에 대해 말했다. 후안 가브리엘의 발표인지 엔리케의 것인지 잘 모르겠지만, 그들 중 하나의 말을 들으면서, 나는 청중을 바라보았고, 갑자기 후아나가 강당에 있는 게 거의 확실하다는 생각이 들었다. 국립대학의 사회학과 학생이라면 그것과 같은 행사를 지나치지 않을 것이기 때문이었다. 그러자 내 심장은 쿵쿵 뛰었고, 나는 각각의 줄을 찬찬히 살펴보았다. 강당의 조명은 희미했다. 두 개의 스포트라이트가 우리를 직접 비추었고, 나는 눈이 부셔 제대로 앞을 볼 수 없었다. 어쨌든 나는 아래에서 위로 최선을 다해 한 줄씩 살펴보았다.

이런 부류의 행사, 그리고 일반적으로 문학 행사에 참가하는 청중이 대부분 여성으로 구성되어 있다는 것은 익히 알려진 사실이다. 그리고 여자들을 목표로 삼아 글을 쓰는 실용적인 작가들도 있다. 그래서 그날 밤 도쿄의 세르반테스 문화원에는 줄마다 후아나로 보이는 여자가 적어도 세 명씩 있었다.

그러나 강당에서 가장 어두운 구역인 2층을, 특히 왼쪽 구석을 유심히 바라보면서, 나는 혼자 앉아 있는 한 여자를 찾아냈다. 자신의 신원이 탄로 날 것을 두려워하는 것처럼, 그녀는 다른 사람들과 다소 떨어진 곳에 앉아 있었다. 그녀의 나이는 후아나의 나이와 비슷할 것 같았고, 그래서 나는 그녀를 쳐다보기 시작하면서, 그녀의 눈을 찾았고, 최소한의 접촉이라도 하려고 애썼다. 그런데 바로 그 순간 나는 내 이름을 말하는 사회자의 목소리를 들었고, 내 순서가 되었다는 것을 알았다. 그래서 나는 모든 것에 대해, 그러니까 내 삶과 내가 읽은 책에 대해 잠시 말하기 시작했다. 그리고 그 이상한 시기에 작가가 된다는 것이 어떤 의미가 있는지, 라틴아메리카 작가가 된다는 것은 무엇인지, 그리고 콜롬비아 작가가 된다는 것만으로도 충분하지는 않은지, 그리고 그런 것이 아직도 의미가 있는지, 그런 것이 미학적 관점에서 무언가를 의미하는지, 혹은 그것은 우리를 일련의 경치나 문제, 그리고 콤플렉스와 연결하는 분신에 불과한 것은 아닌지, 또는, 평균적인 기질이자 오히려 슬픈 역사와 관련한 것은 아닌지에 대해 말했다. 그리고 우리가 갈수록 속도가 빨라지는 현실과 말하는 방식과 어떤 관계를 맺었는지, 이 모든 것이 문학으로 이식되었는지, 특히 문학에서 많은 사람은 콜롬비아 작가이기 때문에 특정 주제를 다루어야만 하고, 무엇보다도 특별한 방식으로 그런 주제를 다뤄야 한다고 생각한다고, 그래서 우리 세대와 우리 이후의 작가들은 그것에서 벗어나면서 글을 쓰고, 단지 작가가 되고자 노력했다고 발표했다. 그러고서 우리가 사는 지역에서 작가가 되는 것은 커다란 불확실성에 도전하는 것이며, 아마도 불행한 존재가 된다고, 그것은 무력한 상황과 망각과 가난 때문이라고, 그리고 대부분 우리 작가들은 그런 상태로 늙고 병들어 죽었다고, 그리고 어느 정도 인정을 받으면 그것 때문에 인정받지 못한 작가들이나 이전에 인정을 받았던 작가들의 비웃음거리가 되었고, 신인들은 그들의 공로를 평가 절하했으며, 비평가들은 말할 필요도 없다고, 그들 대부분은 작가였거나 실패한 작가들이었다고 언급했다. 그러나 내 친구 호르헤 볼피*는 "문학 비평가는 실패한 작가가 아니다. 문학 비평가는 실패한 문학 비평가일 뿐이다"라고 말한다고 나는 덧붙였다.

내가 이 마지막 말을 한 것은 일종의 도발, 그러니까 논쟁을 일으키는지 보기 위해서였다. 그러나 논쟁 대신에 웃음만 터져 나왔다. 나는 초조하게 2층 구석을 쳐다보았고, 그 여자가 이제는 없다는 사실을 알았다. 후아나였을까? 나는 조바심이 나기 시작했고, 토론을 끝내고 식당으로 올라가고 싶은 마음이 간절했다. 그곳에서 칵테일파티가 예정되어 있었는데, 나는 '유령 여인'— 나는 그녀에게 이 별명을 붙여주었다—이 떠나기 전에 그곳으로 와서 무언가를 마시고서 약간의 음식을 먹을 것이라고 상상했기 때문이다. 적어도 나는 주변인으로 있었던 시기에 파리에서 그렇게 행동했었다. 다시 말하면, 파티나 환영회에 가서 내가 먹고 싶은 만큼 배불리 먹고 마시면서, 가장 힘든 순간과 어려운 시절에 필요한 열량을 충분히 축적했다. 그 순간은 일반적으로 내가 거리에 나가면서 시작되곤 했다.

마지막 발표자였던 엔리케 세라노는 자신이 그란콜롬비아 상선을 타고 선원으로 일했던 시절에 관한 재미있는 이야기를 들려주었다. 그는 상선들을 "떠다니는 수도원"이라고 불렀는데, 이것은 철학과 종교를 공부하는 데 이상적이기 때문이었다. 그의 말이 끝나자, 청중은 마침내 손뼉을 쳤고, 우리는 와인을 마시고 세라노 햄과 스페인 토르티야를 먹기 위해 위층으로 올라가기 시작했다.

소란스럽고 북적거리는 상태에서 나는 내게 더 질문하려는 몇몇 청중에게서 빠져나오는 데 성공해서 식당으로 올라갔다. 커다란 안도감을 느꼈다. 바로 거기에 그 불가사의한 여자가 있었다! 그러나 내가 그 여자에게 다가가자, 그 불가사의는 공중으로 사라져버렸다. 그녀는 스페인 여자였기 때문이다.

안녕하세요? 그녀가 말했다. 이 심포지엄은 정말로 재미있었어요. 이렇게 흥미로운 발표를 들어본 건 참으로 오래간만이에요. 인도에 사시죠? 유감스럽게도 난 끝까지 앉아서 들을 수가 없었어요. 이리로 올라와 모든 게 제대로 준비되었는지 점검해야 했거든요.

그녀는 세르반테스 문화원의 행정 직원이었다.

나는 후아나를 알아볼 수 있을 것이라는 희망으로 급히 그곳에 있는 다른 여자들을 둘러보았지만, 그 어떤 여자도 그녀와 정말로 비슷해 보이는 사람은 없었다. 모두가 여학생들이거나 교환

학생들이거나 내가 조사하고 있는 세상과는 동떨어져 있는 젊은 여자들이었다. 어쨌든 세 여자와 말하면서, 신주쿠에 있는 〈라카베르나〉라는 식당을 아느냐고 물었다. 그들은 모른다고 말했지만, 그중의 하나가 아이폰을 꺼내더니 잠시 후 수첩에 주소를 적어주었다.

나는 고맙다고 말하고는, 투명인간 흉내를 내려고 노력하면서 천천히 문으로 걸어갔다. 그러나 바로 거기에서 주최 측 사람들과 마주치는 바람에 나는 또 다른 것이 준비되어 있느냐고 물어봐야만 했다. 그들은 그렇다고, 이 애피타이저 다음에 만찬이 있다고 말했다. 그래서 나는 기다려야만 했다.

밤 11시에 모든 것이 종료되었다(다행히 그곳에서의 일은 모든 게 일찍 끝난다). 그들은 우리를 호텔에 데려다주었고, 나는 즉시 호텔을 다시 나갈 수 있었다. 나는 손에 종이를 들고서 택시를 불렀다. 그러고서 택시 의자에 털썩 앉아 차창으로 스쳐 지나가는 거리와 현란한 네온사인을 보았다. 그것은 또 다른 밤하늘이었고, 건물 외관은 세상의 종말을 보여주는 것 같았으며, 고층 빌딩은 마치 불타는 것 같았다. 마치 용암이나 뜨거운 바람, 충돌하는 조그만 행성들로 뒤덮여 있는 듯했다.

이윽고 택시는 내려가는 계단이 있는 낮은 출입구 앞에 멈추었다. 라카베르나 식당이었다. 거리는 비좁았고, 늦은 시간이었지만 양쪽 보도로 수많은 사람이 지나다녔다. 택시에서 내려 요금을 유로로 환산해보고는 깜짝 놀라고 말았다(이 조사 때문에 나는 파산하고 있었다!). 나는 식당으로 들어갔다. 밤 12시가 지나자, 그곳은 이미 술집으로 바뀌고 있었다. 나는 피스코 사워를 한 잔 주문했다. 테이블과 등 없는 높은 의자에는 몇몇 커플이 앉아 있었다. 내가 보기에는 모든 게 지극히 정상적이었다. 라틴아메리카 여자들은? 물론 그곳에 있었다. 그것도 아주 많았다. 거의 모든 여자가 라틴아메리카 출신들이었다. 그러자 나는 종업원에게 다가갔다.

"안녕하세요, 페루에서 왔나요?"

"그래요." 그녀가 말했다.

나이는 스물다섯 살쯤 되어 보였다.

"이 식당에서 일한 지 오래됐나요?"

"그래요, 여기서 네 학기째 학비를 벌고 있어요."

피스코 사워는 훌륭했다. 나는 단숨에 잔을 비우고서 다시 달라고 했다. 그녀가 피스코 사워를 가져오자, 우리는 계속해서 대화를 이어갔다.

"콜롬비아 여자 친구가 이곳을 추천했어요." 나는 말했다. "후아나 만리케라고 하지요. 그 여자를 알죠?"

그녀는 잠시 생각에 잠기더니 위를 쳐다보고서 말했다. 들어본 것 같아요, 들어봤어요. 까무잡잡하지요?

"그건 까무잡잡하다는 게 어느 정도인가에 따라 달라지지요." 내가 말했다. "피부는 하얗고, 머리카락과 눈은 검어요. 그녀 사진이 여기 있어요. 누군지 알겠어요?"

종업원은 미소를 지으며 그 사진을 바라보더니 말했다. 그래요, 본 기억이 있어요, 하지만 여기에 들른 건 꽤 오래전이에요.

"항상 두 명의 콜롬비아 여자와 한 명의 일본 남자와 함께 있었어요." 그녀가 덧붙였다. "그 남자는 절대 웃는 법이 없었어요. 마치 경호원 같았지요."

나는 세 번째 피스코 사워를 주문했다.

"틀림없이 경호원일 겁니다." 나는 말했다. "그녀가 무슨 일을 했는지 아나요?"

종업원은 말을 멈추고서 당혹스럽다는 표정으로 나를 쳐다보았다. 마치 앞뒤를 맞추려는 것 같았다. 다시 말했지만, 그녀의 말투는 바뀌어 있었다.

"이봐요, 그 말을 들으니 조금 이상하네요…… 내 생각에 그녀가 이곳을 추천하지 않은 것 같아요. 당신은 그녀를 찾고 있는데, 그녀가 누구인지 모르고 있어요. 당신은 누구죠?"

"난 마누엘, 그러니까 남동생의 친구예요." 내가 말했다. "후아나는 보고타로 돌아가야만 해요. 그녀가 급히 해결해야 할 일이 있거든요. 난 외교관이에요. 이곳에 그녀와 함께 오던 콜롬비아 여자들 이름을 기억할 수 있나요? 어떻게 생겼죠? 기억나는 게 있나요?"

젊은 종업원은 나를 아주 심각하게 쳐다보았다.

"당신과 얘기하는 것 때문에 내가 문제에 휘말리는 건 아닌가요?"

"아니에요." 나는 말했다. "내가 누구인지 이미 말해주었잖아요. 내가 후아나를 찾도록 당신이 도와준다면, 당신은 후아나에게 큰 호의를 베푸는 겁니다."

말하거나 무언가를 하려고 하지 않는 사람에게 말을 하거나 무언가를 하도록 설득하는 것은 정말로 힘든 일이다. 그렇게 하려면 호기심이나 누군가를 구해주고자 하는 소망과 같은 감정에 호소해야만 한다. 물론 그건 그런 감정이 있을 때 그렇다는 말이다. 그건 심신이 모두 지치는 일이다. 이것이 영화이고, 대본작가가 내게 용의자 심문 역할을 맡겼더라도, 오히려 그게 더 쉬운 일이었을 것이다. 그런 것에는 규칙이 있고, 분명한 개성이 있다. 책상을 주먹으로 칠 수도 있고, 심문받는 용의자를 웃게 만들 수도 있다. 그러나 여기서는 그렇지 않다. 나는 그녀에게 아무도 아닌 사람에 불과하다. 단지 식당에 늦게 와서 술을 달라고 하고, 이상한 질문을 하는 낯선 사람일 뿐이다. 그날 밤 그녀가 그 누구도 구해주지 않으면, 우리의 길은 서로 만날 일이 없을 것이며, 그녀의 삶은 평소와 똑같을 것이라는 사실은 너무나 분명하다. 나는 그녀가 내 생각을 듣고 있다는 것을 알았다. 그녀가 이렇게 말했기 때문이다.

"그런데 내가 알려주면 나한테 무슨 이득이 있죠?"

나는 그녀가 그렇게 말하는 소리를 듣자 무척 마음이 놓였다.

"당신이 얻고자 하는 게 뭐냐에 따라 달라지지요." 내가 말했다.

그녀는 잠시 생각에 잠기더니, 이내 짓궂게 나를 바라보았다.

"이 도시에서는 모든 게 비싸요. 100달러를 준다면 당신에게 두 사람 이름을 주겠어요. 그리고 나와 함께 당신 호텔로 가고 싶다면 200달러를 더 줘야 해요. 물론 택시비는 당신 몫이지요."

난 그녀가 좋았다.

쉐라톤 호텔에 도착하자, 그녀는 곧장 욕실로 갔다. 샤워기에서 물이 떨어지는 소리를 들으면서, 나는 근무시간이 끝난 다음 이곳처럼 따뜻하고 깨끗한 장소는 천국일 게 분명하다고 생각했다. 그건 내게도 마찬가지였다. 나는 그녀가 샤워하는 틈을 이용해 룸서비스에 예술적인 아이스 버킷을 요청했고, 그것이 도착하자 잠시 뚫어지게 바라보았다. 각각의 네모난 얼음은 다이아몬드일 수도 있었다.

마침내 그녀가 수건으로 어깨를 덮고서 욕실에서 나왔다. 끈 팬티를 입고 있었다. 배꼽 아랫부분이 약간 처져서, 주름진 배가 팬티 고무줄 위로 튀어나와 있었다. 임신했던 몸이었다. 나는 잠시 그녀의 음부를 머릿속으로 상상했지만, 그것보다는 술을 마시기로 마음먹었다. 그래서 나는 이렇게 말했다. 내 티셔츠 하나를 입도록 해요. 그러면 더 많이 덮어질 거예요. 그런데 이름이 뭐죠?

"아우로라예요." 그녀가 말했다.

그러고서 내게 콜롬비아 여자들의 이름을 주었다. 수사나 몬테스와 나탈리아 코야소스였다. 그녀는 두 여자에게 주말에 일거리를 주기 위해 전화를 걸었고, 그들은 그녀를 도왔지만, 그녀는 후아나를 다시 보지는 못했었다.

"지금 전화를 걸 수 있을까요?" 나는 그녀에게 말했다.

"물론이지요. 하지만 잠깐만 기다려요. 술 한 잔 마셔도 될까요?"

나는 그녀에게 술을 따라주었고, 레몬 두 조각을 넣어주었다. 그런 동안 그녀는 전화번호를 눌렀다. 그런 다음 나는 그녀가 말하는 소리를 들었다.

"여보세요? 수사나? 그래, 나야 나. 어떻게 지내? 그런데 한 친구가 너와 이야기하길 원해. 아주 중요한 일이야. 내일 만나줄 수 있어? 그래? 그는 콜롬비아 사람인데, 너한테 소개해주고 싶어. 라카베르나로 올래?"

그녀는 전화를 한쪽에 놓고서 말했다. "몇 시에?" 나는 내 수첩을 보았다. "밤 12시는 되어야 해요, 그래도 될까요?" 아우로라는 그 시간을 말하고서 고개를 끄덕였다. "좋아, 내일 밤 12시에."

나는 그토록 쉬우리라고는 생각하지 않았다. 무엇보다도 그토록 빨리 해결될 것이라고는 믿지 않았고, 그건 아우로라도 마찬가지였다.

"그럼 이제는 뭘 할까요? 정말로 내가 아무것도 해주지 않아도 괜찮아요?"

나는 잔에 다시 진을 따랐다.

"지금은 술이나 마시지요. 아무도 그걸 말하지는 않았어요."

그녀는 지하철 첫차를 타기 위해 동트기 조금 전에 호텔을

제2부

263

떠났다. 나는 침대에 남아서 내가 방콕에 도착한 이후부터 일어난 모든 일을 생각했다.

호텔 창문으로 나는 가장 어두운 지점에 있는 밤을 보았고, 감방에 있으면서 나의 힘 혹은 내 직관, 심지어 내 무모함이 후아나를 찾는 데 도움이 되어 내가 그녀를 데려오기를 바라고 있을 마누엘을 상상했다.

다음 날은 우리가 국립박물관을 방문하기로 약속이 되어 있었다. 그곳은 붉은색의 나무와 세피아색의 나무로 둘러싸인 위풍당당한 장소였다. 모든 게 대칭이었고 완벽했다. 우리는 전쟁 규칙과 사무라이의 결투 예법에 대한 설명을 들었다. 또한, 그런 싸움을 하기 위한 옷을 입는 데 사흘이 걸린다는 말도 덧붙였다. 나는 구로사와 아키라 감독의 영화 〈카게무샤〉를 떠올렸다. 여기서 무지한 조총 사격수는 한밤중에 무턱대고 총을 쏜다.

이 방문이 끝나자 오후는 자유 시간이었고, 밤에는 도쿄대학교 스페인어과 학생과 교수들과 토론회가 있었다. 그런데 놀랍게도 청중 속에 엘살바도르 작가이며 일본교류재단 초청을 받아 체류 중인 오라시오 카스테야노스 모야*가 있었다. 그의 친구인 교수가 우리가 올 것이라고 말했고, 그러자 그는 우리와 인사를 하고자 했다. 나는 몇 년 전에 로드리고 레이 로사*와 함께 마드리드에서 그를 만났었다.

좌담이 끝나자, 교수들은 우리를 비공식 만찬에 초대했다. 장소는 시부야의 어느 맥줏집이었다. 나는 기뻤다. 그곳이 라카베르나 근처였기 때문이다(난 그렇게 추측했다). 우리는 피처로 맥주를 마셨고, 아주 훌륭한 생선 초밥 수십 개를 먹었으며, 신성과 인간성, 그리고 물론 일본 문학에 관해 말했다. 그리고 일본 밖에서 가장 유명하며 가장 많이 읽히는 작가인 무라카미 하루키에 대해서도 담소를 나누었다. 그리고 내가 보기에는 일본 최고의 작가인 오에 겐자부로에 대해서도 말했으며, 대문호인 다니자키 준이치로와 가와바타 야스나리—그의 단편 「후지의 첫눈」은 대작이다—, 마르그리트 유르스나르가 매료된 형언할 수 없는 작가 미시마 유키오, 또는 도쿄에서 방탕한 삶을 살았던 기묘한 다자이 오사무에 관해서도 대화를 나누었다. 물론 아무도 탐정 번스 배니언이 등장하는 짧은 소설에 대해서 알지는 못했다. 그가 등장하는 작품은 모두 일본을 배경으로 삼고 있으며, 이런 식으로 시작한다. "나는 맥주병이 그토록 '치이사이'하고(작고) 많은 조각으로 부서지는 것을 한 번도 보지 못했다. 그것은 커다란 크기의 삿포로 맥주병이었다."

우리의 저녁 식사가 끝나자, 나는 오라시오에게 나와 함께 가고 싶으냐고 물었지만, 구체적으로 그곳이 어디인지는 말하지 않았다. 그는 내가 도쿄에 있는 술집을 알고 있다는 사실을 의아해했지만, 아무 말도 하지 않았다. 그렇게 우리는 갔고, 입구 계단을 내려가려는 찰나, 아우로라가 나와서 나를 맞이했다.

"지금은 피스코 사워 두 잔을 주세요. 하지만 넉 잔을 준비해 줘요."

"물론이지요." 그녀가 말했다.

그러고서 그녀는 내 귀로 얼굴을 갖다 대고서 속삭였다. 이미 홀에 와 있어요. 당신을 기다리고 있어요. 지금 말할 수 있어요. 나는 그녀를 멀리서 보았다. 예쁘고 아름다웠지만, 전쟁과 조난사고를 겪은 것처럼 보이는 여자였다. 아우로라가 우리를 소개하고서 술을 가져왔고, 오라시오와 대화를 나누기 시작했다.

수사나 역시 안티오키아 지방의 억양이었다. 신디보다 더 심한 억양이었다. 나는 그녀에게 술을 권하고서 본론으로 들어갔다.

"당신이 후아나 만리케의 친구이며 그녀를 알고 있다는 말을 들었어요. 나는 그녀의 남동생 마누엘의 친구예요. 그의 부탁을 받고 이리로 온 거예요."

그녀는 악의 없이 나를 바라보고서 말했다. 마누엘이라고요? 후아나는 밤낮으로 항상 그에 대해서만 말했어요. 그녀의 유일한 사랑이었지요.

"그래서 그녀에 관해 알고 싶어요. 아직 일본에 있나요?"

수사나는 이마를 찡그렸다.

"왜 나한테 그걸 묻죠? 그녀가 어디에 있는지 모르는 건가요? 아니면 뭐죠?"

불이 켜졌다. 경고의 불이었다. 그래서 나는 적절하게, 즉 더 천천히 나아가기로 했다. 힘든 인생을 살아오면서 상처 입은 여자의 본능적인 방어력이 작동했음이 분명했다. 나는 피스코 사워를 더 시켰다.

"마누엘은 지금 태국 교도소에 갇혀 있어요. 나는 지금 그를 꺼내려고 애쓰고 있고요. 아니, 다시 말하면 콜롬비아 외교부가 그렇게 하고 있어요. 난 외교관입니다. 개인적인 일로 일본에 왔지만, 이 기회를 이용해 후아나를 찾고 있어요. 아주 급한 일이라서, 지금 무슨 일이 있는지 그녀는 알아야 합니다. 마누엘은 필사적으로 그녀를 만나고자 합니다. 도쿄로 오려는 순간 체포되었습니다. 지금 그는 후아나를 찾고 있어요. 3년 넘게 후아나가 마누엘과 연락하지 않았다는 사실을 알고 있나요? 아니면 그걸 몰랐나요?"

그녀는 생각에 잠기더니 피스코 사워를 한 모금 마셨다. 그러고서 가방을 열어 멘톨 담배 한 갑을 꺼내고는 담배에 불을 붙였다(놀랍게도 도쿄의 술집에서는 흡연이 허가되어 있었다).

"이봐요." 그녀가 말했다. "난 후아나가 무언가로부터 도망치고 있었다는 걸 알고 있어요. 그녀는 자기 동생을 끔찍하게 아꼈지만, 자기가 여기에 있다는 것을, 그리고 이런 일을 하고 있다는 것을 그가 알기를 바라지 않았어요. 그녀는 심한 감시를 받았어요. 거리로 나가 남자를 물색할 때는 항상 한 사람이 가까이에서 아주 딱 달라붙어 감시했어요. 왜 그녀를 그렇게 대했는지 모르겠어요. 우리는 8개월 정도 함께 살았어요. 그러니까 같은 방에 갇혀 있었다고 말하는 편이 나을 것 같네요. 그건 사는 게 아니에요. 한시도 그녀에게 감시의 눈길을 떼지 않았어요. 후아나는 품격이 있었어요. 배운 사람이었고 영어도 할 줄 알았어요. 그들에게 많은 돈을 벌어주었고, 그래서 그들은 그녀를 놓치려고 하지 않았어요."

나는 갈수록 초조해지고 있었다. 다른 테이블에서 오라시오는 아우로라와 이야기하고 있었다.

"난 그녀와 말해야 해요. 지금 어디에 있어요? 설명하려면 아주 길어요. 하지만 지금 이 순간이 죽느냐 사느냐의 순간일 수 있어요."

수사나는 나를 이상한 표정으로 쳐다보았다. 거의 분노에 찬 표정이었다.

"이제는 여기에 없어요. 열한 달 전에 도망갔어요."

"도망갔다고요?" 나는 소리쳤다.

다행히 술집은 시끄러웠다.

하지만 수사나는 말하기를 두려워했다. 자세히 말하기가 두려웠던 것이다. 아마도 그녀를 수없이 추궁했을 테고, 아마 위협도 했었을 것이다. 나는 요동치는 모래밭을 딛고 있다는 느낌을 받았다. 나는 다시 피스코 사워 두 잔을 더 달라고 했고, 내 외교관 여권을 꺼냈다.

"내 말을 믿고 안 믿고는 당신에게 달려 있어요. 하지만 여기내 여권이 있고, 나는 당신에게 숨길 게 하나도 없어요. 당신은 그녀가 어디로 갔는지 말해주면 돼요. 당신에게는 아무 일도 일어나지 않을 겁니다. 그녀가 어디에 있는지 알게 되면, 난 즉시 그녀를찾아 떠날 거예요. 그녀의 동생이 여기에 왔다면 아마도 그렇게 했을 겁니다. 난 그에게 누나를 찾아주겠다고 약속했어요."

수사나는 깊은숨을 쉬고서, 술을 쭉 들이마셨다.

"이란 경호원과 함께 테헤란으로 갔어요. 두 사람은 서로 사랑하게 되었고, 그는 그녀의 부채를 갚아주려고 했어요. 그러나 야쿠자들은 그걸 받아들이지 않았고, 어느 날 종적을 감추었어요. 이후 두 사람에 관해서는 그 어떤 소식도 듣지 못했어요. 그녀가 도망가는 바람에 나는 한 달 동안 갇혀 있었어요."

테헤란, 테헤란, 이라고 나는 생각했다. 그 경호원의 이름이 뭐죠?

그녀는 잠시 생각했고, 마치 기억을 부르는 듯이 다시 다른 멘톨 담배에 불을 붙였다. 그리고 마침내 말했다. 그의 이름이나 성은 모르겠어요. 하지만 우리는 그를 자부리라고 불렀어요.

2시에 라카베르나의 문을 닫았지만, 우리는 근처에 있는 술집으로 마지막 술 한잔을 마시러 갔다. 그곳은 마치 인형의 집 같았다. 천장은 아주 낮았고, 각 테이블 주변에는 작은 나무 난간과 같은 것이 있었다. 일본 맥주는 맛있었다. 두 번째 술집에 있게 되었을 때 전화벨이 울렸다. 수사나의 휴대전화였다. 그녀는 송화구 쪽을 손으로 막고서 잠시 말했고, 전화를 끊자 가야 한다고 했다. 나는 그녀에게 쉐라톤으로 가면 내가 데려다주겠다고 말했다. 그녀는 웃더니 아니라고, 그렇게 좋은 곳이 아니라고, 다른 호텔이라고 대답했다.

이미 새벽 3시가 지나 있었기에 나는 택시를 불렀고, 오라시오와 포옹을 하면서 작별했다. 나는 동행해주어서 고맙다고 말했다.

다음 날 아침 일찍 주최 측에서 우리를 태우러 왔다. 아사쿠사 센소지 불교사원을 들렀다가 가마쿠라를 방문할 계획이 잡혀 있었다. 기록에 따르면, 프랑스 작가이자 여행자인 피에르 로티*가 그곳에 있었다. 그는 내가 여행할 때마다(특히 내가 베이징을 여행했을 때, 또한 예루살렘과 터키와 모로코를 여행했을 때) 나와 함께했던 오래된 친구이기도 했다. 자신의 소문난 인종주의를 과시하면서, 로티는 일본인들에겐 "고약한 동백나무 기름" 냄새가 난다고 말한다. 그러나 불교사원에 대한 그의 묘사는 주목할 만하다. 나는 후아나의 소식을 듣고 너무나 충격을 받은 나머지, 가마쿠라를 거의 눈여겨보지 못했다. 초대형 불상이 있는 사원은 아름답고 균형 잡혀 있으며, 다채로운 색상의 정원으로 둘러싸여 있다. 그러나 사실대로 말하자면, 카트만두 근교에 있는 파탄의 고대 도시를 이미 보았던 탓인지, 내게는 대단하게 다가오지 않았다. 가장 내 마음에 든 것은 여행 그 자체였다. 여행 시간의 대부분을 우리는 도쿄를 나가기 위해 끔찍한 교통지옥 속에 파묻혀 있었기 때문이다.

밤에는 내 여자 친구이자 번역자인 다무라 사토코와 그녀의 과묵한 남편이 나를 초대해서 롯폰기힐즈의 전망대에서 도쿄의 웅장한 광경을 보여주었다. 그건 불빛의 바다와 같았다. 그러고서 우리는 긴자 지역으로 저녁을 먹으러 갔다. 그곳은 우아한 쇼핑

지역으로 고급 백화점이 있고, 그곳의 건물들은 액정화면 같았다.

호텔로 돌아오자, 나는 델리로 돌아가는 가방을 싸면서 왜 후아나가 테헤란에 있다는 사실에 그토록 충격을 받았을지 생각했고, 마침내 너무나 분명한 것을 깨달았다. 이란은 우리 대사관이 담당하는 여러 나라 중의 하나이지 않은가! 만일 그녀가 가령 새 여권을 신청했거나 아니면 다른 영사 업무를 요청했다면, 내 손을 거쳐야만 했을 것이다. 내가 직접 서명했을 것이다. 나는 내가 문제를 거의 해결했다고 생각하자, 현기증을 느꼈다. 기다릴 수가 없어서—금요일이었고, 나는 델리에 토요일에 도착할 예정이었다—나는 올림피아에게 문자메시지를 보내 테헤란 파일에서 후아나 만리케의 이름을 찾아달라고 부탁했고, 그것에 관해 월요일 근무가 시작하면 가장 먼저 이야기하자고 말했다.

델리에 도착하자 수천 개의 악마가 열기를 쏟아내는 것처럼 더웠다.

아시아의 다른 지역으로 여행할 때마다—아마도 카트만두만 유일하게 예외일 것이다—델리로 돌아올 때면, 나는 이곳이 정말로 사람이 살 만한 곳이 아니라는 느낌을 받았다. 오염된 공기는 매연과 석유 냄새를 풍기고, 거리는 흙과 쓰레기와 음식물 찌꺼기로 가득하고, 많은 사람이 분주하게 움직이며, 경적과 급제동 소리로 귀가 찢어질 것 같다. 또한 먼지구름은 한시도 가시지 않고, 뎅기열과 파상풍과 말라리아, 다시 말하면, 가장 건강에 좋지 않고 천박한 모든 것이 우리가 숨 쉬는 공기 속을 떠다닌다는 느낌을 받는다. 벽에 붙은 배설물, 내뱉은 침과 습기, 무서운 질병과 기형아들, 이런 모든 것이 살아남은 사람들의 게으른 시선과 대비된다. 그리고 8억 명의 가난한 사람이 있는 나라에서 부자들이 유치하고 모욕적이고 터무니없이 낭비하는 돈과도 대비된다. 대략 말해서, 이 나라의 경제는 인구의 3분의 2가 최저임금을 받는다는 사실에 토대를 둔다. 즉 불쾌한 냄새가 없고 심지어 생선 시장에서도 그런 냄새가 나지 않는 도쿄와 같은 도시에서 돌아올 때면, 이런 것은 더욱 분명해진다. 물론 델리의 생선 시장은 너무나 더러워서 생선의 살은 10센티미터짜리 파리 껍데기로 덮여 있다.

나는 일요일에 사무실로 출근하려는 유혹을 받았지만, 그렇게 해도 아무 일도 진전시킬 수 없었다. 올림피아는 자기 것들을 자물쇠로 잠가 보관하기 때문이다. 그래서 나는 여행과 관련된 것들을 정리하면서 시간을 보냈고, 오후에는 로디가든으로 산책하러 나갔다. 그곳은 우리를 도시와 화해시키는 공원이다. 즉 절대적으로 아름답고 깨끗한 몇 안 되는 장소 중의 하나이다. 그곳에서는 풀밭에 누울 수도 있고, 맹금류나 앵무새, 까마귀, 독수리 같은 새들의 울음소리를 들을 수도 있다. 다시 말하면, 온갖 종류와 크기의 날짐승들이 있는데, 이들이야말로 도시의 진정한 주인이다.

월요일 아침 7시쯤에 나는 이미 내 발코니에서 진한 커피를 마시고 있었다. 독수리들은 맞은편 소나무 위를 선회했고, 한 무리의 노동자들이 장푸라 공원의 흙을 파면서, 샛푸른 잔디밭을 흙투성이의 땅으로 바꿔놓았다. 피터가 나를 태우고 대사관으로 데려다줄 때까지 기다릴 수가 없었다. 최근에 이사한 대사관은 이제 D블록 시장 맞은편인 푸르비 마르그 85번지에 있었다. 그곳도 바산트 비하르 지역이긴 하지만 더 안쪽이어서, 무서운 올로프 팔메 마르그와 그곳의 끔찍한 교통체증에서 멀리 떨어진 곳이다.

이런 경우에 자주 일어나듯이, 어느 정도의 긴장감이 스멀스멀 기어 들어왔다. 올림피아는 자리에 없었다. 운전사와 함께 영사관 운영으로 인한 그달의 수익금을 차나키아푸리에 있는 은행에 입금하러 나가 있었고, 점심때나 되어서야 돌아올 것이었다. 그래서 나는 사무실로 가서 다른 일들을 처리했다. 가령 비자 신청서를 살펴보고 승인했고—내가 그곳에 있었던 시간 동안 나는 단 한 번만, 그러니까 메피스토펠레스처럼 교활하고 음험한 힌두교 지도자에게만 비자를 거부했었다—, 받은 메일에 답장했으며, 친한 친구이자 네루다에 대한 전문가이며 네루 대학의 교수인 아파라지트 차토파디아야와 새로운 문화 프로젝트에 대해 논의했다.

점심때가 되자 올림피아가 도착해서 내 사무실로 올라왔다. 내 사무실은 3층짜리 건물의 2층에 있었다.

"보스, 여기 그 여자가 있어요." 그녀는 이렇게 말하면서, 내 책상 위에 두 달 전에 제출했던 여권 갱신 신청서를 올려놓았다.

나는 감격스럽게 그것을 바라보았다. 거기에 모든 게 있었다. 전화번호, 주소, 그리고 최근 사진까지.

그녀의 모습은 바뀌어 있었다. 머리카락은 더 짧았다. 그녀는 남편의 성을 사용했고, 이제 그녀의 이름은 후아나 만리케 헤다야트였다. 첨부된 서류에서 나는 갓 태어난 아기의 출생증명서와 여권 신청서를 보았다. 여섯 달 된 그 아기의 이름은 마누엘 사예크 헤다야트 만리케였다. 괜찮은 삶을 사는 것처럼 보였다. 그런데 왜 자기 동생을 잊은 것일까? 언제 그와 연락하려고 생각한 것일까? 이란에서 연락하기는 쉽지 않지만, 무슨 일 때문에 메일이나 페이스북 메시지도 보내지 못했고, 장거리 전화도 걸지 못했던 것일까?

모든 게 미스터리였다.

그녀의 여권 갱신 신청서에는 전화번호와 〈아침 9시부터 11시 사이에만 통화 가능〉이라는 메모가 적혀 있었다. 나는 시계를 보았다. 이란 시각으로 9시가 조금 지나 있었기에 나는 대사관에서 국제전화를 사용할 수 있는 유일한 비서인 앤지에게 후아나와 전화를 연결해서 내 사무실로 전화를 돌려달라고 부탁했다.

테헤란으로 전화를 거는 것은 쉬운 일이 아니다. 나는 몇 달 전에 그걸 경험한 터였다. 우리는 테헤란 도서 전시회에 콜롬비아 책 한 묶음을 보내려고 시도했다. 그러나 이란 외교부의 중남미 지역 담당자와 전화 통화를 하는 것과 같은 너무나 단순한 일이 거의 불가능에 가까웠다.

전화벨이 울렸고, 나는 서둘러 전화를 받았다. 그러자 앤지가 이렇게 말하는 소리가 들렸다. "후아나 헤다야트 부인이신가요? 전화 끊지 마세요. 영사님이 통화하고자 합니다."

"후아나인가요?" 내가 물었다.

전화선 반대쪽에서 폭풍우를 실은 구름처럼 강한 소음이 났는데, 그건 마치 모기떼가 윙윙거리는 소리 같았다. 그런 소리 속에서 나는 그녀가 말하는 소리를 들었다. 예, 그렇습니다, 접니다, 제 신청서에 문제가 있나요?

"그것 때문에 전화를 거는 게 아닙니다." 나는 그녀에게 말했다. "당신 동생 마누엘 문제 때문에 당신과 통화하고 싶은 겁니다."

잠시 침묵이 흘렀는데, 갑작스러운 혼선 때문에 그 시간이 더욱 길게 느껴졌다. 나는 제발 통화가 끊어지지 않기를 마음속으로 빌었다.

"내 말 들립니까?"

"예, 영사님. 동생에게 무슨 일이 있는 거죠?"

"지금 방콕에 구금되어 있습니다." 나는 말했다. "사고가 생겼고, 그래서 체포되었습니다. 당신을 찾으러 일본으로 가려던 중이었습니다."

"뭐라고요?" 그녀의 목소리가 끊겼고, 전화에서는 더는 소음이 들리는 대신 흐느끼는 소리가 났다. 마침내 그녀는 원상태로 돌아왔고 다시 말했다. "마누엘이 방콕에 갇혀 있다고요? 나를 찾고 있었다고요? 그런데…… 그는 괜찮나요? 그가 어떻게 알았죠?

그리고 당신은……"

나는 심호흡을 하고서 모든 것을 처음부터 끝까지, 그러니까 그의 여행과 체포, 그리고 알약에 대해 이야기했다. 콜롬비아와의 통화, 그리고 말레이시아의 영사가 공석이라서 델리 대사관이 이 사건을 처리해야만 했다는 사실, 내가 방콕으로 여행했다는 것과 마누엘의 진술, 3년이 지나자 그가 그녀를 다시 만나고자 간절히 소망했다는 사실, 그녀가 급히 방콕으로 가야만 한다는 것도 이야기했다. 어쨌든 나는 중간에 그침 없이, 망가진 엔진 같은 전화선의 소음을 제외하곤 상대방에게서 그 어떤 말도 듣지 않은 채 약 10분 동안 말했다. 나는 말을 끝내자 우는 소리를 들었다. 띄엄띄엄 나는 것이 아니라 지속해서 나는 흐느낌이었다. 마치 진흙투성이의 조류가 배출구를 찾았을 때의 소리와 같았다.

나는 그녀가 울게 놔두고서 아무 말도 덧붙이지 않았다. 그러자 그녀는 울면서 그가 괜찮은 게 확실하냐고 물었다. 나는 자신 있게 그렇다고, 마누엘은 강하며 잘 보호받고 있다고, 변호사가 영향력 있는 사람이며, 교도소장을 잘 알고 있다고 말했다. 그러나 나는 또다시 당신이 방콕으로 가는 게 중요하다고, 그는 당신을 만나야 한다고 강조했다.

"알겠어요, 영사님. 하지만 내게는 두 가지 문제가 있습니다. 내 남편이 나를 이란에서 떠나도록 놔두지 않을 것이고, 게다가 난 여권도 없습니다. 다시 말해서, 난 이란 여권을 갖고 있지만, 그걸 사용할 수가 없어요. 그리고 콜롬비아 여권은 만료되었습니

다. 또 내 아들도 있어요. 아이 없이 갈 수는 없어요. 그런데 아이
도 여권이 없어요."

나는 여권은 문제가 되지 않는다고, 그건 즉시 대사관이 해
결하면 된다고 말했다. 그녀는 이미 여권 갱신을 신청한 터였고,
이미 그 서류는 승인이 난 상태였다.

"델리로 보낼 사람은 없나요?" 나는 물었다. "이란에 사는 다
른 콜롬비아 사람들은 종종 그렇게 합니다."

그러나 그녀는 그건 불가능하다고 대답했다.

"이미 말한 것처럼, 나는 떠날 수 없어요, 영사님. 당신은 내
남편을 몰라요. 시장에 가는 것도 웬만해서는 허락하지 않아요.
우리는 국제전화도 걸 수 없고, 인터넷을 할 수도 없어요. 그가 있
을 때 누군가가 전화하면, 난 그 전화를 받을 수도 없어요. 단지
이 시간에 걸려오는 전화만 받아요. 알겠죠? 나의 모든 게 그에게
달려 있는데, 그 사람은 편집증 환자이자 질투심이 많아요. 여권
과 출생증명서 신청은 내가 비밀리에 한 거예요. 콜롬비아 친구가
도와줬어요."

"여권을 갖고 있다면 여행할 수 있을까요?"

"아마도 그럴 수 있겠죠. 그가 눈치채지 못하게 공항으로 가
서 비행기를 탈 수 있을 거예요. 하지만 나한테는 비행기표를 살
돈이 없어요."

나는 해결책을 생각해보겠다고 말했고, 다음 날 같은 시간에
다시 전화를 걸겠다고 약속했다. 그녀는 내게 감사하면서 작별 인

사를 했고, 다시 물었다. 정말로 마누엘은 괜찮은 거죠?

"당신이 방콕에 가서 그를 만나게 되면, 훨씬 나아질 겁니다."

점심을 먹고서 나는 변호사에게 전화했다. 그는 아직 새로운 소식이 없으며, 경찰은 계속 알약과 관련된 단서를 쫓고 있고, 곧 좋은 소식이 있을 것이라고 말했다. 그는 확신하고 있었다. 나는 변호사에게 마누엘의 누나를 찾았다고 말하며, 그녀의 이름을 적을 수 있도록 한 글자씩 불러주었다.

"부탁이 있습니다." 나는 말했다. "조만간 내가 그녀와 함께 방콕으로 갈 것이라는 말을 마누엘에게 전해주십시오. 아주 중요한 것입니다. 교도소장에게 전화를 걸어 오늘 그가 그 소식을 알도록 해주십시오."

"걱정하지 마십시오, 영사님. 이 통화가 끝나자마자 방콕 교도소에 전화하겠습니다. 이미 말했듯이 소장은 내 제자입니다."

나는 전화를 끊고 올림피아와 회의를 했다. 그녀에게 모든 것을 말해주었다. 우리는 이란 은행으로 송금할 수도 없었고, 여권을 우편으로 보낼 수도 없었다. 그러니 어떻게 해야 할까? 많은 다른 일이 있을 때처럼, 그녀는 이미 적절한 해결책을 생각해놓고 있었다.

"테헤란에 이동 영사관을 설치하세요, 보스." 그녀가 말했다. "그러면 일석십조가 될 거예요."

이동 영사관이라고요? 그러자 그녀가 말했다. 그래요, 우리가 장부와 도장 그리고 신청서를 갖고 가서, 아르헨티나 대사관 사무실에서 콜롬비아 교민을 상대로 업무를 하는 것이죠. 3년 전에 이동 영사관을 운영한 적이 있어요. 그러니 이제 다시 이동 영사관을 운영할 시간이 되었어요.

그러고서 그녀는 부가적인 설명을 곁들였다.

"이런 경우를 난 잘 알고 있어요. 테헤란에는 일본에서 이란 남자와 결혼한 콜롬비아 여자가 130명 정도 있어요. 그녀들은 모두 땀을 흘려 생활비를 벌려고 그곳으로 갔어요. 물론 이마에 땀을 흘리는 일을 한 것은 아니었죠. 그리고 결국 이란 남자들과 연루되었고, 마치 경제적 이주자처럼 그곳에 있으면서 가리지 않고 온갖 종류의 일을 하지요."

우리는 외교부 영사과에 편지 한 통을 작성해서 테헤란에 이동 영사관을 긴급하게 운영할 필요성을 설명했다. 그러면서 37명의 미성년자가 출생증명서를 기다리고 있으며, 49명의 교포가 여권 갱신을 신청한 상태며, 우리 정부가 보내주는 신원 증명서를 기다리고 있는데, 그것은 헌법이 보장하는 국민의 권리라고 지적했다.

영사관과 외교부가 긴급히 연락할 필요가 있는 경우에는 이미 내가 지적했듯이 항상 시차가 문제였다. 열 시간 '반'이라는 희한한 시차가 있었다. 나는 밤까지 기다렸다가 외교부 영사과에 전화를 걸었다. 다행스럽게도 이미 내가 발송한 공문서를 읽은 상태였고, 그 요청을 고려하고 있었다. 영사과는 보고타 시각으로 오후에 답을 주겠다고 말했고, 나는 다음 날 아침에 그 서신을 받게 될 것이었다.

그날 밤 나는 거의 잠을 자지 못했다. 날씨는 더웠으며, 나는 걱정스럽고 불안했다. 여러 번 나는 자리에서 일어나 시원한 것을 마셨고, 결국 거실에 앉아 달을 쳐다보았다. 달은 창문을 통해 들어와 이상한 그림자를 투영하고 있었다.

때때로 나는 후아나의 목소리를 듣는 것 같았다. 그녀 역시 집에서 잠을 이루지 못하는 것 같았다. 아마도 아이를 품에 안고서 세심한 눈으로 어둠 속에서 보살피면서 자장가를 부르고 있는 듯했다. 그 목소리는 희미한 중얼거림에 불과했다. 힌두스탄의 하늘을 가로질러 마누엘의 귀에 이르고자 하는 부드럽고 조그만 숨소리였다. 아마도 마누엘은 그 시간에 이미 그녀가 올 것을 알고 있기에, 그녀의 말에 귀 기울이고 있을 것이 분명했다. 청년은 방콕의 더럽고 축축한 감방에 있고, 그의 누나는 테헤란에서 사랑하지 않는 남자 옆에 누워 자는 척한다.

말, 말, 말.

밤 기도.

그들이 말로 표현하지는 않았지만, 이제는 생각하는 이 기도. 그것은 마음속에서 울리는 가슴이 찢길 듯한 비명과 고통과 사랑의 외침이다. 그것은 두 개의 조용한 기도이다. 나는 그 이상한 폭풍우 속에, 그들이 만들었지만 한 번도 살아보지 못했던 행성과 가까운 곳에 있다. 이 두 연약한 인간은 함께 있으면서 잊히기를 염원하지만, 삶은 마치 벽처럼 그들 사이로 끼어든다.

다음 날 사무실에 도착하자, 올림피아가 말했다.

"좋은 소식이 있어요, 보스. 테헤란으로 가게 되었어요."

"영사과에서 허락이 떨어졌어요?" 내가 이렇게 묻자 그녀는, 예, 인쇄해서 책상 위에 올려놓았어요, 라고 말했다.

다시 나는 앤지에게 후아나 헤다야트와 전화를 연결해달라고 부탁했다. 두 시간 동안 수없이 시도한 끝에 나는 그녀와 통화할 수 있었다.

"당신 동생은 괜찮습니다." 나는 말했다. "방콕에 있는 변호사와 통화했고, 그에게 모두 이야기해주었어요. 그는 이미 내가 당신을 찾아냈고 당신이 그를 만나러 갈 것이라는 사실을 알고 있어요."

나는 그녀에게 전략을 말해주었다. 그러니까 나는 다음 주에 테헤란으로 가서 그곳에 있는 콜롬비아 국민과 관련된 모든 영사 업무를 늦지 않게 처리할 것이라고 말했다. 그날 저녁 이동 영사관이 운영될 것이라는 공고가 발표될 예정이라고 설명했다.

"준비하셔야 해요." 나는 그녀에게 말했다. "가장 이상적인 것은 당신이 나와 함께 이란에서 나오는 겁니다."

그녀가 말했다.

"예, 알겠어요, 걱정하지 마세요, 영사님. 영사님이 오실 때면, 차질 없도록 모든 것을 준비해놓을게요."

나는 아르헨티나 대사관과 통화했고, 그곳에서 우리에게 전통적으로 제공했던 것처럼 사흘 동안 대사관을 빌려주겠다고 확인시켜주었다. 나는 또한 이란 외교부의 의전 국장에게 메일을 보내 내가 그곳으로 여행할 것이라는 사실과 여행 목적을 알려주었다. 우리는 여행사에 비행기표를 예약해달라고 요청했다. 다음 주화요일에 모든 것이 준비되었고, 우리는 수요일에 출발했다. 우리는 목요일과 금요일, 토요일에 콜롬비아 교포들의 일을 처리할 예정이었다. 올림피아와 이등 서기관 그리고 내가 파견단이었다. 우리는 이란 외교부 의전국 대표의 영접을 받을 것이었다. 이란 외교부는 우리에게 기사를 포함해 자동차를 나흘 동안 사용하도록 편의를 봐주었다.

3

다중 인격과 꿈에 관한 이 이야기에서도 나는 내가 아닐 거예요. 사랑하는 인테르 네타, 이 경우 너는 요란하고 일부러 꾸민 것처럼 보이는 인물 중에서 어떤 것을 선택할까? 잠깐, 기다려, 그렇게 조급해하지 말고, 네가 사랑하고 존경하는 아덴[†]과 하라르[††]의 시인 랭보가 쓴 것을 떠올려봐.

Je est un autre[나는 타인].

내 이름은 '미녀'이며, 나는 꿈꾸고 있어요. 꿈을 꾸고 또 꾸며, 꿈을 꾸는 동안 나는 이야기하고 싶어요. 내가 마음에서 보는 것을 이야기하고, 그 이미지를 따라다니고자 하지요. 그런데 그 이미지는 말이기도 하며, 때때로 냄새이거나 두려움이에요. 그것

[†] 예멘의 항구도시. 홍해의 아덴만 연안과 접하며 바브엘만데브 해협에서 동쪽으로 약 170킬로미터 떨어진 곳에 있다.

[††] 에티오피아 동부에 있는 도시로 하라리주의 주도.

이 바로 내가 머릿속에 가지고 있는 것인데, 이 말은 내 마음속에 가진 것이라고 말할 수도 있지요.

이미 말했다시피, 내 이름은 '미녀' 혹은 '벨르' 또는 '벨라'인데, 이것은 내가 어디에 있는가에 따라 좌우된답니다. 그것은 광활한 세상이 바로 내 침대이기 때문이에요. 그런데 내가 누구일까요? 하나씩 알아보지요. 내가 처음으로 처녀를 잃었을 때는—'처음'이 무엇을 의미하는지는 적당한 시간에 설명할 겁니다—건스 앤 로지스 콘서트에서였어요. 우유배달(우유 냄새가 났어요) 트럭의 뒷좌석이었어요. 입에서 강한 생양파와 소시지 냄새를 풍기는 남자에 의해 이루어졌는데, 그는 너무나 술에 취해 있었고, 아마도 나처럼 마약에 취해 있던 것 같았어요. 전혀 강력한 마약은 아니었으며, 혈관에 주사를 놓은 것도 아니었어요. 이제 여러분들은 나를 조금씩 알아가고 있는데, 나는 남자들을 사랑하지만, 주삿바늘은 극히 싫어한답니다.

오, 하느님, 바로 그 바늘 때문에 이 긴 이야기가 시작되었어요. 이 부당한 언행, 혹은 이 오가는 이상한 행위, 이것이 바로 내 삶이지요. 여러분들은 내 이야기를 알아야 해요. 그건 아이들에게는 아주 유명해요. 그럼 한번 볼까요. 그런데 어떻게 되더라? 훌륭한 동화도 있고 나쁜 동화도 있어요. 물론 저주의 대상도 있어요. 열여섯 살 때 내 손가락은 물레 바늘에 찔렸을 것이고, 나는 왕자님이 내게 키스를 할 때까지 잠들어 있었을 겁니다. 이야기는 대략 그렇고, 왕자님에 대한 것이 내가 보기에는 최고의 부분이자 가장 재미있는 부분이에요. 사실 나는 내 피부를 쓰다듬을 사람, 혹은 내 귓가에 속삭일 사람을 욕망하면서 잠에서 깨어나지요(반드시 이런 사람이 왕자님이 될 필요는 없어요. 이제 왕자님이란 존재하지 않으니까요). 나는 잠에서 깨고 뜨거운 욕망으로 죽을 것 같아요. 내 안에서 숨 쉬는 꽃, 안으로 들여 넣을 때의 따끔한 통증, 혹은 우리 여자들이 태어날 때 가진 '성모'와 유사한 것—우리의 운명은 그런 유사성을 상실하는 것이지요—은 꿈을 꾸면서 다시 만들어지고, 그 조직은 다시 하나로 합쳐지고, 그 얇은 막은 재생되지요. 나는 바로 거기에 있어요. 눈을 아주 크게 뜨고 잠에서 깨어나 욕망으로 가득하지요. 오, 하느님, 세상이 떨고 있고, 여자에게 욕망이 엄습할 때마다 우주는 녹초가 되어 젤리가 되는데, 나는 바로 그런 욕망을 느껴요. 한 줄기 빛이 내 등뼈를 따라 내려가고, 내 허벅지와 엉덩이 사이에 머무르고, 나는 며칠 밤과 낮 동안 누워 있던 이 침대를 떠나는 수밖에 다른 도리가 없어요. 그런 동안 재건의 기적이 이루어지고, 나는 세상으로 나간답니다.

마지막으로 처녀성을 상실했을 때는 정말 많이 아팠어요. 장 본인은 병원 의사였는데, 나는 22주 동안 혼수상태에 있다가 그 병원에서 깨어났어요. 그가 어떤 직위나 직급이었는지는 몰라요—아마도 그는 마취전문의였을 거예요. 하나도 통증을 느끼지 않았거든요—, 하지만 내 육체를 해방했고, 그 조그만 방에서 내 육체를 소생시켰어요. 그 방에는 알코올병과 거즈, 그리고 피하주사 등 의약품으로 가득했는데, 그것 말고도 복사기가 있었어요.

그런 기계가 있기에는 부적절한 곳이었지요. 그런데 솔직히 말하면, 그것 때문에 가장 즐겁고 유쾌한 시간을 즐겼어요. 그 의사가 나를 복사기 유리 위에 앉히고서 내 처녀를 빼앗았어요. 그게 스물일곱 번째였던가요? 아니면 스물아홉 번째였던가요? 그는 쉬지 않고 복사를 했어요. 유리에 착 달라붙은 내 엉덩이와 대기 중인 원통 모양의 그림자, 두툼한 덩어리를 때리는 끝의 모습을 복사했어요. 여러분에게 더 자세한 얘기까지는 하지 않겠어요. 이제 나는 꿈을 꾸고 있고, 어느 정도의 현실성을 잃어버리고 있어요. 현실은 나의 닫힌 정원이고, 내 멋진 남자들과 내 사랑들이 사는 곳이지요. 이들은 자신들의 말과 호흡으로 나를 이 단조로운 채소의 꿈에서 꺼내고, 항상 다시 시작하는―발레리의 시에서처럼 "영원히 다시 시작하는toujours recommencée"―내 보물을 가져가지요. 어쨌거나 그것은 낡은 가죽 동전만큼의 가치도 없으며, 아름답지만 유일무이한 것은 아니에요. 나는 생각해요. 왜 유일한 것들이 더 좋아야만 하는 거죠? 적어도 나는 평범하고 낡은 것을 즐기지만, 그건 또 다른 이야기랍니다.

나는 어디에 있죠? 나는 어디에 있을까요? 용기를 내서 나를 찾아봐요. 나를 위해 모든 것을 버리세요. 나를 찾으세요. 나를 찾아요. 아마도 당신이 그토록 열망하는 광고판의 여인일 수도 있고, 때때로 밤이 되면 당신을 찾아가는 여자일 수도 있어요. 나의 맨다리는 마티니 잔에서 나와 동요하지요. 나는 당신의 기도를 듣고서 소중하게 여기는 유일한 여자예요. 나는 당신의 상상 속에서 살기 때문이에요.

　이런 말을 하면서 나는 한 남자를 떠올렸어요. 내가 사랑했던 몇 안 되는 남자 중의 하나예요. 그의 이름은, 나의 아름다운 남자의 이름이 무엇이었죠? 나는 그 이름을 잊어버렸지만, 이 꿈속에서 그에게 이름을 붙여줄 거예요. 이제 그의 이름은 라스이며, 덴마크의 선원이에요. 그는 발트해를 항해하는 어느 요트의 아랫갑판에서 일했어요. 내가 고물에서 잠자고 있을 때 그는 내게 생명의 숨을 불어넣어주었고, 나를 하급 선원의 선실로 데려가서 번쩍 안아 올렸어요. 그러고서 배 옆문을, 그 둥그런 창문을 바라보면서 말했어요. "우리는 지금 진홍색 섬 앞을 지나고 있는데, 한쪽 평원에서는 전쟁이 벌어지고 있고, 병사들은 쓰러지고, 그들의 투구는 공중으로 날아오르며, 갑옷은 피를 흘리고 있어요." 라스는 이렇게 말했고, 나는 그의 말을 듣고 있었어요. 그런 동안 또 다른 피가 내 허벅지를 적셨어요. 그의 육체의 상처가 내 몸 안에 있었고, 나는 그 남자가 멈추지 않게 해달라고, 내게서 그의 칼을 절대로 꺼내지 못하게 해달라고, 전쟁 이야기가 평생 지속되게 해달라고 염원했어요. 다시 말하면, 그 조그맣고 둥그런 창문이 내 삶이 되도록 해달라고 애원했지만, 이내 무언가 일이 생겼고 벨이 울렸어요. 라스는 갑판으로 올라가 북쪽의 바다 괴물들이 배를 침몰시키지 못하도록, 아니면 그와 비슷한 일이 일어나지 않도록 망을 봐야 했지요. 그게 바로 그가 내게 말한 것이에요. 그리고 배 옆문으로 눈을 돌리자, 나는 진홍색 섬에서 전투를 보았지만, 이 모든 것은 부엌에 설치된 낡은 텔레퐁켄 텔레비전에서 일어나고 있었어요. 그 텔레비전은 창문 건너편에 있었어요. 그러자 나는 무언가를 알아챘어요. 튀김기름과 생선 냄새라는 것을 알게 되었어요. 그게 바로 바다에서 먹어야 하는 음식이고, 바다는 바로 그런 것과 비슷한 냄새를 풍기지요. 바다는 소금물과 생선과 플랑크톤, 그리고 난파된 배의 잔해가 뒤섞인 것이에요. 라스는 떠났고, 나는 또한 나를 흥분과 도취의 상태로 몰고 간 동작들(혹시 누군가라도 이야기의 실마리를 놓친 사람이 있을 것 같아서 말인데, 나는 지금 섹스에 관해 이야기하고 있고, 섹스는 나의 폭풍이자 격정이에요)은 라스의 몸 안에서 폭발한 분노뿐만 아니라, 바다 그 자체에서, 그러니까 바다를 들어 올리는 폭풍에서 오는 것이라는 사실을 알았어요. 나는 나를 건드리는 남자처럼, 그를 침대에서 꺼내고 싶었어요. 그러고서 나는 그를, 그러니까 라스와 폭풍을 사랑했고, 내 선실로 돌아오면서 비명을 들었어요. 나는 라스가 사나운 바닷물로 추락했으며, 바닷물에 휩쓸려 사라졌다는 사실을 알았어요. 아, 너무나 아프고 괴로웠어요. 나는 다시 잠들었고, 세상은 나를 슬프게 만들었어요. 라스의 흔적은 내 안에서 녹아버렸고, 이제는 아무것도 남아 있지 않았어요. 이것이 내가 잠을 잘 때면 일어나는 일이에요. 세상이 멀어지고 사람들은 떠나거나 죽고, 혹은 어느 날 거리로 나가 절대 돌아오지 않기 때문이지요. 나를 가장 슬프게 하는 것은 그들 모두가 없어도 세상은 계속 그대로라는 사실이에요. 아무것도 바뀌지 않아요. 그것은 라스가 이제 더는 없어서, 또는 내가 잠을 자고 있으므로, 혹은 우리가 모두 죽어 있기 때문이에요. 그래서 아무것도 바뀌지 않는 것이에요. 내 말을 믿어줘요, 돌 아래로 삶은 다시 모습을 드러낸답니다. 마치 뱀처럼, 혹은 독풀처럼 말이에요. 그리고 삶은 현실의 모습을 띠게 될 것이고, 누군가 쾌락의 비명을 지르는 동안, 다른 사람들은 혈관을 자르거나 혹은 영원히 떠나버리려고 작정하면서, 이리저리 방황하고, 창피를 당한 후 깡통을 발로 차겠지요. 그리고 삶은 계속되면서 그 씁쓸한 맛을 띨 것이며, 나는 눈을 뜨겠지요. 그리고 그렇게 하면서 누군가는 행복할 겁니다. 정말이에요, 내 말을 믿어주세요. 그러면 그 사람은 바다에 휩쓸려 갈 테지만, 나는 잠을 자는 동안 한순간만 행복한 것이 더 낫다고 말하지요. 그냥 휩쓸려 가도록 내버려두세요. 절대로 그렇게 되지 못한 채 설치류처럼 살아가는 것보다는 그게 더 나아요. 그게 바로 내가 말하는 것이고, 내가 생각하는 것이에요. 나는 행복했어요. 그리고 이런 말을 하면서 나는 이런 질문을 나 자신에게 던져봅니다. 나의 다음 멋쟁이 애인은 누구일까? 그리고 당신, 내 멋쟁이 애인인 당신은 나는 어디에 있지, 라고 당신 자신에게 물어봐요. 용기를 내서 나를 찾아보지 않을래요?

4

나는 한 번도 테헤란에 가본 적이 없었다. 그런데 솔직히 말하자면 나는 그곳을 보고 놀라움을 금치 못했다. 공항은 현대적이고 깨끗하며—이미 말했듯이 델리에 있다가 오면 모든 게 깨끗해 보인다—, 디자인은 파리의 루아시 공항을 떠올리게 한다. 널찍한 공간, 금속 천장, 사막과 하늘이 보이는 스테인드글라스 유리창, 유리 계단, 친절하고 다정한 사람들, 훌륭한 방향 표지판들, 기분 좋은 냄새, 그게 라벤더 향인지는 모르겠지만, 어쨌건 싸구려 방향제는 아닌 냄새 등 모든 게 마음에 든다.

이란 국영 항공사인 마한 항공의 에어버스에서 내리자, 우리는 옆에 콘비아사 항공사의 비행기가 계류하고 있는 것을 보았다. 그 베네수엘라 항공은 테헤란-다마스쿠스-카라카스 노선을 운항하고 있었고, 언론에 따르면 항상 빈 채로 비행한다. 하지만 이번 경우에는 승객의 줄이 끝도 없이 길게 보였다.

테헤란 한쪽으로는 칠레의 산티아고와 마찬가지로 눈 덮인 산맥이 우뚝 솟아 있다. 그래서 우리는 이 도시가 비탈에 있다는 느낌을 받는다. 우리 호텔은 테헤란의 현대화된 대부분 지역을 굽어보고 있었다. 그 도시의 유적을 차치하고, 언뜻 본 바로는 라틴 아메리카의 도시를 떠올리게 하기에 충분했다(몇몇 다른 아랍의 도시에서도 나는 이런 인상을 받았다). 방으로 들어가자마자 창문을 열고서 산의 시원한 공기를 마셨다. 그러면서 나는 아주 불편한 무언가가 있다는 것을 깨달았는데, 이란에는 술이 없다는 사실이었다. 그래서 나는 아이스 버킷을 요청하고서 내 생각을 정리하는 동안, 침대에 비스듬히 누워 술 한잔을 마시는 의식을 치를 수 없었다. 아, 염병할 아야톨라들! 나는 술을 금지하는 종교가 끔찍하게 싫다.

그날 밤 아르헨티나 대사 부부는 우리를 저녁 식사에 초대했다. 대사관저는 도시의 위쪽에 있었는데, 그곳은 커다란 빌딩과 저택으로 가득했다. 파리 서쪽의 교외 도시이자 부유한 동네인 뇌이쉬르센과 똑같았다. 그런데 세련되고 훌륭한 취향의 대사는 내가 즐길 수 있도록 기꺼이 관저의 바를 개방하고서, 우리에게 식전주를 주었다. 그 바는 커다란 나무 상자와 같았다. 나는 거기서 고든스 한 병을 발견했고, 그래서 얼음 두 개와 레몬 두 조각을 넣어 푸짐한 양의 진을 따랐다. 내 동작을 보더니 대사도 똑같이 했고, 심지어 이등 서기관도 그렇게 했다. 그 서기관은 바랑키야[†] 출신의 다정한 젊은이로 첫 부임지인 인도에서 외교 임무를 수행하고 있었고, 이름은 마우리시오 프랑코 데 아르마스였다.

　대사 부부는 우리에게 이란의 상황에 대해, 그리고 어떻게
아주 이른 시일 안에 개혁 절차가 시작될 예정인지에 대해 말했
다. 그것은 이란 인구의 70퍼센트가 마흔 살 이하이고, 세계로 열
린 체제에서 살고자 하기 때문이었다. 또한, 10개국과 국경을 마주
하고 있는 이란이 왜 종교 지도자로 불리는지도 설명했는데, 그것
은 석유와 다른 산업 덕분에 강력한 경제력을 지니고 있기 때문이
었다. 한 가지 예로, 대사는 이란에서 소비되는 의약품의 95퍼센
트가 국내 생산품이라고 밝혔다. 유럽 회사들은 이란에 매우 안정
적으로 정착했으며, 몇몇 아시아 국가, 특히 일본과 한국의 기업
들도 그렇다고 말했다. 그들은 워싱턴의 무역 제재 때문에 미국과
경쟁할 필요가 없었다. 프랑스는 고속도로를 건설했고, 도로 표지
판을 세웠으며, 자동차를 조립했다. 스페인 맥주회사 마오우와 네
덜란드 맥주회사 하이네켄과 암스텔은 무알코올 맥주를 세계 그
어느 곳에도 없는 최고의 맛으로 제조하고 있었다. 파인애플, 바
닐라, 딸기 맛이었다. 한국의 현대자동차를 비롯해 도요타와 스즈
키사 역시 자동차를 조립해서 판매하고 있었다. 그리고 독일 자
동차 폭스바겐과 메르세데스 벤츠도 마찬가지였다. 국제은행 체
제와 연결되어 있지 않아서 지급과 관련된 문제는 요르단과 같은
제3국을 통해 해결하고 있었다. 요르단은 영토가 작은 아랍 국가

† 　콜롬비아 북부 카리브해 연안 지역의 최대 항구도시.

이지만, 이란과 이라크에 대한 무역 제재 덕분에 부유해진 나라였다.

대사 부인도 마찬가지로 매혹적인 여인이었다. 그녀는 테헤란 대학의 외국지역 학과에서 일했으며, 즉시 내게 라틴아메리카에 대해 간단한 좌담을 하지 않겠느냐고 제안했다. 심지어 라틴아메리카 지역 학과가 개설될 예정이며, 따라서 나중에 돌아와서 정규 학과목을 강의하지 않겠느냐고 물었다. 우리는 만두처럼 생긴 엠파나다와 맛있는 고기를 먹고 와인을 마셨으며, 자정이 되기 전에 호텔로 돌아왔다. 다음 날 우리의 이동 영사관이 아침 8시에 열릴 예정이었고, 따라서 휴식을 취할 필요가 있었다.

호텔에 있게 되자 나는 다시 후아나를 생각했다. 동생과 그토록 가까이 있는 지금 그녀의 머릿속에서는 어떤 생각들이 교차할까? 이란에서 도망치는 시간이 가까웠다고 느낄까? 나는 누군가가 떠나는 순간에 자신의 것을 쳐다보는 것처럼 그녀가 모든 것을 쳐다보고 있을 것이라고 상상했다. 그녀의 경우에는 남편도 버려야 했다. 나는 그것이 미리 향수를 예상하는 겁에 질린 눈일 수도 있다고 생각했다. 아니면, 자신이 지금 하려는 일이 어떤 것인지, 나머지 사람들에게 얼마나 희생을 요구하는지도 잘 알고 있는 맹수와 같은, 거의 사납다고 말할 수 있는 눈일 수도 있었다. 또는 모든 것을 삼켜버리려는, 즉 모든 것을 먹어치우려는 굶주린 눈일 수도 있었고, 송곳니로 물어뜯으면서 피 따위는 개의치 않는 오만하고 약탈적인 눈일 수도 있었다. 그녀는 어떤 삶을 살았을까? 그런데 무엇보다도 가장 이상하고 가장 합리화하기 힘든 것, 마치 낙숫물처럼 내 머리를 때리고 또 때리던(중국의 오래된 고문 방식이다) 것은 왜 그녀가 마누엘과 한 번도 연락하려고 하지 않았는지에 대한 의문이었다.

그녀가 말 한 마디만 했어도 이런 일은 일어나지 않았을 것이다.

다음 날 아침 8시 반에 콜롬비아 교민들이 급한 업무를 처리하기 위해 도착하기 시작했다. 올림피아는 이등 서기관과 함께 식당으로 사용되던 곳에 자리를 잡았고, 나는 계단 뒤에 있는 조그만 책상에 앉았다. 우리의 유일한 문제는―그리고 우리를 거의 미치게 할 뻔한 것은―전기 타자기를 구하는 일이었다. 그래야 여권의 필요 사항을 적어 넣을 수 있기 때문이었다. 여권이 굴림대로 들어갈 수 있을 뿐만 아니라 수정테이프도 갖춘 큰 타자기여야만 했다. 그것은 낡아빠진 구식 기계였고, 따라서 옛날에 전통적으로 쓰던 수정테이프를 구할 수가 없었다(첫 번째 소설을 쓸 때 나는 휴대용 레밍턴 타자기로 타자했고, 그 수정테이프를 썼는데, 그 하얀 액이 내 손가락에 묻어 있었다는 것을 생생하게 기억한다). 마침내 쿠바 대사관에서 우리에게 그 타자기를 빌려주었다. 그것도 제시간에 도착했다!

대부분은 여자들이었다. 그리고 내가 말해야 할 것은, 거의 모두가 아주 매력적이었다는 사실이다. 일본에서의 내 경험을 시작으로, 나는 올림피아가 도쿄-테헤란 유착에 관해 말해준 것을 떠올렸다. 그런 견지에서 본다면, 후아나는 수많은 경우 중의 하나였다.

초인종이 울리고 대사관 비서가 문을 열 때마다, 나는 후아나가 사무실로 들어오는 모습을 상상했다. 그러나 모두 그녀가 아니었다. 나는 그녀의 전화번호도 갖고 있었지만, 의심을 일깨우지 않도록 전화하지 않는 편을 택했다. 이곳에 오려면 그녀는 분명히 핑계를 만들어야만 했다. 나는 계속 기다렸다.

오후 3시가 되었을 무렵, 나는—마우리시오와 올림피아와 함께 직접 자필로—스물두 개의 여권과 열여섯 개의 출생증명서에 서명했다. 또한, 아홉 개의 결혼 서류에도 서명했다. 몇몇 콜롬비아 여자들은 남편과 함께 와서 비자를 신청했지만, 그건 우리가 할 수 없는 몇 개의 업무 중의 하나였다. 우리가 서류를 보고타로 보내 외교부가 승인해야만 비자를 줄 수 있는 국가 목록에 이란이 있었기 때문이다. 4시가 되자 우리는 마지막 서류를 받았고, 다음 날에 서류 신청을 마감할 것이라는 사실을 알렸다. 그것으로 우리는 그날의 업무를 마쳤다.

5시경에 운전기사가 나를 도시의 명물 중의 하나인 그랜드 바자르로 데려가서 구경시켜주었다. 그곳은 아름다운 중세 시장이었다. 미로처럼 구불거리는 골목길은 때때로 지하로 내려가 터널이 되다가 지상으로 올라와 둥근 지붕이 있는 곳이 되기도 한다. 나는 피스타치오를—이 세상에서 최고의 제품—샀고, 과자와 가죽 제품, 그리고 많은 베일에 감탄했다. 다마스쿠스의 재래시장에서 했던 것과 똑같이 나는 여성 속옷("란제리의 영혼은 짧음이다"라고 누가 썼을까?)을 파는 멋진 가게의 사진을 찍었다. 과감하고 다양한 색상의 끈 팬티는 플라스틱 꽃으로 장식되고 불빛이 번쩍이는 치실과 똑같았으며, 코르셋과 앞트임이 된 슬립이 진열되어 있었고, 적어도 유럽에서는 섹스 숍에서만 볼 수 있는 온갖 마네킹도 있었다. 이것은 엄격한 도덕성과 여성의 육체에 대해서는 이슬람의 정숙함이 요구되는 곳임을 고려할 때 호기심을 자아내지 않을 수 없었다.

잠시 후 7시에 나는 이등 서기관과 함께 외교부를 방문해서 장관과 의례적이고 형식적인 인사를 나누었다. 라틴아메리카 외교 자문위원은 아주 훌륭한 프랑스어와 약간의 스페인어를 구사했고, 장관은 10년 동안 쿠바와 베네수엘라 대사를 역임한 경력이 있었다. 두 사람은 이란이 우리 나라와 더욱 긴밀한 관계를 갖고자 원한다는 데 의견이 일치했는데, 그것은 그들이 우리를 경제적으로 번영한 지역으로 보았기 때문이다. 베네수엘라와 볼리비아와의 우정 어린 관계 덕분에 라틴아메리카로 눈을 뜨게 된 것이었다. 우리도 영광이라면서 의례적인 인사를 했다. 그들은 콜롬비아가 2002년에 우리베 정부가 들어서면서 폐쇄한 대사관을 다시 테헤란에 설치했으면 좋겠다는 바람을 여러 차례 강조했다. 우리는 메모를 했고 약속을 했으며, 아주 맛있는 피스타치오를 차와 함께 먹었으며, 30분 후에 그곳에서 나왔다.

그날 밤 우리는 이란의 전통 음식점에서 저녁을 먹었다. 고기와 케밥, 사프란을 넣은 밥이었는데, 밥은 박하와 아주 특별한 양념으로 가미되어 있었다. 와인과 같은 술 없이 그렇게 훌륭한 저녁을 즐긴다는 것은 좀처럼 찾아볼 수 없는 일이었다. 대신 우리는 차와 생수를 마셨다. 잠시 후 나는 무척 특별한 쇼를 보았다. 어느 고객이 돈을 주면서 가수에게 고마움을 표하려고 했다. 그러자 사회자는 그 돈을 소액 지폐로 바꾸어 한 장씩 가수에게 던졌다. 빗발치듯이 떨어지는 디나르는 아주 호화로운 장면이었다. 만일 우리 나라의 마약 밀매 두목들이 보았다면, 틀림없이 우리 나라에 그런 식당을 차렸을 것이다.

다음 날 우리는 같은 시각에 영사관을 열었다.

기나긴 기다림의 연속이었다. 그런데 마침내 12시경에 후아나가 나타났다. 마치 안개에서 나타난 여자처럼 내가 보기에는 비현실적이었다. 생각은 실체화되어 형태를 띠게 되고, 숲이나 호수, 혹은 상징적이면서도 동시에 심오하게 인간적인 것으로부터 모습을 드러낸다. 그녀가 아름다웠을까? 그런 이야기에서 나온 사람은 누구든지 그렇다. 나는 감정을 억누르면서 인사했다. 실제로 매우 매력적인 여자였다. 마누엘의 모든 말이 그녀, 즉 그녀의 미소와 그녀의 당당한 눈, 그리고 그녀의 굉장히 강인한 표정과 맞아떨어졌다. 그녀는 나를 껴안으면서 인사했고, 그런 다음 자기 아이를 보여주었다.

"이 아이가 마누엘이에요."

그녀의 표정에서 무언가가, 어느 정도의 피로함 혹은 슬픔이 그녀가 받은 충격을 보여주고 있었다. 나는 차를 마시지 않겠느냐고 물었다. 우리가 나머지 사람들과 떨어져 있게 되자, 나는 그녀의 눈을 보고서 말했다. 결심했나요? 나와 함께 가나요?

"예." 그녀가 대답했다. "준비는 끝났습니다. 일요일에 떠나는 거죠?"

나는 그녀에게 내 호텔로 와도 좋으며, 거기서 출발하자고 말했다. 너무나 분명한 이유로 나는 그녀의 이름을 우리 대표단의 동반자로 적어놓지 않았다. 그렇게 되면 외교 문제가 생길 수도 있기 때문이었다. 그러나 그녀는 내 옆에서 여행할 것이었다. 나는 그렇다고 말했다. 우리는 사무실로 갔고, 그녀는 아이의 서류가 제대로 되었음을 직접 확인했다. 그녀의 여권도 이미 갱신되어 있었으며, 출생증명서(마누엘 사예크 헤다야트 만리케)도 마찬가지였다. 이렇게 확인시키면서, 이등 서기관은 그녀가 서명하도록 여권의 접착테이프를 제거했다. 그러나 내가 그 여권을 건네주려고 하자, 후아나가 내 팔을 잡았다.

"아니에요, 영사님이 보관하세요. 그 서류가 발각될 위험을 감수하고 싶지 않아요. 일요일 11시에 모든 준비를 마치고 영사님 호텔로 가겠어요. 고마워요."

나는 그녀를 문까지 배웅했다. 그녀는 초조하고 슬픈 미소로 작별했다. 나는 그녀가 대로로 향하는 길을 따라 걷는 모습을 보았다. 그런 다음 나는 델리에 있는 여행사 직원에게 전화를 걸어 그녀와 아이의 항공권을 내가 예약했던 돌아가는 항공편으로 발

권해달라고 주문했다. 이런 상황을 예측하면서 나는 일요일에 돌아가기로 했고, 올림피아와 이등 서기관은 토요일에 돌아가도록한 터였다. 그들은 내가 전적으로 신임하는 사람들이지만, 나는증인이 없는 편을 택했다.

여행 당일, 후아나는 약속한 시각에 조그만 여행 가방 두 개를 들고 도착했다. 마누엘 사예크는 그녀의 팔에 안겨 자고 있었다. 나는 그녀가 불안해하고 있다는 것을 눈치챘지만, 시선은 강인하고 단호했다. 이미 그녀는 더 어렵고 차갑고 깊은 물을 헤엄쳤었고, 최후의 결정, 심지어 잔인한 결정을 하는 데도 어느 정도익숙해져 있었다. 나는 그녀의 남편에 관해 묻지도 않았고, 그녀가 이제 떠나려고 하는 이란에서 어떻게 살았느냐는 것을 언급하지도 않았다. 그런 말을 할 계제가 아니었다.

그녀는 허리가 꽉 죄고 엉덩이까지 내려오는 파란색 재킷을입었고, 전통에 따라 파란색 베일을 썼는데, 재킷보다 조금 옅은색이었다. 그녀는 히잡을 쓰는 관례를 지켰는데, 이란에서는 필수적으로 그렇게 해야만 했다. 그녀의 눈은 아름다웠다. 가장 두드러졌다. 전날 나는 이란 정부가 제공한 운전사들과 헤어졌기 때문에 택시를 불렀다. 정오쯤에 우리는 나가서 공항으로 향했고, 공항에 도착하자 아무 사고 없이 무사히 탑승 절차를 밟았다. 초조하고 긴장되었던 유일한 순간은 출입국 관리 사무소를 지날 때였지만, 나와 함께 있고 내가 외교관 여권을 갖고 있었기 때문에 그누구도 그녀에게 질문하지 않았다. 마한 항공의 비행기에 오르자,

그녀는 아이를 꼭 안고서 조용히 흐느꼈다.

우리의 비행시간은 네 시간 반이었지만, 나는 그녀에게 아무 질문도 하지 않았고, 실제로 그 비행시간 동안 아무 말도 하지 않았다. 단지 두 번에 걸쳐 마누엘 사예크가 잠에서 깨어나 젖을 달라면서 칭얼대자, 그녀가 아이의 응석을 받아주는 소리가 들렸다.

델리에 도착하자, 인도 이민국은 열흘 체류용 비자를 발급해주었다. 이것은 내가 지난주에 매우 급한 경우라고 설명하면서 요청해놓은 것이었다. 아무 문제도 없었고, 12시경에 우리는 장푸라에 있는 내 집에 도착했다. 마누엘 사예크는 어머니의 품에 안겨 잠들어 있었다. 나는 후아나에게 전기오븐과 냉장고 그리고 식료품은 어디에 있는지 알려준 다음, 내 서재에 그들이 쉴 공간을 마련해주었다.

그러자 그녀는 베일을 벗고서 말했다.

"이제 이런 천 조각과는 안녕, 영원히 안녕이에요."

그리고 묶은 머리를 풀자, 머리카락이 어깨를 덮었다.

"책이 많네요, 영사님." 그녀가 말했다. "봐도 괜찮겠어요?"

"물론이지요. 작가순으로 정리되어 있어요. 대략 알파벳 순서로 되어 있어요."

그녀는 천천히 책장 사이를 거닐며 책을 보더니 몇몇 책등을 손가락으로 어루만졌다. 곧 책 한 권을 꺼내 무언가를 읽더니 미소 짓고는 이내 다시 그 책을 꽂아놓았다. 그러고서 다른 책을 꺼냈다. 또한, 내 그림들을 쳐다보았고, 성 세바스티아누스[*]의 유화에 관심을 보였다.

"우리 어머니가 그린 겁니다." 나는 말했다. "화가거든요."

"그림들이 마음에 들어요." 그녀가 말했다. "고통받으면서 세상을 보려고 하지 않아요. 아니, 세상이 그들을 보지 못하기를 바라는 것 같아요."

그녀는 계속해서 책 사이를 돌아다녔고, 나는 컴퓨터를 켜서 메일을 열어보았다. 방콕의 변호사에게서 메일을 기다리고 있었지만, 그에게서 온 것은 아무것도 없었다. 그러자 나는 사람들이 주말에는 업무 메일을 쓰지 않는다고 생각했다.

갑자기 그녀가 입을 열었다.

"미술책 있어요?"

"예." 나는 말했다. "특별히 찾는 책 있나요?"

"아무것이나 보고 싶어요. 고전이면 더 좋겠어요."

나는 책장 선반으로 가서 몇몇 책을 살펴보았다.

"만테냐*는 어때요?" 나는 물었다.

"좋아요, 아주 좋아요."

그러고서 나는 그토록 간절히 바라던 진을 내 술잔에 따랐다. 아니, 내가 술잔으로 빠져버렸다는 편이 맞는 말이었다. 차가운 잔에는 얼음과 레몬 조각이 가득했다. 나는 그녀에게 함께 마시지 않겠느냐고 물었다.

"좋아요, 주세요." 그녀가 말했다. "지난 1년 동안 이 염병할 술을 한 모금도 마시지 못했어요."

우리는 술을 마셨다. 그러자 그녀는 물었다.

"언제 마누엘을 만나러 가는 거죠?"

그녀는 만테냐의 책을 펼치고서 손가락으로 〈죽은 그리스도〉 그림을 어루만졌다.

"콜롬비아 외교부의 승인을 기다려야 합니다." 나는 말했다. "하지만 그건 며칠만 기다리면 되는 문제입니다. 그곳에서도 역시 압력을 가하고 있어요."

나는 다음 날 방콕의 변호사에게 전화를 걸 것이라고 설명했다. 그러면서 아무 메일도 오지 않은 것으로 보아, 아무것도 바뀐 게 없는 것 같다고 말했다. 나는 델리에서 그녀가 보고 싶은 게 있는지 알고자 했다. 우리는 태국으로 떠나기 전에 며칠을 이곳에서 보내야만 했다.

"그래요." 그녀가 말했다. "사이바바 사원을 보고 싶어요. 그 것만 보면 돼요."

"사이바바라고요? 여기에서 열 블록 떨어진 곳에 하나가 있어요." 나는 말했다. "그건 사이바바의 바티칸이라고 부를 수 있는 곳이지요. 내일 오후에 데려다줄게요. 인도 종교에 관심이 있어요?"

"예, 그런 것 같아요." 그녀가 말했다. "물론 이런 일이 있었던 동안 나는 그 어느 것도 믿지 않았어요. 적어도 사이바바는 신이 아니에요. 그저 영적 스승이었어요."

다음 날 사무실에서 우리는 이동 영사관을 운영한 결과를 평가했고, 각각의 보고서를 영사과에 발송하면서 여행 및 기타 경비를 비롯한 관련 서류를 동봉했다. 정말 소모적인 일이었다. 올림피아는 은행으로 가서 수수료로 받은 돈과 인지세 그리고 저축예금 계좌로 갈 돈을 입금했다. 그러나 대사관에서 나가기 전에 나를 한쪽으로 데려가서 말했다. 영사님과 함께 왔어요? 나는 그렇다고, 지금 아이와 함께 집에 있다고 말했다. 이것 때문에 이란과 외교상의 문제나 아니면 다른 문제가 일어날 것 같아요? 올림피아는 아니라고, 성인이며 외국인이고, 유효한 여권을 갖고 있으므로 아무 문제도 없다고 대답했다. 그러면서 그녀가 가고 싶은 곳이면 어디든 갈 수 있고, 하고 싶은 것이 있으면 얼마든 할 수 있다고 말하면서, 만일 이란의 법과 문제가 생긴다면, 그건 남편과의 문제, 특히 아이 때문일 테지만, 그건 우리와 관련된 것이 아니라고 덧붙였다.

그런 다음 나는 방콕의 변호사에게 전화를 걸었다. 그는 내게 아직 재판 날짜가 확정되지 않았지만, 서둘러 달라고 이미 압력을 넣었다고 말했다. 그리고 우리는 그가 자신의 죄를 어떤 방식으로 인정하는 것이 좋을지 연구해야 하며, 그래야만 우리가 시간을 벌 수 있다고 덧붙였다. 그것이 심금을 울리는 극적인 방식으로 이루어지면서 그가 진심 어린 후회를 하고 있음을 보여준다면, 우리는 재판관들을 감동하게 하고 보다 짧은 형기를 선고받을 수 있다고 그는 설명했다. 그러면서 이미 마누엘에게는 그의 누나와 관련된 것을 알려주었다고 하면서 말을 끝냈다.

나는 일찍 사무실에서 나가 집으로 갔다. 그 전에 프리야 마켓을 들러 아이에게 줄 앰배서더 모형 자동차 두 개를 샀다. 하나는 노란 지붕이 있는 검은 택시였고, 다른 하나는 경광등이 장착된 흰색 경찰차였다. 나는 마누엘의 소식을 후아나에게 이야기해 주고 싶어서 안달이 나 있었다.

그녀는 난간에서 마누엘 사예크에게 젖병을 물리고서 공원 위를 선회하는 독수리들을 지켜보았다. 독수리들이 빙빙 도는 동안 빨간 부리의 초록색 앵무새 두 마리는 플라타너스 나뭇가지 사이로 숨었다. 그 아래로 거리에서는 어느 칼 가는 사람이 고물 수레를 밀면서 무슨 말인가를 소리쳤다. 세 아이는 쓰레기 더미 옆에서 크리켓을 하고 있었다.

"마누엘은 이미 우리가 함께 있고, 당신이 방콕으로 올 것을 알고 있어요." 나는 후아나에게 말했다. "아주 많이 행복해하고 있을 겁니다."

그녀의 눈이 크게 벌어지는 바람에 나는 그녀가 기절하려 한다고 생각했다. 그러나 그녀는 감정에 복받쳐 눈물을 흘리더니, 손으로 얼굴을 가렸다.

"마음의 준비를 해야 할 것 같아요." 그녀는 울음을 그치고서 말했다. "그를 만나면 난 무슨 말을 해야 할지도 모르거든요."

그녀는 다시 눈물을 흘렸고, 나는 그녀를 껴안았다. 눈물 때문인지 그녀는 몸을 떨었다. 곧 머리를 숙이더니 심하게 흐느끼면서 말했다.

"모두 내 잘못인 것 같아요……!"

그녀는 발코니로 걸어가서 잠시 공원을 바라보며 그대로 서 있었다. 새들과 스모그와 먼지구름이 하늘을 덮고 있었다. 나는 그녀가 생각에 잠기도록 혼자 두었다.

잠시 후 그녀는 내 서재로 돌아왔다. 이미 원래 상태로 되돌아가 있었다. 우리는 얼음을 많이 넣은 가벼운 진 칵테일 한 잔을 마신 후, 인도 해비타트 센터 근처이자 조르바그 동네에 있는 사이바바 사원으로 갔다.

사원 건물은 아주 이상한 모습이었다. 우선 기도실 주변으로 하얀 타일과 금속 난간이 설치된 계단이 있었다. 벽 위쪽에는 사프란색의 깃발이 걸려 있었다. 바닥은 시든 장미 꽃잎과 종이 삼각 깃발, 향과 방향제, 불 켜진 촛불, 먼지가 묻어 시커메진 딱딱한 촛농 덩어리, 사프란 꽃으로 만든 화관, 밟힌 과일 껍질, 플라스틱 봉지로 덮여 있었다. 그리고 사원 밖 대로에는 무한하게 많은 과일 노점이 있었고, 피스타치오와 옥수수를 비롯해 튀기고 소금을 친 수천 가지의 알곡들을 파는 장사들과 매운 소스를 뿌린 차파티† 장사들로 가득했다. 그리고 노점들 주변에는, 즉 먼지투성이의 바닥과 보도에는 수백 개의 일회용 접시들이 널브러졌고, 그 안에는 먹다 남은 음식물들이 있었으며, 그 음식물은 파리로 뒤덮여 있었고, 파리 떼는 개들과 까마귀로 에워싸여 있어서 썩는

---

† 인도, 네팔, 파키스탄 등 남아시아 지방에서 흔히 먹는 납작 빵의 일종.

냄새가 튀긴 음식, 오염된 공기, 석유와 버스 매연 냄새와 뒤섞여 있었다.

"정확히 내가 상상했던 대로네요." 후아나가 말했다.

그녀는 마누엘을 꼭 안고서 천천히 올라갔다. 기도실에 도착 하자 무릎을 꿇은 채 가만히 있었다. 기도하는 동안 자리를 옮기 지 않고 시계추처럼 한쪽에서 다른 한쪽으로 천천히 몸을 움직이 기만 했다. 마치 갑작스럽게 우는 아이를 달래주는 것처럼 움직이 면서 위안과 사랑의 말을 속삭이는 듯했고, 나는 그녀가 속삭이는 말이 바로 그녀 자신이 듣고 싶어 하는 말일 것으로 추측했다. 그 녀는 자신을 위해 봉헌한 사원의 여신 같았지, 기도하는 신도처럼 보이지는 않았다.

갑자기 나는 마누엘과의 대화를 떠올렸다.

"내가 허약한 사람인 이유는 내가 어렸을 때 불행했기 때문 입니다"라고 그는 말했었다.

그때 나는 그를 잠자코 쳐다보고서 아무 말도 하지 않았지 만, 마음속으로 '내가 허약한 이유는 정반대였어, 내가 행복했기 때문이었지, 그런데 왜 그렇다는 것이지?'라고 생각했었다. 그러 고서 마누엘은 잠시 생각에 잠기더니 이렇게 덧붙였었다. "어쨌든 인생이란 항상 우리에게 이상한 영수증을 제시하지요. 그래서 마 르크스는 역사를 살펴보면 사건들은 먼저 비극으로 일어나지만, 나중에는 희극으로 반복된다고 말하지요."

후아나가 사원에서 나왔을 때, 그녀는 완전히 변신한 것처럼 보였다. 그녀의 미소는 더욱 청아했고, 고통의 흔적은 거의 보이지 않았다. 그것은 햇빛 때문일 수도, 혹은 나 자신의 불안감 때문일 수도 있었다. 그 이유를 나는 모른다. 그러고서 우리는 몇몇 장소를 둘러보았다. 나는 인도문印度門, 코너트 플레이스, 마하트마 간디 기념박물관, 인디라 간디 기념관, 골프 링크스의 저택들, 순다르 나가르의 건물들을 보여주었다. 그날 밤 우리는 하우스 카즈에 있는 벨루치 식당에서 저녁을 먹었다. 펀자브 음식 외에도 인도의 대표 맥주이자 가장 알코올 함량이 높은 초록색 병의 킹피셔를 팔기 때문이었다.

나는 그녀에게 압력을 가하고 싶지 않았지만, 그녀의 삶이 궁금하기는 했다. 즉 그토록 극적으로 모든 것을 떠나게 된 이유와 일본에서의 모험과 지금쯤 절망에 빠져서 벽을 치고 분노로 울부짖고 있을 자부리와의 관계에 대해서 알고 싶었다. 혹시 그에게 편지라도 한 통 남겨놓지는 않았을까? 남동생을 만난 다음 돌아오겠다고 약속하지는 않았을까? 그녀는 무엇을 계획하고 있을까?

"마음이 진정되면, 당신 삶에 대해 조금 이야기해줘요." 나는 말했다. "말해주고 싶은 걸 말해주면 돼요. 약간 궁금해서 그럽니다. 마누엘이 내게 몇 가지를 이야기했거든요."

그녀의 얼굴로 어두운 그림자가 지나갔다. 그건 1초도 걸리지 않았지만, 나는 그것을 느낄 수 있었다. 그녀의 눈은 더는 편안해 보이지 않았다.

"마누엘은 내가 도쿄로 갔다는 걸 아나요?"

나는 그 사실을 숨겨봤자 소용이 없을 것으로 추측했다.

"모든 걸 알고 있어요." 나는 그녀에게 말했다. "그래서 내가 찾으러 간 겁니다."

이제 그녀는 심각한 표정을 짓고서 무언가를 말하려고 했지만, 차마 말하지 못했다.

"원한다면 당신이 결정하세요." 나는 말했다. "솔직하게 말해서, 내게 말해줘야 할 의무는 없으니까요."

그녀는 나를 쳐다보았다. 눈이 번갯불 같았다.

"알았어요, 영사님. 하지만 지금은 잠시 조용히 있고 싶은데 괜찮을까요?"

이틀이 지나갔다. 사무실에서 나는 방콕의 소식을 기다리고 있었다. 그래야 내가 그곳으로 돌아가서 그 사건을 담당할 수 있었기 때문이다. 그러나 모든 것이 동결된 것처럼 보였다.

외교부 영사과는 계속해서 보고타 주재 태국 대사관과 접촉했다. 그리고 마누엘 만리케의 재판을 콜롬비아에서 진행할 수 있도록 허락해달라는 서신을 보냈고, 태국 대사관은 그것을 방콕의 외교부에 보내고서 답신을 기다리고 있었다. 그저 단순한 의견일지라도, 그러니까 협상을 시작할 수 있는 그 어떤 말이라도 오기를 기다렸다. 영사과는 그 순간까지 그 어떤 일을 하는 것도 무의미하다고, 여비를 포함한 출장비를 지출할 필요가 없다고 여기고 있었다.

내가 할 수 있는 일은 기다리는 것밖에 없었다.

우리 집의 파출부들은 아이를 귀여워했고, 한 여자는 오후마다 공원으로 데려가서 놀거나 다른 아이들이 노는 것을 보게 해주면서, 후아나에게 조금이나마 자유 시간을 주었다. 후아나는 그 시간을 이용해서 옥타비오 파스의 수필집 『인도의 빛』을 읽었다. 나는 7시 반경이나, 때때로 조금 더 늦게 집에 도착했다. 우리는 저녁 식사 시간이 될 때까지 진을 마셨다. 그런 다음 그녀는 방 안으로 들어갔고, 나는 남아서 책을 읽었다.

그렇게 일주일이 지났다.

그다음 주 목요일에 세르반테스 문화원에서 카를로스 사우라*의 영화 〈까마귀 기르기〉 상영이 예정되어 있었다. 나는 그녀에게 함께 보러 가자고 제안했고, 우리는 그곳으로 갔다. 그녀는 그 영화를 마음에 들어 했다. 다음 날에는 나와 함께 인도 해비타트 센터에서 열리는 출판기념회에 갔다. 그리고 또 다른 날에는 알리앙스 프랑세즈의 문학 프로그램에 동행했다. 델리에서는 많은 문화생활을 즐길 수 있었다. 이탈리아-인도 문화센터는 문학과 음식과 관련된 프로그램을 진행했고, 외국 인사들을 초청해서 유명한 인도 영화와 관련된 몇몇 음식을 시식하도록 했다. 후아나는 차츰 편안하게 느끼기 시작했다. 적어도 내가 보기에는 그랬다. 나는 그녀가 차례로 자신의 집과 마누엘을, 그런 다음에는 이란 남편을 버린 것을 어떻게 합리화하고 설명할지 궁금했다. 테헤란에서의 삶은 어땠을까? 자부리는 어떤 사람이었을까? 아이에 관해 그녀에게 공갈이나 협박을 했을까? 이란 남자들이 괴물처럼 그려진 감상적인 영화 〈솔로몬의 딸〉과 비슷한 경우일까? 나는 전혀 알 수가 없었다. 그녀는 아직도 결정하지 않고 있었고, 그래서 내게 아무것도 이야기하지 않았다.

외교부 영사과에서 그 어떤 소식도 도착하지 않자, 나는 보고타 주재 인도 대사관에 메일을 써서 후아나와 그의 아들의 비자 연장을 요청했고, 다행스럽게도 인도를 나가지 않고도 연장할 수 있도록 승인해주었다. 뭄바이의 오베로이 호텔과 타지마할 호텔이 테러 공격을 받은 후, 인도인들은 미국인들을 모방해서 그것을 1126사건이라 부르면서 외국인들과 관련된 법률을 수정했으며, 신규로 비자를 발급받거나 연장 신청을 승인받으려면 더 많은 필요 서류를 제출해야만 했다. 6개월짜리 비자를 갖고 있던 사람들은 이제는 네팔로 출국해서 여권에 도장을 찍으면 되는 것이 아니라, 인도에 재입국하려면 두 달을 기다려야만 했다. 다행히도 보고타 주재 인도 대사관의 추천 덕분에 후아나는 그런 경우에 해당하지 않았다.

어느 날 아침을 먹는 동안 그녀는 자기 부모님이 소식을 받았는지 알고 싶어 했다.

"마누엘이 내게 알리지 말아달라고 부탁했어요." 나는 말했다. "그렇게 나는 외교부 법리 부서로 통보했어요. 솔직하게 말하면, 왜 그가 그랬는지 모르겠어요."

그녀가 잠시 생각에 잠겼기에 나는 전화기를 들어서 그녀에게 주었다.

"부모님에게 전화하고 싶어요? 그렇다면 전화를 걸어서 원하는 만큼 마음껏 말하도록 해요."

그녀는 전화기를 쳐다보았지만, 즉시 그 전화기를 테이블 위로 갖다 놓았다.

"아니에요, 고마워요. 그저 부모님이 아는지 알고만 싶었어요. 마누엘을 만나면, 함께 어떻게 할지 결정하겠어요."

그렇게 또다시 2주가 지났고, 후아나는 초조해하기 시작했다. 충분히 이해할 수 있는 일이었다. 방콕의 변호사에 따르면, 일은 잘 진행되고 있고, 이내 우리는 소식을 들을 것이었다. 그의 경찰 친구는 마약 밀매 사범들을 대거 체포할 순간에 있다고 알려주었다. 따라서 우리는 차분히 기다려야 했다.

후아나는 전통 옷가게에서 상당히 할인된 가격으로 사리 한 벌을 샀고, 어느 날 밤에 우리 집에서 파출부로 일하던 네팔 여자가 그것을 입는 법을 가르쳐주었다. 정말 흥미롭고 아름다운 옷이었다. 아주 화사한 색깔의 6미터짜리 천이 몸을 가리게 접히면서 배를 드러냈는데, 이것은 편안하면서도 동시에 도발적이었다. 인도 여자들은 사리를 입으면, 모두가 공주처럼 보였다. 반면에 능직이나 데님으로 만든 평범한 바지를 입은 남자들은 모두가 삼류급 하인처럼 보였다. 그들이 쿠르타, 그러니까 펀자브 스타일의 조끼를 입을 때만 그렇지 않았다.

사무실에서 돌아오자, 나는 후아나가 사리를 입고 기다리는 것을 보았다. 나는 열렬히 그녀에게 찬사를 보냈고, 우리는 건배를 했으며, 서둘러 외출할 준비를 했다. 우선 칸마켓에 있는 풀서클에서 책을 보기로 했는데, 그곳은 까마귀와 독수리가 선회하는 테라스에서 간식을 먹을 수도 있는 장소였다. 후아나는 다소 무관심하게 모든 것을 쳐다보았다. 마치 자신이 보고 있는 그 어느 것과도 밀접한 관계를 맺지 않거나 너무 심하게 놀라지 않으려는 것 같았다. 마치 이곳에서 저곳으로 날아다니는 한 마리의 나비 같았다. 나중에 우리는 로디 가든스에서 저녁을 먹었는데, 그곳은 인도식으로 만든 가재 요리로 유명한 식당이었다.

그녀의 사리는 촘촘했지만, 나는 그 아래로 이상한 표시와 모습을 보고 있다는 착각을 했다. 아마도 문신일 거야, 혹은 무늬가 날염된 티셔츠일 거야, 라고 나는 생각했다.

또 다른 날 나는 몇몇 친구들을 집으로 초대했다. 그들 중에는 아주 엉뚱하면서도 다정한 콜롬비아 사람이 한 명 있었는데, 그의 이름은 알렉시스 본 일데브란드였다. 그는 유니세프에서 일했으며, 10년 동안 마다가스카르에서 살았다. 내가 아는 사람 중에서 유일하게 통가 제도에 있었던 사람이었다. 그의 할아버지는 가톨릭 철학자였고, 독일인이었으며, 니콜라스 고메스 다빌라*의 친구였다. 또한 나는 델리의 문학잡지 편집인이자 시인인 수디프 센*도 초대했다. 그리고 힌두교의 영적 안내자를 지향하고 대사관에서 나의 조력자인 마드후반 '리시라지' 샤르마도 불렀는데, 그는 힌두교의 서사시 「마하바라타」를 노래했다. 물론 내 친구이자 교수인 차토파디아야도 빠질 수 없었다. 이 그룹과 더불어 스페인계 인도인 커플이자 시인이며 사진작가인 롤라 맥두걸과 닉힐 파드가온카르, 그리고 카탈루냐 사람이며 델리의 세르반테스 문화원 원장이자 바라나시 대학에서 산스크리트어 교수로 있는 오스카르 푸홀이 합류했다.

나는 후아나를 사회학자로 소개하면서, 델리를 잠시 들렀다고 말했다. 잊을 수 없는 저녁 모임이었다. 본 일데브란드는 통가 제도의 이상한 전통을 이야기했다. 1년에 한 번 왕은 바다에 들어가 상어의 왕에게 구운 돼지 한 마리를 바쳐야 한다는 것이었다. 그런데 상어가 그를(왕을) 물면, 그것은 나쁜 통치자였다는 신호라는 것이다.

그러고서 본 일데브란드는 부엌으로 가 피스코 사워 1리터 반짜리 주전자를 들고 돌아왔다. 그 칵테일은 그의 전문으로, 그는 저녁을 먹을 때면 대부분 그 술을 반주로 삼았다.

나중에 우리는 머나먼 나라들의 여행 이야기를 듣고 문학작품을 인용하면서, 뭄바이 진 세 번째 병을 열었다. 그때 롤라 맥두걸은 아주 재미있는 게임을 제안했다. 그것은 좋아하는 작가들의 책으로 파고다와 피라미드 모양의 신전을 만드는 놀이였다.

후아나는 전혀 관심을 보이지 않은 채 E. E. 커밍스*의 시를 사용해서 단순한 1층 주택을 지었고 루돌프 오토*의 시로 지붕을 달았다. 나는 우엘베크*의 작품으로(닉힐은 내게 프랑스어로, 너는 우엘베크 스타일이야, 라고 말했다) 일본 사원을 세우려고 했다. 모두가 각자 일을 했고, 마침내 여러 주제가 모습을 드러냈다. 리히텐베르크⁺의 아포리즘과 에드몽 자레의 산문으로 만든 아르 누보 스타일의 집, 레이몽 루셀⁺과 비크람 세스⁺가 함께 지은 이슬람 사원, 맬컴 라우리⁺가 만든 힌두 사원이 있었다. 그리고 피라미드 신전이 여러 고백록으로 만들어졌는데, 그것은 뱅자맹 콩스탕⁺의『내밀한 일기』, 에른스트 윙거⁺의 일기, 훌리오 라몬 리베이로의『실패의 유혹』, 아나이스 닌⁺의 두 권짜리 일기, 그리고 폴 레오토⁺의『문학 일기』였다.

수디프는 딜런 토머스의 시를 몇 편 읽었다. 우리는 그를 위해 건배하면서 일련의 성공적인 낭송이 끝난 다음, 서른아홉 살의 나이로 뜻하지 않은 죽음을 맞이한 그를 기억했다. 그것과 관련해서 나는 고콜레스테롤혈증으로 인한 졸중풍이라는 내 의견을 소개(그리고 주장)했다. 그것은 앉아서 생활하는 습관, 술, 비만, 과도한 흡연, 고혈압, 높은 뇌압과 불면증 때문이었으며, 공복에 로자탄 100밀리그램을 먹고, 밤에 암로디핀 다섯 알을 복용하고서 불포화지방 다이어트를 했다면, 적어도 20년은 수명을 연장해서 작품 활동을 할 수 있었을 것이라는 말이었다. 아마도 거기에 매일 30분 이상씩 걷는 것을 추가했더라면 25년도 가능했을 것이다. 애석한 일이었다.

차토파디아야는 낙살라이트†의 게릴라로 활동했던 시절을

---

†   마오쩌둥 사상을 따르는 인도의 무장단체.

떠올리면서 우리에게 경찰의 습격을 받으면 어떻게 내 아파트에서 도망쳐 어디로 가야 하는지 가르쳤고, 그런 다음 그의 전공인 네루다의 시를 몇 편(특히 「홀아비의 탱고」를) 읊었다. 우리는 인도에서의 앙드레 말로에 대해(『반反회고록』), 인도에서의 로베르토 로셀리니◆에 대해(그는 인도 여자와 결혼했다), 그리고 인도에서의 로맹 롤랑◆에 대해(그는 1921년에 프랑스 대사로 있었는데, 이것은 그의 『일기』에 잘 드러나 있다) 말했다. 그곳에서 출발해서 인도 방문객의 목록은 무한해졌다. 옥타비오 파스(『인도의 빛』), 피에르 파올로 파솔리니◆(『인도의 냄새』), 헤르만 헤세(『인도여행』), E. M. 포스터◆(『인도로 가는 길』), 알베르토 모라비아◆(『인도에 관한 생각』), 앙리 미쇼◆(『아시아의 야만인』) 등이었다. 내가 인도에 관한 책을 쓰기 위해 조사하고 읽었던 작가들만 해도 그 목록은 너무나 길었다. 물론 아직도 그 책에 『인도 : 열정적인 인간 가족』이라는 제목을 붙여야 할지, 아니면 아주 간단하게 『마살라 차』라고 해야 할지 결정하지 못했다.

아침 4시에 손님들과 작별하고는 상당히 취한 상태로(테레사는 "각자 필요한 만큼 마셔요"라고 말했다) 나와 후아나는 서로 잘 자라고 인사했다. 그런데 나중에 내 방에서 나는 그녀가 거실로 돌아가 컵과 빈 병을 치우고, 의자를 가지런히 정리하고 책을 다시 정돈하는 소리를 들었다. 그녀가 편안하게 느끼는 것이 분명했다.

주말이 되었고, 나는 그녀에게 아이와 함께 네루 공원으로 산책하러 가자고 제안했다. 내가 이미 마누엘 사예크가 탈 수 있는 유아차를 빌려놓았기 때문에 완벽한 기회였다. 공원에는 작은 오솔길들이 많았고, 사이사이로 정원과 작은 숲들이 있었다. 깨끗하고 시원한 장소라서 토요일을 보내기에 이상적인 곳이었다. 과거의 기억으로 그곳에는 레닌의 동상이 있었다.

꽃과 관목들 사이로 거닐다가 갑자기 후아나는 내게 말했다.

"내 삶에 관해 이야기해도 괜찮을까요?"

"물론이지요." 나는 말했다. "얼마 전부터 그러기를 기다렸어요."

그녀는 나를 다정하게 쳐다보았고, 조용히 몇 발짝을 내디디면서 마누엘 사예크의 유아차를 오솔길로 밀더니, 마침내 말하기 시작했다.

5

하늘이 머나먼 폭풍으로 번쩍거리던 어떤 밤에 성모 마리아가 내게 모습을 드러냈어요. 내 방은 환하게 빛났고, 동시에 짙은 그림자들로 가득 찼지요. 물론 그것은 파티마의 세 양치기 어린아이에게 나타난 성모와는 달랐답니다. 여러분들은 알게 될 것입니다.

내 성모님은 피곤한 기색으로 도착해서 내 침실의 소파에 비스듬히 기댔습니다. 내게 위스키 한 잔 갖다줘요, 아니면 가지고 있는 술로 갖다줘요, 인테르 네타, 40도가 넘는 것이면 좋겠어요, 그것이 바로 내 정신에 가장 적합한 액체 온도거든요. 당신은 내 말이 무슨 뜻인지 알 거예요.

성모님은 천천히 마시면서 지붕을 바라보았어요. 마치 마음속으로 아주 복잡한 계산을 하는 것 같았지요. 가장 마지막으로 나타났을 때, 내게 이렇게 말했지요. 오늘 1118만 6,986명의 여자아이가 처녀를 잃었어. 아, 네가 그걸 보았다면…… 가장 어린아이는 일곱 살이었고, 사제에게 강간당했어. 그 더럽고 추잡한 놈은 먼저 손가락을 넣고는 그것을 그 아이에게 빨게 하고서 삽입했어. 자세한 것은 내게 묻지 마, 난 신부들만 보면 토할 것 같거든. 그들은 축축한 피부의 파충류야. 마치 디킨스 작품의 그 인물같아. 네가 그걸 읽었는지는 모르겠어. 유라이어 히프†인데, 항상 손이 차가워.

가장 나이 많은 처녀는 서른여덟 살이었는데, 그건 정말로 진귀한 기록이야. 그런데 흥미로운 것은 그녀가 12년 동안 결혼 생활을 했다는 사실이야. 지금까지 그녀는 남편에게 자기를 존중한다면 정면 삽입을 하지 말라고 말했고, 남편은 그녀의 이런 의견을 수용했지. 상상돼? 그는 항문 섹스를 했고, 두 사람은 펠라티오와 자위를 했어. 그는 항구 기술자인데, 재미있게도 그걸 친한 친구들에게 이야기했어. 심지어 그것에 대해 농담하기도 했지. 내 아내의 혀는 35센티미터나 되고, 귀로 숨을 쉴 줄 알아! 그러면 모두가 깔깔대고 웃었어.

그녀 역시 자기 친구들과 함께 웃으면서, 자기 남편의 것은 아주 작다고, 자기 혓바닥보다도 크지 않다고, 그리고 그의 정액은 파스티스††나 위스키 맛이 난다고, 그 전날 저녁에 무엇을 마셨는가에 따라 그 맛은 달라진다고 말했어. 두 사람은 결혼 기간

---

†   찰스 디킨스의 『데이비드 코퍼필드』에 나오는 위선적인 악인.

††   아니스 향이 나는 프랑스의 식전주.

내내 그렇게 지냈어. 그런데 오늘 그녀는 사무실에서 파티가 있었고, 과음하는 바람에 화장실에서 사무실 동료와 섹스를 하게 되었어. 이것은 프랑스에서, 파리 국립은행 사무실에서 일어난 일이야. 나는 네게 더는 자세히 말해줄 수 없어. 넓적다리로 피가 흘러내리는 것을 보자, 쉴리 모를랑 지점의 보통예금 책임자는 그녀에게 월경이 시작되고 있다고 믿었고, 그래서 어이쿠, 적어도 임신하지는 않겠어, 라고 소리쳤고, 그녀는 너무나 아파 눈물을 흘렸지만, 그는 그녀가 사랑과 쾌락을 이기지 못해 울고 있는 것이라고 믿고서 그녀에게 저속하고 음탕한 말을 했어. 두 사람은 완전히 오해하면서 헤어졌어. 나중에 그는 화장실로 다시 가서 셔츠 옷자락을 빨았지. 그녀는 남편을 너무나 오랫동안 기다렸지만, 그게 어떻게 끝났는지 알겠지?

다시 한 잔 따라줘. 정말로 이건 위스킨가? 하지만 상관없어. 알코올이 들어가 있으면 괜찮아. 난 지금 피곤한데, 사랑하는 인테르 네타, 넌 잘 몰라. 지금의 내가 된다는 것이 무슨 의미인지, 내가 얼마나 끔찍한 고독 속에서 사는지 말이야. 저 위에는 이제 거의 아무도 없어. 내가 보기에는, 모두가, 심지어 '그'를 포함한 모두가 너무 많이 마시면서 아무것도 알려고 하지 않아. 나 역시 술을 마시지만, 그건 달라. 내가 마시는 이유는 세상의 고통을 내가 감내할 수 없으며, 이제는 내 안에 티끌만큼의 고통도 받아들일 수 있는 공간이 없기 때문이야.

또 다른 얼빠지고 괴상한 이야기를 듣고 싶나요? 아마도 이것이 최고의 이야기일 거예요. 스물두 살의 어느 젊은 여자가 자기 처녀성을 유부남인 철학 교수에게 바치려고 결심하지요. 소크라테스 이전 철학 강의가 끝나자, 교수는 그녀를 모델로—이것은 라틴아메리카에서 일어납니다—데려가고, 아주 달콤하고 부드럽게 처음으로 그녀에게 삽입하고, 마침내 그녀는 이제 더 세게 해줘요, 라고 말하지요. 그러자 그는 다시 그녀에게 삽입하고, 두 사람은 웃고 키스하고, 그녀는 환희의 절정에 도달하여 프랑스어로 "나는 시레네예요"라고 말하지요. 그들은 마치 그날 밤 우리가 그들만을 위해 원죄를 만들어낸 것처럼 섹스하고 또 한답니다. 그러고는 아름다운 몸의 구멍에 대부분 삽입이 된 상태로, 그들은 맥주 한 잔을 마시고, 그녀는 담배를 피우고 코카인 한 줄을 만들지요. 그러자 여자는 그 의식에서 많은 피를 흘렸고, 모텔의 싸구려 침대 시트가 피에 흥건히 젖었다는 것을 깨닫지요. 홍해가 그 간통과 쾌락의 조그만 공간으로 흘러넘친 것 같았지요.

그들이 떠나려고 할 찰나, 젊은 여자는 갑자기 수줍고 정숙해지더니 이렇게 말합니다. 나는 이렇게 놔두고서 떠날 수 없어요, 이건 너무 창피하고 거북하고 역겨워요, 나는 이 침대 시트를 가져가서 빨고는 우편으로 이곳에 보내겠어요. 기운이 완전히 고갈된 쾌락주의 철학 교수는 말합니다. 걱정하지 말아요, 이곳 직원들은 이런 것에 익숙해요, 이보다 더 심한 것도 봤을 거예요. 하지만 그녀는 물러서지 않고 고집을 부리지요. 프랑스식 교육을 받아 아주 고집이 센 여자랍니다. 그녀는 인생의 각 상황 앞에는 단지 한 가지 방법만이 진행되어야 하는데, 그것은 흠이 없는 것이 되어야만 한다고 믿지요. 그래서 침대 시트를 움켜쥐고서 자동차 뒷좌석에 놓지요.

운명인지 숙명인지는 모르겠지만, 그날 밤 도시로 들어가는 데―모텔은 교외에 있었어요―경찰의 일상 검문이 있었어요. 경찰은 차를 살펴보다가 그 시트를 발견했어요. 피가 묻어 있었지요! 그러자 살인 혐의로 두 사람을 체포했어요. 그녀의 처녀성 때문이라고 설명했지만 아무 소용이 없었고, 그 분석은 이틀이 걸렸어요. 경찰은 그들을 그 지역 경찰서로 데려갔어요. 철학자는 변호사뿐만 아니라 당연히 자기 아내에게도 전화를 걸어야 했답니다.

6

영사님, 나는 행복한 여자아이였어요. 하지만 슬프고 칙칙한 세상에 살았어요. 흑백 세상이었어요. 왜냐고요? 아직도 나는 그 질문을 나 자신에게 던진답니다. 그 행복의 안을 들여다보면, 거기에 있는 것은 거의 없답니다. 구름으로 뒤덮인 풍경, 자신의 삶을 증오하고 그런 삶과 다른 것을 꿈꾸는 음산한 사람들, 아름답다고 생각하는 그 어떤 것과도 비슷하게 보이지 않는 사람들, 자신들이 새롭지 않다는 것을 알고 있는 평범한 존재들, 끝도 없으며 끝이 있을 수도 없는 것의 포로뿐이지요. 어린 공주처럼 지내던 동안, 나는 세상이 모두에게 평등하고 공평하다고 믿었어요. 그러고서 아니라는 것을 깨달았고, 그러자 화가 치밀었어요. 아직도 그 분노는 내게서 사라지지 않았지만, 어쨌든 내가 이야기하려는 것은 그것이 아니에요.

동화나 러시아 소설에서처럼, 나는 처음부터 시작하려고 해요. 시작 부분은 다소 지겹고 따분하지만 말이에요. 나는 우리 집의 응석받이였는데, 네 살 때 부모님은 내게 동생이 생길 것이라고 알려주었어요. 나는 부모님에게 배신당했다는 느낌을 받았고, 그게 내가 증오심을 갖게 된 동기였어요. 버림받았다는 느낌이었고, 심지어 고아가 된 것 같았지요. 그리고 아이가 태어나자, 그 아이가 죽어버렸으면 좋겠다고 바라기도 했어요. 그 아이는 침입자, 무임 승객이었어요. 내 공간으로 기어 다니는 것을 보면서, 내 물건을 어떻게 빼앗는지 혐오스럽게 지켜보면서, 나는 여러 생각을 했어요. 계단으로 밀어버릴까, 내 동생이 밖으로 나가도록 문을 열어서 길을 잃게 할까, 등등을 생각했지요. 그러나 나는 새로운 아이가 태어났지만 계속해서 응석받이 딸이라는 것을 깨달았고, 그래서 그 아이는 목숨을 구했던 것이지요. 내 자리는 위험하지 않았지만, 확실한 위치를 차지하기 위해 나는 부모님에게 선택하도록 했어요. 그들을 시험했던 것이지요. 아버지는 항상 내 편을 들었어요. 그러자 나는 마음을 놓았지요. 내 작은 세상은 예전과 비슷하게 작동했고, 그렇게 몇 년이 흘렀지요. 나는 계속해서 그를 무시했어요. 네 동생이 싫으니?, 라고 부모님은 물었고, 나는 아니에요, 사랑해요, 내 동생은 우리 나라의 왕이고, 나는 왕비예요, 라고 말했어요. 그러면 모두가 웃으면서 우리 둘은 예쁘고 귀엽다고 말했지만, 내가 그 아이를 얼마나 경멸하는지 눈치채지 못했답니다. 내 동생의 기저귀, 탤컴파우더, 음산한 울음소리 모두 싫었어요. 나는 그를 혐오했고, 그래서 하느님이 그를 보내 나를 시험하는 거야, 라고 생각했어요. 그 당시에 나는 하느님을 믿었거든요. 아시겠지요? 나는 생각했어요. 내 동생이 여기에 있는 건 내가 무엇을 하는지 보기 위한 것이야. 하지만 하느님은 곧 그를 치워주실 거야. 아마 내게 아주 많이 신경을 쓰고 있을 거야. 항상 나는 그렇게 생각하면서, 기다리고 또 기다렸어요. 하지만 하느님은 내 소망을 들어주지 않았어요.

아빠는 나를 우상처럼 여겼답니다.

나는 아버지가 나를 사랑하는 것처럼 아버지를 사랑한 적이 한 번도 없어요. 아버지는 불쌍한 사람이었어요. 목은 비틀어졌고, 날개는 부러져 있었어요. 내가 무엇을 할 수 있었을까요? 나는 가만히 있으면서 기다리기로 마음먹었어요. 학교 친구들은 나보다 더 행운아였어요. 그들의 가족은 부자였고 중요한 사람이었으며, 그들의 삶에는 그런 고약한 맛, 그러니까 우리 집에서 볼 수 있는 황폐한 분위기가 없었어요. 그래서 나는 어떻게 했을까요? 나는 조용히 있었어요. 기다렸어요.

어느 날 나는 하느님이 내 소원을 들었다고 생각했어요. 내 동생이 병에 걸렸거든요. 병원으로 데려갔고, 나는 이 모든 것들이여, 잘 가, 라고 말했어요. 나는 그가 없는 세상으로 돌아갈 것이고, 그러면 모든 게 더 좋아지리라 생각했지요. 부모님의 얼굴에서 나는 심각한 상태라는 것을 알 수 있었지만, 또한 그들에게는 커다란 손실이 아닐 거라는 사실을 깨달았어요(그리고 어느 정도는 알고 있었어요). 그들에게는 내가 있었고, 따라서 더 많은 것을 원할 이유가 없었으니까요.

어느 토요일에 부모님이 내게 동생을 병문안하러 가자고 말했어요. 나는 좋다고 수락하면서, 내가 약간 희생하겠다고 생각했어요. 하지만 위를 바라보면서 말했어요. 주님, 나는 당신이 무슨 장난을 치고 있는지 알고 있어요, 나는 동생을 보러 가겠어요, 하지만 당신은 그 아이를 데려갈 거죠? 병실에 들어가면서 나는 내 동생의 눈을 보았고, 아주 이상한 일이 일어났어요. 그렇게 쳐다본 것은 처음이었고, 내가 본 것 때문에 내 인생이 바뀌었어요. 어떻게 설명해야 할까요? 나는 하느님은 없으며, 그를 보내 나를 시험한 사람은 아무도 없다는 사실을 알았어요. 그는 단지 아주 조그만 사람이었고, 끔찍할 정도로 혼자이며 허약한 아이였는데, 마치 네 영혼의 반은 여기에 있어, 라고 말하는 것 같았어요. 나는 그 소리를 그의 눈에서 들었어요. 그리고 더 많은 것이 있었는데, 그것은 일종의 길, 혹은 세상이었어요. 나는 그 시기에 랭보를 읽지 않은 상태였고, 그래서 나중에 그의 시구 "그리고 새벽이 오거든 / 우리는 불타는 것 같은 인내로 무장하고 빛이 번쩍이는 거리로 들어가자"의 의미를 깨달았어요. 그와 나 단둘이 만들어 나아가야만 할 길과 관련된 단어들이 거기에 있었어요. 그의 조용한 눈 속에 있는 것이 사실은 하나의 목소리였는데, 그 유령의 목소리는 이렇게 속삭이는 것 같았어요. 너 역시 여기에 있어, 우리는 똑같은 생명의 숨을 담고 있어, 내 영혼과 네 영혼은 하나로 뭉쳐져 있어, 그걸 깨지 마. 그러자 나는 손을 뻗었고, 그를 만지면서 그가 누구인지 깊이 이해했어요. 그러고서 즉시 내 인생에서 처음이자 마지막으로 사랑을 느꼈어요. 나는 그 격변 속에 거의 파묻혔고, 그 폭풍 속에서 숨을 쉴 수가 없었어요. 너무나 커다란 무언가가 그 순간부터 내 인생을 가득 채웠고, 나는 이제 그 누구도 사랑할 수 없었으며, 지금도 마찬가지예요. 난 내 아들만 사랑할 수 있는데, 그 아이의 이름 역시 마누엘이에요. 그건 두 사람이 같은 물질로 만들어져 있기 때문이에요. 그 물질은 바로 그 사랑의 살과 뼈와 피와 시선이에요.

말할 필요가 없었어요. 우리는 서로 아무 말도 하지 않았어요. 너무 어렸거든요! 그러나 우리는 우리가 함께 있다는 것을 알았어요. 우리는 서로를 알아보았던 것이에요. 그래서 나는 온 힘을 기울여 그를 지켰어요. 그는 내 남동생이었지요. 나는 있는 힘을 다해서 그 도시의 악에서 그를 보호했어요. 어린 시절이라는 너무나 잔인한 것에서 그를 지킨 것이죠. 또 가족에게서도 지켜 주려고 애썼지만, 성공적으로 했는지는 모르겠어요. 그가 점차 자라나면서, 나는 그가 보기 드문 지성의 소유자라는 사실을 알았어요. 인생과 세상에 대한 그의 생각, 그리고 나중에는 미술에 대한 그의 의견은 비범했어요. 그의 모든 것이 그랬어요. 그러니까 천재적이었고 불가해했으며 초인간적이었어요. 그의 내면에서는 아름다운 무언가가 자랐고, 나는 그걸 보살피기 위해 그곳에 있었어요. 마치 살며시 안아야만 다시 활활 타오르는, 아직 꺼지지 않은 깜부기불 같았어요. 그게 우리에게 힘을 주었어요. 때때로 두

겁쟁이에게서 용기가 탄생하는 법이지요. 우리의 경우가 바로 그 랬답니다.

열다섯 살 때부터 나는 도망칠 방법을 찾아야 한다고 느꼈어 요. 어느 날 우리는 스티브 맥퀸과 더스틴 호프만이 나오는 영화 〈빠삐용〉을 보았고, 서로에게 그게 바로 우리의 방법이 되어야 한 다고, 조류潮流를 이용해 감옥인 섬을 빠져나가야 한다고, 우리가 도망칠 때까지 집요하게 노력해야 한다고, 그렇게 하느냐 아니면 죽느냐의 문제라고, 칙칙하고 슬픈 우리의 집과 출세주의에 사로 잡힌 중산층 동네를 벗어나야 한다고, 가증스럽고 슬픈 도시를 버 려야 한다고 말했지요. 그런 곳들이 우리의 섬이자 감옥이었어요. 우리는 〈빠삐용〉에서처럼 강한 파도가 몰려올 때 그곳에서 뛰어 내려야 했어요.

아주 어렸을 때부터 마누엘은 글을 읽고 영화를 보기 시작했 어요. 같은 블록에 사는 친구 덕분이었어요. 그러고는 놀랍게도 그라피티를 그리기 시작했어요. 아주 아름다운 것들과 섬, 바다, 그리고 폭풍을 그렸어요. 그는 내면에 아름다운 세상을 갖고 있었 는데, 그건 바로 내가 알고 만지고 싶었던 세상이에요. 그래서 나 는 그에게 스프레이 페인트와 책, 그리고 DVD를 사주기 위해 돈 을 벌어야 했어요. 그러니까 고귀한 영혼이 필요로 하는 모든 것 을 주고 싶었어요. 그래서 학교에서 조그만 일거리를 찾았지요. 나는 부잣집 친구들에게 숙제를 해주었고, 시험 때 답을 몰래 알 려주거나, 시험지에 그들의 이름을 적어서 대리 시험을 쳐주었어요. 그러면 그들은 내게 돈을 주었고, 나는 행복하게 학교에서 나와 동생에게 최고의 것을 찾았답니다. 내 친구들이 옷가게 진열장을 쳐다보면서 가격을 물어볼 때, 나는 책등을 만지면서 책 사이로 돌아다녔고, 알파벳 순서대로 책을 읽었으며, 또한 책을 사면서 엄청난 기쁨을 발견했고, 책장 냄새와 책 사이에 있는 지혜로 가득한 침묵을 깨달았어요. 그리고 책을 사는 사람들만이 느끼는 이해하기 어려운 분위기도 알게 되었지요. 그렇게 나는 두 권, 가끔은 세 권씩 사서 집으로 돌아왔어요. 나는 그 책들이 마누엘에게 인생의 무엇, 그러니까 그가 갖지 못한 삶을 줄 것이라는 사실을 알았어요. 그 무엇은 바로 우리 두 사람이 나중에 행복하게 있을 공간이었어요.

영사님, 아주 비밀스러운 것들을 이야기해야만 할 것 같아서 미안해요. 열일곱 살 때 학교의 어느 친구가 내게 버스에서 자기는 이제 처녀를 잃었다고 말했어요. 그날은 월요일이었어요. 그 친구는 지난 토요일에 애인과 함께 파티에 갔다가, 파티가 끝난 다음에 모텔로 갔어요. 이런 것들은 젊은 여자에게는 중요한 것이에요. 적어도 내게는 그렇답니다. 그 말을 듣자 온몸이 오글거리는 것 같았고, 그래서 어떤 느낌이었느냐고 물었어요. 그러자 그녀는, 거의 죽을 것 같았다고, 실신할 것 같았다고 말했지요. 나는 궁금해서 아팠느냐고 물었어요. 처음에 조금 아팠어, 하지만 너무 좋아서 금방 사라져, 라고 대답했어요. 그때부터 그것은 일종의 강박관념이 되었지만, 내게는 남자 친구가 없었고, 남자 친구를 사귀겠다는 마음도 없었어요. 파티에서는 춤을 추면서 남자들과 껴안았지만, 그들은 나를 진지한 상대로 여기지 않았어요. 마침내 얼마 후 나는 한 남자를 알게 되었어요. 그는 외국계 고등학교 학생이었고, 부자였어요. 그가 내게 전화번호를 달라고 하자, 나는 그에게 내가 마음에 들면 전화하라고 말했어요. 그리고 다음 주 주중에 내게 전화를 했어요. 솔직히 말하자면, 나는 그가 정말로 귀찮고 성가셨어요. 상당히 멍청했거든요. 하지만 토요일에 그는 우리 집으로 와서 나를 데리고 나가 아이스크림을 먹으러 갔어요. 그러자 나는 말했어요. 한 가지 제안을 할게. 모텔로 가서 내 처녀를 떼어줘, 알았지? 그 작자는 너무나 놀라더니 이렇게 말했어요. 틀림없어? 그러더니 차의 가속페달을 밟았고, 우리는 칼레라로 가는 길을 타고 올라갔어요. 그리고 칼레라에서 거품 목욕을 할 수 있고 오디오가 갖춰진 침실에서 보고타를 내려다보며 나는 처녀를 잃었어요. 전혀 특별하거나 대단하지도 않았어요. 아니, 거의 아프지 않았어요. 하지만 적어도 성공적으로 처녀를 떼어버렸어요. 그래서 다음 주에 나는 내 학교 친구에게, 이제 됐어, 나도 잃어버렸어, 라고 말했고, 우리는 비교하기 시작했지요. 이 정도로 컸어?, 무슨 냄새가 났어?, 얼마 만에 사정했어?, 콘돔 했어?, 이런 말들을 했지요.

주중에 그 작자는 전화를 걸어 나를 파티에 초대했지만, 나는 그에게 파티는 안 간다고, 난 그의 여자 친구가 아니라고, 섹스하고 싶으면 섹스하자고, 하지만 나한테 쓸데없는 소리는 하지 말라고 말했어요. 그러자 사랑스럽고 달콤했지만 완전히 머리가 텅 빈 그 작자는, 좋아, 후아나, 죽이는데, 그럼 네가 원하는 걸 하자, 라고 대답했어요. 그렇게 나는 섹스파트너를 갖게 되었어요. 하지 만 그는 내 말을 제대로 듣지 않았고, 그래서 나를 미친 듯이 사랑 하게 되었지요. 남자들은 모두 똑같아요. 그는 내게 전화를 걸어 서, 안녕, 후아나, 널 보고 싶어, 네 집으로 가도 돼?, 라고 했고, 나 는 내가 죽는 한이 있어도 안 된다고, 토요일에 전화하라고, 그리 고 친한 척 말하지 말라고 대답했지요. 그는 토요일에 전화를 걸 었고, 나는 그에게 안 된다고, 내 동생과 영화를 보러 갈 거라고 말했어요. 그는 무슨 영화를 볼 생각이야?, 라고 물었고, 나는 아 니라고, 신경 쓰지 말라고, 당신이 좋아하는 영화가 아니라고 대 답했어요. 그러자 그는, 아니야, 후아나, 나는 펠리니와 파솔리니 영화광이야, 이탈리아 성을 가진 감독들이라면 모두 좋아해, 정말 이야, 라고 했고, 나는 아니야, 괜찮아, 다음 토요일에 전화해, 라 고 말했지요. 그러자 그 작자는 내 친구들을 통해 나를 만나려고 했지만, 그 누구도 내가 사는 곳을 알지 못했고 알아낼 방법도 없 었지요. 그러자 미친 사람처럼 내게 전화를 걸었고, 문자를 보냈 으며, 페이스북 메신저로 실없는 염병한 글을 보냈어요. 그는 나 를 보고 싶어 죽을 것 같다고, 나를 만나야만 한다고, 눈물을 멈출 수가 없다고 말하면서 나를 화나게 했어요. 그래서 나는 그에게 문자를 보내서 알았다고, 이제 허튼짓은 그만하라고, 이제는 영원 히 안녕이라고, 그를 차단하고 페이스북에서 친구 관계를 끊어버리겠다고, 알았느냐고, 그러니 이제는 달라붙지 않는 게 좋다고, 그동안 고마웠다고 말했어요. 하지만 그 작자는 내 말을 완전히 무시하고서 친구들을 통해 문자와 선물을 보냈고, 나는 모두 되돌려 보내면서 그를 스팸으로 처리했어요. 그러자 그는 학교에 눈물을 흘리며 나타나서 무릎을 꿇었고, 나는 그에게 좋다고, 일어나라고, 이제 충분하다고, 토요일에 이야기하자고 말했지요. 그러자 그 작자는 떠났고, 토요일에 내게 전화를 걸었고, 나는 포모나 슈퍼마켓 앞에서 기다릴 테니 거기로 태우러 오라고, 그리고 모텔로 가자고, 하지만 내게 말하지 말라고, 그가 말하는 이야기는 짜증나니까 더는 말하지 말라고 말했어요. 그는 내 말대로 했어요. 우리는 섹스를 했지만, 그 작자는 아무 말도 없이 잠자코 있었어요. 난 그런 그가 좋았고, 그래서 계속 만났어요. 그러던 어느 날 나는 그에게 이렇게 말했어요. 이봐, 다른 애인을 찾는 게 좋을 거 같아, 당신이 원한다면 애인을 찾는 동안 섹스는 계속해줄게, 하지만 미리 알려주는데, 이건 그리 오래가지 않을 거야, 나는 사회학을 공부하러 대학에 들어갈 거고, 이제는 당신 같은 철부지 아이와 함께 다니지 않을 것이며, 당신 같은 사람에 대해 알려고 하지도 않을 거야, 알았지? 난 당신이 좋아, 그래서 개 같은 년처럼 행동하지 않고, 지금부터 당신에게 말해주는 거야. 당신이 지난번처럼 언짢아하지 않도록 말이야. 알았지?

　　나는 그를 치워버리고서 국립대학에 들어가 공부했고, 그곳에서 아주 끝내주는 사람들을 만났고, 내 세상을 발견했어요. 고등학교에는 부잣집 애들도 있었고, 나처럼 중산층 애들도 함께 있었어요. 그러나 좋고 멋진 규칙은 부잣집 애들이 정했어요. 하지만 국립대학에서는 그렇지 않았어요. 거기에는 다른 가치를 가진 사람들이 있었거든요. 교양 있고, 용기나 고귀함을 지니는 것이 셔츠나 신발보다 훨씬 더 중요했어요. 그것은 내가 얼마 전에 빠져나왔고 절대 속하지 않았던 그 끔찍하고 역겨운 세상과 반대였어요.

국립대학은 내가 있어야 할 곳이었어요. 그곳의 잔디와 그라피티로 가득한 하얀 건물과 벽돌 건물들이 내 장소였어요. 그곳에서는 중하층 사람들이 사자나 악어처럼 바닥에 배를 대고서 세상을 살아가기 위해 공부했어요. 그 거대한 저장소, 그러니까 어느 쿠바 시인이 말했듯이 "인식론적 군중" 속에서는 모두가 평등했어요. 그래서 그들이 나를 받아들였다는 것을 알자, 나는 너무나 자랑스러워 뺨이 화끈해지는 것을 느꼈어요. 이게 나와 비슷한 콜롬비아야, 라고 나는 잔디밭을 가로질러 사회학과로 가는 오솔길을 걸으면서 생각했어요. 첫 학기에 수강 신청한 학생들의 명단을 부르자, 내 눈은 눈물로 적셔졌고, 나는 내 이름을 듣자 힘껏 손을 들었어요. 나는 너무나 감격스러워서 나예요, 나예요, 여기 있어요, 라고 말했고, 다른 학생들은 그런 나를 이상하게 쳐다보았어요. 나는 이곳이 내 구역이라고 생각했고, 학과의 모든 학생을 알고 싶었으며, 그들 모두를 사랑하고 싶었고, 그들에게 내가 얼마나 그들을 기다렸는지, 만나게 되어 얼마나 기쁜지 말하고 싶었어요. 물론 집에서는 반대였지요. 그곳의 분위기는 음산하고 지겨웠어요. 문제를 피하고자 나는 아버지에게 법학대학이나 공과대학에 등록하려 한다고 말했었고, 나중에 사회학과는 3순위였는데, 거기에 합격하고 말았다고 했지요. 물론 부모님은 내 말을 믿지 않았지만, 너무나 늦어서 아무것도 할 수가 없었어요.

아버지와 어머니는 보수적이었지만, 배우고 돈 많은 우파가 아니라 싸구려이고 천하며 저돌적인 우파였는데, 그 동네에서는 그게 일반적이었어요. 그 사람들은 증오와 원한으로 가득했고, 무언가 혹은 누군가를 찾아서(혹은 그런 누군가를 통해) 자신들의 증오와 원한을 드러냈지요. 그들은 상류층을 우러러보았고, 출세하기 위해 안달이었어요. 또한 계급 차별과 인종 차별도 서슴지 않았어요. 그래서 마르크스는 중산층이 혁명에 가장 준비되어 있지 않은 계층이라고 말한 것이에요. 그의 말이 모두 옳은 것은 아니었지만, 우리 부모님과 관련되어서는 옳았어요.

영사님, 당신은 기억할 겁니다. 우리베는 국민을 흥분시키는 말을 이용해 선거에서 이겼어요. 가령 조국에 대해 말하면서, 모든 사람이 국기 색깔의 팔찌를 차게 했고, 오로지 한 가지, 정말 한 가지에 대해서만 말하게 했는데, 그건 바로 '안보'라는 단어였어요. 국민은 전쟁을 원했고, 그는 전쟁을 약속했어요. 국민은 죽음을 바랐고, 그는 그들에게 수많은 죽음을 약속했지요. 국민은 족장, 그러니까 군주나 태수를 원했고, 그는 족장과 군주와 태수를 약속했어요. 그가 승리하자 사람들은 공중에 총을 쏘고 동력 사슬톱으로 굉음을 울리며 축하했어요. 기억나세요? 우익 민병대는 축하했고, 좌익은 이제 우리는 정말로 엿 먹었어, 라고 말했지요. 콜롬비아 무장혁명군은 보고타에서 수많은 수류탄을 퍼부으면서 그 승리를 기렸고, 그 수류탄 때문에 나리뇨 대통령궁 근처의 마약 밀매가게에서 두 명의 마약 중독자가 죽었어요. 무장혁명군은 전쟁은 전쟁이라고 말했고, 우리베는 좋다고, 덤벼보라고, 누가 더 배짱이 두둑하고 용감한지 겨루어보자고 대답했어요.

그는 배짱 있고, 가톨릭 신자이며, 무모한 사람들을 대표했어요. 보수주의자들은 기뻐 소리쳤지요. 자유주의자들은 그의 승리를 축하했어요.《포브스》지의 목록에 이름을 올린 우리의 백만장자들은 뵈브 클리코 샴페인병을 땄고, 손을 비비면서, 이제 돈을 더 많이 벌 준비를 하자, 라고 말했어요. 아무것도 없는 사람들은 소주나 달콤한 싸구려 와인을 마시며 술에 취했고, 한숨을 내쉬면서, 아, 내가 훌륭한 콜롬비아 사람이라는 게 이제는 자랑스러워!, 라고 말했어요. 우익 민병대는 우지 소형기관총을 공중으로 쏘아댔는데, 그 총알이 농민이나 노동조합 지도자들, 아니면 공동체 지도자들이나 원주민들의 머리나 척추에 박히지 않은 건 정말로 감사해야 할 일이었어요. 가톨릭 신자들은 새로운 메시아 앞에 엎드려 "그분은 복자 마리아노의 메달을 주먹에 박아 넣어서 갖고 다녀요!"라고 축하했지요. 혹시 그 그림이 그의 포피에 있던 것은 아닐까요? 그렇지만 그의 주먹에 있다고들 했어요. 개신교도들은 "그는 성모 마리아를 섬겨요!"라고 말했지요. 보고타의 우아한 여자 힌두교도들은 "새벽 3시에 일어나 차크라를 말하고 명상해

요!"라고 하면서 축하했어요. 유대인들은 "이 작자는 파시스트와
다름없지만, 이스라엘의 친구야!"라면서 서로 얼싸안았지요. 우익
민병대원들은 가슴에 한 손을 갖다 대고서 국가를 불렀고, "이 개
자식들아, 이제 무엇이 좋은 건지 알게 될 거야"라고 말했지요.

기억해보세요, 영사님, 그게 어땠는지 떠올려보세요.

우리 나라는 3색 국기로 가득 찼고, 모두가 콜롬비아 만세!,
라고, 혹은 씨발놈들아, 콜롬비아 만세!, 라고 소리쳤어요. 심지어
"이 염병하고 빌어먹을 개자식들아, 콜롬비아 만세!"라고 했지요.
어떤 사람들은, 이 개똥 같은 인권은 끝났어! 이제는 저 매국노들
에게 총알 세례를 퍼부어야 해, 라고 말했지요. 또 다른 사람들은
우익 민병대가 통제하는 지방은 진보와 발전의 지역이야!, 라고
말하기도 했고, 또한 우익 민병대의 지역은 진보와 발전의 지역이
에요, 고맙습니다, 대통령님! 이제는 열심히 일하고 조국을 사랑
할 겁니다!, 라고 말하기도 했지요. 그리고 내 핏줄을 자르면, 거
기서 콜롬비아가 나와요!, 라고 외치는 사람도 있었어요. 또한, 소
주를 들이켜면서 큰 소리로 "내게 외국 술을 주지 마" "우리 조국
의 술이 먼저야!" "나는 고결함의 충실한 공급원" 따위의 우스꽝
스러운 우리의 유행가 구절을 외쳤어요. 우리베를 비판한 사람은
테러리즘의 지지자로 여겨졌어요. 우리베를 비판한 사람은 테러
리스트였어요. 우리베를 비판한 사람은 엿 같고 개자식 같은 테러
리스트였어요. 자, 저기 봐, 저놈들은 개새끼 테러분자야. 저 염병
할 테러리스트들은 죽어도 싸, 땅 땅 땅, 이렇게 쏴 죽여야 해. 죽

여버려야 해, 라고 말했지요. 그들은 콜롬비아를 배신한 사람들이
자 위험한 사람들이었어요.

수많은 지역에서 그런 일이 일어났어요. 대표적인 곳이 우
리 통치자의 별장이 있던 코르도바였지요. 그곳 사람들은 목청이
찢어지도록 외쳤어요. 콜롬비아 연합자위대[†] 만세! 우리베 대통
령 만세! 진보와 평화조약 만세! 그리고 무엇보다도 제기랄, 콜롬
비아 만세!, 라고 말했고, 그 말보다 더 크게 "제기랄, 성모 마리아
만세!"라고 외쳤지요.

영사님, 우리 부모님은 바로 그렇게 했어요. 스스로 고귀하다
고 느낀 대중의 조그만 두 조각이었지요. 증오와 그런 증오를 실
천하고자 하는 욕망만큼 사람들을 하나로 만드는 것은 없어요. 증
오는 두려움을 느낀다는 것과 똑같은 말이지요. 우리를 보호해줄
것을 찾고 그것을 영원한 것으로 만드는 것이지요. 그것은 바로
죽음과 전투에 관해 말하면서, 우리의 정신 속으로 스며드는 군가
와 같아요. 중요하거나 심각한 일이 일어날 때마다, 그러니까 매
일 우리 부모님은 "우리는 우리 대통령과 함께해야 해!"라고 말했
지요. '대통령'이란 단어는 아버지, 스승, 지도자, 대장, 자선가, 구
원자, 해방자, 신 같은 다른 많은 단어로 대체되었어요. 그가 이웃
나라의 정상을 욕할 때마다, 우리 부모님은 "우리 대통령이 자랑

[†]   1997년 4월에 우익 준군사 조직들을 통합한 조직으로 카를로스 카스타녜다가
주도했으며, 당시 존재하던 우익 민병대의 90퍼센트 정도를 흡수한 것으로 알려
져 있다.

스러워!"라고 말했어요. 그가 헬리콥터에서 국가를 향해 오줌을 쌌더라도, 국민은 그를 계속 섬기고 받들었을 겁니다. 그가 가장 높은 곳에서, 그러니까 콜롬비아에서 최고봉이라는 5,800미터의 크리스토발 콜론 봉우리에서 "이 염병할 콜롬비아 개자식들아!"라고 외쳤더라도, 사람들은 무릎을 꿇거나 몸을 굽혀서 용서를 빌었을 겁니다.

우리 부모님뿐만 아니라, 나머지 친척도 똑같았어요. 단지 보험회사 직원으로 일하던 외삼촌만이 어느 날 친척의 생일에 "콜롬비아는 우익 민병대의 훈련소가 되어가고 있어"라고 말했지요. 그러자 모두가 그를 공격하면서, 제발 그랬으면 여한이 없겠어, 라고 소리쳤고, 이 부랑자들의 나라에서 필요한 게 바로 그것, 즉 규율과 질서야, 우리가 마침내 갖게 된 것이 바로 그것, 규율과 질서야, 라고 말했지요. 그러자 불쌍한 외삼촌은, 그래요, 그런데 얼마나 많은 사람이 죽거나 실종되어야 하는 거죠?, 라고 반박했어요. 나머지 사람들은 그에게 이렇게 말했어요. 오마르, 넌 이제 공산주의자가 되기에는 너무 늦었어, 그거 알아? 죽여야만 하는 사람은 죽여야 하는 거야. 그럼 무언가에 도움이 되지 않겠어? 착한 사람은 살인하는 사람을 전혀 두려워할 필요가 없어, 우리는 이런 식으로 계속 살아갈 수 없어, 방해만 되는 쓸데없고 거추장스러운 사람은 그렇게 처리해야 해, 그런데 이런 말 듣지 못했어? 여기에서 그런 행동은 고통스럽기 짝이 없지만, 그래도 그렇게 이루어지고 있어, 그건 다행스럽게도 다시 기운을 차려서 무언가를 해야겠다고 마음먹은 사람들이 있기 때문이고, 그리고 미래를 걱정해야 만 한다고 생각하는 사람들이 있기 때문이야. 그게 싫으면 베네수엘라로 가, 그러면 알게 될 거야. 그러자 외삼촌은 가족 모임에 다시는 나타나지 않았고, 다른 친척들은 오마르가 공산주의자가 되었다고, 그게 그의 문제라고 말했지요. 하지만 사실 그들은 제발 그가 죽었으면 좋겠다고 생각했어요.

내 동생과 나는 그렇게 더럽고 추잡한 분위기를 참고 견딜 수 없었고, 그래서 나는 돈을 더 많이 벌려고 애쓰기 시작했어요. 아버지가 알면 나를 죽이려고 했을 거예요. 그는 자기가 가족을 부양할 수 있다고 자랑스럽게 말했지만, 사실대로 말하자면 충분하지 않았지요. 그건 그의 잘못이 아니었어요. 우리는 콜롬비아 국민의 50퍼센트처럼 가난하지는 않았어요. 하지만 가족을 부양할 정도의 돈은 아니었지요. 그는 그것을 체면과 기품의 문제라고 여겼고, 나는 아버지에게 상처를 주고 싶지 않았어요. 그래서 일거리를 찾고 또 찾았어요. 물론 대학에서는 고등학교와 달리 다른 사람의 숙제를 해줄 수 없었지요. 그곳 학생들은 부자가 아니었고, 과제는 어려웠거든요. 내 과제를 하기에도 벅찼어요. 그래서 나는 광고 전단을 유심히 보기 시작했어요. 그때 노인을 보살피던 어느 친구가 일하기 어렵지 않다고, 노인을 돌보면서 공부할 수 있다고 말했어요. 노인들을 집에서 데리고 나가 산책시키고, 먹을 것을 챙겨주고, 책을 읽어주면 된다고, 게다가 밤에는 더 쉽다고, 노인들이 자는 동안 그곳에 있으면서 링거를 통해 약을 넣어주고는 잠자는 모습을 지켜보기만 하면 된다고 설명했어요.

나는 그런 일거리를 찾기 시작했고, 결국 어느 광고지에서 그 일을 찾았어요. 최근에 수술한 노인을 보살피는 일이었어요. 야간에 일할 간호사를 찾는 광고였는데, 나는 좋아, 잘됐어, 간호사 옷을 입으면 돼, 라고 생각했지요. 내 친구가 그 옷을 빌려줄 수 있었고, 그래서 나는 그 환자를 찾아가 야간 간호사로 고용되었어요. 비쩍 마른 남자였어요. 뼈에 가죽만 붙어 있다고 말할 수 있을 정도였어요. 그는 침대에 누워 수액 주머니와 연결되어 있었어요. 나는 저녁 식사가 끝난 다음에 도착했고, 다른 간호사가 나와 교대하면 그 환자와 함께 다음 날 아침까지 머물렀어요. 링거를 교체하고, 정해진 시간에 진정제를 링거에 넣고, 물에 적신 수건을 이마에 올려주어야만 했지요. 일주일에 사흘 밤을 그렇게 일했어요. 집에다가는 친구들과 과제를 해야 해서 친구 집에서 자야만 했다고 둘러댔어요. 어머니는 내 대학 친구들을 못마땅하게 여겼다는 장점이 있었고, 그래서 전혀 문제가 없었어요. 아버지는 그래, 그곳에서 자고 오도록 해, 하지만 불편하면 내게 전화해, 그럼 어떻게 해야 할지 방법을 찾을 테니까, 아니, 아마도 택시를 타고 오는 편이 좋을 것 같아, 알았지?, 라고 말했어요. 나는 그 말을 듣자 아버지의 사랑을 느낄 수 있었어요. 우리 집에서 택시를 타라는 말은 마치 프랑스 샴페인병에 대해 말하는 것과 똑같았어요. 택시는 부자들만 탄다고 생각했거든요!

나는 몰래 은행 계좌를 개설해 그곳에 내 돈을 저금하기 시작했어요. 거기서 돈을 꺼내 마누엘을 초대하거나 그에게 책과 영화를 비롯해, 많은 아크릴 페인트를 사주어서 그가 원할 때마다 벽에다 그림을 그리러 나가게 해주었고, 극장 입장료도 내주었지요. 나는 그를 교육했고, 그를 최고로 만들고자 했어요. 그는 나의 커다란 자랑거리였거든요. 환자를 보살펴야 하는 밤에는 노인이 내쉬는 힘든 숨소리를 들으면서 책을 읽었답니다. 노인은 교양 있고 배운 사람이었어요. 그가 프랑스인이라고 말했는지 모르겠는데, 아마 당신에게 말해주는 걸 잊어버린 것 같아요. 그는 프랑스 사람이었지만 1960년대부터 콜롬비아에서 살았어요. 그의 서재에는 프랑스어 책이 있었고, 나는 그것들을 감탄하면서 바라보았어요. 고등학교에서 프랑스어를 배웠기 때문에 어느 정도는 알고 있었어요. 장 주네*의 책들, 알베르 카뮈의 책들, 그리고 마르셀 프루스트 전집, 앙드레 지드의 책들이 있었어요. 또한, 말로의 『인간의 조건』도 있었는데, 거기에는 말로가 직접 그에게 적어준 것 같은 헌사가 적혀 있었어요. 그가 말로와 아는 사이였을까요? 노인은 위쪽 차피네로, 그러니까 58번가와 7번로 위쪽에 있는 크고 오래된 집에 살고 있었어요. 그의 집에는 여러 명의 일하는 사람과 운전사 한 명이 있었어요. 그의 아들들은 매일 그를 찾아왔지만, 밤에는 그를 돌볼 사람이 필요했지요. 그들은 그를 실버타운에 입주시키고자 하지 않았어요. 더 정확하게 말하면, 그가 완전히 치료될 때에 비로소 그런 곳에 입주시킬 수 있었지요. 나는 그런 일상과 대학, 그리고 내 공부와 새로운 친구들에게 점차 익숙해졌어요.

노인의 이름은 므시외 에슈노즈였어요. 노인의 몸 상태가 호전되자, 우리는 대화하기 시작했어요. 나는 왜 콜롬비아에, 그토록 뒤처지고, 폭력적이며 모두가 떠나고자 하는 나라에 남아서 살기로 했느냐고 물었어요. 그러자 그는, 그건 사실이 아니라고, 너같으면 떠나겠어?, 라고 말했고, 나는 그렇다고, 그럴 수만 있다면 내 동생과 당장이라도 떠날 것이라고 대답했어요. 그는 내가 어디로 가고 싶은지 알고자 했고, 나는 아무 곳이라도, 이 세상의 아무 구석이라도 여기보다는 나을 것이라고, 나는 유럽으로, 그러니까 문명국가로 가고 싶다고 말했어요. 그러자 그는 아무 말 없이 나를 바라보았어요. 침대 시트가 그의 가슴을 반쯤 덮고 있었고, 희끗희끗한 털이 파자마 단춧구멍으로 빠져나왔어요. 그는, 문명국가라고? 넌 콜롬비아에서 떠나고 싶어 하지 않아, 네가 원하는 것은 네가 좋아하지 않는 것에서 멀어지는 것일 뿐이야, 하지만 어디를 가도 그런 것은 항상 있어, 라고 말했어요. 그러면서 이렇게 설명했지요. 난 세계의 많은 곳을 다녔어, 특히 아프리카를 잘 알아. 젊었을 때 콩고와 루안다에 있는 프랑스 석유회사에서 일했거든. 그곳은 보기 흉하고 힘든 것들로 가득하지만, 또한 아름답기도 해. 아시아에 대해서도 나는 똑같이 말해줄 수 있어. 힘들고 어려운 일들이 있지만, 그곳의 삶은 '문명화된' 장소보다 훨씬 더 아름다워. 그런데 문명이라는 게 뭐지? 유럽에는 미래가 없어. 그곳은 새롭지 못하고 지루하며, 씨무룩하고 심술궂은 대륙이고, 다른 사람들에게 어떻게 살아야 하는지 가르치고자 하지만, 거울 속에서 자기 자신을 너무나 쳐다본 나머지 굳어버렸어. 사회학을 공부한다고 했지? 이탈리아와 프랑스는 광대에게 통치되고 있어. 그러니 그런 곳에서 좌익이 된다는 것이 무슨 의미겠어? 그건 큰 의미가 없어. 그저 좌익 신문을 읽고, 마누 차오*의 낡은 CD를 들으며, 체 게바라와 마르코스 부사령관*의 티셔츠를 입고, 환경을 걱정하며, 머나먼 나라의 인권을 염려하는 게 고작이야. 유복하고 풍요로운 모든 사회처럼 유럽은 내리막길을 걷고 있어. 모든 것을 가진 사람, 자기 자신을 사랑하는 사람, 그리고 자화자찬하는 사람들과 마찬가지로 말이야. 그게 바로 그곳에서 일어나는 현상이야. 하지만 유럽인들이 모르는 것이 있는데, 그건 그들이 그 누구의 미래도 아니라는 사실이야. 오히려 정반대가 진실이야. 그러니까 미래는 주변부에 있다는 거지. 그런데 넌 어떻게 이 나라가 뒤처졌고 폭력적이라고, 마치 그것이 한 나라의 근본적이고 인종적이거나 문화적인 가치일 뿐, 다른 가치가 아닌 것처럼 말할 수 있지? 여기에서 일어나는 것은 이곳이 젊은 국가, 아주 젊은 나라이기 때문이야. 아직도 자신의 언어를 찾고 있는 나라이기 때문이야. 지금 네가 유럽에서 보는 것, 즉 오늘날의 평화는 2,000년의 전쟁과 피와 고문, 그리고 무자비한 행위의 대가를 치른 결과야. 유럽 국가들이 콜롬비아의 나이였을 때, 그들은 서로가 적이었고, 만날 때마다 피가 강물처럼 흘렀으며, 핏물로 뒤덮인 늪과 강어귀와 선창이 곳곳에 있었어. 유럽에서 일어난 마지막 전쟁에서는

5400만 명이 사망했어. 이게 폭력이 아니라고 생각해? 이걸 결코 잊으면 안 돼. 러시아 군대의 베를린 점령 전투는 불과 2주밖에 걸리지 않았지만, 콜롬비아에서 한 세기 동안 일어난 충돌과 싸움에서 죽은 사람들보다 더 많은 숫자가 죽었어. 그러니 이곳이 특별히 폭력적인 국가라는 생각은 지워버려. 단지 아주 복잡하고 불행했을 뿐이야. 그리고 최악의 문제는 무장되어 있었다는 것이지. 콜롬비아는 가진 것도 많고 위치도 훌륭해. 그래서 항상 수탈당하는 거야. 수많은 국가에서 폭력은 문화이자 역사이며 삶이야. 폭력에서 사회가 탄생하고 평화의 시기가 나와. 태초부터 항상 그랬고, 콜롬비아는 그런 과정에 있는 거지. 네게 자신 있게 말하는데, 콜롬비아는 유럽보다 훨씬 빠르게, 그리고 피도 덜 흘리면서 평화를 얻게 될 거야.

나는 회의적으로 에슈노즈 씨의 말을 들었고, 그에게, 하지만 유럽의 전쟁에서는 사람들이 이상을 위해 서로 죽였지만, 여기에서는 그렇지 않다고, 여기는 완전히 야만과 만행뿐이라고, 돈이나 땅, 혹은 코카 잎을 위해 서로 죽인다고 대답했어요. 하지만 그는 다시 말했어요. 그건 똑같은 것이야, 다른 사람에게 총을 쏘려는 사람은 자기가 옳다고 생각하지만, 그런 옳음은 바뀔 수 있어, 하지만 행위는 똑같아, 누군가 방아쇠를 당길 것이고, 탄알이 살갗을 찢고 두개골에 구멍을 낼 때, 그리고 귓불을 찢고 꿰뚫고 들어와 뇌를 관통하면서 길을 낼 때면, 역사가 있고 과거가 있는 생명은 멈춰버리고, 육체는 피로 범벅된 덩어리가 되어버려 바닥으로 쓰러지게 되지. 끔찍하고 오싹한 이런 사실은 그 어떤 방식으로나 설명되거나 합리화되지 못하고, 그렇게 될 수도 없어. 그래서 모든 이유가 똑같게 되는 거야. 가령 20세기 중반에는 전쟁의 동기가 사상이었고, 그런 다음에는 땅 혹은 자원 통제, 탄화수소 보존이었지. 정치는 이유나 변명이 아니야. 그것은 정치가 필요로 하는 것을 어떤 방식으로 드러내면서 다음 걸음을 내딛느냐는 문제인데, 그것은 바로 공격이야. 사상은 때가 되면 이루어지는 예언과 다르지 않아. 어리석고 잔혹한 무력은 역사상 인간이 가장 많이 사용한 논지야. 그건 어느 문화권이건 똑같아. 그러니 걱정하지 마, 여기에서 행해지거나 행해졌던 것은 이미 다른 곳에서 행해졌던 것이야. 그것도 똑같은 이유로 말이야. 오늘날 콜롬비아에서 일어나는 것은 사실 강요된 형식의 결과야. 심술의 현대 이름이 무엇인지 알아? 그건 민주주의라고 불리지. 북을 든 침팬지가 유명하고 재미있는 존재가 되면, 대통령으로 선출될 수도 있어. 지혜롭지도 못하고 배우지도 못했거나 교양이 없는 사람의 표와 이런 것을 모두 가진 사람의 표가 왜 같아야 하지? 왜 머리에 총을 겨눠 얻었거나, 아니면 광고로 사람들의 머리를 세뇌해서, 혹은 5만 페소로 매수한 사람의 표가 자유롭게 표현된 표와 같은 것이지? 민주주의의 수호자들에게 물어보게. 그게 바로 위대한 심술이지만, 우리는 함부로 그렇게 말할 수가 없어. 모두가 교육을 받고, 문화의 관점에서 높은 수준과 낮은 수준의 차이가 지금보다 훨씬 적다면, 민주주의는 세상에서 일반적인 것이 될 테고, 우리는 스웨덴에 있는 것처럼 되겠지만, 현실은 그렇지 않아. 아프리카에서 사람들은 자기 부족 사람들에게 투표하고, 그래서 항상 가장 큰 부족의 정당이 승리해. 어느 부족이 다른 부족 투표권자의 숫자를 줄일 때 사용하는 유일한 방법이 뭔지 알아? 그건 바로 마체테†야. 아프리카의 많은 나라에서 내전을 일으키게 만든 것은 독재가 아니라 민주주의야. 조그만 부족은 더 커다란 씨족에게 권력을 부여하는 제도를 혐오해. 그런데 권력이 무엇일까? 그건 한 나라를 통제하거나 독점하는 권리야. 여기는 달라. 그것은 부족이 없기 때문이야. 그러나 씨족은 있고, 최근에는 호족이나 토호 세력이 있어. 가령, 이런 환경에서 어떻게 좌파 후보가, 혹은 어느 환경 보호론자가 승리할 수 있겠어? 이탈리아처럼 가장 돈이 많은 사람이거나 가장 무기가 많고 가장 힘이 센 사람이 승리해. 성의 관점에서 말한다면, 가장 남성적인 사람이 이기는데, 그것은 민주주의가 마조히즘 관계이기 때문이야. 강자에게 권력을 주어서 그가 약자에게 권력을 행사하게 해주고, 약자는 종속적인 태도를 보이지. 그 태도는 뒤로 돌아 엉덩이를 올리고서, 충돌을 피하고자 자기 엉덩이를 제공하는 것으로 이루어져 있어.

에슈노즈 씨의 반동주의적 의견을 듣자, 나는 의자에서 벌떡 일어났어요. 처음에 나는 그와 논쟁했지만, 이내 그것이 아무런

---

† 칼처럼 생긴 도구로, 대부분 낫과 같은 용도로 사용되나 종종 무기로 이용되기도 한다.

의미도 없다는 것을 깨달았죠. 어쨌건 그와 의견을 달리하는 것이 나와 똑같이 생각하던 동료 학생들과 여러 시간 말하고 또 말하는 것보다 더 자극적이고 힘이 되었어요. 아마도 그의 생각은 책이나 정치사상이 아니라, 경험에서 우러나왔기 때문이었던 것 같아요. 그는 머리로 스쳐 지나갔던 생각들을 말했어요. 그러면서 유토피아란 한 사회의 고위직들, 다시 말하면 사상의 귀족사회가 권력을 잡은 것으로 여겼어요. 그 낡은 문벌의 귀족사회는 그가 진짜 죄악이라고 여긴 단 한 가지, 즉 영토를 외국이나 외국 권력에 넘겨주는 것만은 확실하게 피하게 해준다고 여겼던 것이에요.

스웨덴과 노르웨이의 발전된 민주주의에 관해 묻자, 그는 그런 나라를 알지도 못하며 관심도 없다고 말했어요. 삶이 평온하고 공정한 나라, 모두가 어느 정도의 보호를 받고 건강하게 지내며 행복한 나라들은 내 관심의 대상이 아니야. 그리고 완벽한 사회도 나는 관심이 없어. 나는 추리소설을 통해 끔찍한 범죄와 비극이 그곳에서도 일어난다고, 그리고 그것이 바로 그들이 인간답다는 사실을 보여준다는 것을 알게 됐을 때, 비로소 그들을 쳐다보았어. 그들은 모두 얼음장 같지만, 각자의 마음에는 지옥이 숨어 있어. 그러나 나는 때때로 피가 거리로 흘러내리는 곳의 삶이 더 좋아. 그래서 콜롬비아에 남게 된 거야.

나는 그의 삶에 대해 많이 알지 못했어요. 그는 프랑스 회사에서 평생 일했지만, 퇴직 후에는 자식과 손주들이 있는 보고타에 남아 있기로 했어요. 홀아비였어요. 그가 다른 여자와 모텔에 있을 때, 그의 아내가 스스로 목숨을 끊었지요. 그가 마흔두 살일 때 이런 일이 일어났어요. 그녀는 여비서를 통해 남편의 부정을 알게 되었는데, 그 비서는 새 정부情婦와 약속을 하게 되면 알려주겠다고 아내에게 약속했었지요. 그 이유는 모르겠지만, 대충 상상은 돼요. 비서는 약속대로 했고, 아내는 호텔에 모습을 드러내서 야단법석을 떨지 않고서, 대신 다른 호텔에서 손목 혈관을 잘랐어요. 에슈노즈 씨는 자기 잘못이라고 시인했고, 일을 그만두었으며, 다시는 자기 정부를 만나지 않았어요. 아내는 그에게 유서 한 통을 남겼는데, 거기에는 단지 "왜?"라는 질문 하나만 적혀 있었지요. 여러 번 그는 손에 브라우닝 권총을 쥐었지만, 한 번도 용기를 내지 못했어요. 그의 아내는 벨기에 사람이었고, 남편 때문에 콜롬비아에 있었어요. 두 사람은 아프리카에서 알게 되었어요. 그리고 모든 것을 함께 이루었어요. 나는 그에게 정부가 콜롬비아 여자였느냐고 물었고, 그는 아니라고, 헝가리 여자였다고 대답하면서, 나중에 그 이야기를 해줄게, 라고 덧붙였지만, 결코 그 이야기를 내게 해주지 않았어요. 하지만 그는 한 남자가 여러 아내와 함께 있을 필요가 있으며, 여자도 그렇지만, 그 이유는 다르다면서 이렇게 말했어요. 결혼과 일부일처제는 정말로 어리석고 바보 같은 제도야. 무엇보다도 가장 큰 불행의 원천이지. 포유류는 성행위를 해야 하고, 남자뿐만 아니라 여자에게도 강력한 삶의 원칙이 있어. 그게 바로 호기심이라는 것이지. 혹시 남자 친구 있어?, 라고 그는 물었고, 나는 아니라고, 파트너만 있다고, 왔다가 갈 뿐

그 이상은 아닌 사람들이라고 대답했지요. 그러자 그는 말했어요. 아주 잘하고 있어, 그 누구에게도 구속되지 마, 젊은 세대는 너무나 멍청하지만, 그건 그들의 잘못이 아니라는 것은 너무나 분명한 사실이야. 어른들이 되풀이해서 가르치는 것 때문에, 그러니까 미래의 믿음 때문에 멍청해진 것이거든. 그들이 멍청한 까닭은 희망이 있기 때문인데, 그것도 시간이 흐르면서 자연스럽게 해결되지. 젊은 여자에게 최악은 젊은 남자와 결혼하는 것이야. 그건 두 멍청이의 결합이거든. 젊은 여자가 할 수 있는 최고의 것은 나이가 더 많은 남자와 함께 있는 거야. 하지만 결혼하라는 말이 아니야. 그냥 나이가 더 많은 남자와 함께 있으라는 소리야. 그리고 내 조언을 귀담아듣도록 해. 젊은 남자들을 이용해서 즐겁게 쾌락을 즐기고 물질적인 것을 얻어내도록 해. 젊은 남자들이 네게 아첨하고 아양 떨도록 놔둬. 이런 모든 것은 지극히 정상적인 행위야. 페미니스트들은 여자가 독립적으로 되어야 자신의 존엄과 품위를 지킨다고 말하지만, 그런 말은 믿지 말도록 해. 그건 말도 안 되는 바보스러운 이야기야. 여자들은 돈이 필요하지 않아. 돈보다 훨씬 더 강력한 것을 갖고 있거든. 그게 뭔지 넌 알 거야. 나는 지구상에서 가장 힘 있는 남자들이 여자의 음부 앞에서 힘없이 무너지는 것을 봤어. 케네디, 오나시스, 록펠러가 그랬지. 파리스와 금발의 메넬라오스†도 마찬가지였어. 그게 바로 권력이고 힘이야. 이제 내가 충고 하나 해주지. 무언가를 원한다면, 그것을 이용하도록 해. 절대 부끄럽거나 창피하게 여기지 마. 많은 사람이 네게 들기에 끔찍한 소리를 할 거야. 무엇보다도 페미니스트들과 레즈비언들이 그럴 거야. 그들은 너를 욕할 것이고, 너 같은 사람들 때문에 여자들이 고통받는다고 말할 거야. 아마 그들의 말이 옳을지도 몰라. 하지만 넌 계속 앞으로 나아가야 해. 삶은 개인이 사는 것이니까. 남자들도 사랑받는 행운이 있는 경우, 특히 나이가 더 많은 여자에게 사랑받는 경우는 똑같이 해. 그런 남자들이 그런 여자에게 해를 끼치나? 그들은 이미 갱년기가 시작된 여자들의 피를 끓어오르게 하면서, 돈과 선물을 받고 여행을 즐기지. 모두가 행복하지만, 이런 경우는 극히 드물어. 오히려 모두가 불행해지는 경우가 일반적이라고 말할 수 있어. 아무도 남자에게 아름답고 예뻐야 한다고 요구하지 않아. 남자에게는 권력이 있거나 부자가 되라고 요구하지. 혹은 유명하거나 끝내주는 남성성을 가진 사람이 되도록 요구해. 나는 어릴 적에 유럽에서 바닷가로 갈 때면, 비치 클럽의 스포츠카들을 쳐다보곤 했지. 그런 차에 타고 있는 사람들은 항상 부자였고, 일반적으로 뚱뚱했으며 속물이었고, 옆에 타고 있던 여자들은 아름다웠어. 이런 경우에서 벗어나는 적은 한 번도 없었어. 대부분 금발의 여자였지만, 팔의 솜털과 눈썹은 검을 때도 있었지.

매일 밤 에슈노즈 씨는 새로운 이야기를 들려주었어요. 자기

---

†   그리스 신화의 인물로 헬레네의 남편. 트로이의 왕자 파리스가 헬레네를 데리고 도망치자, 형 아가멤논과 함께 군대를 모아 트로이 전쟁을 일으킨다.

의견을 드러내거나 나를 가르칠 수 있는 것, 그리고 항상 파렴치하고 냉소적으로 부정하고 반박할 수 있는 이야기였어요. 그는 내가 배운 것을 이야기해보라고 요구했고, 나는 마리오 붕헤,[*] 에른스트 카시러,[*] 죄르지 루카치[*]와 같은 작가들, 특히 루카치의 『이성의 파괴』에 대해 말했어요. 그는 이런 사람들을 잘 알고 있었고, 그들의 생각을 이해하기 쉬운 말로 요약했으며, 그들을 거부하면서 명료하게 비판했지요. 그리고 나는 수업 시간에 그의 말을 그대로 반복했고, 내 동료들은 놀란 표정으로 나를 바라보면서, 도대체 그런 생각이 어디에서 나왔을까?, 라고 생각했어요. 때때로 에슈노즈 씨는 심한 기침 발작으로 이야기를 멈춰야 했는데, 그럴 때면 그의 얼굴에는 핏기가 사라졌어요. 폐기종을 앓고 있었거든요. 살아오면서 그는 서너 번 알코올 중독에 걸렸었어요. 죽기 일보 직전에 있던 그는 내게 말했어요. 내가 일어날 수만 있다면 밖으로 나가 담배와 술을 사겠어, 이제는 더 나쁜 일이 내게 일어날 수는 없거든. 나는 곧 죽음을 맞이하게 될 거야. 나는 그를 밖으로 데려 나가려고 생각했지만, 그의 자식들이 알게 되면 나를 고발할 테고, 나는 신원 위조로 감옥에 갈 게 분명했어요.

어느 날 나는 말로를 직접 만났느냐고 물었고, 그는 그렇다고 대답했어요. 아주 젊었을 적에 말로가 홍콩을 공식 방문했을 때 수행해야 했어, 당시 말로는 문화성 장관이었지. 바로 거기서 그의 책에 헌정의 말을 써주었던 것이지요. 그러고서 그는 말로가 거만하고 파렴치한 작자라고 덧붙였어요. 더 돈을 벌고, 더 유명해지고, 더 권력을 가질 수만 있다면 무슨 일이든 할 수 있는 사람이었어, 본질적으로 그는 항상 벼락부자와 같았지. 사실 나는 그를 혐오하고 얕봐, 내가 그 책을 간직하고 있는 것은 오로지 그를 비롯해 그와 비슷한 부류의 사람들이 나를 얼마나 짜증 나게 했는지 기억하기 위해서야, 라고 말했어요. 영사님, 그런데 그가 누구를 높이 평가했는지 알아요? 에슈노즈 씨는 셀린이라고, 그는 프랑스의 모든 것에 대해 생각하는 것을 말할 수 있는 용기를 지닌 작가였다고, 평생 죽을 때까지 계속 그렇게 말했다고, 그리고 그는 말 때문에 감옥에 갇히기도 했다고 말했어요. 또한, 모두가 군주제주의자이며 포르노 작가인 나라에서 포르노 작가이자 군주제주의자로 기소된 쥘 바르베 도르비이*도 그가 존경하는 사람이었어요. 그리고 자레와 피에르 루이스*를 좋아했지요. 마찬가지로 장 주네도 좋아했지만, 고상한 명분을 위해 투쟁했던 것은 예외였지요. 그는 화를 내면서 이렇게 말했어요. 고상한 명분을 수호하는 작가들은 넌더리 나! 남의 피로 성공하는 기회주의자이며 위선자들이야! 거리로 피가 흘러내릴 때면, 로스차일드 남작의 충고, 그러니까 자산을 취득하라는 말이 유일하게 현명한 조언이야. 그가 존경했던 현대 작가 중에는 미셸 우엘베크가 있어요. 그는 그 작가에게서 보수적 윤리에 속박되지 않은 정신을 보았거든요. 그에 따르면, 프랑스에는 항상 그런 작가들이 있었어요. 그것은 노골성과 냉정함이 프랑스인들의 유전자이기 때문이었어요. 그러면서 자기 언어를 예로 들면서 이렇게 말했어요. 프랑스어를 모르는 사람들은 프랑스어를 아름답고 낭랑하다고 생각하지만, 그것은 가장 거칠고 냉담한 언어 중의 하나야. 잔인한 것을 언급할 때면 "elle c'est fait violer!", 즉 "강간당했어" 대신 "강간하게 했어"라고 말하는데, 얼마나 잔인한 표현을 사용하는지 알 수 있어. 그건 무식한 촌놈들의 언어야! 단지 악한 놈들과 살인자들만 거기서 아름다움을 뽑아낼 수 있어. 랭보나 보들레르 같은 사람들, 혹은 지하 감옥에 갇힌 사드 후작 같은 사람뿐이야. 사드를 다룬 최악의 영화에 따르면, 그는 자기 똥으로 글을 썼고, 그 글은 정말이지 꼴불견이야.

위펀 차피네로의, 경사가 급하고 어두우며 약간 음침한 거리로 올라갈 때면, 나는 오늘은 에슈노즈 씨가 무슨 이야기를 들려줄까? 하고 생각했어요. 그러고서 그와 함께 과제를 하기 시작했지요. 그는 내게 이런저런 책을 갖고 와서 읽어달라고 말했어요. 때때로 그는 직접 색인을 찾았지요. 물론 그는 큰 소리로 읽을 수 없었어요, 그럴 정도로 폐에 충분한 공기가 있지 않았거든요. 하지만 나는 그렇게 했고, 이런 식으로 우리는 과제를 진척시켰어요. 나는 썼고, 그는 읽었어요. 그는 평을 했고, 내 글쓰기를 도와주었어요. 단어와 관련해서 그는 매우 엄격했어요. 생각은 언어의 환영이고, 그래서 글을 쓸 때면 최면적이고 정확하며 단호해야 한다고 말하곤 했어요. 그러면서 유일한 진리는 이것이라고, 즉 잘 표현된 진리, 그리고 형식을 통해 설득하는 진리라고 말했어요. 나는 받아 적었고, 그런 다음 다시 읽으면서, 그에게 훌륭한 것들을 얼마나 많이 배웠는지 깨달았어요.

어느 날 밤, 새벽 1시경에, 그는 갑자기 기침 발작을 일으키더니 숨을 쉬지 못했어요. 그래서 나는 구급차를 불러야 했어요. 그들은 그에게 산소마스크를 씌우고서 데려갔어요. 나는 따라가고 싶었지만, 그의 아들 한 명이 도착해 있었고, 그래서 구급대원들은 내가 구급차에 올라타는 것을 막았어요. 나는 그가 죽는다는 생각에 너무나 고통스럽고 괴로웠어요. 그는 3주간 안데스 의료센터에 입원했어요. 나는 아들들이 내게 전화를 걸어서, 이제 집으로 와도 좋다고, 에슈노즈 씨가 집에 돌아왔다고 말할 것이라는 희망을 품고 끊임없이 내 휴대전화를 쳐다보았어요.

그즈음에, 그러니까 내가 기다리던 기간에 신문에는 소아차 출신인 청년 열한 명에 관한 기사가 실렸어요. 처음에는 '실종'으로 나왔다가, 나중에는 산탄데르 지방의 오카냐 마을 근처에서 군과 전투 중에 사망했다고 보도되었어요. 정말 대단한 물의를 일으킨 사건이었어요. 기억나세요? 우리베는 텔레비전에 나와서 그들은 실종자가 아니라 군과의 전투 중에 사망한 범죄자들이라고 말했어요. 그들의 가족은 그 청년들이 실업자였지 게릴라가 아니었다고 밝혔어요. 우리베는 군대를 옹호했지만, 사람들은 거리로 나가 시위하기 시작했어요. 우리 나라의 다른 지역에서도 유사한 경우가 나타났고, 더 많은 증언과 고발이 이루어졌어요. 군부는 숨어서 이렇게 말했어요. 시민들의 안전은 우리의 어깨와 피에 달려 있으며, 군은 한시도 쉬지 않고 평화를 이룩하는 과업을 수행하고 있고, 이런 거짓말은 테러리스트와 그들의 공모자들이 유포한 것이며, 품위와 품격이 있는 시민들은 전혀 두려워할 필요가 없고, 우리는 인간적이고 정직한 군대이며, 우리의 무기는 폭력의 채찍에서 해방된 새로운 사회의 토대이다. 법치 국가 만세, 우리베 대통령 만세.

익히 예상할 수 있듯이, 어머니는 저녁 식사 동안 그 주제를 식탁에 올리면서, 이 야단법석을 어떻게 생각해? 쓰레기 같은 마약 중독자 무리 때문에 왜 이런 소란을 피우는 거지?, 라고 말했어요. 아버지는 자기가 가만히 있으면 이 주제가 스스로 죽어버릴 것이라는 희망을 품고 토론에 참여하지 않았지만, 나는 입술을 깨물며 있을 수는 없었고, 그래서 입을 열었어요. 도대체 언제부터 우리가 살인자 편을 들었죠? 이 가족에게 무슨 일이 있는 거죠? 이 나라에서 무슨 일이 일어나고 있는지 언제 깨달을 거죠? 그러자 어머니는 분노하면서 반박했어요. 이 나라에서 일어나고 있는 것은 국립대학의 테러분자들이 말하는 대로 되지는 않을 것이라는 사실이야. 그들은 콜롬비아 무장혁명군과 민족해방군의 나라에서 벌어지는 것만 알지, 우리가 사는 나라의 것은 알지 못해. 어쨌든, 대통령은 대통령이지, 허접스러운 기자가 아니야. 그는 이미 텔레비전에서 무슨 일이 벌어졌는지 설명했고, 검찰총장역시 설명했어. 이제 두 사람은 그 작자들이 군과 맞서 싸우고 있었다는 것을 알고 있어. 그래, 그건 당연한 이치야, 칼로 흥한 사람은 칼로 망하는 법이니까. 그러자 나는 말했어요. 그 불쌍한 청년들은 살해되었어요. 그게 바로 사회 청소예요, 바로 우익 민병대가 다른 지역에서 자행하는 짓이에요, 이건 군대가 상을 타기 위해 저지른 사회 청소예요. 이건 국가 범죄고, 우리베는 이걸 은폐하고 있어요. 그러자 아버지가 토론장으로 들어왔어요. 맙소사, 후아나, 말도 안 되는 소리는 그 정도만 해, 군대가 강도들과 맞서 싸우는데, 어떻게 그게 국가 범죄가 되지? 오히려 그건 반드시 해야만 하는 일이야. 군대가 우리를 지키지 않는다면 그게 바로 범죄가 될 거야, 후아나. 대학에서 네가 들은 것은 확실히 왜곡되어 있어. 넌 대통령이 말하는 것을 보았고, 검찰총장이 교전 중에 그들이 사망했다고 확인해주는 것을 보았어. 그런데 그들이 거짓말을 하고 있다고 생각해? 이 나라에서 최고 권력자인 대통령과 검찰총장 두 사람이 거짓말을 하고 있다는 거니? 아니야, 후아나, 너무 과장해서 생각하지 말자. 그러나 나는 두 사람에게 말했어요. 아니에요, 그들이 거짓말을 하고 있어요, 그 청년들은 살해되었어요, 난 그들 어머니들의 말을 믿어요. 그러자 어머니가 말했지요. 아, 그래? 그 하찮것없는 부랑자들의 어머니들이 무슨 말을 하기를 바라는 거야? 그들은 자기 아이들을 더 잘 길렀어야 했어.

나는 너무나 화가 난 나머지 다음 일요일에 두 학교 친구와 함께 소아차로 가서 실종자들을 위한 시위에 참여했어요. 나는 아이들의 사진을 갖고 다니는 여자들을 보았어요. 그들은 힘껏 플래카드를 들었고, 그 젊은이들의 이름을 울면서 외쳤어요. 몇몇 젊은이들은 커다란 봉지에 담겨 돌아왔지만, 모두가 그랬던 것은 아니었어요. 몇몇 어머니들은 자기 아이들은 아직도 돌아오지 않았다고, 죽어서도 모습을 드러내지 않았다고 말했어요. 우리, 그러니까 나와 내 학교 친구들은 소리 지르기 시작했고, 나는 슬픔과 무한한 동정을 느꼈어요. 그 불쌍한 어머니들이 요구하던 것은 정의와 진실이었는데, 그게 마치 미친 생각처럼, 어느 왕자의 변덕이나 아주 멀리 있는 무언가처럼 보였거든요. 우리 부모님이 말했듯이, 그 누구도 대통령과 검찰총장을 함께 의심하지 않았기 때문이에요. 그렇지만 나는 생각했어요. 이 여자들이 고통스러워하면서도 의연하게 걸어가는 것을 보는 사람, 어느 어머니가 기절해서 바닥으로 넘어지면 나머지 어머니들이 행진을 멈추고 그녀를 일으켜주는 것을 보는 사람, 이런 것을 보는 사람이라면 그 누구라도 어머니들의 말을 믿을 수밖에 없다고 말이에요. 그러자 나는 한 어머니의 팔을 꼭 붙잡고서 그녀 아들의 이름을 외치기 시작했어요. 내 또래거나 아니면 마누엘의 나이 정도 된 청년이었어요. 나는 소리치기 시작했고, 그녀는 나를 붙들었고, 우리는 걸어갔어요. 나는 그 어머니에게서 식용유와 양파, 그리고 신선한 고수 냄새가 난다는 것을 알았고, 그녀가 시위에 오기 전에 다른 아이들에게 음식을 만들어 놔두었고, 침대를 정리했으며, 옷을 빨았다고 생각했어요. 그러자 내가 국립대학에 입학했던 날과 유사한 것을 느꼈어요. 그러고서 이게 바로 우리 나라야!, 라고 다시 생각했지요. 우리 나라는 위선자들의 나라가 아니었고, 눈을 가리는 사람들의 나라도 아니었으며, 살인자들의 나라도 아니었어요. 그

러자 나는 너무나 감격해서 눈물을 흘리기 시작했고, 그 여자가
나를 위로해주면서, 왜 우는 거지요, 학생?, 이라고 물었어요. 그
래서 나는 이 모든 것 때문에, 당신들에게 일어난 일 때문에, 회복
할 수 없는 것들이 있으므로 운다고, 거짓말과 냉소주의 때문에
분노를 참을 수 없어 운다고 말했고, 그녀는 내 머리를 손으로 쓰
다듬으면서, 진정해요, 학생, 계속 걸어요, 라고 말했어요. 나는 그
렇게 할 수 있었지만, 한 걸음씩 옮길 때마다, 이런 것을 알아야
해, 복수해야 해, 내가 할 수 있는 일이 분명히 있을 거야, 라고 생
각했어요.

다음 주에 에슈노즈 씨는 집으로 돌아왔고, 그래서 나는 그
를 보살피러 갔어요. 골목길을 걸어 올라가고, 공원을 지나고, 그
의 오래된 저택으로 향하는 돌계단을 오르자 너무 기뻤어요. 그제
야 나는 그가 얼마만큼이나 내 인생, 내 조그만 삶의 일부가 되었
는지 깨달았어요. 그는 내가 계속 따라가야 할 이야기의 실마리
가 되어 있었지요. 노인은 전보다 더 야위었고, 피부는 시들었으
며, 코 주위는 자줏빛 혈관으로 가득했어요. 나를 보자 반가워했
고, 발작 이전에 그랬던 것처럼 나는 그가 나와 단둘이 있을 수 있
도록 다른 간호사가 가기를 간절하게 기다리고 있다는 것을 알았
어요.

나는 소아차에서 보았던 것을 이야기했고, 무언가를 하고 싶
다고 그에게 말했어요. 그러자 그는 말했어요. 그 젊은이들은 살
해된 거야, 살인자들은 이야기를 만들어내고, 그 사실을 부정하

면서, 대중의 관심을 다른 것으로 돌릴 하찮고 자질구레한 것들을 내놓지. 하지만 그 여자들은 계속 거리로 나가야 하고, 너는 그들을 지지해야 해. 그는 이렇게 말하고서, 짓궂은 시선을 하더니, 너는 더 많이 알도록 노력해야 하는데, 내부에 있으면서 그걸 알아내야 해, 라고 덧붙였어요. 나는 놀란 눈으로 그를 쳐다보면서, 내부에서라고요?, 라고 물었어요. 그래, 라고 그는 말했어요. 너는 젊고 예뻐, 그러니 네가 원하는 사람에게 접근해서 네가 원하는 것을 알아낼 수 있어. 그건 어려운 일일 수도 있지만, 불가능하지는 않아. 가장 높은 곳에 도달하려고 최선을 다하도록 해, 그러면 그곳에서 그 여자들을 도울 수 있게 될 거야. 언젠가 나는 네게 여자가 손에 넣지 못할 것은 하나도 없다고 말했지. 여자의 음부는 지구상에 존재하는 가장 강력한 무기야. 나는 이제 여든세 살인데, 지금 그리워하는 유일한 것은 섹스야. 내가 다시 젊어지고 싶은 이유는 바로 그것 때문이야. 네게 반대로 말하는 사람은 몽상가거나, 인생이 어떻게 되어야 하는지에 대한 사상과 가정을 실제의 삶과 혼동하는 멍청이야. 그 뻔뻔스러운 작자들의 세상으로 들어가고, 정말로 네가 그들을 증오한다면 안에서 그들을 파괴해. 그곳은 남자들의 세상, 무식하고 야만적이며 파렴치한 수컷들의 세상이야. 네가 접근하는 데 성공하면, 그들을 네 손안에 갖고 놀 수 있어. 어느 젊고 멍청한 미국 여자가 입을 사용해서 세상에서 가장 힘이 센 대통령을 파멸시킬 뻔했다는 사실을 기억해. 이제 알겠지? 그리고 또 다른 것을 말해줄게. 그건 그들에게 값비싼

358

대가를 치르도록 해야 한다는 것이야. 그들에게 양심의 가책을 느껴서는 안 돼. 그들을 파멸시키고, 가능한 한 많은 것을 얻어내야 해. 사실 돈은 이 비참하고 비열한 세상에서 자유를 주는 유일한 것이야. 그들은 네게 창녀라고 말할 테지만, 너는 그들의 말에 귀를 닫아야 해. 그들이 마음껏 말하고 소리치게 놔둬. 그들은 네게 나쁜 년이며 마녀라고 말할 테지만, 그들이 마음껏 짖도록 놔둬. 하지만 네 목표물에서 절대로 눈을 떼면 안 돼. 네 가족이 너를 비판할 테지만, 그들을 잊도록 해. 어머니들은 딸들에게, 결혼 잘해야 해, 잘 선택해야 해, 라고 말하지만, 사실상 그것은 '너 자신을 잘 팔아야 해'라는 의미와 똑같아. 그건 한 사람의 고객을 위한 최악의 매춘이고, 그 값은 '상당한 사회적 지위'라는 거짓말로 지급되는 거지. 그 벌레들의 세계로 들어가지 마, 후아나, 너는 강하고 똑똑한 여자이고, 너는 너 자신의 운명을 만들 수 있기 때문이야. 자유를 선택한다면, 너는 정말로 치명적인 무기가 될 거야. 그것으로 그들을 파멸시켜.

아침마다 나는 학교로 가서 아침을 먹기 위해 7번로로 걸어 내려가면서, 그의 이야기와 충고를 곱씹었어요. 아침 7시에 불어오는 바람으로 몸을 떨고, 배기가스의 시큼한 냄새를 맡으며 길을 걸어가면서, 나는 에슈노즈 씨가 냉소적이고 삶에 염증을 내지만, 그의 말은 일리가 있다고 생각했지요. 세상은 우리가 조화와 화합을 이루고, 친절하고 서로를 돌보도록 만들어진 것이 아니라, 그것과 정반대라고, 즉 서로 충돌하고 싸우기 위해서 만들어졌다고 생각했어요. 세상은 사각의 링이자 전쟁터예요. 미소 짓고 부드러운 말을 하면서 전쟁터로 가는 사람은 아무도 없어요. 절대 그렇지 않아요. 그 사람은 빈틈없이 무장하고 가지요. 나는 세상을 다른 방식으로 보는 것은 어리석으며 유치하고 미성숙한 행동이라고 여겼어요.

나는 그날을 기억해요. 나는 57번가를 따라 걷다가 아침 식사를 파는 간이식당에 발을 멈추고서 양파를 넣은 스크램블드에 그와 밀크커피, 그리고 오렌지 주스를 주문했어요. 그러고는 방금 깨어난 도시를 바라보기 시작했지요. 자동차 앞 창문 닦아주는 사람들, 거지들, 제복을 입고 약국 입구를 물청소하는 여자, 문 옆에서 담배에 불을 붙이는 휴대전화 판매가게 점원들, 추위에 몸을 떨면서 길모퉁이의 버스 정류장에 몰려 있는 사람들이 보였고, 하늘에는 검은 먹구름이 끼어 있었고, 축축해 보이는 바람이 불어왔어요. 나는 공책을 꺼냈고, 〈삶은 염병할 전쟁터이고, 따라서 빈틈없이 무장해야만 한다〉라고 적었어요. 그 구절을 백 번 정도 읽었어요. 그러고서 그 종이를 찢었고, 둥글게 마구 구겨서 쓰레기통에 던졌어요.

그러고는 계속해서 대학교를 향해 걸어갔지요.

시간이 흘렀어요. 어느 날 오후에 내 휴대전화의 벨이 울렸어요. 에슈노즈 씨의 딸이었어요. 소식을 알려주어야만 할 것 같아서요, 아버지가 어제 돌아가셨어요, 라고 그녀는 말했어요. 뭐라고요? 내 말에 그녀는 대답했어요. 잠을 자다가 돌아가셨어요.

의사들에 따르면 아무 고통도 느끼지 않았고, 담요를 덮은 채 자는 것 같았어요. 나는 그 소식을 듣자 기뻤어요. 그는 이미 다른 쪽에, 그러니까 그가 그 누구보다도 잘 알았고 분석했던 이 삶에서 멀리 떨어진 곳으로 갔으니까요. 나는 장례식장과 장지를 물어보았고, 그녀는 내게 정보를 알려주었어요. 나는 잠시 장례식장을 들러 그의 자식들에게 인사를 했지요. 나는 마지막으로 그를 보고 싶었지만, 관이 닫혀 있었어요. 그게 차라리 나았어요. 나는 분노로 가득한 눈의 모습과 폐기종으로 나직했지만, 그래도 활활 타오르는 불 같았던 그의 말을 간직할 수 있었거든요. 기도하는 대신, 나는 한쪽에 앉아 그에 대해 기억나던 것들을 수첩에 쓰기 시작했어요. 그의 냉소적인 말과 그의 명언, 그리고 의견이었어요. 나는 그의 생각 중의 일부가 살아남기를 원했고, 그래서 그 생각을 직접 경험하겠다고 작정했어요.

"생각은 생각되기 위해서가 아니라 경험하기 위해서 만들어진 것이다"라고 말로는 말했어요. 에슈노즈 씨의 생각은 옳았어요. 세상이 냉소적이고 잔인하다면, 냉소적이고 잔인하게 되는 것이 최고의 방법이었지요. 지금부터 내 친절과 사랑은 땅 아래에, 두꺼운 철문 뒤에 숨어 있을 테고, 단지 마누엘만을 위한 것이 될 거야, 라고 나는 생각했어요. 현실은 마누엘과 내가 살아남아야만 하는 장소였고, 고독하고 바싹 마른 스텝 지대이자 돌투성이며 독사와 전갈이 만연한 사막이었어요. 그 사막에서 우리는 물을 찾거나, 가장 힘없는 동물들을 찾아서 먹고 살아야만 하지요. 무엇보다도 우리는 무기를 찾아야만 했어요. 우리가 행복해질 수 있는 약속된 장소나 계곡, 혹은 평원에 다른 사람이 먼저 도착하는 것을 막는 무기였지요.

그다음 주부터 나는 다른 일을 찾기 시작했어요. 그리고 일련의 면접을 한 다음, 다시 어느 노인을 돌보는 일을 하게 되었지요. 기뻤어요. 난 노인들을 좋아했거든요. 에슈노즈 씨 같은 사람을 다시 만난다는 것은 힘든 일이었지만, 나는 누구든 최대한 이용할 준비가 되어 있었어요. 이 사람도 마찬가지로 수술을 받았었어요. 옆구리 위로 끔찍한 흉터가 있었어요. 내가 도착하자, 어느 나이 많은 여자가 그에게 주어야 할 약을 내게 건네주었고, 부엌과 수건을 보여주었으며, 집이 어떻게 구성되었는지 알려주었어요. 그러고는 다른 방으로 자러 갔어요. 나는 그 노인을 목욕시켜야 했죠. 노인은 온수가 담긴 욕조에 누워 내게 피부를 문지르고 상처를 깨끗하게 해달라고 부탁했어요. 역겹고 토할 것 같았지만, 나는 그의 부탁대로 해주었어요. 그러고서 그가 욕조에서 나오게 도와주고서 침대로 데려갔어요. 노인은 벌거벗은 채 담요에 앉았고, 서랍을 가리키면서 내게 무언가를 가져다 달라고 부탁했어요. 나는 그게 무엇인지 잘 듣지 못했어요. 나는 서랍을 열러 갔고, 거기서 수많은 크림을 보았어요. 그 크림들을 그에게 가져가자, 그는 내게 그것들을 발라달라고 했어요. 그러고서 다른 서랍을 가리켰고, 내가 그 서랍을 열러 가는 동안 그는 엎드렸어요. 그 안에는 검은색의 플라스틱 딜도가 있었고, 나는 노인의 몸이 쭈글쭈글하고 상처 입었지만 발기했다는 것을 알았어요. 나는 뛰어나와 택시를 세웠어요. 너무나 수치스러웠어요. 집에 도착하자 나는 몇 시간 동안 손을 닦았어요. 그리고 그것들을 잘라버리고 싶은 느낌을 받았어요. 마치 위험에서 피하고자 손발을 잘라버리고, 그런 다음에는 또다시 깨끗하게 새로운 손발이 돋아나는 불도마뱀처럼 말이에요.

나는 에슈노즈 씨를 떠올리면서, 이런 염병할 짓은 이제 끝났어, 이제는 전쟁을 시작하는 거야, 라고 다짐했어요.

나는 산업디자인학과의 몇몇 여학생들을 알고 있었어요. 그들은 남자들과 데이트를 해주고서 돈을 받았지요. 나는 그들에게 접근했어요. 그들의 신뢰를 얻겠다고 작정했어요. 그리고 마침내 파티에 가자고 내게 제안했어요. 우리 또래의 로스 안데스 대학교 학생들이 여는 파티였어요. 그들은 모두 네 명이었고, 우리가 도착했을 때 이미 술과 마약에 취해 있었지요. 우리에게 술과 알약과 코카인을 주었어요. 그들은 모든 것을 갖고 있었어요. 화장실에 가면서 나는 내가 해야 할 일이 무엇인지 한 여학생에게 물어보았어요. 그러자 그녀는 내게 말했지요. 그들의 것을 빨아주고 그들과 섹스해주는 대가로 30만 페소를 받기로 했어. 하지만 걱정하지 마. 그들이 마시고 먹은 거로 봐서, 그들의 것이 설 거라고는 생각하지 않아. 그러니 파티나 실컷 즐겨. 그리고 침실에 들어가면 옷을 벗기 전에 돈을 요구해야 한다는 걸 잊지 마. 그렇지 않으면 그들은 잠들어서 지갑을 열지 않아. 유일한 규칙은 그들에게 키스하지 않으며, 스와핑을 허락하지 않는다는 거야. 그건 이미 우리가 그들에게 말해놓았어. 우리는 화장실에서 나갔고, 나는 거실에 앉았지요. 이 부잣집 아이들은 철학과 문학을 공부했어요. 나는 그들이 비트겐슈타인과 클레망 로세*에 대해 말하는 것을 들었지만, 너무나 취해서 모든 것을 엉망으로 뒤섞어 말했고, 게다가 이 멍청이 바보들이 로세의 비극적 사상을 어떻게 알거나 이해하겠어?, 라고 생각했지요. 모든 게 사치스러웠고, 나는 압도당한 느낌을 받았지만, 에슈노즈 씨의 말이 내게 힘을 주었어요. 그런데 갑자기 아파트 주인이, 좋아, 친구들, 이제 여자아이들과 진지한 것을 하도록 하자, 내 것은 이미 딱딱해졌어, 라고 말했어요. 그러자 다른 남자들이 알았다고 대답하더니, 바예나토 음악을 틀고서 우리와 춤을 추자며 끌어당겼어요. 그 춤을 추면서 나는 미치는 것 같았어요. 그 춤은 첫 번째 스텝에서 남자가 치마 밑으로 손을 집어넣었는데, 나는 그런 것이 구역질 났고, 나는 이봐요, 오늘 밤 혼자 자위하고 싶지 않으면, 조금 더 친절하고 다정하게 굴어줘요, 라고 말했어요. 그러자 그는, 어휴 무서워라, 왜 그렇게 화났어? 무슨 일이지? 내가 돈을 주고 하는 일인데, 라고 말했지만, 나는 그에게 아직 돈을 지급하지 않았으며, 내 휴대전화에 걸려온 전화가 열한 통인데 그것을 받지 못했고, 그래서 나를 원하지 않는다면 가겠다고 대답했어요. 그러자 그는, 이봐, 기다려, 성질내지 마, 그런데 네 이름은 뭐야?, 라고 말했고, 나는, 데이지야, 도널드 덕의 애인 이름과 같지만, 난 골 빈 여자가 아니야, 알아들었어? 방으로 가고 싶으면 우선 돈을 지급해, 라고 대답했지요. 그러자 그 작자는, 이년 물건이네, 알았어, 마담, 더 원하는 게 있으신가요, 라고 비아냥거리며 말했고, 나는, 그럼 좋아, 네 바지 내려, 내가 네 것을 빨아줄 테니, 눈을 감고 논리학을 가르치는 여교수를 생각하거나, 패리스 힐턴이나 리키 마틴을 생각해, 그럼 빨리 쌀 거야, 라고 말했어요. 그는, 정말 다정하고 관대한 여자네, 그런데 너를 생각해도 될까?, 라고 물었지만, 나는 그에게 그건 절대 안 된다고, 꿈도 꾸지 말라고 말했어요.

그게 나의 첫날 밤이었어요. 나는 까다롭게 굴지 않고 그런 일을 할 수 있다는 것을 깨달았고, 그래서 계속 그 일을 했어요. 대상은 거의 항상 로스 안데스 대학교나 하베리아나 대학교에 다니는 부잣집 애들, 혹은 생일을 축하하거나 파티를 벌이는 젊은 간부들이었어요. 아파트로 갈 때도 있었고, 모텔로 갈 때도 있었어요. 나는 국가의 현실에 등 돌린 채 살아가는 그 모든 부잣집 애들을 경멸하고 얕보는 법을 배웠지요. 그들에 대한 경멸은 점차 증오로 변해갔어요. 갈수록 그들에게 돈을 더 많이 요구했고, 그들이 그 돈을 기꺼이 지급하는 것을 보면서, 나는 내가 강하다고 느꼈어요. 에슈노즈 씨는 내 안에서 환생했고, 나는 행복했어요. 어느 날 파티에서 혼란스러운 틈을 이용해 나는 노트북 컴퓨터와 아이패드를 훔쳤어요. 전혀 걱정하지 않았어요. 그놈이 내게 전화를 걸어 묻자, 나는 그에게 미쳤다고, 아마 다른 창녀가 훔쳤을 것이라고, 그날 밤 거기에 있던 창녀는 나 혼자가 아니었다고 말했어요. 나는 저장된 내용을 지우려고 노트북을 켰고, 거기서 남자들과 여자들의 섹스 사진 컬렉션을 보았어요. 잔인하게 관통된 여자 성기들, 펠라티오를 하는 여자들, 항문 성교하는 남자들 사진이었어요. 나는 그 녀석에게 전화를 걸어, 내가 노트북을 갖고 있는데 문제가 하나 있어, 청년, 난 안전관리부 요원이거든, 이라고 말했어요. 그놈은 말을 더듬기 시작했어요. 그러자 내가 말했어요. 아니에요, 거짓말이에요, 난 안전관리부 요원이 아니지만, 당신에게 멋진 장난을 치고 싶어요. 난 파티에 있던 창녀 중의 하나인데, 당신은 지금 아주 골치 아픈 문제에 연루되어 있거든요. 내가 사진들을 갖고 있기 때문이지요. 그는 내게 고발하지 말라고, 내가 달라는 것은 모두 주겠다고 말했어요. 나는 그에게 2500만 페소를 현금으로 요구했어요. 그는 아주 큰 보험회사 관리였거든요. 그는 너무 과도한 액수라면서 나보고 미쳤다고 말했어요. 그러자 나는 말했지요. 좋아요, 이제 그 가격은 5천만 페소로 올랐어요, 그걸 지급하지 않으면 당신 상관과 경찰에게 이 노트북을 건네주겠어요. 나는 그에게 대출을 받으라고, 급한 경우에 신속하게 대출해주는 은행이 있다고, 이것이 바로 그런 경우라고 충고했어요. 아주 급해요, 5천만 페소예요. 나는 그 노트북에 담긴 모든 것을, 심지어 그의 인적 사항까지 담긴 하드디스크 사본을 세 개 만들어놓았어요. 그러고서 우니센트로 쇼핑몰의 영화관 입구 앞에서 만나기로 약속했지요. 나는 그에게 혹시 내게 무슨 일이라도 일어나면 모든 자료는 경찰에게 인도될 것이라고 말했어요. 그놈은 돈을 건넸고, 자기야, 무슨 일이 일어나겠어? 여기 모두 있어, 라고 투덜댔어요. 나는 그에게 휴대전화를 돈 가방 안에 넣으라고, 다시는 그의 전화를 받고 싶지 않다고 말했어요. 그는 당황해하면서, 아, 근데 내 심카드는?, 이라고 물었고, 나는, 다른 것으로 사도록 해요, 라고 말했지요. 그런 다음 서점으로 들어가서 루이스 부뉴엘의 『일기』를 마누엘에게 줄 선물로 샀고, 또한 마틴 에이미스*의 『돈 혹은 한 남자의 자살 노트』라는 소설을 샀어요. 나는 초조했고 가슴이 두근거렸어요. 처음으로 범죄를 저지르는 것이었기 때문이었어요. 그러나 만일 이 새끼가 나를 고발하면 죽여버리고 말겠어, 이 돈으로 뭘 하지?, 라고 생각했어요. 이미 집에 숨겨둘 곳은 준비해놓았어요. 화장실 천장이었지요. 내 계좌에 입금하면 수상하다고 의심을 살 수도 있었거든요. 나는 집으로 돌아가 잘 숨겨놓았어요. 그러고는 우체국으로 가서 세 개의 봉투에 각각 하드디스크 사본을 담아서 발송했어요. 하나는 콜롬비아 가족복지청으로, 다른 하나는 보험회사 사장에게, 그리고 마지막 것은 그의 주소로, 그러니까 그의 아내 이름을 적어서 보냈어요. 나는 경찰에게 보내지 않겠다고 한 약속을 지켰어요. 그리고 혹시 몰라서 나는 다른 사본을 보관했어요. 그 작자가 사실과 직면하는 모습을 상상하면서, 즉 상관과 아내에게 설명하는 모습을 상상하면서 기쁨을 느꼈어요. 나는 일반적으로 삶은 매우 끔찍하고 역겹지만, 그래도 너무 멀리 가면 안 된다는 것을 알고 있어요. 물론 아이패드는 깨끗하게 밀어버리고 다시 포맷하고는 그것을 마누엘에게 생일 선물로 주었어요.

어느 주말에 나는 시위하던 여자들을 만나러 다시 소아차로 갔어요. 이제 상황은 바뀌어 있었고, 그 청년들이 살해되었다는 것은 모두가 아는 사실이 되어 있었어요. 군은 책임자를 처벌하겠다고 발표했지요. 나는 마르타 부인, 그러니까 지난번에 내가 우는 모습을 보았던 부인과 다시 만났고, 그녀에게 내가 어떻게 도와줄 수 있겠느냐고 물었어요. 그러나 그녀는 해줄 일이 하나도 없다고, 몇몇 군인이 재판을 받을 것이지만, 모든 게 느리고 힘들게 진행된다고, 자기들에게 벌써 협박이 오고 있다고 말했어요. 내 목소리는 떨렸고, 내 손도 떨렸어요. 다시 나는 증오로 가득 찼어요. 그날 나는 사람을 죽일 수도 있을 정도였어요. 나는 사람으로 가득한 트란스밀레니오 버스를 타고 집으로 돌아왔고, 학생들, 즉 가난한 군중의 냄새를 즐겼어요. 일하러 가기 위해 도시를 가로질러야만 하고, 그런 다음에는 야간 수업을 듣기 위해 달려와서 기운을 내서 책 위에서 잠들지 않는 사람들이었어요. 가난하고 불쌍한 사람들이지요. 단지 희망, 그리고 아마도 환상 때문에 기운을 내서 그런 엿 같은 삶을 견디고 살아가고 있었지요. 그들에게 즐겁고 기분 좋은 일이 언제 일어났을까요? 아마 그럴 때는 거의 없었을 거예요. 나는 그들의 복수 천사가 될 작정이었어요.

다음 단계는 국가기관과 여피족과 관계를 맺는 것이었어요. 그러니까 안전기관이라는 기구와 허접한 마초들 집단과 연루되는 것이었지요. 그들이 마초인 것은 총과 공금 수표장, 그리고 국가의 최고 똥구멍이자 상머저리인 최고 마초의 비호를 받기 때문이었어요.

영사님, 나는 그들을 찾았어요. 우선 안전관리부에 침투했어요. 어떻게 했느냐고요? 나는 그들의 창녀가 되었어요. 내가 그들의 창녀가 된 건 내가 원했기 때문이었어요. 나는 내 영혼보다 육체를 파는 편을 택했어요. 사실 이 역겨운 나라에서는 모두가 영혼을 팔려고 했어요. 모든 사람이 그랬을지라도 나는 아니었어요. 반대였어요. 나는 그들에게 내 육체를 주었어요. 이보세요, 나는 예쁘고, 그래서 하이힐을 신고 미니스커트를 입고 목둘레를 깊이 판 윗도리를 입으면, 정말로 매력적인 아가씨가 될 수 있어요. 안전관리부 요원들이 가는 술집이 어딘지 내게 알려주었고, 거기서 나는 비교적 중요 인물인 빅토르를 낚았어요. 그 작자는 달러 다발과 조니 워커 블루라벨을 갖고 다녔고, 차에는 코카인이 담긴 가방이 있었어요. 모두 압류하거나 몰수한 것이었지요. 처음에 우리는 〈엘 파라카이다스(낙하산)〉 모텔로 가서 섹스했고, 그다음에는 칼레라에 있는 모텔에서, 그러고는 북쪽 동네에 있는 모텔에서 섹스했어요. 그는 안전 문제로 한 사람에게만 매달리는 걸 좋아하지 않았어요. 그는 누가 자기 뒤를 쫓고 있는지 알 수 없다고 말하곤 했어요. 악은 한순간도 쉬지 않는다는 말이 그의 좌우명이었어요. 우리는 때때로 피에드라이타라는 성姓을 가진 사람과 함께 나갔는데, 그는 마약 단속과의 책임자이자 빅토르의 상관이었고, 파티는 〈라 프랑카첼라〉 모텔의 VIP 룸에서 끝나곤 했어요. 모텔 주인은 그들을 초대했고, 그들은 한 번도 돈을 내는 경우가 없었어요. 그들은 다른 창녀들을 불러와서 스트립쇼를 하도록 했고, 그들의 것을 애무하도록 했지만, 마지막에 빅토르는 나와 섹스를 했고, 피에드라이타는 미레야와 했어요. 미레야는 초코 지방 출신의 여자로, 이성 복장을 착용하는 사람 같았는데, 그의 사랑이자 그를 미치게 했지요. 그 상관은 흑인 여자를 좋아했거든요. 멜라닌 색소와 곱슬곱슬한 머리카락이 좋아, 라고 그는 말하곤 했어요. 파티는 사나흘간 계속되었어요. 본부에서 전화가 와서 사건을 해결하러 갈 때까지 계속되었던 것이지요. 일이 잘 풀리면, 그들은 다시 돌아와 파티를 벌였어요. 우리는 코카인을 했고, 고급 위스키를 마셨으며, 파에야를 먹었고, 포르노 영화를 보았어요. 쉰 살가량 된 피에드라이타는 아주 심하게 취했고, 가끔 미쳐서 아주 추한 짓을 했어요. 100달러짜리 지폐를 창녀들에게 주고는 자기 앞에서 초코 여자에게 구강 섹스를 하라고 했던 거예요. 그리고 싫다고 하는 여자가 있으면, 권총을 꺼내 그것을 툭툭 치며 테이블에 올려놓았고, 이년들아, 뭐야? 왜 그래? 저 여자가 마음에 안 들어? 네 년들은 모두 인종주의자야? 인종주의는 헌법에 어긋나!, 라고 말했지요. 그러면 미레야가 귀엣말로, 자기야, 그렇게 하지 마, 우리 침실로 가자, 라고 말하고는 그를 끌고 갔어요. 어느 날 실수로 권총이 발사되어 천장으로 날아갔고, 빅토르는 안전관리부 배지를 들고 나가 이웃 사람들을 진정시켜야 했어요.

또 다른 밤에 우리가 방에 있는데, 그가 와서 문을 두드리면서 빅토르를 불렀어요. 이봐, 친구, 서둘러 옷 입어, 일하러 가야해, 이 염병할 나라에서는 자지도 마음 편히 못 놀려, 라고 말했어요. 빅토르는 급히 복도로 나갔어요. 그러자 피에드라이타는, 잠깐 기다려, 가기 전에 코카인이나 조금 하는 게 좋을 것 같아, 라고 말하더니 코카인 네 줄을 만들었어요. 그리고 그것들을 흡입했어요. 얘들아, 우리 때문에 울지 마, 공공 관리가 되면 희생을 해야만 해, 너희들을 여기에 놔둘 테니 즐겁게 지내, 하지만 동성애는 하지 마, 알았지, 사랑스러운 것들아?, 라고 말하고서 그는 블루라벨 위스키 반병과 달러 뭉치, 그리고 남은 코카인을 테이블에 올려놓았어요. 미레야는 소파로 왔고, 우리는 함께 대화했어요. 침대에서는 어때? 하고 내가 물었더니, 그녀는 커피 잔에 위스키를 따르고서 담배에 불을 붙이더니 말했어요. 그가 좋아하는 건 내가 뒤에서 손으로 그의 것을 만져주는 거야. 비아그라를 수도 없이 먹지만 제대로 기능하지 않아. 우리가 애인으로 지낸 지 1년이 넘었는데, 나한테 그의 것을 넣은 건 열 번 정도밖에 되지 않아. 내 말이 믿어져? 여자는 항상 그걸 그리워해. 하지만 내가 너한테 말한 걸 그가 안다면, 우리 둘을 쏴 죽일 거야.

빅토르는 유부남이었고 아이가 셋이나 있었어요. 나쁜 사람은 아니었지만, 나는 그를 증오했어요. 그는 나와 함께 있으면 일 때문에 생긴 스트레스가 해소된다고 말했어요. 그가 얼마나 잔학한 짓을 범했는지 자기 아내에게는 절대 말하지 않았거든요. 아내를 존중해서 그랬다는데, 정말 개자식이었어요. 어느 날 밤 그는 피범벅이 되어 도착했어요. 그들은 모델리아 지역의 어느 주택에서 마약 거래상 몇 명을 붙잡았어요. 어린 청년들이었어요. 우익 민병대로 활동했다가 이제는 거기서 빠져나온 사람이 정보를 제공했던 것이지요. 그 집을 수색하자, 20킬로그램의 코카인, 소형 기관총 세 정과 권총 열 정이 발견되었어요. 그리고 20만 달러가 든 가방도 발견되었어요. 피에드라이타는 코카인에 취한 상태였고, 그래서 한 청년의 뺨을 때리기 시작하면서, 그것보다 더 많은 돈을 숨겨둔 곳이 어디냐고 다그쳤어요. 어디야? 어서 말해. 그는 더 많은 달러가 있다는 소리를 들었었거든요. 빅토르는 그를 진정시키려고 했어요. 됐어요, 그만해요, 이 정도만 해도 충분해요, 이 돈의 일부를 상납하고 나머지만 챙겨요. 하지만 피에드라이타는 이성을 잃고서 그 마약 거래상의 머리에 총을 쏘았어요. 그러자 그들이 할 수 있는 일이 달리 없었어요. 그는 나머지 청년들을 쏴야만 했어요. 모두 다섯 명이었어요. 다섯 청년이었지요. 세 명의 안전관리부 요원은 그들의 시체를 아래층 차고로 옮겼어요. 빅토르는 벌벌 떨었고, 피에드라이타는 그에게 저 시체들을 왜건에 싣자고 했어요. 그는 전화하러 갔다가 돌아와서는 이렇게 말했어요. 여기서는 아무 일도 없었던 거야, 저놈들을 란세로스 대대의 친구에게 보낼 거야, 우리보다 그들에게 더 도움이 되거든. 그러더니 뒤로 돌아서 가장 젊은 요원인 예시드에게 말했어요. 이봐, 이 자식들을 수아레스 사령관에게 가져가, 내가 이미 말해놨으니, 이 자식들을 기다리고 있을 거야, 하지만 재빠르게 처리하도록 해,

그리고 일이 끝나면 내게 전화해, 이 돈은 우리 것이지, 그렇지?

　　그날 밤 빅토르는 주머니에 달러 다발을 넣고서 도착했어요. 내가 수입이 두둑한 일자리를 갖는 건 정말 행운이라고 말하자, 그는 대답했어요. 모르는 소리 하지 마, 난 거의 그 돈을 즐기면서 쓸 수가 없어, 단지 그 돈을 선물하거나 술 마시는 데만 쓸 뿐이야, 집조차 살 수가 없어, 그랬다가는 국세청 놈들이 나를 덮칠 게 뻔해, 그리고 은행에 넣을 수도 없어, 그저 아내와 아이들에게 선물을 사줄 수 있을 뿐이야, 하지만 그것도 조그만 선물만 가능해, 그리고 어머니에게 보낼 뿐인데, 그것도 조금만 가능해, 그게 정말로 지랄 같은 거야. 그에 따르면, 그건 수많은 희생을 하면서 살아가는 동안 자기가 겪는 부당한 것 중의 하나였어요. 그날 그는 아주 술에 취해 있었어요. 나는 그에게 군인들이 죽은 청년들을 어떻게 할 거냐고, 매장할 거냐고 물었고, 그는 아니야, 자기야, 그들은 그걸로 돈을 벌어, 하지만 너무 많이 묻지 마, 잘못하면 네가 위험에 빠질 수 있거든, 이라고 대답했어요. 영사님은 이 염병할 나라를 지키려면 얼마나 많은 추한 일을 해야 하는지 모르실 거예요.

　　나는 모르겠다는 표정을 지으면서 생각했어요. 나는 그들이 어떻게 할지 알고 있어, 이 개새끼야, 네가 말해주지 않아도 다 알아, 신문에 나오는 건 사실이야, 너희가 사람을 죽이고 있는 거야, 이제 곧 너희가 죽을 차례가 올 거야.

　　나는 한 달에 두세 번 그와 연애를 하러 나갔어요. 그가 멋진

수확을 할 때마다 축하하려는 것이었죠. 나머지 시간에 나는 공부했고, 책을 읽었으며, 영화관에도 갔어요. 여러 일이 일어났고, 나는 다른 일들이 일어날 것이라고 예감했어요. 인생은 바람처럼 지나가고 있었어요. 나는 역겨워 닭살이 돋기도 했고, 후들후들 떨기도 했으며, 식은땀을 흘리기도 했어요. 이 모든 게 아주 빠르게 일어났어요. 어느 날 우리 학과의 한 친구가 나를 부자 동네인 북쪽의 어느 술집에 초대했어요. 그녀는 정치인들, 끝내주는 사람들, 돈 많은 놈이 가는 곳이라고 말해주었어요. 나는 거기서 안전관리부 요원을 만날지도 모른다는 생각에 두려웠지만, 그곳은 아주 고급 장소, 그러니까 세련된 사람들만 가는 술집이었어요. 럼주 석 잔을 마셨을 때, 이미 다정한 남자 한 명이 내 주위를 안절부절못하면서 빙빙 돌더니 미소를 짓고 윙크를 했어요. 마침내 그는 나와 말하기로 마음을 굳혔어요. 그는 내게 코카인을 흡입하자고 초대했고, 나는 그의 초대를 받아들였어요. 아주 길게 한 줄로 코카인이 있었어요. 그러고서 춤출래요?, 라고 물었지요. 그는 상원의원 보좌관이었는데, 그 상원의원이 누구였는지는 기억이 나지 않아요. 거기서 우리는 순환도로에 인접한 어느 아파트로 가서 계속 그날 저녁을 보냈어요. 무척 고급 장소였는데, 그들과 함께 왔던 어느 여자의 집이었어요. 이상한 것은 내가 에스코트로 간 것이 아니었다는 사실이에요. 그 누구도 내게 돈을 주겠다고 하지 않았거든요. 하지만 나는 그게 똑같다는 느낌을 받았어요. 그 사내의 이름은 후안 마리오였어요. 그는 내게 무슨 일을 하느냐고, 어디서 공부하느냐 등등의 것을 물었고, 나는 국립대학에서 공부한다고 대답했어요. 그러자 그는 웃으면서, 정말이야? 진짜야?, 라고 말했고, 나는 그렇다고, 사회학을 공부한다고 대답했지요. 그는, 국립대학에서 사회학이라고! 무장혁명군은 아니겠지?, 라고 말했어요. 나는 우리 아버지도 그렇게 생각해요, 라고 말했지만, 그렇게 얘기한 것을 후회했어요. 잠시 후에 다른 친구가 왔는데, 두 사람은 술에 취해 얼싸안더니, 후안 마리오가 그에게, 야, 내가 이 아가씨 소개할게, 그런데 어디서 공부하는지 맞혀봐, 라고 말했기 때문이에요. 그러자 그 작자는, 전혀 추측이 안 돼, 그러니까 모르겠어, 하지만 어디겠어, 로스 안데스 대학 아닐까?, 라고 말했어요. 후안 마리오는 깔깔거리고 웃더니 그에게, 아니야, 놀라지 마, 놀라면 안 돼, 정말 믿을 수 없는 일이야, 국립대학에서 공부해!, 라고 말했고, 다른 사람은, 그게 왜 우스운 거야? 거긴 훌륭한 대학이야, 국립대학은 정말 좋은 학교야, 라고 말했어요. 나는 그 말이 마음에 들어서 그에게 이름이 뭐냐고 물었고, 그는 다니엘이에요, 잠깐만, 내가 명함 줄게요, 라고 말하고서 명함을 꺼냈어요. 나는 거기서 〈보좌관, 의회〉라는 문구를 읽었고, 그래서 그에게 당신들은 뭘 그렇게 많이 보좌해주지요?, 라고 물었어요. 그 남자는 웃더니 다른 남자에게 말했어요. 봤어? 국립대학 사람들은 정말 끝내줘, 음, 우리는 프로젝트를 연구해요, 그런데 편하게 말해도 되죠? 고마워요, 우리는 의회에 제안할 수 있는 주제를 살펴보고, 헌법에 어긋나지 않는지 연구하지요. 나는 변호사예요, 물론 결국 지겹고 따분한 일이에요. 일하는 사람은 우리지만, 잘 따라가다가 조루하듯이 도중에 끝내버리는 사람은 의원이지요. 심지어 그걸 엉망으로 만들어버려요. 아니, 일반적으로 좆같이 만들어버려요. 이게 이렇답니다. 국립대학은 어때요? 와, 거긴 정말 좋은 곳이에요, 나는 모쿠스* 팬이에요. 그래서 우리 집 개의 이름도 안타나스예요. 정말 맹세코 말하는데, 아주 똑똑한 사냥개예요. 그러고는 내게 휴대전화 번호를 달라고 부탁했고, 나는 그에게 내 번호를 알려주었어요. 나는 직감적으로 그를 잡고 싶으면 파티에서 떠나야만 한다는 것을 알았어요. 그래서 나는 택시를 불러서 집으로 갔어요. 하지만 다음 날 아니나 다를까 내게 전화를 걸었어요. 여보세요, 어젯밤에 만났는데 기억나요? 아주 일찍 떠났잖아요. 파티가 마음에 안 들었어요? 그래요, 솔직히 말하자면 지겹고 따분했어요. 너무 점잖지 않았어요, 그렇죠? 여보세요, 나를 기억하죠? 나는 보좌관이에요, 다른 사람이 아니라, 당신이 만난 두 번째 사람인 다니엘이에요. 지금 수업 중인가요? 수업 끝나면 전화 줄래요? 그렇게 나는 그와 사귀기 시작했어요. 약간 몰래 만났어요. 그는 공식 애인이 있었지만, 내가 더 멋지다고, 나와는 꾸밈없이 자연스럽게 행동할 수 있다고, 자기가 생각하는 것을 이야기할 수 있다고 말했어요. 그래서 나는 그에게 무엇을 생각하느냐고 물었고, 그는 잘 모르겠다고, 그러나 말해줄 수 있는 것은 나를 정말 좋아한다고, 나와 함께라면 영화나 책에 대해 말할 수 있다고 했어요. 나는, 당신 여자 친구는 영화를 좋아하지 않아요? 무엇을 좋아하죠?, 라고 물었고, 그는 대답했어요. 아니에요, 그러니까 내 말은 좋아한다는 뜻인데, 낭만적인 영화나 코미디 영화만을 좋아해요. 유튜브를 보고 채팅하면서 시간을 보내는데, 상상돼요? 어느 날 우리는 무언가에 대해 말했는데…… 그녀가 내게 뭐라고 했는지 알아요? '저기, 난 당신과 말하는 걸 참고 견딜 수 없어요, 대신 채팅하는 게 어때요?' 이래도 되는 거예요? 그러니까 도대체 그녀는 무슨 생각을 하는 걸까요? '안녕, 잘 지내? 우리 채팅할까?'라는 말만 해요. 그런데 더 큰 문제는 그녀의 말이 옳다는 거예요, 채팅할 때 우리는 서로를 더 잘 이해하거든요. 그녀 얼굴 볼래요? 그러더니 그는 자기 블랙베리 스마트폰에 저장된 애인의 사진을 보여주었어요. 아주 예쁜 금발 여자였어요. 그는 아주 가느다란 끈 팬티를 입고 엉덩이를 보여주는 사진도 갖고 있었어요. 섹스는 잘해요?, 라고 나는 그에게 물었고, 그는 대답했어요. 그래요, 하지만 아주 신경질적이에요, 그녀는 포옹하면 안 된다고, 그것은 자연스럽게 이루어져야 한다고 말하지요. 그녀는 내가 섹스하고 싶은 생각을 하며 다가가는 걸 좋아하지 않아요. 그녀는 자기가 창녀처럼 느껴진다고 말하고, 그러면 나는, 그런데 우리가 가까이 있지 않으면 어떻게 그런 일이 일어날 수 있겠어?, 라고 말하지요. 그녀는, 그건 자연스럽게 이루어져야 해요! 그건 당신 혼자가 아니라 우리 두 사람에게서 나와야 해요, 어쩔 수 없이 의무적으로 섹스하는 것처럼 되어서는 안 돼요, 자연스럽게 이루어지도록 놔둬야 해요, 라고 말해요. 그러면 나는 좋아, 하지만 우리가 멀리 떨어져 있다면 어떻게 그런 일이 일어날 수 있을지 이해할 수 없어, 라고 말하지요. 어쨌건 이래요. 그리고 잠시 후 그녀는 잠들어버려요, 항상 바쁘므로 항상 졸려 죽겠다고 하거든요, 그리고 우리가 섹스할 때면, 나도 잘 모르겠지만 그건 항문 섹스의 새로운 형태라고 나는 그녀에게 말해요. 아니, 그렇게 생각해요. 그게 어떤 건지 알아요? 얼굴을 찌푸리며 섹스하는 것인데, 멋지게 하려면 와인 한 병을 통째로 먹여야 해요, 정말로 짜증 나는 여자예요. 그래서 난 당신이 좋아요, 당신은 그런 것에 대해 요란 떨지 않잖아요, 나는 당신에게 내가 진지하고 심각하게 생각하는 것을 말할 수 있어요, 그게 바로 내가 국립대학 사람들을 좋아하는 이유예요, 나는 모쿠스의 열광적 팬이에요, 그렇다고 이미 말해주었죠?

우리는 '라카브레라' 지역에 있는 그의 아파트에서 섹스했어요. 그에게 돈을 받지 않았는데, 내 관심사는 의회였기 때문이었어요. 의회에 관한 것을 알고 정보를 얻는 것이었지요. 나는 멍청이 소녀처럼, 그러니까 바보 학생처럼 그에게 질문했어요. 가령 이 상원의원이 누구죠? 혹은 저 사람은 왜 그토록 많은 권력을 갖고 있죠? 등등의 질문이었지요. 그러면 그는 저 사람은 강자야, 강자 중의 강자야, 라고 말하기 시작했고, 그렇게 내게 이런저런 것들을 털어놓았고, 나는 그런 것들을 모아서 종합했어요. 그러면서 나는 이 개자식을 통해 다른 사람들에게 접근하겠다고 마음먹고서, 인내심을 갖고 차분하게 기다렸어요. 어느 날 그는 내게 말했어요. 나와 함께 부에노스아이레스에 가지 않을래요? 거기서 라틴아메리카 공공행정 포럼이 열려요. 부에노스아이레스 가봤어요? 아니죠? 거긴 정말 멋진 곳이에요, 아마 당신은 매료될 거예요, 서점도 백만 개는 되고, 사람들은 정말 지적이고 교양 있어요. 당신이 좋아할 그런 사람들이에요. 같이 갈래요? 나는 그와 여행했고, 거기서 더 많은 보좌관을 만났어요. 그들 중에는 대통령 개인 비서도 있었어요. 나는 이 사람이 바로 내가 찾아다니고 있던 작자야, 내가 찾던 거물이야, 라고 생각했어요. 기회는 아주 빠르게 왔어요. 다니엘의 회의는 늦게 끝났고 그는 항상 마지막에 나왔거든요. 그래서 어느 날 나는 호텔의 칵테일파티에서 대통령 보좌관을 만났어요. 레콜레타 지역에 있는 아주 우아한 곳이었어요. 나는 얼간이처럼 행동하면서 그에게 다가갔어요. 우리 여자들은 자기가 눈에 띄지 않으면서도 얼마나 사람들의 관심을 끄는지 잘 알아요. 그리고 그 작자는 내 그물에 걸렸지요. 그는 술잔이 놓인 테이블에 있는 나를 보고는 내 앞으로 와서 어떤 것을 마시겠느냐고 물었고, 나는 레드와인 한 잔이라고 말했어요. 그러자 그는 말벡이 괜찮은가요?, 라고 물었고, 나는 그렇다고, 그게 내가 가장 좋아하는 레드와인이라고 대답했어요. 그러자 그는 두 개를 집더니 내게 편하게 말해도 괜찮겠냐며 양해를 구했어요. 그러면서 고맙다고, 자기 이름은 안드레스 펠리페이며, 대통령 개인 비서라고 소개했고, 나는 그에게, 이미 알고 있어요, 다니엘이 당신에 대해 말했어요, 라고 대답했지요. 그러니까 그는, 다니엘과 함께 왔어요?, 라고 물었고, 나는 그렇다고 말했지만, 그것은 "보다 나은 사람을 찾을 때까지는 그래요"라는 의미를 지니고 있었어요. 그 남자는 내 말뜻을 깨달았고, 아, 유감이네요, 정말 슬픈 일이군요, 정말 질투가 나네요, 난 혼자 왔거든요, 라고 말했어요. 그래서 나는 말했어요. 이토록 추운 도시에서 혼자라고요? 믿을 수가 없어요, 거리에 아름다운 아르헨티나 여자들이 넘쳐흐르는데 혼자라고요? 그러자 그는 말했어요. 이봐요, 멋쟁이 아가씨, 그 여자들은 아주 예쁠 수 있어요, 하지만 내가 좋아하는 것은 우리 민족적 유형이에요. 우리 내부에 이토록 아름다운 것이 있는데 왜 눈을 밖으로 돌리나요? 예를 들어 저걸 보세요. 그러면서 그는 거울을 가리켰는데, 그 안에는 내가 있었어요. 나는 씩 웃었고, 바로 그때 다니엘이 문으로 들어와서 나를 찾았어요. 나는 그를 거울을 통해 보았고, 그래서 내게 푹 빠져 있던 안드레스 펠리페에게 말했어요. 만나서 반가웠어요, 나는 안티오키아 지방 사람들을 정말 좋아해요, 그런데 방 번호가 어떻게 되죠? 그는 내게 711호라고, 오고 싶으면 언제든지 오라고, 24시간 서비스할 준비가 되어 있다고 말했지요.

다니엘이 피곤한 얼굴을 하며 도착해서 말했어요. 안녕, 지금 무슨 술 마시고 있어요? 아, 말벡이구나, 아주 맛있는 술이지요, 잠깐, 나도 한 잔 따를게요, 그런데 벌써 안드레스 펠리페와 인사했어요? 나는, 그래요, 아주 멋지고 다정해요, 라고 말했고, 그는, 그래요, 아주 힘이 센 사람이에요, 아는 것도 많고, 우리베 대통령을 매우 훌륭하게 보좌하고, 물론 그런 이유로 우리베 대통령이 끔찍하게 아끼지요, 하지만 난 당신에게 다른 이야기를 하고 싶었어요, 보고타에서 우리는 안티오키아 사람들 때문에 진저리가 났거든요. 이제 의회는 그쪽 지방 사람들로 꽉 차서 더는 한 명도 받아줄 수가 없어요. 어쨌든 그들을 위해 해줄 수 있는 건 하나도 없어요. 그래서 나는 그에게 말했어요. 알았어요, 그런데 당신네 사람들은 그걸 미리 생각해야 했어요, 그렇죠?

다음 날 아침 11시에 나는 711호에 전화를 걸었고, 안드레스 펠리페가 전화를 받으면서 말했어요. 여보세요, 미녀 아가씨, 오늘 회의에서 도망쳤어요, 어떤 사람이 내게 조언을 했거든요. 내게, 이봐, 가능하면 그냥 방에 있어, 그러면 무언가 좋은 일이 일어날 거야, 라고 말해주었죠. 나는 그에게 지금 내가 그곳으로 가겠다고 말했고, 잠시 후에 우리는 카펫 위에서 키스하고 있었어요. 우리는 소파에서 섹스했고, 그다음에는 세면대에 앉아서, 그리고 마지막으로 침대에서 섹스했어요. 사실 사람들이 뭐라고 하든, 침대는 섹스하기 가장 좋은 곳이에요. 그는 내게 자기는 유부남이라고, 아이가 두 명 있는데, 아이들 때문에 아내와 헤어지지 않는 것이라고, 자기 아내는 몹시 신경질적이라고 말했어요. 나는 그에게, 정말이에요? 왜 그렇죠?, 라고 물었고, 그는 말했어요. 우리는 거의 사랑을 하지 않아요, 내가 원할 때마다 아내는 치근대지 말라고, 괴롭히지 말라고 말하지요, 그러면서 자기는 자연스럽게 섹스하게 되는 걸 좋아한다고 해요. 그러자 나는 그에게, 아,

난 그게 뭔지 알아요, 그리고 결국 그녀는 잠들지요, 맞죠?, 라고 말했고, 그는 웃으면서, 정확해요, 잠자고 말아요, 그리고 남자는 영문도 모른 채 누워 있죠, 라고 말했지요.

나는 안드레스 펠리페와 사귀었어요. 보고타로 돌아가자, 우리는 만나기 시작했어요. 처음에는 공항 근처의 모텔에서, 그런 다음에는 칼레라에 있는 모텔에서 만났어요. 공항 근처의 모텔은 좋았지만, 비행기 소리 때문에 그는 휴대전화로 통화를 할 수 없었어요. 어느 날 그와 함께 있는데 다니엘이 전화를 걸었고, 나는 전화를 받지 않았어요. 또 어느 날에는 안전관리부 요원인 빅토르의 전화를 받았는데, 그는, 그동안 도대체 어디에 있었어? 너한테 줄 선물이 있어, 내 상관과 주말 내내 파티하고 춤추며 놀자, 라고 말했어요. 나는 좋다고, 하지만 지금은 통화할 수 없다고, 잠시 후에 내가 전화 걸겠다고, 목소리 들어서 반갑다고 말했어요. 나는 도청당할지도 몰라 무서워 죽을 지경이었기에 휴대전화 전원을 끄고 안드레스 펠리페에게, 자기야 가야만 할 것 같아요, 안녕, 이라고 말했고, 그는, 다니엘에게 무슨 일 있어?, 라고 물었어요. 그래서 나는, 이봐요, 혹시 아는지 모르겠지만, 나도 사생활이 있고, 가끔 일이 생겨요, 나중에 얘기해줄게요, 라고 말하고서 그의 입에 키스하고는 공포에 질려 뛰쳐나왔어요. 빅토르가 그때만큼 두려운 적은 없었어요. 나는 차피네로에 있는 내 친구의 집으로 가서 옷을 갈아입었어요. 아, 이건 영사님한테 아직 말하지 않았는데, 이 남자 혹은 저 남자를 만날 때 각각 다른 옷을 입었고, 그래서 그 옷들을 집에 놔둘 수가 없었어요. 보좌관들을 만날 때 입던 옷은 고급스러운 유명 브랜드의 옷들이었고, 내 친구가 그것들을 자기 집에 보관해주었어요.

나는 수수하면서도 도발적인 옷을 입고서 빅토르에게 전화를 걸었어요. 그는 즉시 전화를 받았고, 안녕, 자기, 차를 보내줄까? 어디에 있는지만 말해, 라고 했어요. 나는 그가 의심하지 못하도록 좋아요, 자기, 난 지금 친구 집에 있어요, 13번로와 67번가가 만나는 시네란디아 영화관 계단으로 데리러 와요, 라고 말했어요. 그러자 그는, 알았다고, 예시드가 검은색 밴을 타고 간다고 말했고, 잠시 후 나는 그들과 함께 있었어요. 피에드라이타는 미레야를 무릎에 앉힌 채 술에 취해 있었고, 빅토르는 마약에 취해 있었어요. 그들은 모텔이 아니라, 보고타 북쪽 동네인 산크리스토발 근처의 아파트에 있었고, 그래서 나는 너무나 기쁜 척하면서, 오늘 파티는 고급스럽네요! 미리 알려주었으면, 롱드레스를 입고 오는 건데, 라고 말했고, 그러자 피에드라이타가 말을 받았어요. 아니야, 우리 귀염둥이, 이건 정말로 행운이야, 우리는 나중에 이 아파트를 내줄 테지만, 지금은 마음껏 사용하고 즐길 수 있어, 이건 오늘 오후에 우리가 잡은 탈주자의 것이거든, 탕탕! 우리는 그를 쓰러뜨렸고 그가 돈을 듬뿍 갖고 있다는 것을 알았어, 그렇지 빅토르? 빅토르는 예, 상관님, 아주 많았지요, 라고 말했고, 돈다발을 꺼내서 내 주머니에 넣어주었어요. 나중에 화장실에서 세어보니 4,000달러였어요. 우리는 술을 마시고 코카인을 하기 시작했고, 그들은 예시드를 보내 숯불구이 통닭과 삶은 감자, 그리고 슬라이스 치즈를 사 오라고 했어요. 우리 아가씨들, 어떤 게 좋아? 코코리코, 칼리 미오, 아니면 디스트라코? 피에드라이타가 묻자, 미레야가 말했어요. 싫어요. 코코리코 닭을 먹으면 대장염에 걸린다는 말을 들었어요, 그러니 켄터키 프라이드치킨으로 사 와요, 그리고 프렌치프라이도 갖고 오도록 해요. 그렇게 대략 사흘 동안 그 아파트에 있었어요. 예시드는 갈비탕과 옥수수 롤을 들고 아파트를 들락거렸고, 소주를 가져왔어요. 며칠이 지나자 피에드라이타와 빅토르는 위스키를 마시는 데 지쳤고, 조국의 맛으로 돌아갔어요. 그들은, 예시드, 우리 나라 술 가져와!, 라고 외치곤 했지요. 그리고 또다시 하루 혹은 이틀이 지났어요. 잘 기억이 나지 않아요, 시간의 흐름을 잊어버렸었거든요. 게다가 거품 목욕탕과 사우나도 있었고, 우리는 거기에 들어갔거든요. 닭 다리와 콰카몰레와 뒤섞여서 상당히 더러웠었죠. 하지만 침대로 가던 중에 나는 빅토르에게 정말로 그들을 잡은 게 그렇게 잘한 것이냐고 물었어요. 그러자 그는 내 목덜미를 내려다보면서, 대성공이었어, 한 건 올린 거야, 라고 대답했어요. 그러자 나는 그의 것을 빨았고, 아무것도 모르는 척하면서, 아, 그래요? 왜 그런 건데요?, 라고 물었지요. 그는 계속 떠들었어요. 우리는 네 명을 붙잡았어. 모두 돈 많은 놈이었어. 그리고 두 놈을 사살했어, 왜 그랬는지 알아? 우리가 죽이지 않은 두 놈은 다음 목적을 위해 도움이 될 것이거든. 우리 두목을 짜증 나게 만드는 기자 한 명을 처리해야만 해. 그놈은 우리 일에 사사건건 간섭하고 참견하거든. 얼마 전에 아주 높은 데서 명령이 내려왔는데, 무슨 수를 쓰더라도 그에게 사소한 문제라도 찾아내라는 것이었어. 그런데 아무것도 없었어. 수녀 팬티보다 더 깨끗했지. 목숨을 살려준 이 두 놈을 이용해 우리는 그놈을 아주 크게 엿 먹일 작정이야. 두 놈은 그 기자가 입 다물고 있도록 검사에게 이미 우리가 써준 대로 진술할 거야. 어쨌든 이게 허접스러운 곳에서 내려온 지시라고 믿지는 마. 이건 아주 높은 곳에서 내려온 것이고, 그래서 두둑하게 포상을 내린 거야. 그들은 전리품을 우리에게 모두 남겨주었거든. 그러자 나는 진술하게 될 두 사람은 어떻게 되느냐고, 그들을 감옥으로 보내느냐고 물었지요. 그러자 그는 말했어요. 우리는 이들을 잠시 숨겨둘 것이고, 그러고는 탕탕! 이게 가장 확실해, 다시 말하면, 위에서 그렇게 지시할 거야. 아, 맙소사, 이 나라에서는 목숨이 하나도 가치가 없어. 코카인 좀 준비해주겠어? 그렇게 그는 이런저런 것에 대해 계속해서 말했어요. 그런데 피에드라이타가 소리치는 것이 들렸어요. 우리는 무슨 일인지 보러 침실에서 나갔어요. 그는 손에 권총을 들고 팬티만 입은 채 소리치고 있었어요. 예시드! 다른 봉지 좀 열어, 미레야가 코카인을 하려는데 하나도 없단 말이야! 그러고서 그는 오디오 볼륨을 높여 역겹기 그지없는 레게톤 음악을 틀었어요. 아파트는 마치 카라카스 대로에 있는 댄스홀 같았어요. 그러자 빅토르가 그에게 말했어요. 두목, 볼륨 낮춰요, 이웃 사람들이 시끄럽다고 항의할지도 몰라요. 그러자 그는 더 못마땅한 얼굴로 말했어요. 좋아, 그 개새끼들한테 달려오라고 해, 내가 그들 입에 모두 총을 쏴버리겠어. 아니, 엉덩이에 쏠까? 쓸데없는 걱정 하지 마, 빅토르, 이 벽들은 방음이 되어 있어. 이 마약 거래상들은 파티하지 않는다고 생각해? 이 코카인이 너한테는 효과가 없나 봐, 그렇지? 지금 뭘 마시고 있어? 그는 25년산 시바스 리갈, 혹은 조니 워커 블루라벨인가를 잡더니 술잔에 술이 넘치도록 붓고서 말했어요. 자, 어서 들이켜, 같이 취해야지. 그러고는 다시 침실로 돌아갔는데, 거기서 우리는 미레야가 아주 이상한 끈 팬티를 입고 있다는 걸 알 수 있었지요. 양쪽 엉덩이 사이로 쏙 들어갔는데, 앞에는 큼직한 것이 덜렁덜렁 달려 있었어요. 그러자 피에드라이타가 말했어요. 정말 멋진 흑인 여자야, 그런데 우리가 남자를 구하고 있었다고 말하지 않았나? 그러고는 다시 침실로 돌아갔어요.

빅토르는 말했어요. 갈수록 힘들어져. 두목은 아주 예민해져 있어, 위에서 엄청난 압력을 받고 있거든. 이번 작전에서도 그는 미친 사람 같았어. 권총 개머리판으로 한 놈의 머리를 후려갈겼지. 난 그를 붙잡아서 막아야만 했어. 그놈이 이미 죽었는데 두목은 계속 때렸거든. 두목, 두목, 두목, 이놈은 이미 뒈졌으니 그만해요. 피에드라이타는 가끔 이성을 잃고서 미친놈처럼 행동해. 심지어 나도 그런 그가 두렵고 무서워. 나는 그의 제자와 같기 때문이야. 어쨌든 오늘 일 때문에 나는 곧 승진하게 될 거야. 윗사람들이 무척이나 흡족해했고, 거기서 이미 언론에 성명을 발표하고 있거든. 사무실에 한 녀석이 있는데, 이야기를 꾸미는 데 그 누구도 그를 따라오지 못해. 그래서 우리는 그를 '시인'이라고 부르지. 그가 바로 사건들이 훌륭하게 보이도록 조정하고 각색하는 놈이야. 이 나라에서는 모든 것과 싸워야 하기 때문이지. 그 테러리스트들은 전갈보다도 더 사악한 자식들이고, 집요하게 우리를 추적해 죽인 장본인들이야. 지난달에 그들은 내 친구 둘을 추잡하고 잔인하게 살해했어. 그놈들과는 대충대충 일을 처리해서는 안 돼. 그놈들은 산 채로 우리를 못 박을 수 있는 존재야. 그래서 그들이 우리를 엿먹이기 전에, 우리가 그 새끼들을 처리해야 하는 거야. 미안, 그런데 지금 보이지? 피에드라이타와 다니는 바람에 내 입도 더러워져서 그 사람 말투와 비슷해졌어. 난 이렇게 말하지 않았거든. 그는 정말로 저속하고 더러운 인간이야. 그가 내 상관이라는 게 정말 유감이야. 상관이라서 난 그를 고칠 수 없거든. 그런데 정말 큰 문제는 이미 내 아내와 아이들 앞에서도 그런 말을 내뱉는다는 것이야. 그러자 나는 처음으로 그의 아내는 몇 살이냐고 물었지요. 아내는 스물아홉 살이고, 아이들은 일곱 살과 다섯 살인데, 큰애는 딸이고, 작은애는 아들이라고 말했어요. 그러고는 지갑에서 사진을 꺼내 내게 보여주었는데, 두 아이 모두 정말로 못생겼어요. 사실이에요. 그건 콜롬비아의 전형이지요, 영사님. 가난한 집 아이들이 정말로 못생겼다고 생각하지 않으세요? 그래서 난 다 자란 아이들을 좋아해요. 사실 빅토르는 가난하지는 않았어요. 압류한 달러 뭉치들이 있었으니까요. 하지만 천한 사람이었어요. 그의 어머니는 보야카의 조그만 마을에서 식료품점을 운영했어요.

어쨌든 나는 내가 그 아이들을 어떻게 생각하는지 말하지 않았어요. 아니, 정반대로 아주 예쁘다고, 그를 빼닮았다고 말했지요. 그러자 그는, 그렇지? 정말 예쁘지? 네가 그렇게 말해주니 어쩔 줄 모르겠네, 라고 말하고서 다시 달러 다발을 꺼냈고, 내게, 우리 공주님, 내가 네 말을 얼마나 소중하게 여기는지 보여줄게, 라고 말하고는 그 돈을 내게 주었어요. 2,000달러였어요. 그러니까 나는 그에게 6,000달러를 받은 것이죠. 그가 돈 많은 놈을 체포할 때 좋은 게 바로 그런 것이었지요.

나중에 나는 인터넷을 검색해서 무슨 일이 일어났는지 알아봤어요. 나흘 동안 지속하였고 이틀의 회복기가 필요했던 그 파티의 경우에, 그들은 마약 거래상의 돈을 갖고 있던 하찮은 나부랭이를 죽였지만, 그는 콜롬비아 무장혁명군 전선 소속이었어요. 얼마 후 체포된 범인 중의 하나가 기자를 고발했으며, 모든 게 몇몇 메일에서 확인되었고, 그 기자가 매수되었다는 말이 나왔어요. 거기서 그가 얼마나 받았다고 했는지는 모르겠어요. 또한, 안전관리부는 수사를 계속하고 있는데, 그것은 그 기자가 정부를, 특히 한 장관을 고발했기 때문이며, 그 기자의 배후에 무장혁명군이나 공모자들이 있을 것으로 의심하고 있기 때문이라고 말하고 있었어요. 어쨌든 그 시기에는 그런 말이 사용되었어요. 기억하시죠, 영사님?

잔인무도한 짓을 저질렀지만, 빅토르와 그의 상관에게는 아무 일도 없었어요. 그들은 자기들이 위험에 처해 있다고 느끼지 않았어요. 아니, 정반대로 자신들이 영웅이라고 믿었어요. 그런데 아마도 그럴지도 모른다는 게 더 큰 문제지요. 이 끔찍하고 역겨운 나라의 영웅일 수도 있었으니까요. 나는 그들의 이야기를 귀담아들었어요. 그들이 이 사람들을 일망타진했고, 저놈들을 사살했으며, 이 녀석에게 죄를 뒤집어씌웠고, 저놈에 대한 증거를 조작했으며, 그들이 과거에 보호했던 누군가를 체포했고, 어떤 사람들을 위협했는지 등등이었지요. 어느 날 그들은 나를 안전관리부의 다른 요원들이 있는 파티로 데려갔고, 거기서 모두가 같은 놀이에 관여하고 있다는 사실을 알았어요. 사람 죽이기 놀이였지요. 그들은 사복경찰로, 자기들이 철저하게 보호받고 있다고 느꼈어요. 그리고 두목을 여러 별명으로 불렀는데, 가령 위대한 수령 혹은 흰 깃털 대장 등이었어요.

그들이 총으로 쏴서 죽인 누군가에 대해서 들을 때마다, 나는 생각했어요. 이들은 나와 같은 사람들, 혹은 내 동생과 같은 사람들이야, 쓰레기터에 버려진 채 영원히 매장된 사람들이야, 아무도 어디서 죽었는지 모르게 쓰레기장에 죽어 있다면 얼마나 외로울까? 그렇게 생각하지 않으세요, 영사님? 그들이 체포한 대부분 사람은 그런 운명이었어요. 빅토르에 따르면, 그것은 이 나라가 수많은 배신자 때문에 엉망이 되었고, 그래서 그들에게 총탄을 박아 넣었다고 했지요. 그리고 나는 피에드라이타와 함께 그를 만나면서, 마음속으로 이렇게 말했어요. 그래, 계속해서 당신들이 신이라고 믿어, 개자식들아, 할 수 있는 동안 계속 그렇게 해, 하지만 곧 너희들의 행운은 끝날 거야. 그러고서 나는 그것들을 적어놓으면서 복수를 준비했고, 철저히 계산하고 숙고했어요.

가장 먼저 해야 할 일은 마누엘이 콜롬비아에서 나와 유럽으로 가서 영화를 공부하게 하는 것이었어요. 내 꿈은 그가 공부하고자 하는 과정의 학비를 내주는 것이었지요. 이제 그의 꿈은 철학이 아니라 영화였어요. 나는 그가 훌륭한 감독이 되기를 바랐고, 그게 가능하도록 지옥 같은 생활을 감수했어요. 나는 돈을 모으고 또 모았어요. 하지만 물론 쓰기도 했지요. 나는 10만 달러를 목표액으로 설정했어요. 심지어 빅토르에게 그 돈을 달라고 해야겠다고, 그에게 그것은 내 동생의 학비를 대기 위해서라고 말하겠다고 생각했지만, 마음을 고쳤어요. 나에 대해 그에게 아무 말도 하지 않고, 또한 우리의 계획, 그러니까 내 삶에서 유일하게 아름다운 것에 대해 일언반구도 하지 않는 편이 낫다고 생각했지요.

집에서 나는 계속 거짓말을 했어요. 원주민 공동체 현장조사 때문에 몬테스 데 마리아[†]에 있었고, 그곳 상황은 게릴라와 우익 민병대가 첨예하게 대치하고 있다고 말했어요. 그러자 어머니는 기가 막혀서, 맙소사, 후아나, 무장혁명군 테러분자들을 만난 거야?, 라고 물었고, 나는 어머니를 놀리려고, 물론이죠, 엄마, 그들과 함께 하는 작업인데요, 라고 대답했어요. 그러자 어머니는 벌컥 화를 내면서, 아, 얘야, 벌써 네가 옳다고 주장하는구나, 라고

[†]   콜롬비아의 카리브해 연안에 있는 산지.

말했어요. 나는 대학이라는 훈련소에 들어간 첫날부터 그랬다고 대답했죠. 그러자 아버지는 내 편을 들면서 말했지요. 여보, 가만 있어요, 후아나가 지금 당신 놀리고 있는 걸 몰라요? 그렇게 잠자러 갈 시간이 될 때까지 나는 어머니와 옥신각신했고, 집 안이 조용해지면 마누엘의 방으로 가서 그에게 이렇게 묻곤 했어요. 넌 어떻게 생각해? 넌 뭘 보니? 네 머릿속에 있는 예쁘고 아름다운 것을 말해줘. 그러면 그는 나를 껴안고서 예쁜 손으로 내 눈을 가리고서 말했어요. 새로운 별자리가 있어, 우리가 아는 하늘과는 다른데, 거기에는 별이 없고 화산들이 있어. 누나와 나는 어느 화산의 가장자리에 앉아서 다른 화산들이 어떻게 용암을 내뱉는지 보고 있어. 그게 지금 내가 보고 있는 거야. 용암은 액체로 된 금 같아. 그 별에는 끔찍할 정도의 침묵이 흐르고, 용암이 분출하는 소리에 귀청이 터질 지경이야. 그러나 우리는 차분하게 가만히 있어. 그 별에는 시원한 바람이 있지만, 우리는 그 메아리 소리만 들을 수 있어. 아주 멀리서 오는 메아리야. 영사님, 그러면 나는 눈을 감고서 그가 말하는 소리를 들어요. 마누엘의 말은 그가 마음과 정신 속에 가진 세계며, 그것은 그가 존재하기 때문에 존재해요. 그렇게 나는 잠들고, 그 하늘과 그 화산을 꿈꾸지요. 그럴 때면 그와 나는 서로 껴안고 있어요. 나는 그의 말 덕분에 그런 것들을 보았을 뿐만 아니라, 그가 동네의 벽에 공중으로 떠다니는, 혹은 바닷물 속에 떠다니는 고독한 행성들을 그렸기 때문이에요. 화산으로 가득한 그 행성들은 바로 그의 아름다운 세상이었어요. 그런 밤이면 나는 무척 행복했어요. 당신은 내가 얼마나 행복했는지 상상하지 못할 거예요. 하지만 너무나 행복한 것, 말할 수 없이 행복한 것 때문에 나는 고통스러워했어요. 그래서 그가 영화를 좋아한다고 말하자, 나는 생각했지요. 드디어 우리 이야기를 볼 수 있을 거야, 그가 마음속에 간직하고 있는 것 이상이 될 테고, 나는 그를 지켜줄 수 있을 거야. 그래서 나는 그를 위해 모든 희생을 감수하겠다는 생각으로 기운을 냈어요. 은행을 터는 한이 있어도 그렇게 할 수만 있다면 뭐든지 할 작정이었지요.

나는 내가 마누엘과 그의 첫 번째 영화 시사회에 들어가는 장면을 상상했어요. 그곳은 칸이나 베네치아, 혹은 산세바스티안이 될 수도 있었어요. 그런 환상을 자장가 삼아서 잠들었어요. 그러면 다음 주를 더 힘차게 살면서, 돈을 모으고 두려움 없이 살 수 있었어요. 그리고 안드레스 펠리페의 전화를 받았는데, 그는 마치 레이더를 장착한 것처럼 내가 빅토르와 있을 때만 전화를 해댔어요. 그러면 나는 그와 약속을 정했고, 우리는 미친 듯이 섹스했으며, 쌀쌀맞은 아내에 대한 그의 이야기를 들었지요. 모든 게 그가 나를 믿게 하기 위해서였어요. 나는 소아차의 그 여자 얼굴과 내가 했던 약속을 잊을 수가 없었거든요. 그런데 아세요? 난 한번 약속하면 절대로 잊지 않는 사람이에요. 무언가를 말하면, 반드시 그 약속을 지켜요. 그 불쌍한 여자와 그녀의 아들. 나는 그 아들이, 아니, 그의 뼈가 어디에 있을지 익히 상상할 수 있었어요. 왜냐하면 이 염병할 나라는 무덤 위에 건설되어 있거든요. 그래서 어디를 파든지 뼈를 만나게 되지요. 우리는 뼈를 발굴하고 그것이 누구 것인지 찾으면서 여러 해를 보냈어요. 그러나 아직도 계속 뼈는 나오고 있어요. 정말 끔찍한 일이에요. 하지만 내가 당신에게 무슨 말을 하겠어요? 당신은 내가 말하는 게 뭔지 잘 알고 있어요, 그렇죠?

어느 날 나는 안드레스 펠리페의 휴대전화에 전화를 걸어서 말했어요. 잘 지내요? 그런데 나한테 싫증이 난 거죠? 그러자 그는, 아니야, 정반대야, 지금 전화를 걸어서 카르타헤나에서 열리는 회의에 함께 가자고 말할 참이었어, 카르타헤나 좋아해?, 라고 말했어요. 나는, 와, 아주 멋져요, 새로 산 수영복도 있어요, 라고 대답했어요. 그러자 그는 그 옷을 가져와, 우리는 가장 아름다운 호텔인 산타클라라 호텔로 갈 것이거든, 이라고 말했고, 우리는 그곳으로 갔어요. 내가 무슨 회의냐고 묻자 그는, 무슨 회의겠어? 보좌관 회의지, 라고 대답했어요. 나는, 진짜? 보좌관이라는 직책은 아주 좋은 것 같아요, 라고 말했어요. 그러나 우리가 그곳에 있게 되자, 나는 오히려 그게 안보 문제와 관련된 회의라는 것을 알았어요. 공개적인 것이 아닌 비공개 회의였고, 그들은 미국인들, 그러니까 안보 관련 보좌관들과 만나는 것이었어요. 그런데 안드레스 펠리페가 안전관리부 부장과 함께 있게 될 것이라는 말을 듣자 가슴이 덜컥 내려앉았어요. 대통령이 사흘째 되는 날 그곳 회의에 참석할 예정이었고, 그래서 안드레스가 직접 안전관리부 부장을 부른 것이었어요. 그런 이유로 나는 호텔에 남아 있어야 했어요. 약간 숨어 있었지요. 그는 내게 모임이 비공개 장소에서 이루어지기 때문에, 모르는 여자와 함께 있는 것이 그리 좋게 보이지 않는다고 설명했고, 나는 당신 손해지요, 라고 말하고서 구경을 나가서 공예품을 샀어요. 하지만 한 가지 걱정만은 떨쳐 버릴 수가 없었어요. 그건 안전관리부 부장이 온다면, 안전요원들이 따라올 텐데, 그러면 빅토르와 피에드라이타가 거기로 와서 나를 볼 수도 있었기 때문이에요. 나는 아니야, 아니야, 그들은 마약 단속과에서 일하는 거야, 라고 생각했지만, 두렵기는 마찬가지였어요. 나는 나쁜 짓을 전혀 하지 않았지만, 그들은 법의 집행자들이었고, 모든 사람에게서 나쁜 것을 보는 작자들이었어요. 조심하는 게 최선이었고, 그래서 나는 오후를 산책하면서 보냈고, 밤에는 호텔로 가서 안드레스 펠리페를 기다렸어요. 나는 그에게 회의가 어땠느냐고 물었는데, 그때 그가 몹시 화나 있다는 것을 알았어요. 그들을 가르치려고 했던 미국 놈들에게 화가 나 있었고, 안전관리부 사람에게 화가 나 있었어요. 그 작자는 문제가 사람들의 권리를 존중해야 하는 것에 있다고 말하면서, 이런 나라, 즉 전쟁 중인 나라에서는 싸워서 이기든지, 아니면 인권을 지키든지, 둘 중의 하나를 선택해야 한다고 말했던 것이에요. 물론 프린스턴 대학에서 공부했던 안드레스 펠리페는 몹시 못마땅했고, 그런 사고방식이 싫었지만, 꾹 참아야만 했어요. 미국 놈들의 지시를 따르라는 명령이 있었기 때문이지요. 그런 다음 미국 놈들이 떠나자, 안전관리부 부장은 보좌관들에게 말했어요. 이봐요, 이제 여러분들은 해야 할 일이 무엇인지 알고 있어요, 테러리스트들이 우리 안에 들어와 있어요, 그들은 산에만 있는 게 아니에요, 거기에 남아 있다면 기관총으로 갈겨버리면 끝나는 일이죠, 하지만 아니에요, 이제는 넥타이를 매고서 대법원 복도와 사무실을 돌아다니고, 신문사 편집실을 활보하며, 대학과 노동조합, 그리고 비정부기구에도 침투해 있어요. 거기서 우리는 기관총을 갈길 수 없어요, 전쟁은 그들이 누구인지 밝히는 것이 되어버렸어요. 따라서 우리는 그들을 감시하고 조사할 겁니다. 그들이 전화로 무슨 말을 하는지 도청할 것입니다. 그리고 이 싸움은 잔인하고 혹독하기에, 가능한 한 이른 시일 안에 이겨야 합니다, 증인과 증언을 확보하고 서둘러 처리해야 합니다. 우리는 테러리스트들이 스스로 쓰러질 때까지 기다릴 수 없어요. 이것은 우리 동포의 삶을 구하는 방법입니다, 내 말을 듣고 있나요? 내 말에 동의하지 않는 사람 있나요? 그러자 모두가 동의한다고 말했어요. 두려움에 사로잡혀 죽을 것 같았거든요. 그렇게 안드레스 펠리페는 내게 말해주었어요. 그에 따르면, 최고 권력자 앞에서 그들이 느끼는 것이 바로 그것, 즉 두려움이에요. 그는 너무나 차갑고 권위적인 작자이며, 시선은 얼음장 같고, 윤리나 양심의 가책은 전혀 없어요. 마치 막 물려고 하는 뱀 같지요. 그래서 그들은 결국 모두 그의 말을 따르는 수밖에 없었어요. 그러면서 안드레스 펠리페는 그 누구도 그의 뜻에 반하는 말을 한 마디도 할 수 없다고 말했어요. 하지만 나중에, 그러니까 우리가 발코니에서 끝내주는 섹스를 하고 나서 술이 조금 들어가

고 마리화나를 피운 다음, 안드레스 펠리페는 자기 상관, 그러니
까 대통령은 냉정하고 잔인한 사람이지만, 똑똑하고 성실한 것은
분명하다고, 때때로 사람들에게 추한 짓을 하게 만들지만 결국은
좋은 결과를 맺는다고 말했어요. 그래서 나는 그게 무슨 말이냐고
물었고, 그는, 자기야, 넌 그게 뭔지 잘 알고 있어, 그렇지? 그 목
적은…… 그러나 나는 그에게 말했어요. 목적은 수단을 합리화해
요, 젠장, 그렇게 간단한 것을 몰라요? 당신이 보좌하고 자문해주
는 게 어떤 것인지 정말이지……

　그러고서 안드레스 펠리페는 마리화나에 취해 혼잣말로 자
기 가족이 여러 세대 동안 대통령과 친하게 지낸 가문이지만, 자
기는 동의하지 않는 것들이 있다고, 물론 그런 것들이 필요하다는
것은 알고 있지만, 특히 파란색 사람들과 접촉하는 건 어쩔 수 없
다고 말했어요. 그는 그들을 그렇게 불렀어요. 그래서 나는 파란
색 사람들이 누구예요?, 라고 물었고, 그는 또 다른 마리화나를 말
고 위스키 한 잔을 마시면서 말했지요. 그게 누구라고 생각해? 한
번 맞혀봐, 물론 누군가가 고발될 때마다 우리는 그를 감시해, 그
리고 그에 대한 것을 밝혀내서 우리가 미리 짜놓은 것에 맞춰. 그
건 내가 역사에는 순간들이, 그러니까 아주 중요한 순간들이 있다
고 생각하기 때문이야. 그런 순간이 되면 우리는 한쪽 편을 선택
해서 모험해야 해. 그래야 우리의 존재가 두드러지거든. 무슨 말
인지 알겠지? 그러자 나는 아주 순종적인 여자처럼 그의 발아래
에서, 물론이에요, 라고 대답했고, 그에게 이 전쟁에서 당신은 위

험을 감수하느냐고 물었어요. 그러자 그는, 음…… 내가 하는 일이 하찮다고 생각해? 난 수령 옆에 있으면서 나 자신도 동의하지 않는 것을 하라고 조언하고, 메시지를 전하고, 정보를 교환하고, 대의를 보호하는 일 등등을 해. 예를 들어 우리가 스위스나 코스타리카, 혹은 미국처럼 마음에 들지 않으면 하지 않아도 되는 나라에 산다면, 난 이런 모든 것을 하지 않을 거야. 하지만 우리가 콜롬비아에 산다면, 그러니까 우리가 그토록 좋아하는 이 염병할 국가가 복잡한 것을 하라고 우리에게 강요한다면, 우리가 어떻게 하겠어? 내 말 알아듣지? 그래서 나는 그렇다고, 아주 잘 이해한다고, 내 친구 한 명도 똑같이 말한다고, 그런데 왜 이 나라를 그토록 좋아하는 것이냐고 물었어요. 그는 대답했어요. 여기가 내 조국이잖아, 그것 말고 또 다른 이유가 필요해? 나는 염병할 나라를 사랑해, 그러니까 내 핏줄을 자르면 거기서 나오는 게…… 더도 덜도 아닌 콜롬비아야! 너한테도 마찬가지 아니야? 나는 그에게, 아니라고, 나한테 나오는 건 피라고, 하지만 무슨 말인지 충분히 이해한다고 대답했지요. 그리고 그가 나를 수상쩍게 여기지 않도록 나는 그의 마리화나에 불을 붙여주었고, 그의 위로 살며시 올라가, 그와 다시 섹스했어요. 그랬더니 마침내 그는 내 눈을 바라보면서 아주 낭만적으로, 아니 아주 감상적으로, 아, 후아나, 넌 내 영혼의 샛별이자 내 인생의 불빛이야, 그런데 우리가 하는 걸 뭐라고 부르지?, 라고 말했어요. 나는 섹스라고 대답했고, 그는 너무 저속해, 이건 사랑한다고 하는 거야, 정말이야, 너도 똑같이 느끼는 것 아니야?, 라고 말했어요. 나는 물론 그렇다고, 나도 똑같이 느낀다고, 우리 두 사람은 쾌감 신경인 성기소체를 갖고 있다고 말했어요. 그러자 그는, 그런 말 하지 마, 지금 나한테 강의를 하려는 거야?, 라고 말하고는 내게 키스를 했고, 이리 와, 내 천재 미녀, 나한테 세 아이만 없었더라도, 맹세코 말하건대, 난 지금 아내와 헤어졌을 거야, 라고 덧붙였어요. 나는 그에게, 절대 헤어지지 말아요, 그런 생각은 하지도 말아요, 그 아이들은 정말로 소중하니까요, 라고 말했지요.

회의가 끝나는 날, 컨벤션 센터에서 칵테일파티가 있었고, 마침내 고위급들이 떠나고 안전관리부 사람들이 전용기로 보고타로 돌아가자, 안드레스 펠리페는 나를 보카그란데 지역의 고급 아파트에서 열린 파티에 데려갔어요. 거기서 다른 보좌관들을 만났는데, 모두가 안보와 관련된 사람들이었지요. 파티는 새벽 2시경에 절정에 달했어요. 그때 옛 미스 콜롬비아가 와서 흥을 한껏 돋우었거든요. 그녀는 바예나토 노래를 불렀고, 자기가 데려온 아주 근사한 아가씨들로 모든 사람을 흥분시켰어요. 그녀가 파트너 없이 혼자 온 것을 보고 난 의아했어요. 하지만 나중에 그녀가 집주인의 무릎에 앉는 것을 보았지요. 그는 어디선가 본 사람이었어요. 나이 많은 배우이거나 옛날에 텔레비전 뉴스 진행자로 활동한 사람 같았어요. 알약이 뒹굴었고, 유리 재떨이는 코카인으로 가득차 있었어요. 어느 순간 나는 어느 보좌관이 혓바닥에 알약을 올려놓고 그것을 자기 여자 친구에게 주는 걸 보았고, 그런 다음 옛 미스 콜롬비아가 무언가를 코로 흡입하는 것을 봤는데, 그것은 커피 색깔이라서 코카인처럼 보이지는 않았어요. 나는 놀랐어요. 나는 그가 원하는 것이라면 다 했지만, 그래도 어느 정도 한계는 있었거든요. 두 시간이 지난 후 나는 안드레스 펠리페에게 몸이 안좋다고, 인제 그만 가자고 말했지만, 그는 가려고 하지 않으면서, 자기야, 방에 가서 잠시 쉬어, 내가 부를게, 라고 말했어요. 나는 2층으로 올라가서 복도를 지나 아무 침실 문이나 열었어요. 하지만 집주인이 있는 것을 보고 닫았어요. 그는 침대에 흑인 남자아이와 함께 있었어요. 거기서 나는 그가 누구인지 알아보았고, '그래, 늙은 배우야!'라고 생각했죠. 나중에, 일종의 거실처럼 생긴 곳에서 나는 소파를 발견해, 거기에 앉아 잠들었어요.

몇 시간이 흘렀는지 모르지만, 내가 깨어났을 때는 이미 새벽의 햇살이 비추고 있었고, 분위기는 아주 비현실적이었어요. 나는 머리가 아팠고, 내 근육은 노곤했어요. 종업원들이 난간에 과일과 달걀과 옥수수 롤이 놓인 식탁을 차렸어요. 술이 놓인 테이블 옆이었지요. 수영복을 입은 사람들이 있었는데, 그들은 수영장이나 안쪽에 있는 거품 목욕탕에서 나오고 있었어요. 나는 사방을 둘러봐도 안드레스 펠리페를 찾을 수 없었지만, 상관하지 않았어요. 나는 과일을 접시에 담아 먹었어요. 그러고서 코카인을 흡입했어요. 누군가가 규칙적으로 재떨이를 계속 채워놓았거든요. 그리고 거품 목욕탕 쪽으로 걸어갔어요. 담배에 불을 붙이자, 약간 몸이 나아졌다는 느낌이 들었어요. 옛 미스 콜롬비아는 속옷 바

람으로 그곳에 있었어요. 실처럼 보이는 검은 끈 팬티를 입고 있
었어요. 진이 담긴 술잔을 손에 들고 두 남자와 이야기하고 있었
지요. 나는 옷을 벗고 욕조로 들어갔고, 그러자 다시 기운이 났어
요. 그 시간에 거품 목욕을 하는 것, 정말 즐겁고 기분 좋아요. 그
들이 내게 아침 인사를 했어요. 누군가가 내게 다른 쪽 테라스에
서 안드레스 펠리페를 보았다고 말해주었지만, 나는 어깨를 으쓱
했어요. 아주 멀리서, 따스한 물에 몸을 담그고서 그들의 대화를
들었어요. 아직 아침 산들바람은 시원했어요. 그들은 내게 누구냐
고 물었고, 나는 아무 말이나 했어요. 아무 이름이나 대면서 국립
대학에서 사회학을 공부한다고 말했지요. 그러자 한 남자가 내게
코카인을 주었지만, 나는 조금 전에 코로 마셨다며 사양했어요.
세 사람은 코카인 두 줄을 코로 들이마셨고, 계속해서 대화를 나
누면서, 달러가 변동이 심해 대출을 받기가 힘들다는 얘기들을 했
어요. 그러자 옛 미스 콜롬비아가 말했어요. 더 큰 문제는 우리 화
폐가 빌어먹게 평가 절상된 것이야, 그래서 힘든 거야, 그렇지 않
아? 애써 모은 돈을 해외로 빼돌렸는데, 이제는 반대가 되어서 우
리 돈을 가진 게 더 나아. 그녀는 보고타에서 모델 학원을 운영 중
이었는데, 내가 이해한 바로는 파티에 참석한 몇몇 여자애가 그
녀 학원의 모델이었어요. 그들은 미스 콜롬비아 선발대회에 대해
말했고, 그녀는 올해에는 미스 아틀란티코에 돈을 걸겠다고, 하지
만 미스 유니버스는 정말 힘들다고 했어요. 그녀에 따르면, 그것
은 차베스가 이미 정해놓았기 때문이었지요. 그러자 두 남자는 그

어릿광대, 그 개자식이라고 하더니, 그중 한 사람이 불쌍한 베네수엘라 사람들, 난 미국인들이 왜 그놈을 끌어내리지 않는지 이해가 되지 않아, 라고 말하자, 다른 한 사람은, 우리가 그놈을 끌어내려야 해, 항상 미국 놈들에게 기대려는 건 멍청한 짓이야, 라고 자기 의견을 말했어요. 그러자 첫 번째 남자는, 그래, 하지만 그가 그런 사실을 알게 되면 어떻게 할지 상상이 돼?, 라고 했고, 옛 미스 콜롬비아는, 여기 콜롬비아에서는 유감스럽게도 정부가 미스 콜롬비아나 모델들을 도와주지 않아, 그래서 우리 스스로 모든 것을 해야 해, 미인 대회 지원금이 있어야 하는데 그렇지 않아, 이런 점에서 베네수엘라 여자들이 부러워. 그들은 정부의 보호를 받고 있거든, 이라고 했죠. 그러자 한 남자가, 그런데 당신한테 부족한 게 있어?, 라고 물었고, 그녀는 아니라고, 난 하나도 부족하지 않다고 했어요. 학원 덕분에 모든 걸 갖고 있어, 내 학원 여자아이들은 최고이고, 그래서 사방에서 나를 불러, 그런데 문제는 때때로 그 아이들이 손상된다는 거야, 살이 더 쪄서 돌아오기도 하고, 혹은 악습에 젖어 돌아오기도 해. 그러자 한 남자는 코카인이 놓인 조그만 거울을 그녀에게 주면서 웃고는, 무슨 악습에 젖어 돌아오는 건데?, 라고 물었어요. 그러자 옛 미스 콜롬비아는 코카인을 차례로 한 줄씩 콧구멍으로 흡입하고는 대답했죠. 가장 나쁜 게 손쉽게 돈을 벌 수 있다는 악습이야, 그게 이 나라에서 가장 큰 문제야, 모두가 가진 문제야, 심지어 여기에 있는, 카르타헤나의 이 테라스에 있는, 이 쾌적한 거품 목욕탕에 있는 우리도 마찬가지야.

그러자 한 남자가 눈으로 나를 가리키면서 말했어요. 그래, 그 정도만 해, 너무 과장하지 마, 우리 손님이 뭐라고 생각하겠어? 우리는 기업가야, 축복받은 땅을 건설하고, 고용과 비판적인 군중을 창출하며, 이 나라를 만드느라고 등뼈가 부러지도록 열심히 일했으니, 이제는 약간의 기쁨을 즐길 자격이 있어, 그렇지 않아? 나는 웃으면서, 당연히 그렇다고 대답했어요. 나는 쟁반에 놓인 소주를 잔에 따르고, 그들에게, 건배, 이게 오늘의 첫 잔이에요, 라고 말했고, 그들은 손뼉을 치면서, 잠깐 기다려, 우리도 함께 마실게, 라고 말하고는 세 개의 술잔에 술을 따라서 건배를 했어요. 그런데 옛 미스 콜롬비아가 내게, 넌 아주 예쁜데, 국립대학의 게릴라들과 공부하면서 뭘 하는 거지?, 라고 물었어요. 나는 다시 어깨를 으쓱했지만, 그녀는 다시 말했어요. 보고타에 있는 내 사무실로 오도록 해, 넌 훌륭한 몸을 갖고 있어, 자, 괜찮으면 잠깐만 일어나볼 수 있겠어? 나는 그녀의 요구를 들어주었고, 그러자 그녀는 말했어요. 이봐, 한 달만 헬스하면 완벽한 몸매가 되겠어, 난 너를 훈련할 선생님들도 잘 알고 있어, 어때, 그렇게 하고 싶어? 나는 그렇다고, 정말 고맙다고 말했고, 그러자 그녀가 자기 블랙베리로 누군가에게 전화를 걸더니, 잠시 후 어느 젊은 여자애가 그녀의 명함을 들고 와서 내게 한 장을 주었어요. 정말로 다음 주에 내게 전화할 거지? 나는 그렇다고 말했고, 그들은 계속 이야기했어요. 그들 중 하나가, 이봐, 이 파티에서, 그것도 이 시간에 일하는 사람은 너밖에 없어, 라고 말했어요. 하지만 옛 미스 콜롬비아는 말했어요. 이 나라에서 재능이 있고 아름다운 사람은 한시도 쉴틈이 없어, 우리는 두 눈을 크게 뜨고 있어야 해. 그들은 계속해서 정치에 관해 얘기했고, 모두가 대통령이 세 번째로 당선되기를 바랐어요. 이 나라가 지금처럼 좋은 적은 없었어, 라고 그들은 말했어요. 그러더니 이구동성으로 다시 말했어요. 맞아, 외국인 투자도 많아졌고, 안전해졌으며, 사업도 잘돼, 91년 헌법은 아무 쓸모도 없어, 그런데 왜 그걸 바꿀 수 없다는 거지? 그들은 다시 자신들의 술잔을 채웠고, 내 잔에도 술을 따라주고는, 자, 우리의 사랑하는 대통령을 위해 건배!, 라고 외치고서 소주를 꿀꺽꿀꺽 마셨어요. 물론 나도 마구 마셨지만, 입은 다물었지요. 한 남자가 다시 거울을 주었고, 우리는 모두 다시 코카인을 코로 흡입했어요. 그리고 코카인이 떨어지자, 그들은 일하는 사람을 불렀어요. 앞치마를 두른 흑인 여자였는데, 마치 19세기 사람 같았지요. 그러고서 코카인을 더 갖다 달라고 부탁하고는, 다시 우리를 위해 전쟁에서 이길 대통령을 위해!, 라고 외치면서 건배를 했어요. 그러자 다른 사람이 말했어요. 대통령을 찬미하나이다! 이웃 나라들이 우리 대통령을 호들갑을 떨며 비난하면, 몽둥이로 다스려주어야 해, 차베스는 침략할 기회만 호시탐탐 노리고 있어, 그리고 에콰도르의 코레아*도 마찬가지야, 그놈들에게 우리가 테러분자들을 죽이고 싶으면 언제든지 그들의 땅으로 들어갈 수 있다는 걸 알려줘야 해. 그래서 우리에게 50만 명의 군인과 경찰이 있는 거야. 자, 올 테면 오라고 해, 그게 우리가 기다리고 바라는 바야.

테라스의 다른 테이블에 모여 있던 손님들이 뒤로 돌아 우리를 쳐다보았고, 술잔을 들어 올리면서, 용감하고 훌륭한 대통령을 위해!, 라고 말했어요. 그러자 2층에서 창문으로 몸을 내밀고 있던 사람들이 우리의 건배사를 듣더니, 역시 술잔을 높이 들었어요. 마찬가지로 방과 평평한 옥상에 있던 사람들도 다 같이 건배했고, 가정부들은 쟁반을 내려놓았어요. 다른 아파트에서도 사람들이 창문을 내다보고서 손을 들어 이구동성으로 우리 대통령 만세!, 라고 외쳤어요. "우리 대통령 만세!"라는 외침은 웅장하게 울리고 집 전체를 휩쓸고 에워싸더니, 이내 건물에서 건물로 옮겨가며 반복되었지요. 마치 폭풍우가, 시커멓고 전기를 띤 무언가가, 그러니까 불길한 징조로 가득한 시커먼 구름이 갑자기 하늘로 밀어닥친 것 같았어요. 그러고서 외침은 하늘에서 떠돌더니 아주 먼 곳에서 사라졌어요. 그 구름 낀 흐린 지역은 하늘과 물이 분간되지 않았고, 그 거품 목욕탕에서 쳐다보니, 마치 지옥의 입구 같았어요.

그런 다음 나는 다시 소주 한 잔을 마셨고, 파티는 계속되었어요.

카르타헤나에서 돌아오자, 나는 옛 미스 콜롬비아에게 전화를 걸었고, 그녀를 만나러 갔어요. 78번가에, 더 정확히 말하자면 11번로 아래쪽에 사무실이 있었어요. 입구에는 〈모델 학교〉라는 금속판이 붙어 있었지요.

오, 용기를 낸 건 정말 잘한 일이야. 네 이름이 뭔지 다시 한 번 말해줄래? 그녀는 인사를 하고서 싸구려 다이어리에 뭔가를 적었어요. 지난해의 것이었어요. 그러고서 너를 어떤 이름으로 불러줄까?, 라고 말했어요. 나는 아, 예, 음…… 제시카라고 부르면 좋겠어요, 라고 대답했지만, 그녀는 아니라고, 우리 모델 중에서 제시카라는 이름이 세 명이나 있어, 라고 말했어요. 그래서 나는, 좋아요, 그럼 하나를 추천해주세요, 핫메일에서 쓰는 이름 같은 것으로요, 라고 말했어요. 우리는 웃었고, 그녀는 자기 수첩을 보더니, 좋아, 넌 내가 생각했던 것과 똑같이 보여, 아주 용감하고 씩씩하고 단호하며 미래지향적인 것을 보니, 정말 끝내주는 프랑스 이름을 붙여주고 싶어. 최고의 이름은 에마뉘엘이야. 그 영화 기억해?, 라고 했지요. 나는 그럼요, 난 영화에 대해서는 많이 알아요, 라고 말했어요. 그러고는 솔직하게 물었어요. 그런데 궁금한 게 한 가지 있어요, 모든 모델이 가명을 사용하나요? 그러자 옛 미스 콜롬비아는, 그래, 그건 그들을 보호하기 위해서야, 넌 남자들이 어떤지 잘 알고 있을 거야, 라고 말했어요. 나는, 그런데 모델 일이 주로 남자들과 나가는 건가요? 하고 물었고, 그녀는 목청을 가다듬으면서 말했어요. 음, 여기선 무엇이든 해야만 해, 우리 나라 상황 때문에 어쩔 수가 없어, 경제도 위기이고, 페소는 절상되었고, 월스트리트는 폭락했으니까. 모델 일이 생기면 좋아, 하지만 그동안 대부분 여자아이는 무슨 일이든 하는 수밖에 없어, 물론 많은 돈을 받고, 누가 고객인지도 알지. 우리는 마약 거래상이나 우익 민병대, 혹은 게릴라 대장에게는 봉사하지 않아. 오로지 사업가만 상대하는데, 때때로 외국인이나 외교관, 그리고 고위 관리들에게 봉사해. 오늘날에는 삶이 많이 바뀌었어, 내가 여자애들 일곱 명을 데리고 참석한 카르타헤나 파티를 생각해봐. 그 아이들은 모두 아주 높은 수당을 받았고 모두가 행복해했어. 어쨌든 네가 그렇게 하겠다고 결정하면, 그들은 자기들이 좋아하는 것을 하는 대가로 돈을 지급하는데, 그건 바로 춤추고 파티를 벌이는 것이야. 그리고 코카인을 하고 각성제 알약을 먹고, 술을 마시며, 두어 번 섹스하는데, 그들은 자기들이 그렇게 한다는 것조차 알지 못해. 그렇게 해주면서 2백만 페소, 그리고 때때로 3백만 페소를 벌어. 그건 달러로 바꾸면 얼마 안 되는 돈이었어요. 그래서 나는 속으로 생각했죠. '배고파 죽을 것 같은 가난한 애들에게 3백만 페소라고? 그 돈 때문에 엉덩이를 헌납하고 유방확대 수술을 하는 것일까? 빅토르는 파티마다 평균 3,000달러를 내게 줘. 그래, 물론 그는 중산층이야. 그게 가장 씀씀이가 헤픈 계층이지.' 그러자 나는 옛 미스 콜롬비아에게 말했어요. 저기요, 내 휴대전화 번호를 드릴게요, 난 모델 일이나 그와 비슷한 일에는 관심이 없어요. 난 단지 진짜 상류층 남자들과 데이트하고 싶어요. 특히 변호사들과 나가고 싶어요. 난 변호사라면 사족을 못 쓰거든요. 그들은 우리에게 문제가 생기면 아주 유용한 사람들이니까요. 됐죠? 그러자 옛 미스 콜롬비아는 내 말을 듣고는 놀라서 나를 바라보며 대답했어요. 좋아, 맘에 들어, 아주 좋아, 얼마나 받아줄까? 그 질문에 나는, 5백만 페소요, 그게 최소예요, 나머지는 당신 사무실이 가져도 좋아요, 라고 말했어요. 그러자 그녀는 아니야, 그렇게는 안 돼, 그건 너무 높은 가격이야, 라고 말했고, 나는 좋아요, 그럼 450만 페소로 해요, 이게 내 전화번호예요, 만나게 되어 반가웠어요, 라고 말했지요.

사흘 후 나는 가르시아 마르케스 문화센터 카페에서 R. H. 모레노 두란*의 소설 『여자들의 놀이』를 읽고 있었어요. 그때 휴대전화가 울렸어요. 그녀였어요. 이봐, 첫 번째 손님이 있어, 라고 말했고, 나는, 내 조건대로인가요?, 라고 물었어요. 그녀는 그렇다고, 그 이상이라고, 적절한 옷을 입었느냐고 물었어요. 나는 그건 상황에 따라 다르다고, 어떤 일이죠?, 라고 말했어요. 그러자 그녀가 말했지요. 아주 사랑스러운 친구야, 예순일곱 살인데 황소처럼 힘이 세. 내가 너에 대해 말했더니 너를 만나고 싶다고 했어. 변호사인데, 이게 그의 주소야. 나는 집으로 돌아가 '푼토 네그로' 상표의 끈 팬티와 디젤 청바지를 입고 셔츠를 갈아입었어요. 그리고 테니스 운동화 대신 굽 낮은 구두를 신고서 고양이처럼 메이크업하고는 택시를 불렀죠. 나는 주소를 보았어요. 〈엘 노갈〉 아파트였어요. 끝내주는 곳이었어요. 난 그곳에 가본 적이 없었어요.

나는 그곳에 도착했어요. 그는 아주 멋진 남자였어요. 진짜로 훌륭한 노신사였지요. 그는 나를 서재로 들어오라고 했는데, 거기에는 모든 종류의 책이 있었어요. 역사책, 문학책, 영화사전 등이 있었어요. 내게 술을 마시지 않겠느냐고 제안했고, 그가 위스키에 넣을 얼음을 가져오는 동안, 나는 서재에서 레비스트로스의 책을 꺼냈어요. 대학에서는 항상 대출 중이던 『야생의 사고』라는 책이었어요. 그는 스페인어와 프랑스어로 그 책을 갖고 있었어요. 잔을 들고 오면서 그는 내게, 레비스트로스에게 관심 있어? 하고 물었고, 나는, 미안해요, 그냥 이 책을 보고 싶었어요, 도서관에서 빌리려고 몇 달째 기다리고 있어요, 라고 대답했어요. 그러자 그는, 내가 선물할게, 그리고 이리 와서 봐, 라고 말하고는 『날것과 익힌 것』과 『슬픈 열대』를 꺼냈어요. 이것들은 대학 도서관에서 SF 소설처럼 여겨지는 책들이었지요. 그는 말했어요. 가져가, 선물할게, 난 이미 읽었고, 프랑스어 판본으로도 갖고 있어, 책들은 읽고 감상하는 사람의 것이야, 몇 년 전부터 아무도 이 불쌍하고 가련한 책을 꺼내보지 않았어, 네가 읽을 것이라는 사실을 아는 것만으로도 나는 기뻐, 그리고 네 친구에게도 빌려줘. 이것들은 여러 번 읽어야 하는 책이고, 여러 다른 사람들이 읽어야 하는 책이야.

우리는 소파에 앉았고, 문학과 역사에 대해, 니콜라스 고메스 다빌라의 『암묵적인 책에 대한 주석』과 리히텐베르크의 경구에 대해, 그리고 엘리아스 카네티*의 책들에 대해 말했어요. 그러고서 그는 삶에 대해 말했고, 내게 윌리엄 블레이크*의 시를 조금 읽어주었죠.

그 사람은 일하고 슬퍼하며 배우고 잊고
그가 왔던 어두운 계곡으로 돌아와
다시 그의 일을 시작해야만 한다.

그는 말했어요. 그가 바로 그렇다고, 자기는 한 장소로 돌아가려고 노력하면서 그곳을 애타게 찾고 있다고, 하지만 아마도 자기의 계곡은 책이나 기억, 혹은 영화에 있을 것이라고, 자기에게는 남은 게 별로 없다고 말했어요. 그리고 자기가 홀아비며, 아이들은 유럽에 살고 있고, 지금은 여자 친구가 없다고 했지요. 그는 지금 휴가 중이었어요. 그가 읊어준 블레이크의 시구를 듣자, 마야콥스키의 시가 생각났어요. 그는 말했어요. 외우고 있어? 내게 읊어줄 수 있어? 그래서 나는 그 시를 암송했어요.

> 한 방울의 술도 마시지 않고
> 나는 내 영혼의 목표에 도달했다.
> 내 고독한 인간의 목소리는
> 고함 사이로
> 눈물 사이로
> 떠오르는 날에
> 올라간다.

그는 나를 껴안았고, 갑자기 나는 그의 눈이 흐리멍덩해졌다는 것을 알았어요. 아주 훌륭해, 라고 말하고서 그는 내게 마야콥스키, 사바토◆가 말한 것처럼 '불행한 마야콥스키'에 대해 말했어요. 모스크바에 가면 과거의 KGB 본부 옆에 마야콥스키 박물관이 있는데, 그 이상한 타원형의 박물관은 그의 시와 세계를 재생하려고 애쓰고 있어. 언젠가 꼭 가보도록 해.

아주 우아하게 그는 나를 애무하고 키스했어요. 영사님, 정말이지 황홀했어요. 우리는 아주 멋지게 섹스했어요. 그러고서 그는 미안한데, 텔레비전 뉴스를 틀겠다고 했고, 나는 그를 방해하고 싶지 않다고, 이제는 가야 할 시간이라고 말했어요. 하지만 그는, 아니야, 나와 함께 있어줘, 라고 말했고, 우리는 거기서, 그러니까 침대에서 벌거벗은 채 뉴스를 보았어요. 그러자 우리 위로 공포의 허리케인이 지나갔어요. 이 빌어먹을 나라의 뉴스는 어떤 것이든 학살과 폭력과 위선 같은 공포를 다루거든요. 그러고서 뉴스의 마지막을 진행하는 멍청한 여자들도 지나갔지요. 그들은 마치 자이르보다 강제이주자가 더 많은 나라가 아니라는 듯이, 라이베리아보다 처형된 사람이 더 많은 나라가 아니라는 듯이, 마치 디즈니월드에 대해 말하는 것 같았어요. 이 신사의 이름은 알프레도였는데, 여기에 이르게 되자, 알프레도는 이런 바보 멍청이들을 더는 참을 수 없어, 라고 하고는 텔레비전을 꺼버렸어요. 그러자 나는, 만나게 되어 반가웠어요, 이제는 가야겠어요, 라고 말했고, 그는, 잠깐 기다려, 라고 말하고서 일어나더니 옷을 입었어요. 내가 막 나가려고 하는데, 그가 내게 돈다발을 내밀었지만, 나는 말했어요. 괜찮아요, 걱정하지 말아요, 알프레도, 책이면 충분하고도 남아요, 오히려 내가 당신에게 빚진걸요. 하지만 그는 계속해서 받으라고 했고, 나는 굽히지 않았어요. 아니에요, 당신과 이 집은 오아시스예요, 왜 내가 이런 말을 하는지 모르겠어요. 그러자 그는 나를 껴안고서 말했어요. 난 네가 왜 그런 말을 하는지 알아, 다시 만나도 되겠지? 나는 그렇다고 대답했고, 내 전화번호를 주면서 덧붙였어요. 언제든지 전화하세요, 늦은 시간이라도 상관없어요, 전화해주세요, 그러면 즉시 달려올게요.

나는 무언가 깨끗한 것, 오염되지 않은 것을 건드렸다는 이상한 느낌을 받으며 나왔어요. 물론 에슈노즈 씨도 그랬어요. 그는 냉소적이고 악마적이었지요. 하지만 알프레도는 부자였고 보고타 사람이었지만, 에슈노즈 씨와는 달랐어요. 나는 7번로를 따라 북쪽으로 걸어가면서, 가로등 불빛으로 그 책들을 살펴보았어요. 집에 도착했지만, 마누엘은 집에 없었어요. 영화관에 갔던 것이에요. 그래서 나는 방에 틀어박혀 책을 읽으면서 메모를 했고, 알프레도의 목소리를 떠올렸어요. 그는 이렇게 말했었어요. "네가 읽을 것이라는 사실을 아는 것만으로도 나는 기뻐, 그리고 네 친구에게도 빌려줘." 나는 그렇게 할 작정이었어요. 그리고 미소를 띠고 잠들었지요.

그렇게 며칠이 지났어요. 나는 때때로 빅토르와 만났고, 두어 번 정도는 옛 미스 콜롬비아의 손님을 만났지만, 그들은 생각보다 대단하지는 않았어요. 나는 안드레스 펠리페를 '보좌관'이라고 불렀는데, 어느 날 '보좌관'이 내게 전화를 걸었어요. 사랑스러운 허니, 어떻게 지내? 그의 물음에 나는, 여기서 따분하게 있어요, 당신은 이미 나를 잊었잖아요, 라고 뚱하게 대답했지요. 그러자 그는 말했어요. 아니야, 절대 그렇지 않아, 바로 그래서 전화한 건데,

아주 멋진 여행이 있는데 함께 가지 않을래? 안티오키아에 있는
별장이야. 어때, 멋질 것 같지 않아? 나는, 그래요, 좋을 것 같아
요, 그런데 언제죠?, 라고 대답했어요. 그러자 그가 말했어요. 지
금, 지금 당장이야, 어서 준비해, 자기를 데려오도록 차 보낼게. 주
소 불러줘. 나는 안디노 쇼핑센터 입구에서 만나자고 말했고, 보
스턴백 하나를 들고 그곳으로 갔어요. 관용차 번호가 달린 자동
차 한 대가 와서 나를 엘도라도 공항 바로 옆에 있는 군사공항으
로 데려갔어요. 안드레스 펠리페는 어두운색의 정장을 입은 두 남
자와 함께 활주로에서 나를 기다리고 있었는데, 그들은 내가 모르
는 사람들이었어요. 우리는 헬리콥터에 올라탔고 헬리콥터는 이
륙했어요. 나는 몹시 기분이 좋았어요. 헬리콥터를 타고서 보고타
를 내려다본 적이 한 번도 없었거든요. 그러니까 새들처럼, 독수
리나 콘도르처럼 보고타를 보는 것이지요. 사실 이륙하고서 공중
에서 우리가 일어나면, 도시는 마치 과자로 만든 조그만 집들과
구불거리는 길이 있는 구유처럼 보여요. 물론 더 높이 올라갈수록
산 옆에 있는 토사물의 반점처럼 보이지요. 그러고서 나는 산과
강을 바라보기 시작했어요. 바로 우리 나라가 자랑하는 아름다운
풍경이지요. 그리고 나는 게릴라와 우익 민병대로 가득 찬 경치
로, 지뢰와 뼈, 그리고 소총의 탄피로 가득한 우리의 아름다운 들
판과 계곡과 길을 상상했어요. 그렇게 우리는 아무도 말하지 않은
채 계속 날아갔어요. 그런데 한 남자가 블랙베리 휴대전화를 쳐
다보고서 안드레스 펠리페에게 말했어요. 보좌관님, 조금 전에 좌

412

표가 도착했습니다, 잠깐만요, 조종사에게 알려주겠습니다. 그러자 헬리콥터는 방향을 바꾸고서 속도를 더 높였고, 두세 시간 후에 우리는 녹색으로 뒤덮인 지역의 한가운데서 공터를 보았어요. 점점 내려가니까 별장이 하나 나타났지요. 수영장 두 개를 갖추고 있었고, 색색의 정원들은 잘 가꾸어졌고 모두 대칭을 이루고 있었어요. 한 무리의 사람들이 나무 옆에 서서 우리에게 신호를 보냈어요.

우리가 내리자, 안드레스 펠리페는 내게, 여기서는 말을 많이 하면 안 돼, 알겠지, 자기야?, 라고 말했고, 나는 그에게, 알았어요, 그런데 이 친구들은 누구예요?, 라고 물었어요. 그러자 그는, 허니, 너무 많이 묻지 마, 나중에 설명할게, 라고 대답했지요. 그들은 우리를 포옹하며 환영하고서 손님방으로 데려갔는데, 그곳은 마치 별 다섯 개짜리 모텔의 스위트룸 같았어요. 에어컨이 있었고, 욕실에는 대리석 욕조와 도자기 그릇들과 '에노 데 프라비아' 스페인 비누, 나무틀의 거울이 갖춰져 있었어요. 베네통 콘돔만 빠져 있었죠. 우리는 방에 가방을 놓았고, 초대를 받아 수영장 옆에 있는 테라스에 앉았어요. 그때 누군가가 말했어요. 아주 차가운 소주 한 잔 어때요? 나는 좋다고 했지만, 안드레스 펠리페는 코카콜라 라이트를 달라고 했어요. 초조해하면서 신경이 곤두선 모습이었어요. 사방을 둘러보면서, 시시때때로 그 별장 사람들과 조그만 소리로 말했어요. 아주 사랑스럽게 생긴 부인, 그러니까 주인의 아내처럼 보이는 여자가 내게 수영복을 입지 않겠느냐고 물었고, 나는 좋다고 대답했어요. 그러자 나를 탈의실로 안내했어요. 그곳으로 가는 동안 나는 여기 살아요?, 라고 물으면서 그녀와 대화를 나누기 시작했어요. 그녀는 아니라고, 자기도 쉬려고 온 것이라고 대답했고, 나는 무슨 일 하세요?, 라고 물었어요. 그러자 그녀는, 아니에요, 나는 일하지 않아요, 내 남편과 함께 사니까요, 라고 대답했어요. 나는 그녀에게 일하지 않는데 왜 쉬려고 한다는 것이냐고 묻고 싶은 마음이 간절했지만, 입 다물고 있는 편을 택했어요. 시각장애인이나 바보가 아니라면, 그곳이 우익 민병대 대장의 집이거나 진짜 마약 거래업자의 집이라는 것을 알수 있었어요. 그래서 나는, 집이 참 예쁘네요, 아주 세련된 취향을 갖고 계신 것 같아요, 라고 말했고, 그녀는, 고마워요, 외국 실내장식 디자이너를 고용했어요, 우리 남편은 안티오키아의 전형적인 별장이 아니라 진짜 고급스러운 별장을 만들고 싶어 했는데, 그게 제대로 반영된 거예요, 그렇게 생각하지 않아요?, 라고 말했고, 나는 정말 고급스럽다고, 정말 품격이 있다고 대답했어요.

우리는 테라스로 나갔고, 더운 나머지 나는 단숨에 수영장으로 들어갔어요. 물은 시원했어요. 종업원이 내게 소주 한 잔을 갖다주었지만, 나는 나머지 사람들이 술을 마시지 않고 있다는 것을 알았고, 그래서 이 파티는 조금 이상하네, 라고 생각했어요. 아무것도 모르는 척 행동하고 아무것도 묻지 않는 게 가장 좋다고 생각했지요. 그러고서 어느 사람이 주인이 다음 날에나 도착할 것이고, 우리는 그를 기다려야 한다고 말하는 소리를 들었어요. 그 말

414

을 듣자 안드레스 펠리페는 다소 긴장을 풀더니 위스키 몇 잔을 마셨어요. 별장의 안주인은 우리와 대화를 시작했지만, 나는 아무 말도 할 수 없었어요. 그들은 주로 콜롬비아 축구에 대해 말했기 때문이에요. 우리 나라처럼 가난하고 형편없는 우리 축구에 관해 말이에요. 가난하고 형편없어서 나는 좋아하지 않는 것이에요. 그건 마치 강박적으로 하나의 질병에 대해 말하는 것과 같았어요. 사람들이 사고나 광기에 대해서만 말하는 것과 다름없어요. 하지만 그들은 축구 이외의 그 어떤 것에도 관심이 없는 것 같았어요. 그들은 말하고 또 말했어요. 주니어 혹은 DIM 또는 라 에키다드라는 아주 이상한 것에 관해 말했지요.† 그 이름은 가난한 사람들이 이용하는 할인매장 이름처럼 들렸어요. 그리고 이상한 것은 그 주제를 가장 강력하게 밀고 나간 사람이 별장의 안주인이라는 사실이에요. 나는 그들이 축구에 대해 말하는 것은 다른 주제가 없었기 때문이라는 것을 깨달았어요. 그리고 그곳에 간 이유는 절대 비밀이고, 단지 다음 날 도착할 별장 주인과만 건드릴 수 있다는 것도 알았어요. 안주인의 역할은 우리를 즐겁게 만들어주는 것이었어요. 저녁 식사가 준비되자, 그 여자는 우리를 아주 화려하고 멋 부린 식당으로 들어오게 했는데, 그곳에는 은 식기와 무척 고급스러운 파란색과 흰색의 그릇 세트가 놓여 있었어요. 사냥 장면이 돋을새김으로 새겨진 그릇이었어요. 물론 와인도 있었는데, 아

---

† 　　주니어, DIM, 라 에키다드 모두 콜롬비아의 지역 축구팀이다.

르헨티나산도 아니었고 칠레산도, 프랑스산도 아니었어요. 아주 맛있는 명품 레드와인 포므롤로, 사실 그것은 그런 열대의 지역에서는 무척 이상한 것이었지요. 나는 첫 코스 음식인 아스파라거스 콩소메를 먹으면서 넉 잔을 마셨어요. 첫 코스가 끝나자 화이트와인으로 바꾸었어요. 상세르였는데, 마찬가지로 아주 맛있고 차가웠어요. 그러고서 주요리가 나왔는데, 생선이었어요. 좀 더 정확하게 말하면, 리크 샐러드와 퓌레를 곁들여 아주 얇은 허브를 넣어 요리한 연어 롤이었지요. 정말 맛있었어요. 나는 얼간이 흉내를 내면서 불편한 질문을 하는 걸 꽤 즐겼던지라, 연어가 근처 강에서 잡은 것이냐고 물었고, 부인은 웃더니, 그렇다고, 오클라강에서 잡은 것이라고, 하지만 안티오키아에 있는 오클라강이 아니라 노르웨이에 있는 강이라고 설명했어요. 그러자 모든 사람이 웃었고, 나는 질문 많은 멍청이 여자아이처럼 그곳에 앉아 있었지만, 그녀는 나를 다정하고 사랑스럽게 쳐다보았어요. 그녀에게 농담해서 근사하고 멋있게 보일 기회를 주었기 때문이지요.

밤이 되자 쌀쌀해졌어요. 그러자 벽난로를 켰고, 우리에게 브랜디와 몬테크리스토와 다비도프 시가를 주었지요. 이제 그들의 대화 주제는 샤키라였고, 그녀가 해외에서 콜롬비아를 대표하느냐 아니냐를 두고 말했어요. 안주인은 그녀가 영어로 노래 부르는 것을 유감으로 여기면서, 콜롬비아에서 영어를 말하지 않기 때문에 그건 좋아 보이지 않는다고 말했어요. 하지만 나는 그렇지 않다고, 영어는 산안드레스섬과 프로비덴시아섬에서 모국어라고 했어요. 그러자 그녀는 그렇다고, 하지만 또한 보고타의 93번가 공원 근처에 사는 여피족들의 모국어이기도 하다고 덧붙였죠. 그러자 다시 한번 모든 사람이 폭소를 터뜨렸어요. 안드레스 펠리페는 기분 좋은 표정으로 나를 쳐다보았어요. 나는 예쁘고 멍청한 여자 친구 역할을 완벽하게 소화하고 있었던 것이에요.

브랜디를 마시자, 아주 맛있는 어두운 빛깔의 위스키가 나왔어요. 얼음을 넣지 않고 코냑 잔에 따라져 있었어요. 사람들은 그게 아주 고급스러운 술이라고 했어요. 그리고 나라가 얼마나 잘나가고 있는지 막연하게 말했어요. 밤 12시쯤에 우리는 방으로 갔고, 나는 얼간이인 척하면서 안드레스 펠리페에게, 정말 우아하고 멋진 사람들이에요, 아무도 코카인을 하지 않았고 마리화나도 피우지 않았어요, 라고 말했어요. 그는 대답했어요. 그래, 허니, 여기는 달라, 그래서 너무 많이 말하지 않고 그냥 흐름을 따라가라고 했던 거야, 하지만 허니, 지금 넌 아주 완벽히 잘하고 있어, 네가 와줘서 얼마나 좋은지 몰라. 나는 그와 멋지게 섹스하고서 잠들었지만, 그 전에 생각했어요. 이들은 우익 민병대일까, 아니면 그냥 마약 거래상들일까?

다음 날 마침내 별장 주인이 아주 고급스러운 안장을 얹은 밤색 말을 타고서 경호원에 둘러싸여 도착했어요. 그는 안드레스 펠리페와 인사를 하고서 그에게, 만나게 되어 정말 반갑네, 자네에게 걸맞게 대접하고 있는 거지?, 라고 말했고, 안드레스 펠리페는, 물론이지요, 페르민 선생님, 우리 할머니 집에서도 이 정도로 대접해주지는 않습니다, 라고 대답했어요. 그러자 집주인이 대답했어요. 그럴 리가 있나, 안드레스 펠리페? 너무 과장하지 말게, 난 자네 할머니 집에 가볼 기회가 있었어, 아마 자네는 그 집을 모를 수도 있어, 하지만 우리 어머니가 그 집에서 일했거든. 안드레스 펠리페는 뭐라고 말할지 몰랐고, 모두가 어찌할 바를 몰라 그대로 있었어요. 잠시 침묵이 흘렀는데, 그 시간은 영원과도 같았지요. 바람이 지나가는 소리가 들렸고, 그러자 나는 순전히 내 직관에 따라 주제넘게 대화에 끼어들어서 말했어요. 그게 이 나라의 좋은 점이에요, 우리가 발전할 기회를 주니까요, 페르민 선생님, 이렇게 좋은 집을 가지게 된 것을 축하드려요, 우리는 마치 베르사유 궁전에 있는 것처럼 느꼈어요. 그러자 그 사람은 웃음을 터뜨리더니 안드레스 펠리페를 손으로 툭툭 치고서 말했어요. 이토록 교양 있는 예쁜 아가씨는 누구지? 그러자 그는, 여자 친구예요, 내가 함께 오자고 했어요, 선생님이 젊고 상냥한 사람을 좋아한다는 것을 알고 있으니까요, 라고 말했어요. 주인은, 아주 잘했어, 자, 이리 와요, 아가씨, 라고 말하더니, 내 팔을 잡고서 테라스로 데려갔지요. 그러고는, 아가씨가 여기서 가기 전에 조그만 선물을 하나 주고 싶어, 라고 했고, 나는 그를 쳐다보고는, 이렇게 초대해주신 것이면 충분해요, 더는 필요 없어요, 하지만 선생님이 주시는 것이기에 받을게요, 라고 말했지요. 그랬더니 그가 말했어요. 그래, 난 똑똑하고 현명한 사람들이 마음에 들어, 하지만 이제 수영장에 들어가 있도록 해, 난 점심때까지 안드레스 펠리페와 일해야 하거든, 알았죠?

그들은 오후 2시경에 나왔어요. 어느 순간 안드레스 펠리페
는 그의 블랙베리를 켜려고 했지만, 페르민 씨 보안 요원 중의 하
나가 초조하게 다가와서 그 휴대전화를 거칠게 낚아챘어요. 우리
는 점심을 먹었고, 그런 다음 헬리콥터가 도착했어요. 작별하기
전에 페르민 씨는 나를 자기 서재로 데려가더니 문을 잠그고서
말했어요. 약속한 대로 조그만 선물을 하나 줄게. 그는 책상 서랍
을 열더니 금종이로 포장한 조그만 상자 하나를 꺼냈어요. 그러고
는 나를 포옹하고서, 저놈을 잘 보살피고 보스에게 안부 전해줘,
라고 말했어요. 나는 이미 공중을 날고 있던 헬리콥터에서 상자를
열었고, 거기에 고급 시계가 있는 걸 보았어요. 나한테 완벽하게
잘 어울렸어요. 보고타에 착륙하자, 안드레스 펠리페는 나를 택시
에 태워 집으로 보내고서 서둘러 출발했어요. 대통령 궁에서 그를
기다리고 있었지요. 나는 모든 걸 이해했지만, 아무 말도 하지 않
았어요.

영사님, 그런데 내가 대학 친구들에 관해서는 이야기하지 않
았네요. 그들 중의 하나가 하이메인데, 의사 신부였어요. 교황청
의 특별 허락을 받아 하베리아나 대학이 아니라 국립대학에서 공
부했지요. 외모가 아주 이상하고 특이했는데, 마치 노르웨이 사람
이나 헝가리 사람, 심지어 러시아 사람처럼 보였어요. 턱수염과
머리카락은 금발이었고, 피부는 예민했고 무척 희었어요. 그는 우
스메 근처 지역에서 공동체 생활을 하고 있었어요. 네덜란드 신부

와 함께 살았지요. 사실 그곳은 거리의 아이들을 수용하는 집이었고, 그가 사회학을 공부한 것은 세상을 바꾸려면 어떻게 해야 하는지 이해하고자 했기 때문이었어요. 그는 산탄데르 지방 출신이었어요. 그곳 사람들은 착하고 아주 헌신적이며 사회의식이 투철해요. 그는 그리스도가 오늘날 살아 있다면 바로 거기에 있을 것이라고 말했어요. 그는 부유한 북쪽 동네의 소성당과 거기서 치러지는 부자들의 결혼을 증오했어요. 또한, 그는 손을 전혀 떨지 않은 채 그 동네에서 미사를 집전하는 사람들을 즐거운 마음으로 총살할 것이라고 말했지요. 물론 그는 모든 부자가 똑같은 것은 아니라고, 거기에도 여러 종류가 있다고, 심지어 착한 부자도 있다고 분명히 밝혔지요. 그에 따르면, 진짜 개새끼들은 부자들을 섬기는 신부들이며, 그들은 잘난 척하고, 기회주의자이며 거짓말쟁이였어요.

다른 친구들의 이름은 타마라, 호세 그리고 카를로스 마리오였어요. 세 사람 모두 칼리 출신이었는데, 아주 착실했어요. 그러니까 훌륭한 학생들이었어요. 그들은 춤추기를 좋아했고, 때때로 나는 그들과 과제를 하거나 시험을 준비했어요. 그리고 시험이나 과제가 끝나면, 결국 우리는 〈북 카페〉나 〈손 살로메〉로 춤추러 갔지요. 그들은 나처럼 살사 음악을 좋아했어요. 물론 스페인어로 부르는 록 음악도 좋아했고요. 그들과 함께 나는 힙합 그룹 초크킵타운과 록 밴드 아테르시오펠라도스, 그리고 사이드스테퍼의 공연에 갔지요. 모두가 좌파였지만, 콜롬비아 무장혁명군이나 민족해방군 같은 게릴라를 최악으로 여겼어요. 우리는 변화를 원했어요. 그냥 지금과 다른 공기를 숨 쉬고 싶었어요. 게릴라는 마약 거래상들의 돈과 납치를 통한 몸값으로 부패했고, 지역 유지처럼 지방에 숨어 있거나 잠복하는 수동적 태도로 썩어버린 체제였어요. 국립대학은 열린 공간이었어요. 때때로 무장혁명군이나 민족해방군들이 왔고, 체 게바라 광장에서 행진했지만, 그건 전혀 중요하지 않았어요. 아무도 그들에게 관심을 기울이지 않았거든요. 그게 바로 내 그룹이었고, 나는 그들과 함께 수업에서 나와 잔디밭에 드러누워 대화하거나, 햇빛을 받으며 낮잠을 잤고, 영화나 책, 혹은 우리의 삶이나 정치에 관해 이야기했어요. 물론 그건 완전히 일상적이고 단순하며 평범한 것이었지요. 우리는 국공립대학의 젊은 학생들이었거든요.

모든 사람은 국립대학이 게릴라의 것이라고 믿는데, 내가 보기에는 믿을 수 없는 일이었어요. 내부에서 보면 완전히 달랐거든요. 대부분 학생은 중산층이거나 노동자층 출신이었어요. 가난한 사람도 공부할 곳이 있어야 하고, 국가 최고의 대학이 그들을 위한 것이 되어야 한다는 것을 모두가 이상하다고 생각했던 것이에요. 그래서 사람들은 대학 교문이 닫힌 것을 보고 싶어라 했고, 대학 용지를 수익 사업에 사용하고자 했어요. 예를 들어 그곳에 놀이공원과 호텔이 있는 쇼핑몰을 짓고자 했어요. 그게 바로 몇몇 사람들이 원했던 바였고, 그래서 대학 문을 닫고 학생들을 공동묘지에 묻어버리고자 했던 것이지요. 그들은 가난한 사람들이 기회를 얻어야 한다는 사실에 분노하고, 훌륭한 선생님들과 상당한 예산이 있다는 사실에 성질내지요. 그들은 그 많은 돈이 계약을 맺는 데 사용되거나, 혹은 그 돈으로 조국을 수호하기 위한 무기나 헬리콥터를 살 수 있다고 생각하면서 군침을 흘리죠. 하지만 그 돈은 책을 구매하거나 실험실 설비를 갖추는 데 사용되지요. 부자들은 그런 걸 좋아하지 않아요. 그건 자기 아이들이 다니는 대학은 아주 비싸기 때문이에요. 로스 안데스 대학이나 외국에서 공부하니까요. 그래서 그들은 사기당했다고 느끼는 거예요. 그래서 이렇게 생각하지요. 최고의 것을 가난한 사람들에게 준다는 일이 어떻게 가능하지? 그렇다면 부자가 된다는 게 뭐가 대단한 거지? 그들은 자기들이 내는 세금이 국가를 지탱한다고 말하지요. 하지만 당신은 그게 사실이 아니라는 것을 알고 있을 거예요. 국가를 지탱하는 사람은 노동자계층과 중산층이에요. 그들이 정말로 세금을 내는 사람들이거든요. 그것이 콜롬비아가 가난한 사람들과 중산층의 국가인 이유예요. 영사님, 어쨌든 당신이 이미 알고 있는 것을 내가 구태여 설명할 필요는 없을 겁니다.

나는 내 친구들과 함께 다녔어요. 이 그룹에는 또한 브리지트와 라디도 있었는데, 그들이 나를 이런 삶으로 들어오도록 도와준 사람들이었어요. 언젠가 나는 예술대학 잔디밭에서 그들을 만났는데, 그들은 술집에서 사귄 친구들에 관해 물었고, 나는 그들에게, 아주 좋은 사람들이야, 정말 끝내주는 연줄이야, 고마워, 라고 말했지만, 내가 이미 더 높은 곳으로 비행하고 있다는 사실을 말해주고 싶지는 않았어요. 그럴 필요가 있겠어요? 그리고 그즈음에 다시 옛 미스 콜롬비아가 내게 전화를 걸어서 자기 사무실로 오라고 말했어요.

내가 사무실로 찾아가자 그녀는 말했어요. 너한테 아주 좋은 소식이 있어, 하지만 지금 당장은 아니야. 난 네가 그걸 조금 생각해보고 말해주길 원해. 그러자 나는 무슨 일이기에 그토록 비밀로 하는 거죠?, 라고 물었어요. 나는 알프레도 씨가 정말 마음에 들었다고, 그가 전화하면 언제든지 갈 것이라고 말했어요. 그런데 옛 미스 콜롬비아는 이렇게 말했어요. 지금 네게 제안하는 건 훨씬 더 좋은 거야, 그건 비행기를 타고 일본으로 가서 6개월, 최대 1년 동안 일하는 거야. 그곳에 가면 너는 숙박, 음식, 전기료와 난방 등 모든 비용을 한 푼도 내지 않고 아주 아름다운 주택에 살게 될 거야. 넌 소심하고 깨끗하며 무척 교양 있는 일본 사람들과 일할 것이고, 1년 안에 적어도 10만 달러는 손에 넣게 될 거야. 거기서는 너처럼 고급 여자에게는 아주 비싼 값을 지급하거든. 이건 아주 훌륭한 기회야. 나는 아무에게나 이런 제안을 하는 게 아니야. 어쨌든 며칠간 잘 생각해보고 내게 전화 줘. 결심하면 곧 떠나는 거야. 우리에게 할당된 인원은 딱 한 사람이야.

나는 생각에 잠겨 사무실을 나왔어요. 일본이라고? 10만 달러라고? 그것은 내가 마누엘을 꺼내 가기 위해 기다리던 액수였지만, 그토록 오랜 기간을 비우는 이유를 부모님에게 합리화하기 힘들었어요. 나는 그들에게 장학금을 받았다거나 그와 비슷한 것을 말해야만 했어요. 정말 힘든 일이었고, 가짜 서류들이 있어야 하는 너무 심한 거짓말이었어요. 그건 그럴듯했지만, 나는 약간 두려웠어요. 좋은 점도 있었고 나쁜 점도 있었거든요. 나는 일본에서의 생활이 어떤지 볼 수 있을 것이며, 나중에 마누엘을 데려와 일본어를 공부시키고, 기타노 다케시와 구로사와 아키라, 그리고 오즈 야스지로처럼 영화 제작법을 배우게 해줄 수 있을 것으로 생각했어요. 그리고 틀림없이 아주 좋은 대학도 있으리라고 생각했지요. 하지만 문제는 항상 똑같았어요. 그건 내 동생에게 내가 무슨 일을 하고 있는지 설명하는 일이었어요. 생각만 해도 머리가 지끈지끈 아팠어요. 마치 광장 한복판에서, 모든 사람의 차갑고 위협적인 시선 앞에서 벌거벗고 다리를 벌려야 하는 것 같았어요. 아니에요, 그래도 그는 내 안에서 미덕과 가치를 보았어요. 내 목표는 그를 구해내는 것, 혹은 우리 두 사람을 구하는 것이었지만, 그래도 그에게 나의 또 다른 얼굴을 보여줄 수는 없었어요. 그래서 그가 국립대학에 입학해서 철학을 공부하기 시작하자, 나는 내 친구들을 만나지 못하게 했어요. 어떤 이유에서라도 그가 브리지트나 라디를 만나서 그들이 누구인지 알 수 있다는 생각만 해도 초조했고 무서웠어요. 그런데 그에게 이야기하지 않고서 어떻게 일본에 그와 함께 있을 수 있을까요? 그건 힘들었지만, 좋은 기회였어요. 나는 그 기회를 염두에 둘 작정이었어요. 그러면서 무슨 일이 생겨서 내가 결심하도록 만들 것인지, 혹은 더 좋은 일이 일어날 것인지 두고 보기로 했죠. 그리고 다른 이유도 있었어요. 그건 바로 나 스스로 다짐했고, 또한 언젠가 에슈노즈 씨에게 했던 약속 때문이었어요. 그의 기억은 내 안에서 아주 생생하게 남아 있었어요.

이제 이야기가 갈수록 빨라져요, 영사님. 얼마 후 그다음 일이 일어났어요. 안드레스 펠리페가 어느 날 오후에 내게 전화를 걸었는데, 아주 초조한 목소리로 말했어요. 허니, 자기를 만나고 싶어, 괜찮지? 찰스턴 호텔 507호로 와, 투숙객 이름은 보리스 살세도야. 지금 올 거지? 나는 그곳으로 갔고, 그는 몹시 신경이 예민해 있었어요. 그는 우익 민병대와 연결되어 있다는 혐의를 받고 있었어요. 경찰과 안전관리부의 합동 작전에서 페르민 씨의 부하 한 사람을 체포하고 그의 컴퓨터를 압수했는데, 거기서 그의 이름이 접선 상대로 나타났던 거예요. 그리고 언론이 이미 그 정보를 확보하고 있었어요. 페르민 씨 기억하죠? 안티오키아의 별장 주인이에요. 안드레스 펠리페는 그 염병할 집으로 간 것이 실수였다고, 자기는 명령대로 한 것이라고, 언론만 그를 지목하는 것이 아니라 검찰도 그렇다고, 게다가 페르민 씨는 그에게 그 문제를 해결하라고 사흘이라는 시간을 주었는데, 그 기간에 해결하지 못하면 자기가 불기 시작하겠다고, 그래서 대통령이 초조해하고 있다고 말했어요. 보좌관들은 대통령에게 그를, 그러니까 나를 제거하는 편이 좋을 것이라고 제안했어. 나를 말이야! 안드레스 펠리페는 소리치면서 코카인 한 줄을 코로 흡입했어요. 그게 있을 수 있는 일이라고 생각해? 내 동료 보좌관들이 대통령에게 제안한 것은 나를 죽게 내버려두라고, 나를 희생시키라는 말이야, 개자식들. 내가 자진해서 페르민 씨와 만나 이익이나 돈을 취하려고 했던 것이라고 말이야. 그러면서 정부는 내 편에 서서 나를, 그리고 내 가족을 보호해줄 것이라고 말하고 있어. 하지만 나는 자발적으로 갔다고 진술해야만 해, 그게 말이 돼? 그러면 나는 10년이나 그 이상 감옥에 있어야 하고, 그건 내 인생이 끝났다는 것을 뜻해. 출소한 다음 내가 무엇을 하겠어? 그리고 내 아내와 아이들은 어떻게 되겠어? 그래서 너와 말하고 싶었던 거야. 나는 진술을 거부할 작정이야. 난 나 자신을 변호할 거야. 하지만 네가 함께 갔기 때문에 아마도 관계 당국은 너를 찾을 거야. 네게 나에 대한 정보를 요구할 거야. 네게 무언가를 제공할 수도 있고, 아니면 너를 협박할 수도 있어. 어떤 게 될지는 나도 모르겠어. 그래서 네가 잠시 이 나라를 떠나 있으면 좋겠어. 돈이 필요하다면 내가 줄게. 그러자 나는 물론이지요, 안드레스 펠리페, 물론 필요해요, 라고 말했고, 그는, 저 가방에 만 달러가 있어, 저 돈을 가져, 하지만 어디라도 좋으니 다른 곳으로 가, 오늘 당장 떠나, 라고 말했어요. 나는 그에게, 내가 도대체 뭘 잘못한 건데요?, 라고 물었고, 그는 이렇게 말했어요. 네가 잘못한 건 아무것도 없어, 하지만 거기 있었잖아, 너한테는 아무 일도 일어나지 않을 거야, 그저 그들이 너를 찾아내서 심문할까 봐 그런 거야, 그리고 나한테 나쁜 일이 일어나게 되면, 우리가 헬리콥터를 타고 별장에서 돌아오자 나는 대통령궁으로 가서 그 모임에 대해 보고했다는 사실을 기억해줘. 그것

기억나지? 나는, 그래요, 나를 택시에 태워서 보냈잖아요, 라고 대답했고, 그는 말했어요. 맞아, 그런 말을 하지 않아도 되는 게 최선이지만, 만약 해야만 한다면 어땠는지 잊지 마, 알았지? 자, 어서 다른 곳으로 가, 이 소나기가 지나갈 때까지 기다려야 해.

그는 나를 껴안았고, 너무나 초조한 나머지 코카인 두 줄을 흡입했어요. 나는 그에게, 벌써 숨어 다녀야 하는 몸이에요?, 라고 물었고, 그는 말했어요. 아니야, 하지만 난 그 어디에서도 사람들과 약속할 수가 없어, 나도 내가 뭘 해야 하는지 모르겠어, 여기에서 기자들을 불러 모두 밝히려고 생각했어, 내 변호사가 나중에 이리로 와서 나와 이야기할 것이고, 그러면 그때 결정할 거야, 하지만 우선 네 문제를 해결하고 싶었어, 페르민 씨 별장에서 누구에게도 네 이름 말하지 않았지? 나는 아니라고, 내가 기억하는 한 그런 적이 없다고 대답했고, 그는 말했어요. 그나마 다행이야, 그러면 네 행방을 찾기가 더 어렵거든, 그래, 행운을 빌게, 그리고 휴대전화로 내게 연락하지 마, 내 전화번호를 지우고 통화 기록도 지워버려, 알았지?

나는 불안해하면서 그곳을 나와, '나한테 무슨 일이 일어날 수 있을까?'라고 추정했어요. 그리고 빅토르가 나를 도와줄 수 있다고, 어쨌든 그는 안전관리부 요원이라고 생각했고, 그래서 그에게 메일을 한 통 보냈어요. 그것이 유일한 방법이었어요. 나는 그에게, 왜 이렇게 얼굴 보기가 힘들어요?, 라고 썼어요. 이 방법은 적중했고, 다음 날 그는 내게 전화를 걸어, 안녕, 잘 지냈어? 데리러 갈까?, 라고 말했고, 나는 그렇다고, 메트로 리비에라 극장 앞에서 만나자고 했어요. 그는 나를 만나자, 젠장, 지금 추적 중이야, 아마 피에드라이타는 이번 주 내내 거리에 있게 될 거야, 모두가 지금 긴장하고 있어, 나는 너를 만나러 억지로 시간을 낸 거야, 하지만 나중에 일하러 가야 해, 난 지금 잠복 중이거든, 이라고 말했어요. 나는 그의 목을 핥으면서 말했어요. 날 겁주지 말아요, 빅토르, 그런데 위험한 사람을 쫓고 있는 거예요? 그러자 그는 말했어요. 아니야, 위험한 인물은 아니야, 화이트칼라 개자식인데, 두목님이 쫓아내려고 하셔. 그게 내가 들은 말이야, 그가 엉뚱하거나 어리석은 짓을 하지 못하도록 눈을 떼지 않고 감시해야 해. 물론 나는 그 말을 듣자 제대로 숨을 쉬지 못했어요. 화이트칼라 개자식이라고요? 그는 안드레스 펠리페가 분명했어요. 그리고 그들이 그를 쫓고 있었다면, 틀림없이 내가 찰스턴 호텔로 들어가는 것을 보았을 테고, 심지어 우리가 말하는 것을 들었을 거예요. 하지만 빅토르가 나를 너무나 차분하게 대하는 것이 이상했어요. 그래서 나는 더는 말하지 않고 우리가 하고 있던 것, 그러니까 고전적인 섹스에 전념했어요. 섹스가 끝나고 그가 샤워하는 동안, 나는 그의 휴대전화를 여러 번 보았어요. 나는 기지개를 켜면서 휴대전화 화면을 보았는데, 단지 대문자 C 두 개만 깜빡거렸어요. CC, 바로 그 글자가 여러 번 나왔다가 사라졌어요. 그는 급히 옷을 입고는 내게 달러 다발을 주었고, 우리는 코카인 두 줄을 코에 집어넣었어요. 그러고서 그는 자기 휴대전화를 보더니, 이봐, 우리 공주님,

잠깐만 기다려, 이건 급한 거야, 라고 말했어요. 그러고는 다이얼을 눌렀고, 나는 그가 말하는 소리를 들었어요. 그래, 그래, 아 개자식, 정말이야? 알았어, 내가 갈 테니 거기서 기다려, 모두 녹음되었지? 아니라고? 알았어, 괜찮아, 전혀 상관없어. 그러더니 내게 말했어요. 어서 가야겠어, 그놈과 말한 여자아이를 찾아야 해, 아, 제기랄, 이건 이상한 냄새가 나는걸, 내가 너한테 수없이 이야기했잖아, 이 나라는 나쁜 새끼들로 가득하다고.

우리는 모텔에서 나갔고, 그는 나를 7번로와 140번가가 만나는 곳에 내려주었어요. 나는 두려워 죽을 지경이었고, 그 여자가 나라고 확신했어요. 나는 빅토르가 나에 대해 아는 것이 무엇이 있는지 목록을 만들기 시작했어요. 그리고 거의 아는 게 없다고, 내 이름도 모르고, 단지 휴대전화 번호만 알고 있다고 생각하고는 안심했어요. 사실 이런 부류의 일 때문에 나는 가짜 서류를 이용해 휴대전화를 샀어요. 마찬가지로 그들은 호텔과 우리를 별장으로 데려간 헬리콥터에 대한 사항과 사진을 갖고 있을 것이었어요. 나는 아주 조심해서 다녀야만 했죠.

나는 마누엘과 부모님 때문에 두려웠어요. 그들이 집에 오면 어떻게 될까요? 빅토르와 그의 대장, 그리고 안전관리부 요원들은 일반적으로 자기들의 일을 떠들며 다니지 않았어요. 그래서 나는 빠르게 행동해야만 했어요. 그때 옛 미스 콜롬비아의 제안이 떠올랐어요. 1년 동안 일본에 가 있으면서, 이 문제가 식게 놔두고, 나중에 마누엘을 불러오면 되는 일이었어요. 그것이 유일한 해결책이었지만, 나는 누군가와 말할 필요가 있었어요. 그러나 나는 혼자였어요. 도대체 어떻게 해야 할까요? 어떤 이유 때문인지는 몰라도, 갑자기 내 머릿속에 섬광이 비추었고, 나는 알프레도야! 변호사야!, 라고 생각했어요. 그는 내게 이 문제가 얼마나 심각한 것인지 말해줄 수 있을 것이고, 일본에 갈 만한 가치가 있는지도 평가해줄 수 있었어요. 난 그의 전화번호를 갖고 있지 않았고, 옛 미스 콜롬비아에게 전화를 걸어 그의 번호를 물어보고 싶지 않았어요. 그래서 나는 그의 집으로 곧장 갔어요. 나를 보자 관리인은 기억했고, 그래서 즉시 인터폰을 들어 연락했어요. 그는 내게 따라오라고 말했어요. 알프레도는 너무나 놀란 표정으로 승강기에서 나를 기다리고 있었어요. 무슨 일 때문에 내가 이런 기적의 은총을 받는 거지?, 라고 그는 말했고, 나는 이렇게 대답했어요. 말할 게 있어요, 당신은 내가 믿을 수 있는 유일한 사람이에요, 문제가 생겼어요, 미안해요, 바쁘다면 기다릴게요. 그는 걱정하지 말라고, 들어오라고, 술 한잔하겠느냐고 말했어요. 나는 좋다고, 제발 부탁이니 아무 술이나 달라고, 더블로 달라고 했어요. 그러고서 내 인생을 이야기하기 시작했지요. 저기요, 나는 이런 여자고, 이렇게 행동했고, 그래서 안전관리부 요원과 연루되었으며, 그 이후에는 의회 사람들과 정부 관리들과 관계를 맺었어요. 그래서 이렇고 저렇게 끝나게 되었어요. 나는 페르민 씨의 별장으로 갔었다는 이야기를 했고, 그는 눈을 휘둥그레 떴어요. 페르민 하라미요라고요? 나는 아마도 그럴 것이라고, 그에게 성이 무엇이냐고 묻지는 않았다고 말했고, 그러자 알프레도는, 맙소사, 잠깐 기다려, 사진 한 장 보여줄게, 라고 하더니 신문을 뒤져서 사진을 보여주었어요. 이 사람이야? 나는 그렇다고, 그 사람이라고, 나는 그에게 말했던 보좌관과 함께 그의 별장에 있었다고 말했고, 알프레도는 갈수록 심각한 표정을 지으면서 내 이야기를, 그리고 내가 빅토르와 끝냈다는 말을 계속 들었어요. 나는 말했어요. 그들이 나를 찾고 있는 것 같아요, 내가 얼마나 심각하게 잘못했는지 모르겠어요, 그게 바로 나를 가장 두렵게 해요, 바로 모른다는 것이 말이에요. 그러자 그가 말했어요. 그래, 동반자로 가는 게 죄는 아니야, 넌 정부에서 일하는 사람이 아니야, 그런데 문제는 법이 아니라 자신들의 흔적을 지우고 그 보좌관을 보호하려는 사람들이야. 안드레스 펠리페 말인가요?, 라고 나는 물었고, 그는 대답했어요. 그래, 언론이 정부와 우익 민병대의 연결, 그러니까 비밀 협정을 조사하고 있어, 바로 거기서 그 젊은이의 이름이 모든 거래의 핵심으로 등장했어. 아마도 그에게 유죄를 인정하라고, 모든게 혼자 한 일이라고 진술하도록 압력을 가할 가능성이 가장 커, 그게 항상 하는 방법이야. 그래서 너는 법과 문제가 있는 것이 아니라, 그러니까 정당하고 적법한 법과의 문제가 아니라, 그들과 정부의 법과 문제가 있는 거야. 그들은 자기들을 보호하기 위해서라면 무슨 일이든 할 거야. 그들이 더럽고 야비한 문제를 만들어 네 남자 친구를 연루시킨 다음, 그가 페르민 씨를 찾아간 사건을 부차적인 것으로 만들더라도, 내가 보기에 그건 전혀 이상하지 않아.

그는 일어나 휴대전화 한 통화를 받았고, 잠시 후에 돌아와서 말했어요. 걱정하지 마, 내가 보호해줄게. 안전한 장소가 없다면 여기에 있도록 해. 나라는 사람이 있다는 것을 네 가족이 알고 있어? 전화 걸고 싶어? 나는 말했어요. 아니에요, 그건 문제가 아니에요, 부모님은 내가 집에 없는 것에 익숙해져 있어요. 나는 내 휴대전화가 진동하는 것을 느꼈고, 화면을 보자 내 가슴은 오그라들었어요. 빅토르였어요. 나는 그걸 알프레도에게 말하면서, 받을까요?, 라고 물었어요. 그러자 그는 말했어요. 아니야, 네 행방을 쫓지 못하도록 꺼두는 편이 좋을 것 같아.

나는 손님방에서 보고타의 불빛을 바라보며 두려움에 젖은 채 밤을 보냈어요. 내가 할 수 있는 것은 기다리는 일 이외에는 없었어요. 텔레비전 뉴스에서는 그 사건에 대해 아무런 언급도 없었지만, 나는 무언가 터지기 일보 직전이라는 것을 직감했지요. 사흘 후 알프레도는 내가 육로를 통해 키토로 여행하도록 준비해주었어요. 그는 에콰도르 법원에 치안판사로 일하는 친구가 있었는데, 이 문제가 가라앉아 조용해질 때까지 나를 묵게 해줄 수 있었어요. 마침내 나는 나가서 집으로 가야겠다고, 핑계를 만들어서 여권을 가져와야겠다고 마음먹었어요. 하지만 집에 도착하자 아무도 없었어요. 단지 파출부만 있었어요. 어머니는 외출했고, 그날 수업이 없던 마누엘은 루이스 앙헬 아랑고 도서관으로 갔던 것이었어요. 그에게 작별 인사를 나눌 수 없다는 사실이 몹시 가슴 아팠지만, 나는 그리 오래 걸리지 않으리라 생각했어요. 나는 야노스†로 갈 것이며, 가능한 한 이른 시간 안에 전화를 걸겠다는 메모를 남겨두었지요. 그리고 안드레스 펠리페가 준 돈을 꺼냈고, 나머지 저축해놓은 돈을 찾으러 차피네로의 아파트로 가야겠다고 생각했어요. 택시를 타고 그곳으로 향했어요. 그런데 그곳으로 가까이 가자, 거리 길모퉁이에 빅토르의 차와 비슷하게 생긴 두 개의 밴을 보았어요. 나는 너무나 놀라 〈엘 노갈〉 아파트로 돌아왔어요. 하지만 7번로에서 쳐다보니 건물 주차장에 안전관리부의 다른 밴이 있었어요. 도대체 무슨 일이지? 내 행방을 찾아낸 것일까?, 라고 생각했어요. 나는 잠시 아파트 건너편에 숨어 있었지만, 아무 일도 없었고, 그래서 그곳을 떠나야겠다고 마음먹었어요.

나는 급히 시내 중심가로 갔어요. 이제는 갈 곳이 없었지만, 다행히 에콰도르로 여행할 수 있도록 모든 게 준비되어 있었지요. 공중전화 부스에서 내 대학 친구에게 전화했어요. 타마라는 나를 안심시키면서, 아무도 나를 찾으러 학과에 오지 않았다고 말해주었어요. 나한테 자세히 이야기하라고 요구하지 않았어요, 그녀는 정말 좋은 친구였어요. 그런 다음 하이메, 그러니까 의사 신부에게 전화를 걸어서 말했어요. 여보세요, 네 도움이 필요해, 이건 죽느냐 사느냐의 문제야, 몇 시간만 숨겨줘, 아무리 길어도 내일까지만 숨어 있으면 돼. 하지만 아주 위험한 일이야, 그래도 괜찮겠

---

† 콜롬비아의 안데스산맥 동쪽에 있는 광대한 열대 초지.

어? 그러자 그는 물론이지, 여기 공동체에 너를 보호해줄게, 라고 말했어요. 나는 그곳으로 갔어요. 나는 그곳으로 갔기 때문에 목숨을 구할 수 있었다고 생각해요, 영사님. 나는 다음 날까지 내내 그곳에 있으면서, 내 머리를 쥐어짰어요. 결국, 나는 다른 출구가 없다고 결심하고서 선불 휴대전화로 알프레도의 친구에게 전화를 걸었어요. 나를 콜롬비아에서 꺼내줄 사람이었어요. 그는 몹시 걱정하고 있었어요. 그리고 우리가 바로 그날 떠나야 한다고 강조했어요. 두 시간 후 그는 나를 태우러 왔고, 우리는 여행을 시작했어요. 그는 내게 알프레도가 체포되었으며, 교묘하게 편집된 녹음으로 그에게 거짓 혐의를 씌웠다고 말해주었어요. 우리는 위조 여권으로 루미차카 다리†를 건넜어요.

다음 날 나는 신문을 사서 뉴스를 보았어요. 판사였던 알프레도 콘데가 자택에서 체포되었다는 기사가 실려 있었어요. 그러자 나는 인터넷으로 들어가 텔레비전 뉴스를 보았어요. 안전관리부 대변인은 공개성명을 통해 그들은 이 변호사와 테러리즘의 관계를 밝히기 위해 모든 노력을 기울일 것이라고 밝혔어요. 그의 뒤에 있던 경찰청장 옆에는 내가 아는 홀쭉한 얼굴이 있었어요. 원주민 같은 피에드라이타의 얼굴이었지요. 나는 생각했어요. 그들은 내가 거기에 있다는 것을 알고 있었고, 그에게 혐의를 뒤집어씌웠다고, 그리고 이제는 나를 찾고 있다고 말이지요. 그리고

---

†   콜롬비아와 에콰도르 국경선에 있는 다리.

나는 몰래 출국하려고 하던 안드레스 펠리페가 피코타에 있는 어느 검사의 집에서 체포되었다는 뉴스도 보았어요.

키토에서 나는 옛 미스 콜롬비아에게 전화를 걸어서 말했어요. 일본에서 일하는 것을 수락할게요, 하지만 비행기표를 에콰도르에서 출발하는 것으로 끊어주세요. 그리고 정말 그렇게 해주었고, 나는 시골 버스처럼 수없이 많이 멈추는 경로로 일본으로 가게 되었어요. 상파울루, 두바이, 방콕을 거쳐 마침내 도쿄에 도착한 것이었어요. 여행 기간이 5일이나 되었지요.

도쿄에 있게 되자, 모든 것이 꿈과 같았어요. 나는 무라카미 하루키를 읽었었고, 그 도시가 차갑고 그리고 때때로 얼음장 같은 문장의 조합이라고 상상했지요. 그 문장들은 고독한 사람들, 밤새 문을 닫지 않는 카페, 이 세상에서 자신이 있을 곳을 찾을 수 없어서 산속의 조그만 마을에 스스로 고립된 젊은이들에 대해 말했어요. 나는 도쿄를 그렇게 생각했어요. 즉 모든 사람이 자신의 집착 속에 침잠해서 살아가는 장소라고 여겼지요. 그리고 그곳에 도착해서 밴을 타고 공항에서 도심으로 가면서, 나는 창문을 통해 바라보며 생각에 잠겼어요. 나는 혼자이고 멀리 떨어져 있어. 마누엘을 두고 왔지만, 그를 데리러 곧 갈 거야. 난 내 목숨을 구해 도망치는 것 이외에 다른 것을 할 수 없었지만, 그건 우리 두 사람을 구하는 것이기도 해. 내가 위험에 처하면, 그도 위험에 처하는 거니까. 그리고 그에게 편지도 쓰지 못하고 전화도 할 수 없다는 것을 생각하자, 온몸이 쑤시고 머리가 지끈지끈 아팠어요. 물론 그럴 수 있다고 하더라도, 내가 무슨 말을 할 수 있었을까요? 내가 무슨 설명을 할 수 있었을까요? 이 시간이 빠르게 흘러가도록 사는 게 최선이었어요. 그러고서 그의 눈을 직접 쳐다보면서 사실을 밝히는 편이 나았어요. 그와 헤어진다는 사실은 가슴 아플 테지만, 그와 만날 날은 곧 올 것이고, 따라서 강해져야 한다고 나는 생각했어요.

갑자기 도시 한가운데서 차는 지하 주차장으로 들어갔어요. 그곳이 내 최종 목적지였어요. 우리는 짐을 내렸고, 아파트로 올라갔어요. 그곳은 높은 곳에 있어서 다른 건물들의 지붕이 내려다보였어요. 그제야 비로소 나는 앉아서 이 상황이 지나가기를, 시간이 빨리 흘러가기를 기다렸고, 그것이 내가 원하는 유일한 것이었어요. 나는 나를 맞이하러 왔던 여자에게 무슨 일이 일어날 것이냐고 물었지만, 그녀는 단지 이렇게만 말했어요. 쉬어, 얘야, 넌 지금 죽을 정도로 피곤할 거야, 적어도 사흘 동안은 잠만 자, 첫 주는 적응하는 시간이니까 어서 시차를 이겨내도록 하고, 눈그늘이나 없애. 그래서 나는 일주일 동안 갇혀 있었어요. 난 나가고 싶었지만, 그렇게 해주지 않았어요. 마침내 나갔지만, 감시원들과 함께 나가야만 했어요. 그 사람들의 이름이나 도쿄에서 겪은 것에 대해서는 자세하게 이야기하고 싶지 않아요. 영사님, 나는 당신이 이걸 충분히 이해해주리라 확신해요. 그건 위험한 일이고, 그런 것을 발설한 사람을 찾아내려고 평생을 바칠 수 있는 사람이 있기 때문이지요.

나는 일본인들과 함께 일했어요. 그들은 내 '마미야'의 손님들이었어요. 내 마미야는 콜롬비아 여자로, 옛 미스 콜롬비아의 친구였어요. 그게 잊지 못할 정도로 상처 깊은 경험은 아니었지만, 힘든 일이었어요. 얼마 후 나는 자유가 없어서 숨이 막힐 것 같았어요. 수입은 괜찮았지만, 거기서 여행 비용과 나를 그곳으로 데려오는 데 사용한 돈, 그리고 서류 해결 비용을 비롯해 나도 모르는 수많은 명목으로 돈을 제했어요. 내 빚이 얼마냐고 물을 때마다 그 액수는 늘어나 있었지요. 어느 날 나는 일본인에게 답변을 요구했지만, 역겨운 난쟁이 같은 그놈은 나에게 귀싸대기를 때렸고 나를 바닥에 쓰러뜨렸어요. 나는 내가 새로운 변신을 준비해야만 한다는 것을 알았어요. 그것은 바로 순종적인 여인이 되어, 적이 경계를 게을리할 때 반격하는 것이었지요. 나는 그 일본 난쟁이가 머리가 깨져 죽게 하겠다고 다짐했고, 유혹의 계략을 시작했지요. 에슈노즈 씨의 말은 또다시 일리가 있음이 증명되었고, 한 달 후 그는 내 앞에서 벌거벗고 있었어요. 그놈이 내게 무릎을 꿇고 그의 것을 빨라고 하자마자 나는 내가 하고 싶은 게 무엇인지 알았어요. 톱니 이빨을 가진 살인 범고래였어요. 나는 이로 그의 것을 꽉 물어버렸지만, 전혀 예상하지 못한 이상한 일이 일어났어요. 그의 피부를 잘라버릴 찰나, 그놈이 쾌감으로 소리를 지르더니 콸콸 사정해버린 것이었어요. 그는 내가 하이힐을 신고서 자기 등 위로 걸어가기를, 그리고 그의 온몸을 발로 밟기를 바랐어요. 정말 이상했어요. 그런 다음 그는 라이터를 잡고서 켈로이드 흉터로 뒤덮인 팔을 펼쳤어요. 나는 그의 팔을 태웠고, 그는 다시 고통의 비명을 지르며 사정했어요.

곧 나는 그 남자가 내가 일하는 지역의 두목이라는 것을 알았고, 그래서 나는 그와 잘 지내는 것이 좋으리라 생각했지요. 그의 이름은 준이치로였지만, 나는 그를 '주니'라고 불렀어요. 그는 영어를 알았지만, 대체로 거의 말이 없었어요. 나이는 서른네 살이었어요. 어느 날 밤 그는 어릴 적에 자기가 태어난 지방의 군사학교에 들어갔었다고, 그런데 들어가자마자 동료들이 열 명의 기숙사 우두머리들의 엉덩이를 핥게 했다고 말했어요. 1년 동안 그는 화장실에서 구타를 당했고, 두목들은 그의 얼굴에 오줌을 쌌으며, 물론 수없이 그의 엉덩이에 그들의 것을 집어넣었어요. 내가 이해한 바로는, 그는 자기가 그런 것에 쾌감을 느꼈다는 사실에 죄책감을 느끼고 있으며, 그래서 체벌받는 것을 좋아하는 것이었어요. 그것이 그를 정화하고 흥분시켰거든요. 나는 그와 거의 1년 동안 함께 있었어요. 그런데 어느 날 밤 나는 아파트의 어느 방 안에서 시끄러운 소리를 들었고, 무슨 일인지 알아보러 갔어요. 그런데 그가 거의 의식을 잃고 쓰러져 있었어요. 항문으로 피를 흘리고 있었지요. 나는 그에게 무슨 일이 있었느냐고 물었지만, 그는 아무 말도 하지 않았어요. 그리고 잠시 후 이란인 보디가드인 테렉이 들어오는 것을 보았어요. 그는 수건 하나와 약간의 약을 들고 와서 뜸을 떴어요. 내가 보기에는 끔찍하고 무서웠고, 그래서 나는 그 방에서 나왔어요. 나는 다시는 그를 보고 싶지 않았고,

다행히 그는 그런 내 생각을 존중했어요.

그러고서 나는 자부리를 알게 되었어요. 그도 역시 보디가드, 즉 수행원이었어요. 외출할 때 나는 그와 함께 나갔어요. 그리고 어느 날 밤, 아파트로 돌아오면서 나는 그에게 함께 샤워하자고 말했어요. 우리는 물을 맞으며 섹스했고, 그것이 그가 나를 사랑하게 만든 시작이었죠. 그와의 섹스는 아주 멋졌어요. 우리는 계속 관계를 유지했어요. 그런데 어느 날 아침에 나는 이상한 것을 느꼈어요. 일종의 구토와 현기증이었고, 생리가 나오지 않았어요. 임신했던 것이에요. 그의 아기일 수밖에 없었어요. 그와 나는 콘돔 없이 섹스했거든요. 아마도 그가 나를 그곳에서 꺼내도록 무의식적으로 그렇게 했던 것 같아요. 또한, 내 인생은 그런 것이 아니라는 것을 나 스스로 떠올리도록 그랬는지도 몰라요. 그리고 그런 방법은 효과를 발휘했어요. 자부리는 내 빚을 갚아주었고, 그 지역의 두목들과 이야기했어요. 우리는 결혼했고, 내게 이란 여권이 발급되었어요. 나는 콜롬비아 여권을 내 데님 바지 주머니에 넣어두었었는데, 세탁기로 그것을 빠는 바람에 지워지고 말았거든요. 아마도 그게 가짜여서 그랬는지도 모르겠네요. 얼마 후 우리는 허락을 받고서 테헤란으로 여행할 수 있게 되었어요. 그리고 그곳에서 마누엘이 태어났지요. 하지만 도쿄에서는 아무도 이런 사실을 몰라요. 그 조직은 다른 여자 동료들에게 내가 도망쳤다고 말했거든요. 잘 모르겠지만, 내 생각에 그들은 아마도 나를 붙잡아서 고문했다고 말했을 것 같아요.

테헤란에서 나는 마누엘에게 연락하는 시간을 미루었어요. 매일 나는, 내일, 다음 주에, 라고 생각했어요. 내 기운을 그러모을 필요가 있었어요. 나는 마누엘에게 조카가 있다는 말을, 실은 아들이라는 말을 하고 싶어 죽을 지경이었어요. 마누엘은 우리의 아들이었어요. 나는 자부리가 눈치채지 못하게 여권 발급 절차를 밟았어요. 마누엘에게 편지를 쓰기 전에 어디론가 도망치고 싶었지만, 나도 모르게 시간이 흘렀던 것이에요. 나는 그가 나를 찾으러 올 것이라고는 상상조차 못 했어요. 내가 무엇을 했는지 설명하기란 힘들지만, 이것이 바로 일어났던 일이에요. 일본에서 나는 대부분 시간을 마약에 취해 흥분해 있었어요. 그게 바로 도망치기 위해 내가 선택한 것이었어요. 내게는 많은 공백이 있어요. 때때로 나는 달력을 보면서, 벌써 10월이야?, 라고 말했어요. 그런데 10분 후면 우리는 다음 달에 있었고, 곧 누군가가 내 귀에 대고, 새해 복 많이 받아요, 라고 말했어요. 나는 미소를 지으면서 다시 알약을 먹었어요. 자부리는 나를 구해주었지만, 나는 그에게 내 몸과 시간을 주었고, 그 시간에 그는 행복했어요. 그러나 그에게 아들은 주지 않았어요. 마누엘은 단지 내 것이기 때문이에요. 언젠가 한 번 그는 나를 때렸어요. 그가 나를 때리도록 내가 만들었지요. 이것에 대해서는 말하고 싶지 않아요. 하지만 사실 난 그에게 증오심을 품은 게 아니라 연민을 느꼈어요. 내가 보기에 그는 불쌍한 패배자, 즉 하등동물이었어요. 영사님, 이야기해줄게요. 어느 날 밤 나는 그와 섹스하는 것을 거부했고, 그는, 난 네 남편이야, 넌 해야만 해, 라고 말했어요. 나는 그에게 아무도 내가 원하지 않는 것을 내게 하라고 강요할 수 없다고 말하고서 화장실로 들어가버렸어요. 그러고는 창문으로 소리를 지르기 시작했지요. 이웃 사람들이 잠에서 깨었고, 아래층에서 살고 있던 그의 부모님과 형제들도 잠에서 깨어 우리 집으로 왔어요. 나는 자부리가 비겁하다고, 나를 때리는 것은 그가 발기할 수 없고 나를 만족시킬 수 없기 때문이라고 말하기 시작했어요. 그러고서 그는 남자가 아니라고, 나한테 억지로 항문에 손가락을 넣게 만들어서 비비게 한다고, 그리고 나는 아내로서 그렇게 했지만 역겨움을 억지로 참았다고 말했어요. 그러고는 자부리는 빌어먹을 동성애자이고, 그래서 여자들과 즐기지 않고, 단지 태운 코르크로 내게 수염을 까맣게 칠할 때만 발기가 된다고 소리쳤어요. 이웃 사람들은 웃기 시작하면서 '착하고 고결한 여자'라고 말했어요. 바로 그때 자부리가 문을 때려 부수고서 나를 붙잡고는 때렸어요. 그런 동안 나는 소리치면서 웃었지요. 여자를 때리면 절대 안 돼요. 하지만 난 그걸 즐겼어요. 그건 그에게 이렇게 말하는 것과 다름없었어요. 너는 힘을 갖고 있고 종교도 네 편이지만, 나는 다리 사이에 네가 원하는 것을 가진 여자야, 그러니 너를 파멸시킬 수도 있어. 다시 나는 팔을 들어서 에슈노즈 씨를 위해 기도했어요.

　나머지 시간 동안 자부리는 나와 잘 지냈어요. 나를 구해내기 위해 그가 지급한 돈은 상당했어요. 그는 당분간 힘든 시간을 보내겠지만, 곧 그 돈을 복구할 것이고, 나중에는 행복하게 살 거예요. 그게 바로 살면서 일어나는 일이지요. 빠르게 고통받을수록, 장기적으로는 더 낫답니다.

이게 전부예요, 영사님. 나머지는 이미 당신도 알고 있어요.

제3부

1

방콕에서 급한 연락이 오는 바람에 나는 당황해서 어쩔 줄 몰랐다. 나는 후아나와 마누엘 사예크와 함께 지내는 것에 익숙해지고 있었다. 그런데 어느 날, 우리가 무언가를 기다릴 때 종종 일어나는 것처럼, 전화벨이 울렸다.

비서 앤지였다.

"영사님, 방콕에서 온 전화예요. 급한 전화입니다."

변호사의 목소리는 매우 격앙되어 있었다. 그는 어떤 이유에서인지(아는 사람이 많은 그가 관리할 수 없었던 이상한 이유로), 법원이 갑자기 재판을 그날 아침으로 앞당겼다고 말했다. 또한, 너무나 느닷없는 일이지만, 말할 기회가 부여되자 마누엘은 자신의 잘못을 인정하기를 거부했으며, 그래서 모든 것이 힘들어졌다고 덧붙였다.

"그 젊은이가 잘못을 인정하기로 동의했다고 말하지 않았습

니까? 어떤 것이 중대한 문제인지 설명하지 않았습니까?" 변호사
는 화난 목소리로 물으면서 나를 질책하고 있었다.

나는 너무나 놀라 어안이 벙벙했다.

나는 그랬다고, 아마도 알 수 없는 이유로 그의 마음이 바뀐
것 같다고 말했다. 그러고서 후아나와 그녀의 아이에 대해 알았다
면, 아마도 자유의 몸이 되고자 하는 욕망을 되살렸을 것이라고
상상했다. 그런 자유가 유토피아적이고 실현 불가능한 것일지라
도 말이다.

"이제 어떻게 할까요?" 변호사가 물었다. "당신 동포는 27조
에 따라 재판을 받을 수도 있다는 사실을 상기시켜드립니다. 그것
은 즉각적인 사형집행을 선고하는 군법입니다. 그러면 재판이 끝
날 때까지 기다릴 필요가 없습니다. 실제로 재판 없이, 단지 총리
의 명령과 검찰청의 요청에 따라 이루어집니다. 난 이 사실을 그
에게 말해주었습니다. 이제부터 모든 재판 절차를 중지시키고 언
제라도 사형을 집행할 수 있습니다. 이건 아주 심각한 일입니다.
이제 어떻게 할까요?"

그가 내게 이런 질문을 한다는 것 자체가 나는 이상하다고
여겼다(두 사람 중에서 누가 방콕에서 중요한 연줄을 가진 변호사
인가?). 하지만 그와 왈가왈부하지 않는 편을 택하기로 했고, 그
래서 이렇게 말했다.

"지금 할 수 있는 일은 그를 변호하는 것입니다. 어떤 방법을
쓰더라도 그를 변호해서 무죄가 나오도록 해야 합니다. 그게 유일

한 선택지입니다."

"이미 말했다시피, 그건 현실성이 없습니다." 변호사가 더 초조한 말투로, 아니 더 짜증 나는 말투로 대답했다. 마치 내가 그를 속였다는 것 같았다.

나는 화가 치밀어 전화를 끊고서 콜롬비아로 전화를 걸었지만…… 빌어먹을 시차! 나는 네 시간을 기다려야만 했다. 마침내 6시 반경에 나는 영사과와 통화할 수 있었다. 나는 급히 방콕을 여행해야 하며, 재판이 그날 아침에 아무런 사전 통보도 없이 시작되었다고 말했다. 그러나 내 복안을 설명할 수는 없었다. 그것은 후아나에게 마누엘을 설득하게 해서 유죄라고 인정하고 시간을 벌자는 생각이었다. 아직도 그렇게 할 수 있는지는 확신이 없었지만, 그것만이 유일한 해결책이었다. 그 변호사가 아무리 유명하고 유능하다고 하더라도 많은 도움이 되지 않을 것이 분명했다.

보고타에서 영사과 담당자는 사건 파일을 살펴보고서, 변호사가 상황을 파악하고 있으니, 내가 출장을 갈 정도로 급해 보이지는 않는다고, 하지만 다음 공판을 생각해서 다시 나를 출장 보내도록 조치하겠다고 말했다.

나는 구체적인 날짜가 정해지고 외교부의 답장을 받을 때까지 후아나에게 아무 말도 하지 않는 것이 좋겠다고 생각했다. 그래서 그날 밤 나는 외교 행사가 있다는 핑계를 댔지만, 그것은 실제로 사실이었다. 불가리아 대사관에서 칵테일파티가 있었다. 그리고 나는 차나키아푸리 지역에 있는 그곳으로 가서, 보드카와 라키야[†]를 마시며, 그리고 타라토르 수프와 아주 훌륭한 소시지로 나의 긴장과 초조함을 달랬다.

나는 늦은 시간에 집으로 돌아왔고, 다행히 두 사람은 잠들어 있었다. 나는 침대에서 마지막 진을 마셨고, 모기장 안에서 생각하고 또 생각했다. 빨리 움직여야만 했다.

다음 날 나는 방콕으로 전화했지만, 오후가 되어서야 변호사와 이야기할 수 있었다. 그는 내게 마누엘을 체포한 경찰관들의 진술을 들었으며, 다음 공판은 사흘 후에 있을 것이라고 말했다. 나는 하나도 빠짐없이 자세하게 알려달라고 간곡하게 부탁했다.

그런 다음 멕시코 대사관으로 전화해서 테레사를 찾아 모든 것을 이야기했다. 그녀는 내 목소리를 듣자 기뻐했고, 나를 돕겠다고 자청했다.

"걱정하지 말아요, 내가 변호사와 다음 공판에 가도록 노력해볼게요. 당신은 올 수 있을 것 같아요?"

"나도 지금 그 일에 매달려 있어요. 외교부의 공식 허가가 없이는 움직일 수 없거든요. 당신은 그게 어떤 건지 잘 알고 있을 거예요."

사흘이 지났지만, 외교부 영사과에서는 아직 출장 승인이 도착하지 않았고, 그래서 나는 휴가를 내고서 자비로 출장을 가기로 마음먹었다. 내가 후아나에게 무슨 일이 일어나고 있는지 이야기

---

† 발칸 반도의 국가에서 주로 생산되고 소비되는 술로 발효된 과일로 만든 증류주.

해주자, 그녀는 걱정스러운 표정을 지었고, 눈물 한 방울이 그녀의 뺨에서 흘러내렸다. 나는 마누엘 사예크를 힘껏 안아 높이 올리면서, 귓가에 노래를 불렀다. 아이는 많이 울지 않았다. 마치 그녀나 내가 갖지 못한 커다란 평화와 평온을 가진 듯했다. 바로 그날 밤 우리는 비행기에 올랐다. 아이는 잠들어 있었다.

나는 마누엘이 유죄를 인정하는 것이 얼마나 중요한지 설명했고, 그녀는 그것에 대해 여러모로 생각하지 않고서도 이해했다.

"처음부터 그렇게 하지 않은 게 미친 짓이지요." 그녀가 말했다. "하지만 걱정하지 말아요, 영사님, 내가 마누엘과 이야기해서 반드시 설득하겠어요."

테레사는 새벽 2시에 공항에서 우리를 기다리고 있었다. 아, 이 야간 비행기들! 그녀는 나를 힘껏 껴안았고, 나는 그녀에게 후아나와 아기 마누엘 사예크를 소개했다.

"어제 변호사와 말할 수 없었어요." 테레사가 말했다. "내가 법정에 갔지만, 나를 들여보내주지 않았어요. 사실대로 말하면, 무슨 일이 일어나고 있는지 잘 모르겠어요."

우리는 한밤에 그녀의 아파트에 도착했다. 테레사는 우리에게 자기 집에서 묵으라고 한 터였고, 나는 그녀의 제안을 받아들였다. 우리는 손님방을 정돈해서 아이에게 주었다. 나는 소파에서 잘 작정이었다. 거의 새벽 4시가 되었지만, 그 누구도 많이 졸린 것처럼 보이지는 않았고, 그래서 테레사는 술 한잔 마시자고 했다.

"그런 말은 절대 하지 않을 거라고 생각했어요." 내가 말했다.

그녀는 '에라두라' 테킬라병을 꺼냈고, 우리는 마치 그 술이 위험한 상처를 치료하는 해독제라도 되는 것처럼 다소 필사적으로 마시기 시작했다. 그런 다음 나는 대화에서 물러나, 테레사와 후아나의 대화를 듣는 편을 택했다. 그들은 서로 질문하고 각자의 이야기를 들려주면서 점점 가까워지고 있었다.

서른한 살(정말 그녀는 몇 살일까?)의 콜롬비아 사회학도는 실패와 도주를 맛보았고, 증오와 흔하지 않은 비극적 모험으로 점철된 삶을 살았지만, 그래도 그런 인생에 분개하지 않았다. 오히려 정반대로 그녀는 생동감 넘치며, 강인하고 희망에 찬 여자였으며, 어떤 폭풍우가 몰려오더라도 자신 있게 견뎌낼 수 있는 사람이었다. 그녀 옆에는 마흔 살이 조금 넘은 테레사가 있었다. 그녀는 이혼했고 두 아이의 어머니였으며, 편안하고, 도수 높은 술을 좋아한다는 점만 빼면 아주 평범한 삶을 산 사람이었다. 그리고 동남아시아의 나라에서 면책 특권을 누리는 외교관으로 수없이 과거를 동경하며, (아마도) 누군가를 만나고자 소망하고(이건 모든 사람이 원하는 것이 아닐까? 아니, 우리 모두가 원하지 않을까?), 항상 미래를 생각하는 여자였다.

나는 눈을 감았고, 언제인지도 모르게 잠들어버렸다. 내가 눈을 떴을 때, 나는 소파에 깨끗한 침대 시트(상쾌한 냄새가 나는, 라벤더 향을 풍기는 시트)를 덮고 있었다. 게다가 내 것이 아닌 예쁜 파자마를 입고 있었다! (테레사는 내 여행 가방을 열 수가 없었고 나를 깨우고 싶지 않아서, 얼마 전에 그곳을 방문했던 자기 아버지의 옷을 하나 꺼냈다고 설명했다.)

　　동이 트고 있었다.

2

오늘 죽음이 나를 찾아왔어요.

그 전에 내 삶은 모두가 흉금을 터놓는 일종의 향연이었어
요. 거기에서는 모든 와인이 술잔에서 술잔으로, 입에서 입으로
흘러갔지요.

그러던 어느 날 밤 나는 죽음을 내 무릎에 앉혔고, 죽음이 괴
롭고 분한 표정을 짓고 있다는 것을 알았어요. 그래서 나는 죽음
에게 욕을 했어요.

"오, 죽음이여, 와서 죽음에 관한 생각을 가져가다오." 나는
오래된 책에서 한 구절을 읽었어요.

"내게서 도망친다면, 나는 날개." 그는 다른 시를 인용해서 대
답했어요.

나는 내 기운을 다 모았어요. 죽음 앞에 앉았고, 죽음의 무서
운 분노를 물리쳤어요. 그러고는 도망쳤어요.

죽음은 수천 개의 얼굴을 갖고 있어요. 모든 얼굴을 갖고 있지요.

때때로 아덴 항구에서 해넘이를 바라보는 젊은 시인이었어요.

이제 죽음은 여기 있어요. 너무나 정확하게 시간에 맞춰 왔어요!

주님, 당신의 손님이 거실에서 당신을 기다려요.

나는 가장 소중한 보물을 마녀와 가난의 영혼에게, 그리고 증오에게 맡겼어요. 내 영혼에서는 그 어떤 인간의 희망도 없어요.

난 여러분들에게 이미 말했어요. 오늘 죽음이 나를 찾아왔다고.

죽음은 파멸이며 시체지요.

죽음은 결코 일을 쉬는 적이 없고, 잠을 자지도 않아요. 우리를 사랑하고 바람처럼, 미풍처럼, 느리고 치밀한 음악처럼, 시커먼 구름처럼 우리 사이로 흘러가는 것이지요.

나는 내 사형집행인을 불러 총을 높이 들게 했고, 모든 역병과 천벌을 소집해서 나를 그들의 모래밭 혹은 피에 빠뜨려 죽게 했어요.

불행은 나의 신이었어요. 내가 사랑하는 유일한 신이었어요.

그러고서 나는 하라르의 먼지투성이 바닥에 누웠고, 다시 젊은 시인을 봤어요.

그는 편지를 썼고 남쪽을 바라봤어요. 때때로 자기 손을 붉은 모래밭에 집어넣고서 모래가 손가락 사이로 흘러나가도록 놔두었어요.

우리는 광기와 함께 놀았고(공상했던 것일까요?), 저녁이 되자 내 입에는 바보의 무서운 미소가 아로새겨졌어요.

그러나 나는 식욕을 되찾고 파티로 돌아가 와인을 마셨어요. 죽음은 계속 그곳에 있었고, 나는 그를 무시할 수 없었어요.

이 모든 것은 아직도 내가 꿈꿀 수 있다는 증거일 뿐이에요.

3

동이 트고 있었다.

아침 6시가 거의 다 되어 있었고, 테레사와 후아나는 아직 잠들어 있었다. 나는 거실에 앉아 그들을 기다리면서, 마누엘이 고백하면 일이 올바른 방향으로 나아가게 될 것으로 생각했다. 기다림은 힘들 것이었고, 사면 절차(사면에 이르게 될 경우)도 힘든 일일 테지만, 그렇게 한 사람들도 있었다. 두 사람은 젊었고, 그걸 충분히 참고 견딜 수 있었다.

나는 전자우편을 열었고, 거기서 구스타보의 메일을 보았다.

마누엘 만리케의 문제는 어떻게 됐어? 그의 누나를 찾았어? 네가 아무 얘기도 없어서 메일 보내.

나는 답장을 쓰면서 그녀를 찾았다고 말했다.

정말 멋지고 훌륭한 여자야. 나중에 말해줄게. 지금 여기 나와 함께 있어. 지금 옆방에서 잠자고 있어. 우리는 방콕에 있고, 몇 시간 후에 마누엘과 그녀는 만나게 될 거야. 재판은 이미 시작되었어. 나는 콜롬비아에서 이 판결이 집행되기를 바라고 있어. 외교부와 협의를 해야만 할 것 같아. 여러모로 고마워. 안녕.

8시경에 나는 변호사와 통화할 수 있었다. 내가 이미 방콕에 와 있다는 사실을 알고 그는 깜짝 놀랐고, 나와 그의 누나가 방콕 교도소를 방문할 수 있도록 준비해놓겠다고 말했다.

"함께 갈 수 없을 것 같습니다." 변호사가 말했다. "이 재판의 핵심인 검사와 모임이 잡혀 있습니다. 문제가 너무 심각합니다."

나는 그에게 마누엘이 유죄를 인정하도록 설득해보겠다고 말했고, 아직도 그게 영향을 끼칠 수 있느냐고 물었다.

"그렇습니다." 변호사가 말했다. "자백하면 재판은 끝날 것이고, 아마도 긴 징역형이 선고될 겁니다. 하지만 적어도 27조의 무게에서는 벗어날 수 있습니다. 중요한 것은 진지하게, 그러면서도 극적으로 자백을 해야 한다는 것입니다. 월요일 공판 때 그렇게 하도록 계획하는 것이 아주 중요할 것입니다. 나는 처음에 발언을 요구하고 자백할 것이라고 알리겠습니다. 그러면 아주 좋은 결과가 나올 겁니다. 심지어 그런 자세 덕분에 몇 년 정도 감형될 수도 있습니다. 그런데 그를 설득할 수 있다고 믿습니까?"

"그렇습니다." 나는 말했다. "확신합니다. 누나가 그와 말할 것입니다."

"아주 좋은 소식이군요." 그가 말했다. "그럼 방쾅 교도소로 아침 10시경에 가십시오. 지금 당장 내가 소장에게 전화를 걸어 그 시간에 당신을 기다리라고 하겠습니다. 그리고 오후에는 내 사무실로 오십시오. 말할 것이 있습니다."

"알겠습니다." 나는 말했다.

전화를 끊었을 때, 테레사가 이미 옷을 입고 욕실에서 나오고 있었다. 그녀는 사무실에 전화를 걸어서 저녁까지 할 일이 있어 바쁠 예정이니, 급한 전화가 아니면 휴대전화로 연결하지 말라고 부탁했다. 그리고 운전사에게 전화를 걸어 집으로 오라고 말했다. 후아나는 부엌에 있었다. 자신이 직면해야만 하는 일에 약간의 두려움이 있었기 때문에 불안해하지만, 그래도 희망에 찬 표정이었다.

우리는 베이컨을 넣은 달걀, 오렌지 주스와 커피로 아침을 먹었다. 온도는 계속 올라갔다. 잠시 후 마누엘 사예크가 울었다. 8시 45분에 우리는 나갈 준비를 마쳤다. 멕시코 대사관 차가 아파트 건물 문 앞에서 우리를 기다리고 있었다.

또다시 스모그를 보았고, 사람들의 떠드는 소리, 삼륜차 툭툭의 삐걱대는 소리, 가속하는 소리와 급제동하는 소리가 들려왔다. 도시에서 나가자, 다른 세상이 펼쳐졌다. 논, 야자수와 과실수가 늘어선 들판, 삼각 모자를 쓰고 아이들을 등에 메고서 몸을 구부린 여자들이 눈에 들어왔다.

후아나는 놀란 표정으로 모든 것을 바라보았다.

"이런 것에 적응되어야만 할 것 같아요. 잠시나마 이것은 내 인생의 장면이 될 거예요."

"다음 싸움은 그를 콜롬비아로 이송해 수용하는 문제가 될 것입니다." 내가 말했다.

그러자 그녀는 불안한 얼굴로 나를 보았다.

"콜롬비아라고요? 영사님, 그 문제는 나중에 생각하지요. 그런데 왜 영사님은 거기가 여기보다 더 나을 거로 생각하시나요? 어디라도 그 지옥보다는 더 나아요!"

나는 그녀의 대답에 별로 놀라지 않았다.

"알았어요. 그건 당신들 결정에 달려 있어요. 당신들이 결정할 문제지요." 나는 말했다.

"저런 오두막집 하나를 빌릴 수 있을 거예요." 후아나가 말했다. "농사를 짓고, 그가 석방될 때까지 주말마다 그를 면회할 수 있을 거예요. 우리에게는 시간이 있어요. 우리는 젊어요. 마누엘 사예크는 삼촌 옆에서 자랄 거예요. 아니, 아빠 옆이겠지요. 마누엘은 그의 아빠가 될 테니까요."

후아나는 방쾅 교도소의 벽을 보고도 대수롭지 않게 여겼다. 소장은 오스트레일리아 대사관과 약속이 있었고, 그래서 우리는 기다려야만 했다. 11시경에 드디어 소장이 집무실에서 우리를 맞이했다. 테레사는 외교관이라고 자신의 신분을 밝히면서, 멕시코 외교부의 요청을 받아 이웃 나라의 사건을 담당하고 있다고 말했다. 나는 소장에게 수감자의 누나라면서 후아나를 소개했다.

소장은 그녀의 눈을 쳐다보지도 않은 채 인사했고, 자기도 알고 있다고, 조금 전에 변호사의 전화를 받았다고, 면회 시간은 한 시간이라고 말했다. 그는 수화기를 들었고, 잠시 후 연락원이 와서 우리를 제1 수감동으로 데려갔다.

나는 후아나에게 기다리라고 부탁했고, 테레사는 면회실에서 그녀와 함께 기다렸다. 나는 연락원과 간수 한 명과 함께 수감동으로 들어갔다. 특별한 상황이었기에 소장은 내가 그의 감방까지 가서 잠시 이야기하고서 누나와의 면회를 준비하도록 승인한 터였다. 우리는 후텁지근하고 파리가 날아다니는 가운데 세 개의 녹슨 철문을 통과했다. 복도는 습기 찬 조그만 통로였다.

"저기 있는 감방입니다." 간수가 가리켰다.

모든 문의 쇠창살 뒤로 바닥에는 액체가 흘러 얼룩이 져 있었다. 그런데 마누엘의 감방으로 다가가자 나는 무언가가 반짝인다는 것을 알았다. 두려움이 밀려왔고, 나는 걸음을 서둘렀다.

맙소사! 그것은 피였다. 핏자국이 그의 감방 문 아래로 흘러나와 복도로 번지고 있었다. 우리는 달려갔다. 간수는 영겁과도 같은 시간이 흐른 후에야 열쇠를 구멍에 끼워 넣었다.

마침내 문이 열렸다.

마누엘은 태아 자세로 누워 있었다. 날카로운 숟가락으로 손목 혈관을 자른 것이었다.

간수는 복도로 나가 비상벨을 눌렀지만, 나는 즉시 그가 죽었다는 것을 알았다. 마치 웃고 있는 것처럼 눈을 반쯤 감고 있었다. 나는 그를 안았고, 내 가슴에 꼭 껴안으면서, 욕을 했다. 아직 따뜻했다. 피부 온도는 얼마 전이라고, 아니 방금 일어난 일이라고 말해주고 있었다.

시체 바로 위로 벽에는, 그가 손가락으로 자기 피를 묻혀 그린 그림이 하나 있었다. 하트 모양의 섬과 하나의 화산이었다. 화산 중턱에 두 사람이 앉아 있었다. 한 남자와 한 여자가 손을 꼭 잡고서 몰려오는 폭풍을 바라보고 있었다. 그들은 물밑에서 숨어 기다리는 괴물 같은 동물들을 보지 못했다. 그리고 한쪽에 이렇게 썼다. 〈우리〉라고.

절망적인 관념 연합이 작용한 탓에 나는 바예호의 시를 떠올렸고, 그를 껴안으면서 소리쳤다. "죽지 마, 내가 너를 얼마나 사랑하는데! 하지만, 아! 시체는 계속 죽어갔다." 나는 목청껏 소리쳤고, 내 얼굴은 눈시울이 붉어지면서 눈물로 가득 찼다. 그 순간, 현실 일부가 열리면서, 폭풍우에게, 즉 비현실성에 구멍을 냈고, 나는 그 이야기가 어느 정도나 '내' 이야기가 되었는지 깨달았다.

몇 초 후(정확하게 말할 수는 없지만 아마도 몇 분 후일 수도 있다), 들것이 도착했고, 그의 시체에 회색 담요를 덮어 그곳에서 꺼냈다. 간수들은 신경질적으로 소리 질렀고 지시했다. 나머지 죄수들은 무슨 일이 일어났는지 아직 알지 못했지만, 마찬가지로 소리쳤다. 순간적인 혼돈이 그들을 흥분시킨 듯했다. 난 이 시커먼 어둠과 이 엄청난 슬픔, 이라고 생각하면서, 다시 "하지만, 아! 시체는 계속 죽어갔다"를 떠올렸다. 마누엘의 얼굴, 그의 존엄은 그 더럽고 페인트가 벗겨진 벽에 비현실적인 빛을 비추는 것처럼 보였다.

두 번째 쇠창살 문을 지나자, 간수는 안마당으로 나갔고, 바로 후아나와 테레사가 기다리고 있는 접견실 옆의 조그만 오솔길로 들것을 밀었다. 시끄러운 소리에 두 여자는 창문으로 달려왔다.

후아나는 들것을 보았고, 그러고서 나를 쳐다보았다.

나는 그녀의 눈에서 무언가가 허물어지는 것을 보았다. 고통보다도 나는 그것이 깊은 피로의 표현이라고 생각했다. 그녀는 소리 지르지 않고 안마당으로 나왔고, 양손을 얼굴로 가져갔다. 들것이 그녀 옆에 도착했고, 그녀는 그를 만질 수 있었다. 남자들이 걸음을 멈추자, 후아나는 그의 위로 쓰러지면서 그에게 키스했다. 그의 피와 그의 눈, 그리고 그의 창백한 피부에 입을 맞춘 것이었다. 또한, 그의 머리카락과 그의 다친 팔에도 키스했다. 뒤죽박죽되어 멍해진 그 얼굴, 이제 더는 마누엘이 없는 그 얼굴에서 키스할 수 있는 모든 것에 키스했다. 그녀는 울었고, 나도 울었다. 함께 울며 우리는 이상한 행복을 느꼈다.

테레사 역시 울었지만, 그녀는 거리를 유지했다. 팔에 마누엘 사예크를 안고 있었기 때문이다. 간수들은 무언가를 자기들끼리 중얼거리고는, 들것을 밀며 의무실로 계속 길을 갔다(이렇게 나는 추측했다). 후아나는 나를 다시 껴안았고, 잠시 우리는 하나이자 똑같은 사람이 되었다. 나는 그녀의 고통과 죄책감을 느꼈으며 아마 분노도 느꼈던 것 같다.

잠시 후 의사가 와서 고개를 가로저었다. 그는 이미 죽어 있었다. 나는 그것을 알고 있었다. 우리는 모두 그걸 알고 있었다. 그러고서 그는 접힌 종이 두 장을 내게 건네주었다.

"그의 주머니에 있었습니다." 의사가 말했다.

하나는 나에게 보낸 것이었다.

영사님, 내가 이미 말했었지요. 이것은 탐정소설이 아니라 이상한 사랑의 소설이 될 거라고 말이에요. 이제 나는 자유이고, 심지어 행복합니다. 이 자유를 갖고 나는 나 자신을 파괴합니다. 마침내.

그리고 다른 하나는 후아나에게 보낸 편지였다. 그녀는 그것을 읽고 또 읽으면서 울었고, 마침내 내 손에 그 편지를 올려놓았다.

"읽으세요, 영사님. 읽으세요."

사랑하는 누나. 난 누나를 찾을 수 없었어, 그렇게 할 수 있을 것으로 생각했지만, 나는 갈수록 더 깊은 곳으로 빠져들었어. 이제는 출구가 보이지만, 기운이 하나도 없어. 누나를 찾지 못한 것을 용서해줘. 영사님에게 누나를 찾아달라고 부탁했지만, 나는 그럴 것이라고 확신하지 못해. 시간이 끝나버렸거든. 이제 영사님은 곧 나에게 달려올 거야. 난 사람들의 말과 그들의 발걸음 소리를 듣는 것 같지만, 그들은 나를 찾을 수 없을 거야. 내 삶은 항상 누나 것이었어. 나는 누나의 삶을 빌린 것뿐이야. 내가 이미 거의 존재하는 곳, 그러니까 내가 영원히 있을 곳으로 누나가 오면, 그 삶을 되돌려줄게. 내 몸에서 이 액체가, 마침내 이 깨끗한 피가 흘러나오는 것을 보면서, 내가 얼마나 큰 기쁨을 느끼는지 누나는 모를 거야. 우리 두 사람은 이 깨끗한 피를 갖게 될 거야. 내 피로 누나 피를 씻어주었어. 누나가 알고 있는 그곳에서 누나를 기다리고 있을게. 이것을 읽게 되면, 이건 영사님이 누나를 찾았다는 의미겠지. 안녕.

나는 짜증 났다. 아니, 화가 치밀었다. 우리가 온다는 메시지를 그에게 전하지 않았단 말인가? 후아나가 만나러 온다는 것을 그가 몰랐단 말인가? 나는 한쪽으로 비켰고(아직도 테레사의 품에 안겨 울고 있던 후아나가 내 말을 듣길 바라지 않았다), 방콩 교도소 소장에게, 변호사가 전하지 않았습니까? 영사가 그의 누나를 찾았다고 전하지 않았습니까? 우리가 여기로 온다고 말하지 않았습니까?, 라고 물었다. 소장은 놀란 표정을 지었고, 나는 그 표정을 이해할 수 없었다. 내가 질문을 반복하자, 소장은 아니라고, 아무것도 몰랐다고 대답했다.

그러자 그는 자기 직원 한 사람을 불러서 물었지만, 그는 고개를 가로저으며 부인했다. 허락을 받지 않고서 나는 수화기를 들어 변호사에게 전화를 걸었다. 벨이 울렸다. 한 번, 두 번, 세 번.

받지 않았다. 믿을 수가 없었다. 그에게 그 내용을 전하지 않았다니! 그들이 그를 죽인 것이었다.

나는 이것을 분명히 밝히는 게 중요하다고 소장에게 다시 강조했지만, 그는 관심 없다는 듯이 얼굴을 들어 천장을 바라보았다. 마침내 나는 변호사와 통화할 수 있었다.

"물론입니다. 나는 그 메시지를 전했고, 전화로 소장의 남자 비서에게 그 내용을 불러주었고, 아주 급하다고 말했습니다!"

나는 무슨 일이 있었는지 이야기했고, 그는 즉시 달려올 테니 자기를 기다리라고 말했다.

나는 소장의 남자 비서와 말하고 싶다고 요청했지만, 그들은, 무슨 남자 비서 말입니까? 소장님에게는 남자 비서가 없습니다, 메모해서 전하는 사람은 여자입니다, 라고 말했다. 나는 소장에게 메시지를 전해 받지 못했느냐고 물었고, 그는, 이미 말한 것처럼 나는 아무 메시지도 못 받았습니다, 라고 대답했다. 그들은 그 여자에게 전화를 걸었고, 누군가가 번역해주었다. '아무도 그런 메시지를 남기지 않았습니다. 언제 전화했다고 하지요?'라는 말이었다. 잠시 후 여자는 사라졌고, 그녀를 다시 부를 수 없었다.

마침내 변호사가 도착했고, 나는 그에게 말했다.

"아무도 당신 메시지를 받지 않았고, 그는 아무것도 몰랐습니다. 그 메시지가 제대로 전달되었다면 그의 목숨을 구했을 겁니다."

늙은 변호사는 무언가를 씹었다. 구장과 비슷한 잎사귀였다.

그러고서 말했다.

"그 누구도 그런 것 때문에 목숨을 끊지는 않습니다. 적어도 우리 나라에서는 그렇습니다. 아마도 다른 이유가 있었을 겁니다."

나는 분노의 눈으로 그를 쳐다보고서 말했다.

"변호사 선생, 당신이 그를 죽였소. 그 메시지만 전했더라도 그는 목숨을 구했을 것이오. 당신은 우리 모두를 속였소."

늙은 변호사는 창문으로 잎사귀를 뱉었다.

"당신이 흥분해 있는 걸 충분히 이해합니다, 영사님. 그렇지만 그 청년이 자기의 잘못을 자백할 것이라고 말하지 않았습니까?"

피가 거꾸로 솟구쳤고, 나는 그를 주먹으로 치고 싶었지만, 간신히 참았다. 테레사는 이런 내 마음을 눈치챘고, 나에게 다가왔다. 그리고 귀엣말로 말했다. 진정해요, 이제 더는 어쩔 수 없어요, 저건 개자식이에요, 하지만 건드리면 안 돼요!

나는 숨도 제대로 쉴 수 없었지만, 기운을 내서 테레사에게 이렇게 말했다.

"마누엘은 내가 후아나를 만났다는 것을 몰랐고, 그녀가 방콕에 있다는 것도 몰랐어요! 그는 조금 전에 손목의 혈관을 잘랐고, 바닥의 피는 그때까지도 굳지 않았단 말이에요, 알겠어요? 저놈이 그를 죽인 거야!"

"그래요." 테레사가 말했다. "하지만 당신은 한 나라를 대표하고 있다는 사실을 잊지 말아요. 나중에 공식적으로 고소를 하거나 아니면 차오프라야강에 오줌을 싸도록 해요. 하지만 여기서 당신은 냉정함을 잃지 말아야 해요. 저놈을 건드리면, 그것은 저들에게 소란을 떨 기회만 줄 뿐이에요."

우리는 그날의 나머지 시간을 방콕 교도소의 상당히 작지만, 에어컨이 설치된 영안실에서 보냈다. 판자로 만든 관에 시신을 넣어 가져오자, 후아나는 동생의 핏기 없는 창백한 얼굴을 잠시 바라보았는데, 그 시간은 우리 모두에게 영원처럼 느껴졌다. 날이 어두워지기 시작했고, 검사는(그도 마찬가지로 교도소로 왔었다) 우리가 가야만 한다고, 그들이 시신을 안치소로 옮길 것이며, 후아나의 결정과 마지막 법적 절차를 기다릴 것이라고 말했다.

"기분이 나아졌습니까?" 나는 검사에게 물었다. "아마 당신은 이 도시가 지금 더 깨끗해졌다고 생각할 겁니다."

테레사가 내 팔을 잡아당겼다.

"우리의 문제가 타락하고 바보 같은 젊은이에게만 있다면 참 좋을 겁니다." 그가 말했다. "하지만 스스로 목숨을 끊은 사람을 판단해서는 안 된다는 것은 나도 잘 알고 있습니다."

"이것은 그가 아무 죄도 없다는 것을 보여주기에 충분하다고 생각하지 않습니까?" 내가 말했다.

그는 몸을 뒤로 돌렸다. 그리고 약간 과장된 몸짓으로 담배에 불을 붙였다.

"실제로는 전혀 그렇지 않습니다." 그가 말했다. "사실은 그의 죽음이 아무것도 보여주지 않는다는 것입니다."

"그 알약들은 그의 것이 아니었습니다." 나는 재차 강조했다. "누군가가 그의 가방에 그것들을 넣었습니다. 당신은 그걸 잘 알고 있습니다. 그리고 모두가 다 알고 있어요!"

테레사는 눈에 불을 켜고 나를 노려보았다. 검사는 초조해하는 것 같았다.

"1년에 1100만 명이 이곳에 관광객으로 옵니다." 검사가 말했다. "많은 사람이 섹스하고 마약을 하러 이곳을 찾고, 또 어떤 사람들은 마약을 운반하기 위해, 그리고 얼마 안 되는 사람들은 단순히 휴가를 즐기러 여기로 옵니다. 그러니 희생자가 있을 수밖에 없습니다."

이 말을 하고서 그는 자동차에 탔다. 그러나 즉시 창문을 내리고서 덧붙였다.

"그의 누나에게 위로의 말을 한다는 것을 잊어버렸습니다. 부탁이니 애도의 말을 전해주십시오. 그리고 또 부탁이 있는데, 가능한 한 빨리 유해를 본국에 송환할 것인지, 아니면 여기에 묻을 것인지 결정하십시오. 더위 때문에 시신이 금방 부패합니다."

"내가 책임지고 전할 테니 걱정하지 마십시오." 나는 말했다. "지금은 당신들의 냉장실이 괜찮다는 것을 믿어보지요."

4

우리가 집에 도착하자, 테레사는 진 한 병을 땄고, 발코니로 나가 강과 구름, 그리고 교통의 흐름을 바라보자고 제안했다. 이미 완전히 밤이 되어 있었다. 후아나는 아직 말을 할 수가 없었다. 눈 주위로 자줏빛 원이 자리를 잡고 있었다. 마치 그녀의 눈꺼풀이 눈 주변의 생살을 쑤신 것 같았다.

차오프라야강은 도시의 환각적인 불빛들과 그 무지갯빛을 반사했다. 테레사는 내 옆에 앉아 아무 말 없이 한 잔씩 잇따라 술을 마셨다. 마누엘 사예크가 잠들자, 후아나는 다시 나왔다. 나는 잔에 얼음을 많이 넣고서 그녀에게 술을 권했다.

"난 더블이 좋아요, 영사님, 고마워요."

"우리가 해줄 수 있는 게 이것밖에 없네요." 나는 말했다. "뭐라고 애도를 표해야 할지 모르겠어요."

그녀는 자기를 찾아서 테헤란에서 데려와줘서, 그리고 비록 늦었지만 자기 동생이 있는 곳까지 오게 해줘서 고맙다고 말했다.

"생각하지 않을 수가 없어요." 후아나가 말했다. "우리가 어제
만 왔더라도……"

나도 그런 생각에 괴로워하고 있었다. 만일 영사과가 빨리
답을 주었더라면, 내가 여행을 하겠다는 결정을 조금 더 일찍 했
더라면, 태국 법원이 공판 기일을 앞당기지 않았더라면, 등등을
생각하고 있었다. 그리고 그가 메시지를 받았더라면…… 그리고
또 만일……

"내가 이메일을 보냈거나 페이스북 메신저로 연락을 했더라
면, 혹은 그의 휴대전화로 전화를 걸었다면……" 후아나가 말했
다. "그는 살아 있을 텐데, 이 모든 게 이토록……"

그녀는 다시 눈물을 흘렸다. 테레사가 그녀를 안아주었다.

"더는 생각하지 말아요, 후아나." 테레사가 말했다. "그 어떤
것도 그를 되돌릴 수는 없어요. 당신은 그를 당신 아들 안에 갖게
될 거예요."

"난 그의 시신을 어떻게 해야 할지 결정해야 해요." 후아나가
말했다. "하지만 사실대로 말하자면, 난 그 어떤 것도 중요하게 여
기지 않아요. 그는 지금 그곳에 없으니까요."

"가족에게 전화하지 않을래요?" 내가 후아나에게 물었다.

"아직 생각해보지 않았어요." 후아나가 말했다. "내 추측에 부
모님은 그를 보고타에 묻고 싶어 할 거예요. 그리고 마누엘은 돌
아가지 않는 편을 택할 거예요. 하지만 사실 나는 이제 그 어떤 것

도 더는 관심이 없어요."

나는 잇따라 그녀의 잔을 채워주었고, 결국 술을 더 사기 위해 내려가서 세븐일레븐으로 가야만 했다. 우리는 새벽까지 마셨다.

테레사와 후아나는 아침 6시경에 각자의 방으로 갔고, 나는 창가 근처의 소파에 남아 아침의 맑고 선명한 햇빛을 받아 어둠에서 고층 빌딩이 모습을 드러내는 것을 바라보았다.

잠들기 전에 나는 세면도구 가방을 집어서 칫솔을 꺼내 욕실로 갔다. 소리가 나지 않도록 천천히 욕실 문을 열었는데, 그 안에 누군가가 있다는 것을 알았다. 후아나였다. 옷을 벗은 채 거울을 보고 있었다. 나는 꼼짝하지 못했다. 그런 몸을 본 것은 처음이었다. 이상하고 커다란 문신이 새겨져 있었다. 그것은 일본 표의문자, 태양들, 부처의 눈, 음과 양의 무늬였다. 그리고 그녀의 복부에는 진짜 그림이 있었다. 그런데 무엇이지? 맙소사, 나는 그것을 알아볼 수 있었다. 가쓰시카 호쿠사이*의 〈가나가와 해변의 높은 파도〉†였다! 나는 비이성적인 힘이 나를 그녀에게 밀고 있다는 느낌을 받았지만, 힘들게 그 충동을 억제했다. 아래에, 그러니까 오른쪽 허벅지에는 제리코*의 〈메두사호의 뗏목〉이 새겨져 있었고, 왼쪽에도 그림이 있었다. 그 순간에는 몰랐지만, 나중에, 그러니

---

†   목판화로 〈후가쿠 36경〉 중의 하나이며, 거대한 파도와 배, 그리고 후지산이 배경으로 그려져 있다.

까 며칠 후에 나는 그것이 러시아 태생의 이반 아이바좁스키*의 〈아홉 번째 파도〉†라는 것을 확인했다. 이 그림을 보고 시인 페르난도 데니스*는 의미심장한 시구를 바쳤다.

이반 아이바좁스키의 그림에서
이제는 거의 밤이다,
아홉 번째 파도,
세상의 고결한 하늘 아래서,
공포와 아름다움을 선사하고
자신의 색깔 속에서 비명 지르는
꿈을 퇴색시키는 미친 불빛 아래서.

세 개의 난파선과 믿을 수 없이 많은 종교적 혹은 신비적 기호가 새겨져 있었다. 그것에 흉터와 원형의 화상 자국이 덧붙여져 있어서, 마치 무슨 신탁을 전하는 것처럼 보였다.

나는 꼼짝도 하지 않고서 그녀를 쳐다보았다. 내가 있다는 것을 눈치채지 못하도록 숨도 제대로 쉬지 못했다. 그녀는 너무나 아름다웠다. 내가 교도소에서 보았던 피로의 표정을 아직 짓고 있었고, 머리를 이쪽에서 저쪽으로 흔들었다. 마치 자장가 리듬을

---

†   1850년도의 그림으로, 폭풍우가 지나간 다음의 바다, 그리고 죽음에 직면한 사람들이 난파선의 잔해를 붙잡고 목숨을 구하려고 애쓰는 모습이 묘사되고 있다.

따라 하는 것 같았다. 그러고는 좌우로 움직이기 시작했고, 천천히 엉덩이와 배, 가슴을 어루만졌다. 그녀는 손을 자기 음부로 가져가 원을 그리기 시작했다. 처음에는 천천히, 하지만 갈수록 조금씩 빠르게, 그리고 마침내는 미친 듯이 원을 그렸다. 나는 내 육체가 허물어지는 것을 느꼈지만, 있는 힘을 다해 지탱했다. 갑자기 그녀는 치약 튜브를 집어서 그것을 삽입하고는 손가락을 아주 빠르게 움직였다. 잠시 후 그녀는 몸을 떨었지만, 피로의 표정은 그 순간에도 가시지 않았다.

내가 보기에 세상에서 가장 아름다운 여인이었고, 나는 내가 그녀를 사랑한다고 느꼈다. 멀고 불가능한 장소에서 나는 그녀를 사랑하고 있었다.

그런 다음 아무 소리도 내지 않고 그곳을 떠났고, 흥분한 상태로, 그리고 죄책감을 느끼며 슬픈 마음으로 잠을 자러 갔다.

잠에서 깨어났을 때, 나는 새로운 소식을 접했다. 변호사가 전화를 걸어 외교부가 일종의 호의로 후아나가 시신을 어떻게 할지 결정할 때까지 그녀의 체류 비용을 부담할 것이라고 말한 것이다. 그들은 이것이 큰 문제로 비화하는 걸 원치 않고 있었다.

그리고 변호사는 마약국의 특별수사팀 팀장이 마누엘의 사건과 유사한 경우가 두 개 더 있다며 알려주었다고 덧붙였다. 거기에는 프랑스 사람과 인도네시아 사람이 연루되어 있었고, 그들은 〈리전시 인〉이 아니라 같은 지역의 다른 호텔에서 검거되었다.

"이것은 진실을 밝히는 데 큰 도움이 될 것입니다." 변호사가 말했다. "국가를 상대로 소송을 제기해서 적어도 합당한 보상은 받을 수 있을 겁니다."

그리고 이렇게 덧붙였다.

"만리케 부인에게 전해주십시오. 그리고 그녀에게 내가 그 소송을 진행할 믿을 수 있는 사람이라고 말해주십시오. 난 많은 사람을 알고 있습니다."

나는 그에게 욕을 퍼붓고 싶었지만, 그것을 결정할 사람은 후아나였고, 그래서 나는 변호사의 말을 그녀에게 전해주었다. 그녀는 잠시 창문을 내다보더니 말했다.

"그 사람이 내거는 조건을 들어보고 싶네요. 또한, 검사와 이야기하고 싶고, 이 문제를 해결하는 동안 태국 외교부의 호의를 수락하고 싶어요."

이틀 후 후아나는 마누엘 사예크와 함께 정부 아파트로 옮겼다. 테레사와 나는 그녀를 테레사 아파트의 문까지 배웅했고, 나는 그녀의 가방을 건물 앞까지 내려다주었다. 그녀는 보고타에 있는 가족과 통화한 터였으며(그녀는 내게 자세히 말해주지는 않았고, 나도 묻지 않았다), 부모님은 마누엘을 본국으로 송환하기로 했다.

작별하면서 그녀는 내게 긴 포옹을 하면서 귀엣말로 말했다.

"그날 밤 당신이 욕실에 있다는 것을 알았어요, 영사님. 나는 당신이 나를 어떻게 쳐다보는지, 얼마나 나를 강렬하게 바라보는지 느꼈어요. 난 당신의 숨소리를 들었고, 당신이 그곳에 가만히

서 있는 것을 알았어요. 그리고 그게 마음에 들었어요."

나는 무슨 말을 해야 할지 몰랐다.

"당신 문신은…… 아름다워요."

"언젠가 차분하게 그것들을 보여주고, 각 문신의 의미를 말해줄게요. 물론 난 당신이 이미 그 의미를 상상하고 있으리라고 생각해요. 모든 면에서 정말 고마웠어요."

나는 델리에 도착하면 전화하겠다고, 계속 연락하면서 도와주겠다고 말하면서 작별했다. 그녀를 데리러 가려고 사람들이 도착하자, 그녀는 소심하고 짧게 다시 포옹했다. 나는 그녀에게 무엇을 할 것이냐고, 어디로 갈 생각이냐고 묻고 싶었지만, 감히 그러지 못했다. 그즈음에 후아나가 다른 사람들에게 기대지 않고, 심지어 그 사람들이 도와주려고 했어도, 자신의 문제를 혼자 처리하고자 한다는 것을 나는 분명하게 알 수 있었기 때문이다. 마찬가지로 나는 그녀의 행동에서 다소 이상한 점을 알아챘지만, 그것이 무엇인지 해독할 수는 없었다. 그러고서 그녀는 아이와 함께 검은색 도요타 크라운 관용차에 탔고, 나는 그녀가 떠나는 것을 보았다. 나는 슬픈 표정으로 손을 흔들며 작별했고, 그녀가 대로 끝에서 다른 차량과 뒤섞여 사라지는 것을 보았다.

자기 부모님과 말했을까? 어떤 말로 그 힘든 이야기를 말(아마도 설명)했을까? 그녀는 그 결정을 자기 혼자만 할 것이 아님을 깨달았다. 그리고 아마도 콜롬비아로, 적어도 잠시 그곳으로 돌아가려고 생각했다. 어쨌든 그곳이 조국이었으니까.

바로 그날 나는 델리로 돌아가야만 했다. 테레사가 나를 공항까지 바래다주었다.

"이제는 모든 것이 해결되었는데, 당신이 이곳으로 다시 올 것 같나요?"그녀가 물었다.

"당신을 만나러 다시 오고 싶어요."나는 말했다.

"전화로 이야기해요. 그리고 편지 쓰기로 해요."그녀가 말했다. "이렇게 우리는 함께 있는 거예요. 어쨌든 난 후아나에게 계속 관심을 두고 살펴볼게요. 난 아마도 우리가 친구가 될 수 있다고 생각해요."

"정말 고마워요. 당신이 없었다면 이 이야기를 시작하지도 못했을 거예요."

테레사는 슬픈 얼굴로 나를 바라보았다.

"하지만 끝이 안 좋은걸요."

나는 그녀를 꼭 껴안았다. 그리고 출국장으로 걸어갔고, 잠시 후 그녀에게 마지막 인사를 하러 뒤를 돌아보았지만, 그녀는 이미 떠난 후였다.

5

일주일 후 나는 테레사와 통화했다. 그녀는 후아나와 다시 연락할 수 없었으며, 자기 전화에 답 전화를 주지도 않았으며, 이제는 정부 아파트에 있지 않다고 말했다. 아무 답 전화도 받지 못하자, 그녀를 찾으러 정부 아파트에 갔는데, 관리인은 사흘 전에 그녀가 떠났다고 말해주었다. 그녀를 더 찾아보기 위해 테레사는 변호사와 통화했지만, 그는 자기도 그녀에 관해서는 아무것도 모른다고, 하지만 사건에 대해서는 새로운 소식이 있다고 말했다. 중위 한 명이 체포되었는데, 그는 참수형을 피하고자 여러 죄를 자백했으며, 거기에 마누엘의 것도 포함되어 있었다. 그러나 이제 그런 것은 전혀 중요하지 않았다.

내가 보기에 후아나가 자취를 감추었다는 것은 이상했다. 나는 그녀에게 메일을 보냈지만, 아무런 답장도 받지 못했다.

6

한 달 후 태국 정부는 콜롬비아 외교부에 서신을 보내 마누엘 만리케의 죽음에 대해 애도를 표했다.

내가 그 문제를 담당했기 때문에, 영사과는 내게 FYI(참고인)라고 표시된 사본 한 부를 보냈다.

그 서신은 국제 마약 밀매 조직을 "착하고 순수한 사람들의 목숨을 앗아 가는 비극적 상황의 책임자"라고 평가하면서 그들과 싸우는 것이 얼마나 중요한지 강조하고 있었다.

콜롬비아 외교부는 그 서신에 감사하다고 답장하면서, 방콕에 대사관 개설을 조속히 추진하겠다고 약속했다.

7

얼마 후 나는 델리의 내 사무실에서 큰 기대 없이 후아나에게 메일을 한 통 쓰면서 어디에 있느냐고, 지금 건강은 어떠냐고 물었다. 그런데 놀랍게도 즉시 답장이 도착했다. "난 지금 파리에 있어요, 영사님. 이 번호로 전화해주세요." 나는 내 심장이 가슴에서 튀어나올 정도로 너무나 기뻤고, 얼이 빠져 내 휴대전화로 전화를 걸었다. 잠시 후 그녀의 목소리가 전화로 들렸다. 그녀는 내게 마누엘의 유해는 이미 보고타로 송환되었으며, 지금 추모공원에 안장되어 있다고 말했다. 그의 어머니는 많이 괴로워했고, 의사의 치료를 받아야만 했지만, 아버지는 그것을 의연하게 받아들였다. 그녀는 중요한 소식이 있다면서, 자기가 다시 태국 검사와 연락하고 있는데, 그것은 동생 사건에 관한 책을 쓰고자 마음먹었으며, 방콕 변호사의 친구이자 동료인 프랑스 변호사를 통해 헤이그에 있는 법원에 소송을 제기할 것이기 때문이라고 말했다.

"영사님, 지금 무슨 일이 일어나고 있는지 믿지 못하실 거예요." 그녀는 말했다. "검사는 내 의도를 법무부와 왕궁에 전했어요. 그런데 아세요? 내게 이 사건을 잊는 조건으로 배상금 2백만 달러를 제안했어요."

나는 잠시 침묵을 지키고서 물었다. "그 돈을 받을 건가요?"

"물론 아니지요." 그녀가 말했다. "마누엘과 내 아들 마누엘을 위해, 그리고 기억과 고통을 위해, 또 내 동생의 연장선이라고 말할 수 있는 내 아들이 다른 세상에서 다른 삶을 살 수 있도록 말이에요. 영사님, 그래서 2백만 달러를 받아들이지 않았어요."

"정말인가요?"

"난 4백만 달러를 요구했어요." 그녀가 말했다. "분명히 그 돈을 줄 거예요."

그 순간 전화가 끊어졌고, 나는 여러 번 다시 통화를 시도했지만, 그녀와 통화할 수는 없었다.

8

며칠 후에 나는 테레사에게 전화를 걸어 후아나의 소식을 알려주었다. 그녀는 자기와 작별 인사도 하지 않고 방콕을 떠난 것이 이상하다고 생각했다. 그런 다음 호기심이 발동해서 나는 검사 사무실에 전화를 걸었다(나는 우리의 첫 만남부터 그의 명함을 간직하고 있었다). 그런데 놀랍게도 그가 직접 전화를 받았다. 나는 방콩 교도소에서 잠자고 있을 새로운 강도들에 관해 물었지만, 그는 갑자기 내 말을 끊고서 왜 자기에게 전화를 한 것이냐고 물었다.

나는 청년 만리케 사건에 관한 몇 가지 사항을 알게 되었다고, 그에게 법무부가 그 사건을 잘 처리해주어서 고맙다고 말했다.

"지금 무슨 소리를 하는 겁니까?" 그는 다시 내 말을 잘랐다. "이 사건은 유해가 송환되고 공식 애도 서신을 발송한 후 종결되었습니다. 법무부는 이 사건을 재개하지도 않았고, 그 누구의 소식도 들은 바가 없으며, 변호사나 가족과도 연락한 적이 없습니다. 이것은 종결된 사건입니다. 도대체 어떤 사항을 말하는 겁니까?"

"아닙니다. 없던 것으로 하십시오." 나는 말했다. "내가 잘못된 정보를 들은 것 같습니다."

즉시 나는 변호사에게 전화했고, 앞으로 있을 소송과 2백만 달러를 제안한 것에 관해 물었다.

잠시 침묵을 지키더니 그가 말했다.

"지금 무슨 말을 하는 것인지 금시초문입니다, 영사님. 그녀와 내가 마지막으로 말했던 때는 영사님도 계셨습니다…… 보상이라고요? 그게 무슨 말입니까? 날 웃기지 좀 마십시오. 당신 서양인들은 우리를 절대 이해하지 못할 겁니다."

다소 모욕적으로 껄껄 웃더니 그가 다시 말했다.

"미안합니다. 다른 질문 있습니까?"

"아닙니다, 시간 내주셔서 고맙습니다."

나는 파리의 전화번호로 후아나에게 전화했지만, 아무도 받지 않았다. 그러자 인터넷으로 그 번호가 어느 구역인지 알아보았지만, 많은 것을 알 수는 없었다. 그것은 라데팡스에 있는 어느 쇼핑센터의 공중전화 번호였다.

나는 콜롬비아 영사관을 통해 그녀를 찾았지만 허사였고, 다시 그녀에게 메일을 보냈지만, 다시는 답장을 받지 못했다.

호기심에 이끌려 나는 보고타에 있는 그녀의 부모님에게 전화를 걸었다. 내가 절대로 하지 않겠다고 생각한 일이었고, 그래서 그때까지 하지 않았던 유일한 것이었다. 전화벨이 울리자 내 입술이 가볍게 떨리는 것을 느꼈다. 의심할 나위 없이 내가 듣게 될 것이 두려웠다. 마침내 어느 여자의 목소리가 전화를 받았는데, 후아나의 어머니였다. 나는 그녀의 아들 사건의 행정적 부분을 처리했던 영사라고 소개했다. 그러자 그녀는 고마움을 표하고서 자기 남편을 불렀다("이리 와요! 마누엘 일 때문이에요, 얼른 와요!"). 아버지의 목소리는 내가 생각했던 것보다 더 노쇠하게 들렸다. 그는 가족이 나의 노력과 일 처리에 무한히 감사하고 있으며, 이미 외교부에 편지를 써서 보냈다고 말했다. 나는 개인적으로 아버지와 어머니, 그리고 누나에게 애도를 표하고 싶었다고 말했지만, 그는 대답했다.

"우리 모두 감사를 드립니다, 영사님. 하지만 불행하게도 그의 누나 역시 우리를 버렸다는 것을 아셔야 할 것 같습니다."

"몰랐습니다." 나는 말했다. "죄송합니다."

잠시 침묵이 흘렀다. 맹세컨대, 그는 눈물을 닦았을 것이다.

"그 아이는 4년 전에 집을 떠났습니다, 영사님. 당신도 알겠지만, 이 나라는 위험합니다. 아무 일도 생기지 않는 가족도 있지만, 우리와 같은 다른 가족도 있습니다. 우리에게는 모든 게 잘못되었습니다."

나는 다시 애도를 표하고서 전화를 끊었고, 난파선과 제리코, 아이바좁스키와 호쿠사이를 떠올렸다.

그리고 후아나를 생각했다.

또다시 그녀는 자취를 감춘 것이었다.

9

사람들은 내가 침묵의 연인이라고 말하고 다니지요. 내가 창녀이
며 갈보이고 정부라고 말한답니다. 침묵의 창녀라고요. 하지만 생
각할 때마다 입 다물고 있으며, 빈 공간을 상상하고 무無를 향해
미소 짓는 것을 택하는데, 내가 무엇을 할 수 있겠어요. 내 잠자는
공주처럼, 나는 다시 한번 그렇게 할 찰나에 있어요. 그러니까 세
상의 무섭고 소름 끼치는 심장박동이 들리지 않는 곳에, 이 피곤
한 행성의 톱니바퀴 소리가 들리지 않는 곳으로 가서, 공기와 삶
이 침묵의 재료인 곳으로 도망치고자 해요. 나는 나 자신이 없었
으면 좋겠어요, 난 떠나고 싶어요.

　침묵의 시는 어떤 것일까요? 아니면 어떻게 될 수 있을까요?

　아, 아마도 그것은 제피로스 같은 단어로 구성되었을 거예
요. 그러니까 구름과 기호들의 화산으로 이루어진 표면일 거예요.
하지만 내가 그걸 어떻게 알겠어요?

우선 나는 시를 골라서 거기에 숨어야만 해요. 그 단어들이 칸막이로 사용되어 빛을 가려주거든요. 그 시구들은 벼랑과 같아서 내 조그만 섬을 재앙에서, 그리고 세상의 슬픔에서 구해주거든요. 이미 나는 거의 모든 것을 잃었어요. 난 용감하지 않아요. 단지 덧없고 무른 모래알에 불과해요.

하루, 이틀, 사흘이 지나고, 나는 결심했어요.

나는 동료들에게 살해된 로케 달톤*의 시에 나 자신을 숨길 거예요. 그는 자기 친구들에게 살해당했어요! 그건 역사에서 가장 바보 같은 행위 중의 하나를 보여주고 있어요. 아, 꿈과 말들, 그들이 얼마나 많이 죽이는지 알아요? 로케는 자유이며 공기와 같아요. 나도 그렇게 되고 싶어요. 내가 너무나 사랑했던 사람이었고 이제는 우리와 함께 있지 않은 사람이기 때문이지요. 그래서 이제 나는 그들을 떠나요. 아마도 영원히.

나는 가정-시로, 나의 세상-시로 작별합니다.

밤늦은 시간

내가 죽었다는 것을 알면, 내 이름을 말하지 말라.
죽음과 안식이 멈출 것이기 때문이다.

오감五感의 종소리인 당신 목소리는
내 안개가 그토록 찾던 어스레한 등불이 될 것이다.

내가 죽었다는 것을 알면 이상한 말을 중얼거려라.
꽃, 벌, 눈물, 빵, 폭풍을 말하라.

당신의 입술이 내 열한 개의 글자†를 찾지 못하게 하라.
난 졸리고, 침묵을 사랑했고, 침묵을 얻었다.

내가 죽었다는 것을 알면, 내 이름을 말하지 말라.
어두운 땅에서 당신의 목소리를 통해 올 것이다.

내 이름을 말하지 말라. 내 이름을 말하지 말라.
내가 죽었다는 것을 알면, 내 이름을 말하지 말라.

†   로케 달톤Roque Dalton을 형성하는 11개의 글자.

에필로그

나는 이미 공책 여섯 권을 가득 채웠다. 나는 듣고 상상했으며, 방콕을 돌아다녔고, 다시 몇몇 장소를 찾아갔다. 나는 공상했고 기억했으며 글을 썼다.

　내일 나는 실제로 그 누구도 만나지 않고 떠날 것이다(이미 얼마 전부터 테레사는 여기에 살지 않는다). 당시에는 아무도 듣지 않았던 낡고 오래된 소리를 제외하고는 아무것도 만나지 않았다. 그래, 그것은 오로지 나만 들었던 소리다. 이제 나는 그 단어들을 조직하고, 이야기를 재구성하며, 다시 한번 그것들에 의미를 주려고 노력한다.

　엘리아 카잔*이 해럴드 핀터*가 스콧 피츠제럴드의 소설에 바탕을 두고 쓴 시나리오로 제작한 영화 〈라스트 타이쿤〉에서 주인공 로버트 드 니로는 다음의 이야기를 두 번 한다. 한 여자가 집 안으로 급히 들어와 입구 방에 있는 테이블에 자기 가방의 내용

물을 모두 쏟아서 꺼내버린다. 잔돈 지갑, 안경, 5센트짜리 동전 하나, 솔, 성냥갑, 그리고 립스틱이다. 욕을 하면서 그녀는 5센트 동전과 성냥갑을 집고 나서, 신경질적으로 검은 장갑을 벗어 성난 듯이 가스난로로 던진다. 그러고서 성냥불을 켜서 난로로 가져가지만, 난로에 불을 붙이려는 순간 전화벨이 울린다. 여자는 머뭇거리고, 다시 욕을 하지만, 마침내 전화를 받는다.

전화에서 무슨 소리를 듣더니 수화기에 대고 소리친다.

"난 그 염병할 검은 장갑을 낀 적이 절대 없다고 이미 말했잖아!"

화가 치밀어 그녀는 전화를 끊어버리고 다시 난로로 가서 불을 붙이려고 하지만, 그 순간 그 방에 누군가가 더 있으며, 그 사람이 그녀의 행동을 모두 보았다는 것을 알게 된다.

그렇다면 그다음에 무슨 일이 일어날까? 무엇보다도 도대체 왜 5센트 동전이 필요한 것일까? 드 니로는 "극장 입장료를 내기 위해"라고 말한다. 바로 거기서 서술되어야 할 이야기가 시작한다.

나는 내 질문으로 돌아간다. 실제로 나는 무언가를 이해할 수 있었나? 유일한 대답은 계속해서 후아나를 찾는 것이고, 멀리서, 아니 아마도 다른 책에서 혹은 다른 도시에서 그녀를 유혹하는 것이다. 랭보는 이미 그렇게 말하면서 자기 손가락으로 미래를 가리켰다. "그리고 새벽이 오거든 / 우리는 불타는 것 같은 인내로 무장하고 빛이 번쩍이는 거리로 들어가자." 화려한 도시들. 이야기는 거기서 일어난다. 아마 새벽이거나 혹은 저녁 늦은 시간일 것이다. 어쨌든 정오의 뜨거운 태양에서 멀리 떨어진 시간이다. 우리는 그 도시에 도착할까? 아마도 새벽이나 혹은 해가 떨어지기 전에 이 새로운 도시로 들어가게 될 것이다.

그래서 지금은 내가 작별하는 수밖에 다른 방법이 없다. 마치 그 오래된 뮤지컬에서 말하듯이, 안녕, 굿바이, 아디오스, 오르부아르.

산티아고 감보아의 여행 소설과
탈영토화의 의미

1. 21세기 라틴아메리카 문학과 산티아고 감보아

새천년이 시작할 무렵 어느 일간신문 기자에게 라틴아메리카 현대 소설을 한마디로 어떻게 정의할 수 있느냐는 질문을 받은 적이 있다. 당시 나는 '아버지 죽이기'라고 정의를 내렸고 그런 생각은 아직도 변함이 없다. 아버지 죽이기는 20세기 말과 21세기 초의 세계문학을 이끄는 라틴아메리카 소설의 특징이다. 우리가 상징적으로 아버지를 죽일 때만 정체성을 획득하는 것처럼, 작가들은 무자비하면서도 조심스럽게 자신의 문학적 아버지를 살해할 때에만 문학계에서 자기 위치를 차지한다. 그것은 문학뿐만 아니라 일상 세계의 자연스러운 성장 과정이며 인생의 일부일지도 모른다. 젊은 시인들에게 살해의 목표가 되었던 멕시코의 거장 옥타비오 파스는 전통과 단절에 관해 말하면서, 그 어떤 작가도 이전의 작가에게 영향을 받지 않을 수는 없지만, 그들과의 관계를 청산해야만 자유의 몸이 된다고 단언한다.

현대 라틴아메리카 문학을 살펴보면 아버지 죽이기의 예는 넘쳐흐른다. '붐 소설'의 대표 작가인 마리오 바르가스 요사는 1960년대에 '원시인'과 '근대인'의 개념을 정립하면서 아버지를 죽였다. 여기서 '원시인'이란 혁신적 감성 없이 모방적 사실주의에 집착하던 작가들이었다. 반면에 그런 사실주의와 단절을 선언했던 훌리오 코르타사르, 가브리엘 가르시아 마르케스, 카를로스 푸엔테스 등은 근대인이었다. 그들은 1970년대 이후부터 라틴아메리카뿐만 아니라 세계문학의 '아버지'이자 정전이며 전통이 되면서, 30년 넘게 '아버지'로 군림한다. 그렇다면 이제 젊은 작가들은 어떻게 그들을 죽이려고 음모했는지를 생각해봐야 할 때다. 즉 젊은 작가들은 전통에 굴복했는지, 아니면 아버지를 공격 목표로 삼았는지 질문을 던져야 한다.

라틴아메리카의 젊은 작가들, 특히 1960년 이후에 태어난 작가들은 자신들의 아버지를 죽임으로써 새로운 문학 세계를 형성한다. 1990년대 이후 두각을 나타내는 칠레의 '맥콘도McOndo' 그룹과 멕시코의 '크랙Crack' 그룹을 비롯한 라틴아메리카의 젊은 작가들은 선언문을 통해 전 세대와의 단절을 밝히는가 하면, 작품의 무대를 라틴아메리카가 아닌 유럽으로 선정하고 유럽의 역사를 다룸으로써 자신들의 아버지를 죽인다. 또 수십 년 넘게 게릴라와 전쟁을 벌이며 마약 밀매로 점철된 자신들의 도시를 사실적으로 다루면서 이전 세대와의 단절을 꾀하기도 한다.

이들 중에서도 특히 콜롬비아의 새로운 작가들의 활동이 가장 눈에 띈다. 20세기 후반부터 콜롬비아뿐만 아니라 라틴아메리카를 비롯하여 유럽과 미국에서 주목받고 있는 작가로는 산티아고 감보아(1965), 마리오 멘도사(1964), 호르헤 프랑코(1964) 등이 있다. 이들은 맥콘도 그룹이나 크랙 그룹처럼 문학 선언문을 발표하거나 특정 그룹의 이름으로 뭉치지는 않았지만, 2003년에 《뉴욕 타임스》와 스페인의 유력 일간지 《엘 파이스》에서 특집을 마련했을 정도로 세계의 이목을 집중시키고 있다.

이 작가들은 세계 독자들의 마음을 정복했던 가르시아 마르케스의 마술적 사실주의와 거리를 둔다. 콜롬비아의 새로운 작가들의 작품을 규정해달라는 아르헨티나 일간신문의 질문에 마리오 멘도사는 이렇게 대답한다. "다양한 경향과 다양한 주제, 그리고 다양한 관심과 다양한 미학적 경향입니다. 우리의 특징은 가브리엘 가르시아 마르케스라는 위대한 신화 이후의 상황과 관련이 있습니다. 그는 간과할 수 없는 존재입니다. 우리의 작품에는 그의 영향이 직접 나타나지 않고, 따라서 우리는 그의 아들이 아닙니다. 그가 1982년에 노벨문학상을 탔을 때 우리는 이미 우리의 세계관을 가지고 있었습니다. 그건 마콘도나 마술적 사실주의와 전혀 관련이 없습니다. 우리는 1980년대와 1990년의 사회를 보여주는 대도시의 아들입니다." 이렇듯 콜롬비아 도시에 존재하는 혼돈과 폭력은 그들에게 끊임없이 수액을 제공하는 원천이다.

60년 넘게 게릴라와 전쟁을 하고 있고 마약 밀매로 명성이 높은 콜롬비아의 현실은 그 자체만으로도 풍부한 소재인 것이다.

이런 콜롬비아의 젊은 작가 중에서도 가장 국제적인 관심을 받는 작가는 산티아고 감보아다. 『백년의 고독』의 영어 번역자이자 '붐 소설'을 미국에 소개한 사람으로 널리 알려진 그레고리 라바사는 21세기 콜롬비아 문학을 "새로운 세대의 시작을 알리는 작품"이라고 극찬한다. 산티아고 감보아는 이런 새로운 가능성을 연 대표 작가이다. 1965년 보고타에서 태어난 그는 하베리아나 대학교에서 공부했으며, 1990년에서 1997년까지 파리에 머물며 쿠바 문학으로 박사학위를 받았다. 로마에 거주하면서 작품 활동을 하다가 이제는 콜롬비아에 살고 있다. 그는 지금까지 『귀향 페이지』(1995), 『패배는 방법의 문제』(1997), 『에스테반이라는 청년의 행복한 삶』(2000), 『사기꾼들』(2002), 『율리시스 증후군』(2005), 『베이징 호텔』(2008), 『매장지』(2009), 『밤 기도』(2012), 『보고타의 어느 집』(2014), 『어두운 계곡으로』(2016) 등의 소설을 출간했다.

만일 '작가 여행자'라고 분류되는 작가 그룹이 존재한다면, 산티아고 감보아는 대표 작가로 꼽힐 만하다. 그는 "두 눈을 크게 뜨고 세상을 살펴보는 고독한 존재"일 뿐만 아니라, 여행과 이주와 망명의 은유를 사용하여 작품을 구성하는 작가이다. 해외를 떠도는 방랑자임을 증명이라도 하듯이, 그의 작품은 보고타, 마드리드, 베이징, 방콕, 예루살렘 등을 배경으로 삼는다.

2. 1980년대 이후의 콜롬비아 정치 상황과
   극우 조직의 인권유린

『밤 기도』에는 콜롬비아의 현대 정치 상황이 자주 비춰진다. 그것들은 소설 속에서 '허구적' 성격으로 제시되기도 하지만, 많은 경우 실제의 상황과 일치한다. 사실 이 작품을 읽을 때 독자들이 1980년대 이후의 콜롬비아 정치 상황을 반드시 알 필요는 없다. 그러나 그런 상황을 알게 되면 조금 더 이 작품을 이해할 수 있기에 여기서 간략하게 소개하고자 한다.

1948년 유력한 대통령 후보였던 호르헤 엘리에세르 가이탄이 살해된 이후, 70년 넘게 콜롬비아를 규정하는 결정적 요인이 폭력이라는 것은 부정할 수 없는 사실이다. 자유당과 보수당의 투쟁으로 시작된 콜롬비아 내전(흔히 '폭력 시기'라고 불린다)은 50년 넘게 이어지면서, 양당의 싸움에 게릴라, 마약 밀매 조직, 우익 무장그룹을 비롯해 에메랄드 채취와 판매와 관련된 사람들이 덧붙여지면서 복잡한 양상을 띠게 된다. 이로 인해 베를린 장벽이 붕괴하기 직전에 콜롬비아는 극도의 혼란 상태를 보여준다. 대표적인 사건으로 1987년에 시몬 볼리바르 게릴라 국가조정위원회Coordinadora Nacional Guerrillera Simón Bolívar가 조직된다. 또 바로 그해 콜롬비아 국무부는 의회에서 147개의 우익 민병대 조직이 활동하고 있다고 밝힌다.

한편 1980년대 말로 접어들면서 1948년부터 시작된 '폭력

시기'에 태어나고 자란 세대가 사회에서 활동하기 시작한다. 그러면서 '폭력 시기'의 폭력과는 다른 양상의 폭력으로 진행된다. 다시 말하면, 불가시적이고 상상도 하지 못했던 폭력으로 나아간다. 그것은 특정 정당이나 조직, 혹은 정치단체에서 비롯된 폭력이 아니라, 콜롬비아 사회의 모든 영역으로 확장된 전반적인 폭력이다. 이것은 1990년대 절정에 이르고 21세기에도 지속된다. 그래서 이 기간은 '새로운 폭력 시기'라고 불린다.

이 시기를 조금 더 자세히 살펴보면, 폭력으로 점철된 콜롬비아라는 무대의 중앙에 과거와는 다른 주연들이 등장한다. 이들이 콜롬비아 내전, 혹은 더러운 전쟁에서 중요한 임무를 수행하는데, 그중의 하나가 마약 밀매업자들이다. 불법적인 사업에 종사하면서 그들은 거의 자신들만의 국가를 형성할 정도에 이르게 되고, 몇 번에 걸쳐 사회에 재통합되려고 시도하지만(심지어 콜롬비아의 외채를 모두 갚아주겠다는 제안도 했다), 범죄인 인도 협정에 따라 체포되어 미국으로 송환돼 그곳에서 재판을 받을 수 있다는 위협을 느끼게 된다. '범죄인 인도 대상자들Los extraditables'은 국가가 배신했다고 느끼게 되고, 정부와 시민사회를 향해 눈을 돌린다. 이후 대도시에서 그들의 테러 공격은 증가하였으며, 콜롬비아는 1986년부터 1993년까지 마약범들과 전쟁을 벌이는 최악의 시기를 보낸다. 이런 상황은 1993년에 메데인에서 '마약왕' 파블로 에스코바르가 죽으면서 진정되기 시작한다.

마약 밀매와 더불어 20세기 후반 콜롬비아 사회의 혼란을 조장한 또 다른 요소는 극우 계열의 준군사 조직인 우익 민병대 paramilitarismo의 출현과 이 조직의 무차별적인 살해이다. 이 군사 조직은 1980년대 말부터 콜롬비아에서 범해진 인권유린 대부분의 주범이다. 국제연합은 콜롬비아 내전에서 살해된 사람들의 약 80퍼센트가 우익 민병대에 의해 자행되었으며, 12퍼센트는 좌익 게릴라, 그리고 나머지 8퍼센트가 정부군에 의해 저질러졌다고 추산한다. 2005년에 국제사면위원회는 '정치적 살해, 실종과 고문'의 대부분은 군부의 묵인 아래 자행된 우익 민병대의 행위였다고 밝힌다. 한편 국제인권감시기구Human Rights Watch는 1999년 보고서에서 우익 민병대는 1998년 상반기에 저질러진 확인 가능한 정치적 살해의 73퍼센트를 차지하며, 게릴라가 17퍼센트, 정부군이 10퍼센트라고 밝힌다.

그렇다면 왜 이 극우 준군사 조직이 콜롬비아의 커다란 사회 문제로 대두하게 되었을까? 이 극우 준군사 조직인 '우익 민병대' 현상은 매우 복잡하다. 그것은 초기의 대농장 방어라는 차원을 벗어나 정부군, 지역 정치인들, 의회, 심지어 행정부와 마약 밀매 조직과도 관련되어 있다고 여겨지기 때문이다. 처음에는 게릴라, 특히 콜롬비아 무장혁명군FARC의 공격에 맞서기 위해 조직된 자위대 성격을 띠었지만, 이내 게릴라에 동조하던 마을을 공격하면서 '예방 작전'에 전념하게 된다. 그들의 활동 지역은 게릴라와 마찬가지로 농촌, 특히 국경 지역이 주를 이룬다. 1996년부터 1998년까지 FARC은 정부군과 맞서 승리를 거두면서 놀라울 정도로 성

496

장하는데, 이것이 바로 우익 민병대가 통합하게 되며, 게릴라 공격에 대한 대답으로 학살과 살해를 자행하는 원인이 된다.

우익 민병대의 폭력은 특히 농민, 노동운동가, 인권운동가, 언론인과 좌익 정치 활동가를 목표로 삼는다. 콜롬비아에서 이들의 만행은 일반적으로 '잔학행위'로 분류되는데, 이것은 고문, 강간, 신체 절단, 소각과 같이 잔인한 방법을 사용하기 때문이다. 이런 수많은 인권유린은 콜롬비아 정부의 지원 혹은 묵인, 혹은 협력 아래 이루어졌다. 납치와 게릴라 공격, 그리고 마약 밀매 조직으로 갈수록 시민권은 짓밟히고 있었는데, 여기에 준군사 조직인 우익 민병대의 학살이 더해지면서 폭력은 일상화된다. 그것은 통제 수단뿐만 아니라 온갖 종류의 문제 해결 방식이 된다. 우익 민병대는 '국가 청소'라는 핑계로 인권을 짓밟았고, 게릴라에게 동조하는 시민을 향해 폭력을 행사한다.

그런데도 콜롬비아의 어지러운 현실을 언급할 때면 극우 무장그룹이 아니라 좌익 게릴라가 주목받는 이유는 무엇일까? 우익 민병대는 현상 유지를 추구하는 그룹이지만, 게릴라는 다양한 좌익 성향의 그룹으로 이루어졌으며, 이론적으로 우익과 맞서 싸운다. 게릴라는 납치와 하부구조에 대한 불법적 폭력으로 세간의 이목을 끌지만, 실제로 가장 많은 콜롬비아인들을 살해한 세력은 우익 무장그룹이다. 가장 폭력적이었던 시기인 1996년부터 2002년 사이에 우익 민병대는 세력을 크게 확장하는데, 이들은 시민들의 신체에 가장 많은 폭력을 가했던 반면에, 게릴라는 개인을 납치하거나 국가의 물질적 자산을 공격했다. 이렇듯 우익 민병대는 콜롬비아에서 가장 많은 학살과 고문과 살해를 잔인하게 자행한 행위자이다. 게릴라와 우익 민병대는 극단적인 폭력 도당들이다. 그런데 우익 민병대가 더 많은 죽음을 초래했는데도 콜롬비아 국민의 분노가 게릴라를 향하는 이유는 무엇일까?

이런 차이를 보여주는 원인 중의 하나는 게릴라는 언론매체를 통해 드러나지만, 우익 민병대는 그들처럼 가시적이지 않기 때문이다. 그들의 행위는 대부분 주요 도시에서 멀리 떨어진 곳에서 은밀하게 행해지며, 그들이 원하는 지역에 거주하는 농민이나 정적들을 목표로 삼는다. 게다가 언론매체들이 정치적 이해관계를 가진 일가에게 통제되면서 두 그룹의 행위를 균형 있게 보도하지 않는다. 이들 우익 무장그룹의 행위는 주로 '우리'와 '그들'로 구분된다. 물론 이런 구분이 모호한 지역이 많이 있지만, 이것은 폭력 사용과 동족상잔을 합리화하는 도구이자 개념으로 작용한다.

『밤 기도』의 초반부에 자주 언급되는 알바로 우리베 대통령은 2002년에서 2010년까지 콜롬비아 대통령으로 재임했던 사람이다. 콜롬비아에서는 대통령의 연임과 재임이 금지되어 있었지만, 2005년에 대통령의 재임을 승인하는 개헌을 통해, 콜롬비아 역사상 처음으로 재선된 대통령이 된다. 우리베 정부는 '민주 안보정책'이라는 이름으로 강력한 반테러리즘과 반마약 밀매 투쟁을 벌인 것으로 유명하다. 그러나 또한 인권유린이라는 측면에서 많은 비판을 받기도 했다. 2018년에 안티오키아 고등재판소는 그

동안 풍문으로 무수한 사람의 입에 오르내렸던 우익 민병대가 저지른 수많은 학살 사건과 그의 관련성, 그리고 우익 민병대와의 관계를 공식적으로 수사하기 시작했다.

3. 『밤 기도』: 여행 소설과 부정부패의 탈영토화

2012년에 출간된 『밤 기도』는 게릴라와 마약 밀매단과 전면 투쟁을 벌인 알바로 우리베 시대의 어두운 콜롬비아를 다룬다. 이 작품에는 남매의 사랑, 매춘 조직, 군사정부의 부패, 실종자들을 찾기 위한 시위 등이 등장한다. 감보아는 군경과 행정관리들과 공모한 우익 민병대의 세계를 탐구하면서, 어떻게 콜롬비아가 마약 카르텔의 악몽에서 또 다른 악몽, 즉 게릴라와의 더러운 전쟁으로 나아갔는지 분명하게 보여준다.

후아나와 마누엘 만리케는 알바로 우리베를 '메시아'로 보던 보고타의 가난한 중산층 계급에서 태어났다. 그래서 그의 가정에는 우리베를 우상화하고 값싼 애국주의를 찬양하며 강경책을 지지하는 분위기가 팽배했다. 동생 마누엘은 책의 세계로 도피한다. 누나 후아나는 대학에 들어가 사회학을 공부하고 실종자들의 명분과 함께 싸울 것을 약속한다. 그러다가 어느 날 그녀는 자취를 감춘다. 마누엘은 누나를 찾기 시작한다. 그가 사랑하는 유일한 사람이었기 때문이다. 이제 철학과 학생이 된 그는 누나를 찾는

여행을 하다가 마약 운반 혐의로 체포되어 방콕의 교도소에 갇힌
다. 이 경우 태국의 법은 매우 분명하고 강경했다. 마약사범이 기
다릴 수 있는 것은 사형선고 혹은 종신형뿐이었다.

이 일 때문에 뉴델리의 콜롬비아 영사가(태국 주재 콜롬비아
영사관이 없었다) 마누엘을 접견하러 파견되고, 마누엘이 품고 있
던 유일한 소망, 즉 콜롬비아에서 수년 전에 실종되었던 누나를
찾고 싶다는 소망을 이루게 해주려고 노력한다. 영사는 그녀를 찾
아내고, 후아나는 우리베 정권 동안 이루어진 우익 민병대의 극단
적 행동과 실종자들의 드라마를 이야기한다. 또 그것이 자기 분노
의 원인이었고, 세상을 바꿔야겠다고 단호하게 결심한 이유였다
고 털어놓는다. 후아나의 이야기와 더불어 이 소설에는 영사의 이
야기, 후아나와 관련된 사람들의 이야기, 마누엘의 이야기가 중첩
되면서 서술된다.

이렇듯 이 작품에서는 감보아의 특징인 여행 소설과 현대 콜
롬비아를 이야기할 때 빠지지 않는 알바로 우리베 대통령의 문제
가 중요하게 등장한다. 여행 소설답게 이 작품의 무대는 방콕, 뉴
델리, 보고타, 도쿄와 테헤란이 주를 이룬다. 감보아는 이런 도시
들의 냄새와 소리, 그리고 교통체증을 서술하며, 어떻게 한 나라
의 사건이 전 세계와 치밀하게 연결되어 있는지 보여준다. 사람들
이 국경을 건너는 것처럼, 그들의 두려움과 고통과 꿈도 함께 여
행하면서 지정학적 경계를 넘나든다.

알바로 우리베 '독재 민주' 정부는 이 소설에서 중심이 되며,

감보아는 주저하지 않고 그 정권의 특징인 부패와 권력 남용을 소리 높여 비난한다. 이런 것을 서술하기 위해 그가 상상하는 인물들은 콜롬비아라는 국가적 공간에 한정되지 않는다. 가령, 후아나와 마누엘은 아시아로 여행하면서 자기 나라의 가난과 부정과 범죄에서 벗어나기를 바라지만, 멀리 떨어진 곳에서도 유사한 부패의 형태가 존재한다는 것을 알게 된다.

한편 마누엘은 누나 후아나와 다시 만나기 몇 분 전에 비극적인 자살로 생을 마감한다. 이것은 그가 자신에게 비우호적이며 적대적인 세상에서 벗어나려는 소망이며, 동시에 평생을 참고 견뎠던 부정에 대한 마지막 반란이다. 목숨을 끊으면서 남긴 유서에서, 그는 자신의 죽음이 희생의 피가 되어 누나를 힘든 과거에서 해방하고자 한다고 설명한다. 이렇게 감보아는 그의 죽음을 통해 인간이 비인간화된 부패한 체제와 맞설 때 무기력하다는 것을 확인해준다.

여기서 감보아의 소설 『율리시스 증후군』에 등장하는 모로코 작가의 말에 주의를 기울일 필요가 있다. 그는 이렇게 말한다.

"그것[고통]을 1세계의 독자들에게 파는 사람들은 자신들의 것이 아닌 고통을 팔고 있는 겁니다. 그들은 그 고통을 대변하며, 무엇보다 고발한다고 하지만, 그 고통 덕분에 수익을 올립니다…… 나는 그걸 똑똑히 봤어요! 그들은 아주 잘살고, 이리저리 여행하며, 가는 곳마다 환대를 받고, 그들의 은행 계좌는 그들이 투쟁하는 사람들의 고통에 비례해서 두둑해지지요."

그렇다면 『밤 기도』는 고통을 먹고 사는 이런 소설의 한계를 어떻게 극복하고 있을까? 이런 '고통'의 소설은 예술을 통한 정치 참여라는 구실로 국가의 틀을 벗어나지 못한다. 이 소설에서 마누엘의 죽음에 직접적인 책임이 있는 것은 태국의 사법 체제이지 콜롬비아의 정치적 환경이 아니다. 이런 점에서 부정과 부패를 라틴아메리카의 시민들을 위기로 몰아넣는 핵심이자 발생 원인으로 간주하는 라틴아메리카의 여러 소설과는 차이를 보이고, 이런 탈영토화를 통해 부정과 부패는 전 지구적 현상임을 보여준다. 그래서 그의 작품은 콜롬비아, 아니 라틴아메리카의 경험만을 서술하는 것이 아니라, 그 경험이 보편적임을 강조한다.

옮긴이 송병선

후주

제1부

p.38 ◆ Julio Ramón Ribeyro(1929~1994). 페루의 소설가이자 단편 작가. 대표작으로『성 가브리엘의 연대기』『일요일의 작은 천 재들』등이 있다.

p.42 ◆ Sathya Sai baba(1926~2011). 인도 전역을 비롯해 유대인 사 회에서도 신봉하는, 인도의 영적 지도자이자 교육자. 추종자들 은 기적을 행하는 자로 믿는다.

p.42 ◆ Satyananda Saraswati(1923~2009). 인도의 철학자로 요가를 통한 정신수행으로 유명하다.

p.42 ◆ Osho Rajneesh(1931~1990). 인도의 신비주의자이자 철학자 로 요가를 통한 정신수행으로 유명하다.

p.47 ◆ León de Greiff(1895~1976). 콜롬비아의 시인. 대표시집으로 『왜곡』『사자자리 아래서』등이 있다.

p.47 ◆ Robert Louis Stevenson(1850~1894). 영국의 소설가. 대표작 으로『보물섬』『지킬 박사와 하이드 씨』등이 있다.

p.48 ◆ H. P. Lovecraft(1890~1937). 미국의 공포소설가이자 공상과 학 소설가. 대표작으로『저택의 최후』『문 앞의 방문객』등이

있다.

p.48 ◆ Rubén Darío(1867~1916). 니카라과의 시인. 대표시집으로
『삶과 희망의 노래』『속세의 산문』 등이 있다.

p.48 ◆ Lewis Carroll(1832~1898). 영국의 소설가이자 사진작가. 대
표작으로『이상한 나라의 앨리스』등이 있다.

p.48 ◆ Lope de Vega(1562~1635). 스페인의 극작가. 대표작으로『후
엔테오베후나』『과수원지기의 개』등이 있다.

p.49 ◆ Emil Cioran(1911~1995). 루마니아의 철학자이자 수필가. 대
표작으로『패자들의 애독서』『독설의 팡세』등이 있다.

p.50 ◆ Mikhail Bakhtin(1895~1975). 러시아의 사상가이자 문학 이
론가. 대표작으로『도스토예프스키 창작론』『프랑수아 라블레
의 작품과 르네상스의 민중문화』등이 있다.

p.52 ◆ Enid Blyton(1897~1968). 영국의 아동 문학 작가.

p.56 ◆ Álvaro Uribe(1952~). 콜롬비아의 정치인으로 2002년부터
2010년까지 대통령으로 재임했다. 반군 소탕과 국민 보호를 외
치며 미국과는 친밀한 관계를 유지한 반면, 베네수엘라의 우고
차베스와는 대립했다.

p.58 ◆ Andrés Pastrana(1954~). 콜롬비아의 정치인으로 1998년부터
2002년까지 대통령으로 재임했다.

p.58 ◆ Manuel Marulanda(1930~2008). '티로피호Tirofijo'는 '명사수'
라는 뜻으로, 마누엘 마룰란다의 별명이다. 콜롬비아 무장혁명
군 사령관이었으며, 게릴라의 상징적 인물이었다.

p.61 ◆ Emilio Salgari(1862~1911). 이탈리아의 모험소설 작가. 대
표작으로『몸프라쳄의 호랑이들』『말레이시아의 해적』등이
있다.

p.61 ◆ Sir Henry Rider Haggard(1856~1925). 영국의 소설가. 아프리
카를 무대로 한 모험소설로 유명하다.

p.72 ◆ Lawrence Durrell(1912~1990). 20세기 영국을 대표하는 시인
이자 소설가.

p.72 ◆ Mario Vargas Llosa(1926~). 페루의 소설가이자 언론인. 2010

년 노벨문학상을 받았으며, 대표작으로 『염소의 축제』『판탈레
온과 특별봉사대』 등이 있다.

p.72   ◆   Julio Cortázar(1914~1984). 아르헨티나의 소설가이자 단편작
가. 대표작으로 『돌차기 놀이』『비밀 병기』 등이 있다.

p.72   ◆   Carlos Fuentes(1928~2012). 멕시코의 소설가. 대표작으로 『아
르테미오 크루스의 죽음』『테라 노스트라』 등이 있다.

p.85   ◆   Jean-Luc Godard(1930~). 프랑스의 영화감독이자 비평가로
누벨바그를 이끈 대표적 인물. 대표작으로 〈알파빌〉〈국외자
들〉 등이 있다.

p.85   ◆   Ingmar Bergman(1918~2007). 스웨덴의 영화감독. 대표작으
로 〈산딸기〉〈화니와 알렉산더〉 등이 있다.

p.85   ◆   Alberto Giacometti(1901~1966). 스위스의 조각가이자 화가.
초현실주의 운동에 참여하여 〈보이지 않는 사물〉〈4시의 궁전〉
〈걷는 사람〉 등의 작품을 만들었다.

p.86   ◆   Daniel Pennac(1944~). 기발한 상상력과 재치 넘치는 표현으
로 대중성과 문학성을 고루 갖춘 작가. 대표작으로 『소설처럼』
『몸의 일기』 등이 있다.

p.89   ◆   Louis Althusser(1918~1990). 프랑스의 마르크스주의 철학자.
대표작으로 『마르크스를 위하여』『레닌과 철학』 등이 있다.

p.89   ◆   Guy Debord(1931~1994). 프랑스의 마르크스주의 이론가. 대
표작으로 『상황주의 선언문』『스펙터클의 사회』 등이 있다.

p.90   ◆   Graham Greene(1904~1991). 영국의 소설가이자 평론가. 대
표작으로 『제3의 사나이』『조용한 미국인』 등이 있다.

p.100   ◆   Keith Haring(1958~1990). 1980년대 뉴욕의 거리문화에 영
향을 받은 미국의 미술가이자 사회 운동가. 그래피티 예술가로
잘 알려진 인물이다.

p.100   ◆   Banksy. 영국의 가명 미술가 겸 그래피티 아티스트. 그의 풍자
적인 거리 예술과 파괴적인 풍자시는 어두운 유머와 그래피티
를 결합한다. 본명은 미상.

p.105   ◆   Gustavo Petro(1960~). 콜롬비아의 경제학자 출신 정치인.

1980년대에는 게릴라로 활동했으며, 1990년대 중앙정치에 입문했고 2000년대 후반에 상원의원을 지냈으며, 2012년부터 2015년까지는 보고타의 시장을 지냈다.

p.108 ◆ Federico Fellini(1920~1993). 20세기의 가장 영향력 있는 영화감독 중 하나로 꼽히는, 이탈리아의 영화감독. 대표작으로 〈달콤한 인생〉〈8과 1/2〉〈혼의 줄리에타〉 등이 있다.

p.108 ◆ Martin Scorsese(1942~). 미국의 영화감독이자 영화 제작자. 대표작으로 〈순수의 시대〉〈사일런스〉 등이 있다.

p.108 ◆ George Cukor(1899~1983). 미국의 영화감독. 대표작으로 〈스타탄생〉〈필라델피아 스토리〉 등이 있다.

p.108 ◆ John Cassavetes(1929~1989). 미국의 배우이자 영화감독. 대표작으로 〈얼굴들〉〈사랑의 행로〉 등이 있다.

p.108 ◆ Mike Nichols(1931~2014). 미국의 영화감독. 대표작으로 〈졸업〉〈클로저〉 등이 있다.

p.108 ◆ Andrei Tarkovsky(1932~1986). 소련 태생 러시아의 영화감독. 대표작으로 〈솔라리스〉〈노스탤지어〉 등이 있다.

p.110 ◆ Edward Hopper(1882~1967). 미국의 화가. 미국적인 장면을 그리는 사실주의 화가로서 빠르게 명성을 얻었으며, 많은 예술가들에게 영감을 주었다. 대표작으로 〈밤의 사람들〉 등이 있다.

p.111 ◆ Pablo Neruda(1904~1973). 칠레의 시인으로 1971년에 노벨문학상을 수상했다. 대표시집으로 『모두의 노래』『스무 편의 사랑의 시와 한 편의 절망의 노래』 등이 있다.

p.126 ◆ Manuel Vázquez Montalbán(1939~2003). 스페인의 소설가이며 기자. 대표작으로 『남쪽 바다』『알렉산드리아의 장미』 등이 있다.

p.127 ◆ José Luis Cuevas(1934~2017). 멕시코의 예술가. 멕시코 화단을 지배했던 벽화 운동에 가장 먼저 도전한 화가로 알려져 있다.

p.128 ◆ Rubén Bonifaz Nuño(1923~2013). 멕시코의 시인이자 고전학자. 대표작으로 『호랑이의 날개』『육체의 사원』 등이 있다.

p.128   ◆   Octavio Paz(1914~1998). 멕시코의 시인이자 비평가이며 외교관. 1990년에 노벨문학상을 수상했다. 대표작으로 『흰색』 『동쪽 비탈』 등이 있다.

p.128   ◆   Gerardo Deniz(1934~2014). 스페인 태생의 멕시코 시인. 대표작으로 『일부러』 『거무스름한 주둥이』 등이 있다.

p.130   ◆   José Alfredo Jiménez(1926~1973). 멕시코의 대중음악 가수. 대표작으로 〈당신의 기억과 나〉 〈왕〉 등이 있다.

p.130   ◆   Fernando Vallejo(1942~). 콜롬비아의 소설가. 대표작으로 『살인 청부업자들의 성모』 『흰 까마귀』 등이 있다.

p.132   ◆   Yolanda Yvonne Montes(1932~). '통골렐레Tongolele'는 예명이며, 본명은 욜란다 이본 몬테스. 멕시코 태생의 미국 여배우이자 발레리나이다.

p.133   ◆   Jean Racine(1639~1699). 프랑스의 극작가. 대표작으로 『앙드로마크』 『베레니스』 등이 있다.

p.136   ◆   Amparo Grisales(1956~). 콜롬비아의 여배우이자 모델.

p.136   ◆   Fanny Mikey(1930~2008). 아르헨티나 태생의 콜롬비아 여배우. 1988년부터 국제적으로 널리 알려진 보고타 이베로아메리카 연극제를 이끈 장본인이다.

p.140   ◆   Louis-Ferdinand Céline(1894~1961). 본명은 루이 페르디낭 데투슈Louis-Ferdinand Destouches. 프랑스의 소설가이자 의사. 대표작으로 『밤 끝으로의 여행』 『Y 교수와의 대담』 등이 있다.

p.140   ◆   André Malraux(1901~1976). 프랑스의 작가. 대표작으로 『인간의 조건』 『정복자』 등이 있다.

p.140   ◆   Albert Camus(1913~1860). 프랑스의 실존주의 철학자이자 소설가이며 극작가. 대표작으로 『이방인』 『페스트』 등이 있다.

p.140   ◆   J. D. Salinger(1919~2010). 미국의 소설가. 대표작으로 『호밀밭의 파수꾼』이 있다.

p.140   ◆   Dylan Thomas(1914~1953). 영국 웨일스의 시인. 대표시집으로 『사랑의 지도』 등이 있다.

p.140   ◆   Philip Roth(1933~2018). 미국의 소설가. 대표작으로 『에브리

맨』『아버지의 유산』 등이 있다.

p.140 ◆ Saul Bellow(1915~2005). 미국의 소설가. 대표작으로 『허조 그』『오기 마치의 모험』 등이 있다.

p.140 ◆ David Foster Wallace(1962~2008). 미국의 소설가. 대표작으로 『이것은 물이다』『재밌다고들 하지만 나는 두 번 다시 하지 않을 일』 등이 있다.

p.140 ◆ Kurt Vonnegut Jr.(1922~2007). 대표작으로 『제5 도살장』『고 양이 요람』 등이 있다.

p.140 ◆ John Cheever(1912~1982). 미국의 소설가이자 단편소설 작 가. 대표작으로 『기괴한 라디오』『사랑의 기하학』 등이 있다.

p.140 ◆ Thomas Pynchon(1937~). 미국의 소설가. 대표작으로 『제49 호 품목의 경매』『느리게 배우는 사람』 등이 있다.

p.143 ◆ Porfirio Barba-Jacob(1883~1942). 콜롬비아의 시인. 대표작 으로 『노래와 애가』『시기에 맞지 않는 시』 등이 있다.

p.150 ◆ Alfredo Bryce Echenique(1939~). 페루의 작가. 대표작으로 『율리우스의 세계』『타진의 편도선염』 등이 있다.

p.150 ◆ Augusto Monterroso(1921~2003). 미니픽션의 대가로 널리 알 려진, 온두라스 태생의 과테말라 작가. 대표작으로 『영원한 운 동』『나머지는 침묵』 등이 있다.

p.162 ◆ Friedrich Wilhelm Joseph Schelling(1775~1854). 독일의 관념 론 철학자. 대표작으로 『조형 예술과 자연의 관계』『예술 철학』 등이 있다.

p.165 ◆ Paul Virilio(1932~2018). 프랑스의 문화 이론가이자 미학자. 대표작으로 『속도와 정치』『동력의 기술』 등이 있다

p.165 ◆ Richard Sennett(1943~). 미국의 사회학자. 대표작으로 『신자 유주의와 인간성의 파괴』『무질서의 효용』 등이 있다.

p.165 ◆ Jacques Lacan(1901~1981). 프랑스의 철학자이자 정신분석학 자. 대표작으로 『욕망 이론』『세미나』 등이 있다.

p.165 ◆ Muamar el Gadafi(1942~2011). 리비아의 전 국가원수이자 독 재자. 『녹색서』는 그의 민주주의 관점과 정치철학을 피력하는

책이다.

p.165 ◆ Malcolm Deas(1941~). 라틴아메리카, 특히 콜롬비아 연구를 전문으로 하는 영국의 역사학자.

p.165 ◆ John Carey(1934~). 영국의 문학비평가.

p.165 ◆ Paco Ignacio Taibo II(1949~1984). 스페인계 멕시코 정치인이 자 작가이자 소설가. 대표작으로『장님의 눈에 비친 세상』『산 타클라라 전투』등이 있다.

p.165 ◆ Amartya Kumar Sen(1933~). 인도의 경제학자이자 철학자. 대표작으로『자유로서의 발전』『불평등의 재검토』등이 있다.

p.165 ◆ Vladimir Mayakovsky(1893~1930). 소련의 시인이자 극작가. 대표작으로『대중의 취향에 따귀를 때려라』『광기의 에메랄드』 등이 있다.

p.166 ◆ Gottfried Wilhelm Leibniz(1646~1716). 독일의 철학자이자 수학자. 대표작으로『변신론』『모나드론』등이 있다.

p.167 ◆ Anaxagoras(기원전 500?~기원전 428?). 소크라테스 이전 철학 자. 저서로『페리푸세우스』가 있다.

p.167 ◆ Epiktētos(55?~135?). 고대 그리스의 스토아학파를 대표하는 철학자. 대표작으로『어록집』이 있다.

p.167 ◆ Pierre Abélard(1079~1142). 중세 프랑스를 대표하는 철학자 이자 신학자. 엘로이즈와의 사랑으로 유명하다.

p.167 ◆ Anselmus(1033~1109). 이탈리아의 기독교 신학자이자 철학 자이며, 스콜라철학의 창시자. 저서로『왜 신은 사람이 되었는 가』『모놀로기온』등이 있다.

p.167 ◆ John Scotus Eriugena(810?~877?). 아일랜드 출신으로 스콜라 철학의 선구자. 대표작으로『자연구분론』이 있다.

p.170 ◆ Paulo Coelho(1947~). 브라질의 소설가. 대표작으로『연금술 사』『오 자히르』등이 있다.

p.181 ◆ William F. Buckley Jr.(1925~2008). 미국의 대표적인 보수 논객. 대표작으로『빨갱이 사냥군』『베를린 장벽 붕괴』등이 있다.

p.183 ◆ Luis Buñuel(1900~1983). 스페인의 영화감독이자 각본가. 대표작으로 〈안달루시아의 개〉〈비리디아나〉 등이 있다.

p.184 ◆ James David Graham Niven(1910~1983). 영국의 배우. 대표작으로 〈80일간의 세계 일주〉〈핑크 팬더〉 등이 있다.

p.184 ◆ Marlene Dietrich(1901~1992). 독일 출신의 배우이며 가수. 대표작으로 〈상하이 특급〉〈악마는 여자다〉 등이 있다.

p.184 ◆ Mel Ramos(1935~2018). 여성 나체화로 유명한 미국의 예술가.

p.184 ◆ Dorothy Parker(1893~1967). 미국의 시인이자 단편소설 작가.

p.185 ◆ Fernando Savater(1947~). 스페인의 유명 철학자. 대표작으로 『영웅의 과업』『행복의 내용』 등이 있다.

p.192 ◆ Salvatore Quasimodo(1901~1968). 이탈리아의 시인. 대표작으로 『물과 흙』『인생은 꿈이 아니다』 등이 있다.

p.223 ◆ Mark Rothko(1903~1970). 러시아 태생의 미국 추상표현주의 화가. 대표작으로 〈무제(빨강 위의 파랑, 노랑, 초록)〉〈패널 1(하버드 3면 벽화)〉 등이 있다.

p.230 ◆ Jules Michelet(1798~1874). 프랑스의 역사가. 대표작으로 『프랑스 대혁명사』『민중』 등이 있다.

제2부

p.241 ◆ Enrique Serrano(1960~). 콜롬비아의 소설가이자 철학자. 대표작으로 『당신을 모르는 곳』『다이아몬드 인간』 등이 있다.

p.241 ◆ Juan Gabriel Vásquez(1973~). 콜롬비아의 소설가. 대표작으로 『추락하는 모든 것들의 소음』『코스타과나의 비밀 이야기』 등이 있다.

p.243 ◆ Marguerite Yourcenar(1903~1987). 벨기에 태생의 프랑스 소설가. 대표작으로 『하드리아누스 황제의 회상록』『오푸스 니그룸』 등이 있다.

p.243 ◆ Richard Brautigan(1935~1984). 미국의 소설가이자 시인. 블

랙유머, 패러디, 풍자를 많이 사용하는 작가로 유명하다. 대표
작으로 『미국의 송어낚시』 『임신중절』 등이 있다.

p.247 ◆ José Eustasio Rivera(1888~1928). 콜롬비아의 소설가이자 시
인. 대표작으로 『소용돌이』 『약속의 땅』 등이 있다.

p.256 ◆ Jorge Volpi(1968~). 멕시코의 소설가. 대표작으로 『무덤의 평
화』 『선택된 여인들』 등이 있다.

p.264 ◆ Horacio Castellanos Moya(1957~). 엘살바도르의 소설가이자
언론인. 대표작으로 『당신들이 없는 곳』 『몰상식』 등이 있다.

p.264 ◆ Rodrigo Rey Rosa(1958~). 과테말라의 작가. 대표작으로 『아
프리카 해안』 『착한 절뚝발이』 등이 있다.

p.270 ◆ Pierre Loti(1850~1923). 프랑스의 해군장교이자 소설가. 대표
작으로 『아지야데』 『국화부인』 등이 있다.

p.300 ◆ Saint Sébastien. 3세기경의 기독교도이자 순교자. 그의 순교 장
면을 그린 종교화 속에서는 주로 옷을 입지 않은 강인한 상체,
살을 관통한 상징적인 화살, 고통에 가득 찬 모습이 어우러져
있다.

p.301 ◆ Andrea Mantegna(1431~1506). 15세기 이탈리아의 파도바파
화가. 주요 작품으로 〈죽은 그리스도〉 등이 있다.

p.309 ◆ Carlos Saura(1932~). 스페인의 영화감독. 대표작으로 〈피의
결혼식〉 〈보르도의 고야〉 등이 있다.

p.312 ◆ Nicolás Gómez Dávila(1913~1994). 콜롬비아의 작가이자 철
학자.

p.312 ◆ Sudeep Sen(1964~). 인도의 시인이며, 런던과 뉴델리에서 출
판인으로 일한다. 대표시집으로는 『열기』 『쓰지 않은 편지』 등
이 있다.

p.313 ◆ E. E. Cummings(1894~1962). 20세기 초 미국 모더니즘을 대
표하는 시인이자 극작가. 대표작으로 『튤립과 굴뚝』이 있다.

p.313 ◆ Rudolf Otto(1869~1937). 독일의 루터교 신학자이자 철학
자. 세계 종교의 중심에 있는 심오한 감정적 경험, 즉 누미누
스numinous 개념으로 널리 알려져 있다.

p.313 ◆ Michel Houellebecq(1956~). 프랑스 소설가. 대표작으로『플랫폼』『지도와 영토』등이 있다.

p.314 ◆ Georg Christoph Lichtenberg(1742~1799). 독일의 물리학자이자 풍자작가. 과도하게 형이상학적이거나 낭만적인 것을 주로 풍자했다. 대표작으로『스크랩북』『쓰레기 책』등이 있다.

p.314 ◆ Raymond Roussel(1877~1933). 프랑스의 시인이자 소설가. 대표작으로『아프리카의 인상』『로쿠스 솔루스』등이 있다.

p.314 ◆ Vikram Seth(1952~). 인도의 시인이자 소설가. 대표작으로『황금의 문』『어울리는 남자』등이 있다.

p.314 ◆ Malcolm Lowry(1909~1957). 영국의 시인이지 소설가. 대표작으로『화산 밑에서』『울트라마린』등이 있다.

p.314 ◆ Benjamin Constant(1767~1830). 스위스 태생의 프랑스 작가. 대표작으로『아돌프』『세실』등이 있다.

p.314 ◆ Ernst Jünger(1895~1998). 독일의 작가이자 사상가. 대표작으로『대리석 절벽 위에서』『정원과 거리』등이 있다.

p.314 ◆ Anaïs Nin(1903~1977). 프랑스에서 태어나 미국에서 활동한 소설가이자 수필가. 대표작으로『마틸드』『헨리와 준』등이 있다.

p.314 ◆ Paul Léautaud(1872~1956). 프랑스 시인이자 극작가. 대표작으로『작은 친구』『여러 가지 사랑』등이 있다.

p.315 ◆ Roberto Rossellini(1906~1977). 이탈리아의 네오리얼리즘 영화감독. 대표작으로〈무방비도시〉〈이탈리아 여행〉등이 있다.

p.315 ◆ Romain Rolland(1866~1944). 프랑스의 문학가이자 사상가. 대표작으로『장 크리스토프』『매혹된 영혼』등이 있다.

p.315 ◆ Pier Paolo Pasolini(1922~1975). 이탈리아의 영화감독이자 시인. 대표작으로〈살로 소돔의 120일〉〈오이디푸스왕〉등이 있다.

p.315 ◆ E. M. Forster(1879~1970). 영국의 소설가. 대표작으로『전망 좋은 방』『천사들도 발 딛기 두려워하는 곳』등이 있다.

p.315 ◆ Alberto Moravia(1907~1990). 이탈리아의 소설가. 대표작으

로『무관심한 사람들』『경멸』 등이 있다.

p.315 ◆ Henri Michaux(1899~1984). 벨기에 태생의 시인이자 화가로, 프랑스에서 활동했다.

p.340 ◆ Jean Genet(1910~1986). 프랑스의 시인이자 소설가이며 극작가. 대표작으로『장미의 기적』『도둑 이야기』 등이 있다.

p.342 ◆ Manu Chao(1961~). 스페인계 프랑스인 음악가. '마노 네그라(검은 손)' 악단을 만들어 유럽에서 큰 인기를 끌었다.

p.342 ◆ Subcomandante Marcos(1957~). 멕시코 무장 혁명 단체인 사파티스타 민족해방군의 대변인으로 반세계화 저항운동의 상징적 인물.

p.350 ◆ Mario Bunge(1919~). 아르헨티나의 철학자. 대표작으로『과학, 방법론과 철학』『과학 철학』 등이 있다.

p.350 ◆ Ernst Cassirer(1874~1945). 유대계의 독일 철학자. 대표작으로『국가의 신화』『상징 형식의 철학』 등이 있다.

p.350 ◆ György Lukács(1885~1971). 헝가리의 철학자이자 문학사가. 대표작으로『역사와 계급의식』『사회적 존재의 존재론』 등이 있다.

p.351 ◆ Jules Barbey d'Aurevilly(1808~1889). 프랑스의 소설가이자 평론가. 대표작으로 프랑스 혁명을 배경으로 하는『투슈의 기사』와『결혼한 사제』 등이 있다.

p.351 ◆ Pierre Louÿs(1870~1925). 프랑스의 시인이자 소설가. 대표작으로『빌리티스의 노래』『아프로디테』 등이 있다.

p.364 ◆ Clément Rosset(1939~). 프랑스의 철학자이자 작가로 쇼펜하우어에 바탕을 두고 예술에서 반복의 중요성을 분석했다. 대표작으로『바보론』『철학자와 마법』 등이 있다.

p.367 ◆ Martin Amis(1949~). 영국의 작가로 영국 문단의 문제아로 평가받는다. 대표작으로『누가 개를 들여놓았나』『런던 필즈』 등이 있다.

p.376 ◆ Antanas Mockus(1952~). 콜롬비아의 정치인이자 철학자이며 수학자. 콜롬비아 국립대학 총장을 역임했으며, 2010년 대

통령 선거에서 후안 마누엘 산토스에게 패했다.

p.403   ◆   Rafael Correa(1963~). 에콰도르 정치인으로 2007년부터
2013년까지 에콰도르 대통령을 지냈다. 좌파 인도주의자이자
기독교도로 자칭하면서, 21세기 사회주의를 지지했다.

p.407   ◆   R. H. Moreno Durán(1945~2005). 콜롬비아의 소설가이자 문
학비평가. 대표작으로『디아나의 촉각』『맘브루』등이 있다.

p.408   ◆   Elias Canetti(1905~1994). 불가리아 태생의 유대인으로 독일
어로 작품 활동을 했다. 1981년에 노벨 문학상을 수상했다. 대
표작으로『군중과 권력』『모로코의 낙타와 성자』등이 있다.

p.408   ◆   William Blake(1757~1827). 영국의 화가이자 시인. 대표작으
로 시화집『천국과 지옥의 결혼』『경험의 노래』등이 있다.

p.409   ◆   Ernesto Sabato(1911~2011). 아르헨티나의 소설가. 대표작으
로『터널』『영웅과 무덤에 대해』등이 있다.

제3부

p.470   ◆   葛飾北斎(1760?~1849). 일본 에도 시대의 화가로 고흐를 비롯
한 인상파 화가들에게 영향을 주었다.

p.470   ◆   Théodore Géricault(1791~1824). 프랑스의 화가로 낭만파의
선구자.

p.471   ◆   Ivan Aivazovsky(1817~1900). 아르메니아계 러시아 화가로 그
의 작품 중 반 이상이 바다를 그리고 있다.

p.471   ◆   Fernando Denis(1968~). 콜롬비아의 시인으로 그의 시집『윌
리엄 터너의 황혼 속의 보이지 않는 피조물』은 20세기에 콜롬
비아에서 출간된 최고의 시집으로 평가받는다.

p.485   ◆   Roque Dalton(1935~1975). 엘살바도르의 시인이자 지식인이
며 행동주의자. 대표시집으로『바다』『술집과 다른 장소들』등
이 있다.

에필로그

p.487   ◆   Elia Kazan(1909~2003). 미국의 영화감독이자 연극 연출자. 대표작으로 〈욕망이라는 이름의 전차〉〈혁명아 사파타〉 등이 있다.

p.487   ◆   Harold Pinter(1930~2008). 영국의 극작가로 부조리 연극의 대표 작가로 꼽히며 2005년 노벨문학상을 받았다. 대표작으로 「요리운반용 엘리베이터」「무인 지대」 등이 있다.

옮긴이 송병선

한국외국어대학교 스페인어과를 졸업했다. 콜롬비아의 카로이쿠에르보 연구소에서 석사 학위를, 하베리아나 대학교에서 문학 박사 학위를 취득하고 전임 교수로 재직했다. 현재 울산대학교 스페인·중남미학과 교수로 재직 중이다. 지은 책으로 『보르헤스의 미로에 빠지기』 등이 있으며, 옮긴 책으로 『영웅들의 꿈』『모렐의 발명』『픽션들』『알레프』『칠 일 밤』『부에노스아이레스 어페어』『거미 여인의 키스』『콜레라 시대의 사랑』『내 슬픈 창녀들의 추억』『꿈을 빌려드립니다』『판탈레온과 특별봉사대』『염소의 축제』『피델 카스트로 : 마이 라이프』『내일 전쟁터에서 나를 생각하라』『2666』 등이 있다. 제11회 한국문학번역상을 수상했다.

밤
기
도

지은이 산티아고 감보아
옮긴이 송병선
펴낸이 김영정

초판 1쇄 펴낸날 2019년 8월 16일

펴낸곳 (주)현대문학
등록번호 제1-452호
주소 06532 서울시 서초구 신반포로 321(잠원동, 미래엔)
전화 02-2017-0280
팩스 02-516-5433
홈페이지 www.hdmh.co.kr

© 2019, 현대문학

ISBN 978-89-7275-999-7 03870